Anni Kytömäki

D'OR

Rue de l'échiquier

fiction

GORGE

Traduit du finnois

GE D'O

Anni Kytömäki

E D'OR

D'OR

D'OR

par Anne Colin du Terrail

L'édition originale de ce livre a été publiée en finnois sous le titre *Kultarinta*.

Éditions Rue de l'échiquier
16-18, quai de la Loire, 75019 Paris
www.ruedelechiquier.net

ISBN : 978-2-37425-374-9
Dépôt légal : septembre 2023

Anni Kytömäki

GORGE D'OR

Traduit du finnois par
Anne Colin du Terrail

Rue de l'échiquier fiction

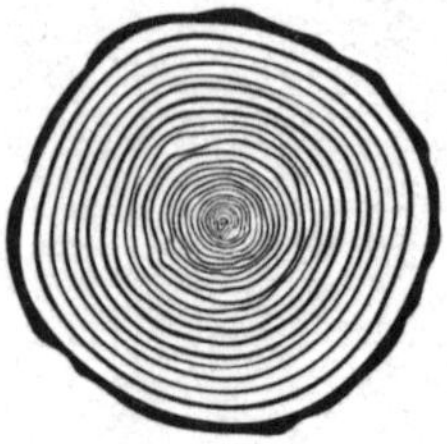

Pour Sirkka et Kalle,
dans le lointain bleuté des forêts.

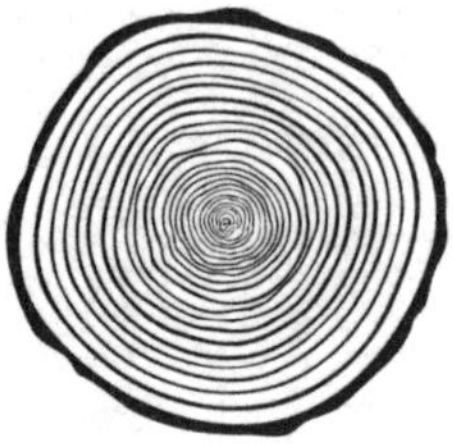

I

ERIK

Un coup de tonnerre claque, brutal, tout près. Elle se jette à terre et se recroqueville pour endiguer la douleur – qui ne vient pas. L'air irrigue ses poumons, ses jambes lui obéissent, la foudre est finalement tombée plus loin. Elle se relève, se fraie un chemin à travers les broussailles de la rive. Sur le grand lac flotte le reflet du soleil couchant. Elle entre dans l'onde et nage.

Le tonnerre gronde à nouveau. Elle plonge presque entièrement la tête sous l'eau et aborde une première île par son côté noyé dans l'ombre. Sur les rives les plus proches, ses poursuivants s'interpellent. La foudre se déchaîne dans le ciel sans nuages. Elle s'aplatit dans les mousses.

Un instant plus tard, les flots clapotent. Dans la pénombre, elle distingue un canard qui se débat près du bord. Le soleil a disparu, l'orage s'est apaisé. Elle se risque à s'en approcher. Il est gravement blessé et tente, à l'agonie, de gagner la terre ferme.

À la vue du canard à l'aile brisée, elle comprend qu'elle leur a elle-même échappé. Pour le moment.

Presque avec tendresse, elle le sort de l'eau. Il vit ses derniers instants sur une pierre plate et a le temps de voir quelques étoiles avant qu'elle ne lui donne le coup de grâce.

D'île en île, dans l'onde engourdie par le froid de cette fin d'automne, elle traverse à la nage le grand lac. Elle évite les barques à la proue desquelles brûlent des torches, se pétrifie en rocher à fleur d'eau en entendant des voix – et atteint l'autre rive, car les flots, dans la nuit, l'enveloppent d'une brume protectrice.

Elle s'ébroue, avance d'un pas. Sa taïga natale est vaste et de haute futaie, sapins tutoyant le ciel, pins au tronc aussi massif que les bélougas de la mer de l'Est. Elle est de retour, et la forêt se referme sans hésiter sur elle.

Au matin, la sylve se défait de son voile, et elle mesure le changement.

Plus elle s'éloigne du lac, plus le sous-bois est sillonné de sentiers. Il y en avait certes déjà autrefois, mais pendant ses années d'absence, il s'en est dessiné de nouveaux, et les anciens ont buriné le sol de larges balafres. Leurs creux boueux sont tapissés d'empreintes de bottes.

Puis elle sent la fumée qui serpente, insaisissable, entre les troncs. Elle ne parvient d'abord pas à en localiser la source, mais après avoir un moment tourniqué dans les fourrés, elle manque se heurter au mur de madriers d'une cabane en bois blanc. La fumée monte de son toit. Des pleurs de petit d'homme s'échappent de l'intérieur. De l'autre côté de la clairière se dresse un second logis. Elle fuit et se cache dans un champ de pierres, à flanc de montagne.

Ils ont fait leur nid dans la forêt.

Ils ne viendront pas dans le pierrier, mais bientôt un bruit perce derrière les arbres, inouï en ce lieu. Il augmente et résonne vite sans trêve, enchanteur et attirant. Elle plonge la tête dans la bruyère et respire à travers les mousses jusqu'à ce qu'elle se sente mieux. Les troncs retentissent d'échos, mais elle s'ébroue et reprend sa route.

Jamais, au grand jamais, il ne faut s'approcher des clarines qui tintent dans les jachères.

Dans la lumière du soleil scintillant sur la pierre blanche, elle se hisse sur le plus haut mamelon. Du sommet, on voit le lac. Il repose à l'est de la montagne, immobile et vaste comme un pan de ciel, cristallin, les rives bordées de frasil. Derrière, au loin, s'étendent les myrtilleraies, les pistes des animaux, les cavernes secrètes, la forêt bleutée qu'elle connaît si bien, presque à portée mais inaccessible.

Elle observe les barques, les fumées, les hommes sur les pontons. Ils surveillent leur lac, passent leurs journées dehors, se réveillent facilement la nuit, voguent sur les flots et skieront bientôt sur la glace, tandis que leur bétail piétine le sol autour de leurs villages. Et ils commandent à la foudre.

Elle se tourne vers l'ouest. Sous le ciel flotte l'odeur du fumier, de la sueur des défricheurs et de la poussière des routes. Elle se dresse, laisse l'air siffler dans ses narines et emplir ses poumons.

C'est alors qu'elle remarque à l'ouest de nouvelles senteurs : des feuilles en décomposition, des tourbières, des rivières impétueuses, des pins résineux, des pistes de fourmis, des canneberges.

Y aurait-il encore de la place, là-bas ?

Au début des temps, un gros bloc de pierre s'est fiché sur le versant. Elle descend jusqu'à lui et se glisse dans l'anfractuosité qu'il cache. De là, elle regarde encore un instant vers l'est, au-delà du lac.

Le soir venu, elle se dirige d'un pas prudent vers le pied de la montagne blanche. Il fait froid, le ciel est gris, dans le vent qui s'étiole flotte une lourde odeur de neige.

Elle se repaît d'airelles, jusqu'à ce que les flocons les recouvrent.

La pente l'entraîne à travers la forêt vers sa tanière natale, sous les branches d'un sapin, au pied d'un petit crêt.

Elle s'y endort.

De l'eau goutte sur sa couche. Elle se réveille. Une odeur d'aiguilles de sapin débarrassées de leur gangue de neige, de printemps, pénètre à travers les murs. Elle respire un moment l'air obscur, puis se lève et se glisse dehors. Le soleil pose ses mains chaudes sur son front, la neige mouillée cède sous ses pas.

Elle regarde son logis. Il est vieux, aménagé par l'un de ses parents. Celui des voisins est presque à portée de vue. Ce n'était pas un problème – ils se laissaient mutuellement vivre en paix.

Elle s'emplit une dernière fois les narines de l'odeur de sa tanière et poursuit son chemin vers la lisière de la forêt. Partout tintinnulent des chants d'oiseaux. Dans la faible lumière, les dos des constructions en bois gris du voisin se dressent tels de petits rochers. Tous les quelques pas, elle se fige pour écouter. Il n'y avait pas de chien dans la maison, avant, mais qui sait...

Une porte grince. Des pieds se posent sur des marches, quelque part dans la ferme. Elle se cache derrière un grand pin et attend. L'autre aussi s'est immobilisé.

Le matin scintille dans les flaques de l'airial. Une femme s'est arrêtée près du bâtiment le plus proche, s'enveloppe les épaules d'un vêtement noir et regarde droit vers elle, entre les arbres. Elle se prépare à l'entendre crier, mais rien ne se passe. Peut-être la femme ne la voit-elle pas, peut-être ne distingue-t-on rien, depuis la cour de ferme, dans les profondeurs de la forêt. Elle s'écarte d'un pas du tronc. Le regard de la femme la suit. Elle s'arrête et attend. Longtemps. La lumière augmente. Le murmure du vent s'élève à la cime du pin. Elle perçoit bientôt aussi autre chose. La femme parle, à mi-voix, et elle ne comprend qu'une chose, c'est qu'aucune haine ne perce dans ses mots. Entre leurs yeux se crée un chemin, sur lequel elles vont et viennent.

Le vent s'insinue dans la forêt, coupe le chemin et éparpille les mots. Elle secoue la tête et prend à pas feutrés la direction de l'ouest, et la femme la laisse partir.

1919

1

Je crois d'abord que le bébé est déjà mort. Puis ses paupières frémissent et il bouge les lèvres. Du fond du panier où il repose, il me regarde. J'écarte la nappe à carreaux rouges. L'enfant porte une longue robe et de petits chaussons de laine.

Je m'éloigne d'elle. Elle m'est étrangère. Je ne l'ai tenue dans mes bras que le premier jour, il y a une éternité. Je m'approche, pieds nus, du bord de l'eau. Le rocher est sec, les vagues n'ont pas la force de monter très haut. Je m'assieds et ôte mon chandail mouillé par l'averse de neige. Il choit à mon côté, tel un poisson mort.

La mer a secoué ses plaques de glace. Le rocher lisse descend en pente douce vers les flots qui clapotent autour d'un ponton disloqué par la banquise. À quelque distance, sur la gauche, la tour élancée d'une villa émerge des touffes d'arbres d'une île. L'hiver a écaillé ses flancs et personne n'est encore venu la repeindre. Quand les estivants arriveront, une fois la mer tiédie, le granit de la rive aura eu le temps de se laver de notre passage.

Les vagues roucoulent dans les creux des rochers. Au large de l'île, des goélands cendrés tournoient et décochent dans les airs des cris perçants, comme s'ils voulaient tuer les flots qui grognonnent à voix basse. Je m'allonge sur le rocher, laissant la houle m'agacer les orteils. La mer, telle une grande glacière, a vite fait de me friper la peau et de me donner la chair de poule. Nous n'aurons sans doute pas à attendre très longtemps.

Le ciel n'est qu'un immense nuage, gris pâle mais aussi lumineux que le soleil qui perce à travers la vapeur d'eau errant dans les hauteurs. C'était déjà le cas dans la soirée – était-ce seulement hier, il y a douze heures ? Si éblouissant que j'en avais presque les yeux arrachés. Des lumières vives brillaient au plafond du couloir de l'hôpital.

« Vous ne vous lavez donc pas les mains », dis-je dans un murmure. La phrase ne ressemble plus à rien. Je la répète, plus fort, je ferme les yeux et le revoilà, le médecin, accourant vers moi. Les lumières du plafond me rétrécissent tant les pupilles que je n'y vois presque plus. La douleur tournoie sous mon crâne et s'installe, lancinante, dans mes pommettes. Le médecin, un petit vieillard frêle, essaie de passer, mais je l'attrape par la manche. Il lève les yeux, me regarde et s'égare à esquisser un sourire hésitant, il n'a sans doute pas entendu ce que j'ai dit.

Je le secoue et crie :

«Vous ne vous lavez donc pas les mains ! »

Le tissu de sa blouse blanche est solide, comme fait pour être rudoyé. Son visage flou tremblote devant moi, pareil à une assiettée de porridge où son regard flotte d'un côté à l'autre tel un œil de beurre. Mes bras picotent d'une force annonciatrice de soulagement que je n'ai plus ressentie depuis les bagarres pour rire de mon enfance. Je pousse le médecin sous le palmier d'intérieur. Les feuilles projettent sur sa blouse des ombres qui m'indiquent où frapper : là, là et là !

« Erik ! » crie Sahlman derrière moi. Il me coince le bras gauche dans le pli de son coude, un inconnu qui a bondi d'une banquette du couloir me broie le droit. Le chétif médecin recule jusqu'au mur, protégeant son visage brouillé de ses mains. Le dos de ces dernières, large et poilu, offre aux microbes un nid douillet.

« Arrête, dit Sahlman. Inutile d'accuser qui que ce soit, et encore moins Railo. Il a parfaitement fait son travail. »

Mes forces quittent d'abord mes bras, puis tout mon corps. Je reste là, entre Sahlman et l'inconnu, la tête basse. Mes paupières se ferment. Sahlman parle au docteur Railo. Quand je lève un instant les yeux, je constate que ce dernier a disparu. Les deux autres desserrent leur étreinte.

«Ta femme ne souffre pas de fièvre puerpérale, articule Sahlman, lentement et clairement, comme s'il parlait une langue étrangère. On se lave tout le temps les mains, ici, tu le sais bien. Rentre chez toi. Nous saurons bientôt de quoi il retourne. Je te téléphonerai. »

Ils me lâchent. Je chancelle, mais sans tomber, et je fixe les chaussures de Sahlman, puis le bas de sa blouse blanche, qui lui descend presque aux genoux. Je dois plisser les yeux, car le tissu reflète comme un miroir la lumière des plafonniers.

« L'infirmière va t'appeler un taxi, dit Sahlman d'une voix qui m'atteint à peine. Tu veux un somnifère ?

– Non.

– Essaie de dormir. Je ne te téléphonerai pas avant demain matin, sauf s'il se passe quelque chose de particulier. »

Je pars, mais pas pour me coucher. Je demande au chauffeur de taxi de me conduire là où je sais que l'obscurité sera assez profonde.

L'auto cahote sur les pavés, puis sur la terre battue, zigzaguant entre les pires nids-de-poule. Derrière les vitres, les bâtiments se font de plus en plus sombres et petits.

Je mets pied à terre entre, d'un côté, à l'ouest de la route, quelques masures ouvrières des fenêtres desquelles filtrent de faibles lueurs et, de l'autre, à l'est, la gueule noire d'un sentier qui bée parmi des aulnes noirs brogneux.

Le platelage s'incline soudain vers l'avant. De l'eau m'éclabousse les bottes. Je recule un peu et me penche pour tâter les madriers. Ils ont été sciés. Je roule la manche de mon chandail, plonge la main parmi les plantes aquatiques et sonde le fond. C'est de la vase, hors de portée de mes bottes.

Il neige à gros flocons mouillés, effilochés. Je tends l'oreille, à l'écoute de la mort. Pas le moindre écho. Elle ne sait pas où est son intérêt, et ignore le chemin menant au cœur du marais nocturne. Je ne sais pas moi-même exactement où je suis. La route ne peut pas être loin, mais impossible de traverser la nappe d'eau dans la nuit noire. Et je n'ai pas la force de refaire en sens inverse les kilomètres que j'ai parcourus.

Et si Sahlman téléphone ?

La neige fond sur ma tête. Je m'essuie le front dans le bas de mon chandail. Sahlman téléphonera sûrement avant demain matin. Quand il le fera, tout sera fini, car « quelque chose de particulier » est le nom de code du trépas. J'ôte mes bottes, mes chaussettes et mon pantalon. Je roule le tout en boule dans mes bras et entre dans l'eau. Elle est si froide que mes poumons se bloquent. Mes orteils s'enfoncent dans la vase, des bulles putrides montent à la surface. J'aspire une goulée d'air et me mets en marche avant que mes pieds aient le temps de s'engluer. Sur cette portion du chemin, il n'y a pas de courbes. Il me suffit d'avancer tout droit jusqu'à ce que je retrouve le platelage.

L'eau est de plus en plus profonde. Je patauge jusqu'à mi-cuisse en essayant de voir autre chose que du noir, mais il n'y a rien d'autre. Je ne trouve pas les madriers. Peut-être tout le reste du platelage a-t-il été volé, bien que les habitants du coin l'aient construit pour accéder à la baie. Pique-niques du dimanche, parties de pêche, trempette en bord de mer, braconnage de dodus oiseaux migrateurs – c'est un précieux chemin circulaire qui conduit loin des rues poussiéreuses et des sirènes des usines.

Peut-être le prix du bois de chauffage a-t-il tellement augmenté cet hiver que les madriers ont été débités et mis à sécher contre des murs de bûcher. L'hiver a-t-il été rude? Je ne me rappelle pas. Je ne sens plus mes pieds. Je fais quelques pas sur le côté et soudain l'eau apparaît moins profonde. Des saules déploient leurs branches, je saisis leurs mains tendues et me hisse au sec. Quand je me heurte, dans les fourrés de la saulaie, à un premier bouleau au tronc solide, je le serre dans mes bras tel un sauveur. Je me force à ne pas courir, je risquerais d'entailler sans m'en apercevoir mes plantes de pied insensibles sur des cailloux ou des racines. Enfin les saules s'espacent. Je trébuche sur un talus argileux, l'escalade en rampant et m'arrache aux dernières branches.

Les gueules avides de la route gelée bâillent, mais elles ont maintenant l'air presque amicales. J'enfile mon pantalon, mes chaussettes et mes bottes et reprends à pied le chemin de chez moi, à dix kilomètres d'ici.

La main est tiède et humide de brume, pas brûlante et sèche comme hier soir à l'hôpital. C'est pourtant la sienne, j'en suis sûr. Je la serre, fort. En me concentrant, je vois la couleur des boutons de ses vêtements, ses clins d'œil et les mèches échappées de son chignon, j'entends ses demi-mots et ses soupirs. Les détails sont encore suffisamment nombreux pour la rendre vivante.

« Monsieur va bien? »

Je suis assis sur le perron de granit de mon immeuble. Je connais les motifs de ses marches, les arabesques formées par le magma quand il s'est solidifié, il y a des milliards d'années. La main que je serre est la mienne. Andersson s'est arrêté à côté de moi, ses cheveux gris en bataille, le col de chemise ouvert. Il descend sur le trottoir, hume l'air, examine le mur.

« Vous avez monté la garde toute la nuit?

– Non, répond-il. Il faisait juste déjà si clair que je ne pouvais plus... »

Andersson me suit dans le hall et se saisit du balai appuyé contre le mur.

« Il ne faut pas gaspiller la lumière du jour », marmonne-t-il, et, avec un signe de tête, il retourne dans l'aube blafarde, le balai fièrement sur l'épaule, comme si les lieux lui appartenaient. Il habitait déjà là quand une cabane en bois grise et des rochers arrondis encerclant un champ de choux se dressaient à la place de l'immeuble au crépi rougeâtre. Quand la cabane et les rochers ont été broyés par les fondations du palais de pierre, Andersson a été autorisé à rester pour ratisser, s'occuper de la chaudière à charbon et hocher la tête dans la loge de concierge.

La porte claque, un écho fatigué répond depuis le grenier. Je monte au troisième et fouille mes poches, mais ma clef a disparu. Il est cinq heures et demie. Je frappe doucement.

Hanna ouvre aussitôt. Elle s'appuie à la poignée comme sur une canne et frissonne dans sa robe de chambre bleue. Ses yeux sont enfouis sous ses paupières gonflées et son visage est quadrillé de nouvelles rides. Son chignon pend derrière son oreille gauche. Je commence moi aussi à avoir froid. Je malaxe entre mes mains les manches de mon chandail et renifle. Il ne reste rien de mon avalanche de pensées de la nuit.

« Où étais-tu ? murmure Hanna.

– Dehors.

– Sahlman a téléphoné. Il a demandé que tu le rappelles dès que possible. »

Je passe devant elle et referme la porte.

« Quelle heure était-il ?

– Je ne sais pas trop, j'étais si fatiguée. Minuit passé.

– Va te coucher. Je vais le rappeler. »

Hanna proteste, mais je la laisse sur le seuil du salon pour aller droit au cabinet de travail. Le bébé dort dans son berceau, son petit lit qu'un père oublié, enthousiaste, a demandé à Andersson de fabriquer il y a deux ou trois mois. Quand je retourne dans le vestibule, la porte de la chambre de Hanna est fermée. Le téléphone est fixé au mur au-dessus de la commode. Je m'assieds sur la chaise rembourrée à côté de l'appareil. En essayant de soulever le combiné, je constate, soulagé, que je n'en ai pas la force. Je m'appuie à la commode et me dispose à dormir. Plus rien ne presse.

Sahlman en décide autrement. Le téléphone se met à carillonner. J'arrache le combiné à son support, le tiens à bout de bras et ai le temps d'entendre la voix de l'opératrice avant de couper la communication. Je pose le combiné sur la commode et respire à pleins poumons, mais les murs du vestibule se rapprochent les uns des autres. Juste avant d'être écrasé, je me lève et fuis dans la cuisine. Sur l'étagère du haut du placard d'angle, je trouve un panier, celui que nous avons quelques fois rempli de girolles, l'été dernier. Je le matelasse de journaux et d'une nappe à carreaux rouges et sors le bébé de son berceau.

Andersson, occupé à balayer le trottoir devant la porte de l'immeuble voisin, ne me voit pas pousser ma bicyclette dehors, attacher le panier sur le porte-bagage et filer.

Y a-t-il eu un bruit, derrière moi ?

Le rocher tangue. Il fait chaud, le soleil m'aveugle à travers mes paupières. Je m'assieds, et mon mal de tête anesthésié par le sommeil fuse entre mes tempes tel un feu d'artifice, m'arrachant un gémissement. La mer s'est calmée, un pinson chante dans l'aulnaie noire. Je n'entends rien d'autre.

Et si je n'avais atteint mon but qu'à moitié ? Un enfant gèle plus vite qu'un adulte. Le premier cri d'un nouveau-né est toujours dû au froid qui l'assaille au sortir d'eaux tièdes. Un bébé est supposé pleurer s'il grelotte !

Je remonte la pente jusqu'au panier. L'enfant ne pleure pas, ne pleurera plus jamais. Elle a les yeux fermés, les paupières encore fripées.

Lorsque mon corps cache le soleil, ses paupières tressaillent, se lissent. Je tombe à genoux. Les jambes de mon pantalon sont constellées de taches de boue grises. Il y en a aussi sur la nappe, dont une bourrasque a rabattu un coin sur l'enfant. Je me penche pour toucher son minuscule poing. Il est frais. Je la prends dans mes bras.

Avec son poids réparti entre mes deux mains, j'ai l'impression de ne guère soulever plus que de l'air. Je ne me rappelle pas ce que c'était que de la tenir, avant. Est-elle en train de dépérir ou de prendre des forces ? Hanna s'en occupe depuis deux semaines, elle l'a nourrie, endormie et changée tandis que je faisais la navette, fou d'inquiétude, entre la maison, le bord de mer et l'hôpital.

Je l'enveloppe dans la nappe, puis dans mon chandail, qui a eu le temps de sécher au soleil, et cale le paquet dans le creux de mon bras. Elle ne bronche pas quand je me lève et, d'une main, noue maladroitement mes lacets. Ce n'est que quand nous atteignons le haut des rochers qu'elle ouvre soudain les yeux. Leurs ovales bleu foncé bordés d'un mince liseré blanc se plissent en direction de la mer qui s'éloigne. Je ne détecte aucun autre signe de vie. Et si elle s'était blessée en chemin ? Si un cahot de ma bicyclette avait brisé sa colonne vertébrale, pas plus grosse que mon petit doigt ?

Quand nous parvenons à l'ombre des aulnes noirs, elle ferme les yeux. Son visage rougit et se chiffonne. De sa bouche s'échappe un cri, un grincement de gond, comme celui de tout nouveau-né. De chaudes vagues me traversent. Je m'arrête et pose le panier par terre. Le gond geint de plus en plus fort, me faisant fouiller dans le panier, marmonner des mots tendres, bercer l'enfant, le tout en même temps et sans y réfléchir. Je trouve le biberon sous le journal dont j'ai tapissé le panier. Je le lui présente d'un geste hésitant, mais elle comprend, le happe et se met à téter furieusement le lait refroidi. Malgré les épaisseurs de tissu, je sens ses petits flancs, pressés contre mon bras et ma poitrine, se gonfler au rythme de sa respiration. Comme l'animal aquatique qu'elle est encore presque, elle cherche son souffle sur la terre ferme.

J'essaie de trouver dans son visage des traits familiers, mais n'en vois pas, même avec de l'imagination. Peut-être n'y en aura-t-il pas, peut-être ressemblera-t-elle à des ancêtres dont plus personne ne se souvient. Je l'envie, pour cela et pour bien d'autres choses – elle ne connaîtra jamais sa mère, la douleur du deuil ne la précipitera jamais dans les ténèbres, avril sera pour elle un mois comme un autre, peut-être même une joyeuse période de fêtes d'anniversaire et de chants d'oiseaux.

Ses yeux se ferment. Ses lèvres relâchent la tétine et je lui retire doucement le biberon. J'évalue la quantité qu'elle a bue, il reste les trois quarts du lait. Il ne devait suffire que pour l'aller, la faire taire si elle se mettait à pleurer en public. Je ne me rappelle plus qui raisonnait ainsi.

J'arrache mes chaussures à la boue et regagne ma bicyclette. Les petits soufflets de forge s'activent dans mes bras. Je ne sais pas s'ils parviendront à me maintenir moi aussi en vie. Ni même elle, si nous ne nous mettons pas vite au chaud.

Lorsque le sentier rejoint la route, je m'arrête et mets pied à terre. À travers les roseaux fanés, on aperçoit la ville, à l'est, de l'autre côté de la baie. Le parcours, pour y arriver, est long et lent. Depuis la construction de grandes voies de circulation, le chemin longeant la côte n'est plus qu'un raccourci boueux emprunté par les villageois où personne n'ose se risquer en auto, ni même en simple charrette.

Le ciel est de nouveau en train de se terrer dans les nuages et l'air fraîchit, le vent se gonfle du froid du large. Je n'ai pas le temps de faire le tour de la baie. Je n'oserais même pas traverser des lieux fréquentés, pas avec le bébé, les gens pourraient me l'enlever, je pourrais faire une chute, le panier pourrait tomber, il pourrait me venir encore d'autres idées folles. Je ne me rappelle pas quand j'ai dormi pour la dernière fois. Des pensées inabouties jaillissent du fond de mon cerveau. Sans attendre qu'elles s'éclaircissent, je tourne à gauche, vers Aspholm.

2

À travers le jardin dénudé, on aperçoit depuis la route la silhouette du manoir. Je soulève le loquet du portail et remonte à bicyclette l'allée de bouleaux. La façade du bâtiment se déploie de part et d'autre de l'escalier menant à la véranda. Les minces colonnes de cette dernière soutiennent une terrasse à laquelle on accède par la chambre de mère. J'y grimpais souvent le long du treillage de la vigne vierge.

Lattes et échalas gisent maintenant dans les plates-bandes. Je pose ma bicyclette contre le soubassement de pierre. De près, la maison me paraît, aujourd'hui encore, trop grande. Les fenêtres sont nombreuses et aussi hautes à l'étage qu'au rez-de-chaussée. On en parlait souvent.

« Qui a besoin de deux niveaux aussi élevés de plafond ? soupirait mère. Et chauffer toutes les pièces consomme chaque hiver une parcelle entière de forêt.

– Nous en avons plus qu'il n'en faut, répliquait père. Et vous pouvez toujours vous installer en ville pendant la saison froide. »

En général, la conversation s'arrêtait là. Père passait l'hiver dans la capitale, à cause de ses fonctions, et y séjournait même longuement en été. Mère refusait d'habiter un appartement exigu dans une rue noire de suie. Elle voulait que sa porte donne dehors, pas dans une cage d'escalier.

Je sors la clef de sous une des pierres bordant la plate-bande, où pointent des tiges de matricaire desséchées et des pousses de tulipe pointues sur lesquelles les murs ont fait pleuvoir des écailles de peinture jaune. Je traverse la véranda, ouvre la porte et entre avec précaution, comme dans une maison étrangère. Le hall sent l'inhabité, pour le reste rien n'a bougé. Les tables, les chaises, le coffre à habits, la vieille horloge de parquet dont les aiguilles se sont arrêtées à midi moins cinq. Enfant, j'en avais peur, surtout quand, à la mi-journée, elle sonnait à n'en plus finir des coups caverneux qui traversaient même le coussin que je me plaquais sur les oreilles.

Je monte à l'étage et prends sur les étagères de la resserre à linge des chiffons sentant le grenier. Je les secoue et les examine, mais sans trouver trace de mites ou d'attagènes. La petite dort. Je la sors de son panier et l'enveloppe dans plusieurs couches de laine et de flanelle, avant de me rendre compte que je n'ai même pas vérifié si elle avait besoin d'être changée. Sûrement. Mais ne vaut-il pas mieux la laisser dormir ? Elle se manifestera sans doute, si c'est indispensable. Je n'ai même encore jamais vu comment on la langeait. Je n'étais pas supposé devoir le faire. Je devais être un père ordinaire, qui rentre du travail, embrasse un visage souriant, effleure une petite joue, soulève une ou deux fois le bambin dans les airs, lui apprend peu à peu tout et le reste.

Mais comment la maintenir en vie jusque-là, ou même jusqu'à ce soir ?

Le couloir est si plein de courants d'air que je laisse le panier dans la resserre pour courir jeter un coup d'œil par la fenêtre donnant à l'est. Le câble du téléphone traîne sur la pelouse, non loin de son extrémité arrachée, qui pointe de sous la cime brisée par l'hiver d'un mélèze. Inutile d'essayer d'appeler un taxi.

Je retourne auprès de la petite. Son minuscule bout de nez émerge des chiffons de laine. Dans les parcs, j'ai parfois vu des nurses se pencher sur les visages d'enfants aux joues rouges : un nez froid condamne son propriétaire à rentrer à la maison, un chaud l'autorise à retourner jouer. J'effleure l'infime protubérance. Elle est chaude, mais la règle vaut-elle pour les bébés ? Peut-être le simple fait de l'emmener dehors a-t-il mis sa vie en danger.

J'entoure de mes bras mes jambes repliées et pose le front sur les genoux. Le vent hurle dans les conduits de cheminée. Il pourrait se taire, pour une fois que la maison dort.

La porte de la chambre de mère n'est qu'à quelques mètres. Je sais, sans avoir à regarder, ce qui se trouve derrière. Le jeté en dentelle du lit, devant la fenêtre, frôle le sol. Au mur, il y a un bouquet de muguet séché, jaune pâle. Je ne sais plus qui, de Fredrik ou de moi, le lui a offert. Dans la bibliothèque trône un bocal en verre rempli de coquilles d'œuf beiges mouchetées de brun.

Je me force à me relever, saisis le panier et me dirige vers l'escalier. En bas, je ramasse sur le tapis du hall quelques feuilles d'érable desséchées. Elles doivent dater d'octobre dernier. Un violent vent nocturne avait dispersé les tas de feuilles mortes. J'ai aidé les déménageurs à coltiner dans leur charrette les rares objets que nous voulions emporter en ville. Le ciel sans nuages était haut, les feuilles mouillées collaient à la semelle de nos bottes.

Je sors sur la véranda et ferme la porte à clef.

La mer gronde derrière la maison. Ici, à l'abri du vent, il fait presque chaud. À cette époque de l'année, il peut y avoir deux saisons à la fois dans le jardin d'Aspholm. Les premières chaleurs du printemps commencent à s'épanouir sur le devant du manoir, tandis que du côté exposé soufflent des bourrasques hivernales.

Je m'assieds au haut des marches, le bras sur l'anse du panier.

« Ça va aller, tu ne crois pas ? dis-je à la petite. Si je peux moi aussi me reposer un moment. Ensuite je te ramènerai auprès de Hanna. »

Elle souffle du nez. Je tâte du pouce le plancher de la véranda. Mon ongle y imprime un croissant de lune. La maison est en train de céder, de tomber en poussière sous l'effet du vent, de la pluie et de la terre grasse. Quant au jardin... j'entends presque, sous la pelouse, l'avide mélange d'argile et d'humus avaler les brins d'herbe fanés. Dans les plates-bandes, les ægopodes dressent leur tête encore fripée, et la framboisière, à l'orée de la forêt, gagne du terrain. Il ne faudra pas longtemps pour que fougères, stellaires et mnies colonisent tout et que les vieux madriers du manoir pourrissent dans l'oubli à l'ombre des broussailles. Une fine couche de culture a recouvert pendant plus de cent ans la sylve feuillue du bord de mer, mais c'est une parenthèse, un simple vernis. La nature attend son heure en silence. Elle m'assaille moi aussi dès que je baisse la garde – terrassant l'Erik qui tente de retourner en ville, maintenant que l'enfant est chaudement enveloppée.

Encore un petit instant, me dis-je, les yeux fermés comme quelqu'un resté assis trop longtemps dans la neige.

Le bébé laisse échapper un léger geignement. Je soulève le panier.

« Allons-y. »

La petite continue de dormir. Je sens son odeur, indéfinissable, douce et fraîche. Je ne regarde pourtant pas dans sa direction mais, par-dessus le panier, vers le portail. Je la berce lentement. Je suis resté d'innombrables fois assis au haut des marches d'Aspholm à me demander où allait la route qui passait devant, à attendre l'arrivée d'invités, le retour de mère, la clarification de mes idées. Quand j'étais enfant, le plus important était que personne ne puisse pénétrer en cachette dans mon royaume. Je surveillais la grille et l'allée de bouleaux qui avance vers la maison, semant sous elle des ombres sournoises. Elle se termine au pied de l'escalier de la véranda, devant lequel elle décrit une boucle prévenante. Son gravier faisait tomber les plus grosses mottes de boue des sabots des chevaux et des roues des charrettes avant que les attelages ne parviennent à l'entrée principale. Les visiteurs, que j'épiais en général après avoir grimpé sur la terrasse, arrivaient à destination les pieds propres.

Il ne reste plus que des vestiges du revêtement de gravier. C'est un chemin boueux jonché de branches mortes brogneuses qui, entre les bouleaux, se glisse jusqu'au manoir. Heureusement, père n'est plus là pour voir ça, me dis-je pour la première fois de ma vie. L'allée était pour lui une question d'honneur, même au printemps de l'insurrection. Aucun visiteur bienvenu ne s'est alors présenté, mais le vieux Ville a charrié du gravier et aplani la voie afin que père puisse la fouler.

Cela ne fait qu'un an, mais la terre a déjà réenglouti ce qui lui appartenait.

1903

3

Hanna remplit mon assiette de soupe aux pois.

«Tu peux commencer à manger. Ton père sera un peu en retard.»

Elle passe la main dans le duvet qui commence à recouvrir mon crâne rasé pour l'été et retourne à l'intérieur. Derrière l'étable, un rossignol chante dans la merisaie. Il est là depuis plusieurs jours et plusieurs nuits, à lancer ses trilles parmi les grappes de fleurs blanches, agaçant les filles de ferme au sommeil léger. Mère espère malgré tout qu'il restera jusqu'à sa fête de printemps. C'est probable, car nous ne sommes plus qu'à une semaine de la Pentecôte.

Je mords dans ma tartine et tourne ma cuiller dans ma soupe. Elle refroidit lentement, avec la chaleur, mais je dois de toute façon rester assis là. Père n'aime pas que l'on quitte la table avant son arrivée. Mieux vaut être en retard que se précipiter, dit-il. Cette maxime, comme bon nombre de celles qu'il professe, me donne un vague sentiment de culpabilité. J'essaie de les mémoriser, mais retiens mieux les dictons des valets et filles de ferme. Ils roulent sous la langue, madrés, et invitent à vérifier leur justesse. À la fin de l'hiver, Ville a prédit que quand les merisiers fleuriraient, les brèmes fraieraient. Hier, les bourgeons ont éclos partout en bordure du jardin et je me suis aussitôt précipité au bord de la mer pour pêcher. J'ai tout de suite vu sauter des poissons, mais rien ne pouvait moins les intéresser que mes vers. Je ne comprends pas ce qui cloche – si ce n'est que je suis coincé sur la véranda.

L'horloge de parquet du hall sonne un coup. Je pose ma cuiller sur la table et file sur la pointe des pieds voir ce qu'il en est. Onze heures et demie. Les aiguilles clopinent vers midi, pour le reste tout est silencieux. La cuisine est loin du hall et les bonnes se forcent à chuchoter tant que mère dort, si avancée que soit la journée. Je me tiens devant l'horloge, la nuque raide comme une trique. Il y a quelqu'un derrière moi, j'en suis sûr. On m'a laissé seul dans la grande maison, attiré à table pour y attendre les douze coups et ce qui s'ensuivra : des grincements de gonds, des pas dans l'escalier du grenier et dans les couloirs, un souffle froid à l'arrière de mon crâne.

J'ouvre la porte de l'horloge et arrête le balancier. Le silence s'épaissit, maintenant amical.

Alors que je termine ma soupe, père franchit le portail et remonte l'allée de bouleaux en compagnie du régisseur du domaine, Marttinen. Ce dernier poursuit son chemin et tourne le coin de la maison en direction de la porte de la cuisine, tandis que père monte deux à deux les marches de la véranda et s'assied sur le banc. Il ôte ses bottes et soupire.

« Voulez-vous que je sonne ? dis-je.

– Pas la peine, je peux me servir moi-même. »

Il verse dans son assiette quatre louchées de soupe aux pois et dans son verre la moitié de la carafe de bière de ménage, étale une épaisse couche de beurre sur une tranche de pain, mord dedans et hoche la tête.

« L'été, il faut manger des plats simples. Où est ta mère ?

– Elle dort sans doute encore. »

Il tire sa montre de son gousset. Ses sourcils se rapprochent d'un bond, mais sa cuiller entame son va-et-vient entre son assiette et sa bouche. Je la regarde monter et descendre en lorgnant la serviette de lin blanche sous laquelle attendent des crêpes. Quand Hanna apparaît sur la véranda et pose sur la table une jatte de crème fouettée, père consulte à nouveau sa montre.

« Il est midi passé. Pourquoi est-ce que l'horloge n'a pas sonné ?

– Je l'ai pourtant bien remontée ce matin », réplique Hanna, et elle va voir.

Père vide son verre et écarte la serviette de lin. Hanna passe la tête par la porte et annonce que l'horloge s'est arrêtée. Père flanque une crêpe dans une assiette et me la tend.

« Hanna, s'il vous plaît, le café, demande-t-il, puis il me regarde. C'est toi qui l'as arrêtée ? »

J'étale de la crème fouettée sur ma crêpe.

« Ne fais plus ça, Erik. Tu veux de la confiture ? Ta mère devrait se lever plus tôt. N'essaie pas d'étouffer les bruits de la maison.

– Ce n'est pas pour ça, ne puis-je que marmonner en laissant tomber un gros tas de confiture de fraises sur ma crêpe.

– Dormir jusqu'à midi passé ! soupire père en secouant la tête. Et après, veiller toute la nuit. »

Je plonge les dents dans ma crêpe. La crème fouettée froide déborde du coin de mes lèvres. C'est si bon que je n'entends plus ce que dit père. Hanna vient servir le café, le rossignol chante.

«Tu viens à la carrière? demande père une fois que nous avons vidé nos tasses de café.

– Tout de suite?

– On digère mieux en marchant qu'en dormant.»

J'avais l'intention de suggérer à mère d'aller à la pêche. Elle est souvent de mauvaise humeur au réveil, mais si j'arrive à grimper sur son lit pour m'allonger à côté d'elle, elle sourit avant même d'ouvrir les yeux et peut, dans son demi-sommeil, me raconter une histoire.

Mais il est encore plus rare que père me convie à l'accompagner à la carrière. En général, il n'a le temps de m'emmener nulle part. Il est incapable de rester à ne rien faire, même ici à la campagne. Il court de l'étable aux champs et note, dans son cabinet de travail, le nombre de litres de lait et de kilos de grain. «J'ai grandi pendant les années de disette, se vante-t-il toujours. Nous n'avons pas eu besoin de gaspiller notre argent en nourriture quand elle était hors de prix. Aspholm nous nourrissait. C'est une tradition qu'il faut préserver.»

«Je vais dire à Marttinen de se dépêcher, déclare père en enfilant ses bottes. Attends-moi là.»

Je le regarde s'éloigner. Il ne respecte guère les traditions, malgré ses discours. «Génération après génération, les Stenfors ont passé à Aspholm d'heureux étés champêtres, à se baigner dans la mer et organiser des fêtes dans le jardin, raconte-t-il volontiers aux visiteurs. Ici, même les pères de famille se mettent à taper dans des balles, une fois à bonne distance de l'hôtel de ville et du Sénat.»

Il n'a jamais tapé dans une balle avec moi.

Je descends de la véranda et scrute, à côté du treillage de la vigne vierge, la fenêtre de mère. Les rideaux sont fermés. Je ramasse des pignes au pied du sapin de Sibérie et les jette une par une contre la vitre. Je viens de lancer la dernière quand père et Marttinen surgissent sur la véranda. Les rideaux restent immobiles. Je suis les deux hommes dans l'allée de bouleaux et, à mi-chemin, me retourne pour regarder en arrière. Les branches hérissées de jeunes feuilles cachent la terrasse et la fenêtre de mère.

Celles-ci réapparaissent quand nous tournons à gauche au portail. Les rideaux se sont ouverts. Mère se tient sur la terrasse dans une longue robe blanche, bâille et s'étire. J'agite les bras. Père discute avec Marttinen et ne remarque pas que le plus beau sourire du monde rayonne jusqu'à la route.

«Alors, patron, vous avez regardé le nouveau catalogue? demande Marttinen. Les machines hippomobiles.

– Oui, oui, opine père. Une machine pour chaque tâche : semeuse, moissonneuse, batteuse, charrue, herse.

– Ce que je voulais dire, c'est : qu'est-ce qu'on achète ?

– Il faudrait tout acheter. Comme les voisins. Et il faudrait se plonger dans l'étude de l'élevage du bétail, de la production fourragère et de la rotation des cultures, drainer et agrandir les champs, augmenter le cheptel et retaper l'étable. »

Marttinen lui jette un coup d'œil. J'essaie de les suivre le plus discrètement possible, quelque chose se prépare. Père marche d'un pas nonchalant, lance une remarque à propos de la magnifique journée de printemps, sourit même.

« Effectivement, il faudrait, reprend Marttinen. Nous n'avons que quelques acres de champs et les prairies sont truffées de mauvaises herbes. Les vaches sont trop peu nombreuses, et il faudrait aussi acheter plus de porcs et de volailles. L'élevage, croyez-moi…

– Marttinen, l'interrompt père, j'ai décidé de ne pas toucher à l'étable. Nous allons garder quelques vaches, cochons et poules pour nos propres besoins et nous débarrasser du reste. Nous allons transformer les prairies en terres arables et les vendre aux voisins. »

Nous marchons un long moment en silence. Je m'imagine déjà avoir rêvé, vu le silence de Marttinen, quand ce dernier s'insurge avec une telle véhémence que je prends peur.

« Vous avez l'intention de renoncer à exploiter le domaine ?

– Pas du tout, réplique père. Il faut bien que je mange, moi aussi. Mais l'explorateur ne résiste pas à l'appel de la jungle. »

Peu importe, dans ces circonstances, que je ne sois qu'un enfant. Marttinen me jette un coup d'œil par-dessus son épaule et secoue la tête, partageant son ébahissement comme avec un adulte.

Les ouvriers plantent leur pelle dans le flanc d'un esker déboisé. Je songe à Gulliver et aux Lilliputiens, ou à l'image, dans un de mes livres animaliers, de pêcheurs découpant les entrailles d'un cachalot hissé sur le rivage. Une dizaine d'hommes creusent, certains tamisent le sable tandis que d'autres le chargent ensuite dans un tombereau. Père s'approche d'abord des tamiseurs, fait tourner dans sa main le gravier récupéré et hoche la tête.

« Vous ferez bien attention à ce que le gravier soit étalé de manière régulière dans l'allée de bouleaux », recommande-t-il à Marttinen.

Il passe à côté de moi, sourit et – est-ce possible ? – m'adresse un clin d'œil. Je le regarde un moment s'éloigner, puis me précipite sur ses talons.

Je me plante au bord de l'excavation aux côtés de père et de Marttinen. Le trou qui bée sur la pente de l'esker est déjà profond, nous surplombons les ouvriers de deux ou trois hauteurs de botte. Leurs chemises trempées de sueur leur moulent le dos. Marttinen les observe, la veste négligemment sur l'épaule.

« Plus que dix chargements, pour aujourd'hui », les encourage-t-il.

Le grand tombereau est déjà presque plein de sable.

« Comment tout cela va-t-il tenir dans l'allée, père ?

– On ne va pas tout y déverser, répond-il avec un petit rire. Juste le gravier le plus régulier, le reste part ailleurs. »

Il se balance sur les talons au bord de la carrière, sourit et discute avec Marttinen. Les ouvriers leur jettent des regards en coin et enfoncent avec hésitation leurs pelles dans le sable, incapables de décider s'ils doivent redoubler d'efforts ou suspendre leur travail. Enfin père rabat sur son front son chapeau rejeté en arrière et hoche la tête.

« Marttinen, vous allez convoyer le gravier jusqu'au manoir. Moi, je vais à la défriche avec le petit. Huttunen, prenez les rênes. »

Il monte avec l'ouvrier en chemise à carreaux sur le banc de cocher du tombereau, tandis que je m'installe sur le chargement. Quand l'attelage s'ébranle, j'ôte discrètement mes chaussures et enfonce les pieds dans le sable humide. Il se colle à ma peau comme une douce pantoufle de feutre. Bien que le printemps soit à peine en train de plonger dans l'été, j'ai déjà les pieds entaillés par les herbes et couverts de traces d'échardes et d'irritantes piqûres de moustiques. Mère me laisse me promener nu-pieds dès qu'il fait assez chaud à mon goût. Il paraît que c'est sain.

La route longe l'esker en direction du nord-ouest. Lorsque le relief s'enfonce sous terre, Huttunen tourne à gauche sur un étroit chemin forestier. Au croisement suivant, les chevaux choisissent d'eux-mêmes un sentier où le tombereau cahote sur les racines et sur les touradons de petites prairies. Devant nous, dans une aulnaie, se dresse la jupe rocheuse d'une colline au pied de laquelle la voie semble s'arrêter. Les chevaux se fraient pourtant un passage dans la pierraille, tirant leur chargement sur la pente sillonnée de traces de roues, entre des pins à l'écorce gercée. Bientôt Huttunen descend du tombereau pour marcher devant les chevaux, les rênes à la main. Je m'attends à ce que père m'ordonne aussi de mettre pied à terre, mais il a le visage tourné vers la cime des arbres.

Le sable commence à me chauffer les pieds. J'essaie d'entendre ce que Huttunen raconte aux chevaux, mais leurs halètements couvrent ses mots. Quand il s'arrête pour essuyer l'écume de leurs flancs, j'époussette les gravillons coincés entre mes orteils, remets mes chaussures et me prépare à sauter au sol.

«Reste là, nous sommes bientôt arrivés», dit père en se tournant vers moi et en plongeant la main dans le chargement. Il laisse couler entre ses doigts les grains qui ont blanchi en séchant et sourit. À mon intention? En regardant le filet de sable et le miracle sur son visage hâlé, j'en oublie les chevaux éreintés.

«Ce sable, déclare-t-il de sa voix d'homme d'État, n'a pas bougé depuis des milliers d'années, depuis la dernière glaciation.»

Je ne comprends pas, mais me répète intérieurement la phrase jusqu'à la savoir par cœur.

Au sommet de la colline, les chevaux marquent une pause. À l'instar de père, je m'assieds avec désinvolture de biais et repousse ma casquette en arrière. Huttunen remonte sur le banc de cocher et les bêtes s'engagent dans la descente, la tête maintenant déjà haute. La vitesse augmente rapidement. Les pins élancés restent loin derrière, au-dessus de nous les branches vert-noir des sapins se rapprochent les unes des autres. Le tombereau tressaute sur le chemin caillouteux. Je me tiens à deux mains aux ridelles et, en regardant la sapinière ombreuse, sens mes pupilles se dilater. Je ne me rappelle pas quand je suis allé pour la dernière fois dans la forêt. Le jardin d'Aspholm est suffisamment vaste et ses arbres se prêtent à l'escalade – les branches des érables et des mélèzes offrent des points d'appui aussi réguliers qu'une échelle. Dans la forêt, impossible de grimper dans les grands arbres, les basses branches des sapins sont minces et cassantes, et les pins n'en ont même pas. Toute tentative, si brève soit-elle, vous laisse les mains poisseuses de résine pour le reste de la journée.

Une vallée ensoleillée coupe la forêt en deux. Les chevaux s'arrêtent. Je porte la main en visière à mon front. Nous sommes arrivés à l'orée d'une clairière. Père descend du banc de cocher et fait signe à Huttunen, qui m'attrape sous les aisselles et me dépose par terre. Il a les bras noueux, brun-rouge, comme les troncs des pins de la colline.

La défriche n'a pas l'air très grande, la haute futaie reprend derrière le champ de souches, à une longueur de tronc à peine. Mais en m'approchant, je vois que la coupe s'étend transversalement à l'infini. Elle court vers le nord-ouest en une large trouée, tranche en deux la forêt et les rochers, se heurte pour finir au mur des arbres encore debout, qui s'effrite sous nos yeux: des scieurs s'activent à abattre de nouveaux troncs.

«Regarde de l'autre côté», me conseille père.

Je me tourne. Loin au sud-est, la percée conduit à un bosquet clairsemé à travers lequel on aperçoit le mur rouge d'un bâtiment en bois.

«C'est l'étable d'Aspholm», dit père.

Sans me laisser le temps de poser la moindre question, il file vers le centre de la défriche, où des hommes raclent la terre et arrachent les souches. Il se penche vers eux, les mains sur les genoux, se redresse par moments, parle et fait des gestes en direction d'Aspholm. Je me faufile dans le groupe.

«Il n'y a plus qu'à répandre le sable», ordonne père, et il s'écarte.

Le contenu du tombereau se déverse sur le sol, et les ouvriers entreprennent de l'étaler. Je les contourne pour regarder vers le manoir. Une bande de sable continue s'étend jusqu'au bosquet conservé pour protéger l'étable.

Père farfouille sous le banc de cocher, en sort un fusil et le passe en bandoulière sur son dos.

«Je rentre au manoir avec le petit, annonce-t-il aux ouvriers. Huttunen va retourner chercher un nouveau chargement. Il y en aura encore dix autres aujourd'hui.»

Huttunen grimpe d'un bond dans le tombereau et ordonne aux chevaux d'avancer. Père passe sans ralentir à côté de moi, avec un hochement de tête en direction d'Aspholm. J'essaie de ne pas trébucher sur les racines et les branchages épars. Père longe à grandes enjambées la bande de sable et franchit avec agilité les obstacles.

Je crie en direction de son dos qui s'éloigne :

«Pourquoi est-ce qu'on ne marche pas sur la route ?»

Il s'arrête pour m'attendre.

«Les bords risquent de s'effondrer, la voie doit encore être nivelée.

– Pourquoi est-ce qu'on construit une route ici ?

– Ce n'est pas une route, réplique-t-il avec un clin d'œil, cette fois indubitable. Dès l'automne, il y passera un train.»

Je m'arrête. Père repart, pressé.

«Viens, Erik, j'ai de la paperasse qui m'attend.»

Je le rejoins au pas de course.

«On va pouvoir aller partout en train?

– Quand même pas. Je te montrerai le projet à la maison. Garde l'œil sur la lisière de la forêt, il y a peut-être des choses intéressantes à voir. Les oiseaux viennent picorer les gravillons.»

Je marche au même rythme que père. Quand j'escalade les souches et les troncs, je suis même par moments aussi grand que lui. Le sol de la défriche est couvert de hautes herbes et de myrtilliers desséchés où volettent des bourdons. Leur son me chatouille agréablement, du bout des doigts aux orteils. À la fin de l'été, je viendrai ici cueillir des baies avec mère. En train !

Près de l'extrémité de la voie, quelque chose bouge à l'orée de la forêt. Un animal se plaque en silence au sol parmi les myrtilliers.

« Père. »

Je ne distingue pas bien la bête. Quand je m'approche sur la pointe des pieds, plié en deux, elle recule jusqu'au pied d'un petit sapin. Elle bouge bizarrement, rampant presque. Mon cœur bat à tout rompre. Que faire ? Je ne sais pas ce que je regarde. Dois-je ou non interroger père ? L'animal est plutôt gros et tacheté de brun. Une fois à l'ombre du sapin, il se blottit, immobile. Je fais signe à père. Il me rejoint et pose un genou à terre. J'ai les jambes qui tremblent et le sang qui bouillonne dans les bras quand il place la crosse du fusil contre mon épaule. Je pose la joue sur le canon froid et vise le pied du petit sapin.

« Doucement, chuchote père. Il croit sans doute qu'on ne le voit pas. »

Il guide mon doigt sur la détente et rectifie la direction du canon. Je tremble, incapable de tirer, mais il m'aide, et le coup part finalement presque trop vite. Le fusil tressaute violemment, la détonation se répercute dans mes conduits auditifs et se mue en hurlement. La forêt bascule. Quand père se redresse, je me rends compte que je suis assis par terre.

« Tu t'en es bien sorti, dit-il en m'aidant à me relever. Allons voir. »

Sous le sapin gît un animal, rond, moucheté, et si mort que je n'ose pas approcher. Je reste derrière père et secoue la tête pour faire cesser le hurlement. C'est comme si j'avais de l'eau dans les oreilles. Le son se tait, ou bien je l'oublie, quand père saisit l'animal par le cou et le ventre et le soulève de terre. Les différentes parties de son corps se balancent mollement. Mes genoux manquent à nouveau se dérober.

« Jolie poule de bruyère ! »

La tête de l'oiseau a l'air petite, au-dessus de la main de père. Il a les yeux surmontés de traits rouge vif, comme des sourcils. Je ne comprends pas comment j'ai pu le repérer dans le sous-bois. Seule sa poitrine brille, rouge brique, pour le reste, son plumage arbore les teintes brunes de la forêt.

« Madame devait être en train de manger des fleurs de myrtillier.

– Regardez, père ! »

J'arrache ma casquette et m'accroupis pour ramasser dans un creux de la mousse, sous le sapin, des œufs tachetés de brun.

« Est-ce qu'ils vont éclore, si je les garde au chaud ? »

Père en prend un et le casse.

« Ils sont encore très frais. On va empailler l'oiseau. Tu pourras le mettre dans ta bibliothèque. »

Nous repartons vers la maison. Père porte la poule de bruyère, moi le fusil et sept œufs.

Je dispose les œufs dans une petite caisse en bois, les entoure d'un cache-col et les laisse sur ma table. Dans le couloir, je jette au passage un coup d'œil dans la chambre de mère. Le lit est fait, la porte de la terrasse ouverte. Les fins rideaux blancs flottent dans le vent qui, lorsqu'il me parvient, m'enveloppe d'une odeur sucrée. Je me hâte de descendre au rez-de-chaussée.

Père est assis à son grand bureau, dans son cabinet de travail, et examine des papiers, ses lunettes sur le nez. Je reste à attendre dans l'embrasure de la porte.

« Entre. J'en ai encore pour un instant avec mes livres de comptes. »

J'appuie mes coudes sur le bureau et effleure du doigt le coupe-papier doré. Il scintille comme la lune sur les vagues. D'ailleurs tout, dans la pièce, brille de propreté – même le bois sombre et dur de la table reflète les visages aussi nettement qu'un miroir. Quand père est absent, je ne m'aventure pas dans son cabinet. C'est un sanctuaire où il accomplit des cérémonies secrètes. Le bureau est un autel, ou peut-être plutôt une image divine, l'autoportrait de père. Non qu'il en soit la copie fidèle, car père n'est ni grand ni mordoré de peau, mais il flotte autour de lui et de son bureau la même odeur de cigare, et tous deux sont opaques et inrayables.

Il me montre son livre de comptes. Il m'indique des chiffres et m'explique comment on les additionne, soustrait, multiplie et divise. Je hoche la tête et acquiesce, bien que je sois presque sûr qu'il ne s'adresse pas vraiment à moi. Quand on est de bonne humeur, on a juste envie de parler, à n'importe qui. Et face à père, je suis volontiers ce n'importe qui.

« On va maintenant regarder la carte. »

Il referme ses dossiers et déroule une carte sur le sous-main. Elle occupe un tiers de la table.

« Là, c'est Aspholm, dit-il en désignant un groupe de carrés noirs sur le bord droit de la carte. Cette partie bleue, en bas, c'est bien sûr la mer. Et le vert, c'est notre forêt. »

À gauche du manoir s'étend une vaste zone coloriée en vert, parsemée ici et là de taches grises et jaunes. La forêt, les collines rocheuses et les champs.

« Si tu devais transporter de lourdes charges depuis le cœur de la forêt, comment ferais-tu ? » demande père.

Une ligne noire est tracée un peu au-dessus de la zone verte. Ce doit être la route, car elle passe aussi devant les bâtiments d'Aspholm. Je la pointe du doigt.

« La route est en mauvais état, dit père. Elle ne supporterait pas le poids des chargements. Et elle est très éloignée du cœur de la forêt. »

J'examine à nouveau la carte. De fines lignes bleues traversent le vert, à une largeur de paume environ les unes des autres. Des rivières, allant des profondeurs de notre forêt à la mer ! J'en tapote une de l'index.

« Je construirais un bateau, j'y embarquerais le chargement et je naviguerais sur la rivière jusqu'à la mer.

– Si seulement c'étaient des rivières ! Mais ce ne sont tous les quatre que de pauvres ruisseaux, sinueux et caillouteux. Dans les pires pierrailles, l'eau disparaît même sous terre. Crois-moi, j'ai retourné le problème en tous sens, mais non. Il n'y a rien à en tirer.

– Alors je ne sais pas.

– L'idée ne m'est venue à moi-même que l'hiver dernier », avoue père, et il se saisit d'une règle et d'un crayon pour tracer une longue ligne droite des bâtiments d'Aspholm aux profondeurs de la forêt. Elle continue, encore et encore, jusqu'au bord gauche de la carte.

« Puisqu'il n'y a pas de route, il faut en construire une. Et une locomotive à vapeur va plus vite qu'un cheval. »

La ligne noire fonce à travers les bois. Elle franchit les ruisseaux et les rochers et se termine quelque part au loin, de l'autre côté de la forêt, de notre forêt, qui est grande comme la moitié de royaume des contes de fées. J'entends retentir le sifflet de la locomotive et, lentement, les bielles se mettent à tourner. Sur le parquet du cabinet de travail se dessinent de longs rails dont les joints font tacataquer les roues du train.

« Qu'est-ce que vous avez l'intention de transporter hors de la forêt ? »

Père roule la carte et allume un cigare. Au-dessus de la voie, des bouffées de fumée s'échappent de la cheminée de la locomotive. Le sifflet résonne en continu à mes oreilles.

« Les arbres. »

4

« Et voilà le dernier. »

Hanna me tend les coquilles d'œuf vidées et jette l'eau de rinçage dans le seau à ordures. Elle regarde le bol dans lequel nous avons soufflé leur contenu et renifle le mélange jaunâtre, sourcils froncés. Je comprends que j'ai attendu trop longtemps. Il n'y aura pas de poussins, ni même de crêpes. Hanna prend le bol et ouvre la porte du jardin.

« Je vais balancer ça sur le fumier. Va t'habiller, les invités seront bientôt là. Tes vêtements sont sur ton lit. »

Je rassemble les coquilles d'œuf dans un pan de ma chemise et file dans ma chambre. Il m'a fallu des années pour trouver où cacher mes trésors. Il n'y a ni double fond dans le tiroir de la commode ni renfoncement secret dans le mur, et c'est pourquoi je les ai longtemps gardés dans une boîte sous mon lit, jusqu'à ce que les bonnes soient à deux doigts de tout jeter au feu. La bibliothèque s'est avérée l'endroit le plus sûr pour mes trophées. Plus un objet est placé en évidence, moins les adultes le remarquent, car tant qu'ils en ignorent la valeur, ils ne le voient pas. Les bonnes restent néanmoins un danger, vu qu'à leurs yeux, toute trouvaille venue du dehors est une saleté. Elles ne savent pas quels efforts j'ai dû déployer pour ajouter à ma collection un nid d'oiseau abandonné, un tronçon de colonne vertébrale de brochet ou une paillette d'or des chats. Ces objets sont plus précieux que toute l'argenterie du manoir, car chacun est unique, alors que les chandeliers d'argent se comptent par dizaines.

Je ne connais pourtant qu'une personne qui partage mon avis.

Je grimpe sur un tabouret et rapproche le nid d'oiseau du bord de l'étagère. Il est rond, fait d'herbes, de mousses et de brindilles entrelacées. J'y laisse délicatement tomber deux des coquilles d'œuf de la poule de bruyère et dispose les autres dans un bocal en verre à large col. Puis je me résous à me changer.

À peine ai-je frappé à la porte de mère qu'elle actionne la poignée.

« Te voilà ! Je t'ai entendu courir dans le couloir. »

Elle tient d'une main ses tresses inachevées et recule jusqu'à sa coiffeuse. Hanna glisse à nouveau son peigne dans ses cheveux, mais mère me fait signe d'approcher et me prend sur ses genoux. Je sens contre mon front sa joue tiédie par sa sieste. Je m'appuie sur l'épaule matelassée de sa robe de chambre rouge foncé, respire son parfum et pourrais rester là toute la journée, si elle ne remarquait le bocal.

«Qu'est-ce que c'est?»

Je pose mon offrande sur le coin de la coiffeuse et lui raconte la découverte du nid sous le sapin. Dans le miroir, elle adresse un petit sourire en coin à Hanna.

«Gunnar a bien sûr tué la poule?»

Je hausse les épaules. J'ai raconté aux autres que j'avais tenu le fusil avec père, mais mère n'a pas besoin de le savoir. Elle n'aime pas les trophées de chasse de père, les oiseaux sont plus beaux vivants, selon elle, et ramassent moins la poussière. Elle porte certes des chapeaux ornés de plumes, mais elle pense, ou du moins espère, qu'on les ramasse dans les forêts à l'époque de la mue.

«C'est très beau, en tout cas, dit-elle en plaçant le bocal devant le miroir. Et toi aussi. Quand les invités seront là, viens dire bonjour.»

Elle rajuste le col de ma veste de marin.

«Hanna te servira à dîner dans la cuisine. Ne te couche pas trop tard.»

La table de la salle est longue et large, et peut accueillir près de trente convives. Les chaises s'écartent les unes après les autres, et au-dessous de la nappe apparaissent des pantalons noirs, des robes longues et des souliers vernis. Au-dessus se déploie un murmure de conversations, encore contenu à cette heure, où perce par moments la voix plus argentine de mère. Elle ne s'est pas encore assise et fait admirer de nouveaux tableaux de paysages. La chaise à gauche de la sienne est également vide. À droite, père bat le plancher de la pointe de sa chaussure.

Je me suis installé à égale distance des bords de la table, aussi loin que possible des pieds. Plus tard, quand les phrases ralentiront et que les mots resteront en suspens, les invités s'affaisseront sur leur siège, mais même alors, je resterai hors de portée de leurs orteils.

«Je vous en prie», chante presque mère. Elle est de bonne humeur, plus gaie que jamais, en présence d'invités. J'ai décidé de m'y habituer. Je peux bien lui offrir des œufs d'oiseau, des fleurs et des coquillages spiralés, jamais ils n'arriveront à la cheville des soirs de fête.

Les derniers sièges trouvent leurs occupants. Le bas de la robe de mère apparaît, tout près. Elle porte une tenue bizarre, que la couturière a passé tout l'hiver à confectionner. Elle se compose d'une jupe blanche, d'un corsage à larges manches, d'un corselet vert et d'un tablier bleu foncé. Le bord des manches et le bas du tablier sont ornés de fils d'argent et de rubans de différentes couleurs, et à sa ceinture pendent des ciseaux et un minuscule couteau de chasse. D'après mère, les femmes s'habillaient ainsi il y a mille ans, on a trouvé des restes de tissu et d'ornements dans d'anciennes tombes. Quelle horreur!

Comme toujours, les premiers mots à survoler la table sont ceux, prudents et solennels, d'hommes que le gouverneur général a envoyés ici ou là. Cette fois, le nom d'un certain Lehtinen, rédacteur en chef, est cité. Je sais que les invités surveillent les portes et les fenêtres, et se méfient parfois même les uns des autres. Mais le vent marin a chassé de la salle les inquiétudes et les soupçons, et bientôt la conversation se porte sur des voyages d'agrément passés ou futurs, des pièces de théâtre et des concerts. Ces sujets ne m'intéressent pas. Mère court certes les spectacles, mais je n'ai pour l'instant été autorisé qu'à agiter la main en direction de l'attelage disparaissant dans l'allée de bouleaux. La ville est suffisamment loin pour qu'elle prolonge sa soirée jusqu'au matin suivant.

«Je suis revenu avant-hier de Carélie, du mont Velu.»

Mon cœur bondit. Je serre mes genoux contre ma poitrine et fixe les basques noires qui pendent à portée de mon bras, à gauche de mère.

«Tu as trouvé ce que tu cherchais?

– Je crois. Tous les chants et poèmes n'ont pas encore été collectés.

– Tu parlais de thèmes animaliers. Nous en diras-tu plus aujourd'hui?

– Peut-être.»

J'attends la suite, mais les bonnes commencent à servir et la conversation cesse de tourner autour des hommes. Les fourchettes et les couteaux tintent, les verres se lèvent. Peu à peu, le son des voix et des rires monte. Je n'écoute pas ce dont on parle. Je repose mon menton sur mes genoux et suis des yeux le mouvement des basques noires. De fête en fête et de chaise en chaise, elles se sont rapprochées de mère.

Leur propriétaire s'appelle Fredrik.

Le dessert terminé, père plie sa serviette et repousse sa chaise. Il souhaite avec aménité une bonne fin de soirée aux invités et s'excuse de devoir retourner à son travail.

«Je vous rejoindrai peut-être plus tard», conclut-il en sortant d'un pas ferme, bien décidé à ne pas revenir.

Une cerise rouge roule au pied de la chaise de mère. Elle pousse un cri et rit, de son rire cristallin du soir qui, une fois la maison vide, se brise en général en gouttelettes scintillantes. Comme elle ne se penche pas pour la ramasser, je gobe la cerise.

«Est-ce que tu ne devrais pas, en bonne fille de la campagne, cueillir les fruits tombés?» demande Fredrik.

Mère rit de nouveau et triture le bord de son tablier. Fredrik pose les doigts sur son poignet et le caresse du pouce. Sa main osseuse, hâlée, est trop près, des yeux s'ouvrent à ses extrémités et me font fuir. Je m'éloigne en rampant, ramasse des morceaux de biscuit tombés sous la table, les grignote un par un et appuie la tête sur l'assise rembourrée d'une chaise vide. On entend, dehors, des exclamations et des rires, quelques invités sont sortis admirer le jardin et la mer. De petits groupes se sont formés sur les sofas et autour du piano à queue. On y trinque, palabre et plaisante. Il n'y a plus, assis à table, que mère et Fredrik, main dans la main à l'abri de la nappe. L'horloge du hall sonne onze coups.

«Et si on faisait une partie?»

Je reprends ma place. Les promeneurs reviennent du jardin. Les lampes à pétrole s'éteignent et les murs de la salle s'assombrissent. Il ne reste à palpiter autour de la table que la fragile lueur des bougies. Quand tous se sont rassis, les voix faiblissent avant de totalement se taire. J'attends, tremblant d'une peur délicieuse, respirant à grandes goulées par la bouche.

«De l'eau», réclame quelqu'un.

Un verre glisse sur la table et s'arrête devant mère, juste au-dessus de moi. Personne ne dit rien. Je m'allonge en silence sur le sol afin d'éloigner le plus possible les battements de mon cœur des oreilles des adultes.

Ceux-ci se mettent peu à peu à chuchoter des questions, entrecoupées de longues pauses, de déglutitions et de soupirs étouffés. Puis un cri me transperce tel un courant électrique.

«Il bouge!»

Deux ou trois chaises se reculent, quelqu'un éclate en sanglots. Je n'ai jamais compris ce qui se passait, comment les morts pouvaient répondre aux questions, ce que le verre d'eau venait faire là-dedans, si les adultes étaient sérieux ou pas. Je n'ai jamais posé la question à mère, car ensuite je ne pourrais plus me cacher sous la table. Je sais que je le regretterai, mais cette atmosphère d'angoisse me fascine. Ce n'est qu'ici, entouré d'un mur de dizaines de jambes, que je parviens à me convaincre qu'il ne s'agit que d'un jeu, d'un tour de magie. Dans la nuit, le souvenir du silence glaçant et des cris déchirants ne trouvera plus d'explication rationnelle.

La salle se tait. Pendant un instant, seules vibrent les respirations, puis une voix mâle, ensommeillée, demande à quoi ressemble l'au-delà. Je n'entends pas la réponse, mais bientôt l'homme cherche à en savoir plus.

«Il est entré en contact», chuchote quelqu'un.

L'homme marmonne quelque chose à propos d'ombres et de voiles de nuages. Ses phrases se bousculent, sa voix monte dans les aigus et ondule tel un étrange chant d'oiseau.

«Regardez ses yeux.»

J'imagine le mystérieux invité debout devant la table, les yeux révulsés. Je me bouche les oreilles et essaie, par la force de ma pensée, d'obliger l'assemblée à parler de nouveau de lignes de bateaux à vapeur. La voix aiguë de l'homme perce à travers mes mains, des pieds bougent. Je me tourne vers les jupes de mère et m'apprête à lui enlacer les genoux, d'où son tablier bleu a glissé sur le côté, mais je n'en ai pas le temps. Les doigts de Fredrik descendent sur sa jambe en direction de sa rotule. Quand ils l'atteignent, elle lui pose la main sur la cuisse. Il retrousse petit à petit le bas de sa robe. Pendant ce temps, la partie se poursuit, avec des exclamations, des bruits divers, le flot de paroles ininterrompu de l'homme à la voix aiguë, les longs doigts sur la peau de mère, sa main agrippée à la cuisse de Fredrik. Soudain une quinte de toux, un bref silence, un tonitruant éclat de rire.

«Je n'ai plus de voix, j'arrête.

– Tu nous fais marcher depuis le début?

– Ce n'était pas difficile.

– On aurait dit un enfant de chœur.»

Au-dessus de ma tête, le verre se renverse et roule sur la table, de l'eau coule sur le parquet.

«Les esprits se vengent!»

Un rire soulagé rallume les lampes à pétrole. Les doigts de Fredrik laissent retomber la jupe de mère, il se lève.

«De la musique!» crie quelqu'un.

Je recule vers le mur le plus proche. Ma main gauche tombe sur la flaque. Je la secoue et l'essuie dans la nappe, mais ma peau semble absorber l'eau. Je me recroqueville à côté d'un pied de la table et presse mes mains l'une contre l'autre. La gauche est froide comme la mort.

«Le Velu est une montagne étrange, faite de pierre blanche, dit Fredrik, assis au piano, en rejetant ses basques derrière le tabouret. Je suis resté des heures au sommet. La vue s'étend loin vers l'est, où tout est bleu. L'immense forêt reflète le ciel, ou l'inverse.»

Dans le hall, l'horloge sonne les douze coups de minuit.

«Dans un village de cette montagne, il y a une femme dont on prétend qu'elle parle avec les ours. Je l'ai rencontrée, mais elle n'a rien voulu me dire de son don. C'est pourquoi j'ai été obligé d'imaginer ce qu'ils... »

Fredrik s'interrompt. Quand il commence à jouer du piano, je me glisse dans l'ombre du palmier d'intérieur. Deux femmes sont assises à côté, sur un sofa. L'une regarde Fredrik, l'autre sourit, les yeux fermés. Je me glisse derrière elles, rampe le long du mur et plonge dans le hall obscur. Caché par le montant de la porte, je jette un coup d'œil dans la salle où l'heure tardive a voûté le dos des invités, froissé les jupes et ouvert les boutons de chemise, noyé les visages dans une douce somnolence. Seule mère est encore assise, le dos droit, à la grande table. Ses tresses sont à demi défaites, des mèches tombent sur ses épaules et sur les broches de bronze de son corselet. Elle vide lentement son verre de vin, le repose sur la table et pianote dessus du bout des doigts. Fredrik plaque sur les touches des accords profonds. Ce sont des pas, si réels que je le vois déjà, l'ours, marchant sur la montagne blanche. Il est encore loin, mais approche. Mère le voit aussi. Ses articulations pâlissent, ses doigts enserrent son verre telles des griffes. Le fin cristal se brise. Elle balaie les morceaux de la main. Aucun des invités ne semble la remarquer quand elle se lève et se met à danser. Personne ne l'en empêche. La mélodie ruisselle du lointain sommet de la montagne où l'ours l'attend. J'esquisse un mouvement vers la salle, mais je ne vois pas ce que je pourrais faire. Mère danse, sortie de sous terre, faisant voler ses jupes découvertes dans une tombe. Elle se coule dans la rivière de notes, s'élève à contre-courant vers le sommet du mont et, de là, jusqu'aux étoiles brumeuses de la nuit d'été.

Un réveil cabossé hoquette sur l'étagère de la cuisine, ses aiguilles indiquent presque deux heures. Je mâchouille un dernier sandwich, mais un bout de couenne de jambon durcie tourne sous ma langue et refuse de se laisser avaler. Je le recrache dans mon assiette. Mes pieds se balancent, perdus, sous la table massive. Je termine mon verre de lait caillé. Le liquide descend lentement dans mon gosier.

J'éteins la lampe à pétrole et sors dans le couloir. De l'autre côté de la maison, une faible lueur filtre dans le hall, venue de je ne sais où, plus effrayante que l'obscurité. La porte de la petite chambre à côté du cabinet de travail est fermée. Père a de nouveau étudié ses dossiers jusqu'à tomber de fatigue et est resté dormir au rez-de-chaussée.

Le rai de lumière vient de la salle. La musique s'est tue et presque tous les invités sont partis, seuls quelques jeunes gens reposent leur tête ébouriffée sur les accoudoirs des sofas. Mère a disparu. Et Hanna, ses soirs de congé, reste toujours dormir chez sa sœur, en ville. J'ouvre la porte de l'horloge et arrête le balancier. Puis je me couche sous le guéridon à plantes vertes voisin. Pas question de monter dormir seul à l'étage.

Le silence règne dans le hall jusqu'à ce qu'un moustique solitaire me découvre et reste, obstiné, à ziziller à mon oreille. Mère a oublié de fermer la porte du jardin. Demain matin, père maugréera à propos de vagabonds, de voleurs se déplaçant en barque et d'ivrognes fous hantant les bords de mer. Mère secouera sa tête migraineuse et lui demandera de se taire. La journée se passera dents serrées, dans un silence boudeur que je ne devrai pas briser – sauf à supporter qu'aucun d'eux ne réponde, ne serait-ce que d'un mot, à ma tentative de conciliation.

Quelqu'un braille dans son sommeil. Je chasse encore une fois le moustique et me remets debout.

L'air de la salle a un goût sirupeux. Je me remplis les poches de biscuits abandonnés sur la table et souffle les bougies vacillantes. Je tire derrière moi la porte du jardin, mais reste figé sur le seuil. Dehors, il ne fait pas tout à fait noir. La mer capte déjà les prémices du jour, au nord-est, et renvoie une pâle lueur révélant la silhouette des arbres, des buissons et des bancs. Il n'y a pas de vent, mais la houle nocturne murmure sur le sable, rendant tout de suite le jardin plus accueillant que le manoir. La mer, au moins, est réveillée.

La porte claque dans mon dos, comme si un grand animal avalait, d'un coup, le monde entier.

Je vais au pavillon de bain, mais la porte est verrouillée. Le berceau de lilas aussi est occupé, une respiration tranquille perce le feuillage. J'hésite entre le fenil de l'étable, la remise et le logis des domestiques, avant de me rendre compte que je n'ai pas sommeil.

C'est la première fois que je me retrouve seul dehors au milieu de la nuit.

Je m'arrête au pied d'un pommier et braque les yeux sur les buissons ornementaux qui se profilent dans la pénombre, jusqu'à ce qu'ils semblent se rapprocher. Je me plaque contre le pommier, mais je suis malgré tout trop visible. Des rôdeurs nocturnes chevronnés, quels qu'ils soient, me repéreraient vite. Je ferme les yeux, juste une seconde, mais les buissons en profitent pour avancer encore d'une longueur de branche. L'obscurité se fait plus dense. Il ne me vient à l'esprit qu'un seul endroit où les voleurs, les esprits et moi serions aussi aveugles les uns que les autres.

Le ballast de sable a été damé et nivelé. Les rails seront livrés en juillet. Afin que rien ni personne ne puisse me surprendre, je marche par moments en crabe ou à reculons. Les petites heures de la nuit ont rafraîchi l'air et des lambeaux de brume s'élèvent de la lisière de la défriche. C'est de la vapeur d'eau, de la simple vapeur d'eau, me dis-je et redis-je, mais à la fin c'en est trop, je saute du ballast et m'engage en trébuchant dans le champ de souches. La muraille charbonneuse de la forêt se rapproche à toute allure, aussi impénétrable que le roc. Je suis fou, ne puis-je m'empêcher de penser, mais je poursuis mon chemin. À l'instant où je vais le heurter, le mur s'ouvre devant moi.

Il me faut un moment pour y voir quelque chose. Il fait presque chaud. J'avance de quelques pas hésitants et, quand je regarde derrière moi, la brèche s'est déjà refermée. Aucun être, qu'il soit de brume ou de chair et de sang, n'a eu le temps de me suivre. Des arbres, des pierres et des touffes de mousse se dessinent dans l'obscurité, semblables à eux-mêmes. Il flotte une odeur de terre et peut-être aussi de neige, bien qu'il ne puisse en subsister que des vestiges gelés, amassés dans les plus profondes anfractuosités des rochers. Je plisse en vain les yeux à la recherche d'un chemin. Je n'ai pas la moindre idée de ce qu'il convient de faire dans une forêt.

Je m'appuie à un tronc, qui cède sous mon poids. En regardant l'arbre creux écroulé, je songe que si aucun moustique ne s'égare par ici, je pourrais m'y installer pour dormir. Je ferme les yeux. Les insectes ne viennent pas. Le sommeil non plus.

Je commence en revanche à percevoir un sentier invisible. Avec le nez, les mains, les pieds, la peau entière. Je tends les bras devant moi et vais là où la terre me porte.

La lumière augmente derrière mes paupières. J'entrouvre les yeux. Les odeurs s'estompent. La coupole de branches, au-dessus de ma tête, cache entièrement le ciel matinal, je ne vois pas non plus la défriche, ni n'entends la mer. J'ignore par où je suis venu. Devant moi s'élève une butte rocailleuse. Je grimpe à son sommet, écarte des branches de sapin aussi serrées que les dents d'un peigne à poux et découvre une petite prairie. Au centre se dresse un gros bloc de pierre aux flancs recouverts d'un tapis de mousses déguenillé, surmonté d'un framboisier. Aucun chemin charretier ni même le moindre sentier ne passe dans la clairière. Je fais demi-tour, mais m'arrête au pied du premier grand sapin. Son écorce déchirée est parcourue de coulures de résine durcie. Ses branches sont disposées régulièrement autour du tronc, grimper serait facile.

Je m'arrête par moments dans mon escalade pour frotter sur les branches mes doigts poisseux de résine, tout en veillant à ne pas regarder autour de moi. On ne doit contempler le paysage que du sommet, entends-je encore mère me recommander, il y a moins d'un an. L'été dernier, nous sommes partis en excursion dans l'intérieur du pays et avons traversé de vastes lacs en bateau à vapeur avant de débarquer au pied d'un imposant esker. Nous avons emprunté un sentier tapissé d'aiguilles de pin pour grimper dans les hauteurs.

« La vue sera plus belle si nous ne nous retournons pas en pleine ascension », a haleté mère à mi-chemin de la montée presque verticale. Je savourais le plaisir d'ahaner seul avec elle, père était resté au bord de l'eau à lire le journal. Nous grimpions, tournant obstinément au lac le dos de nos vestes trempé de sueur. À l'arrivée, nous nous sommes extasiés comme il se doit face à l'immensité d'eaux et de forêts qui vibrait à nos pieds. Nous regardions le monde depuis son sommet et nous sentions grands, nous qui, en bas, n'étions que de petits points, des poussières.

J'atteins la cime du sapin. Elle se balance dans la lumière, tandis qu'au-dessous règne encore la pénombre. Je regarde autour de moi. La forêt, que j'ai mesurée sur la carte et à travers laquelle père a tracé une voie, d'abord à la règle puis dans la réalité, dévale la colline et s'étend tout autour, à perte de vue. Je ne m'étais jamais réellement rendu compte de ce que signifiait concrètement cette expression. Je ne vois ni Aspholm ni même la mer, bien que je sente son odeur dans le discret vent du sud. L'horizon est bleu, mais du bleu de la forêt, pas de l'air ou de l'eau.

Combien peut-on en faire, de pas, dans l'obscurité ? Où suis-je ? Le temps s'est-il écoulé à l'endroit ou à l'envers, suis-je allé plus loin que je ne le pensais ou la forêt a-t-elle grandi ?

Les oiseaux se réveillent, sifflotent de longues ou courtes mélodies, piaillent, babillent et tintinent et, enfin, le plus incompréhensible : des cris tonitruants déchirent l'air en rafale, émanant d'une petite créature noire qui survole le faîte des arbres. Elle vire et plonge dans la végétation. Le bref silence qui suit est brisé par un appel solitaire, mélancolique. Un coq répond, au loin, puis un deuxième – les volatiles se réveillent aussi dans les cabanes au fond des bois, comme bientôt les vaches. Ce n'est qu'en entendant ces voix d'animaux domestiques que je comprends qu'il y a encore au monde des humains, avec leurs lopins de terre, leurs chemins charretiers et leurs maisons, bien que la forêt les ait engloutis. Elle cache de même dans ses profondeurs le manoir, notre vie entière, ne laissant pour maigres vestiges que les routes, les villages, les villes et les gens, père et mère, leur mine fâchée et les mots que je devine déjà mais qu'ils devront néanmoins, comme malgré eux, prononcer encore une fois aujourd'hui.

L'oiseau s'envole. Je déplace mes mains et mes pieds de branche en branche et me laisse à moitié glisser le long du tronc. J'atterris sur le sol de la clairière, où il fait encore nuit. Le rocher drapé de mousses surgit de l'ombre, m'invitant à le rejoindre. L'oiseau approche avec un picassement sauvage, ses ailes noires frôlant le ciel. Ses cris cessent, à l'orée de la clairière, au pied d'un grand pin gris, mort sur pied.

La forêt ne se calme pas pour autant. Un bruissement se fait entendre derrière le bloc de pierre. Le framboisier, au-dessus de moi, se balance. Ses branches s'écartent pour laisser passer une farfadette, qui va s'asseoir au sommet du rocher.

Je sors de mes poches les biscuits écrasés. Nous picorons à tour de rôle des miettes dans ma paume, les yeux fixés sur le pic noir de jais, posé comme s'il y était peint sur le flanc d'une fourmilière, au pied de l'arbre mort. Il bouge lentement, par à-coups, tourne autour du dôme d'aiguilles de pin, le becquette.

« Il cherche de la nourriture, murmure la créature aux cheveux lichéneux. Des œufs de fourmi. »

Elle se fourre une brisure de biscuit dans la bouche et la mâchouille avec application. Dans la lumière qui augmente, je lorgne le bas de sa jupe grise, qui dévoile ses pieds nus. Des piqûres de moustique parsèment ses bras et ses jambes de taches rouges. Sa peau ressemble à la mienne. Je la surveille néanmoins du coin de l'œil : bien que je ne sache pas trop comment les enfants viennent au monde, je ne pense pas qu'ils naissent de la mousse ou de l'ombre d'un framboisier. J'en ai au même instant la confirmation. Le pic éparpille la fourmilière comme un tas de foin et la farfadette se fend d'un large sourire. Elle a des dents de lait ! C'est juste une fille, qui, plus tard dans la journée, reprisera des chaussettes et apprendra à traire.

Le soleil vient jouer à la cime du pin mort. La fille la montre du doigt. Elle est percée et déchiquetée, prête à tomber en morceaux.

«Au printemps, le pic noir tambourine si fort sur le tronc que toute la forêt tremble.

– Pourquoi ?

– Il veut sans doute montrer qu'elle lui appartient.

– C'est à nous, en réalité.

– Quoi ?

– La forêt.»

La fille claque de la langue et lèche les dernières miettes du creux de sa main. Puis elle s'allonge sur le ventre et pose le menton sur la pierre. Je l'imite. La fourmilière, sous l'arbre mort, se transforme peu à peu en champ labouré. Le pic y fouille encore un moment puis s'envole, sans tambour ni trompette. Les rayons du soleil atteignent la clairière.

Quand je me réveille, un vent capricieux agite les arbres de sa mélodie du jour. J'ai la peau de la nuque brûlée par le soleil. La fille a disparu.

Père boit son café sur la véranda. Si l'on m'a cherché, il n'en dit rien. Il me fait signe de m'asseoir et sonne Hanna pour qu'elle me serve. J'adoucis le breuvage de lait et l'avale en vitesse. Je me sens stupide dans ma veste de marin froissée et aimerais surtout pouvoir arracher son grand col. Père lit le journal en silence, mais quand je fais mine de quitter la table, il lève la main.

«Ta mère va bientôt nous rejoindre.»

Et la voilà, vêtue d'un corsage à manches de dentelle et d'une jupe beige frôlant le sol, comme par n'importe quel matin d'été. Elle a jeté un châle sur ses épaules, mais ses doigts gourds peinent à en nouer les coins. Elle le pose sur le dossier de sa chaise et s'assied.

«Les nuits d'été sont courtes», lâche père. Les pages du journal tournent, le feuillage des arbres du jardin murmure, les deux bruits se livrent bataille, mais abandonnent vite le combat. Mère se sert en bâillant une tasse de café. Une odeur sucrée flotte à mes narines.

«En plus, il faisait une chaleur étouffante, poursuit père. Je me suis levé tôt et j'ai voulu aller piquer une tête. Mais le pavillon de bain était fermé à clef.»

La cafetière éclabousse la nappe d'une tache brune. Mère la tapote avec une serviette.

«J'ai remarqué, moi aussi, interviens-je. Un des invités y dormait.»

Père replie son journal et le pose sur le banc.

«La fête est finie.»

Il rentre. Mère regarde l'embrasure vide du hall et porte sa tasse à ses lèvres. Je mâchouille ma tartine et me projette dans la forêt, ça y est, nous y sommes, minuscules créatures à l'ombre des arbres, invisibles, à jamais sans souci. Mère me sourit et j'essaie de lui rendre son sourire, mais les coins de ma bouche s'arquent vers le bas. Elle soupire et se masse les tempes du bout des doigts.

« Et si nous allions au bord de l'eau ? Je te raconterai des histoires. Autant que tu voudras. »

Nous descendons le sentier de dalles jusqu'à la mer et ôtons nos chaussures sur la véranda du pavillon de bain.

« On va les laisser à l'intérieur, comme ça personne ne saura que nous sommes là », déclare mère.

Nous fourrons nos chaussures sous le banc et fermons la porte donnant sur le jardin. Il y a aussi, dans un coin, les mocassins que mère portait à la fête, hier soir, mais je n'en fais pas la remarque. Rien n'a d'importance. Les jours où mère a les mains qui tremblent et où la peau de son front se ride au rythme des pulsations de sa migraine m'appartiennent.

Quand nous ouvrons la porte du côté de la mer, le scintillement des vagues inonde la pièce. Nous sortons d'un pas chancelant, à demi aveuglés, mère s'assied au bout du ponton, je descends quelques marches de l'échelle et trempe les orteils dans l'eau.

« Que pourrais-je te raconter ? »

Elle se protège les yeux de la main. Elle a défait ses tresses et rassemblé ses cheveux en un chignon lâche sur sa nuque. Ses bras émergent de la dentelle de ses manches comme d'une mer d'écume. Sa jupe chatoie dans la lumière du soleil, qui se reflète en un sourire sur son visage. Mère, à mes côtés. Pas besoin de raconter d'histoires. Juste de rester là.

« Je suis allé dans la forêt, dis-je.

– Ce matin ?

– Oui. J'ai vu un pic noir. »

Je pose les plantes de pied sur une marche immergée et recroqueville les orteils. Le bois est glissant, recouvert d'un duvet d'algue vert qui se balance dans l'eau cristalline telle une lointaine forêt dans le vent. Mère se penche par-dessus mon épaule pour regarder et repousse derrière ses oreilles les mèches échappées sur ses joues.

« Il était une fois une profonde forêt verte. »

L'histoire commence par les pas d'une fille qui traversent un parterre de pivoines, franchissent un muret de pierre et entrent dans un bois. Ils sont petits et prudents, tout comme les phrases qui les décrivent. Je foule en silence le sol dans le sillage de la fille. Tout va bien. Je remonte l'échelle du ponton et m'assieds à côté de mère. Je n'ai pas envie, cette fois, d'entendre les péripéties qui troublent toujours le bonheur fragile des débuts d'histoire.

«Vous n'êtes pas obligée de me raconter la suite.

– Ça ne m'ennuie pas.»

Elle m'entoure de son bras. Je tripote le coin fendu de l'ongle de mon pouce. Dans la forêt, la fille s'arrête pour boire à une source, et des nuages noirs se massent dans le ciel.

«C'est alors qu'un pic noir vint survoler la cime des arbres.»

Le pic est grand et brillant. Il se pose au sommet d'un arbre creux, au-dessus de la fille, et tambourine du bec sur le tronc. Toute la forêt tremble. Je m'agite et toussote, mais mère ne comprend pas.

«La fille écoutait la merveilleuse musique de l'écho qui résonnait tout alentour. Soudain, une terrible douleur dans le dos la fit tomber à genoux. Elle crut mourir. Puis la douleur s'effaça. Elle se releva et déploya ses ailes. Elle s'était transformée en fée.»

Je n'ai plus le cœur de demander à mère de s'arrêter. Les yeux fermés, la fée sourit au pic aux ailes noires qui illumine la forêt de ses notes.

1904

5

Je suis assis sur le sofa du cabinet de travail, un livre ouvert sur les genoux. Je ne fais même pas semblant de le feuilleter. Les adultes sont plongés dans les plans déployés sur le bureau tels des drapeaux sur un champ de bataille. L'ingénieur forestier, Osmundsen, se penche, fait courir la pointe de son crayon sur le papier et argumente. Père l'écoute, les yeux plissés, et, une fois qu'il s'est tu et laissé aller contre le dossier de sa chaise, ouvre sa boîte à cigares, lui en offre un et se sert.

« Je me demande si ça en vaut vraiment la peine, lâche-t-il. Il y a déjà des scieries, ici. »

Osmundsen agite l'index et tire sur son cigare. Une volute de fumée s'approche du sofa, je l'inspire et lutte pour étouffer une quinte de toux.

« La construction des quartiers ouvriers de la capitale est en plein boom. La demande de bonnes planches est forte. Il n'y a pas à avoir peur de la concurrence. »

Une moue fripe les lèvres de père, d'abord du côté droit, puis du gauche. Il fixe les plans, sans un regard pour Osmundsen. Ce dernier se redresse sur sa chaise, conscient d'avoir intérêt à se taire.

« Et un port, en plus, bougonne père en secouant la tête.

– Votre bois est d'excellente qualité, fait remarquer Osmundsen en se propulsant sur ses pieds. Ça fait des lustres que la forêt n'a pas été éclaircie. Les arbres se sont fait de l'ombre et ont dû lutter pour leur espace vital. Les cernes sont serrés, le matériau est dur comme du fer.

– Je sais, grogne père. On peut en remercier mon arrière-grand-père. Il a eu la bonne idée d'acheter Aspholm, avec ses forêts et sa longue bande côtière, quand ça ne valait pas grand-chose. Personne ne s'intéressait à ce terrain rocheux incultivable et à ce littoral sans le moindre port. »

Osmundsen attend la suite, la bouche entrouverte d'enthousiasme, bien qu'il ait sûrement déjà entendu mille fois cette histoire, comme moi.

« Le manoir a été construit ici, à l'est de la forêt, déraisonnablement près de la mer d'après les villageois. Et nous y sommes toujours. Nous avons tiré notre pitance des champs et des pâturages. Mes prédécesseurs n'ont coupé du bois qu'en dernier ressort, quand ils en ont eu besoin pour construire. Ou se chauffer l'hiver.»

Je tourne la page de mon livre et fixe l'image d'une antilope. Père ne parle pas comme d'habitude. Peut-être a-t-il des doutes. Peut-être ne veut-il finalement pas achever la voie ferrée et préférerait-il acheter des machines agricoles? Peu importe. Mais Osmundsen se retrouverait au chômage. Il acquiesce néanmoins:

«C'était sûrement une sage décision. Mais les temps ont changé. Efficacement gérée, votre forêt peut produire indéfiniment, en pratique. Vous pourrez vendre de tout, du bois de mine aux trembles, pour la fabrication d'allumettes. Grumes, planches, bois à papier.

– Je ne pensais quand même pas fonder ma propre scierie.

– Il faudra bien amortir le coût du chemin de fer, objecte Osmundsen. Prélever uniquement le meilleur ne suffira pas.»

Père hésite entre le coup de gueule et l'assentiment. Osmundsen semble s'en rendre compte. Il est venu pour la première fois à Aspholm à l'automne et sait déjà dans quelles circonstances il peut insister ou pas. Il est originaire de Norvège et son finnois est encore hésitant. Il pourrait certes parler russe avec père, mais ce dernier n'utilise plus la langue des tsars que lorsqu'il n'a pas le choix. Comme il travaille au Sénat, il n'ose pas se révolter aussi ouvertement que beaucoup d'autres, mais il commence à être à bout de patience. Peut-être s'est-il également laissé influencer par les discours de mère: aussi loin que je m'en souvienne, elle a toujours chanté les louanges de la langue du peuple. Quoi qu'il en soit, depuis que père sait qu'Osmundsen se débrouille en finnois, il fait semblant de ne pas comprendre quand il tente d'engager la conversation en russe. Ses balbutiements semblent même l'amuser. «Au moins, pendant qu'il se débat avec les difficultés de la langue, il n'a pas le temps de fabriquer des mensonges», l'ai-je entendu confier en riant à Marttinen.

«Je pourrais sans doute marquer plus d'arbres, concède-t-il.

– Faites des coupes rases, Stenfors, n'abattez pas juste des spécimens choisis.

– Mais que ferais-je de tout ce bois divers?

– Toute grume a son acheteur, croyez-moi.»

Les bûches qui brûlent dans le poêle de faïence proviennent de bouleaux coupés sur le chantier de la voie ferrée. Père a l'art d'échapper aux tentatives d'Osmundsen de l'acculer en changeant de sujet de conversation – il peut ainsi faire tranquillement le tri dans ses pensées inabouties.

«Ne vaudrait-il quand même pas mieux transporter les troncs par terre que par mer ?» lance-t-il.

Osmundsen se risque à hausser les épaules.

«Regardez dehors. Il y aura d'autres printemps comme celui-ci. On peut transporter le bois par rail jusqu'au manoir, mais si on ne construit pas de port, il restera bloqué là par la raspoutitsa.

– Mais en même temps, les glaces empêchent encore la navigation.»

Osmundsen a un petit rire et s'appuie des deux mains sur le bureau. Il les a grandes et poilues. Des mains d'ouvrier, malgré ses études supérieures, a constaté père, admiratif, après la première visite de l'ingénieur forestier.

«Plus pour longtemps. Pensez-y, c'est simple : pendant l'hiver, vous abattez des arbres pour les besoins de votre scierie, et, du printemps à l'automne, vous livrez aux acheteurs, par bateau, aussi bien votre production que du bois brut. Les hommes auront du travail toute l'année, dans la forêt, à la scierie, et pour l'expédition.

– Pensez-vous qu'ils apprendront, ces ouvriers agricoles ?

– Nous embaucherons de la main-d'œuvre qualifiée.

– Je dois aussi tenir compte de mes moyens financiers.»

Osmundsen sourit et pose une fesse sur le coin du bureau. Je retiens mon souffle. Père ne semble rien remarquer. Je referme mon livre animalier et replie les jambes. Si on a maintenant le droit de grimper sur l'autel, père ne se formalisera sans doute pas non plus de mes pieds sur le sofa.

«Vos ressources forestières ne risquent pas de se tarir», fait remarquer Osmundsen.

C'est vrai, je le sais peut-être même mieux que père. La forêt est si grande qu'il y en a assez pour nous deux. Si le nord de la voie ferrée lui appartient, le sud est à moi. J'ai exploré mon domaine tout au long de l'automne et de l'hiver, trouvé l'arbre où niche le pic noir et découvert d'énormes fourmilières, des sources et des escarpements drapés de cascades de glace. Père, de son côté, n'a pas eu le temps d'aller très loin. Bien que des bruits de bûcheronnage aient résonné tout l'hiver jusque dans le jardin, les deux moitiés de forêt, vues de l'étable, ont l'air à peu près identiques. Père n'a fait abattre ici et là que quelques arbres de haut fût.

Il se penche de nouveau pour regarder la carte, marmonne et hoche la tête. Osmundsen fait chorus. Il n'y a plus d'hésitation. On achèvera la construction de la voie, et bientôt père s'aventurera du côté sud. À ce moment-là, je lui ferai la surprise de tout lui montrer.

Nous parcourrons avant les scieurs les vallons et les collines, nous marquerons les arbres à abattre et choisirons de laisser debout ceux où chantent des oiseaux – ou en tout cas le plus haut sapin de la butte. Et le soir, c'est moi qui m'assiérai sur le coin du bureau de père.

Le mur de mon château de neige s'élève jusqu'à la hauteur de mes yeux. Je m'accroupis derrière afin de jeter un regard par l'étroite meurtrière. Hanna court sans me voir dans l'allée de bouleaux boueuse, en direction du portail. Le facteur, Eino Rask, qui l'y attend appuyé à sa selle, lui tend le courrier. Sa bicyclette brille au soleil, sans doute flambant neuve. Hanna caresse le guidon du doigt, se penche pour regarder de plus près, pose des questions et écoute les réponses. Ils bavardent longtemps. Je sens mes jambes s'ankyloser, tandis que Hanna frissonne et rajuste son châle. Enfin, le facteur remonte en selle, effleurant au passage la nuque de Hanna.

Je tapote mon rempart des deux mains. La neige est grumeleuse et mouillée, mes moufles y laissent des peluches de laine grise.

«Ton château fond aussi vite que tu le bâtis», me crie Hanna depuis l'allée de bouleaux où elle patauge sur la pointe des pieds dans la gadoue, le sourire aux lèvres, un paquet de lettres à la main. Rask s'éloigne en zigzaguant sur la route, ses roues dérapent dans la neige fondue. Quelle idée de circuler à bicyclette en cette saison! Il irait plus vite à pied.

«Peu importe, l'essentiel c'est de construire, dis-je.

– Ton père sera de retour d'ici une heure au plus tard. Viens manger dès que tu le verras.»

Hanna secoue ses souliers sur la véranda. Dans un érable, une mésange charbonnière fait entendre son chant printanier, si fort que ses ti-ti-tu les plus aigus me percent les oreilles. J'égalise le rempart. Mes moufles sont trempées. Je me glisse hors du château et cours à la porte de service du manoir.

Les bonnes s'affairent dans la cuisine, Hanna n'est pas là. Il ne sèche auprès du fourneau, parmi mes affaires, que des chaussettes et des maillots de corps. Je file dans le couloir, et de là au premier étage.

«Mère?»

Une bosse soulève le jeté de lit crocheté. Je m'approche sur la pointe des pieds, la tête penchée. L'air qui se fraie un chemin dans la gorge de mère produit un léger ronflement. Je lui tapote l'épaule.

«Où y a-t-il des moufles sèches?»

Aucune variation du rythme de sa respiration.

Nous sommes vendredi après-midi et tout est presque comme avant, car père est en ville. Cet hiver, malgré ses fonctions, il a fait de longs séjours à Aspholm. Ses documents de travail s'empilent sur le côté gauche de son bureau, ceux concernant la forêt du côté droit. Le matin, il étudie les statistiques relatives aux finances publiques, rédige des rapports et effectue des calculs. Après le café de la mi-journée, il déplace sa chaise vers la droite, étale des cartes et des dessins sur son bureau et invite Osmundsen à fumer un cigare. Je me glisse en général à sa suite dans le cabinet de travail. Mère n'est plus d'aussi bonne compagnie qu'avant, elle parle peu et reste dans sa chambre à lire, écrire ou dormir. Elle a souvent le nez et les paupières rougis.

J'ouvre le placard à vêtements. Sur l'étagère du bas, il y a une caisse en bois où l'on garde des accessoires d'hiver. Parmi les chapkas et les cache-cols, je trouve des moufles à peine trop grandes pour moi. Je m'agenouille auprès du lit.

« Père ne va pas tarder. »

Toujours aucune réaction. En me remettant sur mes pieds, je renverse quelque chose sous le lit. Une bouteille en verre transparent à l'étiquette ornée de fleurs. Parmi elles se contorsionne un texte enjolivé que je ne parviens pas à déchiffrer. La bouteille est vide. Je dévisse le bouchon, et une bouffée de parfum, à la fois douceâtre et piquant, me frappe au visage. Celui dont mère se mettait quelques gouttes dans le cou avant les fêtes, quand on en organisait encore. Je revisse le bouchon, pose la bouteille à côté du pied du lit et enfile les moufles. En me dirigeant vers la porte, je remarque sur la table de chevet une feuille de papier dans le coin supérieur de laquelle mère a écrit une date et dessiné une petite étoile. C'est sa signature, pour ses messages à l'intention de proches. Son nom. Stella.

6

Il n'y a plus de neige dans la forêt, mais le chemin charretier est recouvert d'une pellicule de glace que le cheval foule avec précaution. Je serre le pommeau de la selle, bien que tomber soit impossible car les bras de père m'enserrent tels des accoudoirs. Osmundsen chevauche devant, lance parfois par-dessus son épaule quelques phrases anodines à propos de la qualité du bois ou des méthodes des ouvriers. Il cherche juste à meubler le silence paresseux de la forêt. Les scieurs ont terminé leur journée de travail et les bruits du camp ne parviennent pas jusqu'ici.

Nous sommes arrivés en draisine au butoir de la voie ferrée et avons poursuivi notre route à cheval. Je ne suis jamais allé aussi loin. La besogne a avancé ici à un rythme plus soutenu que près du manoir, les disques clairs des souches tachettent le paysage, mais il se dresse quand même encore parmi elles quelques rares arbres. Père n'a pas encore totalement adhéré à la politique des coupes rases d'Osmundsen.

Les alentours du chemin charretier ont été piétinés en un champ de boue informe où gisent des lambeaux d'écorce de bouleau, des pignes et, telles des ailes coupées, des branches de sapin. Les piles de grumes dégagent une odeur un peu écœurante de bois fraîchement scié. Un oiseau égrène des notes ténues, gouttes froides sur nos nuques.

« Nous y sommes », annonce Osmundsen.

Dans la forêt s'ouvre une clairière totalement défrichée, plus ou moins circulaire. En son centre se dresse une cabane de rondins, construite pour abriter les ouvriers venus des villages les plus éloignés. Derrière, une hutte conique sert de cuisine, mais il ne monte de fumée que du feu de camp que les hommes ont allumé devant leur logis. Je ne sais pas combien de boquillons père a embauchés. J'en compte une dizaine, assis autour des flammes qui commencent à monter ou adossés au mur de la cabane. Ils finissent de racler le fond de leur gamelle et allument leur pipe. Les odeurs de tabac et de sueur portent loin.

Osmundsen me soulève du dos du cheval. Puis père saute à terre et, sans pour autant enlever ses gants, serre la main de tous. Il me présente au passage mais me pousse si vite en avant que je n'ai pas le temps de dire bonjour. Deux des hommes se joignent à nous. Je les scrute, à hauteur de ceinture, si intimidé que j'oublie aussitôt leurs noms.

«Entrons, dit père. On va régler la question une bonne fois, puis aller de l'avant.»

Nous nous entassons dans la cabane de rondins. Osmundsen sort de sa sacoche des cartes dessinées à la main où, au cours de leurs longues conversations hivernales, père et lui ont tracé des figures, vaguement rondes ou carrées. Chacune représente un type de forêt différent: sapinière, boulaie, pinière, tourbière, terrain sec. Ces cartes doivent permettre de décider où envoyer les scieurs et de savoir pour quel type de bois il faudra trouver des acheteurs. La méthode me laisse perplexe, je n'arrive pas à croire qu'Osmundsen ait exploré tous les recoins de notre forêt. Cela prendrait une vie. Père lui fait néanmoins confiance, car il n'a pour l'instant pas le choix. Après avoir écouté leurs conversations dans le cabinet de travail, j'ai décidé de m'atteler à vérifier la probité de l'ingénieur forestier. J'examinerai pouce par pouce la forêt et dresserai ma propre carte.

Les hommes se penchent sur les papiers, leurs dos me bouchent la vue. Je m'assieds sur le banc de bois brut à côté de la porte et reporte mon attention sur les outils qui y ont été déposés. Les lames des serpettes et des planes brillent à la lumière de la lampe à pétrole. En les effleurant, je suis presque certain de sentir sous mes doigts la chaleur résiduelle du métal qui a mordu le bois.

«Je pense que c'est clair pour la semaine prochaine, déclare Osmundsen en roulant soigneusement les cartes. M. Stenfors aimerait maintenant savoir ce qui s'est passé.»

Les scieurs échangent des regards gênés. Père a la bonne idée de sortir sa boîte à cigares. Il leur fait signe de s'asseoir et s'installe lui aussi au coin du banc, les mains sur les genoux, mais le dos toujours droit comme un I.

«Ah oui», dit l'un des boquillons.

Père semble compter les nœuds du bois du plafond et des murs. En arrivant à la porte, son regard tombe sur moi.

«Erik, va nous attendre dehors. Nous n'en avons pas pour longtemps.»

Suivi par quatre paires d'yeux, je ne peux qu'obéir. Je referme la porte derrière moi à deux mains et donnerais un tour de clef s'il y en avait une.

Le feu projette des étincelles vers le ciel. Les hommes, autour, sont assis sur des souches et des billons, chapka ou chapeau profondément enfoncés sur la tête. Plusieurs claquent des dents, leurs vêtements mouillés par la sueur du travail sont sûrement glacés. Je m'approche d'eux. Le frasil d'une flaque craque sous ma botte et les têtes se tournent.

Un scieur assis sur une souche de bouleau rejette son chapeau en arrière et tisonne le feu avec un bâton.

«Si monsieur veut bien s'asseoir.»

Je me raidis dans l'attente de rires, qui ne viennent pas. On me fait de la place sur un tronc abattu, entre deux ouvriers au large dos. L'odeur est suffocante, mais les flammes se font douces et détournent vite mon attention du reste. Je les sens sur mon visage, et leur chaleur m'enveloppe telle une couverture. Je pose les coudes sur les genoux et ferme les yeux. Les hommes bavardent paresseusement. Par moments, la bouteille qui circule jette une ombre sur mes paupières.

«Monsieur ne devrait pas s'endormir, sinon il va grelotter tout le trajet de retour.»

Je n'ai pas eu le temps de voir qui parlait. Les hommes ont les yeux rivés sur moi. Le rideau de fumée fait onduler les visages de ceux qui sont assis derrière lui.

«Si on prend la route tard le soir, il faut garder son corps éveillé, renchérit mon voisin à chapka. Sinon le sang oublie de circuler.»

Je fixe le feu de camp, qui est en train de prendre les dimensions d'un brasier. Un léger vent détache des panaches de fumée qui s'échappent vers le ciel en lambeaux ondulants, flottent vers la lisière de la clairière et disparaissent tels des fantômes dans la forêt obscure. Entouré de ces hommes solides, j'imagine presque les spectres avec plaisir. Ma peau me picote comme sous la table de la salle quand on y a posé le verre d'eau.

«Erik. Écoutez-moi.»

Les yeux noirs d'un jeune scieur, à gauche du feu, étincellent entre ses paupières plissées.

«Faites attention à ne pas vous laisser entraîner par une fée.»

Les rires me vexent, mais ils se taisent quand la bouteille entame une nouvelle tournée. Certains tentent de changer de sujet de conversation, jusqu'à ce que l'homme aux yeux noirs regarde autour de lui, ôte son chapeau troué et se lève.

«C'est par des soirs comme celui-ci que les dames bleues sortent des gouilles des tourbières.»

Les visages expriment des sentiments mitigés, amusement las, ennui ou autre, je ne sais. L'homme aux yeux noirs fait le tour du cercle, s'arrête derrière chaque dos et contraint chacun à le regarder.

« Et voilà, murmure mon voisin. Juhana est lancé.

– Les fées se glissent près des feux de camp et restent à attendre à l'orée de l'obscurité. Quand les hommes sont suffisamment fatigués, elles s'approchent. Elles sont belles, plus belles qu'aucun être humain. Les flammes se reflètent dans leurs profonds yeux noirs.

– Il ne parle jamais que de leurs yeux. »

Pendant que tous s'esclaffent, j'essaie de croiser le regard de Juhana, mais il erre entre le brasier, la forêt et le ciel, avant de se réfugier derrière ses paupières. L'homme est grand, l'air presque dégingandé, mais fait le tour du cercle en souplesse, disparaît derrière les hautes flammes et surgit si soudainement devant moi que je sursaute. Ses prunelles brillent sous ses mèches noires. Il me fixe droit dans les yeux.

« L'homme épuisé tend la main pour saisir la fée, mais elle recule et lui tourne le dos. Il se précipite à sa poursuite et l'enlace. Ses bras se referment sur le vide. Il regarde autour de lui mais ne voit personne. »

Juhana s'accroupit à côté de moi et montre d'un geste les arbres taciturnes bordant la clairière.

« L'homme court dans la forêt. Il trébuche sur les racines, se blesse le pied mais ne s'arrête pas. »

Le feu grésille, les flammèches se tarissent. L'obscurité s'épaissit. Juhana se redresse.

« Au matin, s'il a de la chance, on le trouve dans une gouille, dans l'eau peu profonde d'un étang ou au pied d'un escarpement. Rien ne trahit les causes de sa mort. La vie l'a juste quitté.

– Et s'il n'a pas de chance ? »

Juhana lève le menton. Les étoiles ondoient dans l'air enfumé.

« S'il n'a pas de chance, ses camarades, au matin, le trouvent errant dans la forêt. Il est exténué, fiévreux et peu loquace. Il rentre chez lui et continue de vivre sa vie.

– Ça n'a pas l'air si grave.

– Mais à toute heure du jour, chaque fois qu'il en a le temps, il s'arrête – à la porte de l'écurie, devant la fenêtre, sur le chemin du puits – et fixe la muraille de la forêt. Il fait un pas vers elle chaque fois qu'il croit voir, derrière les branches, une cape bleue flotter au vent. Parfois il part sans rien dire dans les bois et y erre, toujours cherchant, parfois jusqu'à l'épuisement. En vain. »

Il ne reste du feu que des tisons incandescents. Juhana passe devant moi et se rassied sur sa souche. Quand il se tourne à nouveau vers moi, les braises teintent son visage de reflets rougeoyants.

«Ne jetez jamais un seul regard à une fée des bois. Si vous en sentez une arriver, gardez les yeux fixés sur le feu. Sinon vous êtes perdu. Et ne partez jamais à sa poursuite. Vous ne reviendriez pas.»

Ses yeux noirs se perdent dans l'ombre de son chapeau. J'ai froid. Mes molaires se sont comme soudées et la douleur de mes mâchoires crispées rayonne dans toute ma tête. Le silence règne, tel un épais nuage qu'aucune des misérables créatures assises autour des vestiges du feu ne sera plus capable de dissiper.

Juhana se penche, saisit un bâton et tisonne les braises. Il bâille sans ouvrir la bouche, se tourne pour prendre quelques bûchettes derrière lui et les jette dans le feu. Quand les premières flammes dansotent, il allume sa pipe et étire sa nuque léonine. Peu à peu, les autres sortent aussi de leur immobilité, se raclent la gorge et tirent des allumettes de leur poche. Je m'avance sur mon siège et tends les mains vers le feu. Mon voisin de droite ôte sa chapka et s'essuie le front de la main.

«C'est ce qui est arrivé à Huttu», dit-il.

Je sursaute.

«Qui ça?

– Ne remets pas ça, grogne quelqu'un de l'autre côté du feu. Il est mort d'une crise cardiaque.

– C'est vite dit.»

Le cercle éclate en chicanes, huées et criailleries diverses. Je tourne comme une toupie, essayant de comprendre ce qui se dit – Huttu, quel Huttu? veux-je savoir, mais ils ne m'entendent pas. Enfin je capte le regard de Juhana, qui tire sur sa pipe.

«Huttunen, Eero Huttunen», répond-il par-dessus le vacarme. Les autres se taisent.

Je tombe. Pas du tronc sur lequel je suis assis, mais du tombereau de sable sur le chantier du chemin de fer. Les bras brun-rouge aux muscles noueux qui devaient me déposer en toute sécurité sur le sol se dessèchent soudain, réduits en os, et disparaissent sous terre au moment où je m'abandonne à eux.

«Mercredi soir, au feu de camp, Huttu a filé dans la forêt, raconte Juhana. Comme il ne revenait pas, nous sommes partis à sa recherche avec des lanternes. Nous sommes allés aussi loin que nous le pouvions sans nous perdre, en l'appelant. On ne l'a trouvé que le lendemain après-midi. Loin, après je ne sais combien de crêts, de pierriers et de marais. Il gisait en bordure d'une tourbière, au bas d'un à-pic.

– Comment y serait-il arrivé, si ce n'est par magie ? demande mon voisin à chapka. Huttu est devenu fou, et nous le sommes aussi, de ne pas rentrer chez nous. »

Je lance à Juhana le même regard qu'à mère quand les péripéties d'une histoire deviennent déplaisantes. Dans ce cas, elle m'ébouriffe les cheveux et m'assure que ce n'est que de la fiction. Mais Juhana, sans comprendre, se lève et vide sa pipe en la tapotant sur la souche.

« Eero n'avait pas l'air de s'être blessé, d'être tombé de l'à-pic ou quoi que ce soit de ce genre. Le médecin a supposé qu'il avait été victime d'une attaque cérébrale, mais comment est-ce qu'un jeune homme... »

La porte de la cabane s'ouvre, père et Osmundsen sortent. Juhana m'adresse un signe de main, les rejoint, les salue d'un coup de chapeau, se glisse entre eux et disparaît à l'intérieur.

La lanterne d'Osmundsen se balance devant nous au rythme du pas de son cheval. Je tiens moi aussi une lanterne, un misérable lumignon dont la lueur atteint tout juste les sabots de notre monture. Père est plongé dans ses pensées. Je scrute les ombres qui sautillent à la périphérie du halo de lumière afin de pouvoir fermer les yeux à temps si une fée bleue se manifeste. Quand le cheval dresse soudain les oreilles et tourne le bout du nez vers la forêt, c'en est trop.

« Les scieurs avaient l'air plutôt effrayés », ne puis-je m'empêcher de murmurer.

Père tapote l'encolure du cheval.

« Ce sont des paysans, et certains sont superstitieux. Les contremaîtres les ramèneront à la raison. Ils t'ont fait peur ?

– Non.

– Ils sont habitués à travailler en plein champ, ou en mer. Beaucoup se sont enfoncés pour la dernière fois dans la forêt quand ils étaient enfants, pour garder le bétail ou cueillir des baies. Et maintenant, ils sont sur le qui-vive et croient voir des fantômes. Mais ils s'habitueront, une fois qu'on aura fait taire les agitateurs.

– De vrais bûcherons ne s'émouvraient pas pour si peu, psalmodie Osmundsen devant nous.

– Je vais y réfléchir, promet père. On va essayer de se débrouiller encore l'hiver prochain avec la main-d'œuvre locale. Les villageois verraient d'un mauvais œil que j'embauche des étrangers. »

Je m'appuie contre père et respire profondément. Osmundsen ou l'un des contremaîtres barbus ordonnera à Juhana d'éteindre le feu de ses yeux et les fées se retireront peut-être dès demain dans les anfractuosités des rochers.

«Réglez la flamme plus haut, nous enjoint Osmundsen. Sinon on n'y verra bientôt plus rien.»

L'étroit ruban du chemin charretier plonge dans une portion de forêt intouchée, non loin du chemin de fer. Les chevaux chaloupent sur le sol argileux. L'obscurité roule ses vagues entre les colossaux arbres noirs, déborde et m'emplit la tête. Je me force bribe par bribe à nous imaginer, mère et moi, en train de dîner dans la salle à la lumière d'une dizaine de lampes, avec sous nos fenêtres le vaste jardin du manoir, ses buissons strictement taillés et ses parterres de fleurs soigneusement désherbés. Et, de l'autre côté du muret, père qui repousse chaque jour plus loin la sombre forêt où je n'aurai plus jamais besoin d'aller.

Un jour de mai, alors que les bourgeons de bouleau ont enfin débourré, je me faufile dans la salle par la porte du jardin. En traversant la pièce, j'aperçois mère endormie sur le sofa, le flanc appuyé à une pile de coussins. Au niveau de sa bouche, celui du dessus est taché d'un ovale humide. Son livre repose sur ses genoux, ouvert à l'envers. Je le referme et le pose sur le guéridon à plantes vertes. Père n'aime pas qu'on laisse les livres ainsi, ça abîme la reliure.

Mère entrouvre les yeux et m'adresse un sourire rêveur. Je lui tends un bouquet de fleurs blanches.

«Je vous ai apporté des anémones des bois.

– Merci, mon chéri.»

Elle referme les yeux, sa respiration ralentit. Je n'en reste pas là.

«Je vais les mettre dans un vase», dis-je, et je cours à l'office. Je fouille dans le buffet, entrechoquant la vaisselle afin de l'empêcher de se rendormir. Quand je reviens dans la salle, elle lève la tête et pousse une exclamation ravie. Une boule d'anémones émerge du vase. J'ai guetté jour après jour leur éclosion au pied du muret de pierre et, aujourd'hui, j'ai récolté mon butin.

«Quelle heure est-il? demande mère.

– Neuf heures et demie.

– Déjà? Je n'ai même pas encore pris mon petit déjeuner.

– Neuf heures et demie du soir.»

Elle rit d'un rire silencieux. J'essaie de sourire, sans succès.

« Je vais vous conduire dans votre chambre. »

Je lui prends les mains et tire. Elle soupire, pose les pieds sur le sol et se met debout. Quelque chose se brise avec fracas. J'éloigne mère, chancelante, des éclats de verre. La bouteille tombée des plis de sa jupe n'est plus intacte qu'au niveau de l'étiquette. Cette fois, je parviens à lire les mots formés par les lettres enjolivées, mais j'ignore ce qu'ils signifient. Mère secoue la tête et évalue les dégâts, la bouche boudeuse.

« Je nettoierai, dis-je rapidement. Allons-y. »

Je la soutiens jusqu'au hall. La porte du cabinet de travail de père est fermée.

« Chut, dis-je à voix basse. Faites attention dans l'escalier. »

Mère se tient d'une main à la rampe, de l'autre à mon épaule. Deux ou trois fois, elle trébuche et manque tomber sur le nez. Je passe derrière elle pour veiller à ce qu'elle ne bascule pas en arrière en perdant l'équilibre.

Arrivée dans le couloir de l'étage, elle s'affaisse sur les genoux, la tête pendante. Elle prend appui des deux mains sur le sol, ses épaules tremblent. Je m'accroupis à côté d'elle.

« Relevez-vous, plus que quelques pas.

– Erik, murmure-t-elle. Pardonne-moi d'être ainsi. »

Elle pose la main sur mon épaule et s'y agrippe. Elle a le visage rougi et gonflé, des larmes coulent sur ses joues.

« Ça ne fait rien.

– Je vais me guérir. Je te le promets. »

Je me jette dans ses bras et la serre aussi fort que je peux. Elle me rend mon étreinte. Elle a mauvaise haleine et trempe ma chemise de larmes, mais le soir est malgré tout parfait, limpide, tout de pétales humides de rosée et d'infinis reflets de lune dans l'eau.

« Nous pourrions partir, murmure-t-elle. Aller naviguer tous les deux.

– Où ? »

Elle s'écarte, son regard cherche le mien, le trouve un instant.

« Sur les sept mers du monde. »

Il en est question dans presque toutes ses histoires. Je ne sais pas si elles existent vraiment, mais leur évocation chasse tout chagrin, quel qu'il soit. Rien ni personne ne peut vaincre celui qui part naviguer sur les sept mers du monde. Mère sourit, et je lui rends son sourire, bien que son regard s'égare déjà sur les murs. Nous parcourons les derniers mètres main dans la main. J'ouvre la porte de sa chambre.

Père se tient près de la coiffeuse. Il lit un papier, une feuille recouverte d'écriture, quadrillée par des marques de pliure. Il nous jette un coup d'œil mais poursuit sa lecture. Mère pose le front sur le montant de la porte, sans sembler remarquer que je la tire par la main. Père replie le papier, le range dans son enveloppe. Il ramasse sur la coiffeuse une pile de lettres identiques et les brandit.

« De qui sont-elles ? »

Le regard de mère flotte du parquet à la liasse d'enveloppes et aux yeux de père avant de revenir à son point de départ. Elle ne répond pas. Père pose les lettres sur le coin de la coiffeuse.

« Erik, va te coucher.

– Est-ce que je ne pourrais pas...

– Va dans ta chambre. »

J'obéis. Je colle l'oreille contre le mur mais n'entends qu'un flot de paroles régulier, ininterrompu, sortant de la bouche de père. Il s'introduit dans ma tête encore après que j'ai pressé la joue contre mon oreiller, les deux mains sur les oreilles. Je ne distingue pas les mots, sauf à un moment, et c'est une phrase que mère prononce, ou plus exactement crie, et c'est déjà trop.

« Je veux partir d'ici ! »

Elle, seule.

Il fait déjà nuit noire quand la porte de la chambre de mère s'ouvre et se referme et que père descend l'escalier. Ce n'est qu'alors que je me rappelle la bouteille cassée restée dans la salle.

Il n'y a rien de plus clément qu'une pluie nocturne. À travers la brume du sommeil, elle m'ordonne de m'enrouler plus serré dans ma couverture, telle une larve dans son cocon. Me métamorphoser ne presse pas.

La pluie redouble. Son tambourinement s'amplifie, se détache du domaine du rêve et se transforme en bruit de gravier sous des roues. J'ouvre les yeux et tends l'oreille. Un attelage s'arrête devant la porte principale. Je me tourne vers le mur et tente de me rendormir. Osmundsen a l'habitude de venir parfois très tard fumer le cigare.

Une conversation étouffée monte du rez-de-chaussée, presque aussi apaisante que la pluie. Je sombre dans un rêve où je repose dans un cocon et le griffe de l'intérieur, car j'ai déjà des ailes et suis prêt à m'envoler. J'étouffe, ma respiration se fait lourde. Père et mère sont à proximité, ils parlent, les phrases de l'un sont courtes, les réponses de l'autre encore plus. Puis ils descendent l'escalier à pas lents, irréguliers, comme s'ils hésitaient à me quitter au moment de ma mue.

L'air me manque au moment précis où la porte du hall claque. Je sors la tête de sous ma couverture molletonnée trempée de sueur et respire la fraîcheur de l'obscurité. La couverture m'enserre telle une corde. Pris dans mon cocon, je regarde par la fenêtre.

Père se tient près d'un fiacre et fume la pipe en compagnie d'un inconnu vêtu d'un long manteau noir et d'un chapeau à larges bords. Une lanterne jette une lumière jaune, automnale, incongrue dans la nuit printanière. Le fiacre est sombre, fermé, grand comme une maison. Rien à voir avec les élégantes calèches des boulevards de la ville, d'où descendent des dames ouvrant leur ombrelle ou des messieurs rajustant leur haut-de-forme. L'homme au manteau noir se précipite pour ouvrir la portière.

J'ai à peine le temps de reconnaître mère, qui descend les marches de la véranda soutenue par une grande femme solide dont la longue jupe noire continue de battre les chevilles quand elle s'arrête pour l'aider à monter dans le fiacre. Elle se laisse tomber sur la banquette. La portière se referme. Les visiteurs se tournent vers père, l'homme tend la main comme s'il avait l'intention de l'emmener lui aussi. Je me débats pour me libérer de ma couverture. Quand elle glisse sur le sol, je déploie mes ailes et vole dans le couloir, l'escalier et le hall, où les aiguilles de l'horloge de parquet approchent des trois heures.

Les lattes du plancher de la véranda sont glaciales sous mes pieds nus. Père est seul dans le jardin. La pluie s'éloigne, les roues du fiacre noir labourent l'allée de bouleaux, déjà hors d'atteinte de la lanterne.

Père monte les marches, passe la main sur ma tête.

« Allons nous coucher.

– Où est partie mère ?

– Se reposer à l'hôpital. Elle est malade.

– Quand reviendra-t-elle ?

– Quand elle ira mieux. »

Elle m'a en effet promis de guérir. Je n'avais juste pas compris qu'elle le ferait ailleurs. Et ne viendrait me chercher qu'ensuite.

« Rentrons, tu grelottes. »

Père m'accompagne à ma chambre et me souhaite une bonne nuit. Je me coule sous la couverture comme sous une carapace. Elle ne me réchauffe pas assez pour que je parvienne à m'endormir et glisse pour peu que je me retourne.

Au petit matin, je me réveille en sursaut et regarde mon dos par-dessus mon épaule. Les moignons pointus de mes omoplates se font face. Mes ailes à peine formées sont tombées, et aucun retour dans mon cocon n'est plus possible.

7

Allongé sur le dos, je me laisse porter sur la route bleue du ciel, entre les cimes en dents de scie des arbres. Si j'y posais le pied, supporterait-elle mon poids, ou tomberais-je dans l'infini du cosmos ?

Le ciel m'affranchit des lois de la pesanteur. Je m'agrippe au bord de la draisine et me mets à genoux, et, dans le même mouvement, la terre retrouve ses trois dimensions. Les roues de fer tressautent sur les joints des rails.

Cet été, la voie a été prolongée loin dans les entrailles de la forêt, père non plus ne connaît pas ces lieux. Il est assis devant moi et regarde le paysage, la tête haute, désignant par moments un grand pin ou une épaisse sapinière et expliquant quelque chose à Osmundsen. Les rails n'ont pas encore éprouvé le poids de la locomotive et des wagons, bien que les premiers essais aient été initialement prévus à l'automne dernier. Le terrassement, le dynamitage des obstacles rocheux et le pieutage des dépressions tourbeuses ont pris plus de temps que ne l'imaginait père. Le retard ne le dérange cependant pas : la voie est malgré tout une formidable réussite, une artère qui le maintient en vie, le fait rire, tempêter, siffloter et m'ébouriffer les cheveux. Maintenant encore, ses mains raidies par des gants d'équitation dessinent dans les airs de larges courbes que les hommes qui actionnent la pompe de la draisine doivent éviter. Leurs pieds nus sont soudés au sol, de larges taches de sueur s'étalent dans le dos de leurs chemises à carreaux.

« Plus que cinq cents mètres », les encourage Osmundsen, penché sur la carte.

Les ouvriers serrent les mains sur les poignées comme s'ils avaient l'intention de les broyer. Le cuir tanné de leurs doigts est maculé de cambouis, de fine poussière de bois, d'ecchymoses, d'argile et d'humus. Leurs grands ongles épais sont fendus en plaques irrégulières. Mes mains de bébé n'ont été entamées cet été que par quelques ampoules et échardes. Celles de père se cachent sous ses gants, mais je sais que le travail n'y a pas non plus imprimé sa marque – il n'a qu'un cal, sur le côté du majeur de la main droite, près de l'ongle, dû à de longues heures d'écriture.

Les filipendules et la bruyère lentement desséchée par le soleil embaument. Un oiseau à la queue en éventail s'envole d'une branche de sapin, mais je n'ai pas le temps de l'identifier avant qu'il ne disparaisse dans la forêt. Osmundsen lève la main. Les hommes cessent de pomper. La draisine descend sur sa lancée la pente douce menant au butoir derrière lequel se dresse un tas de sable. C'est le point de croissance de la voie, d'où elle se prolongera peut-être dès l'automne jusqu'à la limite de notre domaine, d'après père.

Des champs et des prairies moutonnent sur la droite. Un homme approche du butoir, la pelle à la main, et déroule ses manches retroussées. Quand la draisine s'arrête, il plante son outil dans le sol, s'essuie le front avec son mouchoir et reste à attendre près du tas de sable. Père saute à terre et le salue de la tête. Je le suis et incline aussi un peu le menton.

« C'est le métayer, marmonne Osmundsen. Et derrière le butoir, son malheureux champ de seigle.

– Les pauvres aussi sont soucieux de leurs biens, réplique père. Erik, tu te rappelles ce que je t'ai demandé ? »

Je me dirige vers la colline où se dressent les bâtiments de la métairie. Un sentier à l'argile dure comme de la pierre longe un champ jauni. À mi-chemin, je ralentis. Un garçon, à peu près de ma taille, se tient dans l'airial. Il s'approche du départ du sentier et s'y plante, bras croisés. Je relève le menton et poursuis ma route d'un pas décidé. Il est torse nu, uniquement vêtu d'une culotte courte, grise et effrangée. Par moments, il lève une jambe et se gratte l'autre mollet avec les ongles de pied. Ses cheveux coupés ras pour l'été sont blonds, presque blancs, et son visage cuivré. Des raies noires strient ses joues à intervalles réguliers. Est-ce une peinture de guerre ?

Je m'arrête devant lui et croise les bras. Il me dépasse d'environ cinq centimètres, et les muscles de ses bras et de ses jambes se dessinent nettement, alors que mes propres membres se sont transformés ces derniers mois en boudins d'épaisseur uniforme. Mieux vaut opter pour la manière douce.

« Comment tu t'appelles ?

– Qu'est-ce que ça peut te faire ? »

Il cherche à me fixer avec mépris, mais son regard hésite, se tourne vers la voie ferrée, revient. Et c'est le chemin de fer qui gagne.

« Mon père veut que je participe à la discussion, lance-t-il avant de dévaler la pente en courant.

– Le mien m'a chargé d'une mission », réagis-je, mais il est déjà trop loin pour m'entendre.

Il semble n'y avoir personne d'autre à la métairie, à cette heure tous sont sans doute occupés à faucher. Je fais le tour du sommet aplati de la colline en examinant les bâtiments qui se dressent dans les champs et autour de l'airial jauni. Le plus grand est sûrement une étable. Une vieille échelle est appuyée contre le mur, menant au fenil. Le foin entassé sous le toit en pente déborde de l'ouverture. Des hirondelles entrent et sortent à tire-d'aile, elles nichent sans doute dans les recoins de l'étable. J'ai vu dans un livre l'image d'un nid d'hirondelle. C'est un bol rond, en partie composé d'argile, comme fait pour les coquilles d'œuf de poule de bruyère que j'avais placées dans un bocal à l'intention de mère.

Je grimpe avec précaution à l'échelle. Si j'effraie les hirondelles, je ne trouverai peut-être pas de nid. Je dois voir où elles se glissent, une fois dans le fenil. Je me juche assis sur le dernier barreau.

Le foin bruisse juste à côté de moi. Quelque chose s'approche en rampant, c'est un rat ou un serpent, non, une chauve-souris ! La bête est énorme, elle fait bouger tout le tas de foin, elle va bientôt me mordre et m'inoculer la rage, de la bave ensanglantée coulera de mes lèvres, je serai pris d'hydrophobie et de convulsions, et pour finir je mourrai étouffé.

« Au secours ! »

Mon pied glisse et je me retrouve pendu par les mains. L'échelle vacille et tomberait si un bras ne jaillissait de l'ouverture du fenil pour la rattraper.

De la poussière et des brins de paille me pleuvent sur la tête. Je me rehisse sur les barreaux, bats des cils pour chasser les débris et la peur de la mort. Une petite fille au visage sale tient l'échelle.

Assise sur le perron du mazot, elle gratte avec application les piqûres de moustique du pli de ses coudes. Je regarde ses pieds grisâtres et m'écarte par prudence. Père m'a raconté qu'on attrapait des maladies dans les métairies. Si ce n'est la rage, au moins la tuberculose. Il n'y en a pas de description dans mes livres animaliers.

La fille se penche pour se donner des tapes sur les jambes. La saleté vole.

« L'argile des chemins est poussiéreuse quand il n'a pas plu », explique-t-elle.

Elle porte une robe bleu pâle aux manches serrées. Elle a des brins de paille dans les cheveux et le dessous des ongles noir de crasse. S'il faisait nuit, j'en aurais peur. Dans les histoires de fantômes, les enfants enterrés dans les tourbières sont exactement aussi maigres et sales qu'elle.

«Tu n'étais pas là quand les petits du pic noir ont appris à voler.»

La farfadette du rocher ! Son visage a changé, mais peut-être seulement parce qu'elle a perdu deux incisives. Quand elle sourit, on distingue, sortant de sa gencive, le mince liseré blanc de ses dents définitives. En un an, j'ai beaucoup plus grandi qu'elle. Mange, si tu veux grandir, me répète Hanna. Apparemment, la fille n'a pas assez mangé.

«Mon père a construit une voie de chemin de fer jusqu'ici, dis-je. Elle part de notre jardin.»

Avec une baguette, je dessine dans le sable un carré, Aspholm, puis un trait vers la gauche. J'écarte du trajet un petit caillou blanc, translucide.

«On va encore prolonger la voie. Les ouvriers vont venir la construire à l'automne, quand ils auront fini de scier le bois de mine commandé par les Anglais.»

La fille s'accroupit au pied des marches. Elle ramasse le caillou blanc et efface mon dessin du dos de la main. La voie s'envole, légère comme le vent. La fille avance à croupetons, arrache une herbe rabougrie, hume la fleur vert-jaune, la froisse et me la met sous le nez. Mes narines frémissent et j'emplis mes poumons de son odeur étonnamment sucrée.

«On joue ? demande la fille.

– À quoi ?»

Elle sort de sous le perron une boîte de conserve cabossée pleine de petits cailloux translucides. Elle la vide sur les marches et va la placer de l'autre côté de l'airial.

«Prends autant de cailloux que tu peux en une fois et dépose-les à gauche de la boîte. Moi je prends le côté droit. À la fin, celui qui a le plus gros tas a gagné.»

Je me lève et m'apprête à en prendre une poignée, mais elle secoue la tête. Elle pose son pied nu sur les cailloux, recroqueville les orteils autour et part à cloche-pied vers la boîte avec son butin. J'ôte mes chaussures et mes chaussettes.

Sur le chemin du retour, je ne suis plus assis derrière père, mais à côté de lui. Osmundsen s'est installé à l'arrière de la draisine, le menton dans les mains, les yeux clos. Le vent ébouriffe ses cheveux aplatis par sa casquette. Il a l'air très jeune, presque adolescent. Je me tourne vers père :

«Vous avez réussi à régler le problème ?

– Le métayer est un homme sensé. Nous nous sommes mis d'accord. La voie traversera son champ de seigle.

– Où va-t-il planter son grain?

– Ce ne sont pas les terres qui manquent, par là.»

Je regarde en arrière. Le butoir apparaît par moments entre les ouvriers qui actionnent la pompe de la draisine. La colline desséchée s'élève à côté tel un temple en ruine dans le désert. Le métayer, gardien du temple, se tient à son pied, les mains dans les poches. Le garçon a disparu, je l'ai vu filer dans la forêt alors que je descendais le sentier, en sueur et couvert de poussière. La fille, notre jeu terminé, est restée à se ronger les ongles devant le mazot. Je ne sais pas si je les ai jamais rencontrés au bourg. J'en croise tant, de ces enfants aux maigres guibolles qui me fixent avec des yeux ronds en grinçant des dents quand je sors du magasin général avec un cornet de bonbons à la main. Et quand on s'égare à jouer à chat avec eux dans la grand-rue, ça ne dure pas longtemps. Les plus chétifs des habitants de la forêt se mettent vite à tousser.

La draisine ralentit puis accélère, les ouvriers fixent d'un œil vitreux leurs bras manœuvrant la pompe et halètent la bouche ouverte, crachant par moments bruyamment sur le bas-côté. Je me tourne pour regarder avec père vers l'avant. Chacun son sillon, dit-il, et je comprends que le mot ne s'applique pas qu'aux cultures. Le moins enviable de ces sillons est fait de faim, de sueur et de cette substance blanche qui s'accumule aux commissures des lèvres de ceux qui triment, accablés de chaleur. Le meilleur est fait d'étude de dossiers, devant un bureau en chêne, de dîners arrosés de vins fins, de bottes d'équitation et de pâtés en croûte. Quand un sillon vous est échu à la naissance, vous devez le labourer. Sauf père. Il sourit aux rails argentés qui le mènent loin des locaux poussiéreux du Sénat et des champs monotones du manoir, là où aucun Stenfors, ni presque personne d'autre, ne s'est jamais aventuré.

«Tu as pensé à faire ce que je t'ai demandé?

– Oui.»

J'énumère les bâtiments de la métairie: le logis, le mazot, l'étable, le bûcher, la porcherie, dont un tiers est réservé aux poules. En plus, dans les champs, une grange et un séchoir, et un sauna au bord du ruisseau. Père secoue la tête.

«Huit constructions. Et les clôtures?

– Autour du champ de seigle et derrière la colline. Il y a un autre champ, plus grand, et un potager, tous les deux clôturés. Dans le potager, il pousse des rutabagas, des choux et des pommes de terre, je pense.

– Osmundsen retournera plus tard à la métairie, déclare père. Ça n'a aucun sens de clôturer des cultures pour les protéger des animaux. Ce devrait être l'inverse. Ici, on est habitué à ce que les vaches et les moutons vagabondent à leur gré. Dans la forêt, le bétail mange les plants et dépouille les arbres de leurs feuilles. Et les gens ne sont pas plus regardants. Chaque activité a son bâtiment, en bois, bien sûr, et le chauffage engloutit des charretées entières de bûches.»

Je reste à me demander si on chauffe aussi la grange et le bûcher, mais père continue, tourné vers l'avenir.

«Les temps changent. Le métayer va devoir construire un enclos pour ses bêtes afin qu'elles laissent la forêt tranquille.»

Il agite de nouveau la main comme un chef d'orchestre sa baguette. Le long de la voie, les arbres tremblent au rythme de la musique, de peur, ou juste agités par le vent.

«Quand je suis né, l'État n'autorisait même pas la construction de scieries à vapeur, poursuit père. Il y avait des scieries au bord des rivières, mais on n'avait le droit d'y travailler que certains jours. Peu à peu, les restrictions ont été levées. Tout n'est plus qu'une question de volonté.»

Les premières souches apparaissent au nord de la voie. À l'approche de la maison, elles se multiplient.

«Retour à la civilisation», constate père.

Au sud, la futaie incivilisée, toujours debout, achemine le vent d'est vers la métairie. Je pense aux ravageurs à sabots qu'on chassera de la forêt. Les portes de l'enclos claqueront sur leurs mugissements. Leurs pistes, au fond des vallées et au bord des tourbières, disparaîtront sous la végétation, les arbres grandiront et grossiront jusqu'à ce qu'un jour on les charge dans des wagons. Tel est le message de paix de père à la forêt, étrange mais forcément juste, puisque c'est le sien.

Quelqu'un s'arrête au portail. Le rideau de feuilles de l'allée de bouleaux masque l'arrivant, mais Hanna pose son panier sur la pelouse et repousse derrière son oreille une mèche échappée.

«Je vais chercher le courrier.»

Je la suis. Il y a quinze jours, Rask m'a emmené sur sa bicyclette neuve jusqu'au tournant de la route et retour.

«Attends-moi là», m'ordonne Hanna, d'un ton doux mais ferme.

Elle se dirige à grands pas vers le portail. Je reste à traîner devant l'étable. Les portes sont ouvertes, les vaches, au pré. Dans le poulailler, la volaille glousse et gratte la terre. Je cueille un galéopsis, détache sa fleur bicolore et suce la goutte de nectar de son réceptacle. D'où je suis, on ne voit pas non plus le portail, dissimulé par des érables et des lilas. Je glane d'autres fleurs et souffle dedans, jusqu'à ce que l'une d'elles trompette faiblement. Hanna s'attarde, c'est aussi bien. Nous avions l'intention de ramasser des groseilles à maquereau, maintenant qu'elles sont mûres. Mais ce matin, je me suis longtemps caché dans la groseilleraie, grappillant des baies pour y mordre et sucer leur pulpe sucrée. Hanna remarquera sans doute les peaux vides sous les buissons et me grondera.

Des pas claquent sur le plancher de la véranda. Père raccompagne ses visiteurs, bavardant gaiement. Ce sont des fabricants d'allumettes, je ne me rappelle pas d'où, bien que l'on m'ait présenté à eux ce matin. Au ton de leurs voix, je comprends que le marché est conclu, l'an prochain, on livrera par bateau à leur usine du bois de tremble de première qualité. Si le port est terminé. Et la scierie, et la voie ferrée, et que la locomotive et ses wagons auront été mis sur les rails. L'idée de ce chantier m'épuise, mais illumine le visage de père. C'est que nous sommes différents. Depuis le départ de mère, il a moins de soucis et plus de temps pour ses affaires.

Sous son regard, Hanna n'ose pas s'attarder au portail et se hâte de remonter l'allée. La bicyclette du facteur s'éloigne sur la route avec une lenteur inhabituelle. Je me précipite derrière Hanna.

« Il y a quelque chose pour moi, de mère ? »

Je lui ai écrit des lettres sur des feuilles que ma grande écriture a remplies en quelques phrases. Hanna les a postées, mais elles sont restées sans réponse. Je m'arrête devant elle. Elle a les yeux cerclés de rouge, mais se force à sourire.

« Elle ne tardera pas à t'écrire. Ton père t'a dit qu'elle était toujours fatiguée mais qu'elle t'embrassait très fort. »

Mes orteils creusent la pelouse. Mes mots ricochent sur mère sans laisser de traces, quoi que je fasse. Je ne lui raconte pas à quel point elle me manque, afin de ne pas l'inquiéter, et lui parle plutôt de tout ce qui me paraît pouvoir l'intéresser. La dernière fois, j'ai évoqué le jeune homme sourd dont tout le monde parle : celui qui, au mois de juin, a tiré sur le gouverneur général, ce vieillard à casquette dont on crachait le nom comme une insulte aux fêtes de mère. Personne ne le traite d'assassin. Pas même père, qui a scruté, sur sa photo dans le journal, ses yeux tristes et sa bouche cachée sous une moustache, et a marmonné : « Regardez-moi ça. » Le jeune homme a travaillé, un jour, dans les mêmes bureaux que lui.

Si même la mort du gouverneur général ne fait pas réagir mère, rien sans doute ne le fera. J'aurais d'ailleurs préféré ne pas lui parler de ce meurtre. C'est effrayant de voir partout des adultes en ronronner de plaisir.

Hanna ramasse son panier, mais les groseilles à maquereau attendront. Le gravier de l'allée de bouleaux crisse sous les roues du fiacre des visiteurs et, une fois le nuage de poussière dissipé, père nous appelle. Il pose la main sur la balustrade, s'étire les jambes et enfile ses gants.

« Les fabricants ne restent pas dîner ? demande Hanna.

– Ils voulaient attraper le train du soir. Mais tout s'est passé à merveille. Erik, promenade. »

Bien qu'il fasse encore chaud, père sautille devant avec enthousiasme. Il ressemble plus à un lézard ou à une vipère qu'à un humain : plus il fait chaud, plus il est actif. Mes propres membres se transforment en plomb dès que je reste au soleil. Hanna dit que c'est une question de constitution. Père est rond, et sa peau épaisse l'isole aussi bien de la chaleur que du froid. Mais j'ai moi aussi forci. J'ai tout le temps faim, même quand j'ai l'estomac plein. Hanna a aussi pour cela une explication rassurante : si j'ai faim, c'est que je suis en pleine croissance, mon corps a besoin de beaucoup de nourriture pour pouvoir grandir. Le surplus a cependant commencé à s'accumuler sous ma peau. Je n'ai plus le courage, ni même l'envie, de m'aventurer au-delà des limites du jardin. Sans mère, tout m'est égal.

Le silence règne dans l'allée de bouleaux, le chant des oiseaux a cédé la place au léger bombillement des bourdons. Il flotte déjà un parfum de fin d'été, lourd et sucré.

« Erik, je me disais que tu pourrais aller à l'école en ville, en septembre. »

Arrivés au portail, nous tournons sur la route. J'écrase un moustique sur ma tempe. La claque est plus forte que je n'en avais l'intention et reste à sonner à mes oreilles.

« Il est temps que tu rencontres des camarades de ton âge, c'est important. »

De l'automne au printemps, j'ai eu un précepteur. Hanna, les valets de ferme et les bonnes comblent les lacunes de son enseignement. Ils me suffisent. Je ne veux rien avoir à faire avec les morveux de la ville.

« J'ai acheté un appartement plus grand à Helsinki. Tu vas pouvoir aller dans une véritable école. »

Mes plantes de pied raclent la route. Père évoque un grand immeuble, une chaleur régulière, l'eau courante, de hautes et vastes pièces. Je cherche sur ses lèvres l'occasion d'intervenir.

«Nous allons déménager d'ici? réussis-je enfin à demander quand il a tout bouclé dans les moindres détails, à part les bagages.

– Nous aurons toi et moi une meilleure vie en ville.

– Et mère?

– Elle va devoir encore rester à l'hôpital un moment. Mais Hanna a promis de réfléchir à la possibilité de venir avec nous.

– Et mère nous rejoindra?

– C'est ce qui est prévu.

– Je ne connais personne, là-bas.

– À ton âge, on se fait vite des amis.»

Je ne suis pas allé très souvent à Helsinki. Les sabots y résonnent sans trêve sur les pavés et les tramways vous foncent dessus. Le ciel est pris dans un réseau de câbles de téléphone et les gens sont tous pressés – mère et Hanna ne cessent de me recommander de les éviter à temps, car ils n'ont pas l'habitude de s'écarter. Ils arpentent leur territoire minéral telles des bourrasques de vent du large.

«Il y a des terrains de jeu passionnants, en ville, poursuit père. Des rochers, des plages. Je te montrerai.»

Une libellule, grande et brune, frissonne sur la route. Je me baisse pour la regarder, sans tout de suite comprendre pourquoi elle ne s'envole pas. Puis je vois qu'il lui manque tout l'abdomen. Ses grandes ailes tentent de soulever de terre sa tête et son court thorax. Quel effet cela fait-il d'être déchiré en deux?

«Rentrons», décide père.

Un léger craquement se fait entendre quand il marche sans s'en rendre compte sur la libellule. Il parle du bord de mer, des splendides monuments et des immenses places où des marchands ambulants vendent des glaces et des marrons chauds. Mes pieds nus claquent sur la route. Le dessous de mes ongles de pied est noir d'une épaisse crasse. C'est de la terre, il y pousse des racines.

Nous nous asseyons sur le banc de la véranda. Hanna sort avec un plateau et dispose sur la table une carafe de sirop et des verres.

«Avez-vous eu le temps d'y réfléchir, Hanna? demande père avec entrain. Viendrez-vous avec nous à Helsinki?»

Hanna sert le sirop, balaie de la table quelques graines de bouleau et rajuste son tablier. Les cercles rouges, autour de ses yeux, ont disparu.

«Bien sûr.»

1907

8

«Stenfors! Tu viens à la plage?» glapit Anders Sahlman par la fenêtre. Il n'a que dix ans, presque un an de moins que moi, et n'a pas encore honte de hurler. Il le faut, d'ailleurs, pour se faire entendre. Dans la rue brinquebalent des charrettes et grondent deux tramways, des enfants excités par le début des vacances d'été exposent leurs projets à leurs nurses, des dames papotent en faisant leurs courses en prévision des départs à la campagne.

«Pas le temps», réponds-je en secouant la tête pour appuyer mes mots, car ils ne peuvent de toute façon pas porter jusqu'aux oreilles de Sahlman, et je m'élance sur ma bicyclette avant qu'il n'ait le temps de me courir après.

Nous sommes dans la même classe depuis trois ans. Nous nous appelons par nos seuls noms de famille et, à tour de rôle, à l'issue d'une bagarre, l'un de nous se retrouve avec la figure couverte de bleus. Les professeurs se demandent ce que nous faisons ensemble. Mais les Sahlman sont nos voisins, et d'importantes relations de père, car ils sont actionnaires d'une scierie, et nous échangeons régulièrement, à quelques semaines d'intervalle, des invitations à dîner. Je ne dois pas m'énerver, même si mon camarade m'exaspère de temps en temps. Sahlman est effronté et trop perspicace, il en sait plus sur moi que je ne lui en ai dit et il est capable au besoin de frapper là où ça fait mal. Si je refuse de l'accompagner à la décharge pour lapider des rats, il peut se préparer à fuir et couiner, les yeux plissés:

«Ta mère t'a abandonné et ton père est un vagabond!»

J'essaie d'éviter que les roues de ma bicyclette ne dérapent dans les interstices des pavés. Je ne suis pas encore habitué à pédaler. L'engin est un cadeau d'anniversaire et a attendu de janvier à la fin mars que je puisse l'essayer ailleurs que dans le couloir d'entrée. Depuis, j'ai appris à me tenir en équilibre, mais ma course est encore incertaine. Dans ma main gauche crispée sur la poignée du guidon, je froisse une carte de la ville.

Les railleries de Sahlman sont fondées. Après notre déménagement, père a passé des semaines entières à Aspholm, bien plus que quand mère et moi y habitions. C'est la faute de la forêt. Elle a résisté longtemps. Quand les coupes se sont étendues au-delà des abords du chemin de fer, les difficultés ont commencé. Les rails traversaient certes la forêt, droits et réguliers, mais celle-ci, plus loin, avait pris soin de se cuirasser. Elle avait parsemé ses profondeurs de blocs de pierre de la taille d'une maison, y avait creusé des ravins et de profonds ruisseaux et s'était hérissée de roches plissées et d'escarpements. Il était malaisé de la défricher, et encore plus d'y tracer des pistes charretières. De-ci de-là se dressaient des pins centenaires ou de gigantesques sapins contre lesquels les hommes et leurs faibles scies ne pouvaient rien. Beaucoup d'ouvriers se tordaient les chevilles dans les pierriers ou s'écroulaient sous les nuages de moustiques et, furieux, pliaient bagage. Les lames de scie cassaient, les boquillons se querellaient et les chevaux renâclaient. Les troncs roulaient au bas des chargements et s'éparpillaient sur les pentes. Même la locomotive flambant neuve toussotait.

« Montrez-lui, criait Osmundsen à ses troupes en frappant dans ses mains, ignorant sans doute lui-même à qui ou à quoi il faisait référence. Du nerf ! »

Il rassurait père en lui disant que c'était normal – si défricher la forêt avait été un jeu d'enfant, elle aurait été depuis longtemps transformée en champs.

Certains ouvriers avaient aussi toujours peur, même si d'autres les raisonnaient et que le chamane lapon, Juhana, avait été renvoyé. Certains refusaient d'aller seuls sur les chantiers les plus éloignés. J'en aurais fait autant. À un jet de pierre du camp, déjà, la forêt vous engloutissait dans son frissonnant silence. Les arbres grinçaient et de mystérieux oiseaux ramageaient, invisibles. Matin et soir, de la brume montait du moindre creux. Les plus nerveux n'osaient pas sortir la nuit de la cabane et utilisaient des pots de chambre. C'étaient des fils de métayer, des valets de ferme sans emploi et d'autres rats des champs que père pouvait embaucher à bas prix. Osmundsen devait même enseigner à certains le maniement du passe-partout, car ils étaient habitués, depuis des millénaires, à couper à la hache le bois dont ils avaient besoin.

Père avait fini par céder, renvoyer les moins motivés et embaucher à la place de robustes bûcherons. Ils riaient aux éclats des histoires de dames bleues et tiraient la scie d'un seul geste jusqu'au milieu des troncs. Ils n'avaient besoin de rien d'autre que d'un lit assez long et de baquets entiers de sauce au lard. L'étroite bande de forêt côtière traversée par la voie ferrée n'était qu'une broutille pour eux, habitués à trimer dans les impénétrables forêts du Nord et de l'Est, à des dizaines de kilomètres de la plus proche habitation.

Une fois le côté nord de la voie à genoux, père a verrouillé les hangars à locomotives, fait ses bagages et pris la route. Il n'est toujours pas revenu, bien qu'il fasse de temps en temps un saut à la maison. Quand il est à Helsinki, il passe ses soirées en réunion, discute dans des arrière-salles de restaurant, enveloppé de fumée de cigare, et conclut des contrats et des marchés. Je ne sais pas exactement ce qu'il fait, s'il achète de la forêt pour son compte ou pour d'autres. Il est néanmoins évident qu'il réussit en affaires et est accueilli à bras ouverts dans tous les bureaux. Au début, Osmundsen l'accompagnait, mais il lui a si bien tout appris que sa présence est devenue inutile. Il nous envoie malgré tout parfois des cartes postales, du Canada, du Brésil, ou encore de différentes régions de Finlande.

J'évite un bambin encore mal assuré sur ses pieds. Sa nurse lui enjoint de faire plus attention, avec pour seul résultat qu'il se met à hurler. Je pédale lentement, je ne suis pas pressé. Ma tâche est d'aller à l'école et de manger ce que Hanna me prépare – unique obligation restante en cette période de vacances. J'espère en vain des lettres de mère et de père. Ce dernier expédie de rares télégrammes de lieux dont les noms sonnent comme des formules magiques : Lieksa, Imatra, Kuusamo, Iisalmi. En plus de ces brefs messages, il m'envoie des bonbons, des ballons de football, des livres animaliers, des patins à glace et pour finir une bicyclette – des ailes d'acier noir charbon avec lesquelles je peux voler où je veux.

Parvenu à la lisière de la ville, je m'arrête près d'une clôture en bois pour étudier la carte. C'est encore loin, mais le trajet vers le nord-est est presque rectiligne.

Peu à peu, la route se débarrasse de son revêtement de pierre et les fumées chargées de suie se dissipent. De vieilles gens endormies devant les maisons réchauffent leurs membres au soleil. Même les pissenlits des bas-côtés émettent une torride lumière jaune. Des femmes, fichu sur la tête, plantent des pommes de terre dans des champs alanguis au pied de collines rocheuses.

Une heure plus tard, je touche au but. La mer scintille de bleu et d'argent, des roseaux desséchés se balancent au bord de l'eau. L'île est plutôt petite. Un pont en bois blanc enjambe l'étroit bras de mer, mais ensuite la route disparaît dans l'ombre d'un épais toit de verdure. Je serre plus fort les cornes de mon guidon, mes pieds peinent à appuyer sur les pédales. Quand j'arrive sous la voûte des arbres, elle se fait moins dense. Derrière un portail en fer forgé, une allée de sable mène à un jardin puis se ramifie pour sinuer entre les massifs de fleurs. Personne n'a encore eu le temps de tondre la pelouse. Des papillons blancs tournent en rond comme s'il leur était interdit de sortir des limites de la propriété. Loin au bout de l'artère principale, un bâtiment à tourelles recouvert de crépi se dresse tel un château. Et comme tous les châteaux, il est gardé. Le portail est fermé à clef, et flanqué en renfort d'une guérite, ronde et basse, en bois, décorée de tant de lambrequins que je ne vois d'abord pas le guichet. Puis un journal s'abaisse et révèle le front ridé du gardien.

Je descends de bicyclette. Je me sens plus petit que d'habitude et mes genoux qui se dérobent me font encore rétrécir.

« Stella Stenfors habite-t-elle ici ? »

Les mots tremblotent et la dernière syllabe coquerique dans les aigus, je ne maîtrise plus ma voix, ces derniers temps. Bien qu'il ait le visage grave, le gardien n'a pas l'air méchant. Il n'a peut-être tout simplement aucune raison de sourire.

« Je ne suis malheureusement pas autorisé à révéler les noms des résidents.

– Je suis son fils. Je ne l'ai pas vue depuis trois ans. »

Les rides du gardien remontent vers ses cheveux. Il jette un coup d'œil derrière lui. Se tourne vers moi. Se penche.

« Mme Stenfors n'habite plus ici.

– Où est-elle ?

– Je suis désolé, je ne sais pas. »

Sur un bref hochement de tête, il redéploie son paravent de papier journal. Une brise marine caresse le jardin. Je m'appuie à la guérite et décide de ne pas avoir entendu les deux dernières phrases. L'île ressemble à mère. Elle va bientôt voleter au bas des marches dans sa robe rose. Nous mangerons des glaces, assis sur des chaises longues au pied d'un frêne, et elle me racontera tout, et d'abord pourquoi elle ne m'a pas écrit ni invité à lui rendre visite. Bientôt.

Des colverts passent sous le pont. Leurs miroirs alaires brillent d'un bleu agressif, leurs becs claquent sur les miettes de pain qui se gonflent d'eau dans les flots. J'en détache de nouvelles de mon sandwich et les jette par-dessus la balustrade. Quelques piétons, bicyclettes et fiacres passent sur le pont, mais je ne leur accorde pas un regard. À travers les roseaux, on aperçoit une vaste baie, des îles, et, au loin, le grand large et son horizon rectiligne, noyé dans la brume et la fumée des bateaux à vapeur. Peut-on arriver en bateau jusqu'ici? Mère aurait-elle pu embarquer et agiter la main, sur le pont supérieur du navire, en adieu aux colverts et au gardien renfrogné?

J'ai fini mon pain. Je pose les coudes sur la balustrade et enfouis le menton dans mes paumes. Les colverts s'éloignent. Des rubans de pollen s'agglomèrent dans l'eau étale, immobilisant mes pensées.

Une auto déboule du virage de la route. Les colverts cancanent quelque part entre les rochers de la rive. Je me redresse, pianote sur la balustrade et tire de ma poche la montre de gousset que père m'a offerte. Quand l'auto arrive sur le pont, j'entreprends fiévreusement de tripoter la molette. Je ne tourne pas la tête, bien que je collectionne dans un cahier, avec Sahlman et d'autres garçons, des renseignements sur les véhicules à moteur de la ville. Même du coin de l'œil, je reconnais un taxi. Cela ne fait qu'un an que le premier a fait son apparition, mais il en surgit sans cesse de nouveaux dans les rues.

L'auto franchit le pont et s'arrête. Je saisis les cornes de mon guidon et m'apprête à partir.

«Erik», dit père dans mon dos.

Je suis assis entre le chauffeur et lui. Le cuir de la banquette est noir et dur. Je tâte du doigt les boutons qui se nichent dans les profonds creux du cuir et reste silencieux.

«Pourquoi es-tu venu?» demande père, indifférent au fait que nous ne soyons pas seuls. Il a suffisamment pris de taxis pour s'imaginer que les chauffeurs sont aussi bien muets que sourds aux conversations des passagers.

Ma bicyclette a été placée sous séquestre, aux bons soins du gardien de la maison de cure. Père a promis de l'envoyer chercher demain, mais Dieu sait combien de temps je devrai attendre pour pouvoir l'utiliser de nouveau.

«Je suis fatigué par le voyage, déclare père. J'aurais préféré passer l'après-midi à autre chose qu'à te chercher. C'est le dernier endroit auquel j'ai pensé.

– Je n'étais pas perdu.

– Tu espérais trouver ta mère?

– Je me baladais juste.»

Père donne des instructions au chauffeur, qui prend à gauche, tournant le dos à la ville.

«Je suis désolé que tu aies dû mener ta propre enquête, reprend père. Je me préparais à tout te raconter.»

Il ôte son pardessus, se cale contre le dossier et regarde le paysage. Depuis qu'il s'est lancé dans les affaires, il a encore grossi. Sa chemise le boudine et sa bedaine déborde de sa ceinture. À Aspholm, les longs couloirs, le vaste jardin et les promenades à cheval corsetaient ses rondeurs. Dans les autos, les trains et les salles de réunion, son ventre érige contre les mauvais jours un rempart de plus en plus épais.

L'angoisse et la déception s'unissent en une palpitation douloureuse derrière mon œil droit. Je laisse mes paupières se fermer. Si père ne s'explique pas, ce n'est pas moi qui vais le questionner. L'auto roule lentement, le printemps a cabossé la route. Le soleil brille bas. Une pénible alternance d'ombre et de lumière m'agace les paupières chaque fois que nous passons devant des arbres ou des bâtiments. Puis l'auto tressaute et tourne de nouveau à gauche. La carrosserie tremble, nous sommes sur des pavés. Je suis pris de nausées. J'ouvre les yeux, et mon regard tombe sur un magasin familier, celui où, dans ma vie d'avant, j'allais acheter des bonbons avec Hanna. Quelques enfants, nu-pieds, passent dans la rue. Je ne les connais pas. Leurs prédécesseurs sont aux champs ou sous terre. Je jette un coup d'œil à père, mais n'ai pas le temps de poser de questions.

«Attends, je t'expliquerai bientôt.»

Ma migraine se concentre en un point sur la tempe que je parviens presque à faire disparaître en appuyant dessus. Mère est proche. Dans les histoires, les énigmes se résolvent exactement de cette manière, on effectue un voyage, il faut être patient, la vérité qui attend au bout du chemin déferle en une houle éblouissante et change tout. Je m'avance sur le bord de la banquette. Dehors défilent des clôtures, des bouleaux souffreteux, une fille jouant au cerceau, des gouttières de maisons en bois. Le chauffeur freine. Je tente de repousser le sol des pieds pour redonner de l'élan à l'auto. La clôture longeant la grand-rue se solidifie en un muret de pierre. Derrière se dresse un édifice centenaire, une église où je suis parfois allé avec mère. Je fais tourner entre le pouce et l'index l'un des boutons décoratifs de la banquette de cuir. Les fils craquent. Je regarde, stupéfait, le petit objet plat et noir qui repose dans ma paume. L'auto s'arrête.

«Je peux vous laisser là? demande le chauffeur. Le cheval va prendre peur si j'approche.»

Le bouton roule sur le sol. Je m'agrippe au bord du siège. Un cheval à la crinière de lin se tient à côté du muret de l'église, le licol attaché à un anneau de fer scellé dans la pierre. Le fermier lui tapote l'encolure et nous lance un regard furieux, tandis que sa femme attend, assise dans la charrette.

«Oui, bien sûr, dit père, et il sort son portefeuille de sa poche intérieure. Vous pouvez retourner en ville. Nous rentrerons plus tard par le train.»

Je n'entends pas les mots qu'il échange avec le chauffeur à propos du prix de la course. De la périphérie de mon champ de vision, un cercle noir progresse vers le centre de mes pupilles. Par la fente restante, je vois le fermier conduire son cheval plus loin, le caresser et lui parler. La portière de l'auto s'ouvre.

«Viens, Erik», dit père d'une voix brumeuse, quelque part audessus de moi.

Nous nous dirigeons vers la grille du cimetière. Le choix se réduit à néant. Je me fige en pleine enjambée, le gravier crépite si fort que j'ai l'impression qu'on me le verse dans l'oreille.

«Non.»

La main de père se pose sur mon épaule, légère et pourtant trop lourde. Je tombe à genoux. Mon front heurte le sol, qui s'ouvre et m'engloutit.

Le gravier est frais. Père dit quelque chose. Le sang qui a fui ma tête revient couler dans mes veines. Le cercle noir de mes pupilles régresse. Le monde est plein de petits cailloux. Comment peuvent-ils tous être si différents? Des blancs, des translucides, des multicolores, des lisses, des anguleux.

«Erik.»

Je m'assieds et tourne le dos à l'église. Le taxi est toujours là. Le chauffeur, sourd, muet, et maintenant aussi aveugle, fume une cigarette en lustrant son capot avec une peau de chamois. De petits garçons en culotte courte se sont massés de l'autre côté de la rue pour le regarder, la tête penchée.

«Tu as la force de marcher? demande père, avec dans la voix un soupçon d'hésitation. Tu peux me poser toutes les questions que tu voudras, je te répondrai.»

Je suis aussi flasque qu'une poupée de chiffon. Nous entrons dans l'enceinte du muret de pierre, pour la première fois de ma vie dans cet ordre: moi devant, père derrière, attentif à mes mouvements. Le moteur du taxi gronde. Il s'éloigne, le dernier lien se rompt, ne laissant qu'une réalité, les grands mélèzes, les pierres recouvertes de lichen, les allées de sable et l'édifice qui jette les gens sur leur bref chemin terrestre et, au bout, dans une tombe béante. L'église regarde le ciel de ses yeux recouverts de vitraux. Elle peut se permettre d'être hautaine, elle est en pierre, et les humains, de simple chair putrescible.

Sur son flanc sud se dressent quatre bornes de granit reliées par une lourde chaîne immobile. Nous entrons dans l'enclos, qui abrite les stèles des Stenfors. Je pense aux portraits ornant les murs du couloir de l'étage, à Aspholm, aux fonctionnaires à l'air grave et aux vieilles femmes à bonnet maintenant réduits en poussière d'os sous mes pieds. Rester debout là m'est difficile.

La dernière pierre de la rangée est encore lisse et brillante, sans lichen. Une date de décès y est inscrite : 1905. Le texte et les chiffres n'occupent qu'une petite portion de la stèle. Il reste de la place pour nos noms, à père et à moi.

«Tu venais à peine de t'habituer à la ville, déclare-t-il. Je ne voulais pas te le dire tout de suite. Je ne pensais qu'à ton bien.»

Je ne réponds pas. Et ne répondrai jamais. Nous sommes assis sur un banc devant la gare. Le train du soir pour Helsinki sera là dans une demi-heure. Il n'y a encore personne sur le quai.

«Tout s'est finalement passé si vite, poursuit père. Je pensais, sincèrement, que ce serait plus facile pour toi de ne l'apprendre que quand tu serais un peu plus grand.»

Il a ôté son chapeau et l'écrase entre ses mains. De minuscules gouttes de sueur courent sur son front. À mesure que le silence se prolonge, elles se multiplient.

«Dis quelque chose», insiste-t-il enfin.

Je donne un coup de pied dans le banc.

«D'accord. De quoi est-elle morte ?

– De la maladie pour laquelle elle a été admise dans cette maison de cure.

– Pourquoi est-ce qu'on ne l'y a pas empêchée de biberonner ?»

Père sursaute. L'imbécile, pourquoi m'a-t-il envoyé à l'école en ville, ne sait-il pas qu'on y apprend aussi autre chose que l'histoire, le calcul et la grammaire ? Il m'a certes fallu des années, bouseux que j'étais. Au détour d'une conversation, dans la cour de l'école, quelqu'un a parlé de la maison de cure de Sulkasaari, où l'on soignait les alcooliques du beau monde. C'était le nom que j'écrivais sur l'enveloppe quand j'espérais encore que mère me répondrait. Puis les mots dont je me souvenais, sur le flanc des bouteilles, ont aussi trouvé une explication.

Des garçons ont dit en rigolant que certains buvaient même de l'eau de Cologne. J'en ai trouvé une description dans l'encyclopédie : de l'alcool presque pur, parfumé à l'ambre gris rejeté par les baleines.

J'ai encore une fois écrit à mère. Je lui ai expliqué quelle matière première entrait dans la composition de sa boisson. La sécrétion intestinale de cachalot me semblait suffisamment répugnante pour décider mère, en dernier ressort, à cesser de boire et à rentrer à la maison. Je n'ai pas reçu de réponse.

« Où sont passées mes lettres ?

– C'est moi qui les ai. »

Père me regarde, de l'inquiétude dans les yeux, les coins de la bouche arqués vers le bas comme ceux d'un horrible chien. Je commence à en avoir assez. La migraine flambe dans les cavités de mon crâne.

« N'en parlons plus », dis-je en haussant les épaules.

Et père me croit, sans arrière-pensées, parce que c'est plus facile. Son visage se détend, et il se lève d'un bond.

« Je vais téléphoner à Hanna de la salle d'attente, qu'elle prépare le dîner. Tu veux des crêpes ? »

Je hoche la tête. Père sourit, pousse la porte de la gare et sort de ma vie aussi définitivement que mère.

Dans le train, je m'appuie au montant de la fenêtre, concentré sur la petite tache qu'a laissée à l'extérieur de la vitre un insecte ayant rencontré sa fin. Père lâche par moments des commentaires sur le magnifique coucher de soleil ou ses futurs voyages. J'émets de vagues sons aux endroits opportuns.

Mère devait me raconter encore et encore les mêmes histoires. J'aimais les péripéties familières, mais peu à peu elles se modifiaient. Mère inventait des fins différentes, condamnait de vieilles portes et perçait des lucarnes, tournait à gauche plutôt qu'à droite à la croisée des chemins. Au début, c'était effrayant de ne jamais pouvoir être sûr de rien. Tout doucement, je me suis malgré tout mis à aimer les histoires qui refusaient de se terminer et ne cessaient de s'ouvrir et de se refermer, telles des méduses.

Le train s'engouffre dans la ville. Les gens marchent dans les rues longeant la voie, le dos droit, légers, le visage éclairé par la lumière du soir d'été. Dans les cours des maisons en bois, on saute à la corde, alors qu'il est déjà neuf heures passées. Par une telle soirée, les messages de la mort ne sont que de brèves bourrasques froides qui se dissipent dans l'air tiède. Par une telle soirée, on ne peut que s'accrocher aux derniers rayons du soleil. Je serre mes bras sur ma poitrine. Je vais me guérir, m'a dit mère, je te le promets. Comment a-t-elle pu, ensuite, mourir sans prévenir ?

Je tourne le dos à père, lentement, afin qu'il ne s'en aperçoive pas. Mes battements de cils dosent les larmes qui me coulent sur les joues. Après le cimetière, il n'y aura pas d'autres fins, même dans les histoires. Pourtant, je me répète que mère est juste partie, qu'elle est montée à bord d'un bateau, depuis le pont de Sulkasaari, et vogue sur les sept mers du monde.

1919

9

Les paupières de l'enfant frémissent. Je berce doucement le panier. Ne te réveille surtout pas, je suis incapable de rien faire pour toi. Je tâte le biberon. Il est froid. Peut-on donner aux bébés du lait refroidi? Je le glisse dans ma manche, bien que ma peau soit tout aussi froide. Mon chandail tient chaud à la petite.

«C'est ta mère qui l'a tricoté», lui dis-je tout bas en rajustant le lainage gris autour d'elle.

Sa mère... comment une telle maigriotte peut-elle être la mère de qui que ce soit?

Elle a rapporté l'automne dernier à la maison des pelotes de laine qu'elle avait mises de côté depuis déjà des années. Je n'ai pas d'autre dot, a-t-elle soupiré en les rangeant sur l'étagère. Tu me suffis, ai-je répondu en l'attirant sur mes genoux.

Je saisis le panier et descends les marches de la véranda. Nous longeons la façade vers les hangars à locomotives en évitant les flaques de boue qui déshonorent la pelouse. Nous devrions rentrer à la maison, je le sais si bien que je l'avoue même tout haut à l'enfant.

«Hanna a peut-être déjà appelé la police. Tu verras, c'est quelqu'un de sensé.»

L'hiver a fait chuter des branches grosses comme la cuisse des peupliers et des érables. Certaines pendent le long des troncs tels des os brisés, d'autres étirent sur le sol leur cou de dragon. Malgré les souvenirs encapuchonnés de noir qui guettent au coin des bâtiments et derrière les buissons, j'ai de plus en plus de mal à croire que notre déménagement en ville remonte à moins de six mois. La pelouse est hérissée de taupinières. Les cimes ensauvagées des pommiers ressemblent à de grands nids de pie, les formes géométriques des buissons d'ornement ne sont plus qu'un souvenir, elles aussi. Peut-être le jardin avait-il déjà cet aspect l'été dernier. Nous n'avons pas alors vraiment regardé autour de nous. Nous avions choisi d'oublier bien d'autres choses, et peu nous importait. Les oiseaux picoraient les groseilles que nous ne cueillions pas, rien ne se perdait.

Les hangars à locomotives brillent d'un rouge aussi vif que les drapeaux de l'année dernière. L'étable a été démolie, il n'en reste qu'une dépression rectangulaire emplie de brique pilée et de vestiges de madriers pourris. Les portes des hangars sont verrouillées, bien qu'ils soient vides. Les locomotives et les wagons ont été réquisitionnés pour la guerre mondiale. Père a finalement renoncé à construire sa scierie. De plus vastes forêts l'attendaient dans le Nord.

Nous poursuivons notre chemin jusqu'aux rails. Entre les traverses poussent des calamagrostis dont les feuilles desséchées caressent les jambes de mon pantalon et les flancs du panier. La petite fait la moue en les entendant bruire au creux de son oreille, son visage se tord puis s'apaise. Devant nous, la ligne droite de la voie, entre la forêt et l'abattis, n'a guère changé. Il s'y dresse cependant déjà de jeunes bouleaux. Les traces du chantier disparaissent. La nature reprend ses droits. Je m'assieds sur une traverse et examine les crottes cylindriques, brunes et fibreuses, qui parsèment le sol. Des coqs de bruyère se sont aventurés là. Ils seront suivis par les gélinottes des bois et les grands tétras, les mousses, les myrtilliers, le souffle du vent et le silence, au fil des décennies et des siècles. Tout reviendra.

Peut-être les souvenirs aussi se décomposeront-ils, recouverts par la végétation comme le manoir et le chemin de fer. À moins qu'ils ne reviennent à pas de loup, comme la forêt, à la moindre occasion. La première hypothèse ne me dit rien qui vaille, mais si la seconde s'avère exacte, j'ai du mal à imaginer que je puisse tenir le coup encore cinquante ans.

Le soleil écarte les nuages. Nous retournons dans le jardin. Je replie les coins de la nappe de manière à ombrager le visage du bébé et lui effleure au passage la joue. Elle est encore plate, triste et ridée. Il y a une éternité, deux semaines, Hanna a dit que les nouveau-nés étaient d'abord maigres, et s'arrondissaient ensuite pour devenir tels qu'on les voit sur les photos – des joues rebondies, un ventre potelé, l'air ahuri sous leur bonnet, reposant sur une douce fourrure de mouton. À qui pourrais-je envoyer le portrait de la petite ? Il n'y a en fait personne d'autre que Sahlman, et il l'a déjà vue, il nous a sûrement tous les deux déjà assez vus.

Je dois lui téléphoner.

Je serre les doigts autour de l'anse du panier et pousse ma bicyclette jusqu'au portail. Je dois éviter de trop réfléchir. Il me suffit d'attacher mon fardeau sur le porte-bagage et de pédaler. L'enfant soupire. Elle lève les yeux, non pas vers moi mais vers le ciel. Derrière le manoir, la houle gronde et enfle, les vapeurs de la mer montent jusqu'à la cime des arbres. Je ficelle le panier aux tubes de métal du porte-bagage. Le soleil se cache derrière un nuage, mes doigts s'engourdissent.

Ça sent l'automne. Concentré sur ma tâche, je me débats avec les nœuds.

Je les entends approcher dans l'allée de bouleaux. Ils sont deux, en route vers la charrette remplie à ras bord qui attend au portail. J'aperçois du coin de l'œil le jaune des feuilles mortes qui brillent tels des milliers de soleils dans la boue de l'allée. J'ai le vertige. J'écarquille les yeux pour voir ce que je fais, mais mes larmes coulent, brouillant tout. Les arrivants sont presque à ma hauteur.

« Nous avons oublié de cueillir les groseilles à maquereau. »

Je n'entends pas ma réponse, mais je m'en souviens :

« Il faut bien laisser quelque chose aux oiseaux. »

Je leur tourne le dos, battant des cils pour chasser mes larmes. Ma migraine s'accentue, pulsatile, derrière mon œil droit. Je dois rester calme. Je pousse ma bicyclette jusque sur la route, en terrain neutre et vierge. Je pose le panier par terre et tente de démêler les nœuds, mais des cercles noirs commencent à envahir mon champ de vision. La douleur ricoche sous mon crâne d'une paroi osseuse à l'autre. Pas maintenant, pas maintenant, pas maintenant, ne puis-je que répéter tout haut, bien que cela n'ait jamais servi à rien.

Je tombe à genoux. Un gouffre s'ouvre dans le sol. La surface de la route se fendille, ses morceaux tombent dans les profondeurs. Je repousse le panier, à l'abri du côté du jardin. La clôture, les arbres et la route ondulent en dents de scie, se tordent et se redressent. Entre les vagues de douleur, j'ai le temps de voir que nous ne sommes plus là. Quand la charrette est-elle partie ? Sommes-nous déjà à la maison, en train de déballer le contenu de nos bagages et de nos caisses de déménagement ? La charrette a disparu, mais au loin, sur la route, deux hommes, presque encore des adolescents, s'éloignent, sac au dos. Je les reconnais tout de suite, car cela ne fait pas si longtemps, deux ans seulement. Sahlman portait un manteau gris, moi, un marron.

La douleur me stridule aux oreilles et me griffe le cerveau de crevasses d'où mes pensées ne parviennent plus à sortir. Le gouffre se rapproche, s'apprête déjà à m'engloutir, mais je parviens à me rattraper juste au bord. Les hommes s'arrêtent, pointent du doigt la cime des arbres et portent leurs jumelles à leurs yeux.

« C'est une fauvette à tête noire ? demande Sahlman, tout près.

– Bien sûr, il n'y a qu'à l'écouter. »

Sahlman tourne vers moi son sourire en coin.

« Ne fais pas le malin. Toi non plus, tu n'en as jamais entendu chanter si tôt dans la saison. »

Nous poursuivons notre chemin. Je tiens mes jumelles à hauteur de poitrine et parviens tout juste à songer que je n'ai pas la force de revivre tout cela. Puis je lâche prise. Le gouffre se referme sur moi.

La lumière du printemps est blanche. La fauvette à tête noire zinzinule. Nous marchons vers le marais sur la route qui flicflaque sous nos pas.

1917

10

Sur la route, déjà, mon cœur me martèle les côtes et mon pas s'allonge. Je suis déjà allé un certain nombre de fois ce printemps dans la baie de l'Est, mais partir à deux est toujours différent d'une excursion solitaire. Tout est plus lumineux, plus fort. Les coins de la bouche de Sahlman ne cessent de remonter vers ses oreilles.

Les baies, les merveilleuses baies. Surnommées entre nous baie de l'Ouest et baie de l'Est, elles bordent la capitale. Nous avons d'abord exploré celle de l'Ouest. Plusieurs printemps de suite, nous avons parcouru ses rives pour observer les oiseaux de mer, avec autour du cou des jumelles ayant appartenu à des officiers de l'armée du tsar. Sur les sentiers au bord de l'eau, les enfants de métayers et d'ouvriers, les vagabonds et les vieilles femmes appuyées à leur balai nous regardaient, étonnés, nous les fils de bourgeois, patauger dans les roseaux en régurgitant les noms appris en cours de zoologie : *mouette rieuse*, *canard siffleur*, *phragmite des joncs* ou leurs équivalents latins, par pur besoin d'étaler notre savoir.

Nous avons découvert la baie de l'Est quand nous nous sommes aventurés à bicyclette de l'autre côté du pont Pitkäsilta. Derrière les usines et les masures des ouvriers, comme si nous avions soulevé le couvercle moisi d'un coffre, nous avons trouvé un trésor : une mer scintillante et un extraordinaire rivage.

La baie de l'Est est bordée de marécageuses aulnaies noires et d'impénétrables broussailles de saules, de prairies inondées regorgeant de moustiques et de roselières à l'odeur fétide par temps chaud. Les vaches des citadins et du manoir de Lahdenpohja paissent sur son pourtour, mais pas à la même table. Celles des ouvriers broutent la végétation de la rive est, près des habitations des faubourgs, afin que leurs propriétaires puissent les avoir à l'œil entre deux appels de sirène des usines. Le bétail du manoir rumine dans les grasses prairies de la rive nord.

Les bosquets d'aulnes et de saules sont aussi fréquentés par des humains. La ville est grande et déborde d'habitants dont beaucoup s'échappent le dimanche. La plupart sont originaires de la campagne et profitent de leurs jours de congé pour aller pêcher ou cueillir des airelles bleues dans les tourbières. Certains chapardent du bois de chauffage, d'autres cherchent des coins tranquilles pour leurs alambics clandestins. Les plus pauvres déterrent des racines d'arum des marais pour en faire de la farine. Mais qu'ils soient affamés ou assoiffés, leur passage a creusé un étroit sentier dans l'instable terrain spongieux. Il part de la route, telle une charmante petite allée invitant à y imprimer de nouvelles traces de pas. Des promeneurs en robe de soie et souliers vernis s'engagent même parfois sous la voûte bordée de troncs rugueux, mais font vite demi-tour, déçus. Dans l'ombre de la forêt, le chemin rétrécit, s'enfonce dans la boue, zigzague entre les flaques et exige de grandes enjambées. Il serpente dans la forêt en direction de la mer, pourrait-on croire, mais se ramifie et se termine par endroits en culs-de-sac envahis de moustiques.

Se frayer un chemin à travers les broussailles jusqu'à l'eau ne se justifie que par des motifs impérieux.

Lors du dernier printemps avant la guerre, nous sommes partis, avec Sahlman, à la recherche d'un poste d'observation convenable au bord de la baie. Les voix de centaines d'oiseaux aquatiques retentissaient derrière la végétation, mais impossible d'approcher assez pour les voir. Les courroies de nos jumelles nous irritaient la nuque. Finalement, nous avons eu l'idée de suivre les vaches qui, au même moment, déboulaient des étables. Par de nombreux détours à travers des fourrés ombreux, elles nous ont conduits à une prairie côtière où elles se sont dispersées pour brouter. Les roseaux cachaient encore la mer, mais l'attirant vacarme printanier était maintenant tout proche. Nous allions ôter nos bottes pour patauger jusqu'à l'eau libre quand Sahlman a repéré à la lisière de la prairie un vieux platelage en bois gris. Il conduisait à travers la roselière à un gros rocher léché par les vagues d'où nous avons pu, avec nos jumelles, surveiller toute la baie.

Trois ans plus tard, nous sommes toujours aussi enthousiastes. Le chant de la fauvette à tête noire ruisselle des cimes dans nos veines. Nous sommes libres, Sahlman a terminé ses études et a de nouveau le temps de m'accompagner. Il est même plus insouciant que moi : tout juste diplômé mais déjà assuré d'un emploi régulier, il prendra son poste à l'hôpital à l'automne. Mais cet avenir n'est pas qu'enviable. Ses longues journées de travail ne lui laisseront le loisir d'observer les oiseaux que le soir ou tôt le matin, à des heures où ils s'ébattent dans une gênante lumière rasante. Je préférerais continuer à végéter en passant des examens et en travaillant par intermittence jusqu'à la fin de mes jours.

Au début de notre première année de médecine, Sahlman m'a attiré aux réunions du club d'histoire naturelle de l'université. Jusqu'au mois de décembre, j'y suis resté assis en silence. Tandis que la dizaine de garçons et les deux filles de l'assistance se penchaient pour examiner une plante séchée collée sur une feuille de papier ou un reptile flottant dans l'éternité de l'alcool d'un bocal, je me tenais en retrait et observais la raie de travers de leur coiffure, leurs doigts aux ongles noirs de crasse caressant des échantillons minéraux, leurs lèvres arquées en un tendre sourire lorsqu'ils rapportaient leur observation d'un oiseau. Je me demandais si quelqu'un avait jeté à la poubelle mes collections d'Aspholm. Peut-être moi-même ?

Après Noël, j'ai apporté une enveloppe à la réunion. Je l'ai posée le plus loin possible sur la table à spécimens et me suis réfugié à ma place. Je ne faisais toujours pas confiance aux autres. Quand, une heure plus tard, ils ont ouvert avec précaution l'enveloppe et en ont sorti deux feuilles d'arbre ayant développé des galles, leur rangée d'épaules s'est soudée. J'ai dégluti et attendu les rires, car le contraire me paraissait impossible. J'avais cueilli ces feuilles dans le jardin d'Aspholm, des années plus tôt, parce que leurs excroissances ressemblaient à de jolies perles colorées. Elles ne pouvaient intéresser personne. Le club d'histoire naturelle était sûrement une ruse de Sahlman, une vengeance pour une vacherie passée que j'avais oubliée.

Le mur vivant s'est écarté. Le secrétaire du club, à moitié couché sur la table, examinait les feuilles à la loupe. Un autre, qui compulsait un livre traitant des maladies des plantes, a poussé une exclamation et s'est mis à lire tout haut. Le secrétaire a froncé les sourcils et regardé l'une des feuilles à contre-jour. Les galles brillaient, plus rouges que jamais. Les feuilles sont passées de main en main, le murmure des conversations répandait dans la pièce la douce chaleur d'un feu de bois. Je me suis lentement assis, conscient d'avoir trouvé ma tribu.

« De la botanique ? s'est étonné père quand je lui ai annoncé la semaine suivante mon choix de matière secondaire. À quoi cela peut-il te servir ?

– Les plantes sont la source première de la médecine », ai-je argumenté.

Ce printemps-là, nous avons découvert le platelage de la baie de l'Est.

« De la zoologie ? a dit père en fronçant les sourcils quand, à la fin de l'automne, je lui ai dévoilé ma nouvelle vocation.

– Les sciences naturelles ont fondamentalement toutes la même origine, ai-je fait valoir. Leurs différentes branches s'appuient les unes sur les autres. La connaissance de l'anatomie est utile en zoologie, et réciproquement.»

Au début de ma troisième année d'études, je n'ai pas pris la peine de lui parler de la mycologie et de la bryologie. L'étude des champignons aurait encore pu se justifier, il s'en développe aussi sur le corps humain, mais les mousses – quelle utilité pouvaient-elles bien avoir?

Nous quittons la route pour l'aulnaie noire. Des mouettes criaillent quelque part, un merle fuit à tire-d'aile. Nos pas s'enfoncent dans le sentier spongieux. Je souris, m'imaginant être un chasseur. J'ai abandonné mes études de médecine il y a six mois. Cela non plus, père ne le sait pas. Il s'est déjà trop éloigné, il arpente les forêts des quatre coins du pays à la recherche de beaux arbres de haut fût. Moi, j'étudie le rivage et tente de capturer des spécimens rares dans le cercle de mes jumelles. Le soir, les joues brûlantes, nous notons tous les deux nos observations dans des carnets à carreaux. Nous n'avons plus rien d'autre en commun.

Nous suivons le platelage jusqu'au rocher dressé au bord de l'eau. La mer scintille au soleil, parsemée de taches sombres: des fuligules milouins, des foulques macroules, des goélands et des harles. Nous braquons sur eux nos jumelles, groupe par groupe, et nous appliquons à compter les individus. Nous énonçons les chiffres d'une voix calme et les notons d'une écriture précise, bien que le printemps et la joie de tous les retrouver nous chahutent le bas-ventre. Le comptage est une procédure scientifique rationnelle. Elle nous permet de dissimuler notre instinct primitif de chasseur dont seul, au fond, a changé l'équipement – jumelles plutôt qu'arc et flèches.

Sahlman a toujours su mieux se concentrer que moi. Un phénix pourrait le survoler qu'il continuerait de compter les goélands cendrés nés l'année dernière. De mon côté, mes jumelles commencent à me tomber des mains au bout d'une demi-heure, et encore plus vite aujourd'hui. Je regarde la baie scintillante au milieu de laquelle, au loin, une île dresse ses flancs rocheux. J'ai tout le temps de voir, avant qu'elle ne plonge dans la forêt, une ombre aux ailes effilées. Mes mots se forment moins vite que mes pensées. Je me lève d'un bond, marmonne quelque chose et montre l'île. Sahlman jette un coup d'œil et hausse les épaules.

«Ne gesticule pas, si tu vois des merveilles. Pointe tes jumelles.

– C'était un faucon. Peut-être un *subbuteo*.

– Si tu le dis.»

Nous n'avons pas beaucoup eu l'occasion d'étudier les oiseaux de proie, car il s'en aventure peu aux abords de la ville. Et il ne figure dans les collections de la faculté de zoologie que quelques hiboux et faucons à la mine sombre qui déploient depuis des années déjà leurs ailes raidies sur des étagères poussiéreuses. Cet hiver, notre professeur nous a donné à étudier une caisse pleine de pattes de rapaces. Les commissaires ruraux s'en débarrassent volontiers, car elles s'entassent par centaines dans leurs bureaux : l'État souhaite éradiquer certaines espèces et verse une prime pour chaque paire de pattes. Quand nous avons examiné le contenu de la caisse, à l'université, nous avons constaté que la plupart appartenaient en fait à des corneilles, des pies ou des grives. Le professeur a écrit un virulent article sur le gaspillage des fonds publics, qui, à sa grande satisfaction, a été publié, mais aucun changement n'est intervenu.

Bien que l'île ne soit pas très grande, la pinière aux troncs roux qui se dresse sur les rochers lisses de son rivage semble impénétrable.

«Comment peut-il y avoir autant d'arbres ?

– Je crois que c'est l'île à pique-nique des socialistes, constate Sahlman en me regardant par-dessus ses jumelles. Ils ne coupent pas leur propre forêt.

– On va emprunter une barque au manoir de Lahdenpohja et aller voir s'il y niche un faucon hobereau.

– On ferait mieux de continuer notre comptage.»

À la tombée du soir, nous retraversons les halliers. Les vaches ont été rentrées pour la traite, le sentier s'est transformé en un mélange de gadoue et de bouse. Des passereaux célèbrent la tiédeur de l'air de la nuit qui s'annonce. Je me laisse bercer par le flot de leurs chants tout en évitant les bourbiers sans fond. Je n'écoute pas Sahlman, qui parle de la guerre. Ne pourrait-on pas encore un instant faire semblant de croire que c'est juste le printemps ? La guerre, bien que lointaine, est une réalité, il se peut qu'on nous attende à notre porte pour nous expédier à l'armée, mais on n'est pas obligé d'y penser maintenant. Il est de toute façon très peu probable que l'enrôlement forcé nous touche directement.

La route est déserte. Sahlman se risque à marmonner à propos d'Allemagne, d'horaires de train, de camps d'entraînement, de sa liberté et de celle de la patrie.

«Tu n'as pas un poste qui t'attend à l'hôpital ? lui fais-je remarquer.

– J'aurai bien le temps d'y aller plus tard.»

Il regarde le bout de ses chaussures, je cherche dans les nuages du soir qui se dissipent un oiseau aux ailes effilées. Un cheval attelé à une charrette approche, venant de la ville. Un vieil homme somnole sur le siège, le chargement sent les latrines.

«Il y a juste une chose qui me fait hésiter, murmure Sahlman quand la charrette est passée. Une fois là-bas, on risque d'être envoyé n'importe où sur le front. À n'importe quel moment. Sans nous demander notre avis.

– Et alors? dis-je avec un haussement d'épaules. Est-ce que ce n'est pas partout pareil, sur le front? De la boue, du gaz moutarde, des barbelés, des rats, des poux et des bestioles encore plus petites, qui vous tuent plus sûrement que les balles et les éclats d'obus.

– Tolstoï», grogne Sahlman.

Le manoir de Lahdenpohja se dresse sur une colline basse. Le bâtiment principal est blanc, avec des ailes d'un seul étage entourant un corps de logis plus élevé. Dans le jardin aussi soigneusement toiletté qu'un bichon campent des escouades bien ordonnées de primevères et de fausses-renoncules. Les communs sont fièrement regroupés sur la pente qui descend vers la mer. Je laisse ma bicyclette du côté intérieur de la clôture.

Je m'assieds sur un banc devant le logis des domestiques. Il fait encore trop sombre pour les presser de se mettre au travail. Une forte odeur d'humus flotte dans le jardin, l'air frais du petit matin transpire de rosée. J'enfouis mes mains dans mes manches et appuie la tête contre le mur de planches capitonné de vigne vierge. Je suis debout depuis des heures, à parcourir d'abord le marais gazouillant, puis les champs des faubourgs où craquettent des grues cendrées.

Il est sept heures quand je me réveille, secoue mes membres frissonnants et repousse mes cheveux humides sur mon front. Un homme revient du bord de mer, balançant à bout de bras, par les palmes, deux colverts. Je me lève pour lui exposer ma demande. Je l'ai déjà rencontré, et il me reconnaît. Nous sommes en bons termes bien que nous fréquentions la baie pour des raisons différentes. Lorsque je me promène par ici, je suis toujours équipé d'un havresac et de vieux vêtements de randonnée qui facilitent le contact.

Quelques instants plus tard, Heiskanen poursuit son chemin vers la cuisine avec son butin dégouttant d'eau. Je vais l'attendre sur le rivage. Un sentier descend vers la mer, entouré de pommiers, de frênes et d'érables. Les flots bleus scintillent derrière les branches nues, berçant le charivari printanier des oiseaux. Mais soudain des coups de feu claquent et les mouettes déploient leurs ailes en criant.

Je patiente sur le ponton du manoir, jumelles aux yeux, et parcours la mer étale. Des canards effrayés par les détonations se précipitent à l'abri dans les roselières, un vol d'oies fend l'air en direction de l'horizon. Il n'y aura bientôt plus rien à observer dans la baie. Demain, dimanche, la ville entière sera libre de déferler. La pétarade deviendra insupportable et les derniers oiseaux fuiront en épaisses nuées vers les étangs forestiers aux eaux encore à demi gelées.

« Si vous pouviez vous aussi avoir un peu l'œil, suggère Heiskanen tandis que je pousse la barque et m'assieds sur le banc de poupe, il n'y a que moi qui aie le droit de chasser, ici. »

Alors que nous nous éloignons de la rive, les détonations cessent.

« Ils ont vu la barque du manoir », constate Heiskanen en riant dans le col de sa veste.

Je regarde, par-dessus sa tête, l'île au faucon qui émerge de la brume. On distingue déjà la mosaïque des écorces de pin, les arbres sont vieux et hauts. Quelque part dans leur cime touffue, le faucon, dans son nid, couve peut-être des œufs lisses. Heiskanen met le cap sur la rive ouest de l'île, où l'on aperçoit un petit ponton. Il rame à rebours jusqu'à la berge, se penche pour prendre les billets que je lui tends et hoche la tête : ce soir à six heures au même endroit, pour la même somme. Je saute de la barque et la repousse vers le large. Heiskanen se cache sous le bord de son chapeau et plonge ses avirons dans l'eau. Le temps que je franchisse les rochers qui me séparent de la forêt, leur clapotis s'est tu.

Les rares sentiers de la pinière convergent vers le centre de l'île, au pied d'un crêt au sommet aplati. Sur deux mètres de haut, les feux de camp ont noirci la paroi rocheuse. Quelques bouteilles reposent sur un tas de branchages, pour le reste, tout est en ordre. Pourquoi saliraient-ils ce qui leur appartient ? me dis-je avec la voix de Sahlman. Le silence règne, si l'on considère que le vent, les oiseaux et le ressac des vagues qui grossissent peu à peu en font partie. Je note dans mon carnet la présence d'un grimpereau des bois qui explore le tronc d'un pin et d'un grand corbeau qui lâche un craillement possessif en survolant l'île. En l'absence de Sahlman, je prends mes aises. J'arpente à grands pas le sous-bois, le sourire aux lèvres, saute par-dessus les troncs couchés sur le sol et me sens à la fois loin de chez moi et merveilleusement à ma place. Comme d'eux-mêmes, mes yeux cherchent à nouveau des arbres auxquels grimper et des endroits où construire des cabanes. Je n'ai pas mis les pieds dans une véritable forêt depuis des années, peut-être même depuis que mère a été emmenée loin d'Aspholm.

J'atteins étonnamment vite la rive est de l'île. Seuls des plaques de lichen et quelques pins rabougris annoncent le bord du monde, par-dessus lequel on basculerait facilement dans l'obscurité. Les pique-niqueurs ne viennent apparemment pas jusqu'ici car mes chaussures sont les premières à imprimer leur trace dans le lichen sec. Je jette un coup d'œil au bas de l'à-pic. À son pied, loin au-dessous, une étroite bande de terre le sépare de la mer. À mi-hauteur, une corniche surplombe le vide. Le vent fait frissonner quelques brins clairs accrochés aux mousses. Il me faut un moment pour comprendre que ce sont de petites plumes. Je braque mes jumelles sur elles.

Je n'en ai vu de semblables que dans des livres.

Les jambes tremblantes, je me hâte de descendre par le côté en pente douce de l'escarpement. Je parviens à son pied en longeant la mer par un sentier à peine visible. Sous la corniche, un nid a atterri au sol, dans un désordre de brindilles, d'herbes, de duvet et de débris de coquilles d'œuf des années passées.

L'eau clapote à moins d'un mètre. De ce côté ombreux, l'île est entourée d'une ceinture tourbeuse où poussent de maigres saules et des airelles bleues. Des feuilles mortes, petits drapeaux d'un brun fané, bruissent au sommet des aulnes. Dans la baie, aucun cri ni coup de feu ne résonne, aucune barque ne se balance sur les flots et personne ne se promène sur le rivage. Je pourrais être au bord d'un lac, dans une tourbière inhabitée au milieu de la forêt. Et pourtant tout est laid, sale et détestable.

Le faucon gît dans l'eau derrière la digue de tourbe. Je le ramasse. Son corps a commencé à se décomposer, ses yeux ont déjà été mangés. J'extrais la balle qui s'est fichée dans ses vertèbres et la jette à la mer. Je détache avec précaution quelques plumes encore intactes et enterre l'oiseau dans la pierraille.

Les vagues clapotent. Je m'assieds et sors ma montre de gousset. Ma peau brûlée me tire le front et les joues. Quelle idée, aussi, de s'endormir en plein soleil sur les rochers du bord de mer !

Une barque approche. Je recule à l'ombre des pins. Heiskanen ne sera pas là avant plusieurs heures. L'embarcation arrive de l'ouest, elle est vieille et pleine de monde, quatre personnes, trois hommes et une femme. Elle s'amarre au petit ponton, les arrivants grimpent sur les rochers. L'un des hommes, à lunettes, porte un panier. Les deux autres bavardent, le plus petit, en chemise à carreaux, un demi-pas en arrière du plus grand, torse nu. La femme marche un peu devant. Ses vêtements sont trop grands, les manches de son gilet de laine lui arrivent au bout des doigts et sa jupe grise balaie le sol. À l'endroit le plus escarpé, elle se penche, retrousse le bas de sa jupe et en ramasse les plis dans le creux de son coude.

Je me déplace d'un pin à l'autre. L'île est assez grande pour y rester caché jusqu'au soir, mais ces visiteurs me perturbent. Je m'assieds sur une vieille souche et sors mon carnet pour esquisser au crayon la carte des lieux et y noter les oiseaux que j'ai observés. À l'emplacement de l'à-pic de la rive est, je trace un point d'exclamation et inscris le nom de l'oiseau mort, bien que je n'arrive toujours pas à croire que ce soit vrai : *Falco peregrinus.* Je le murmure tout haut, il résonne de mes lèvres jusqu'au plus profond de ma gorge, tel un magnifique poème. Je l'entoure de parenthèses et laisse éclater ma colère anesthésiée par le sommeil. Tout est vain, inutile d'essayer de se cacher, ils vous trouvent toujours. Je referme mon carnet et me dirige vers l'aire de feu.

Le binoclard est accroupi près du cercle de pierres et souffle sur une flamme solitaire. Elle s'éteint.

« Tu les apportes, ces bûchettes ? crie-t-il à l'homme à la chemise à carreaux, qui, un peu plus loin, taille des bouts de bois. La gamine a froid. »

La jeune femme est assise sur un rocher plat à côté du feu, barricadée dans son gilet de laine. Elle a tiré sa jupe sur ses genoux et entouré ses jambes de ses bras. Ses manches vides pendent sur ses flancs. Le rocher est à moitié caché par son journal.

« Non, ça va », marmonne-t-elle en direction de ce dernier.

Elle m'a vu arriver et m'observe du coin de l'œil. Quand je m'arrête, à quelques mètres, elle se tourne si soudainement que je sursaute. Pas à cause de son geste, mais de son visage, sur lequel se ferme un infranchissable rideau. Les os de ses pommettes transparaissent sous sa peau tendue, ses yeux et sa bouche se réduisent à des fentes rectilignes, sa langue effleure ses lèvres gercées. Ses cheveux effilochés lui tombent sur la poitrine. Elle me fait penser à un adolescent boudeur, ce qu'elle n'est pas, mais ce n'est pas non plus une femme. Une femme aurait corrigé sa posture et vérifié que son chignon était soigneusement noué, et ne serait d'ailleurs jamais venue dans cette île, ou en tout cas pas sans pliant ni ombrelle.

Elle ploie sa silhouette de héron et me regarde par-dessus son épaule. Son mouvement de tête réveille les hommes occupés à allumer le feu. Leur insouciante conversation s'interrompt. Ils se placent côte à côte en travers de mon chemin et me paraissent aussitôt plus familiers. J'en ai vu, sur les quais du port, les chantiers de construction et les places de la ville, de ces ouvriers anonymes qui, muets et renfrognés, fixent le bourgeois aussi longtemps qu'il se tient au mauvais endroit, autrement dit trop près. Malgré ma tenue de randonnée, même ici, je détonne. Mon pantalon n'est pas rapiécé, j'ai les cheveux coupés par un coiffeur et des bottes graissées de frais. Mes jumelles, à mon cou, trahissent mon oisiveté et un passe-temps improductif dont ils n'auront jamais les moyens. Il ne me manque plus qu'une canne, me dis-je, et l'idée me fait grincer des dents.

Je salue le groupe et lance quelques phrases insignifiantes à propos du temps. L'hostilité reste palpable. La moutarde commence à me monter au nez. Je passe aux choses sérieuses.

« Êtes-vous récemment allés du côté de l'à-pic de la rive est ?

– Pourquoi ? demande le binoclard.

– Est-ce que vous y avez vu un faucon ?

– Vous êtes du manoir ? »

Je secoue la tête.

« Vous n'avez donc rien à faire ici.

– C'est vrai. Je n'y fais d'ailleurs rien de spécial. J'étudie juste les oiseaux.

– Étudiez-les ailleurs. Cette île appartient aux organisations ouvrières. »

Fort de ce droit de propriété, il laisse ses épaules se relâcher, ôte ses lunettes et les frotte dans un pan de sa chemise.

« Quelqu'un a fait tomber un nid au pied de l'escarpement, poursuis-je.

– Vous êtes le garde-chasse de Lahdenpohja ?

– Les faucons ne sont pas du gibier.

– Peu importe. Nous ne faisons pas tomber de nids.

– Qui, alors ?

– Sûrement quelqu'un du manoir, ou des grosses fermes, ils protègent leurs poules.

– Un faucon pèlerin ne risque pas d'en manger beaucoup.

– Tant mieux pour lui.

– Pas vraiment. Il a été tué. »

Il ne répond pas. Je me tourne vers les autres.

«Qu'en pensez-vous?

– Nous ne chassons pas les oiseaux.»

C'est la jeune fille qui a parlé. Elle est toujours assise sur son rocher mais a démantelé son rempart gris et passe les bras dans les manches de son gilet, soigneusement fermé par de gros boutons plats de la taille du pouce, eux aussi gris. Vous chassez dès que le travail vous en laisse le temps, ai-je envie de répliquer. La jeune fille s'approche du bord du rocher, laisse pendre ses jambes dans le vide et rejette ses cheveux dans son dos. Une nouvelle expression s'installe sur son visage, narquoise ou malicieuse, je ne sais trop, mais qui le transforme totalement. Les ombres des os s'estompent, son regard me transperce la poitrine. Elle soulève sa jupe jusqu'à mi-mollet et balance ses pieds nus. J'enrage. Elle est venue pour s'amuser, et c'est de moi qu'elle rit.

«Vous ramassez des œufs d'oiseau?» murmure-t-elle en direction de ses pieds.

Ses fins orteils dansent dans les rayons du soleil, au-dessus des myrtilliers. Je ne réponds pas. Les doigts de pied sautent d'un rai de lumière à l'autre, attrapent le jour, s'enroulent autour, et la forêt se penche sur eux.

«Vous en ramassez?» insiste le binoclard.

Je le regarde, lève la main en visière devant mes yeux.

«Ça m'arrive, pour les collections de l'université. On a besoin de spécimens de différentes espèces.

– Pourquoi?

– Pour faire avancer la science», dis-je à la jeune fille sans la regarder.

Elle ouvre la bouche pour poser une nouvelle question, mais le binoclard la devance.

«Partez. Nous avons une semaine de travail derrière nous. Vous nous dérangez.

– C'est bon, je n'ai rien d'autre à vous demander.

– Où est votre barque?

– On doit venir me chercher au ponton à six heures.

– Vous devez partir tout de suite.

– Je ne peux pas.»

Je suis las et furieux contre moi-même. Si j'avais eu la patience de rester dans la forêt, j'aurais pu attendre tranquillement Heiskanen.

«Allez-y à la nage, lance le binoclard.

– C'est bon, dit la jeune fille, avec dans la voix la trace d'un rire muselé par la fatigue. Je vais l'emmener.»

Elle saute du rocher. Sa jupe retombe sur ses orteils, le soleil et la forêt retrouvent leur place. Elle donne une légère bourrade à l'homme à la chemise à carreaux.

« Allumez le feu, pendant ce temps. »

Elle s'élance sur le sentier qui descend vers le ponton. Je reste un moment immobile avant de me décider à la suivre, m'efforçant de garder la tête haute. Dans mon dos, j'entends des murmures et quelques rires étouffés.

Au tournant du sentier, la jeune fille ralentit, scrute la forêt et agite la main. À une vingtaine de mètres, le troisième homme, toujours torse nu, est à moitié allongé sur un arbre tombé à terre, le dos calé contre une branche qui dépasse du tronc, un gros livre sur les genoux. Je ne distingue pas bien son visage. Sans répondre au salut de la jeune fille, il se replonge dans sa lecture. Elle hausse les épaules et nous tourne le dos à tous les deux.

Au bord de l'eau, elle défait le nœud de l'amarre, enroule la corde et la jette à l'avant de la barque. Puis elle s'écarte et me fait signe de monter à bord.

« Vous ne préférez pas vous asseoir à l'arrière ?

– C'est moi qui rame », rétorque-t-elle.

Si ça lui chante ! J'enjambe le plat-bord et m'assieds sur le banc de poupe. D'un coup de pied, elle donne de l'élan à la barque et nous nous écartons de la rive.

« Tenez, dit-elle en me tendant une casserole rouillée. Les joints fuient. »

Les petites vagues de l'après-midi ont à peine la force de clapoter. Elle souque d'un mouvement régulier mais doit bientôt rectifier le cap, car je suis assis un peu trop près de l'un des bords. M'humilier a un prix. La barque dévie d'ailleurs bientôt de nouveau de sa trajectoire. La jeune fille cesse de ramer.

« Vous préférez nager ? »

Pour la première fois, elle me regarde droit dans les yeux. L'ombre de nuits trop courtes cerne ses paupières. Dans ses pupilles se reflète un jeune homme paresseux, imbu de lui-même, qui me répugne encore plus qu'à elle.

« Pardon. »

Je me rapproche du centre du banc et entreprends d'écoper l'eau du fond de la barque. Elle m'observe sans broncher jusqu'à ce que je verse le contenu de la casserole par-dessus bord, puis plonge ses avirons dans l'eau. Je tente un compliment :

«Ce n'est pas la première fois que vous ramez.

– L'été, il faut aller jusqu'aux îlots pour rincer correctement le linge, les plages sont trop sales, en ville.»

Je rejette une deuxième casserolée d'eau à la mer. Les manches de son gilet de laine cachent ses mains serrées sur les rames, le bas de sa jupe se mouille. Elle la remonte sur ses chevilles, dévoilant ses pieds, tout près de moi.

«Vous travaillez comme bonne?

– Non, juste comme blanchisseuse.

– Vous exercez ce métier depuis longtemps?

– Exercer ce métier, m'imite-t-elle. Trois ans.»

Je ne trouve rien d'autre à demander. Je pointe du doigt les lointaines broussailles de la rive et me mets à parler de rossignols et de roselins cramoisis. Elle me regarde et hoche la tête, jetant par moments un coup d'œil par-dessus son épaule pour vérifier le cap. Ses cheveux couleur de sentier tapissé d'aiguilles de pin lui couvrent le dos telle une fine toile d'araignée. La mer s'est débarrassée de ses glaces la semaine passée. Le paysage est encore nu, mais le soleil chauffe l'air vaporeux.

«Vous avez toujours froid?

– Un peu.»

Je puise une casserolée d'eau, à nos pieds, et l'évacue par-dessus bord. Elle tire sur les manches de son gilet.

«Qui sont vos trois compagnons?

– Des amis. Ils déchargent des cargaisons de bûches dans le port.

– Depuis combien de temps fréquentez-vous l'île?

– Nous ne sommes pas les seuls. Les organisations ouvrières l'ont louée au manoir avant même que je ne vienne m'installer en ville. En général, nous y sommes tranquilles.»

La pelle de son aviron plonge dans la mer, ressort, s'approche de moi, menaçante, et recule. Son gilet de laine est déformé à force d'avoir été lavé, ou trempé par la pluie. On aperçoit dans l'encolure le haut d'une chemise blanche jaunie par l'âge, et le bout de ses doigts pointe par moments au bas des manches. Les renflements de ses muscles extenseurs strient le dos de ses pieds. Ses orteils se recroquevillent. Je n'en ai jamais vu de féminins, nus, d'aussi près. Je devrais regarder ailleurs. Tout de suite. Maintenant. Je n'y arrive pas.

Ce n'est que quand elle bouge les pieds que je me rends compte qu'il y a de nouveau au fond de la barque une flaque d'eau glaciale qu'il faut écoper. Son niveau monte, et nous sommes vite tous les deux en pleine action. Quand elle se penche en avant, je vide la casserole dans la mer. Quand elle se penche en arrière, je la remplis autant que je peux. Et soudain, l'objet me glisse des mains et roule sous le banc de nage. Je me penche pour l'attraper. La jeune fille s'arrête de ramer.

« Je l'ai observé plusieurs fois, ce faucon, dit-elle en me jetant un regard plongeant. Je n'en avais jamais vu de cette espèce.

– Moi non plus. »

Je reste péniblement plié en deux. La casserole a roulé hors de portée, à moitié sous sa jupe. De l'eau goutte des avirons relevés. Enfin la jeune fille tourne un instant les genoux sur le côté et je parviens à récupérer mon ustensile. Mais j'ai déjà assez vidé la barque pour ne plus avoir besoin d'écoper. Je reste assis, passif, tandis qu'elle se penche en arrière et se remet à souquer.

« Il y a un nid de chouette près de chez moi, déclare-t-elle. Mais il a peut-être disparu, je n'y suis pas retournée depuis des années.

– Quel genre de chouette ? »

Elle la décrit, et j'essaie de me la représenter. Je feuillette en esprit les images de rapaces de mes livres et la presse de questions, désireux de tout savoir et de l'entendre me le raconter. Je n'ai parlé d'oiseaux qu'avec mes condisciples et mes professeurs. Et je n'ai jamais rencontré personne, en dehors de l'université, qui en ait vu plus que moi. La jeune fille se rappelle la couleur des plumes de la chouette et me montre sa taille. Je crois finalement la voir, assise dans son nid, dans un arbre creux à la cime cassée, à me regarder dans les yeux par-dessus une petite tourbière.

« Ce pourrait être une chouette de l'Oural. »

Elle hoche rapidement la tête, se redresse et donne encore quelques coups de rames pour franchir les derniers mètres nous séparant du rivage. Nous tirons la barque à terre.

« Merci. »

Elle hausse les épaules. Je jette mon havresac au pied d'un aulne noir et sors mon portefeuille. Je lui donne huit billets, six pour elle, deux à remettre à Heiskanen.

« Pourriez-vous lui dire que j'ai dû partir plus tôt que prévu ?

– Non. Je vais voler l'argent. »

Elle fourre le rouleau de billets dans la poche de son gilet de laine, rejette derrière ses oreilles sa chevelure d'aiguilles de pin séchées et esquisse une grimace moqueuse, transformée au dernier instant en éternuement. Je parviens à grand-peine à réprimer un sourire paternel, et m'empresse d'ajouter :

«Vous allez pouvoir repartir, avec ce rafiot qui prend l'eau?
– Bien sûr.»
Je lui tends la main.
«Je m'appelle Erik.»
Elle attend la suite. Je serre les lèvres. J'ai omis mon nom de famille suivant une inspiration soudaine, les secondes qui passent scellent ma décision. Quelles que soient sa perplexité ou sa réprobation, elle doit me laisser n'être qu'Erik, malgré mes jumelles et mes bottes coûteuses.
Elle tend à son tour le bras. Nous nous serrons la main à travers la laine rêche de son gilet.
«Lidia.»
Mes doigts la retiennent trop longtemps. Ses cheveux s'échappent de derrière ses oreilles, frôlent ses joues, elle déglutit, son cou maigre tressaille. Je la lâche, déjà honteux. De petites taches rouges apparaissent sur sa peau. Elles viennent à mon secours. J'agis sans réfléchir. Je tends à nouveau la main. Lidia me regarde, baisse les yeux, jette un coup d'œil derrière elle, se frotte rapidement les pommettes de son poing recouvert de son gilet, puis retrousse sa manche sur son poignet et me saisit la main.
Je sens ses doigts minces, sa peau sèche et irritée, les cals au creux de sa paume, les nodules de ses articulations dont l'épiderme palpite et irradie de chaleur. Le reste de sa main est froide. Sans oser la serrer, je la tiens comme un moineau à l'aile brisée. Lidia me regarde droit dans les yeux. Sous la peau de son front, de minuscules muscles dansent la sarabande, protestent, se calment.
Je lui libère la main. Sa manche la réengloutit aussitôt.
«Je dois y aller.
– Je vais rentrer, moi aussi.»
Elle saisit la proue de la barque. Je me précipite, mais elle l'a déjà poussée seule à l'eau. Une fois qu'elle a pris place sur le banc, je lui donne de l'élan. À vigoureux coups de rame, elle vire, proue vers le large. Comment peut-elle souquer aussi ferme? La barque s'éloigne. Les joints fuient. Je reste désemparé. Certaines choses qui auraient dû être dites sont restées tues, dans l'île, sur l'eau, sur la rive. Je regarde autour de moi, mais il n'y a par terre que mon havresac. Je fouille dans mes pensées, sans arriver au fond.
La barque a déjà parcouru plus de dix glisses quand je trouve enfin ce que je cherche.
«Ce nid de chouette! Où est-il?»

Lidia suspend son mouvement. Les gouttes d'eau qui tombent des avirons sont plus solides que la mer, dont elles brisent d'un coup la surface.

«Vous ne le trouverez pas. Pas tout seul.»

Le samedi suivant, j'arrive en avance aux quais de départ des trains locaux. Je cale mon havresac contre l'accoudoir d'un banc et m'assieds à côté. Je regarde passer des jupes frôlant le sol ou s'arrêtant à mi-mollet, des chaussures poussiéreuses ou cirées de frais, des jambes d'enfants en culotte courte. Des valises, des paniers, des sacoches et des sacs à main se balancent sous mes yeux jusqu'à ce que ceux-ci se fatiguent et se lèvent vers les mouettes planant dans le ciel. Les trains vont et viennent, les locomotives crachent sur les quais une âcre fumée noire. Ma montre de gousset s'est arrêtée à une heure et quart. Je tourne la molette pour remettre les aiguilles en mouvement. Je me lève, à la recherche d'une pendule, mais elles sont toutes cachées par le bâtiment de la gare ou les panneaux dépassant de ses murs.

«Je vous avais dit de m'attendre dans le train!»

Les joues rouges, Lidia s'arrête à côté de moi, jette un coup d'œil à la ronde et poursuit aussitôt son chemin. Je n'ai même pas le temps de lui dire bonjour. Je saisis mon havresac, fourre ma montre dans ma poche et suis sa jaquette brune et sa jupe à rayures bleues jusqu'au quai le plus éloigné. Elle se faufile dans le train comme une musaraigne dans les hautes herbes.

Nous nous asseyons face à face près d'une fenêtre. Elle se tourne et se retourne sur son siège, épie les autres passagers et ne se calme que quand le train siffle et s'ébranle en haletant.

«Personne ne nous a vus, je pense», marmonne-t-elle.

Je me suis vite transformé d'objet de risée en fardeau. Parasite, c'est à coup sûr au moins de cela qu'ils m'ont traité après mon départ de l'île au faucon. Quel crétin, avec ses airs supérieurs, il n'a sans doute jamais eu à ramer lui-même! a peut-être même pu lancer Lidia pour protéger ses arrières, ou pourquoi pas du fond du cœur. Sous nos yeux défilent la cour de triage noire de suie, puis un bras de mer scintillant et, parsemant les collines, des villas à lambrequins en bois découpé – beauté muette qu'il faut tenter de briser, car nous voilà malgré tout voyageant ensemble, à cause de ma folie. Même une chouette de l'Oural n'aurait pu décider Sahlman à m'accompagner.

«Quand êtes-vous retournée chez vous pour la dernière fois?

– À Noël, répond Lidia, puis elle ôte son fichu vert et remet en place des mèches échappées de ses tresses nouées en chignon.

– Vous avez faim ?

– Non, affirme-t-elle en secouant la tête, tout en jetant un coup d'œil à mon havresac. Nous aurons quelque chose à manger ce soir. J'ai prévenu ma mère que je viendrais avec un ami.

– Nous pouvons quand même grignoter pour passer le temps », fais-je valoir en sortant mes provisions enveloppées de papier.

Tu n'emportes jamais rien pour te nourrir, d'habitude, a remarqué Hanna ce matin alors que je rassemblais du pain au levain, des œufs, du beurre et du fromage sur la table de la cuisine afin de préparer des sandwiches. Elle a surveillé mes gestes, éberluée mais muette, car elle n'avait aucune raison de m'adresser des reproches, au contraire.

Je déballe un sandwich et le tends à Lidia. Elle ouvre de grands yeux.

« Prenez, je vous en prie. »

Elle s'avance sur le bord de la banquette, tend le bras, mais hésite si longtemps que je finis par lui fourrer mon offrande dans la main. Elle se recroqueville aussitôt dans son coin, lovée autour de la nourriture, et se met à mâcher. Par moments, elle se fige et épie les passagers assis de l'autre côté de l'allée centrale comme si elle avait peur que quelqu'un lui interdise de continuer, mais en même temps, sa bouche ne cesse de s'activer.

Où l'ai-je déjà vue grignoter ? Dans un parc, sur la branche d'un grand sapin. Des pignes.

Deux sandwiches plus tard, l'écureuil s'adosse à son siège, soupire et continue de se repaître plus calmement.

« Vous ne mangez pas ? » réagit-elle soudain.

Je sors un sandwich du paquet et mords dedans pour lui tenir compagnie. Elle reprend sa mastication et accepte chaque morceau de pain, biscuit ou pruneau que je lui tends. Pour finir, elle s'essuie les coins de la bouche de sa main gantée et se cale contre le dossier de la banquette. Son regard se pose tour à tour sur moi et sur le paysage. Elle ouvre la bouche pour parler, peut-être remercier, mais sa langue refuse de lui obéir.

« Ne devriez-vous pas faire la sieste ?

– Peut-être, acquiesce-t-elle. Je me suis levée tôt. »

Elle pose la nuque sur le bord supérieur du dossier.

« Nous devrions être à destination à trois heures et demie. »

Je n'ai pas le temps de décider si je dois ou non lui proposer mon manteau comme oreiller. Elle dort déjà. Ses mains reposent sur ses genoux, paumes vers le ciel. Ses gants sont trop grands pour elle, ils ont sûrement appartenu au départ à un homme. Les cahots du train font pencher son front vers sa poitrine. Ce n'est pas une position dans laquelle il est agréable de se réveiller.

Je pourrais m'asseoir à côté d'elle. Lui relever suffisamment le menton pour amener sa tempe sur mon épaule. Mais pourquoi le ferais-je ? Aux fenêtres défile un bois de bouleaux printanier, désert, aux cimes à peine colorées de vert pâle. Puis viennent des champs et un lac bleu. Des plaques de glace gris foncé flottent encore dans l'eau de la rive ombragée par le talus de chemin de fer. Aucun front ne s'est jamais reposé sur mon épaule.

J'hésite, me glisse vers le bord de la banquette.

Le train s'arrête dans une gare. Des gens passent dans l'allée centrale, je me lève. Je sors ma montre de ma poche, mais elle s'est de nouveau arrêtée, ses aiguilles bloquées sur deux heures. Le sifflet de la locomotive lance un strident signal de départ, Lidia se mordille les lèvres, sa respiration s'accélère et elle se tourne pour s'appuyer au montant de la fenêtre. Je reprends ma place. La transpiration me picote les paumes. J'ai l'impression d'être un criminel.

Lidia se réveille peu avant l'arrêt suivant, reconnaît le paysage, la grande maison rouge suivie d'un champ et d'une grange au toit à demi effondré.

«Nous arrivons», dit-elle en nouant son fichu sur ses cheveux.

Personne d'autre ne descend. Nous passons devant la petite gare et nous engageons sur la route. Il n'y a aux alentours que quelques maisons. Le village, lui aussi tout petit, m'explique Lidia, se trouve un peu plus loin. Au premier croisement, nous empruntons une voie boueuse qui se fraie un passage à travers champs. Des alouettes grisollent dans le ciel, des courlis sifflent de tous côtés. Sur le bord du chemin, l'eau de fonte des derniers tas de neige ruisselle dans le fossé. Dans plusieurs parcelles, des chevaux tirent des charrues et des corneilles mantelées volent derrière les laboureurs en évitant les choucas qui, forts de leur nombre, accaparent les meilleures places. Dans le ciel, des goélands cendrés, dans l'attente de leur tour, décrivent des cercles timides. L'angle des épaules de Lidia s'adoucit.

«Dans le blizzard, ce long tronçon à découvert est un calvaire», dit-elle d'un ton de conversation presque normal. Du coin de l'œil, elle me scrute de la tête aux pieds. J'ai choisi exprès de vieux vêtements, mon pantalon est même rapiécé aux genoux, je peux aussi bien qu'elle passer pour socialiste aux yeux de villageois la connaissant plus ou moins. Elle lève la tête, le soleil lui caresse le front, ses yeux se ferment.

« Mais aujourd'hui c'est un plaisir. »

Je suis d'accord.

Dans la forêt, des chemins s'écartent vers des métairies où retentissent des aboiements. À chaque croisement, la voie s'amenuise, jusqu'à ne plus être qu'un sentier, par endroits durci par le gel, ailleurs boueux et sillonné d'ornières creusées par les charrettes. Je ne trouve plus rien à dire. Lidia ne parle guère non plus : elle évoque les habitants du coin, me raconte jusqu'où elle avait le droit d'aller seule à huit ou cinq ans, puis s'arrête au sommet d'une colline et me montre un vieil arbre, un grand pin écorcé d'un côté. Son flanc gris est couvert d'inscriptions, d'initiales, de noms et de dates, dont la plus récente indique l'inhumation d'un voisin, le 12.4.1904. Je fixe le tronc, stupéfait.

« Je croyais qu'il n'y avait ce genre d'arbres commémoratifs que dans certaines profondes forêts de l'Est.

– Mon arrière-grand-père était originaire du Savo, explique Lidia. C'est sans doute lui qui a commencé.

– Est-ce que vous avez jamais signalé cet arbre à un archéologue ? »

Elle me jette un regard noir, sans même prendre la peine de secouer la tête. C'est bien le genre de questions auxquelles on peut s'attendre de la part d'un bourgeois. Je m'empresse de me plonger dans les inscriptions.

« De quoi votre voisin est-il mort ?

– Je ne sais pas. »

Nous reprenons notre route. Quand Lidia, dans le vallon suivant, note que nous avons maintenant traversé la moitié de la forêt, je me rappelle que nous avons un but.

« Qui y a-t-il, chez vous ?

– Mes parents. »

Le sentier escalade à nouveau une pente et se fait rocailleux. Nous marchons en file indienne. Le sommet de la colline est entouré d'une large ceinture de blocs de pierre, vestige d'un ancien bord de mer. Je le fais remarquer à Lidia, qui s'arrête pour les regarder et me gratifie d'un bref hochement de tête. Nous plongeons ensuite dans un creux ombreux où les guirlandes d'usnées des branches de sapin pendent jusqu'à terre. Le sol de la forêt est recouvert dès le bord du sentier d'un épais tapis de sphaignes.

«Nous sommes dans une doline glaciaire, dis-je. À la fin de la dernière glaciation, de grands blocs gelés ont persisté dans le sol. Quand ils ont peu à peu fondu, des dépressions telles que celle-ci se sont formées.»

Lidia regarde à nouveau autour d'elle et hoche la tête. L'air irrité ? Elle sait peut-être déjà tout cela et pense que je la prends pour une idiote.

Nous avons marché lentement. Le soir tombe, il fait déjà froid dans l'ombre charbonneuse. Un rouge-gorge chante à tue-tête, ses notes les plus aiguës me percent les oreilles. Je respire à pleins poumons la forêt, incroyablement riche, débordante de sons, d'odeurs, de couleurs – et de gestes, à mes côtés, dont je n'ai pas l'habitude. Je n'ai jamais parcouru ce milieu qu'avec père, qui fonçait comme sur la grand-route. Mais peut-être tous ne se comportent-ils pas sous la voûte des arbres de la même façon qu'à découvert. Certains se transforment, deviennent à la fois transparents et mystérieux, ordinaires et étranges, tout comme le vent, les chants d'oiseaux et les gouttes d'eau perlant à l'extrémité des aiguilles de sapin. Dans la forêt, on voit par instants le fond de leur être. Ou plutôt non, on ne fait que le deviner. Je ne comprends pas grand-chose, mais savoir sans échanger un mot que l'autre a froid est déjà en soi un miracle. Et Lidia a froid, elle renifle par moments et serre ses poings gantés. Là s'arrêtent mes capacités. Je suis incapable de lire dans les pensées, même en forêt.

Le sentier grimpe vers le ciel rougi par le soleil couchant. Nous nous arrêtons sur la colline. Quelques bâtiments se dressent derrière des champs. Leppämäki, la colline aux Aulnes. La maison natale de Lidia.

«Regardez où vous mettez les pieds. Le terrain est glissant, au printemps», me prévient-elle.

Des traces de roues de charrette poussives et de sabots de cheval fatigué burinent le sentier. Des pousses de seigle ayant vaincu l'hiver percent dans les labours.

«Elles vont survivre jusqu'aux prochaines gelées», dit Lidia en me lançant un regard de défi. Quand donc s'en lassera-t-elle ?

Nous passons à côté d'un mazot endormi dans la pénombre humide, puis d'un abri à bétail où un cheval bouge lourdement les pieds et une vache meugle. Je dois me baisser pour passer sous le linteau de la porte de la maison. Nous laissons nos bottes dans le petit sas d'entrée. Lidia ôte aussi ses chaussettes mouillées et pénètre pieds nus dans la salle. À cet instant, j'oublie le seigle figé par le froid. Ses orteils, ses orteils me font perdre la tête.

« Mes parents se couchent tôt », murmure-t-elle, et elle étend ses chaussettes sur la couchette de pierre surmontant le grand four à pain. Puis elle ouvre la tirette du conduit, jette quelques bûches dans le foyer et va s'asseoir sur le lit gigogne, derrière la table. Je m'installe avec précaution sur un tabouret au pied cassé. Un banc fixe recouvert d'une fine couverture meuble le mur du fond, sous une petite fenêtre.

« J'y ai passé des centaines d'heures, dit Lidia en montrant la couchette du four.

– Vous aviez toujours froid ?

– Pas là-haut. »

Lidia pose ses gants sur la table et déplie les doigts. Je n'ose d'abord pas regarder, mais ne puis ensuite m'en empêcher. Elle profite de la situation.

« Ils sont laids, n'est-ce pas ? marmonne-t-elle en tendant le bras vers moi.

– Non… »

Sa main se fatigue, ses doigts se replient, elle baisse la tête. Un petit bruit pitoyable monte de la pénombre : des dents rongent le bord fendu d'un ongle.

« Peu importe leur aspect. Si seulement ils n'étaient pas si douloureux. »

Ses poings disparaissent dans sa jupe.

« Vous ne pouvez pas continuer à faire ce travail.

– Je n'en ai pas d'autre. »

Je peux vous aider. Je trouverai un moyen, vous dénicherai un emploi, paierai le loyer et la nourriture. C'est réglé. Les mots salvateurs se bousculent dans ma bouche, mais je ne les prononce pas. Je suis là pour trouver un nid de chouette. Je concentre mes pensées sur l'arbre creux d'où le regard du rapace me fixe. Des rayures bleues se dessinent dans son plumage. La pointe de ses ailes ressemble à des gants. Zut !

Lidia se coupe quelques tranches du pain laissé sous un torchon. Je prétends ne pas avoir faim, et c'est sans doute vrai. Nous ne veillons pas longtemps. Une fois le feu éteint et la tirette refermée, elle se couche sur le lit gigogne, moi sur le banc.

« Il y a un étang, près d'ici. Il s'appelle l'Œil noir. L'eau est à la fois noire et claire. Je ne comprends pas comment c'est possible. »

Elle se tait. J'écoute sa respiration, à quelques mètres, et lutte contre le sommeil.

11

Peu après trois heures du matin, nous nous glissons dehors. Il ne gèle pas, mais la température incite malgré tout à marcher vite. Lidia s'oriente sans hésiter. L'herbe marbrée d'humidité chuinte sous nos bottes, le mur de la forêt, devant nous, approche vite, trop vite. Une ancienne peur coule dans mes veines, mes bras se collent contre mes flancs comme pour se protéger des arbres. J'ouvre grand les yeux et les garde fixés sur Lidia et son châle blanc, afin de ne pas me perdre.

Nous escaladons une petite colline. Elle se tourne vers moi.

« Levez haut les pieds, me lance-t-elle, comme un dernier avertissement. Je vous préviendrai de tout ce que je pourrai, mais je ne suis pas sûre de me rappeler chaque trou et chaque racine.

– C'est bon, je suis capable de me déplacer dans l'obscurité.

– Avant, j'aurais pu trouver mon chemin les yeux fermés », assure-t-elle d'une voix qui s'éloigne déjà vers le bas de la pente. Je me hâte de la suivre, levant les pieds à hauteur de genou, et prends soin de me protéger les yeux quand nous écartons les jupes de la forêt pour nous y enfoncer.

La fragile lumière de la clairière, dans mon dos, laisse deviner la silhouette des arbres et la flamme claire qui palpite devant moi. Plus nous avançons, plus la terre et l'air s'obscurcissent. Le peu que l'on distingue s'aplatit en deux dimensions avant que ne se dresse un épais mur noir d'où ne sourd pas même assez d'air pour respirer. Je m'arrête et tâte le vide. Lidia m'attend, quelque part plus loin, pourquoi ne dit-elle rien ? La nuit peut-elle vous étouffer ?

C'est alors que cela me revient. Je ferme les yeux.

L'obscurité, fluide et légère, s'insinue dans mes poings serrés, s'engouffre dans mes narines et me rafraîchit de l'intérieur, se colle tel un tissu à mon visage avant de poursuivre sa route à travers ma peau et de me dissoudre dans ses profondeurs. Mes mains, mes pieds et mon visage me picotent, mes cellules sensorielles se métamorphosent.

J'ouvre les yeux et les poings et embrasse la nuit, après des années d'absence.

Mes muscles savent quoi faire. Je replie le bras et le lève devant mon visage afin d'éviter qu'une branche ne m'éborgne. Mon sens du toucher migre de mes orteils au bout de mes bottes, qui sondent le sol avant de le fouler. Nous avançons pas à pas, jusqu'à ce que la pente nous entraîne vers le bas, nous obligeant presque à courir. Autour de nous dansent des ombres étranges, arbres ou hallucinations, allez savoir. Je me répète la même phrase qu'enfant, pendant mes nuits sans sommeil : Ne rien imaginer, surtout ne rien imaginer. Cela ne m'est d'aucun secours.

« Lidia. »

Je ne la vois pas. La nuit tisse de nouveau sa toile, j'ai du mal à respirer. Et soudain elle surgit, toussote légèrement et dissipe le brouillard noir.

« Nous ne sommes plus très loin. »

Lidia s'arrête au sommet d'une butte. Je la rejoins et recule aussitôt. Un précipice s'ouvre à un pas.

« Chut ! » murmure-t-elle.

L'engourdissement gagne mes doigts. Dans la forêt, le printemps est plus tardif qu'aux abords de la ville, inutile d'espérer que les oiseaux se mettent à chanter. Je grelotte de froid et de fatigue.

« Le versant ouest est moins abrupt, dit Lidia. On va passer par là. »

Au pied de l'escarpement, la forêt s'éclaircit. Les pins sont plus chétifs, les myrtilliers montent à mi-mollet. Les lédons que nous écrasons sous nos bottes nous enveloppent d'un parfum entêtant. La faible lueur de l'aube révèle une tourbière boisée. Elle est petite et ronde, les sapins de la rive opposée sont à une trentaine de mètres.

Lidia attend que je la rejoigne.

« Là-bas. »

Elle montre la forêt derrière la tourbière. Sur le fond sombre, un tronc plus clair se détache, un pin mort dépouillé de son écorce. Sa cime est brisée, mais il lui reste quelques branches, plus bas, qui se tendent tels des bras au-dessus de la tourbière. Nous nous approchons. L'arbre est aussi massif que les colonnes d'un palais, le trou du nid s'ouvre à la hauteur de ma tête.

Le chasseur en moi se réveille et perd son emprise sur la nuit.

Tout en observant l'orifice, je sors mes jumelles de mon havresac et avance sur la pointe des pieds. Mon front et mes paumes me chatouillent. En quelques grandes enjambées, je dépasse Lidia. La tourbière dresse sur mon chemin d'épaisses touffes de mousses sur lesquelles mes pieds glissent. Je me cogne le genou à une souche surgie de nulle part. Maudite obscurité !

L'espace bleuté tournoie autour de l'arbre souverain de la tourbière, clou du ciel, nombril du monde et but de toute chose. Quelqu'un marche derrière moi, je sursaute avant de me rappeler la présence de Lidia. Elle s'arrête et parle, mais je ne l'entends pas. La chouette jette un coup d'œil dehors. Dans un bruissement de végétation, Lidia recule. L'oiseau est grand, il emplit toute l'ouverture du nid. Il pousse un bref hululement et plonge vers le sol. Je sens dans mes cheveux le souffle de ses ailes. Il se pose sur un pin et lance des cris étranges, tel un bruit de percussion.

«Allons-nous-en, murmure Lidia. La prochaine fois, c'est au visage qu'elle attaquera.»

Nous retournons d'où nous venons. Quand nous atteignons le bord de la tourbière, la chouette se tait. Son ombre passe dans le ciel et disparaît dans la forêt derrière l'arbre mort. Lidia s'assied sous un grand sapin, je reste au milieu des lédons à m'imprégner d'aube naissante, de fraîcheur, de vigueur et de triomphe. Nous pouvons attendre ici le lever du soleil, nous n'avons aucune raison de nous précipiter à la métairie dans l'obscurité. Mes bras continuent de trembler, je respire à pleins poumons, j'ai envie de bavarder.

«C'est un endroit magnifique. Le nid n'est pas trop haut et la visibilité est parfaite. Je dois vite revenir.

– Pourquoi ?

– Le muséum n'a pas de chouette de l'Oural.

– Pourquoi en aurait-il besoin ?

– Est-ce que les œufs ont déjà éclos ? Il n'y en a pas non plus dans nos collections.»

Je déborde de joie ornithologique, expose mes projets de recherche, reviens sur notre observation de la chouette. Lidia se lève et triture l'ourlet de son châle.

«Vous pensez retrouver cet endroit tout seul ? demande-t-elle.

– Je prendrai des repères au retour.»

Elle se glisse jusqu'à moi à travers les branches de sapin, ôte son châle et le laisse tomber devant moi. Il reste accroché dans les myrtilliers, telle une dernière plaque de neige de printemps.

«Je vous interdis de la tuer.»

Je lève les yeux. Lidia est tout près, mais je ne la distingue pas.

«Je préférerais la laisser vivre. Mais on est parfois obligé de se faire violence.

– Et si cette chouette était la dernière de la forêt ?

– Même si c'était le cas, il en viendrait d'autres. Je ne pense pas que ce soit l'individu que vous avez vu quand vous étiez enfant.

– Mais il est de la même forêt. Sa place est ici.

– L'université doit pouvoir disposer de collections complètes.

– Je ne comprends pas, s'échauffe-t-elle. Vous avez déploré la mort du faucon pèlerin, mais vous avez vous-même l'intention de tuer une chouette.

– C'est différent. Le faucon a été abattu en pure perte, la chouette servira la science.

– Prenez-la en photo, ou dessinez-la.

– Les artistes aussi tuent des oiseaux pour pouvoir les représenter en détail.

– Vous l'avez identifiée comme une chouette de l'Oural, vous en avez vu des images. Elle a donc déjà été dessinée. Pourquoi avez-vous besoin, en plus, de l'empailler ? »

Parce qu'il y a des manques dans les étagères et les vitrines, des lacunes invisibles. Il y a d'innombrables rangées d'œufs, et des masses d'oiseaux aux yeux de verre, mais cela ne suffit pas. Tout doit y être, l'ordre et la méthode sont un socle incontournable. Il y a des images dans les livres, bien sûr, on étudie les oiseaux depuis des dizaines, voire des centaines d'années. Pourtant il est aussi nécessaire de conserver des spécimens, c'est un devoir national, insistent les professeurs. Grâce à eux, on pourra continuer à étudier l'histoire de la vie même quand il n'y aura plus de place dans la civilisation humaine pour des oiseaux vivants.

« Et si c'était la dernière chouette de l'Oural au monde, la voudriez-vous quand même ? »

Mes arguments se dissolvent. La dernière au monde. Où ai-je entendu parler des derniers au monde ? Dans un article, il y a des années.

Je ne l'ai pas oublié, je n'y pensais juste plus. Eldey, une petite île au sud-ouest de l'Islande. Entourée de hautes falaises, difficile d'approche pour les hommes, facile d'accès pour les oiseaux. En juillet 1844, une poignée d'intrépides ont réussi à y accoster. Ils ont tué deux oiseaux, commandés par un musée pour ses collections. C'étaient les deux derniers grands pingouins du monde, les derniers représentants de l'espèce *Pinguinus impennis*.

Cela n'a rien à voir. Cela a tout à voir.

« Je rentre. »

La voix de Lidia est fatiguée. Je ne la vois toujours pas.

« Attendez.

– Non.

– Je ne retrouverai pas mon chemin tout seul.

– Mais si.

– Je vais devoir errer des heures !

– Vous ne pourrez pas revenir, comme ça. »

Ses pas s'éloignent. Un léger bruit d'ailes, du côté du pin mort. La femelle revient au nid. Je me tourne pour la regarder. Le visage rouge, le ciel donne naissance au matin. Le mâle surgit lui aussi, apportant de la nourriture, mais peu importe. Les oiseaux vivent leur vie, moi la mienne, s'il n'est pas déjà trop tard.

Je perçois jusque sur ma langue la puissante odeur des lédons. La forêt guette les trilles du premier rouge-gorge. Il fait froid, plus froid qu'au cœur de la nuit, le monde se fige pour voir si le soleil se lèvera ou pas. Planté à côté du pin mort de la tourbière, je tente de sortir de mon immobilité. Les souvenirs me montent aux yeux, coulent en larmes. Surgissent soudain la touffeur d'une chaude journée d'été, mes pieds dans le chargement de sable d'un tombereau, la main de père qui m'ébouriffe les cheveux, les bras solides qui déposent par terre l'Erik de sept ans. Comment s'appelait cet homme ? Comment a-t-il pu aller si loin dans l'obscurité ? s'interrogeaient les boquillons autour du feu de camp. Je m'installe entre eux et, ensemble, nous attendons la réponse du chamane. Les yeux de Juhana reflètent les flammes, qui ont enflé en un puissant brasier, protection illusoire contre les yeux écarquillés de la forêt.

« Ne jetez jamais un seul regard à une fée des bois. Et ne partez jamais à sa poursuite. Vous ne reviendriez pas. »

Ma nuque palpite. Un premier souffle de vent caresse la forêt, un tremble murmure quelque part entre les sapins. Quelques feuilles tombent sur le sol mouillé de neige fondue. Des pas légers font crisser le givre des mousses, une main écarte les branches. Je m'étire et me force à me retourner. Lidia se tient devant moi, inchangée, grelottant de froid, ses mains gantées de moufles en cuir à demi enfouies dans ses manches. Son châle gît par terre entre nous. Je le ramasse, le déploie devant moi et le tiens jusqu'à ce qu'elle se décide à approcher. Elle le saisit et s'en enveloppe, dans un flot de paroles imprononcées. Les arbres sont à la fois trop proches et trop lointains, comme elle. Je ne distingue toujours pas son visage. Je voudrais parler et les rendre ordinaires, elle, les arbres et tout le reste. La nuit ne peut pas durer aussi longtemps.

Je sors mes allumettes de ma poche et en gratte une. Lidia regarde la flamme sans ciller, la souffle. Des images floues de sa lumière persistent sur mes rétines, dansent un instant et s'effacent. Lidia et la forêt demeurent, et je ne comprends plus rien, ni à l'une ni à l'autre.

« Allons-y », dit-elle, et, évitant les branches, elle se glisse parmi les ombres.

Juhana, d'un passé vieux de treize ans, me crie quelque chose, mais je ne l'écoute plus. Je la suis sur l'invisible sentier.

Quand les spectres se transforment en fourmilières et les monstres informes en souches, je comprends que je suis sain et sauf. La forêt s'épaissit de tous côtés. Des bouleaux blancs scintillent derrière les sapins, une mésange huppée, sur une basse branche, et une grive mauvis, dans les cimes, testent la puissance de leur chant. L'obscurité se dissout dans les ombres et les creux des rochers. Lidia marche sans regarder derrière elle. Je n'ose pas parler. Nous contournons des buttes et de petits vallons, louvoyons et zigzaguons. Encore maintenant, elle cherche à m'égarer. J'enfouis mon menton dans mon col. J'ai tout gâché, sans même savoir quoi.

Des champs se profilent derrière les arbres, mais en approchant, nous nous heurtons à une épaisse et vigoureuse saulaie.

« Je ne me rappelais pas que c'était aussi dense, par ici », avoue Lidia. Je pénètre derrière elle dans la jungle qui escalade la pente, les branches me caressent le visage avant de me libérer, aux côtés de Lidia, sur un talus enneigé. Devant nous s'ouvre une mer d'herbe duveteuse, fatiguée. Sur la colline qui se dresse au milieu des champs, les murs de madriers de la métairie de Leppävaara reflètent l'aurore. Le long talus rectiligne sur lequel nous nous tenons, au pied de la colline, suit la lisière de la forêt. Par endroits, la neige a déjà fondu, révélant du sable et, posées dessus, des traverses soutenant deux rails.

« Une voie de chemin de fer, dis-je, stupéfait.

– Vous ne l'aviez pas remarquée ?

– D'où vient-elle ?

– Du manoir. Le propriétaire l'utilisait pour transporter des grumes. »

Je descends du talus, tentant de percer du regard la pénombre matinale. Les rails viennent du sud-est, traversent les champs et disparaissent au nord-ouest dans une friche embuissonnée. Le paysage vacille, se fissure et s'écroule. Lidia monte déjà la colline. Je la regarde, et fixe avec des yeux ronds les bâtiments de la métairie, dont le plus éloigné est un mazot un peu de guingois. Je me précipite derrière elle, plus essoufflé que je ne le devrais.

« Attendez. »

Elle s'arrête au milieu de l'airial. Je m'agenouille devant le mazot et tâtonne sous les marches. Mes doigts tombent sur du métal froid. Je sors de sa cachette une boîte de conserve rouillée. Elle est pleine de petits cailloux blancs, translucides.

« Que faites-vous ? » demande lentement Lidia.

Le monde tournoie. Les points cardinaux cherchent leur place, la carte se dessine, ligne après ligne, dans mon esprit. Je pose la boîte sur les marches.

« Si vous n'êtes pas trop fatiguée, nous pourrions encore nous promener. »

Au nord de la voie, la clairière herbeuse piquetée de souches s'étend à perte de vue d'un horizon à l'autre. Au sud, la forêt dense dont je regardais défiler depuis la draisine les cimes en dents de scie se dresse cependant toujours, intacte. Je ne tiens pas à en parler. Je veux marcher à l'infini sur la neige tassée entre les rails, écouter les reniflements de Lidia et plisser des yeux face au soleil. Nous arrivons à un ruisseau qui passe dans une buse en ciment sous la voie et disparaît, écumeux, dans les bois. Nous le suivons.

Il descend en tire-bouchon vers la mer à travers la forêt. Nous devons nous en écarter : dans mes souvenirs, son babil ne portait pas jusqu'à l'endroit que je cherche. Nous franchissons son lit rocailleux et poursuivons notre chemin jusqu'à ce que l'on n'entende plus que le chant des oiseaux. Nous escaladons de concert avec les arbres le côté en pente douce d'une butte.

Je parcours le sommet sans trouver la clairière. A-t-elle déjà pu se refermer ? J'erre parmi les jeunes trembles, craignant de m'être trompé de colline, quand le bloc erratique apparaît soudain, d'abord simple silhouette au milieu des arbres, puis bien réel, comme si l'on avait tiré un rideau.

Lidia en fait le tour, effleure son manteau de mousses. Je passe derrière le rocher, trouve les marches creusées par la glaciation ou les dieux et les grimpe. Le framboisier a disparu, le lichen s'écrase sous mes genoux. Lidia m'a rejoint, elle ôte ses moufles et s'assied dessus. Elle presse ses mains sur ses joues, pour les rafraîchir ou les réchauffer, et évite de me regarder dans les yeux.

L'arbre mort du pic noir est maintenant aussi percé de trous qu'une flûte à bec. Son écorce est tombée, la fourmilière à son pied monte à hauteur de ceinture. La forêt fait peu à peu entendre son doux bruissement, s'imaginant que ce matin est comme tous les autres.

Quand la nuit a définitivement fui et que l'on voit plus qu'on ne devine la couleur des vêtements, des cris stridents retentissent au loin. Ils déchirent le ciel puis se taisent. L'instant d'après, un puissant tambourinement secoue la forêt.

« Il est ailleurs, aujourd'hui », murmure Lidia.

Nous rentrons à Leppämäki par la forêt, côte à côte. Je ne veux plus cheminer sur la voie ferrée, le trajet se ferait trop vite. La voie ferrée. À cause d'elle, Lidia me détestera encore plus, si ce n'est déjà fait. Je ne sais pas si elle a compris qui j'étais. Savait-elle, enfant, qui regardait avec elle le pic noir tout en grignotant des biscuits, qui grimpait dans le fenil de l'étable de Leppämäki à la recherche d'un nid d'hirondelle ? Ou elle l'ignorait, ou elle fait semblant, sinon elle ne se promènerait pas si calmement en ma compagnie.

Mais peu importe le chemin de fer. Père n'en a plus besoin, il a laissé les herbes et les buissons pousser entre les traverses. Je marche d'un pas léger, jusqu'à ce que Lidia évoque sa famille.

« Quand le propriétaire d'Aspholm a interdit de laisser pâturer le bétail dans la forêt, nous avons dû renoncer à presque toutes nos bêtes. »

Elle me ravage en décrivant les champs qui, par manque de fumier, sont devenus si durs que son père n'a plus la force de les cultiver tous. Même en théorie, les terres de Leppämäki ne suffiraient pas à produire de quoi nourrir ses habitants et leurs animaux. Lidia et son frère doivent travailler en ville, et le moindre sou passe dans le loyer de la métairie.

Je ne peux répondre à ce récit atlantidien que par la vérité. Je presse le pas et raconte comment père a fait passer la voie à travers leur champ de seigle et ordonné d'enfermer les animaux dans des enclos afin qu'ils ne s'attaquent pas aux jeunes arbres. Un tiers de la forêt a été transporté jusqu'aux hangars à locomotives rouges et de là, par mer ou par route, vers les usines, scieries, râperies et chantiers. Sans laisser à Lidia la moindre possibilité de placer un mot, je déroule le fil haletant des années ; après avoir abandonné le terrain pour les tables de négociation, père est parti chercher ailleurs, au loin, du bois de pulpe et de chauffage. La forêt d'Aspholm n'appartient plus qu'aux pics noirs, aux chouettes de l'Oural et à nous. Je ne suis pas sûr d'avoir prononcé ces trois derniers mots tout haut.

Lidia reste longtemps silencieuse. Puis elle lâche, et c'est pire que de la fureur :

« Ah bon ? »

Alors que nous sortons de la forêt, une femme descend la colline de la métairie vers les champs, côté sud, libérés de leur gangue de neige. Un tablier protège sa robe, et un fichu ses cheveux. Ses pieds glissent à chaque pas dans des galoches trop grandes.

« C'est ma mère, dit Lidia.

– Que dois-je lui dire ? »

Elle enjambe les rails et hausse les épaules. Elle ne cesse d'ouvrir et de refermer ses poings gantés de moufles.

« Comment s'appelle-t-elle ?

– Aliisa. »

Nous quittons le talus du chemin de fer. Dans le champ, Aliisa se penche pour ramasser une motte de terre argileuse et la presse dans sa main. Elle ne nous remarque que quand nous sommes tout près, s'essuie la main dans son tablier, salue et montre le sol.

« Je voulais voir si la terre avait dégelé. Il faudrait biner le carré de pommes de terre.

– Maman, voici l'ami dont je t'ai annoncé la visite. »

Je prends la main d'Aliisa dans la mienne et me présente, par mon nom entier, lentement et distinctement. Son sourire naissant s'efface, elle retire sa main, son regard me jauge et se tourne un instant vers sa fille, qui tâte le sol de la semelle de sa botte.

« Je ne savais pas », dit Lidia aux mottes d'argile.

J'ai chaud, j'ai froid, je dois partir. Père ne me laissera donc jamais tranquille, il est là, à se pavaner près de la voie ferrée et à critiquer les huit bâtiments de la métairie.

« C'est bon, dit Aliisa. Allez vous installer à l'intérieur. Je vais prévenir Frans.

– Où est papa ?

– Il est parti conduire la vache dans l'enclos. Il n'y a sans doute pas encore de quoi brouter, mais elle verra au moins la lumière du jour. »

« Nous devons y aller, déclare Lidia une fois nos assiettées de bouillie terminées. Je dois encore récupérer du linge, ce soir, chez les Johansson, ils avaient une réception hier. »

Elles ont échangé quelques rares phrases sur leurs affaires personnelles, tandis que je mangeais en silence, aussi lentement que possible, afin qu'Aliisa ne se sente pas obligée de me resservir une louchée du peu qui reste. Assise le dos droit sur un tabouret près du four à pain, elle se nourrit du bout des dents.

« Prends des feuilles de consoude dans le mazot, enjoint-elle à sa fille. Pour soigner tes mains. »

Lidia sort. Aliisa se lève pour attraper les chaussettes de laine qui sèchent au-dessus du four, les examine et s'installe pour les repriser. Le vent caresse les madriers, Aliisa respire, un chat miaule au coin de la maison.

« Et donc, dis-je sans qu'elle me demande rien, j'ai fait la connaissance de Lidia au printemps dernier.

– Elle lave votre linge ?

– Non. Nous nous sommes rencontrés par hasard, un de ses jours de congé. »

Je lui parle de l'île des organisations ouvrières et de mon intérêt pour les oiseaux, en essayant d'avoir l'air rationnel. Y a-t-il rien de plus inutile, vu de ces champs gelés, que de compter les volatiles qui passent à la nage ou à tire-d'aile ? Aliisa m'écoute. Quand j'ai fini, le silence retombe. Son aiguille à coudre s'active.

« Je me rappelle madame, dit-elle enfin. Votre mère, je veux dire. »

Elle approche la première chaussette de ses yeux, termine le fil, saisit la deuxième et reste longtemps silencieuse. Je ne sais que répondre, mais ensuite je lâche :

« Elle est morte il y a douze ans.

– C'est ce que j'ai entendu dire. »

Aliisa cherche de la laine dans sa boîte à ouvrage.

« Madame est venue ici.

– Quand ça ?

– Ça fera sans doute bientôt vingt ans. Elle faisait le tour des métairies, à ski, et elle s'est assise là, sur le lit gigogne, et a convaincu Frans de signer un papier. »

Je regarde le tapis en lirette, par terre, tissé avec de vieux vêtements de travail, des robes et pantalons d'enfant, des draps usés jusqu'à la corde. Comment peut-il ne pas se disloquer ?

« Quel papier ?

– La pétition. Contre les décisions idiotes du tsar.

– Ma mère a recueilli des signatures pour la Grande Pétition ?

– Oui. Mais elle n'a pas beaucoup évoqué le tsar. Elle était juste pleine d'enthousiasme et parlait de liberté et de fin de l'oppression. C'était un beau discours. »

La chaussette repose sur les genoux d'Aliisa. Elle fait tourner entre ses doigts un brin de laine floconneux.

« Frans a demandé à madame si elle pouvait, au nom de la lutte contre l'oppression, suggérer à monsieur de réduire le loyer de la métairie. Elle a promis d'essayer. »

Le tapis en lirette m'attire de nouveau l'œil. De retour au manoir, mère a probablement bu une tasse de thé, s'est chauffé les mains devant la cheminée et s'est installée au piano pour jouer des airs patriotiques, vibrant de l'espoir d'une liberté exquise mais indéterminée, jusqu'à ce qu'elle se lasse de l'absence manifeste de la moindre envie, de la part de père, derrière ses livres de comptes, de partager ses rêves, qu'il s'agisse de vie privée ou du destin de la nation.

« Nous savions bien qu'elle ne pourrait rien obtenir, soupire Aliisa en reprenant son aiguille et en enfilant un brin de laine. Mais je ne crois pas qu'elle ait oublié, en tout cas pas volontairement.

– En effet.

– Et vous… », dit Aliisa, puis elle attend que je lève les yeux. « Elle vous avait amené avec elle. Dans une pulka. Et ici, dans la salle, vous étiez assis à peu près au même endroit qu'aujourd'hui. »

Les chaussettes sont prêtes pour affronter tous les vents du monde. Aliisa les plie sur le banc et se tourne à demi vers la fenêtre. L'eau monte dans mes yeux, redescend dans mes canaux lacrymaux, remonte. Je lutte contre la noyade. Le tapis en lirette chatoie de cent couleurs.

« Que voulez-vous de Lidia ? » demande Aliisa.

La tirer dans une pulka. Lui enfiler ses chaussettes de laine.

« J'aurais préféré ne pas la laisser partir en ville, poursuit-elle. Mais que ferait-elle ici, à souffrir encore plus de la faim ? »

Je m'arrache définitivement aux lanières du tapis et me redresse.

« Déjà toute petite, Lidia partait seule dans la forêt et y passait des heures, se remémore Aliisa. Frans rapportait parfois du village des journaux ou des livres de la bibliothèque. Elle y apprenait des poèmes, et elle écrivait ses propres vers, dans les bois. Elle disait qu'elle notait sur le papier les rafales de vent dans les arbres.

– Où est votre fils ?

– Elmeri décharge du bois de chauffage dans le port. Il lit beaucoup et palabre dans des réunions. »

Dans l'île au faucon, l'homme assis sur l'arbre tombé était blond, aussi blond que l'Elmeri aux peintures de guerre d'il y a treize ans.

« Lidia commence elle aussi à trop s'enflammer. Il y a de grands mots dans l'air, et elle ignore la peur. »

Eh oui. Je ne sais rien d'elle. Dans l'île, elle était penchée sur un journal, mais lisait-elle de grands mots ou de la réclame pour des films ? Je ne le lui ai pas demandé. Et pourquoi le faudrait-il ? J'en ai vu assez, dans la barque, dans le train, dans la forêt, chez elle. Elle m'a égaré, au retour de la tourbière, afin que je ne puisse pas tuer la chouette. C'est plus qu'il n'en faut, c'est presque trop.

« Elle n'a jamais eu peur, reprend Aliisa. Ni des morts ni de rien. Alors qu'il faudrait, pourtant.

– Elle n'a en tout cas pas à avoir peur de moi, réussis-je à marmonner.

– Mais que voulez-vous d'elle, alors ? »

Aliisa va s'asseoir sur le tabouret à trois pieds et croise les mains sur le bord de la table. Elle a l'air plus vieille qu'elle ne l'est, le froid et la faim vous usent vite. Je n'ai pas le pouvoir de l'empêcher, quels que soient ceux qui en souffrent. Je ne peux faire qu'une chose, et encore, mais il ne convient en tout cas pas de le dire tout haut. Je le dis pourtant, bien qu'à voix basse :

« La regarder. »

Du bruit sur le perron. Lidia se glisse à l'intérieur et range un sachet en tissu dans la poche de sa jaquette. Aliisa se lève et remise sa boîte à ouvrage sur l'étagère.

« Comment va votre père ? demande-t-elle.

– Je ne sais pas. Bien, sans doute. Nous ne nous voyons pas beaucoup. »

Elle esquisse un sourire. Lidia nous regarde à tour de rôle et fronce les sourcils.

Tandis que j'attends dehors, un instant plus tard, qu'elle échange encore quelques nouvelles privées avec Aliisa, je scrute l'airial, entre les bâtiments, et le pré, un peu plus loin. Frans reste invisible. Il se rappelle plus père que mère.

Alors que nous traversons la forêt, je me demande soudain avec inquiétude si la ville existe encore. Je ne sais pas si nous devons nous dépêcher. Quelles questions faudrait-il poser et quelles informations donner pour aller à l'essentiel ? Je réfléchis à différents sujets et reste muet pendant cinq cents mètres. Je perds du temps. Personne ne peut être aussi stupide.

« Votre mère m'a raconté que vous écriviez des poèmes, dis-je enfin.

– Plus maintenant, en fait.

– Vous devriez continuer.

– Je suis trop occupée. Et je ne peux pas, mes doigts me font trop mal. »

Une machine à écrire ! Je me lance avec enthousiasme dans une comparaison des marques et des prix. Lorsque nous parvenons au sommet de la colline où se dresse l'arbre commémoratif, je m'arrête pour regarder les noms et dates gravés, qui courent sur des décennies.

« Vous saisissez ? demande Lidia. Ces inscriptions sont destinées aux défunts. Pour les avertir qu'ils sont morts. »

Elle parcourt du doigt les chiffres les plus récents, 12.4.1904.

« Les Huttunen nous rendaient souvent visite. Quand Eero est mort, mon père a gravé la date de son enterrement. S'il s'égare par ici, il comprendra en la voyant qu'il doit retourner au cimetière. »

Elle déboutonne sa jaquette. Des prémices de chaleur font vibrer l'air.

« Quel âge aviez-vous quand il est mort ?

– Sept ans. C'est moi qui l'ai trouvé dans la forêt.

– Mais les boquillons...

– Je suis rentrée à la maison et j'ai prévenu papa. Il a guidé les hommes partis à sa recherche.

– Où était-il ?

– Au bord de la tourbière où nous sommes allés cette nuit. Il était tombé du haut de l'à-pic. »

La forêt rescapée du froid de la nuit bruisse et gazouille joyeusement. Lidia ôte sa jaquette et la plie sur son bras. Elle fourre ses gants dans sa poche.

« Comment Eero est-il arrivé à la tourbière ?

– Je ne sais pas. »

Elle rejette sa natte derrière son épaule. Ses doigts s'attardent dans ses cheveux, cueillent un fragment d'écorce et le laissent tomber sur le sol. Elle poursuit son chemin, et je la suis.

« Maman m'a dit que vous étiez déjà venu une fois chez nous, enfant.

– Eh oui.

– Vous étiez assis sur le lit gigogne, effrayé par Elmeri qui vous faisait des grimaces.

– C'est bien possible.

– On ne vous faisait sûrement pas de grimaces, chez vous, si ? »

Si je pouvais, je m'épancherais sur mon combat contre la faim, le froid et la méchanceté. Mais les seuls chagrins que j'aie à raconter sont l'évaporation de mère et la disparition de père dans les forêts. Et ce n'était rien, car même en leur absence j'ai continué à manger des gâteaux.

J'entends des roitelets huppés, affairés, zinzibuler dans les sapins. Lidia marche à mes côtés, me jette par moments un coup d'œil.

«Ce n'est pas votre faute», constate-t-elle ensuite d'un ton presque bienveillant.

Et avant que j'aie le temps de pousser un soupir de soulagement, elle se hâte de changer de sujet, décrit son travail, les familles dont elle lave le linge, ses amis, et mentionne le surnom vexant dont ils l'affublent: la gamine. Peut-être l'un d'entre eux est-il déjà venu avec elle à la métairie.

Il reste encore des kilomètres, mais trop peu. En ville, je ne pourrai plus la suivre. Un peu avant d'arriver aux champs du village, nous bifurquons dans la forêt. Au milieu des arbres, une source alimente une mare, faisant jaillir à sa surface, comme poussés par un vent subaquatique, de petits tourbillons de sable. Lidia se penche pour boire. Quand elle relève la tête, une goutte scintille un instant dans le petit creux entre son nez et sa lèvre supérieure.

«Le train ne part que dans une heure, dit-elle. Je vais me reposer un peu.»

Elle étale sa jaquette par terre et s'allonge. Des feuilles de tremble sèches craquent sous sa couche. Je m'assieds au pied d'un arbre, m'adosse au tronc et tente de me concentrer sur le ciel vide. Mais la forêt ne se laisse pas faire, elle se hisse le long des tiges gris-vert des trembles et referme son piège, haut au-dessus de nos têtes. Les pans de ciel entre les branches s'amenuisent, les arbres se solidifient. Ils n'ont rien de piliers. Qui donc a inventé cette comparaison? Ils existaient déjà des millions d'années avant les premiers portiques, temples ou minarets. Ils sont la plus grande merveille du monde. Ils poussent sans bruit, à leur rythme, et, sans poser de questions, vous prennent sous leur aile, qui que vous soyez, à quelque moment que ce soit.

«Vous aviez encore plus peur de moi que d'Elmeri, lâche Lidia. Vous n'osiez même pas me regarder.»

Un pigeon ramier roucoule quelque part. Lidia est couchée sur le flanc, sur sa jaquette, le visage tourné vers moi. Les ombres du sous-bois encrent ses yeux d'un noir profond.

12

Je tente de mener une vie normale. Le matin, je descends les quarante-deux marches de pierre jusqu'à la rue, parcours les mille six cents mètres me séparant de l'université et monte les cinquante marches conduisant aux collections du muséum d'histoire naturelle que je dois, au cours de l'été, organiser, cataloguer et étiqueter. Je passe la journée entre quatre murs de pierre avant de retrouver la liberté dans les rues, elles aussi empierrées afin de supporter les châssis d'acier des autos, les milliers d'habitants et le vacarme.

Face à la dureté et à la lourdeur de la ville, je ne pèse plus rien. Quand, en fin de journée, je file vers le bord de mer, je vois et entends plus de choses qu'avant. Au lieu de regarder le ciel et d'éviter d'anodins passants, je remarque désormais les rassemblements qui se tiennent presque quotidiennement sur les places et les esplanades, les groupes qui réclament du travail, des logements, du pain, du changement. Je patrouille à leurs abords à la recherche d'une natte couleur de sentier semé d'aiguilles de pin, bien que j'ignore à quelles activités Lidia participe. Je m'arrête pour écouter les conversations où se répètent les mots d'ordre de la révolution de mars, *liberté* et *démocratie*, et tente de percevoir dans le brouhaha une voix familière.

J'ai l'adresse de Lidia, et elle la mienne. Cela ne veut rien dire. Je n'ose pas prendre contact avec elle sans réelle raison. En même temps, ce ne serait pas si difficile. Je trouve des motifs tous les jours, toutes les heures. Au muséum, je commence par inventorier les spécimens de mousses accumulés au fil des décennies et, chaque matin, décide d'inviter Lidia à les voir. Je veux lui montrer comment on prélève une feuille, avec une pince, sur un rameau de mousse séchée, comment on la mouille pour lui redonner forme, puis comment on la place sous le microscope entre deux lamelles de verre. Je veux la voir se pencher sur l'oculaire et hocher la tête – je n'ose pas encore l'imaginer sourire – quand se dessinent le bord dentelé, la veine centrale et, avec de la chance, les cellules de la minuscule feuille. Dehors, je lui ferais découvrir un vol d'oies passant dans le ciel, une troupe de canards barbotant dans un bras de mer ou un papillon citron égaré en ville. À la maison, j'aimerais l'avoir à mes côtés, à lire le journal et me dire ce qu'elle pense des projets d'indépendance, de la nouvelle administration centrale, de la loi sur le rationnement alimentaire et les tickets de pain, des grèves des ouvriers agricoles, des nouveaux timbres postaux, des films à l'affiche dans les cinémas de la ville.

Une semaine après notre expédition au nid de la chouette, je retourne chercher ma bicyclette au manoir de Lahdenpohja. Heiskanen me fait joyeusement signe depuis le fond du jardin. Au lieu de me précipiter pour lui faire avouer que c'est lui qui a tué le faucon, comme c'est à coup sûr le cas, je me surprends à me demander si je pourrais prétexter, pour aller chez Lidia, vouloir la remercier d'avoir transmis à Heiskanen l'argent du trajet en barque. Non. Elle pourrait croire que je la soupçonnais de l'avoir volé.

Je peux néanmoins passer tout naturellement devant chez elle sur le chemin du retour de Lahdenpohja. Elle habite dans un quartier ouvrier en bois, dans une maison jaune, côté cour. Nous sommes samedi soir, elle n'est sans doute pas chez elle, mais je pédale lentement dans sa rue, et entrerais même dans la cour si une ribambelle d'enfants n'y jouait pas.

À la mi-mai, alors que je parviens dans l'alphabet des mousses au genre *Dicranum*, il me vient à l'esprit que je ferais mieux de me manifester auprès de Lidia, même sous un prétexte transparent, plutôt que de la laisser croire que je l'ai oubliée. J'arrache une feuille blanche à mon carnet et commence à écrire, mais le concierge m'interrompt – on me demande au téléphone. Je me hâte d'aller répondre, entends, déçu, la voix de Hanna, et m'en veux aussitôt. Je ne suis bon à rien.

«Ton père m'a fait savoir qu'il était sur le chemin du retour, m'annonce Hanna. Il restera quelques jours.

– Très bien.

– Il a l'air d'avoir des soucis.»

Père fait son apparition à la tombée du soir. Je suis assis dans le salon à lire un ouvrage d'Ivar Hortling sur la protection des oiseaux et entends déjà de loin l'irrépressible tourbillon qu'il déplace avec lui. Enfant, déjà, je me demandais à quelle distance il aurait fallu fuir pour ne pas remarquer sa présence. Cent mètres ne suffisaient pas, sa voix portait au moins jusque-là, et même si le vent dispersait ses paroles, sa silhouette râblée captait l'attention. Rien n'a changé. Dans le vestibule, la porte d'entrée s'ouvre à la volée, des valises heurtent le sol et père répond, légèrement essoufflé, aux questions de Hanna.

Nous avons emménagé il y a quelques années dans un nouvel appartement, rue des Tilleuls, et il n'est pas prévu, à son grand regret, de doter l'immeuble d'un ascenseur. Avant même qu'il ne franchisse le seuil du salon, j'apprends qu'il a conclu un gros contrat d'achat de forêt à Hollola, que les routes étaient en mauvais état mais que son chauffeur a su éviter les pires nids-de-poule et qu'il a rendez-vous demain au restaurant Seurahuone. J'ai aussi le temps de me dire que je n'ai pas envie de l'irriter et cache vite mon livre sur une étagère.

Il entre. Je ne me rappelle pas quand nous nous sommes vus pour la dernière fois, vers la fin de l'hiver, sans doute. Son front s'est peut-être un peu plus dégarni. Il est blond, et ma chevelure châtain foncé, presque noire, capte aussitôt son regard. S'il pouvait, il changerait les lois de l'hérédité afin que la blondeur l'emporte, et non l'inverse. Il ne me reste rien de mère à part la couleur de mes cheveux, et bien sûr des traits de caractère douteux auxquels père n'est cependant pas assez souvent confronté pour qu'ils le dérangent.

Il ôte ses lunettes rondes et les frotte avec son mouchoir.

« Bonjour, Erik. »

Voilà pour l'entrée en matière. Père, et c'est tant mieux, n'a que faire des circonlocutions et va droit au but.

« Comment va ton travail ?

– Bien. J'essaie autant que je peux d'organiser les collections. À l'automne, il y aura de nouveaux arrivages, quand les étudiants reviendront de leurs expéditions sur le terrain.

– Tu seras occupé tout l'été ?

– On m'a annoncé la semaine dernière qu'on ne pourrait me payer ni en juin ni en juillet, mais seulement en août.

– Les problèmes se répercutent maintenant partout, acquiesce père. J'ai malgré tout l'intention d'étudier cet été diverses possibilités d'achat dans un certain nombre de régions. Voudrais-tu m'accompagner ? Tu apprendrais un métier qui te garantirait de ne pas rester sans ressources.

– En tant que naturaliste, je ne risque pas non plus de manquer de travail.

– Et si tu passais l'été à Aspholm ? La voie ferrée rouille, inutilisée. Il reste à exploiter toute la partie sud. Il serait temps de s'y mettre, la ville va continuer d'engloutir du bois de chauffage l'hiver prochain.

– Vous avez l'intention de couper la forêt de ce côté-là aussi ?

– Le besoin commence à s'en faire sentir. Aspholm est si près de la capitale que les frais de transport sont quasi inexistants. Je n'ai pas le temps de séjourner au manoir, mais tu pourrais superviser les travaux, ne serait-ce que pour la forme. J'embaucherais bien sûr des contremaîtres compétents.

– Est-ce qu'il ne vaudrait pas mieux conserver ces arbres en prévision de temps encore plus difficiles ? L'été, on peut transporter par flottage le bois des forêts éloignées.

– On peut agir aussi bien à Aspholm que dans d'autres régions. La guerre continue. Nous devons profiter pleinement des possibilités qu'elle offre. Les locomotives ont besoin de bois de chauffe, et la propagande de papier journal. »

Père arpente le tapis vert, s'arrête par moments devant le sofa mais ne s'assied pas.

« Je pourrais aller passer l'été à Aspholm, dis-je lentement. J'avais l'intention d'étudier les oiseaux de la forêt. Je dispose des notes que j'ai prises au cours des dix dernières années. Ce serait l'occasion d'observer les changements intervenus. Je pourrais même en tirer de quoi écrire une thèse. »

Ce dernier mot fait office de formule magique. Père s'assied sur le sofa.

« Si on coupe la forêt, poursuis-je, c'en sera fini de mes recherches. »

Père renâcle et s'ébroue. Je ne m'en inquiète pas, il respire toujours ainsi quand son cerveau travaille : à coups de soupirs apparemment courroucés mais en réalité inoffensifs.

« Combien de temps te faudrait-il ?

– Toute la période de nidification des oiseaux, au moins jusqu'à la fin juillet, et de préférence jusqu'aux premières neiges. Si les résultats sont intéressants, je continuerai volontiers l'an prochain. Cette année, quand je serai libéré de l'université, l'essentiel de la saison de chant sera passé. »

Père remonte ses lunettes sur son front et se frotte le nez entre le pouce et l'index. Il souffle furieusement des narines puis se calme.

« C'est sans doute possible, tranche-t-il. Tu as peut-être raison, mieux vaut garder pour plus tard les zones de coupe les plus proches. Prudence est mère de sûreté, tant qu'on ne se fait pas doubler. »

Le portail de la maison en bois est ouvert. J'entre dans la cour, ma bicyclette à la main, et m'arrête pour cueillir une touffe de mousse entre les pierres du soubassement. Je m'assieds sur le banc au bas du perron, retourne mes jumelles et examine les minuscules tiges. Ma lorgnette crée autour de moi une sphère protectrice où ma respiration se calme, le rouge se dissipe de mes joues et mes mains cessent de trembler. J'y suis plus fort que les autres, isolé dans mon propre monde.

Deux fillettes arrivent en courant de la rue. Elles se campent devant moi – comment pourrait-il en être autrement ? J'essaie d'abord de ne pas avoir l'air de les remarquer, mais comme le silence s'éternise, je leur jette un coup d'œil par-dessus mes jumelles. Leurs orteils nus creusent la poussière chaude de la cour, elles ont des traces de pissenlit sur leurs tabliers et sur leurs jupes s'arrêtant au genou, de petits rubans s'accrochent à l'extrémité de leurs nattes à demi défaites.

« Est-ce qu'on ne doit pas tenir ses jumelles dans l'autre sens ? demande la plus petite.

– Si on veut regarder loin, oui. Dans l'autre sens, on voit de près. »

Je pose la touffe de mousse sur le banc et les laisse l'examiner à tour de rôle à travers les jumelles. Je n'ai pas l'habitude des enfants, et leur parle donc comme à des adultes. À ma grande surprise, cela semble leur plaire. Nous allons ensuite examiner les lichens du soubassement. Celui-ci est fait de gros blocs de pierre, transportés d'on ne sait où. Nous approchons le banc afin que les fillettes puissent grimper dessus pour observer les espèces les plus haut placées. Un vent chaud souffle de la route, soulevant un petit tourbillon de sable, aussitôt retombé. Mon cœur qui a bondi se calme.

Si tu pouvais arriver maintenant, en cet instant où je n'ai pas peur !

Mais Lidia ne se montre qu'au bout d'une heure. Je suis appuyé à la rampe du perron et feuillette mon carnet de notes, Hilja et Maria sautent à la corde près du portail. Elles la saluent et lui racontent que sur le soubassement de pierre poussent de l'aspicilie cendrée et de la tortule des champs. Je n'entends pas ce qu'elle leur répond, mais la voilà déjà qui tourne le coin du bâtiment et me jette un coup d'œil. Elle n'a pas l'air fâchée. Les fillettes vont et viennent derrière elle. Notre dernière rencontre date de plus de deux semaines. Elle a les cheveux en désordre sous son fichu, le visage déjà hâlé, les mains enfoncées dans les grandes poches de son tablier.

« Vous avez trouvé le bon escalier », dit-elle.

Il y a dans la cour six perrons en bois. Lidia retrousse le bas de sa jupe, ses semelles usées claquent devant moi. Elle scrute les fenêtres de la maison et me fait signe de passer devant. Le sas d'entrée donne dans la cuisine, d'où l'on accède à trois chambres. Elle ouvre l'unique porte du mur de gauche. La pièce est petite, prévue pour deux personnes, mais elle m'explique y vivre seule depuis déjà deux ou trois mois, après d'incessants changements de colocataires.

«Nous sommes loin des usines. Toutes les filles prennent dès qu'elles le peuvent des chambres plus près du centre. Ça laisse davantage de temps libre.»

La chambre est meublée d'un lit, d'une table, d'une chaise et d'une commode. Des livres empruntés à la bibliothèque s'empilent sur toutes les surfaces libres, mais je n'ose pas les examiner de plus près. À côté de la fenêtre, le mur s'orne d'un tableau brodé représentant des silhouettes humaines sur fond de ciel rougeoyant au lever ou au coucher du soleil. Sous cette scène, quelqu'un a calligraphié au fil et à l'aiguille, en lettres gothiques, sa solitude infinie : *Le vent passe sur eux, et ils ne sont plus.*

« C'était déjà là, dit Lidia. Je l'ai laissé.»

Je tourne le dos à la sombre image biblique. Lidia redresse les piles de livres, ouvre la fenêtre. Le lit se trouve contre le mur opposé, presque collé au vétuste poêle de faïence. Bien sûr. Elle vit aussi là l'hiver, se couche le soir en écoutant le vent jusqu'à ce qu'il se taise et abandonne sur les flancs du poêle une chaleur mourante. Puis elle observe les étoiles de neige qui s'allument à la fenêtre et le givre qui s'amasse dans les coins. A-t-elle les moyens de faire du feu tous les jours ?

Lidia défait son fichu et s'agenouille sur le tapis en lirette.

« Qu'est-ce qui vous amène ?» demande-t-elle.

Elle n'a toujours pas l'air fâchée. Je m'assieds sur la chaise et lui parle de père, d'Aspholm et de mes recherches scientifiques, qui vont accorder un sursis à la forêt. Lidia enroule le coin de son tablier autour de son poing. Elle ne parvient pas à tendre totalement les doigts. Je lui décris les matins froids du début d'été quand les oiseaux chantent partout dans les bois, le soleil qui se lève et secoue l'air pour le réchauffer. Je dois partir dans quelques semaines à Aspholm, pour tout l'été, afin d'explorer de fond en comble mon ancien terrain de jeu. Je vide mon sac, en omettant juste de préciser qu'elle doit venir avec moi. Elle ne peut pas ne pas le deviner.

Lidia déplie les jambes. Le tapis en lirette a imprimé des motifs sur sa peau. Elle s'assied sur le lit.

«Vous allez chercher la chouette ?

– Quelle chouette ?

– Le spécimen.»

Je secoue la tête.

«Je n'en ai plus besoin.»

C'est alors qu'il surgit. Son sourire. Il est furtif, presque réduit à un tiraillement du coin de ses lèvres, mais il lui monte jusqu'aux yeux et y laisse une trace.

Lidia s'en rend elle-même compte, clôt les paupières et s'appuie au mur.

«Je dois me reposer un moment.»

Elle ne m'ordonne pas de partir. Peut-être n'en a-t-elle juste pas le temps, car le cerveau de ceux qui triment sait que chaque instant est précieux. Sa tête s'incline sur le côté et sa respiration ralentit jusqu'à presque s'éteindre.

Il n'est pas non plus agréable de se réveiller dans cette position. Je traverse la pièce, cherchant fiévreusement une solution, mais finis par m'asseoir sur le tapis, adossé au bord du lit.

Le plancher renvoie la lumière sur ses paupières. Elle bouge un peu. Ses orteils me frôlent la nuque. De là, leur chaleur se répand dans tout mon corps et chante dans mes os, mes veines et mes tendons. Le soleil brille à travers les branches. Peut-être sommes-nous déjà dans la forêt. Je laisse les nuits sans sommeil s'amasser dans ma tête.

Alors que je marche depuis déjà un long moment avec elle dans l'ombre ocellée des feuilles à peine écloses, je me demande soudain comment nous sommes arrivés à Aspholm. Je quitte les troncs d'arbre vermoulus et les amas de rochers et reviens sur le tapis. Lidia bâille, replie les genoux et tire sa jupe sur ses orteils.

«C'est la troisième fois que je m'endors en votre compagnie.

– Est-ce bien ou mal?

– Je ne sais pas. Différent, en tout cas.»

Inutile de poser plus de questions, il y a trop de réponses possibles. Je me lève. Lidia me raccompagne jusqu'au portail, regarde à droite et à gauche en se mordillant les lèvres. Aucun passant en vue. Elle ouvre le loquet. Je pousse ma bicyclette dans la rue.

«Peut-être nous verrons-nous cet été, si vous avez le temps de passer chez vous, dis-je.

– Peut-être.»

Ça me suffit. Je pédale jusqu'à la rue des Tilleuls en passant par les confins de l'univers.

La forêt appartient aux Stenfors depuis si longtemps que les débuts importent peu. J'ai pourtant cessé de la considérer comme mienne. Ce n'est que quand on sait tout sur quelque chose qu'on le possède. En parcourant la forêt jour après jour, je commence à comprendre que ce moment ne viendra jamais, et qu'il n'en est nul besoin.

Je croyais avoir l'esprit trop occupé par Lidia pour pouvoir me concentrer sur mes explorations. Mais quand je me suis installé à Aspholm, au début de juin, j'ai vite constaté que mon travail avançait, méthodiquement et efficacement, presque à la Sahlman. Je marche d'un pas souple et sens une différence dans ma façon de noter ce que je vois et entends : j'étudie maintenant la forêt pour pouvoir la dépeindre. J'écris toutes les semaines à Lidia. La dernière fois, je lui ai raconté avoir vu des feux follets – le nom m'est venu à l'esprit sur le moment et même si, au manoir, couché sur le papier, il avait l'air presque ridicule, je l'ai laissé. J'ai aussi dessiné une carte, dans ma lettre, et indiqué par des croix les feux follets, une couvée de gélinottes des bois, des lichens pulmonaires, un nid de bondrée apivore perché dans un bouleau. J'essaie de faire toucher du doigt à Lidia la forêt en laquelle je suis en train de me transformer. Je vis à son rythme, réveillé dès potron-minet, pour autant que je dorme, et m'affairant toute la journée comme n'importe quel oiseau.

En voyant les roses blanches fleurir dans le jardin d'Aspholm, je me rends compte que la Saint-Jean est dans quelques jours, que l'été bat son plein et que je suis sur le point de tomber d'épuisement. Je dors quarante-huit heures presque d'affilée et me réveille dans la grisaille de la veille de la Saint-Jean, en entendant les pas des domestiques dans le jardin. Il y a toujours à Aspholm un jardinier, trois valets de ferme, deux bonnes et une gouvernante. Je n'en parle pas dans mes lettres. J'aimerais même les oublier, mais ils ne manquent pas de se rappeler à mon bon souvenir : ils me saluent avec déférence, et Iida, qui ne me laisse pas entrer dans la cuisine, se charge de préparer mes repas et mes sandwiches.

La pluie menace. La maussaderie de la matinée contamine jusqu'à la forêt. Elle m'accueille froidement, accentue la raideur de ses pentes et me rejette pour finir au bord du chemin de fer envahi par la végétation. J'hésite sur la direction à prendre, puis opte pour la métairie avant de faire presque aussitôt volte-face dans un crissement de gravier. Lidia se trouve bien sûr en ville, elle y a des amis et la Saint-Jean, demain, est un jour férié.

Je retourne au manoir et descends au bord de la mer. Les vagues clapotent sur les rochers, l'eau est froide et limpide. La même houle frappe les quais géométriques des places et des abords des ponts de la capitale, mais la mer y charrie des odeurs nauséabondes, des bouteilles vides et des chaussures percées. Elle attire pourtant les foules. À la Saint-Jean, les citadins, et surtout les plus pauvres, se pressent par centaines et milliers sur le rivage.

Je cueille mon havresac sur la véranda et m'élance à bicyclette dans l'allée de bouleaux.

Les quartiers en bois des ouvriers sont silencieux, des pleurs de bébé et des bruits de casseroles s'échappent par moments des fenêtres. Dans les cours, quelques habitants vaquent à de menus travaux ou tirent de l'eau du puits. Je passe au ralenti devant la maison de Lidia. De l'autre côté du portail ouvert, Hilja et Maria poussent un cerceau et tentent de se glisser à travers tandis qu'il roule. Elles ont remonté jusqu'à la taille leurs tabliers blancs boutonnés dans le dos qui les gênent pour courir. Elles m'aperçoivent de sous la frange qui se balance devant leurs yeux et agitent la main.

« Est-ce que Lidia est là ?

– Non ! »

Je bifurque vers des rues parallèles à la mer, puis des chemins menant au bord de l'eau, et scrute à la jumelle l'île au faucon, mais sans trouver aucune barque familière parmi celles amarrées au ponton. Je remonte en selle, et bientôt la rive disparaît sous les bâtiments d'usine en brique rouge où s'ouvrent, tels des yeux à facettes de mouche, des fenêtres à centaines de carreaux. Une sirène de bateau mugit au loin. La pluie, au lieu de tomber, s'est désagrégée en lambeaux de brume qui assombrissent prématurément le soir. J'accélère et atteins bientôt le pont Pitkäsilta. Des flots humains se hâtent dans les deux sens, des quartiers ouvriers vers la vieille ville et vice versa. Je me range sur le côté et mets pied à terre. Sur le pont, les passants s'interpellent haut et fort, mais la fête du solstice a émoussé leur ardeur politique. Au lieu de mots d'ordre, ce sont des nouvelles et des projets pour la soirée qui s'échangent.

J'observe le grouillement de la foule jusqu'à ce que je me sente suffisamment pitoyable. Les conversations, autour de moi, se font déjà pâteuses, un homme grimpe sur le parapet du pont et menace de sauter dans le chenal malodorant. Je m'éloigne en poussant ma bicyclette le long de la rive nord. Je peux dormir en ville, la maison est vide : Hanna passe la Saint-Jean chez sa sœur à Mäntsälä, père cherche des arbres à marquer dans les majestueuses pinières du lac Päijänne.

Des barques s'écartent du quai, chargées de familles et de groupes d'amis désireux d'admirer les bûchers qui s'allumeront sur les îlots rocheux. La vie s'est concentrée à l'embouchure du chenal comme dans un entonnoir. Il ne me reste plus qu'à contourner la baie de Töölö, tourner dans la rue des Tilleuls, monter au troisième étage, et j'aurai survécu à la veille de la Saint-Jean. À la maison, tout sera parfaitement calme et silencieux.

Je me fige au pied d'un bouleau aux côtés d'une vieille barque à moitié pourrie. De là, j'ai une vue dégagée sur la Maison du peuple, dont la grande porte et les fenêtres dispensent de la lumière dans la pénombre du soir d'été. Des gens vont et viennent en petits groupes autour du bâtiment, il n'y a visiblement pas assez de place à l'intérieur pour tous ceux qui voudraient écouter les virulents discours qui s'en échappent. Dehors, personne encore ne titube ni ne braille. Quand éclatent dans la salle des applaudissements et des cris, les groupes se désagrègent. Un chant puissant s'élève ensuite, et, après une petite pause, de la musique de bal. Le son monte, le va-et-vient à la porte s'intensifie, les premières bouteilles tintent derrière les buissons. Lidia sort.

Elle est accompagnée, mais heureusement de trois hommes, les mêmes que dans l'île, et non d'un seul. Ils restent un instant devant le bâtiment, font des gestes dans différentes directions. Deux d'entre eux agitent la main en guise d'au revoir et s'en vont. Le troisième, le plus grand, remonte quatre à quatre les marches du perron. Lidia esquisse un mouvement pour le suivre, s'immobilise, hésite, puis se dirige d'un pas décidé vers la mer et s'arrête sur le quai.

J'arrive à vingt mètres avant qu'elle ne se retourne. Je ne parviens pas à déchiffrer l'expression de son visage. Elle lance un regard inquiet aux personnes se trouvant à proximité, au perron de la Maison du peuple, à mes vêtements. Aucun danger immédiat, je peux passer pour un homme des bois avec mes bottes, mon pantalon de bure et ma chemise à carreaux.

« J'ai trop chaud, souffle-t-elle.

– Vous ? »

Son corsage blanc aux manches trois-quarts semble neuf, de même que sa jupe droite. Ses cheveux divisés par une raie sont noués en un petit chignon sur sa nuque. De la sueur perle à son front. Elle a dansé. Elle est belle. Je pose mon havresac par terre et constate que des aiguilles de sapin sont restées coincées dans les plis du rabat. Elle se penche et en cueille quelques-unes.

«Je n'ai pas eu le temps d'aller voir mes parents», dit-elle.

Nous nous asseyons sur le rebord de la vieille barque, sous le bouleau. Les torches de la Maison du peuple se reflètent dans l'eau de pluie accumulée au fond de l'épave telles des étoiles dans un étang. Lidia demande des nouvelles du pic noir, des petits de la chouette de l'Oural et des eiders qui nageaient au loin sur les flots, parle de réunions et du journal dans lequel elle a commencé à écrire.

«Des poèmes?

– Non, des articles.

– Vous êtes retournée dans l'île?

– Non. J'ai eu beaucoup de travail. Le soir, j'écris ou participe à des cercles d'étude.»

Elle s'inquiète de savoir comment vont son père et sa mère, mais je ne les ai pas vus.

«La métairie n'est pas tout près. Et je n'ai pas osé leur rendre visite.

– Oui. Papa n'est peut-être pas...»

Elle laisse sa phrase en suspens. Je n'ai envie de m'attarder sur aucun de nos pères. En audacieux homme des bois, je tends les doigts vers la main gauche de Lidia, si près que nos chaleurs respectives se touchent un instant.

«Pas de gants.

– Inutile, en plein été, dit-elle en examinant ses doigts à la lumière de la Maison du peuple. Et je n'en porte de toute façon plus. Dans la rue, les bourgeois regardent mes mains. C'est bien qu'ils voient ce qui se passe entre le panier à linge et l'armoire!

– Arrêtez de faire la lessive.

– Facile à dire. Avec ces doigts-là, impossible de trouver un emploi agréable. Dans les boutiques, les usines et les centraux téléphoniques, il faut des mains habiles.

– Je vais vous trouver du travail à l'université. Vous devriez pouvoir commencer à l'automne, ne serait-ce que pour faire le ménage.

– Je ne veux pas de votre charité.

– Ce n'est pas de la charité. Je me renseignerais juste de votre part.»

Elle me regarde fixement, puis se fatigue et baisse la tête. La musique de bal nous pilonne les oreilles.

«Il vous est arrivé quelque chose, à l'intérieur?

– Non.

– C'est votre frère, celui qui y est retourné?

– Non.»

Elle a des larmes dans la voix. La barque penche. Mes doigts s'enfoncent dans le bois pourri.

« Elmeri et Tauno sont partis boire un coup chez quelqu'un. Seth voulait continuer à discuter dans la salle du fond, alors que je lui avais demandé... »

Cette moitié de subordonnée en révèle déjà infiniment trop.

« Les meneurs des révolutions ne sont jamais ceux qui connaissent la pire misère, dis-je. Ceux qui souffrent le plus de la faim et du froid n'ont pas la force de militer pour le changement.

– Je ne sais pas. Même si je trouvais un travail plus facile, beaucoup d'autres resteraient dans le besoin.

– Vous les aiderez plus efficacement si vous cessez de plonger vos mains dans la soude et l'eau glacée. Vous permettez que je me renseigne à l'université ? »

Elle promet enfin d'y réfléchir. Je souris, surtout de ma présomptueuse assurance. Qui sait si l'université existera encore à l'automne ? Quoi qu'il en soit, j'ai une mission dont je pourrai lui rendre compte au fur et à mesure de son avancement. Et chaque fois qu'elle sera avec moi, elle ne sera avec personne d'autre.

« Voulez-vous marcher un peu ?

– Pourquoi pas, daigne-t-elle répondre. Je vais vous raccompagner chez vous. »

Nous longeons les grilles du jardin botanique, traversons la place de la Gare déserte, tournons vers le nord dans la large Chaussée Ouest qu'usent même la nuit les sabots des chevaux et les pneus des autos. Les réverbères diffusent une lumière de guerre bleutée. Nous longeons le Musée national, je pousse ma bicyclette et bavarde d'un ton que j'espère insouciant. Je raconte comment, enfant, je suivais ce même chemin, les jambes raides, craignant, bien que cramponné à la main de mère, de tomber sous les roues des véhicules.

« Aujourd'hui, j'aime cette route, car elle mène hors de la ville. C'est une artère vitale dans la minéralité des rues et des bâtiments. »

Lidia sourit d'un air distrait, décourageant, mais je poursuis, je dois la réveiller. Je lui décris la Chaussée Ouest, d'abord hautaine grande route trépidante, qui, plus loin vers le nord, se ramifie peu à peu, sinue, s'amenuise et vous égare. Devenue étroit sillon, elle conduit d'une paroisse à l'autre, côtoyant des champs venteux, franchissant des ponts de bois aux échos caverneux, traversant des villages délaissés. Si nous avions la force de marcher assez longtemps, nous arriverions, à la fin, à d'arachnéens sentiers de fourmis oubliés, et n'entendrions plus rien d'inutile.

Je me tais. Lidia ne répond pas. Le coin de la rue des Tilleuls approche, nous y sommes. Quelques lumières brillent aux fenêtres de mon immeuble, pas chez nous. Nous dépassons le croisement. Lidia ne sait pas où j'habite. Tandis que la chaleur me monte au visage, elle se met à parler des débardeurs du port, Tauno, Elmeri et Seth. Je n'ose pas lui demander si elle n'a vraiment que des amis masculins. Une jeune fille qui passe son temps libre seule avec des hommes – c'est inconvenant. Même à mes yeux, alors que je m'imaginais ne pas comprendre les codes de la société, ou du moins ne pas m'en soucier.

Mais qui suis-je pour me gendarmer, moi qui marche à ses côtés, à distance d'avant-bras ? Peut-être les conventions ne sont-elles pas aussi strictes dans les milieux ouvriers. Comment le pourraient-elles, dans la promiscuité des logements et des usines ? Lors des excursions sur le terrain, à l'université, on ne se soucie pas non plus des règles de bienséance, garçons et filles fouillent le sol ensemble. Peut-être Lidia, parce qu'elle a un frère, n'a-t-elle jamais fait de différence particulière entre hommes et femmes. Peut-être tous, sauf un, sont-ils des frères pour elle.

Quel idéal déprimant, le socialisme, pour qui ne veut pas être un frère et n'a pas besoin de sœur !

« Quand je suis arrivée en ville, Elmeri m'a présenté Tauno et Seth, sur le port, dit Lidia. Ils m'ont montré les meilleurs îlots où rincer le linge. Elmeri et Tauno continuent de décharger des cargaisons de bûches, Seth a pu intégrer la milice ouvrière. Il lit dès qu'il en a le temps et prend la parole aux réunions. On a besoin de lui. »

Des cours des maisons en bois s'échappent des murmures de conversation et de molles exclamations. Rares sont ceux qui ont envie de dormir cette nuit, la plus claire de l'année mais aussi, cette fois, la plus sombre. Nous marchons et parlons, c'est en un sens plus facile quand on ne se voit pas. Quand la pénombre se dissipe et que je jette un coup d'œil à ma montre, il est trois heures, nous avons fait le tour de la baie et sommes de nouveau au bord du chenal. Les lampes et les torches de la Maison du peuple se sont éteintes. Lidia se tourne vers moi.

« Je dois rentrer, dit-elle.

– C'est loin. Vous pourriez venir chez nous. »

Elle rejette derrière son oreille une mèche échappée de sa coiffure. Je ne distingue pas l'expression de son visage, et ne veux pas la voir. Le mouvement de sa main dessine dans la nuit tout ce qui restera non advenu.

« Et si nous continuions juste de nous promener », suggère-t-elle.

Alors que le soleil se lève, nous arrivons pour la troisième fois au coin de la rue des Tilleuls. Je montre l'immeuble teinté de rose.

« J'habite là. »

Lidia hoche la tête, elle tient à peine debout. Nous montons au troisième étage, mon cœur bat dès la première marche.

« Voulez-vous manger quelque chose ? dis-je, la voix tendue, dans le vestibule.

– Non merci, répond-elle en regardant, par la porte du salon, la bibliothèque, l'épais tapis, le sofa, les tables aux pieds délicats. Mais je boirais bien un peu d'eau. »

Je vais dans la cuisine et remplis des verres. Mes mains tremblent. Quand je reviens, elle s'est mussée dans un fauteuil du salon et dort.

13

En raison des difficultés économiques actuelles, j'ai le regret de vous informer que nous ne pourrons renouveler en août votre contrat de travail au département de systématique de l'université. J'espère que vous pourrez profiter de ce chômage temporaire pour terminer vos études.

Je pose la lettre du doyen sur mes carnets d'observation et appuie avec la pointe de mon crayon sur le bois dur de la table de la véranda. Elle casse sans y laisser de trace. Je la fais tourner dans le taille-crayon, mais la mine est brisée en plusieurs endroits et n'est plus bonne à rien. Par une fente entre deux lattes, je laisse tomber le crayon dans le vide sous le plancher, puis descends au bord de la mer.

La matinée est chaude et calme. J'ai retroussé mon pantalon jusqu'aux genoux et déboutonné ma chemise. J'attrape mon chapeau, sur un poteau du ponton, et pousse la barque à l'eau. Je m'écarte à grands coups de rames puis me laisse juste flotter. Des fucus se balancent, ancrés dans le fond, tandis qu'à la surface de leurs feuilles des rais de lumière alternent avec de petites ombres d'alevins. Ils cherchent un abri et de la nourriture, comme tout le monde. La guerre continue. En ville, on retourne les parterres de fleurs des parcs pour y faire pousser des légumes. On ouvre à l'intention des plus pauvres des soupes populaires distribuant de la nourriture gratuitement ou à prix réduit. Les ouvriers au chômage creusent autour de la capitale d'interminables lignes de tranchées censées la protéger contre une attaque.

Dans ces circonstances, le conservateur adjoint des collections du muséum d'histoire naturelle est le dernier que l'on rappellera à son poste.

Je m'éloigne d'environ deux cents mètres vers le large. La ville se dessine à l'est, derrière les îles, les méandres de la côte et la brume de chaleur, rangée de boîtes grises d'où pointent des cheminées d'usine et des clochers. Sans doute déborde-t-elle aujourd'hui encore d'activité, de roues de charrettes et d'autos, de pas, de cris, de remous, de discours et de revendications, bien que les dix kilomètres qui m'en séparent suffisent à estomper le chaos.

Impossible, pourtant, de l'oublier. J'ôte ma chemise et mets le cap à l'est.

Le soleil me picote les épaules et les pommettes. J'abaisse le bord de mon chapeau et déglutis. La soif a depuis longtemps cessé de me brûler la gorge pour se transformer en douleur lancinante derrière les yeux. Lorsque je jette un coup d'œil par-dessus mon épaule, ma peau se tend presque à s'en déchirer. Bel exemple de comportement d'un naturaliste expérimenté, ramer dos nu sous le soleil pendant des heures ! Je remets ma chemise et continue de souquer, je n'ai pas d'autre moyen de me sortir de là. L'après-midi est déjà bien avancé, des îles surgissent paresseusement sur mon chemin. Celle de la garnison dresse au loin sa colline ronde cernée d'une nuée jaune de bunias en fleur. Les bruits de la ville se rapprochent par vagues. Je progresse méthodiquement d'île en île et aperçois enfin des draps blancs étendus sur des rochers. Au sommet de l'îlot, de la fumée monte de la cheminée d'une cabane en bois rouge.

La barque heurte le rivage. Alors que je l'amarre au ponton, Lidia sort de la buanderie, le visage rougi, portant une panière de linge mouillé. Elle s'arrête sur le perron, lâche presque son fardeau.

« Je viens vous aider ! »

J'ai crié, afin qu'elle n'ait pas le temps de se mettre en colère, d'avoir l'air fâchée, ni même de penser qu'il ne manquait plus que ça. Je grimpe la pente et saisis la panière. Soulagée de son poids, Lidia chancelle. Ses cheveux trempés de sueur lui barrent les joues, le bas de la chemise qui lui descend jusqu'aux genoux est trempé.

« Vous faites pitié à voir, dit-elle.

– Il y a de l'eau ? À boire ?

– Dans le seau. »

Je m'accroupis au coin de la buanderie, écarte le couvercle du seau et puise une louchée d'eau. Le liquide pénètre dans les cellules de ma peau et à l'intérieur de ma tête, la douleur se transforme en pression et diminue un peu.

« Il est arrivé quelque chose ? demande Lidia.

– Je viens d'Aspholm.

– Avec cette chaleur ? Vous êtes fou.

– Peut-être. Que fait-on de ce linge ?

– On le rince et on l'essore. »

Je porte la panière sur le ponton. Nous nous penchons pour rincer les draps, taies d'oreiller, nappes et mouchoirs. Tous sont ornés de dentelle et brodés d'initiales contournées.

«Vous avez des ampoules aux mains, constate Lidia. Elles ne saignent pas, au moins?

– Je ne crois pas.»

Nous attrapons les coins d'un drap et l'essorons en grimaçant quand le tissu se tord dans nos mains. La peau s'use, les articulations souffrent, les forces s'épuisent. Et elle fait ce même travail l'hiver, au bord d'un trou creusé dans la glace.

Mais l'été, à deux... je pourrais vivre ainsi. Quelque part.

Une fois le linge étendu sur les séchoirs, nous allons nous baigner de deux côtés opposés de l'île. Je reviens au ponton avant elle et m'assieds sur un rocher, à l'ombre chiche de pins malmenés par le vent marin. La peau de mes épaules rayonne du trop-plein de chaleur que mon corps tente d'évacuer. Lidia grimpe bientôt sur le rocher voisin, les joues et le nez rougis par le soleil. Elle a troqué sa chemise contre une jupe à carreaux et un tablier. Il y aurait de la place pour deux sur un même rocher, mais ce n'est pas le moment, la Saint-Jean est trop loin. J'effleure du doigt la surface verruqueuse des lichens incrustés dans la pierre. Je ne peux pas me taire plus longtemps.

«J'ai perdu mon travail.

– Comment ça?»

La question est arrivée avec un temps de retard, et un soupçon de déception y perce.

«En ces temps de pénurie, personne n'a besoin d'un classificateur de mousses.

– Vous devriez étudier leur comestibilité.

– Oui. Même père comprendrait, dans ce cas.»

Je compose avec soin les phrases que je vais prononcer, afin qu'elle ne puisse pas m'interrompre.

«J'ai des relations à l'université et à l'hôpital. Vous savez faire des choses concrètes, utiles. Je vous trouverai du travail. À qui voulez-vous que je m'adresse en premier?»

Lidia parcourt de l'index les sinuosités de son rocher, essuie sa surface rugueuse comme on époussette une étagère et pose les mains sur les genoux.

«J'ai réfléchi. Je n'oserais pas changer de travail. Qui sait ce qui nous attend.

– Mais au moins pour l'automne et l'hiver.

– Si vous me trouviez un emploi et que je doive le quitter peu de temps après, cela vous mettrait en difficulté.

– Pourquoi devriez-vous démissionner?

– Je ne sais pas. Pas encore.»

Puis elle parle, d'une traite, plus longtemps qu'elle ne l'a jamais fait, de l'avenir, imprévisible, peut-être plus insondable que jamais. En Russie, une nouvelle révolution est en marche. Tout peut changer. Les Romanov étaient au pouvoir depuis plus de trois cents ans et ont dû partir, d'un coup, au printemps. L'histoire, en ce moment, cherche sa voie.

«Nous voguons sur un fleuve, dit-elle en plissant les yeux pour regarder le ciel. Il coule pour l'instant paisiblement, sans savoir que des chutes l'attendent, plus loin.»

Ce *nous* me leurre, le temps que je comprenne qu'il est collectif.

«Au bas des chutes, les eaux retrouvent en général leur calme, interviens-je.

– Pas dans ce fleuve. Après la révolution du printemps, nous avons cru en avoir terminé avec les rapides, mais non. Ce n'est que maintenant que le courant commence à nous entraîner. Un grondement se fera bientôt entendre. À la fin, une fois sortis des tourbillons, nous arriverons à la mer. Et là, plus personne ne nous contraindra à suivre une voie plutôt qu'une autre.»

Lidia n'a même pas un an de moins que moi, mais elle est infiniment plus enthousiaste. La ville, grise de chaleur, bouillonne d'idées et de mots qu'elle becquette comme une hirondelle des insectes, à un tel rythme que je ne remarque même plus les vrais oiseaux. Elle parle, déversant tour à tour de grandes pensées et des théories sonnant comme des cris de ralliement, à l'aide d'un vocabulaire que je ne l'imaginais pas posséder. Sa voix s'échauffe et ses joues rosissent, plus encore que quand elle m'a ramené en barque de l'île au faucon, ou lors de notre froide matinée de printemps dans la forêt, ou que jamais en ma compagnie. Elle a l'air heureuse. Ce doit être une erreur. Quand elle se tait avec un sourire illuminé par les mirages du collectivisme, je tente de la ramener sur terre.

«N'avez-vous jamais pensé qu'on pouvait se révolter autrement? Tout quitter. Si l'on part assez loin, on peut échapper à l'oppression, à la lettre de la loi, aux exigences de la société, à tout.

– Tolstoï, me chapitre Lidia avec une étonnante douceur.

– Ce n'est pas à lui que je pensais.

– Henry Thoreau, alors.»

Toutes les idées doivent-elles être mises sur le compte d'un autre?

«En vous réfugiant au milieu de la forêt, vous abandonnez ceux qui ont besoin d'aide, poursuit-elle. Tous ne sont pas capables de démissionner et de se débrouiller seuls.

– Et vous, en seriez-vous capable ? »

Nous sommes d'accord, j'en suis sûr, il faut juste qu'elle en prenne conscience. À quelques mètres, un rocher noir dépasse des flots, mouillé de gouttes, telles des étoiles dans le ciel. Lidia reste silencieuse. Elle a entendu les mots que je n'ai pas prononcés – *avec moi* –, mais le chemin de paroles muettes est difficile à suivre. Elle s'en écarte et replie les jambes. Le rocher marin n'est plus qu'un bloc inerte, réduit à s'effriter sous l'assaut des glaces, hiver après hiver.

« Je ne crois pas, dit Lidia. Une solution qui n'est à la portée que de quelques-uns n'est pas la bonne. Les sans-terre, les pauvres et les malades ne peuvent pas partir vivre au cœur des forêts. Et quel genre d'eldorado est-ce ? L'année dernière encore, la récolte de pommes de terre de Leppävaara a été détruite par des gelées tardives.

– Il n'y en a pas dans les forêts ni au bord de la mer.

– En effet. Maman cueille des baies et papa va à la pêche, mais ça ne suffit pas pour vivre. Surtout si tous essayaient de subsister de cette façon. »

Lidia hoche la tête en direction de la ville, de la garnison, des bateaux endormis dans le port.

« La population est déjà si nombreuse qu'une partie est obligée de s'entasser dans les villes. Il est temps d'assurer aussi aux pauvres des conditions de vie supportables. »

Il y aurait quand même encore de la place pour deux dans les forêts inhabitées. Mais il n'existe pas de « nous deux ».

« Et vous, partiriez-vous ? demande Lidia. Fuiriez-vous loin de tout ?

– Oui.

– Où ?

– Dans le Nord. »

Où sinon pourrait-on aller, le plus loin possible de cette ville grouillante, sur une presqu'île de la côte sud ? Lidia frotte une piqûre de moustique, sur son tibia, et tend les jambes jusqu'à ce que ses orteils brisent la surface de l'eau. Une sterne tenant un poisson dans son bec survole le toit de la buanderie. Un autre oiseau la poursuit en criant, affamé. Les ailes effilées de la sterne et les flancs écailleux du poisson scintillent dans le ciel telles les branches d'une étoile de lancer.

« Qu'y feriez-vous ? demande Lidia.

– Je parcourrais la région. J'aimerais voir une chouette lapone, un gerfaut et un harfang des neiges, des aigles. Je collecterais de la documentation pour mes recherches. Ou je me contenterais de vivre, skier, tendre des pièges, pêcher. »

Il règnerait un tel silence qu'il serait palpable. Mais ce serait la seule chose qu'il y aurait à toucher.

« Ça vous irait on ne peut mieux », constate Lidia, et elle descend de son rocher.

Quelques fragments de lichen pustuleux se détachent de la pierre et pleuvent tristement sur les vagues. La Saint-Jean est à des milliers d'années. Les bourgeons serrés du début de l'été ont fait place à de larges feuilles, les fleurs à des capsules, les pétales à des samares. Tout est ancien, classé. Nous nous tenons debout sur le rivage, chacun à côté de son rocher. Les samares touchent le sol, mais mon cerveau refuse d'abandonner. Quelque chose émerge de son substrat, le visage de mère, non, juste sa voix. Une histoire, inutile, que j'ai cru bon d'oublier depuis des lustres. Je tente de m'en saisir comme d'un cheveu sur un col de chemise, mais Lidia m'interrompt.

«Vous comptez repartir en barque aujourd'hui ? »

Je remue les membres et grimace. Mes muscles roulent sous ma peau tels des poids en fonte.

«Non, je vous ramène en ville. Vous trouverez bien quelqu'un pour vous conduire ici demain matin. »

Nous plions le linge en briques et le rangeons dans les panières. Je saisis les rames du bout des doigts, là où la peau est encore intacte, et les manie lentement. Lidia s'appuie au tableau arrière, les yeux fermés. Sa vieille barque en bois reste à attendre entre nos deux rochers, comme abandonnée.

Sur la terre ferme, nous installons les panières dans un chariot. Lidia noue son fichu sur ses cheveux et réagence quelques pièces de linge, sur le dessus. Je tire la barque au sec et ôte le tapon du nable. C'est un mince morceau de bois que j'ai taillé en juin dans une branche de bouleau après avoir constaté la disparition du tapon d'origine. Je le secoue et le tends à Lidia. Ses mains s'arrêtent sur le bord de la panière.

« Je n'ai pas besoin de barque à Aspholm. Je vous la laisse.

– Vous êtes sûr ?

– Oui.

– Je vous paierai.

– Pas question. »

Lidia prend le tapon, le fait tourner dans sa main. Les deux petits nœuds de la branche de bouleau nous fixent, au-dessus de la ligne courbe d'un cerne annuel. Elle sourit, par inadvertance, à ce visage que je n'avais pas remarqué jusque-là.

« Je vous rendrai ce petit lutin, promet-elle.

– Pensez à mettre la barque à l'abri pour l'hiver suffisamment tôt. Et vous avec. »

Pieds nus, en sueur, déguenillé et brûlé par le soleil, je suis autorisé à pousser le chariot jusqu'à l'atelier de calandrage et à monter la garde dehors pendant que Lidia lisse le linge. Des vagues de douleur moutonnent sous mon crâne mais ne déferlent pas encore. La porte va et vient, de joyeux visages de femmes, des chariots et des panières passent dans mon champ de vision. Lidia vient par moments emporter ou déposer une brassée de paquets de linge et jette des regards incertains sur ses compagnes, sur la rue, sur moi.

« Rentrez chez vous, si vous vous sentez mal.

– Non. Je suis mieux dehors. »

Quand elle finit de ranger son dernier chargement dans les panières, le soleil décline déjà. Je me lève, abaisse le bord de mon chapeau et saisis les poignées du chariot. Lidia m'aide à le faire pivoter, le tranchant de sa main s'attarde un instant contre le mien. Un long trajet nous attend, toute une soirée, du temps pour des miracles, qui sait. Une bouffée de frais vent marin s'invite du côté de l'atelier. Mon cœur bat jusqu'au bout de mes doigts. Je me sens presque bien.

Nous nous dirigeons vers des quartiers de la ville aux immeubles crépis, aux trottoirs balayés et aux fenêtres donnant sur la mer. Les rues montent et descendent, épousant les reliefs de la côte rocheuse cachés sous les pavés. Lidia distribue leur linge propre aux habitants des maisons et lance des bonjours aux jeunes gens et jeunes filles qui passent en courant. Ils décochent des coups d'œil curieux au nouveau garçon de courses que je suis.

« Si quelqu'un vous pose la question, dites que vous êtes un ami d'enfance venu de la campagne, glisse Lidia entre ses dents en souriant à une blanchisseuse chargée d'une panière, de l'autre côté de la rue. C'est d'ailleurs presque vrai. »

Dans les montées, elle saisit l'avant du chariot et tire pour m'aider. Sur le rebord d'un toit, un huîtrier pie pousse un cri, et nous nous arrêtons, le temps que je lui présente cet échassier aux pattes rouges qui se nourrit sur les grèves dénudées. De l'autre côté de la rue, un enfant que sa nurse tient par la main fixe l'oiseau, bouche bée, et piaule à son tour. Lidia rit, portée par le soir d'été et l'accélération du cours de l'histoire, mais je n'en ressens pas moins son rire dans toutes les fibres de mon corps. L'été a délavé ses cheveux couleur d'aiguilles de pin séchées et hâlé sa peau, qui a presque pris la même teinte. Le sommet de sa tête m'arrive au menton. Ce n'est qu'à cet instant qu'il m'apparaît que les deux sont faits pour s'emboîter. Menton contre crâne, tempe contre cou, comme deux pièces de puzzle. Mais elles ne s'assembleront pas aujourd'hui.

Lidia repart, sourit encore par-dessus son épaule à l'huîtrier, comme à moi au passage, repousse son fichu en arrière et essuie la sueur de son front dans un pan de son tablier. Le bas de sa robe mouillée par l'eau de mer lui bat les jambes, ses sabots claquent sur les pavés. L'oiseau s'envole hors de portée d'oreille et elle me demande l'heure, elle doit aller ce soir à un cercle d'étude. Je sors ma montre de la poche de ma chemise. Plus qu'une heure. Mieux vaut s'en tenir aux illusions, plutôt que de poser des questions compliquées. Je laisse Lidia parler de l'ouvrage révolutionnaire auquel la réunion sera consacrée et imagine de quoi nous avons l'air aux yeux des passants. Personne ne voit rien d'autre que deux travailleurs s'apprêtant à rentrer chez eux, les poignées du chariot masquent les ampoules trahissant mon inexpérience. Nul ne remarque que Lidia est déjà ailleurs. Ma migraine, sous mon front, rassemble ses forces.

Dans sa loge, Andersson se dresse à demi, mais me reconnaît à ma voix. Il hoche la tête et se rassied pour poursuivre son jeu de patience. La surface rêche du tapis de l'escalier me chatouille la plante des pieds. Personne ne l'a sans doute jamais foulé déchaussé. Je m'arrête devant la porte de l'appartement, laisse le sol de pierre du palier me refroidir la peau et ne me déplace que quand il se réchauffe, pour recommencer un peu plus loin, jusqu'à ce que des pas pressés retentissent, montant du rez-de-chaussée. Je me hâte de toquer à la porte.

« Ah ! te voilà, soupire Hanna après avoir ouvert. Iida a téléphoné d'Aspholm et m'a dit que tu avais disparu.

– J'avais à faire à l'université. »

Je la bouscule presque pour échapper aux pas du voisin qui approchent, un demi-étage plus bas, et entrer dans l'appartement. Il y fait chaud, comme toujours en été. Les fenêtres du salon, de la chambre de père et du cabinet de travail donnent au sud. Une odeur inconnue flotte. Combien de temps ai-je été absent ?

« Ton père te cherche. Iida a demandé que tu le rappelles tout de suite si tu passais par ici.

– Père est à Aspholm ?

– Oui. Il est arrivé hier et y est parti dès ce matin. »

Je vais dans ma chambre, m'accoude à l'appui de fenêtre et bois l'eau de la carafe que Hanna a laissée à s'oxygéner pour arroser les fleurs. De la rue monte le roulement lointain de pneus d'auto, des mouettes crient, les bruits se ruent à l'intérieur par les fenêtres ouvertes. La vie se réduit au tic-tac infini de la pendule, sur le mur, et aux pas de Hanna dans le couloir. Je m'assieds sur le coin du bureau. La chaleur vibre entre les hautes façades de l'étroite rue des Tilleuls. Mes mains ont laissé une trace claire dans la poussière noire qui recouvre l'appui de fenêtre. Je me frotte les paumes sur les genoux de mon pantalon comme on le ferait d'un torchon sale sur une planche à laver.

«Il serait temps qu'il pleuve, dit Hanna à la porte. L'air est saturé de crasse. Je passe mon temps à épousseter. Mais on ne peut pas non plus garder les fenêtres fermées.»

Je fais rouler sur le sous-main un crayon oublié là. Hanna reste sur le seuil à essuyer une tasse à café. Elle se tient souvent ainsi, depuis des années, depuis l'époque d'Aspholm, prête à prendre sur ses épaules tout ce que j'ai à raconter ou à taire.

«Sahlman a apporté un mot pour toi il y a quelques semaines, ajoute-t-elle. Il m'a demandé de le laisser sur ton bureau, ce n'est pas urgent, paraît-il.»

Je pose le crayon à côté de la petite enveloppe.

«Je vais bientôt appeler père», promets-je, et Hanna se retire. Je souffle les particules de suie déposées sur la missive de Sahlman et la cale contre le porte-crayon. Je passe me laver le visage puis vais dans le cabinet de travail et ferme la porte.

Père répond au téléphone avec son entrain habituel, et non seulement je l'entends, mais le vois aussitôt. Il est assis là-bas à son bureau en chêne, avec devant lui quelques piles de documents, sa main droite jouant avec son stylo, la gauche tenant le combiné. Le distrait gazouillis estival d'un pinson, dans le jardin, accompagne le rythme régulier de sa respiration.

«Où es-tu?» demande-t-il.

Un léger crissement s'insinue le long de la ligne téléphonique, il écrit en même temps quelque chose.

«J'ai vu la lettre du doyen sur la table de la véranda, poursuit-il.

– Je suis allé faire un tour en ville.

– La barque avait disparu. On s'inquiétait.»

Se pourrait-il qu'il s'inclue dans ce *on*?

«J'étais hors de moi.»

J'ai grogné ma réponse, mais il y a peut-être percé une once de larmes retenues.

«Erik.»

Père a cessé d'écrire. Je me lève et vais à la fenêtre. Au fond de la cour survivent un bouleau et une bande de gazon, derniers vestiges du jardin de la cabane d'Andersson. Un enfant coiffé d'un bonnet se balance d'avant en arrière dans son landau dans l'espoir de le faire bouger. Une femme en tailleur et chapeau, assise à côté sur un banc, parle à une fillette aux cheveux nattés qui joue au ballon. L'enfant se fige pour suivre du regard les rubans rouges à demi défaits qui volettent au bout de ses tresses.

«Qu'est-ce que je vais faire? parviens-je à soupirer.

– Tout va s'arranger. Ce n'est pas définitif. Une fois cette difficile période passée, tu retrouveras ton travail.»

Les enfants, leur nurse et la cour s'effacent tandis que j'assiste à ce miracle: père, à dix kilomètres d'ici, fait tout son possible pour me consoler.

«La lettre te suggérait de terminer tes études. Tu pourrais rassembler de la documentation pour tes recherches.

– Je ne sais pas. Je ne peux tirer de la forêt d'Aspholm aucune série d'observations complète. Mes anciennes notes sont insuffisantes. J'aurais dû continuer chaque été jusqu'à maintenant.

– Est-ce que tu aimerais étudier autre chose? Ailleurs? Ou juste voyager? Je t'aiderai financièrement, si tu t'occupes pour moi de certaines affaires.

– Quelles affaires?

– Quelques négociations commerciales.»

Avant que j'aie le temps de rien dire, père se lance dans l'énumération des lieux où il faudrait se rendre. Il jette joyeusement, comme des miettes aux oiseaux, des noms de bourgs et de villages dont je n'ai jamais entendu parler, ou à peine. Dans de profondes forêts, des fermes plus isolées les unes que les autres. Des routes sinueuses, des inconnus.

«Je pourrais peut-être effectivement voyager un peu.

– Bien! Combien de temps te faut-il pour terminer ton étude d'Aspholm?

– Deux ou trois semaines.

– Parfait. Nous partirons ensemble à la mi-août. Je réglerai d'ici là quelques affaires en ville.

– J'ignore tout de la négociation de contrats.

– Nous irons voir les premiers vendeurs ensemble. Tu continueras ensuite seul. Une fois ta tournée terminée, tu pourras réfléchir à ce que tu veux faire. Quoi que tu décides, je subviendrai à tes besoins jusqu'à la fin de l'année.»

Je pose le front contre le montant de la fenêtre. Père parle d'une fabrique de pâte à papier au sulfate que son associé envisage de fonder. Il me déverse dans les oreilles plus de phrases qu'au cours de toutes ces dernières années – et il n'est curieusement pas le seul, aujourd'hui, à avoir décidé de m'entretenir de ses passions. Des talons frappent le parquet, il s'est levé pour marcher de long en large dans son cabinet de travail. Je glisse ici ou là un mot de circonstance, mais je n'ai pas la patience de le suivre dans les odeurs d'acier et de soufre des usines. Je suis déjà en route vers l'intérieur des terres.

Le pan de ciel de la fenêtre s'ouvre sur le cosmos, des aurores boréales dansent au-dessus de la capitale écrasée de chaleur. Les mouettes se muent en harfangs des neiges et la façade de l'immeuble d'en face en une paroi rocheuse d'où un gerfaut, perché sur une corniche, scrute le monde d'un œil farouche. Le triste bouleau de la cour se pare d'un robuste tronc tortueux toisonné de lichen. Quand le moineau qui patrouille à son pied sautille, les ombres dessinent une tache de couleur à la base de son cou et, dans son envol vers la cime de l'arbre, le transforment en gorge-bleue. Le gel tapi dans les profondeurs du vent d'été me transperce les tempes, fait périr de froid ma migraine et s'attaque au lancinant passé. J'écoute père sans que le fiacre noir au bas du perron d'Aspholm et la pierre tombale à côté de l'église obstruent la ligne du téléphone. Il parle d'une voix normale et familière. Et dit que tout va s'arranger.

14

Chère ou *très chère*? Ou pourquoi pas *chérie*, mais jamais je n'oserais l'écrire, et quand bien même, la destinataire en serait gênée, ou prise de panique. Je commence par la date, dans le coin supérieur de la feuille. À la ligne suivante, ma plume indécise hésite et se contente finalement d'un simple prénom, suivi d'une virgule. Courbée de peur et d'espoir, elle attendra de savoir si elle se transforme un jour en autre chose.

Le 1er août 1917

Lidia,

Je suis assis à la grande table de la salle. La porte du jardin est ouverte, la mer gronde.

Mon ami Sahlman est parti il y a quelques semaines en Allemagne. Au retour de notre journée de lessive commune, j'ai trouvé sur mon bureau le message cryptique qu'il m'a laissé, m'encourageant à le rejoindre pour pêcher dans de grands fleuves.

J'ai brûlé la lettre de Sahlman dans le poêle de faïence d'Aspholm. Même l'odeur de fumée échappée dans la pièce semblait compromettante et j'ai attendu toute la soirée la venue des gendarmes. Sahlman est sûrement maintenant en sécurité, au moins en Suède, ou à Dieu sait quelle étape de son périple clandestin, prêt à exposer son front pur aux éclats d'obus. Je me penche pour écrire.

Ne m'en veuillez pas, mais il me fait penser à vous. Vous suivez chacun votre étoile, bien qu'elles soient différentes. Pour ma part, je me tiens à l'écart, je ne me passionne pas comme vous pour les questions sociales, bien que je croie vous comprendre. Je voudrais juste pouvoir tranquillement noter des noms d'oiseaux dans un carnet.

Je relis le paragraphe, à la recherche de son auteur, un jeune homme oisif, sans soucis, qui a tout obtenu à la sueur du front d'autrui. Je ne déchire pourtant pas ma lettre. Dans la vie, rares sont les moments où la franchise est malvenue, et celui-ci n'en est pas un. Ma plume fouette l'air et mord à nouveau le papier.

J'imagine que vous avez été très occupée. À Saint-Pétersbourg, la révolution a échoué. Ils ont, paraît-il, l'intention de dissoudre ici aussi le

Parlement – vous remarquerez que je lis les journaux. Vous avez réussi à m'en convaincre, même si mes raisons ne sont pas les bonnes. En les lisant, je pense à vous et à vos amis, dans les rues et à la Maison du peuple, en train de discuter et de faire des projets, et je me sens vieux. Je ne suis pourtant pas trop âgé pour rêver d'être aussi courageux que Sahlman et vous. J'ai décidé de relever moi aussi un défi. Je le dois à moi-même, et à vous, aux guerres, aux révolutions et aux faucons tués. Je pars dans le Nord.

Il ne reste de la place, à la dernière ligne, que pour ma signature. Je termine par un point, en faisant attention à ce que l'encre ne s'étale pas en un inélégant pâté. Puis je souffle dessus. L'encre sèche et s'incruste dans les pores du papier, les mots se cristallisent. Ma décision est scellée. J'inscris l'adresse de Lidia sur l'enveloppe, plie la feuille et lisse si bien les pliures avec l'ongle que l'on pourrait s'entailler la peau avec. Puis je la déplie, trace une flèche dans son coin inférieur et la retourne.

Quand je suis arrivé à Aspholm au début de l'été, je me suis installé dans mon ancienne chambre. Je n'ai pas pensé à me méfier des fantômes du passé, qui se moquent de l'heure qu'il est. Des souvenirs en lambeaux se mêlent au présent et vous suivent partout. Dans l'île de la buanderie, j'ai cherché à me rappeler quelque chose, qui ne m'est finalement revenu qu'ici. C'est en fait pour cela que je vous écris.

Aussi longtemps que ma mère en a eu la force, elle m'a raconté des histoires. Surtout le soir, et c'est peut-être pourquoi j'ai du mal à m'en souvenir, car elles se mélangeaient à mes rêves. Si j'ai bien compris, les enfants s'attachent souvent à certaines histoires et les réclament encore et encore. Il y en a une que mère a dû me raconter au moins dix fois. En voici les grands traits, tels que je me les rappelle.

Il y a plusieurs centaines d'années vivait en Amérique un jeune Indien nommé Arehkan. Pour son malheur, il était né à l'époque où les navires à voiles labouraient les mers entre le Vieux Monde et le Nouveau. L'océan, que n'avaient jusque-là traversé que quelques oiseaux migrateurs, jetait sur la côte des étrangers au visage pâle, d'abord par dizaines, puis par centaines. Ceux-ci construisirent des habitations et, autour d'elles, des enceintes de rondins. Puis ils entreprirent de chercher de l'or et des âmes à convertir, car le roi exigeait les deux.

Un jour, alors qu'Arehkan pêchait dans le delta du fleuve, il fut fait prisonnier par les visages pâles, qui l'emmenèrent dans leur village et l'enfermèrent entre quatre murs. Ces derniers étaient en bois, de même qu'à bord du navire sur lequel on l'embarqua, mais de l'autre côté de l'océan ce furent des murs de pierre, plus hauts qu'aucun arbre, qui se dressèrent autour de lui. Arehkan fut instruit dans la religion catholique et reçut le nom de Johannes. Il adopta vite la langue et les coutumes des visages pâles.

Arehkan était un élève docile et appliqué. Vingt ans plus tard, il fut renvoyé dans son pays natal pour parler aux Indiens du roi et du seul vrai Dieu. Le navire jeta l'ancre dans le port du village en bois, qui était devenu un vrai bourg. On lui donna une chambre dans la maison du prêtre. Il y alla, ôta sa fraise, son pourpoint de soie et son haut-de-chausse et sortit. « Qu'y a-t-il, Johannes ? » lui demanda le prêtre. Arehkan ne répondit pas. Il franchit le portail de l'enceinte, traversa un champ de maïs et s'enfonça dans la forêt.

Les visages pâles ne le revirent plus jamais.

Peu de temps après le départ d'Arehkan, le malheur s'abattit sur le village. Les années de disette se succédèrent. Les habitants, affamés et affaiblis, tombèrent malades. Pour finir, les visages pâles furent contraints de retourner dans le Vieux Monde. L'enceinte de bois eut le temps de pourrir avant que quiconque ose à nouveau venir y tenter sa chance.

Je suis couché dans mon lit. Mère est assise à mes côtés, les yeux tournés vers la fenêtre. J'attends, mais elle ne continue pas. Je regarde la surface noire de la nuit monter du plancher vers le plafond. Je ne vois bientôt plus de mère qu'une robe blanche, un fantôme sans tête dans la pénombre. Une histoire ne peut pas se terminer comme ça, en tout cas pas une histoire du soir. Le bien doit vaincre le mal. Qu'est devenu Arehkan? Que s'est-il passé quand les visages pâles sont revenus dans le village abandonné ?

Tu le découvriras toi-même le moment venu, murmure mère.

Je la laisse tomber dans les tiroirs de ma mémoire. Les rideaux de la salle battent des ailes dans le vent. Je referme la porte du jardin afin qu'ils ne s'envolent pas.

Les pans vermoulus de l'enceinte de bois furent remplacés. Il y eut de rudes hivers. On envoya en cadeau aux Indiens des couvertures récupérées dans des hôpitaux de varioleux, et il n'y eut bientôt plus beaucoup de survivants.

Je prends dans la pile une troisième feuille de papier. Mon stylo, dans ma main, me semble étranger, il ne trouve pas sa place entre mes doigts, bien qu'ils soient habitués à écrire. Était-ce ainsi qu'Arehkan percevait sa plume, mince et froide, dans son monastère ? Si j'avais été là-bas, dans cette sinistre forteresse de pierre aux murs suintant en hiver de gouttes d'eau glacées, me serais-je juste enroulé plus serré dans ma cape ou me serais-je réchauffé au souvenir d'un feu de bois dans une hutte de branchages, de l'autre côté de l'océan?

Le stylo s'ajuste aux creux et aux bosses de mes doigts.

Comprenez-vous? Je ne vous encourage pas à tendre l'autre joue, mais à tourner le dos. Allons-nous-en, tout simplement. Ensemble.

Je souffle sur le texte pour le sécher, plie les feuilles et les glisse dans l'enveloppe. Mère avait raison. Mieux vaut ne pas parler des couvertures infectées par la variole. L'histoire ne se répète que si on la connaît. Celui qui l'ignore ne peut avoir peur, et c'est pourquoi il ne peut échouer. Et même dans le cas contraire, il sera bien temps plus tard de le regretter.

Une valise, une caisse en bois et un havresac. Je soulève la caisse, elle est toujours trop lourde. Je l'ouvre et passe encore une fois mes livres en revue, mais je ne peux plus en éliminer un seul. J'en ai trop, j'ai trop de tout. Mes bagages, rassemblés dans le vestibule, bouchent le passage et clament à l'unisson des sifflets de locomotive et des sirènes de bateau à vapeur la joie et l'angoisse du départ.

«Hanna!»

Elle surgit sur le seuil de la chambre d'amis avec sur le bras des serviettes lavées de frais, amidonnées. À qui donne-t-elle notre linge à laver? Pas à Lidia, quand même?

«Je ne vais pas emporter mes livres tout de suite. Je n'arriverai pas à coltiner la caisse jusqu'à la gare.

– Faut-il que je te l'envoie quelque part plus tard?

– Si ça ne t'ennuie pas. Je ne sais pas encore où ni quand, mais je te téléphonerai.

– Très bien.»

Je vais dans la cuisine et me mets en quête de provisions. Il y a de nouveau de l'agitation en ville. Dans les rues, les gens discutent à voix haute, des ouvrières d'usine ou des manœuvres de chantier en tenue de travail passent par moments en courant devant l'immeuble. Ils convergent tous vers le centre et battent le pavé en un flot continu pour réclamer la baisse des prix alimentaires.

Hanna pose une panière à linge à côté de la table et entreprend de plier son contenu, qu'elle empile ensuite sur le banc. Elle a le visage serein, mais l'angle des épaules plus abrupt que d'habitude. Elle entend elle aussi le désinvolte chant de départ de mes bagages.

Je taille quelques épaisses tranches de pain, les beurre et coupe du fromage, mais m'arrête soudain.

«J'en ai trop pris?

– Tu plaisantes! Prends-en autant que tu voudras. Je me débrouillerai toujours.

– Et si on réduit les rations?

– Ils ne vont pas couper cette miche en deux. Sers-toi largement, ici, dans cette étuve, elle moisira en vingt-quatre heures.»

J'emballe mes sandwiches dans du papier brun et noue une ficelle autour. Dans l'immédiat, je ne trouve rien d'autre à faire. Je m'assieds sur le banc, regarde les piles de linge grandir et pose le menton sur mes poings. Hanna sourit et fronce les sourcils en même temps. Elle attend. Peu importe. Je serre les mâchoires.

«Tu peux poser ta question, dit Hanna sans me regarder.

– Quelle question?

– Celle qui te travaille quand tu fais cette tête.»

Je hausse les épaules et rassemble dans ma paume les miettes traînant sur la table.

«Tu te rappelles la dernière fois? demande Hanna. Ça fait plus de quinze ans. Ta mère lisait dans la salle, tu aurais déjà dû être au lit. Tu as lentement tourné autour d'elle, d'abord de loin, puis de plus en plus près, et enfin presque collé à son fauteuil.»

Je presse mes pouces sur mes tempes. L'espoir pitoyable d'une migraine s'insinue en moi: si elle commence, je pourrai, je devrai, retarder mon départ.

«Finalement, ta mère a refermé son livre. Elle t'a regardé, a souri et dit... tu te rappelles ce qu'elle a dit?»

Les flammes dansaient dans la cheminée et dans les yeux de mère. Elle ne buvait pas encore, à l'époque.

«"Tu voudrais que je te raconte une histoire", c'est ça?»

Hanna a un petit rire, j'essaie de l'imiter mais mon diaphragme n'a pas la force de se contracter.

«Oui. Qu'as-tu à me dire?»

J'ai assez hésité. Je vais chercher mon havresac dans le vestibule et en sors une chemise cartonnée fermée par des lacets. Je la garde toujours à portée de main pour y ranger d'éventuels spécimens de plantes. Elle contient pour l'instant de quoi prendre des notes, une enveloppe et une coupure de presse. Je pose la coupure sur la table de la cuisine. Hanna se penche. La photo est grainée, les visages sont flous. Je montre une silhouette en robe claire sur la droite.

«Elle s'appelle Lidia. Est-ce que tu la reconnaîtrais si tu la voyais ?»

Hanna plisse les yeux.

«Oui, je pense.

– Regarde ses mains.»

Sur ses doigts serrés autour d'un petit paquet, on distingue quelques nodules.

«Elle a les mains déformées ?

– Un peu. Regarde encore, pour bien te la rappeler. Je ne peux pas te laisser la photo.»

Hanna fixe l'image. Je prends une grande inspiration.

«Si elle vient ici demander de l'aide, tu lui en apporteras, n'est-ce pas ?»

Hanna se redresse et me jette un coup d'œil.

«Quoi qu'elle demande, poursuis-je. Et si elle vient, essaie de me joindre. Je ne sais pas où je vais passer l'hiver, il n'y aura peut-être pas le téléphone. Mais je t'enverrai au moins mon adresse si je m'installe quelque part. Et même si tu ne sais pas où je suis, tu l'aideras ?

– Pourquoi aurait-elle besoin d'aide ?

– Pour rien, peut-être, et même si elle en a besoin, elle ne viendra pas forcément. Mais tu me le promets ?»

Hanna pose la main sur le bord de la panière à linge.

«Elle ne viendra pas avec un enfant ?»

J'évacue d'un soupir ma gêne et les images qui me traversent l'esprit.

«Non.»

En tout cas pas avec le mien.

Hanna me prend la main. Ses vigoureux doigts osseux me sont familiers, bien que je ne les aie pas sentis depuis longtemps, depuis l'adolescence, en fait, quand je partais à l'aventure avec Sahlman et qu'avant de filer de bon matin, je passais en secret quémander une caresse sur la tête. J'enferme sa main dans mes paumes.

«Je te le promets», dit Hanna.

Je traverse le hall de gare pour aller faire la queue au guichet. Assises sur des bancs, des dames en chapeau et jupe longue lisent ou bavardent, tendant parfois la main pour effleurer la poignée d'une valise et s'assurer que leurs biens sont en sûreté. De petits groupes d'hommes discutent, des enfants courent en tous sens dans l'espace libre, au prétexte de l'excitation du voyage. Leurs cris me percent les oreilles telles des aiguilles acérées. J'achète mon billet et me hâte de ressortir.

Sur la place s'épanouit la nouvelle gare, majestueux palais de granit encore cerné d'échafaudages. Elle est assez grande pour absorber tous les gens qui se pressent aussi bien dans la salle d'attente actuelle qu'à l'extérieur. Mais sera-t-elle réellement assez vaste ? Il y a beaucoup de monde et il ne cesse d'en arriver davantage. Les femmes ont ôté leur fichu, les hommes parlent et gesticulent. Des soldats russes passent ici ou là, affichant sur leur visage hâlé une arrogance tranquille, le couvre-chef légèrement rejeté en arrière. De longues hampes en bois supportant des drapeaux émergent de la cohue. Lorsque de brèves bourrasques font flotter au vent les lourds tissus, on y voit, brodés de fils multicolores, des emblèmes d'organisations ouvrières.

La foule se dilate et se contracte, se ramifie et s'agrège. On dirait une étrange amibe échangeant des particules avec le monde extérieur. Je contourne ses prolongements les plus excentrés, de jeunes gens et jeunes filles arrivés seuls, qui hésitent aux abords du groupe. Et soudain l'amibe m'absorbe. Je trébuche avec ma valise et mon havresac au milieu de la masse, jusqu'à ce que la créature m'expulse tel un corps étranger.

Sur le mur de la gare, il y a une boîte aux lettres. Je tire de mon havresac l'enveloppe que je n'ai pas voulu poster à Aspholm. Je l'ai tournée et retournée dans mes mains, le soir, et ai failli la déchirer, avant de la ranger dans le tiroir de mon bureau, puis dans ma chemise cartonnée. Je sors la lettre de l'enveloppe et, au crayon noir, gribouille dans la marge une dernière phrase, la promesse faite par Hanna. Puis je lisse l'enveloppe sur mon genou et referme mon sac. Il me reste un quart d'heure avant le départ du train, je peux encore attendre pour me décider.

« Erik. »

Lidia s'écarte de l'amibe et s'approche d'un pas rapide, flottant au-dessus du sol. Mon champ de vision rétrécit, je ne vois qu'elle. Pendant un instant, je suis ailleurs, loin des grands discours, de la foule, de la révolution et de mes projets de départ.

Elle s'arrête, un peu essoufflée, sa natte gauche derrière l'épaule, la droite sur la poitrine, des mèches folles échappées de son fichu rouge sur les tempes. Je lui serre rapidement la main, petite, dure et chaude. Les commissures de ses lèvres frémissent et ses yeux brillent, mais je n'en suis pas la raison.

« On a séquestré le conseil municipal, dit-elle d'une voix tendue telle la corde d'un arc, entre joie et peur.

– Comment ça ?

– Des manifestants exaspérés ont enfermé le conseil dans sa salle de réunion de la Bourse. Les événements se précipitent. Le président de la Commission des denrées alimentaires a annoncé sa démission. Tous ensemble, nous pouvons les faire céder. L'eau creuse la pierre ! »

Un gros rocher se dresse sur une colline dans la forêt, vêtu d'une cape de mousses, livré aux flocons de neige, aux gelées et aux gouttes de pluie qui, atome par atome, dissolvent ses minéraux. Il s'érode, seul, dans une tranquillité inouïe, infiniment loin de la pierre dont l'effritement réjouit Lidia. Elle ne pense même plus à regarder autour d'elle, alors que la place grouille de ces camarades par qui elle préférerait ne pas être vue en ma compagnie.

« Espérons », réagis-je mollement.

Lidia recule d'un pas et me regarde.

« Vous partez. »

La phrase est si courte et rapide que je ne saisis pas son intonation. La sueur ruisselle sous ma chemise. Je jette un coup d'œil à ma montre, six minutes, dis-je même tout haut. Lidia prend peur, s'apprête à ouvrir la bouche pour déclarer qu'elle ne veut pas me retarder, à me serrer la main et à partir sans se retourner. Je la devance. Je range ma montre dans ma poche.

« Vous êtes seule ?

– Je suis venue avec les garçons. Ils ont disparu je ne sais où. »

J'évite des jeunes filles qui se hâtent le long des flancs de l'amibe et s'arrêtent pour échanger quelques mots avec Lidia. Je reste derrière elle et regarde ailleurs, et elles ne me prêtent aucune attention. Elle a donc apparemment aussi quelques amies. J'en suis soulagé, ridiculement, encore une fois.

Leur bavardage terminé, le silence s'installe. Je dois le briser, car Lidia s'oublie à sourire en regardant le groupe s'éloigner.

« Vous avez écrit des articles ?

– Oui. »

Elle se tourne vers moi, une ride que je connais se dessine entre ses sourcils.

« C'est vous qui m'avez fait porter une machine à écrire ? »

Je me tais. Le geste n'a donc pas non plus été accueilli comme je l'espérais. Lidia attend un moment, laisse son regard errer autour d'elle puis par terre et revenir vers moi, et se penche un peu en avant.

« Merci.

– Ce n'était pas grand-chose, dis-je avec un soupir. Où écrivez-vous ?

– Dans notre journal. Je publie des articles dans chaque numéro. J'utilise un pseudonyme, pour ne pas perdre mon travail. Même si on ne lit sans doute pas *Révolution* dans les maisons où je fais la lessive.

– Quel est votre pseudonyme ?

– Le Pic noir.

– Lui aussi porte un fichu rouge.

– Et donne des coups de bec à tout va, rit Lidia. Peu de gens comprennent sans doute l'allusion, sauf ceux qui viennent de la campagne. Mais Seth…

– C'est un bon pseudonyme. »

Je jette un coup d'œil à l'horloge au coin de la gare. Trois minutes. Je sors l'enveloppe de ma poche.

« J'allais poster cette lettre. Je l'ai écrite il y a déjà quelques semaines mais je ne l'avais pas envoyée. »

Elle la prend, examine son nom et son adresse et se mordille la lèvre inférieure comme si on lui avait confié des documents contournant la censure. Ce qui est le cas.

« Je la lirai chez moi. »

Je hoche la tête et ramasse mon havresac.

« Je dois y aller.

– C'est une bonne chose que nous nous soyons rendus dans la forêt, dit Lidia. J'avais oublié l'arbre mort et le pic.

– Vous y avez trouvé l'idée de votre pseudonyme.

– Pas seulement. »

Ma tête bourdonne. Mais elle ne poursuit pas.

« Je dois y aller », dis-je à nouveau.

Je réussis à hisser mon sac sur mon dos et saisis la poignée de ma valise. Lidia reste à mes côtés, se dirige avec moi vers le train et prononce des mots que je ne comprends pas, jusqu'à ce que je la regarde et m'aperçoive qu'elle reste en réalité silencieuse. Elle me rend juste mon regard et presse le pas. Elle respire par la bouche, je marche trop vite, j'essaie de la semer. Elle ne se laisse pas distancer. Je longe le train en toute hâte afin d'aller le plus loin possible vers le nord avant même le départ. Je ne m'arrête qu'à l'avant-dernière porte, pose ma valise sur le marchepied et me retourne. Lidia me heurte presque. Elle serre l'enveloppe dans sa main.

« Ne dites rien », réussis-je à souffler, et je la serre contre moi. Ses bras maigres se glissent entre les bretelles de mon sac pour m'entourer le dos. Par-dessus sa tête, je vois le contrôleur qui, dans une autre réalité, descend du dernier wagon sur le quai, ôte sa casquette, s'essuie le front avec son mouchoir, parcourt le quai du regard, nous remarque et agite impérieusement la main en direction du train.

«N'y restez pas pour toujours, murmure Lidia.

– Ne dites rien ! Rejoignez les autres.»

Le train siffle, le contrôleur grimpe dans le wagon et claque la porte. Je lâche Lidia et souris, car que je sois à la deuxième, à la troisième ou à la dernière place, je ne peux rien faire d'autre.

«Lisez ma lettre.

– Promis.»

Je pousse ma valise devant moi et adresse un dernier signe de main à Lidia. Puis je referme la porte, entre dans un compartiment et m'assieds sur le premier siège libre. Lidia passe lentement devant la fenêtre sans me voir. Le train siffle de nouveau et s'ébranle. Elle ne regarde pas en arrière. Elle tient l'enveloppe dans la main gauche, le poing droit serré.

Je me recule et laisse tomber mon havresac par terre. Je sors la coupure de presse de ma chemise cartonnée et la défroisse. Des manifestants rassemblés en cortège s'avancent sur un large front, portant des paquets de beurre pris dans les entrepôts de denrées alimentaires. La légende indique que la foule a pénétré dans la réserve de beurre de l'État et s'en est approprié les stocks. Le journal, que j'ai dû acheter – père n'est pas abonné à ce genre de publications –, note avec un certain dépit que le gouvernement a officiellement choisi de considérer que le beurre ainsi confisqué puis remis à divers magasins pour être vendu à prix réduit aux ouvriers avait été distribué dans le cadre normal des mesures de rationnement.

À droite de la photographie, Lidia sourit, manches retroussées, coudes repliés, un paquet de beurre entre les mains tel un trésor.

Debout sur la plate-forme du wagon, j'aperçois père, assis à lire le journal sous un érable du square de la gare. Le train glisse son corps de fer entre les quais et s'arrête. Je descends, escorté d'une étouffante bouffée d'air croupi, pose mes bagages à terre et rejette en arrière mes cheveux trempés de sueur. Il fait aussi chaud dehors que dans le train, mais un léger souffle de vent oxygène l'atmosphère. Père s'est levé de son banc et replie son journal.

Nous nous serrons la main. Il s'apprête à prendre ma valise, mais ce serait exagéré, et j'ouvre déjà la bouche pour l'en empêcher quand il se reprend. Son bras fend l'air et redresse son journal, sous son coude.

«Je suis désolé que tu aies finalement dû voyager seul, dit-il.

– Ce n'est rien. Ce sont les manifestants qui vous ont fait peur?

– Que veux-tu, il ne m'a pas semblé utile d'aller traîner en ville. Les émeutiers n'aiment pas trop les bourgeois.

– C'est vrai qu'il y avait quelques excités.»

Le chauffeur ouvre le coffre et y case ma valise. Je grimpe à l'arrière avec mon havresac. Père s'assied à côté de moi. Une odeur douceâtre s'est incrustée dans l'auto, la même que dans le cabinet de travail d'Aspholm. Père fume toujours le cigare lorsqu'il regarde du bois, qu'il s'agisse de bûches brûlant dans la cheminée, de fibres d'une feuille de papier, d'un livre de comptes ou de pins se dressant la tête haute au bord des routes. La fumée de cigare est un vaisseau pour la pensée, a-t-il un jour affirmé. Dans un espace clos, rien ne voyage pourtant très loin. Peut-être est-ce pour lui un atout: laisser les idées voguer et son cerveau les filtrer jusqu'à ce qu'il en émerge une poignée de phrases convaincantes et de contrats.

L'auto traverse en cahotant la petite ville, franchit la voie ferrée et gagne la campagne. L'épais nuage de poussière qu'elle soulève se dépose sur le seigle mûr. Dans cette région habitée depuis des temps immémoriaux d'où les forêts ont fui, ne formant plus à l'horizon qu'une vague masse crêtelée, la route coupe en deux des champs et des villages. Dans ces derniers, elle se confond avec l'étroite grand-rue et l'auto est secouée de coups de frein quand surgissent des adolescents à bicyclette, des jeunes filles marchant bras dessus, bras dessous ou des enfants jouant à chat.

«Ils ne pensent plus à faire attention, se désole père. Au début, les enfants couraient se cacher derrière les clôtures et regardaient l'auto par les interstices des planches. Peu à peu, ils se sont risqués à courir derrière, une escorte nous suivait jusque loin dans les champs. Si nous nous arrêtions dans un magasin de campagne, nous trouvions ensuite des dizaines de traces de doigts sur la carrosserie. Maintenant, ils ne nous remarquent même plus. Mais quand on s'éloigne des villes, on trouve encore des adultes qui ont peur des autos. Pour les villages les plus isolés, mieux vaut embaucher un cocher. Les gens ne prennent pas le temps de vous écouter si vous arrivez dans un véhicule trop inhabituel. Rien que la pâleur des citadins les rend méfiants. Dans certains hameaux, on n'a encore jamais vu en été d'hommes à la peau blanche.»

Père rit, et je me fends d'un sourire. Je suis fatigué. Mes pensées vagabondent, portées par des vaisseaux aussi fragiles que ceux de père, creusant encore et toujours le même sillon, de l'éblouissement du printemps aux poisseuses journées d'août. À l'époque des labours, je marchais avec Lidia vers Leppämäki. Comment ai-je pu régresser au point de me retrouver dans cette auto, en apprentissage auprès de père, alors que les épis mûrs bruissent sur leur tige ?

«Tu pourrais passer pour un ouvrier agricole, me félicite-t-il. C'est l'effet des longues heures passées à ramer.»

Nous trouvons asile pour la nuit chez de fidèles fournisseurs de père. Le fermier et sa femme, aussi hauts et larges l'un que l'autre, nous serrent énergiquement la main au pied du perron de pierre de leur maison et nous invitent à passer sans tarder à table. Il y a plusieurs sortes de pain, dont aucun résidu ne s'accroche dans la gorge, un grand pot de beurre et d'épaisses tranches de jambon, des œufs et du café, aussi fort qu'un jus de viande. La fermière avoue qu'ils ont dissimulé des denrées alimentaires. Il ne resterait presque rien, sinon, car l'État, au-delà de quatre kilos, réquisitionne les réserves de farine. Les lamentations qui suivent me pilonnent les tempes. C'en est trop pour moi, en tout cas maintenant, bien que père ait déjà dans l'auto insisté sur la nécessité de causer : quand on bavarde autour d'un café, tu dois participer à la conversation, quel que soit le sujet. L'essentiel est d'être du même avis. Et père a réellement ce talent, il laisse échapper des claquements de langue désapprobateurs, hoche la tête, s'exclame, rapporte les dernières nouvelles qu'il a lues dans les journaux ou reçues par téléphone.

Quand la discussion se porte inévitablement sur les émeutiers qui sèment le désordre dans les rues, la douleur éclate derrière mon œil droit. J'ai beau fermer aussitôt les paupières, l'éclair me frappe les os du crâne et reste à me vriller la tête. Je fixe un point blanc, une moitié d'œuf dur dans mon assiette, mais les bords de celle-ci disparaissent déjà sous des vagues noires. Le fermier demande si le conseil municipal a été libéré, mais père n'en sait rien, il n'a pas eu de nouvelles fraîches depuis midi.

« Erik, comment était la situation à ton départ ? demande-t-il.

– Confuse, ne puis-je que marmonner. Pardonnez-moi, je dois... »

Je distingue père, comme à travers une longue-vue tenue à l'envers, au bout d'un long couloir plongeant dans l'obscurité. Il plisse le front, puis hausse les sourcils et hoche la tête.

« ... tendance à la migraine », entends-je derrière moi tandis que je chancelle hors de la pièce et traverse le vestibule résonnant du tic-tac d'un coucou suisse en direction de la porte. Elle s'ouvre en hurlant. J'ai tout juste le temps d'inspirer une bouffée d'air frais avant que le soleil couchant ne m'explose aux yeux par les trous de la toiture forestière. La lumière m'inonde le crâne. Je replie les bras pour me protéger le visage et tombe.

Tard dans la soirée, je me retrouve assis dans le jardin avec père. Je m'appuie sur mes genoux et regarde mes mains sans les voir, dans une profonde et apaisante obscurité qui ne descend que du ciel. Même le visage tourné vers le sol, je sens les étoiles clignoter, à des années-lumière dans le passé et à l'instant présent. Elles sont plus nombreuses qu'en ville, innombrables rappels de la futilité des lettres, des adieux et des dos s'éloignant sur un quai de gare. Peut-être un jour me concentrerai-je sur les étoiles et me contenterai-je de leur cynisme, mais pas maintenant. Aujourd'hui, elles m'aveuglent et parlent une langue étrangère.

J'ai les bras et les jambes qui tremblent. Mon estomac s'est retourné plusieurs fois et son vide crie de faim sans pour autant rien accepter. D'ultimes échos algiques résonnent sous mon crâne, mais je suis remonté à la surface de la Terre et je sais qu'il pourra se passer des années avant que le trou noir ne s'ouvre une nouvelle fois. Je n'y tombe que quand plus rien d'autre que la douleur n'est efficace.

«Beau domaine, cette ferme.»

Père fume la pipe en observant le jardin. Je ne lève pas les yeux, le rougeoiement du tabac suffit à les blesser, mais j'entends son cou massif frotter contre son col dur quand il tourne la tête.

«L'étable a été construite avec notre argent», poursuit-il.

Déjà de loin, sur la route cahoteuse, nous avons vu se dresser les hauts murs de pierre du long bâtiment. On ne le distingue pas à travers l'obscurité du jardin, mais il est là, aussi solide que toutes les autres réalisations de père. C'est un palais comparé à l'abri à bétail à demi affaissé de Leppämäki. Pierre contre bois. Le résultat est clair. Pierre, ciseaux, sac. La pierre gagne contre les ciseaux, tombe dans le sac mais finirait par le percer si on poursuivait le jeu assez longtemps. Le plus fort est en fin de compte celui qui pèse le plus lourd, car l'univers est régi par la loi de la gravitation. Tout ce qui est léger est transitoire et se projette en rêve dans le néant.

«Le fermier s'est même acheté une auto avec le produit de ses ventes de bois, la première du canton.»

Père transforme les grands pins élancés en monnaie sonnante et trébuchante, en pierre et en fer. La forêt, enfuie presque hors de portée de vue, revient. Elle trouve le chemin des airials et des salles de ferme sous forme de machines et de matériaux de construction.

«Allons-nous coucher, dit père. Une longue route nous attend demain.»

Les mots ricochent, lourds comme la pierre, sur les énormes blocs de granit de l'étable.

Les jours qui suivent sont nuageux. La lumière cesse de sautiller à l'horizon et je me porte aussi bien que possible. J'arrive même à lire en voiture. Nous achetons des journaux dans les magasins des plus gros bourgs, nous imprégnons de nouvelles du Sud et discutons. Nous nous déplaçons de ferme en ferme pour conclure des affaires, mais j'ai du mal à me concentrer sur la conversation et, lorsque nous roulons, sur le paysage. Des arbres. Des lacs. Des champs. Je les regarde sans comprendre ce que je vois, car je m'épuise à m'interroger et à cacher mes interrogations à père. À la Bourse, les manifestants ont eu le temps de malmener quelques membres du conseil municipal avant que la milice ne disperse la foule encerclant le bâtiment.

Où Lidia est-elle allée en sortant de la gare? La question me taraude. Je suis conscient que je ne devrais pas poursuivre ce voyage alors que mon esprit est resté sur le quai. Quand nous arrivons, trois jours plus tard, à un canal bordé de villas blanches où nous avons rendez-vous dans un café avec Osmundsen, qui, pour changer, concurrence père en écumant les rives du Päijänne, j'entends à peine ce qu'ils se disent. Je serre la main de l'ingénieur forestier et lui demande de ses nouvelles, mais mon regard se perd sur les berges empierrées du canal, les arbres d'un parc et l'immense lac qui scintille au loin.

«Erik pourchasse toujours les oiseaux? demande avec bienveillance Osmundsen.

– Plus que jamais, hélas», répond père.

L'ingénieur forestier, sciemment ou non, m'offre une échappatoire. Je souris distraitement, excusez-moi, je suis comme ça, et les abandonne. Je m'approche du canal, observe avec un intérêt feint un colvert s'ébattant dans ses eaux, évite des estivants chargés d'ombrelles et cherche un coin tranquille, quel qu'il soit, à l'abri des regards. Je m'éloigne un peu et trouve enfin au fond du parc un épais bosquet ombreux. Un cours d'eau passe sous ses frondaisons. Il me faut un moment pour comprendre que j'ai devant moi l'ancien exutoire par lequel les flots du Päijänne se déversaient sur leur chemin vers la mer. Avec le creusement du canal, les tourbillons on fait place à un miroir reflétant des aulnes noirs au-dessus duquel vrombissent des libellules. Je tombe assis sur une pierre. Une tardive fauvette des jardins zinzinule dans les buissons, du lac parviennent des cris de mouettes.

Je dois trouver un bureau de télégraphe. C'est un lien avec la capitale que je ne parviens pas à rompre, sans pour autant avoir la moindre intention de télégraphier. Un ami a le droit de s'inquiéter, mais pas quelques jours seulement après des adieux dimensionnés pour tout l'hiver. Pourtant, les journaux que je lis justifient mes craintes et me donnent tous les prétextes possibles. Et Lidia a lu ma lettre. Qui sait ce qui a pu se passer.

Non. Je n'ai en réalité rien à lui dire. Elle n'a que faire de ma sollicitude, d'une adresse où aller si personne d'autre ne veut d'elle, car cela n'arrivera pas. Je pose la nuque contre le tronc d'un aulne. Sur l'ancien lit de l'émissaire du Päijänne, le soleil scintille, s'allume, s'éteint. Point.

Père est toujours assis à la terrasse du café du canal. Il regarde les enfants qui jouent à la marelle dans les allées du parc. C'est dimanche, rien ne presse, le jour serait mal choisi pour aller faire des offres d'achat dans des fermes.

« Osmundsen n'est plus là ?

– Non. Il s'apprête à retourner à Helsinki. La situation est trop incertaine pour espérer signer des contrats. »

Et si nous aussi... J'étouffe cette pensée naissante par un nouveau point final et m'assieds aux côtés de père.

« Il n'y a pas encore de quoi s'effrayer, assure-t-il néanmoins. Quand les choses se calmeront un peu en Russie, la demande de bois augmentera de nouveau. Malgré la révolution, la guerre continue. Tu prends quelque chose ? »

Je secoue la tête. Nous partons nous promener le long du canal, en direction du Päijänne. Des bateaux à voile voguent sur ses vastes flots. Il est facile, ici, de n'évoquer la guerre qu'au détour d'une phrase.

« Il paraît qu'il y aurait dans ce lac des fosses profondes de centaines de mètres, note père.

– Je sais.

– Tu as des soucis ?

– Rien de grave.

– Une femme ? »

Je n'aurais jamais rien dû laisser transparaître devant lui, même aux pires moments. Pour avoir entendu une fois quelques phrases mêlées de larmes, père s'imagine que la stèle à côté de l'église est oubliée, ou du moins consensuellement couverte de fleurs. Je hais ce voyage, je nous hais, lui, moi, Lidia et tout ce qui a bouleversé une vie qui s'écoulait sans souci, à tire-d'aile.

« Je disais ça comme ça, s'excuse-t-il presque. Il n'y a guère que cela qui puisse mettre un homme dans tous ses états.

– Comme vous en savez quelque chose. »

Père lève ses lunettes vers les nuages et les nettoie avec son mouchoir.

« Nous allons peut-être faire un détour de quelques kilomètres, aujourd'hui, dit-il. Nous avons tout notre temps. »

Nous roulons depuis environ une demi-heure en direction du nord-ouest. Les habitations se sont vite raréfiées. La route longe des collines et des cultures derrière lesquelles étincelle par moments le bleu du Päijänne.

« Prenez la prochaine à droite », indique père.

L'auto s'engage prudemment dans une allée en plein champ bordée de bouleaux miteux aux troncs bosselés de grands chancres noirs de polypore oblique. Le sol est si abondamment jonché de branches mortes que le chauffeur doit aller jeter les plus grosses dans le fossé. Arrivés au bout du chemin, nous nous arrêtons devant les vestiges d'un portail et mettons pied à terre. Sur les talons de père, je passe entre les piliers de granit et m'enfonce dans les hautes herbes d'une ancienne pelouse. Parmi elles se dressent des pierres carrées identifiables à leur disposition comme les restes d'un soubassement. Père se hâte sur le sentier descendant vers le lac, piétinant le chèvrefeuille et les jeunes trembles qui l'ont envahi. Je le suis d'un pas lent. Un groseillier rabougri pointe au milieu des épilobes, des orties et d'une jungle de framboisiers. Un lis martagon se balance dans la brise au coin d'un petit bâtiment, peut-être un sauna. La peinture jaune des murs n'est pas encore complètement écaillée.

Les glaces ont emporté les planches du ponton et l'un des madriers qui les supportaient a été tiré sur la rive. À côté traînent des bouteilles vides et des restes de feu de camp. Père donne un coup de pied dans le charbon de bois.

« C'est devenu un rendez-vous d'ivrognes. »

Je porte mes jumelles à mes yeux et scrute la surface de l'eau. Père s'assied sur le madrier, attendant mes questions, mais je m'en moque. Deux plongeons arctiques, un goéland brun. Un bruant des roseaux se perche en silence dans la petite phragmitaie dont les tiges se balancent sur la gauche du ponton démantelé. Un colvert barbote en bordure de la végétation lacustre. Le paysage est emblématique du mois d'août. L'odeur des plantes, doucereuse, exubérante mais déjà à demi blette, désespérée, revenue de tout et pourtant encore pleine de sève, annonce leur prochain dépérissement. C'est aussi ce que sentent les rêves évanouis.

« Que vois-tu ? » demande père poliment, et, tout aussi poliment, j'énumère quelques espèces.

« Te rappelles-tu la dernière fois où tu es venu ici ? »

Je regarde le sauna, les pierres angulaires enfouies sous la végétation, la rive opposée, père.

« C'était il y a près de vingt ans, ajoute-t-il.

– Quoi ?

– Notre visite ici, quand nous sommes venus te présenter à ta grand-mère. »

Il sait comment m'obliger à obéir. Je m'assieds à ses côtés sur le madrier vermoulu pour écouter l'histoire, vraie ou fausse, d'une jeune fille née sur ce petit promontoire fertile, dans cette maison dont les racines rampent encore parmi les hautes herbes.

« Stella savait danser et jouer du piano et aurait pu faire d'excellentes études si elle avait voulu. Mais elle était trop instable pour se concentrer sur quoi que ce soit. »

L'évocation de l'enfance de mère ressemble à l'envers des histoires qu'elle racontait, où l'été ne finissait jamais, où des ondins se cachaient dans les profondeurs des lacs et où une fée vivait des aventures dans les forêts. Dans la version de père, la fée s'est transformée en jeune fille au bord de l'hystérie qui ne supporte pas de vivre chez ses parents et s'enfuit à la première occasion venue avec un étranger, ondin ou colporteur, Dieu seul le sait. L'été fini, elle reste seule à vagabonder. Père et elle se rencontrent au restaurant Seurahuone. Il ne voit d'abord que sa main, qui ouvre la porte de la cuisine et saisit des assiettes vides. Plus tard dans la soirée, dans la rue, il voit la même main pousser une porte cochère.

Sa main. Elle est ferme, même cachée par un gant ou par la manche d'un gilet de laine.

« Stella aurait aimé revoir ses parents, mais elle n'était pas la bienvenue, poursuit père. Nous avons malgré tout fait le voyage, quand tu étais déjà âgé de quelques années. Nous avons attendu dans le village sur le canal que ta grand-mère nous fasse savoir que ton grand-père était parti en voyage. Les femmes, elles, se montrent tout de suite indulgentes quand on vient avec un enfant.»

Père ne peut s'empêcher de décrire le projet industriel dans lequel son beau-père avait investi: l'atelier de construction mécanique, l'usine de contreplaqué, la fabrication de bobines de fil, les techniques de pointe. Je me masse le front en me demandant comment il se peut que j'existe. Qui a changé au cours des ans, père ou mère? Peut-être ne se parlaient-ils déjà pas au départ. Peut-être une main a-t-elle suffi pendant près de dix ans. Et ce n'est qu'ensuite qu'ils se sont rendu compte qu'il n'y avait rien à comprendre dans leurs pensées réciproques.

«La visite a été courte, reprend père. Ta mère a voulu rentrer le soir même. Elle était incapable de s'excuser de son départ. Ta grand-mère ne l'a d'ailleurs pas exigé, bien qu'elle l'ait de toute évidence espéré, et elle t'a promené toute la journée dans le jardin. Tu as mangé des framboises et des petits pois à t'en rendre malade et essayé de grimper dans l'érable.»

Je ne me rappelle toujours rien de cet épisode, mais je commence à avoir l'impression que le récit de père pourrait être vrai. Est-ce un souvenir confus, ou autre chose, je ne sais pas.

«Ton grand-père n'a pas été longtemps dans les affaires. Il se plaisait en ville et s'est mis à jouer. Tout y est peu à peu passé, ses actions, sa maison et ses terres. Tes grands-parents se sont installés dans le village sur le canal et n'ont jamais voulu de notre aide. Le nouveau propriétaire a démoli la maison et vendu les champs.

– Et mes grands-parents?

– Ils sont morts tous les deux depuis des années.»

Comme dans les contes.

En explorant le jardin du haut, je trouve dans les hautes herbes le socle en fer d'un mât à drapeau et, sur le flanc d'un vieil érable, un nichoir vermoulu, non pas cloué mais attaché avec de la ficelle. C'est un réconfort. Il y a aussi des dizaines de vieux arbres feuillus. De la rameline blanche buissonne sur leur tronc, des plaques de grande pylaise s'épanouissent à la fourche de leurs branches. Seules les pierres angulaires fendues, les planches pourries et les orties dans lesquelles se drape la terre fertilisée par la présence humaine rappellent ceux qui les ont plantés. Tout, ici, a retrouvé sa juste place.

Lorsque je m'assieds sur la banquette arrière et referme la portière, je remarque que l'auto ne sent plus rien. Le vent l'a lavée des odeurs de cigare.

Les pluies défoncent les routes. Notre progression ralentit et, après quelques jours passés à contourner les nids-de-poule et à déraper dans la boue, père renvoie le chauffeur et l'auto à la maison. Dans un petit village, il trouve à louer une solide voiture à cheval et un cocher habitué aux mauvais chemins.

« Les bons vieux moyens de locomotion rappellent le bon vieux temps, déclare père tandis que nous prenons place. En l'occurrence, c'est un atout. »

Une route boueuse s'écarte du village vers le nord-ouest, tel un petit vaisseau sanguin avide d'attirer les étrangers imprudents dans les profondes forêts, et lent à transporter les messages dans un sens ou dans l'autre. Le contact avec les événements du reste du pays se rompt dès le premier tournant. La guerre et les émeutes qui font rage dans un silence barbouillé de pluie pourraient aussi bien avoir lieu en rêve que sur notre planète. Les journaux arrivent dans les fermes avec près d'une semaine de retard. Je ne les ouvre plus. Mieux vaut ne pas savoir ce qui s'est passé il y a déjà des éternités. Tout a pu changer depuis.

Dans la voiture, nous examinons autant que les cahots le permettent les cartes de la région. Père y a noté ses achats de bois, leur rendement et l'emplacement des forêts de haute futaie qui lui sont pour l'instant passées sous le nez. Les fermes où il peut être intéressant de se rendre sont indiquées par un point d'exclamation. J'écoute père en m'efforçant de me concentrer, et y parviens même. Je ne jette que quelques coups d'œil, par la fenêtre, aux cimes qui se dessinent derrière le rideau de pluie et aux maigres champs des clairières. Il me serait difficile de m'évader d'ici. Je regretterais mon projet avant même d'avoir atteint la gare la plus proche. Je me penche sur les cartes et participe enfin presque à notre expédition.

« Je travaille pour un certain nombre de sociétés, explique père. Mais n'en parle jamais de prime abord. Présente-toi comme un particulier que la forêt intéresse.

– Pourquoi ?

– Les acquisitions foncières des entreprises du secteur du bois sont vues d'un mauvais œil. Dans les hameaux isolés, il y a beaucoup de gens ne possédant pas de terres qui estiment que celles-ci devraient leur être redistribuées au lieu d'être vendues à l'industrie.

– Pour le compte de qui leur dites-vous donc que vous achetez ?

– Le mien. Depuis quelques années, les entreprises ne sont plus libres d'acquérir des propriétés. Elles ont besoin d'un intermédiaire. »

Les champs qui attendent un temps propice à la moisson sont riches de millions d'épis. Lidia a raison, il y a des gens partout : alors que je nous crois arrivés dans des lieux inhabités, nous croisons un garçon ou une fille, pieds nus, conduisant les vaches à la traite. Le cocher, dans ce cas, arrête son cheval et laisse tranquillement passer le troupeau. Ce dernier marche d'ailleurs en général plus vite que ses gardiens étonnés.

« Prépare-toi à faire face à une inépuisable méfiance, insiste père. Un seul mot peut ruiner toute une prudente approche. Ce peut être *entreprise*, *État*, *argent*, ou n'importe quoi d'autre. Si beaucoup détestent les industriels et l'État, tous aiment l'argent, mais certains ne veulent pas en parler ouvertement, en tout cas pas tout de suite.

– Et si quelqu'un s'inquiète de savoir ce qui va arriver à la forêt ?

– Même ici, les gens savent ce qu'est un écrémage.

– Les habitants du coin vous connaissent ?

– Bon nombre d'entre eux, oui. Je te donnerai des cartes de visite à mon nom, et toutes mes cartes de la région. Tu pourras montrer aux nouveaux venus quelles parcelles nous avons achetées à leur père ou à leurs voisins. Ça inspire confiance. »

Nous circulons de ferme en ferme. Il n'y a pratiquement nulle part de téléphone et nous ne sommes pas attendus, mais je comprends vite que père n'a pas besoin de prendre rendez-vous. Il lui suffit de jeter un rapide coup d'œil à l'airial pour savoir si le moment est bien choisi ou s'il vaut mieux proposer de revenir. Le plus souvent, on accepte de nous consacrer un moment. Le temps nous est propice : les fermiers regardent par la fenêtre la pluie incessante, songent à leur subsistance et écoutent volontiers les perspectives dépeintes avec tact par un éventuel acheteur de forêt. Père rappelle avec bienveillance aux réticents que l'hiver approche. Les troncs seront faciles à transporter hors de la forêt en traîneau. Et si les prix baissent, ce qui peut arriver… l'offre ne sera pas révisée, nous achèterons malgré tout, par pure bonté d'âme, y compris à perte.

Même les plus têtus, qui donnent des coups de menton en direction de la porte, n'échappent pas à l'arme fatale, aux flammèches qui entament leur volonté.

« Songez à l'avenir, recommande père en se retirant. La guerre finira un jour. Quand viendra l'heure de la reconstruction, le bois vaudra cher. »

Le travail consiste presque uniquement à cahoter sur les routes et à s'asseoir à la table de salles de ferme. Quand je demande à père si nous n'irons pas voir de forêts, il réplique qu'elles se trouvent trop loin. Il ne reste d'ailleurs presque plus d'arbres à couper aux abords des routes et des habitations. Il doit cependant bien y en avoir quelque part, nous ne parcourrions pas la région, sinon. Je pointe du doigt, sur la carte, les parcelles éloignées des fermes que père a coloriées en rouge.

« Comment savez-vous ce que vous achetez ? Êtes-vous allé visiter les lieux à l'avance ?

– Souvent, oui. Mais le bouche-à-oreille permet aussi d'identifier les propriétaires de fortes futaies. Et j'envoie parfois des gens parcourir le terrain à pied ou à ski. »

Dans les grosses fermes, l'accueil est bienveillant, comme il se doit. L'homme d'affaires et ses projets sont connus, et il a, malgré la conjoncture, de l'argent à offrir. Bien que les exportations de bois soient en berne, père achète de la forêt en prévision de l'avenir. Après la guerre, il sera le premier à proposer des matériaux pour faire renaître les villes de leurs cendres.

Patiemment, il écoute les fermiers parler sans fin du temps qu'il a fait cet été, des semailles, des activités des enfants, de la vie du grand-père. Je n'ai pas l'habitude de faire ainsi la conversation et, de digression en digression, mon esprit s'égare. Je pense à mes propres affaires, aux oiseaux et à Lidia, à Sahlman, même, et suis ramené sur terre par le tintement d'une tasse à café ou les coups d'une horloge. Je me redresse alors et tente de me concentrer. Père m'a enjoint d'apprendre à émettre des grognements d'empathie, des hochements de tête approbateurs et des questions polies, mais je n'en ai pas la force. Les nuits d'été sans sommeil me pèsent encore. La grisaille des jours et les heures passées assis devant un café me cimentent le corps. À côté de père, rond et souple, j'ai l'impression d'être aussi raide et dégingandé que dans ma prime jeunesse, et tout aussi renfermé.

Père ne me contraint malgré tout à rien, et ne parvient pas non plus toujours à manifester une sympathie débordante après des heures de conversation infructueuse autour d'un café.

« Je suis déjà venu deux fois, maugrée-t-il tandis que nous laissons derrière nous une ferme isolée vivant dans le passé. Et on n'en est arrivé qu'à la grande famine de 1868.

– Vous en avez en tout cas beaucoup appris sur la famille, dis-je avec un sourire en coin, me calant la nuque contre le dossier.

– La prochaine fois, il faudra apporter un peu de boisson pour détendre l'atmosphère.

– Vous soûlez les propriétaires de forêts?

– Bien sûr que non, réplique père avec un haussement d'épaules. Ne crois pas ces vieilles histoires. On a pu utiliser dans le temps des moyens douteux, mais plus aujourd'hui. Si on propose de l'alcool, c'est dans le but d'inciter les plus taciturnes à parler, en plus de sujets qu'ils jugent important, de l'argent qui leur permettrait de réaliser leurs rêves. C'est tout. On ne conclut pas de contrats autour d'un verre.»

Le dernier jour d'août, à la table du petit déjeuner d'une auberge, père ronchonne en lisant le journal.

«On a interdit aux socialistes de pénétrer dans le bâtiment du Parlement. C'est une nouvelle, ça? Pourquoi ont-ils tant de mal à comprendre qu'ils n'ont rien à y faire? L'assemblée a été dissoute, non?

– Quand auront lieu les nouvelles élections?

– D'ici un mois, je dirais.

– Qu'en pensez-vous?

– Les socialistes perdront. Leurs partisans n'iront pas voter. Ils défilent dans les rues sans comprendre que les décisions se prennent ailleurs.»

Lidia, en tout cas, le comprend. Je ne me rappelle certes pas précisément ses propos, mais son ton, oui: ses paroles furieuses et indignées dont certaines me reviennent par miracle – au lieu de l'écouter, je la regardais, à la recherche d'auspices qui me seraient favorables. Ses mots surgissent maintenant du fond de mon esprit et se mettent soudain en ordre de combat: *loi sur l'organisation des pouvoirs*, *solidarité*, *révolution*. C'était même le titre de leur publication. Lidia n'arrivait pas à choisir: être une vraie révolutionnaire ou faire confiance au parlementarisme. Elle parlait avec le même enthousiasme des députés et des insurgés montant sur les barricades. Petite idiote.

Père a néanmoins tort. Lidia et ses camarades iront voter. Au vu du mauvais résultat des élections, ils exprimeront leur mécontentement autour des tables de réunion de la Maison du peuple. Ce n'est qu'ensuite qu'ils opteront pour la révolution.

«Erik, commence père. Serais-tu prêt à continuer seul? Il reste une dizaine de fermes.»

Il pose son journal sur la table. En première page, j'aperçois la photo d'un ancien député à la mine grave et une partie du titre, un mot qui ne trompe pas: *échec*. Avec un bref sourire, je regarde la route, au-delà de la véranda. Le soleil tente de percer les nuages, la chaussée fume, les flaques s'évaporent. Le chemin du retour est semé d'embûches, celui qui va de l'avant encore plus, car il n'a rien de connu.

« Oui. »

Nous poursuivons notre route jusqu'à un village où une lointaine relation d'affaires de père passe l'été. La famille a l'intention de bientôt retourner en ville et pourra déposer père à Tampere. Je garderai la voiture et le cocher.

« Donne-moi régulièrement de tes nouvelles, m'ordonne père. Je t'enverrai de l'argent au besoin. »

Il passe une dernière fois en revue ses papiers, vérifie la pile de cartes de visite, fait claquer la fermeture de sa serviette et me la tend à deux mains, tel un sceptre.

« Eh bien bon voyage. »

Il me serre la main, lève la tête pour me regarder un instant dans les yeux et ne me demande pas ce que j'ai l'intention de faire une fois que j'aurai visité les fermes indiquées sur les cartes. Je n'aurais d'ailleurs pas la réponse.

Je délaisse l'intérieur mal aéré de la voiture pour m'asseoir à côté du cocher. Au bord des champs, des fermiers examinent les tiges couchées par la pluie et comptent le nombre de grains par épi. Quand les cultures laissent place aux forêts, je sors une carte de la serviette de père. Les branches qui s'arquent au-dessus de la route laissent tomber des gouttes sur le papier, la forêt lavée par les averses scintille dans une brume légère. De nouveaux champs apparaissent bientôt. Ma prochaine étape se trouve à la limite nord du canton. La route est indiquée sur la carte par un énergique trait rouge, les champs par des rectangles clairs et les chemins menant aux fermes par des pointillés noirs.

Changer de véhicule n'a pas amélioré le confort du voyage, au contraire. La voiture brinquebale, le banc est dur et ma colonne vertébrale proteste quand les roues tressautent les unes après les autres sur les cailloux. Je fixe la carte, qui, quand la route s'aplanit, se précise en une mosaïque colorée.

« Arrêtez-vous, s'il vous plaît. »

Une fois le cheval et la voiture immobilisés, le silence se fait, mais dans ma tête les roues continuent de tourner et grincer. La carte repose sur mes genoux. Il s'y dessine sous mes yeux toujours plus de chemins, de fines lignes qui sinuent d'un point cardinal à un autre, traversant l'immuable droite de la grand-route, ainsi que des ruisseaux et des tourbières épousant les contours des collines et plongeant dans des vallées. Je sors la carte suivante, d'une région plus au nord, là où je vais. Les chemins y suivent leur cours. Ils sont plus anciens que les routes et mènent partout, contrairement à elles.

Je respire l'automne, le léger fumet du cheval, l'odeur du manteau de cuir neuf du cocher. Je pense aux cahots, aux paysages scrutés par des milliers de paires d'yeux et par les acheteurs de bois et aux heures, interminables, passées à rester assis. Vous parlez d'un voyage !

«Y a-t-il dans le prochain village une maison un peu plus cossue ?

– Il y a au moins celle du chantre de la paroisse, répond le cocher en inclinant son chapeau face au soleil qui tombe lentement du toit du ciel.

– Pourriez-vous m'y conduire, s'il vous plaît ? »

Le chantre, Mikko Heikkinen, a à peine mon âge. Il hésite, tapote le perron du bout de sa chaussure. Je regarde poliment ailleurs. Les murs du bâtiment sont gris clair, sûrement peints cet été, car un échafaudage est encore en place devant l'un des pignons. Derrière les groseilliers, un guéridon bancal, un fauteuil laissant échapper son rembourrage, des savates avachies et un tas de vieux dossiers d'archives attendent d'être évacués. Les nouveaux habitants tiennent à ce que la maison leur ressemble.

« Je ne sais pas, dit Heikkinen. Je viens de l'acheter. »

La bicyclette est posée entre nous. Elle est bleu foncé, étincelante, sûrement sans égal à cinquante kilomètres à la ronde. Je m'explique à nouveau. Depuis que père est parti, parler m'est facile. Ma voix est assurée, mes phrases se tissent aisément autour de mots convaincants et prometteurs : *une affaire importante, des routes non carrossables, la seule possibilité, un honnête dédommagement.*

« Combien m'en donneriez-vous ? » demande Heikkinen.

Je mentionne un chiffre, à coup sûr supérieur au prix d'achat. Père ne m'en voudra sans doute pas. Quelques jours suffiront à rentabiliser la dépense.

Le chantre sourit, poussé par son jeune âge ou simplement par la pauvreté.

« Je me suis offert une nouvelle bicyclette pour faire plus vite le trajet jusqu'à l'église, dit-il. Mais je peux aussi bien me servir de la vieille. »

Affaire conclue. J'obtiens les sacoches en prime et y range aussitôt mes affaires.

« Prenez en échange ma valise et ma serviette, elles sont presque neuves. »

Le sourire de Heikkinen s'élargit jusqu'aux oreilles et il appelle son épouse. Une jolie rousse, de la taille de Lidia, arrive de derrière la maison, un élégant râteau sous le bras. Je cligne des paupières pour chasser la brume qui me monte aux yeux, car le soleil brille et le chantre et sa femme, appuyés l'un contre l'autre, bavardent joyeusement. Je me force à aller jusqu'au bout : je parle comme il convient de parler pour sceller un accord, naviguant d'un sujet à l'autre. On se trouve ainsi toujours, à la fin, des connaissances communes ou un lieu de villégiature partagé. Père serait fier, nous en sommes presque à nous tutoyer.

« Nous ne retournerons sans doute pas de sitôt visiter Aulanko, dit la jeune femme avec un petit rire. On n'a le temps d'aller nulle part, l'été, quand on habite à la campagne.

– Nous avons l'intention de nous installer plus près de l'église dès que nous y trouverons une maison qui nous convienne », ajoute Heikkinen.

À l'intérieur, un bébé pousse un cri. L'épouse du chantre se précipite vers la porte en me demandant par-dessus son épaule si je reste pour le café. C'est au-dessus de mes forces.

« Soyez prudent, me recommande Heikkinen. Les routes sont en mauvais état, après la pluie. »

Je passe le portail sur ma bicyclette lourdement chargée. La jolie rousse descend les marches du perron, son enfant dans les bras. J'agite la main en évitant de regarder le trio qui se tient devant la maison telle une nichée d'hirondelles. Face à eux, partir seul est déchirant.

La voiture louée par père brinquebale loin devant, en route vers son port d'attache. Au croisement, je tourne vers le nord. À la lisière des champs, le vent ébouriffe la crinière bleutée de la forêt.

Ce n'est finalement pas si terrible, la solitude. Cela revient juste à ne croiser personne. Les parallèles terrestres défilent, invisibles, sous mes roues. Dans les montées, j'irais sans doute plus vite à pied, mais j'évite malgré tout de descendre de selle. Je ne suis plus pressé d'arriver nulle part. C'est ce dont je rêvais sur le perron d'Aspholm ou à la fenêtre de la rue des Tilleuls, voir du pays. Les mots sont inutiles, et leur nombre se réduit bientôt à quatre : *soif*, *faim*, *sueur* et, passagèrement éveillés par un détail ou un autre, *souvenirs*. Lidia pourrait-elle suivre avec moi ce chemin délaissé ? Peut-être, mais ce n'est pas le cas, et c'est pourquoi une seule ombre caressant le sol devra suffire.

Face à la forêt, la route prend peur, tourne vers l'est et fuit les arbres. Les cimes oscillent en silence. Je m'arrête, prends appui d'un pied sur le sol et déplie ma carte. Rien ne sert de continuer dans cette direction, le détour est fait pour les chariots et autres voitures à cheval. À bicyclette, on doit pouvoir, en toute logique, passer plus facilement. Sur la carte, un sentier traverse d'ailleurs les bois droit vers le nord, en direction de la ferme dont je dois aller acheter la forêt. Existe-t-il encore ? La futaie que longe la route est solide, forte, dirait sûrement père. Les arbres abattus par le vent ont été enlevés, d'autres ont été coupés, ici et là, comme matériau de construction, le sous-bois a été débroussaillé. La lumière qui inonde les mousses a encouragé la pousse de hautes herbes dont les touffes claires frissonnent, perdues entre les troncs.

Parmi elles, un étroit sillon de terre nue se dessine, un sentier pénétrant dans la forêt. Je roule lentement. Le sol caillouteux réclame mon attention, me défie et m'oblige à me demander s'il ne serait pas plus sage de faire demi-tour. Ce ne sont pas les fermes à visiter qui manquent, après tout. Je ne renonce pourtant pas et apprends vite à connaître le sentier. Il tente, au début, d'effrayer le voyageur, mais si l'on accepte de peiner suffisamment longtemps, il condescend à s'aplanir, déblaie le terrain et réduit de moitié la longueur des montées. Tel un ruban de la couleur des cheveux de Lidia, il bruisse sous mes roues. Mon havresac me chauffe le dos. Le monde se limite à cela, et aucun fantôme n'y a sa place.

Peu à peu, la forêt s'obscurcit. Les arbres se rapprochent. J'évite les branches qui se rejoignent en toit au-dessus de ma tête et chasse les toiles d'araignée de mon visage. Les sapins se tiennent immobiles, décorés, comme pour Noël, de guirlandes d'usnée et de bryorie. Plus loin, des trembles recouverts de lichen blanc se détachent, seuls arbres dont les feuilles sont capables, même par les soirs les plus calmes, de faire entendre la mélodie du vent. Je m'arrête. Le sentier contourne une petite colline où poussent de grands pins.

Suis-je déjà venu ici ?

Quelque chose bouge dans la forêt, plus bas, au milieu des sapins. Je pose ma bicyclette contre un arbre et m'écarte du sentier.

Les airelliers crissent sous mes bottes. Ma bicyclette scintille fiévreusement dans la rare lumière du soleil, comme pour m'interdire de la quitter des yeux. Je lui tourne le dos et descends l'escalier de troncs d'arbre pourris et de touffes de végétation. Les mousses écoutent le sang qui bat dans mes plantes de pied, les branches me caressent les épaules. La forêt retient son souffle et m'ausculte.

Un oiseau s'envole du pied d'un sapin, se pose sur une basse branche. Je ne distingue, à contre-jour, que sa silhouette inhabituelle, évoquant celle d'un geai, mais il s'envole à nouveau, vers le ciel. Le soleil fait briller d'orange vif sa queue et ses ailes. Il lance un cri étrange, tenant à la fois du miaulement et du sifflement, et disparaît.

Je poursuis mon chemin aussi silencieusement que possible. La lumière qui filtre entre les cimes épaissit l'air d'une brume presque impénétrable. Le clignotement désordonné des ombres m'oblige à m'abriter les yeux de la main. Je me presse les tempes du pouce et du majeur pour ne pas perdre l'esprit. Mieux vaudrait faire demi-tour, mais le sentier et la maison du chantre sont déjà trop loin.

D'invisibles fils d'araignée sortent des arbres, du sol et des rochers, s'enroulent autour de moi et, tels des ressorts, me tirent et me poussent en avant. Des bouleaux criblés de trous et des sapins écorcés par les pics s'avancent vers moi, s'écartent au dernier instant, frôlent mon chapeau de la pointe de leurs branches et me laissent passer. Mes pieds enjambent une source tranquille et un ruisseau babillant, me portent au creux d'un vallon et sur la croupe d'une colline rocheuse. Je franchis le sommet, m'approche du ravin qui s'ouvre de l'autre côté, tente de me raccrocher au tronc bosselé d'un pin. Est-ce là ce que la forêt a infligé à Eero, l'étouffer sans pitié telle une bactérie pathogène ?

Au bord de l'abîme, quelque chose me tire violemment par les pans de ma veste et m'arrête. La sueur goutte de mon front. Le vent qui s'est réveillé agite la toiture végétale, au-dessus de ma tête et à mes pieds, au bas de l'à-pic. Comme au travers d'ouïes, je respire péniblement le murmure des dernières feuilles de tremble. Et maintenant, où aller ? Loin de ce crêt. La forêt me guide : à quelques pas, entre des pins gris perle morts sur pied, un vieux tronc gît à terre.

Je tombe assis sur le bois pourri recouvert de mousses. Un essaim de mésanges surgies de nulle part se perchent sur les plus proches sapins. Je les regarde sans penser ni à elles ni à moi. Je n'ose pas bouger. La forêt me retient toujours, des fils me lient aux mésanges, aux aiguilles de pin et à Dieu sait quoi d'autre, et chacun de mes gestes est en même temps le sien, mais je n'ai pas la force d'en endosser la responsabilité. C'est presque comme essayer de faire tourner la Terre à son gré. Il me faut attendre, attendre que quelque chose se produise.

Je me fonds dans le bois en décomposition de l'arbre centenaire.

Je souris, mon sort n'est pas si ingrat.

Puis le vent se glisse entre les fils d'araignée et secoue la forêt. Il enfle, à la recherche d'échos proches ou lointains, tire des notes d'instruments en bois encore ininventés, unis ou en solo. Des racines aux cimes, la forêt bruit, craque, grince et vibre jusqu'aux tréfonds de sa caisse de résonance. Elle oublie que je ne suis arrivé qu'aujourd'hui, il y a un instant, sans rien savoir d'elle.

Mais bien sûr. Je suis déjà venu. La forêt est la même partout.

Le soir tombant a noirci les sapins. Derrière les branches, le ciel lâche le bord supérieur du soleil. Je tâte ma poche de poitrine, j'ai toujours ma boussole. Je me relève et secoue le froid de mes épaules. Je me dirige vers l'est, en direction du sentier et de ma bicyclette, prêt à renouer les fils de ma vie d'Erik. Je trouve le sentier, parcours à peine un kilomètre dans le sens de mon arrivée et manque me cogner à la bicyclette, qui reflète la faible lumière de la lune.

Dans la forêt oubliée, l'obscurité s'épaissit plus vite que nulle part ailleurs. Je pousse ma bicyclette et sonde le sol du pied avant de déplacer mon centre de gravité. Je regarde le ciel, car de nuit le sentier n'apparaît plus devant moi mais au-dessus de ma tête, étroit ruban étoilé entre les cimes des arbres.

J'en apprends encore davantage sur le sentier. On peut lui faire confiance même dans le noir le plus total.

La forêt s'écarte. Un éclair m'éblouit. La guerre, me souffle mon cerveau engourdi, et je me jette en arrière, à l'abri dans l'ombre. La lumière se stabilise cependant presque aussitôt, contenue par l'encadrement d'une fenêtre. Je reste longtemps immobile, à respirer profondément et me remémorer le langage des hommes, tant parlé que corporel. Puis je pousse ma bicyclette dans l'airial. J'ai les doigts gourds et le visage labouré de griffures de branches. La forêt me courbe le dos tel un sac grand comme le monde.

La petite maison est entourée d'herbe rase. Est-ce du givre qui scintille sur le sol, ou de la poussière tombée des étoiles? Quoi que ce soit, la lumière de la fenêtre l'éteint quand je pénètre dans son cercle. Je sors ma carte et me repère. La ferme s'appelle le Bois brogneux.

C'est là que j'allais.

15

À travers la grille de mes cils, j'aperçois un pan de nappe jauni. Le maître du Bois brogneux, Simo Pahkakorpi, pose une casserole de bouillie sur la table. Je suis réveillé depuis déjà une demi-heure, mais je n'ai pas voulu me lever ni parler, en tout cas pas encore, et de préférence pas de la journée. La nuit est courte quand on dort, trop courte pour que tout se remette en place.

«Vous avez réussi à dormir?» demande Simo.

Inutile d'espérer cacher un clignement de paupière à l'œil avisé d'un homme des bois.

«Oui, merci.»

Je m'assieds et déplie les genoux. Le second lit gigogne de ma vie est dimensionné pour les habitants des forêts du siècle dernier, que les maigres bouillies d'orge et soupes de navets n'aidaient guère à grandir. J'enfile rapidement mon chandail pour cacher la peau délicate de mes bras, marbrée de rouge par la paille du matelas.

Nous mangeons dans le silence de la cabane, si épais qu'un tintement de cuiller fait sursauter. Simo n'a même pas d'horloge découpant l'existence en tranches. À quoi lui servirait-elle? Je mâchonne ma bouillie, qui, en mon honneur, est sûrement moins aqueuse que d'habitude et a même été agrémentée d'un luisant œil de beurre. Je ne trouve rien à dire. J'ai déjà raconté la veille au soir à Simo ce que je savais des événements du monde et ne trouve aucune question à lui poser sur sa vie. Il n'y a qu'à regarder autour de soi pour la voir, dans sa totalité, depuis le premier jour. Je suis né ici et y ai toujours vécu, m'a-t-il confié hier soir. Une photo, sur le vaisselier, montre une femme à la tête couverte d'un fichu qui, assise sur le perron de la maison, regarde l'objectif, les mains solidement posées sur les genoux, les yeux éclairés d'un rire intérieur. C'est Hilda, qui a partagé l'existence de Simo pendant vingt-huit ans. Il n'a rien ajouté, car tout était dit.

Je pêche une cuillerée de beurre fondu à la surface de ma bouillie. Une journée à bicyclette m'a suffi pour avoir une faim de loup. Simo mange calmement sans lever les yeux de son assiette. Je me rends compte que je n'ai nul besoin de chercher un sujet de conversation. Quand on mange, on mange.

Notre bouillie terminée, Simo ramasse les assiettes et sort secouer la nappe. Puis il pose une casserole d'eau sur le fourneau et s'assied dans le fauteuil à bascule. Sa chemise est boutonnée jusqu'au cou, de hautes chaussettes de laine grises prolongent son pantalon en bure.

« Nous pourrions regarder ces papiers, maintenant », déclare-t-il.

Je vais chercher ma liasse de documents, déposée la veille sur le couvercle d'un coffre en bois. Je saisis d'une main mes cartes et mes formulaires de contrat, les passe dans l'autre pour prendre mon stylo dans ma poche et le poser sur la table. Il roule et tombe sur le tapis en lirette. Je ne me penche pas pour le ramasser, le sortir tout de suite était une erreur contre laquelle père m'a mis en garde.

« Bien. Avez-vous déjà eu affaire à des acheteurs de bois ?

– Je n'ai encore jamais vendu de forêt. »

La chaleur de la cabane me ferme les paupières. J'aurais dû faire un tour dehors. Simo a remis des bûches dans le fourneau à mon intention, hier soir. Mes pensées tâtonnent à la recherche des phrases de père et les trouvent enfin. Les perspectives d'exportation sont incertaines. Mais cela vaut la peine de planifier dès maintenant la fourniture de bois. Quand la reprise sera là, on aura besoin de fortes forêts. Je me recule sur ma chaise et passe la main sur ma tête. J'ai oublié de me peigner.

« Vous avez beaucoup de forêt, dis-je en jetant un coup d'œil au nombre d'hectares noté par père en rouge sur la carte, à l'endroit de la propriété. Tout est à proximité ? »

Pourquoi ne l'ai-je pas vérifié à l'avance ? Je n'ose pas me pencher devant Simo sur les chiffres et les limites des parcelles comme si je n'avais rien préparé.

« Oui. Elle commence là, derrière l'airial, et continue d'un seul tenant. Il y a un peu de tout. Quand les forêts ont été redistribuées, dans le temps, chaque ferme a reçu autant de terrain humide que de terrain sec. Personne ne peut venir faire le fier. »

Dehors à la lisière des bois, derrière la prairie, le petit champ et les dépendances, les branches s'agitent joyeusement. La maison est entièrement entourée d'une solide futaie. Simo est assis, les mains croisées sur le ventre, et ne fait pas le moindre geste pour indiquer de quel côté se trouvent ses terres.

« Et si nous allions la voir ? » dis-je, pris de court.

Est-ce donc dès ma première négociation que je m'écarte de la voie tracée par père ? Mais c'est sans doute ainsi que le monde a fait le plus de progrès.

«Vous disiez avoir pris le raccourci, depuis la route ?

– Oui.

– Vous avez donc déjà vu le Bois brogneux.»

Je ne comprends pas.

«La forêt», commence Simo, et il repousse le plancher de l'orteil de sa chaussette de laine.

Le fauteuil à bascule esquisse un mouvement.

«C'est elle, le Bois brogneux. Elle a donné son nom à la ferme.»

Je feuillette mes papiers. Le fauteuil de Simo se balance doucement. Je trouve la carte où père a délimité les parcelles à acheter. Des traits rouges encadrent une large portion de forêt au sud de la ferme du Bois brogneux. De fins pointillés la traversent, le sentier qui part de la route. Je reconnais sur la carte les hauteurs, les vallons, l'à-pic, la source et le ruisseau.

Elle est là, la caisse de résonance des quatre vents du monde, la forte futaie que je suis venu acheter.

Le fauteuil à bascule s'immobilise. Je ramasse mon stylo et le fourre dans ma poche.

Le Bois brogneux est loin de tout. Il m'a fallu deux semaines pour y arriver, deux semaines de voyage à travers une région habitée depuis des centaines d'années. Assis dans l'auto puis dans la voiture à cheval sur des banquettes de cuir, à regarder le paysage, de jeunes forêts écrémées et de solides mais monotones pinières qui n'éveillaient en moi aucune émotion. Je n'avais pas compris qu'à l'écart des routes et des villages la végétation était différente, que père cherchait la même chose que moi, encore une fois, et qu'Aspholm n'était pas l'exception mais la règle. Une forte futaie n'est pas une colonnade de troncs éclaircie par les coupes mais une profonde forêt intouchée. Il y pousse assez d'arbres pour dix scieries, usines de pâte à papier et fabriques d'allumettes. Les bouleaux brogneux et les sapins voilés d'usnée s'y dressent sans jamais dire un mot de tout ce qu'ils ont vécu, plus sages, en secret, que quiconque. Ce n'est pas la place qui manque, mais il n'y en a pas pour père et moi en même temps.

Le feu ronfle dans le fourneau, l'eau pour la vaisselle bout dans la casserole. Simo a un long nez pointu, tel un bec de pic, et des oreilles effilées d'elfe. Il me regarde comme un oiseau depuis les profondeurs de la sylve.

Je suis fatigué. L'encre du stylo de père s'efface lettre après lettre de mes papiers, désagrégés sur la table en vieille poussière de bois. Je la rassemble en un petit tas, vais m'asseoir sur le lit gigogne et m'adosse aux madriers du mur. Il fait chaud, l'air de la pièce m'enveloppe telle une couverture.

Les rusés vieillards des forêts ensorcèlent les acheteurs de bois.

Le fauteuil à bascule grince. J'ouvre les yeux. Simo fume une longue pipe. Les assiettes à bouillie sont rangées dans le vaisselier, la casserole d'eau est posée, retournée, sur le bord du fourneau. Je toussote.

«J'ai vu un mésangeai, dans votre forêt.»

Le fauteuil à bascule se tait, attend que le pied chaussé de laine grise ait touché le sol pour reprendre son lent balancement.

«Tant mieux.

– Je n'en avais jamais vu.

– La gardienne de la forêt. C'est son ancien nom.

– Il y en a beaucoup, dans le Bois brogneux?

– Je n'en connais qu'un. Je pense que c'est Hilda.»

Simo caresse le bout des accoudoirs du fauteuil, lustrés par ses soirées solitaires. L'isolement peut aussi lisser les plis du cerveau et faire basculer le rationnel dans l'irrationnel. Je ne sais plus qui est quoi.

«Votre épouse? Un mésangeai?

– Il faut bien qu'elle soit quelque part. Une femme comme elle ne reste pas sous terre.»

En quittant le Bois brogneux, je planifie mon itinéraire en fonction des parcelles de forêt indiquées en rouge et non plus des fermes. Je pédale sur de petites routes longeant de grands lacs, traverse des villages centenaires, m'écarte sur des chemins de traverse, parcours les bois convoités par père sous un lumineux ciel d'automne ou dans la brume qui monte des vallons. Les nuits restent longtemps relativement chaudes. Je dors sur de tranquilles petites collines de pins et trouve au matin sous ma couverture des plumes de coq de bruyère, souvenirs des parades nuptiales du printemps. La paille des granges offre aussi une couche idéale. Je ne demande asile dans des fermes qu'en cas de pluie, ou quand je cherche en vain depuis des dizaines de kilomètres un magasin d'alimentation.

Il peut se passer des jours sans que je dise un mot. Je m'en inquiète au début, puis plus du tout. Les mots ne font que ressasser les vieilles idées et empêcher l'émergence de nouvelles.

Dans les montées, le vent me jette des feuilles mortes au visage. Je sais que je vais dans la mauvaise direction. Canton après canton, le paysage se dénude et fait fuir ses estivants, mésanges à longue queue, grives, faucons, oies et grues cendrées. Ils se hâtent vers là d'où je viens, comme s'ils fuyaient la guerre, et c'en est d'ailleurs une qui arrive, du nord, aussi dévastatrice pour les créatures à sang chaud que celle qui fait rage sur les champs de bataille du Sud et de l'Est.

Il m'arrive malgré tout de parler. Je négocie avec l'hiver, je lui demande de patienter encore un peu afin que je puisse accomplir ma mission. En arpentant les forêts, je parle aussi par moments à père. Regarde, quelle belle futaie, dis-je, et il acquiesce. Nous nous comprenons. Sur les cartes, à l'endroit de certaines parcelles de forêt, des commentaires ont été ajoutés, preuve que ses envoyés ou lui-même les ont parcourues. « Intouchée », a-t-il noté d'une écriture sautillant d'enthousiasme. Je regarde, la tête levée, aussi ravi que lui, la cime des pins tutoyant les nuages et des sapins à large jupe. Je tâte du doigt les cicatrices de feux qui balafrent les troncs et prélève au couteau des spécimens de polypore sur les arbres tombés. Je gratte les lenticelles d'un tremble et soutiens le regard d'un écureuil volant aux yeux noirs qui observe le monde du dessous depuis l'entrée de son nid. Quand il retourne à l'intérieur et que je baisse la tête, père a disparu. Il est parti évaluer la quantité et la qualité du bois, ses possibilités de transport, ses clients potentiels et sa valeur marchande. Je me concentre sur la vie qui grouille sur l'écorce des arbres, dans les branches, au cœur du bois pourri et sous les troncs gisant au sol. Je m'emplis les poumons d'un air oxygéné par les chloroplastes et riche du souffle chaud de milliers de créatures.

La forêt est une hutte de bois habitée par d'innombrables peuples.

Je joue avec l'idée, l'examine à contre-jour et me demande ce que l'on peut faire d'une pensée que l'on attendait sans le savoir. Je m'assieds sur la rive tourbeuse d'un étang. Le matin est clair, venteux. Les restes des tentatives d'assaut nocturne du gel crissent à la limite de l'eau.

Je me relève. Tout comme la parole empêche les idées de s'épanouir, la pensée empêche les pieds de marcher. Je m'enfonce à grandes enjambées dans la forêt et remonte la colline jusqu'au chemin charretier boueux au bord duquel j'ai laissé hier ma bicyclette. Mes muscles se réchauffent, s'assouplissent et me mènent où je veux. Le mouvement extirpe de mon cerveau tout ce qui est inutile. Je ne pense plus aux journaux, aux émeutiers ou à Lidia. Cette paix n'est pas éternelle, ni même très longue : le soir, une fois le feu de camp éteint, l'éloignement me déchire les nerfs et mes mains serrent le coin de ma couverture. Mais dans la journée, Lidia me laisse vagabonder seul.

Je sors de la forêt et m'engage sur la grand-route. Je poursuis mon ombre, qui flotte devant moi dans une vertigineuse et incompréhensible solitude.

J'arrive à l'épine dorsale du pays, à de hautes terres désolées où il n'y a pour seules traces de civilisation que des fours à goudron effondrés au pied d'escarpements sablonneux et des fosses de chasse au renne dissimulées dans le dédale de majestueuses pinières. Les siècles sont courts et leurs effets minimes. Ici, ce sont les mousses et les lichens envahissant peu à peu les parois des anciennes excavations qui mesurent le temps. Il ne s'est rien passé d'autre, à moins que les changements ne soient difficiles à percevoir. Il n'y a plus de rennes sauvages, leurs bois sont accrochés aux murs des manoirs et des métairies, tels d'extraordinaires souvenirs dont on raconte l'histoire à ses petits-enfants. D'abord les mammouths, puis les oiseaux sans ailes, les bisons et les rennes forestiers. Seuls les épieux ont été remplacés par des armes à feu.

La couverture que j'ai achetée à Simo, à la ferme du Bois brogneux, ne suffit plus. Recroquevillé auprès d'un rocher ou du large tronc d'un pin, je contracte mes muscles et tremble de froid, sombre dans un demi-sommeil et suis réveillé à l'aube par le vacarme des lagopèdes des saules et des tétras-lyres qui résonne dans la brume. Ils se préparent déjà, dans les tourbières, à leur parade nuptiale printanière, rient, gloussent et me poussent à bouger. Même en automne, ces créatures qui se cherchent et se trouvent ne vous laissent pas tranquille. Je hisse mon havresac sur mon dos, déplie en grimaçant ma nuque raidie par le gel et reprends ma bicyclette. Les flaques du chemin forestier craquent sous mes roues.

Puis les parcelles entourées de rouge se terminent. Je feuillette mes notes et mes cartes, sans plus trouver de forêts inexplorées. J'ai parcouru près de deux cents kilomètres vers le nord-ouest, depuis le village sur le canal, et suis arrivé au bout de ma dernière carte. Je range mes papiers dans les sacoches de ma bicyclette, reste un instant appuyé aux cornes du guidon et, faute d'autre option, reprends ma route. Mon ombre court à ma gauche, passe au fil de la journée devant moi et y reste, seule, terriblement seule, à ouvrir l'interminable voie.

Je traverse de vastes champs. Les chaumes baignent dans une brume dorée d'où émergent des dizaines de granges, telles des îles aux rives escarpées perdues dans l'océan. Des deux côtés de la route se dressent de petites métairies bien tenues et de solides maisons à deux étages. Des coups de marteau et des meuglements résonnent dans les airials. La grand-rue est parfaitement rectiligne, j'évite les enfants qui jouent et les charrettes tirées par des chevaux à la crinière flottant au vent. Je réponds aux regards par un signe de tête et tente de glisser une explication dans mon sourire, je sais, mes cheveux sont un nid de pie et mes vêtements ceux d'un épouvantail, ne vous inquiétez pas, vous serez vite débarrassés de moi.

Dans le bourg, je prends ma bicyclette à la main. À mes yeux mangés par la forêt, le gros village ressemble à une grande ville, les angles des maisons en bois s'entrechoquent dans mon cerveau et je sens dans mes genoux la dureté du sol. Je rejette mes cheveux en arrière et tente de marcher à petits pas, mes enjambées habituées aux touffes de mousse attirent trop l'attention. Je croise des fillettes en robe-tablier et des garçons en culotte courte, l'école a repris depuis déjà des semaines. Lidia aussi aurait sa place ici, à n'importe quel coin de rue, à réfléchir à l'avenir, une ride d'inquiétude entre les sourcils, son manteau usé sur les épaules.

Et alors que je pense à elle, ce village inconnu se met soudain à tinter et résonner sur la même longueur d'onde que la capitale. Les voix des gens ont des échos familiers. La mélodie est totalement différente de celle de la forêt, mais est-elle pour autant plus belle ? Laquelle pourrais-je écouter tout le restant de mes jours ? Je pose ma bicyclette contre le mur de la gare, mon ombre se dessine sur les planches. D'autres ombres passent, personne ne s'arrête.

Je ne suis pas au bon endroit.

Je monte les marches du hall. Sur le mur, l'horaire indique que le train pour le Sud part dans deux heures.

Je suis assis les mains dans les poches sur un banc du square de la gare. Ma main droite protège mon billet de train. Le papier est lisse et chaud, première promesse de retour au bercail.

Je suis parti depuis déjà un mois et demi. Rentrer ne semble pas ridicule. J'ai de quoi m'occuper tout l'hiver. Je peux classer des mousses à l'université même sans être payé. Je dois savoir ce que Lidia pense de ma lettre. Je dois me rendre disponible. Si je n'y vais pas, je ne saurai jamais si les choses auraient pu tourner autrement.

Les rails brillent, ils auraient autant besoin que moi d'un rideau de fumée noire. Encore une heure. Je retourne dans le hall et vais traîner devant le kiosque à journaux en tentant de comprendre les grands titres noirs. Un certain Nekrassov a été nommé gouverneur général. Nourrir les animaux de pommes de terre est interdit. Les ouvriers forment des milices armées. On pronostique la défaite des socialistes aux élections législatives.

Puis, au bout du présentoir, sans préavis, après les quotidiens, un journal de petit format sur la couverture duquel ne figure rien d'autre que son titre. *Révolution* pèse lourd, compte beaucoup de pages et est imprimé sur du papier bon marché, irrégulier. Je le feuillette, saute les textes ponctués de points d'exclamation et cherche les noms des auteurs. L'éditorial est de la main d'un dénommé Seth Pitkähalme. Les pages d'actualité ont pour rédacteur Elmeri Leppämäki. La publication contient surtout des analyses et des points de vue enflammés, des noms et des pseudonymes que je n'ai jamais rencontrés.

«Vous le prenez, monsieur?»

La vendeuse me regarde de derrière le comptoir, la tête penchée, remplit une tasse de café et la tend à une dame chapeautée qui nous englobe, le journal et moi, dans un même regard noir. Par-dessus son épaule, la jeune fille me sourit. Je sors de la monnaie de ma poche, roule *Révolution* pour en cacher la couverture et retourne dehors. J'aperçois entre mes doigts la dernière page du journal, elle aussi pleine de texte, et, tout en bas, un pseudonyme familier.

Lidia est heureuse. Malgré l'automne, elle est heureuse, car tout a changé.

Combien de fois le miséreux s'est-il épuisé seul à la tâche, combien de fois a-t-il été obligé de donner à plus riche que lui ce à quoi il a lui aussi droit en toute justice ? Nous ne sommes plus seuls. Nous nous donnons mutuellement force et confiance, confiance en nos propres forces et non en celles des autres. Nous sommes fatigués de la misère.

Des charrettes s'arrêtent devant la gare, on passe des rênes de chevaux autour de la barre d'attache, des mains se serrent en guise d'au revoir.

Les grues cendrées s'envolent comme des centaines et des milliers de fois auparavant vers le sud. Pourtant tout est différent. Cette année, je n'ai pas peur de l'arrivée de l'hiver. Je ne suis plus seule. Nous avons de l'espoir et pouvons compter l'un sur l'autre.

Exact, nous pouvons compter l'un sur l'autre, pensent les ouvriers des usines, assis à la table de leur chambre ou de la cuisine commune, en lisant les mots de Lidia. Ils ont tort. Elle ne parle plus de la collectivité mais d'elle-même et de cet autre. Elle croit peut-être en la cause, mais sans lui la cause n'est rien. Elle a quitté la Maison du peuple quand il lui a tourné le dos.

Et maintenant elle est heureuse. Une âme heureuse est comblée. Il n'y a pas, et n'y aura jamais, de place pour moi. Tant pis!

J'enfourche ma bicyclette. Derrière la gare, le train, tel un dragon, crache de la fumée et des odeurs de métal. Je m'éloigne, tourne vers l'ouest, fuis le village. Le soleil est bas, les champs labourés, nus. Aussitôt passées les dernières maisons, la forêt engloutit la route et ne contourne plus qu'un petit lopin que quelqu'un a eu l'audace de défricher à l'écart de l'océan de cultures. Juste avant, un chemin charretier argileux s'écarte vers la gauche. Mes roues zigzaguent entre les bosses et les cailloux, évitent les flaques et les touffes de laîches. Le layon abandonné à sa tranquille vieillesse cherche de l'air comme un noyé, affolé par le poids qui pèse soudain sur son dos.

De tels chemins m'ont en général conduit au bord d'étangs ou au milieu de rochers protecteurs, mais cette fois il se termine au bout du petit champ. Je m'arrête devant une grange grise. Les interstices entre les madriers vermoulus se fendent d'un sourire moqueur, impossible d'aller plus loin à bicyclette. Mes muscles cervicaux se contractent pour étouffer mes larmes. La vie n'a plus rien à m'offrir qu'une misérable grange.

J'ouvre la porte. Elle est un peu de guingois mais tient encore sur ses gonds et grince avec une étonnante bienveillance, dans cette cachette, même un adulte peut oser pleurer tout son soûl. Je m'effondre à côté de la porte. Les larmes ne viennent pas, mais je suis bientôt pris d'une quinte de toux. Au milieu de la grange traîne un vague tas de foin qui m'arrive au genou, en partie déjà réduit en poussière.

Le train siffle, au loin, emportant vers le sud son chargement de frileux. Par l'embrasure de la porte, je regarde le chemin charretier, puis le ciel. Des nuages de neige s'amassent au nord. Je me lève.

«Vous ne me faites pas peur.»

Des fourches sans manche, des faux sans lame et d'autres rebuts s'entassent au fond de la grange. Je pousse quelques objets et éloigne de la pointe de ma botte le plus gros des crottes de souris. Je rentre ma bicyclette à l'intérieur et sors mes affaires des sacoches. Les cartes peuvent rester là. Je couche ma monture au pied du mur et étale pour la protéger la couverture prise au Bois brogneux.

J'entasse mes vêtements de rechange sur mon manteau, en fais un ballot et le balance sur mon dos avec mon havresac. Je claque la porte de la grange derrière moi.

Je me réveille tôt. J'ai la bouche pâteuse et un mal de tête lancinant rythmé par les joints des rails. Je bois au goulot de l'eau puisée au robinet d'incendie de la gare. Le train fend une tourbière peuplée de pins souffreteux, de broussailles de lédons et d'arbres morts aux anfractuosités remplies de pignes par les pics. Le soleil qui s'est hissé au-dessus de l'horizon traverse le wagon et touche les paupières des dormeurs. Il fait chaud, étouffant, l'air est encore le même que dans la capitale, dernier vestige du Sud qui s'évaporera d'un coup dans le froid enveloppant le train.

Quand à la fenêtre scintille un large fleuve, le wagon se réveille. Les yeux s'ouvrent, les bouches bâillent. Je me redresse pour scruter le flot qui s'écoule entre les prairies inondables. Des fermes se dressent fièrement sur la rive, presque arrogantes, et pourquoi ne le seraient-elles pas, le grain pousse bien, ici, et le poisson abonde, même les mauvaises années. Des troncs bosselés lâchés loin en amont pointent à fleur d'eau tels de grands brochets noirs d'étangs de forêt. Je ne sais pas si père est arrivé jusqu'ici, mais beaucoup d'autres, oui. À une halte, des flotteurs de bois en chemise à carreaux montent dans le train. Ils ont à peine mon âge mais font une fois et demie ma taille, parlent fort, sentent la résine et divers liquides plus corsés. Les autres passagers sourient. Les arrivants dissipent les odeurs de renfermé du matin, discutent et brassent l'air de leurs mains en forme de pelle. Ils sont de ceux qui, le soir autour du feu de camp, rient des superstitions, de ceux que père aurait dû embaucher dès le départ, de ceux qui sont convaincus qu'il n'y a dans la forêt que des arbres.

Quand les façades colorées des maisons en bois de Rovaniemi commencent à défiler aux fenêtres, les voyageurs descendent leurs affaires des porte-bagages. Le train ralentit, s'arrête et m'expulse d'une quinte de toux dans le Nord. Des cristaux de glace heurtent ma peau moite.

Dans le bourg, c'est la foire d'automne, la foule se presse, venue de tout le long de la voie de chemin de fer. Je parcours le quai dans un sens puis dans l'autre en évitant le flot attiré par la porte à double battant du hall. Le froid me nettoie les entrailles. Le cercle polaire est à dix kilomètres. La nuit dure déjà une heure de plus que le jour, et l'hiver s'amasse dans de lourds sacs de nuages sur les épaules des monts.

Le flux humain se disperse dans les rues et les ruelles. Je suis les rails qui, après la gare, se divisent en deux branches. L'une mène, à gauche, au quai de chargement du bois, au bord du fleuve, l'autre continue tout droit, monte en pente douce et se termine devant un obstacle fait de rondins empilés. C'est là que se termine la ligne venant de la côte sud. C'est la frontière du monde connu, de ce Nord dont je rêvais. Je n'éprouve rien. Mon havresac me tire les épaules et le sol gelé glace la semelle de mes bottes. Je prends la direction du centre en jetant un coup d'œil à la voie ferrée chaque fois qu'elle apparaît à l'extrémité des rues transversales. Ce n'est plus qu'un fil, mais je ne veux pas qu'il se rompe.

Bien que le bourg ne compte que quelques autos, elles occupent toute la rue. Les impérieux coups de klaxon font sursauter les cochers et leurs chevaux, qui font des écarts dans la foule. Les visiteurs de la foire sont comme les volées de jaseurs boréaux attirées par les sorbiers couverts de baies : on peut craindre à tout instant qu'un imbécile ne s'écrase contre une fenêtre ou un mur.

Je fuis dans une petite rue les légions munies de sacs et de paniers et trouve une auberge. J'y prends une chambre.

« Auriez-vous le téléphone ?

– Près du palmier », répond la réceptionniste avec un geste en direction du fond du hall.

Je me cache derrière la plante verte. Je tente de me convaincre que je ne suis pas obligé de téléphoner tout de suite, je peux le faire ce soir ou demain. Mon cœur se calme et ne comprend la ruse qu'une fois que j'ai demandé la communication.

Hanna décroche. Heureuse de m'entendre, elle me couvre de questions, mais je me dérobe et vais droit au but.

« Pourrais-tu m'envoyer ma caisse de livres ? »

Je lui donne l'adresse de l'auberge, affichée à côté de l'appareil. À sept cents kilomètres, elle la note sur le bloc de papier que l'on conserve dans le tiroir de la table du téléphone à la maison, maison, maison. Je me tourne vers le mur et contracte mes muscles cervicaux pour empêcher ma voix de trembler.

« Tu as l'intention de t'installer là-bas ? demande Hanna.

– Oui.

– Quand penses-tu rentrer ? Tu viendras quand même bien passer Noël ici ? Il fait déjà froid, là-bas ?

– Je ne sais pas encore. Il fait frais, oui.»

Elle parle, mais je ne parviens pas à l'écouter. Je change le combiné de main, essuie ma paume moite sur mon pantalon.

«Elle est venue ?» réussis-je à dire, d'une voix si basse que je l'entends moi-même à peine.

Hanna comprend presque tout de suite.

«Non.»

Le fil se rompt, les rails refroidissent, devenus métal mort.

«Tu as l'air épuisé, note Hanna. Est-ce que tu veux parler à ton père ?

– Il est là ? souffle le petit garçon en moi, en s'éclaircissant la gorge. Oui, je peux lui dire deux mots.

– Tu prends bien soin de toi ?

– Oui, oui.»

La bakélite heurte la table, les pas de Hanna s'éloignent. Une grosse toux retentit, le combiné se soulève brusquement, la voix de père résonne dans ma tête. Après les inévitables questions sur mon voyage et sur le lieu où je me trouve, nous en venons aux questions professionnelles.

«J'ai visité toutes les fermes prévues, dis-je.

– Avec quel résultat ? Tu as signé des contrats ?

– Non.

– Les temps sont difficiles, constate père. Tu as commencé dans de mauvaises conditions. Mais tu as sûrement fait de ton mieux.»

Les cahots des joints des rails reviennent tacataquer sous mon front. La faim et la douleur qui s'intensifie par à-coups se confondent en un magma bouillonnant où remonte une mauvaise lie. Mon irritation longtemps retenue jaillit.

«Inutile d'acheter chat en poche, dis-je. Je suis allé voir les parcelles de forêt que vous aviez marquées sur les cartes.

– Et alors ?

– Je pense qu'il ne faut pas y toucher.»

Père soupire.

«Tu as donc trouvé des coléoptères.

– C'est pour ça que vous ne m'avez pas emmené voir ces forêts. Vous saviez ce que j'en penserais.

– Tu as des objectifs scientifiques, moi, financiers. Et je me soucie aussi de la bonne santé des forêts. Le meilleur moyen de les soigner est la hache.

– Un moyen qui ne laisse au patient que des moignons d'os ?

– Toi aussi, tu as besoin de bois. Tu lis sans cesse des livres...

– On peut fabriquer du papier à partir de paille ou même de chiffons.

– Même un grand penseur comme Snellman estimait que le climat s'améliorerait si on coupait plus de bois.

– Il n'était pas naturaliste.

– C'est mon métier, Erik. Tu as le tien. Laissons-nous mutuellement travailler en paix.

– Il y a une différence fondamentale entre nos objectifs. Si vous arrivez avant moi, il ne me reste rien. »

Père ne répond pas. Par la fenêtre de l'auberge, j'aperçois des monts arrondis aux forêts bleutées, d'une immuable ancienneté. Quel âge ont-ils ? Je me rappelle les millions d'années, les secondes géologiques dont mes livres et mes professeurs ont estimé le nombre. Et bientôt se produit le même phénomène que sous le premier ciel étoilé d'automne : mes pensées me fuient, car, quelles qu'elles soient, elles se dissolvent dans une écrasante éternité.

« Pardon, dis-je inutilement, car père ne m'en veut pas et se contente de respirer avec curiosité. Je suis fatigué du voyage.

– Bien sûr.

– J'ai l'intention de passer l'hiver ici.

– Ah. »

Serait-il un peu déçu ?

« Où en est la situation, à Helsinki ?

– La ville est toujours pleine de soldats russes. Les socialistes copinent avec eux.

– Rien de nouveau ?

– La tournure des événements commence à devenir effrayante. Dans des meetings, on a exigé la tête des bourgeois sur un plat.

– Ne seriez-vous pas plus en sécurité à Aspholm ?

– Je vais en tout cas m'y installer pour l'hiver. »

Nous revenons à des préoccupations ordinaires. La moisson a été meilleure au manoir que dans de nombreuses fermes. Père n'a mis personne au chômage.

« L'été prochain, il faudra planter plus. La nourriture risque de manquer, même en y mettant le prix. On pourrait aussi vendre du grain, la demande est forte. »

Des nuages roses voguent au-dessus des monts. Le soleil descend déjà sur l'horizon.

« Écoute, reprend père. Aurais-tu le temps de passer au bureau de l'administration des forêts ? J'ai négocié une concession au nom d'une société. Cent mille arbres, dans des futaies appartenant à l'État. Ça n'a aucun sens de les scier tout de suite, mais pourrais-tu aller te renseigner un peu ?

– Pourquoi avez-vous passé ce marché maintenant ?

– Ils ont promis de nous vendre le bois au prix actuel, même si on ne le coupe que plus tard. J'aimerais que quelqu'un de confiance évalue l'état de la forêt.

– Et si elle est encore une fois intouchée ?

– Si elle se prête à tes recherches, on repoussera *sine die* l'abattage. Ce serait bien que tu aies quelque chose à faire, là-bas. »

Un accordéon crée sur la place du marché un importun simulacre d'été. Un manège de chevaux de bois tourne follement au milieu de la foule, exhume les restes de ma migraine et m'insuffle une peur étrange : et si c'était l'axe du monde et que, quand il s'arrêtera, la Terre s'endorme sur son orbite et l'hiver devienne éternel ?

Je m'arrête devant le soubassement de pierre d'une maison en bois. De la place, les gens affluent dans la rue où s'avance un étrange cortège. Des hommes, certains chargés d'un fardeau, d'autres non. Les premiers, des chasseurs, portent sur l'épaule une peau d'ours dont les pattes de derrière balaient le sol. On leur lance des offres, mais ils marchent en silence, se contentant de sourire aux jeunes filles qui les frôlent. L'ours approche, arrive à mon niveau. Pendant une seconde, il est si grand et sombre que je ne vois rien d'autre. Ses membres pendent mollement, des gouttes d'eau scintillent sur sa fourrure, sa tête se balance. Mes genoux se dérobent. Après ma première poule de bruyère, j'ai certes tué d'autres oiseaux, pour les collections de l'université et, parfois, pour les donner à plumer et cuisiner à Hanna. Je les ai rapportés, morts, et leur tête, en chemin, a battu contre ma jambe.

Mais cette fois, la mort déboule droit sur moi, barrant toute la largeur de la rue.

En queue du cortège viennent des vieillards qui se remémorent le temps où l'on vendait à la foire plus de peaux d'ours que de bretzels. Je me faufile derrière eux. L'ours s'est déjà noyé dans la foule.

L'ingénieur forestier principal Hjalmar Uggelvik pose la carte de visite de père sur son sous-main vert foncé. Il a sur son bureau une pile de documents bien rangés, un coupe-papier, un encrier, un cendrier et une boîte à cigares, ainsi que des photos de trois enfants. Les murs sont tapissés de cartes de la Laponie et de ses différents districts. Je suis assis, bras croisés, dans un solide fauteuil. Mes pieds battent la cadence sur le plancher, jusqu'à ce que je m'en rende compte et les contraigne à s'immobiliser.

«Vous fumez?» demande Uggelvik en tapotant sa boîte à cigares.

Je secoue la tête.

«Il est rare que je m'en sorte aussi facilement, les jours de foire, ajoute-t-il, ayant sans doute remarqué ma nervosité. En général, les représentants des industriels viennent bavarder dans le seul espoir d'un cigare.»

Je souris et hoche la tête. Mon regard tombe sur mes avant-bras. Père ne m'en a-t-il pas aussi parlé? Il faut éviter de se barricader. Je les décroise et pose les mains sur les genoux.

«J'ai parlé au téléphone à Stenfors, votre père, au début de l'été, reprend Uggelvik. La forêt est à une vingtaine de kilomètres d'ici. Et il a effectivement pris une option sur cent mille arbres.

– Il n'est apparemment pas nécessaire de les couper tout de suite?

– Non, mais j'espère bien sûr que ce sera le plus tôt possible. Les hommes ont besoin de travail pour l'hiver. Il risque sinon d'y avoir toutes sortes de troubles, comme vous le savez dans le Sud.»

Nous nous levons pour examiner les cartes. Uggelvik décrit du doigt un large cercle, au nord-est du fleuve. C'est le district de gestion en bordure duquel se dresse le mont dont père a l'intention d'acheter les arbres. Je m'approche et fais tourner sur ma langue les étranges composants de nombreux toponymes, *kulus*, *hera*, *satta*, auxquels je ne comprends rien.

«Mon père m'a suggéré d'aller examiner la forêt avant les premières neiges.

– Ça ne vous laisse plus beaucoup de temps. Vous êtes ingénieur forestier?

– Biologiste.»

Les sourcils d'Uggelvik frémissent mais se rassérènent aussitôt.

«Nous avons déjà rassemblé bon nombre d'informations sur les futaies de l'État, et en particulier sur celle-ci», assure-t-il en sortant des documents de l'armoire de classement.

Je jette un coup d'œil aux rapports et aux résultats des mesures et tente, au-delà des pieds cubes et des estimations de prix, de me représenter la forêt.

«Mon père prendra sa décision définitive, au nom de la société qu'il représente, après ma visite sur le terrain.»

Uggelvik hoche la tête.

«C'est bien sûr permis, et même recommandé.»

Il sort une carte d'un dossier, y délimite au crayon la zone réservée par père et m'explique comment m'y rendre. Puis il me parle de son district d'inspection, du réseau des gardes forestiers, des villages lapons et de l'arrivée de l'hiver, sûrement juste pour faire la conversation, mais je me rends compte que je l'écoute avec plaisir. Une grande carte du district couvre presque tout un mur. Elle indique les cantons forestiers, toutes les terres appartenant à l'État, qui s'étalent en larges taches de couleur, aussi loin au nord que le pays s'étend. Les boules de bois des accoudoirs se réchauffent sous mes paumes.

Quand Uggelvik a terminé, je ne peux m'empêcher d'ouvrir la bouche.

«Je pense à une chose, dis-je, hésitant, avant de me forcer à poursuivre. Auriez-vous du travail à m'offrir?»

La pendule murale tictaque, rythmant le son lointain de l'accordéon de la place du marché. L'ingénieur forestier principal me regarde, étonné.

«Quand j'aurai terminé ma visite sur le terrain, bien sûr. Je n'ai pas l'intention de retourner dans le Sud.

– Et où comptez-vous aller?»

Je me lève, m'approche de la carte du district d'inspection et montre le canton forestier le plus septentrional.

«Là.»

16

J'évite de regarder derrière moi tant que je grimpe, en souvenir de mère.

Une montagne, un mont boisé, baptisé le Hopianulkki. Je me murmure son nom pour oublier l'hostilité du versant abrupt qui réduit les muscles de mes cuisses en purée et fait rouler le gravier sous la semelle de mes bottes. Il ne semble ni plein de noblesse ni mûrement réfléchi, mais il n'est pas non plus le fruit du hasard. Il n'y a pas de place, ici, pour les appellations fantaisistes. Les noms sont des balises qui guident le randonneur vers les crêtes les plus sûres, les étangs poissonneux et les gués des rivières. Si je ne les comprends pas, ce n'est pas la faute de ceux qui les ont donnés, mais de mon inexpérience.

J'atteins enfin le sommet. Je me retourne pour embrasser le paysage. Trois couleurs, noir, blanc, gris. Le monde n'aurait pas besoin de plus. Le mont se pare d'une majestueuse forêt de conifères dont le givre souligne les branches, et jusqu'aux plus petites aiguilles, aussi nettement qu'un trait de crayon. Il suffirait qu'un peu de lumière filtre à travers les nuages pour qu'elle scintille d'argent.

Ils sont là, les cent mille arbres, inutile de compter.

Le village n'est pas loin. Le mont a encore été parcouru cet été par un mesureur de bois, carnet de notes à la main. On a cueilli des baies sur ses pentes. Mais il n'y a plus personne, nulle part. Les troupeaux de nuages du ciel boréal ont chassé les oiseaux migrateurs devant eux depuis déjà des semaines. Je détonne dans le paysage.

De la mer de pins et de sapins émerge, dur comme le diamant, le cœur d'anciennes montagnes. Comment le temps peut-il être assez long pour user même les pitons rocheux ?

Il s'en est suffisamment écoulé. Il pourrait maintenant prendre fin. En cet instant précis, ce serait parfait.

Je ferme les yeux. La Terre tourne moins vite. Tressaute. Fin du voyage.

Je laisse le froid remonter par mes manches vers mon cœur. Je m'adosse au tronc d'un pin où la vie palpite. Le bois est dur. Sur les versants des monts de Laponie, les cernes des arbres sont de maigres témoins, fins comme des cheveux, des années traversées vaille que vaille.

Des flocons de neige se collent à mon visage. Ma peau les supporte un instant, puis un violent frisson me parcourt et le sang afflue dans mes vaisseaux périphériques. Je secoue la neige de mes cheveux. De l'eau glacée me coule sur les joues, mon visage rayonne d'une chaleur effrayée. Je me lève et patauge dans la première neige.

Le temps, refusant d'obéir, continue de s'écouler.

Le bateau à vapeur approche du port. Sous l'auvent, de noirs ballots humains grelottent. Personne ne parle, personne n'est à bord par plaisir, seule compte la destination. Assis près du bastingage, j'écoute le bruit des machines et des troncs d'arbre qui s'entrechoquent dans notre sillage. Au milieu des montagnes et des fleuves aux eaux lourdes, rien n'est anodin, tout sert au moins deux buts. Bien que le rôle principal du bateau soit de permettre aux villageois de l'amont de venir régler de menues affaires, il doit aussi transporter des marchandises et tirer une traîne de bois.

Les vagues de sa houache ont encore la force de briser le frasil qui s'amasse sur les rives. Un moussaillon chasse au balai-brosse les feuilles de bouleau collées sur les planches du pont. Dans le port, les barques reposent le ventre en l'air, tels des poissons morts. Quand la sirène du bateau à vapeur siffle et qu'il accoste, le mousse lance un adieu, pour cette année, au poste de pilotage, abaisse la passerelle et abandonne le navire avec un sourire. Pour certains, la vie commence en automne.

Le crépuscule arrive avant moi dans le bourg. La foire est terminée, l'auberge presque vide. Il y fait chaud et le feu qui brûle derrière les portes du poêle est si accueillant que je me hâte vers le téléphone. Bientôt je n'en aurai plus le courage.

Père répond en personne.

« Je suis allé voir le Hopianulkki », dis-je.

Je prends soin de bien articuler le nom. Père doit apprendre que l'on peut parler d'un lieu autrement que comme d'une forêt de cent mille arbres, ou d'un million.

« Et alors ? »

Je lui décris le versant que l'on ne peut escalader qu'en s'agrippant aux buissons et les feuilles de mulgédie alpine fanées sur la mousse mouillée.

« Et les arbres ? » demande père.

Ça, il y en avait. Et leur feuillage était argenté.

Père soupire, bien que je sois resté silencieux.

« Peu importe, ce n'est pas la peine de lancer maintenant un chantier d'abattage. Les socialistes ont perdu.

– Ce n'est pas ce que tu souhaitais ?

– Leur défaite a soulevé un tollé. C'est dur à avaler, d'avoir gagné l'année dernière puis d'avoir été chassés du Parlement et, à la fin, de perdre les nouvelles élections. Ils clament maintenant que la dissolution, cet été, était illégale.

– On les comprend », dis-je entre mes dents.

J'essaie de penser à Lidia, mais n'y parviens pas. Le tapage dont père se plaint ne porte pas jusqu'ici. Quelque part derrière une fenêtre noire, les montagnes m'attendent, tels des gardiens de prison ayant accepté de me laisser régler quelques dernières affaires urgentes.

Père me demande quelle sera ma prochaine adresse. Je lui promets de l'en informer plus tard, lui dis au revoir et raccroche.

En quelques jours, le fauteuil des visiteurs du bureau de l'administration des forêts a rétréci. Mes pieds reposent fermement sur le sol et les accoudoirs s'adaptent à mes coudes. Uggelvik me propose mécaniquement un cigare, je secoue la tête.

« Y a-t-il des chances pour que Stenfors reprenne contact l'année prochaine ? demande-t-il.

– Sûrement, une fois le calme revenu. »

Il émet un grognement compréhensif. Je regrette de ne pas avoir accepté de cigare, ne serait-ce que pour la forme, cela m'aurait donné un peu plus de temps. Je croise la jambe gauche sur la droite, et me décide :

« Et pour cette question de travail... avez-vous réfléchi ? »

Une bûche craque dans le poêle de faïence. Uggelvik chasse la fumée de son cigare, devant son visage, comme s'il ouvrait un rideau de théâtre.

« Un des gardes du canton forestier le plus septentrional a l'intention de passer l'hiver ici. Sa femme est enceinte. Ils ont perdu un nouveau-né, il y a deux ou trois ans, et veulent maintenant avoir accès à un médecin. »

Il éteint son cigare, s'approche de la carte du district d'inspection, lève le bras aussi haut qu'il peut et tapote un point de l'index.

« La cabane se trouve là. À une vingtaine de kilomètres du plus proche village, si on peut appeler ça comme ça.

– Qu'est-ce qu'il faudrait y faire ?»

Uggelvik lâche un petit rire.

«Surveiller qu'on ne vole pas tous les arbres. Les habitants du coin considèrent que la forêt, bien qu'elle soit désormais à l'État, leur appartient toujours. Mais on ne peut pas grand-chose contre les voleurs, seul. Je pense qu'il est malgré tout important qu'il y ait quelqu'un là-bas, ne serait-ce que pour entretenir du feu dans le poêle.»

J'essaie de m'imaginer la cabane, hors d'atteinte du long bras de la loi. Je n'y arrive pas.

«Il n'y a plus eu ces derniers temps de gros vols de bois, ni même de tentatives. Vous devez quand même savoir ce qui vous attend, au pire, si vous...

– Oui.

– Vous pourriez observer les phénomènes naturels. Quelques botanistes ont exploré les environs, mais uniquement en été. Nous manquons de documentation, dans nos archives, sur la saison hivernale à la limite de la toundra.»

Uggelvik égrène tour à tour de froides vérités et des détails destinés à m'appâter, mais, à mes yeux, les deux se valent. Je sais déjà ce que c'est quand les flocons de neige se posent sur votre front, vous rafraîchissent la peau et s'amassent peu à peu. Mourir n'est peut-être rien d'autre que de décider de ne pas laisser la neige fondre. Le froid, la maladie et les autochtones hostiles se réduisent alors à d'insignifiants intermédiaires.

«Quand devrais-je partir ?»

Uggelvik sourit et revient s'asseoir à son bureau. Je me sens plus léger que la fumée qui l'enveloppe. Je ne dois pas l'oublier, ce pressentiment que même avec la mort on peut par moments échanger des banalités.

«Vous auriez intérêt à partir au plus tôt. Le village de Kaltio est à plus de deux cents kilomètres, et de là il y en a donc encore une vingtaine, à pied, jusqu'à la cabane. Si la neige a le temps de recouvrir le sentier, cela vous ralentira et vous aurez plus de mal à vous installer. Mieux vaut être là-bas et avoir coupé assez de bois de chauffage avant l'arrivée du blizzard.»

Le regard d'Uggelvik s'arrête un instant sur mon chandail et mes bottes non graissées qui bâillent.

«Vous avez besoin d'équipement. Je vais vous donner une liste, faites vos achats demain et envoyez-moi la facture. Je vais voir si je trouve quelqu'un pour vous conduire.»

L'écho de ces derniers mots me tord l'estomac. Le silence et la solitude, l'inverse de tout ce que j'espérais au début de l'été, sont à portée de main. N'est-ce pas le principe même d'un antidote?

«Votre garde forestier est encore sur place?

– Lauri Keituri et sa femme, Anna, devraient partir vers le sud dans les prochains jours. Gardez l'œil ouvert, pendant le trajet, au cas où vous le croiseriez. Ce serait bien que vous puissiez échanger quelques mots avec lui. Sinon, demandez conseil au village ou écrivez-moi. Vous ne trouverez pas de téléphone si loin dans le Nord.»

J'aurais préféré partir seul et couper tout de suite tout lien avec le monde. Deux cents kilomètres, c'est une longue distance à parcourir avec des cochers, à supporter leurs quintes de toux, leurs tentatives de conversation et leurs silences. Je serais bien parti pour Kaltio à bicyclette si Uggelvik n'avait pas jugé l'idée totalement insensée.

«On ne joue pas avec l'hiver, quoi qu'il se soit passé chez vous», a-t-il déclaré.

C'est pourquoi je sais que j'ai l'air de ce que je suis: un fuyard pour qui presque plus rien n'a d'importance.

Au chaud sous la couverture du traîneau, je regarde le paysage recouvert de neige jusqu'à hauteur de cheville. Finis les fermes prospères, les champs et les lisières de forêt grignotées par les bûcherons. D'immenses espaces s'étendent derrière les arbres. Je les ai d'abord pris pour des cultures, mais il y pousse des pins rabougris et des arbrisseaux recroquevillés dans le froid. Ce sont des tourbières, si vastes que j'en ai la chair de poule. Au printemps, quand les canards, les grues cendrées et les pluviers reviendront, elles résonneront de l'incommensurable registre du désir de vivre. Je ne supporterai pas non plus, alors, de me trouver là.

Nous faisons halte, et le silence me bouche les oreilles. L'air écrasé par les nuages de neige avale les sons, j'ai du mal à entendre les rares paroles du cocher, bien que nous soyons assis face à face. Je pense plusieurs fois être devenu sourd, jusqu'à ce qu'il se racle la gorge ou que des étincelles jaillissent du feu de camp. J'avale à grandes gorgées l'amer café bouilli. Aurais-je le temps de faire la sieste? Mais le cocher se lève bientôt, rince sa tasse dans la neige et va vérifier le harnais du cheval. Les parties métalliques cliquettent.

«Regardez», dit-il.

Je termine mon café et obéis à l'injonction. Une souche grise se dresse dans la tourbière.

«Il y a un étang, là-bas. Poissonneux.»

Afin de secouer ma torpeur, je vais voir. Le gel a solidifié la tourbière, mais l'eau qui sourd des mousses colore de noir l'empreinte de mes pas. Je m'arrête devant la souche. Derrière s'étend en effet un petit lac, un ovale où la neige est moins haute qu'alentour. La pointe du vieil arbre mort brisé à hauteur de poitrine a été sculptée en forme de nageoire. La surface est craquelée de rides verticales. Le bois est chaud et glissant.

Je retourne au traîneau où le cocher a déjà pris place. Je hoche le menton en direction du lac.

«Vous pouvez m'en dire plus ?»

Je me frotte les mains. Le bois y a laissé des traces huileuses.

«Non, je suis du village.

– Ce ne sont pas les habitants qui l'ont sculpté ?

– Ce n'est pas dans nos habitudes. Ce sont les Lapons.

– Le bois était bizarre, gras.

– Quelqu'un le nourrit sans doute encore. C'est de saindoux, je pense, qu'ils ont coutume de l'enduire.»

Je m'installe sous la couverture. Le cocher ordonne au cheval de se mettre en route. Les contours de son dos disparaissent peu à peu dans le crépuscule.

«Ça se dégage, constate-t-il par-dessus son épaule. On arrivera avant la nuit à Sodankylä.»

Les nuages se déchirent et l'air fraîchit. Je tire ma chapka sur mes oreilles. Une à une, les étoiles les plus hautes apparaissent, soleils sûrement déjà éteints, nous éclairant d'une lumière qui n'existe plus.

Je souffle sur mes moufles et gratte la glace de mes sourcils. Les patins du traîneau crissent, preuve que nous touchons encore terre. Le cosmos est clair et profond, paré d'argent et du vert d'une aurore boréale. Nous y flottons. Le monde entier flotte. La sculpture de bois se dresse dans la tourbière parce qu'il faut pouvoir s'appuyer sur quelque chose face à l'infini du ciel.

Je secoue la neige de mes semelles et étire mes membres engourdis par le froid humide. Après des heures de traîneau, on pourrait croire qu'une journée de repos serait la bienvenue, mais l'exercice physique – marcher à grandes enjambées, ramer, n'importe quoi d'autre – me manque. Mieux vaut cependant ne pas trop s'éloigner de l'auberge, afin ne pas rater la prochaine possibilité de continuer vers le nord. J'essaie de prendre des nouvelles du monde, mais personne n'a rien de particulier à raconter. Si la guerre avait pris fin, on ne le saurait sans doute d'ailleurs pas ici avant le printemps. Car rien ne changerait.

Je descends par un périlleux sentier enneigé jusqu'au bord de la rivière. Elle mène ses propres batailles dans les tranchées des blocs de glace. Quand je reviens, un traîneau s'est arrêté devant l'auberge. Le cocher débarrasse le cheval de son harnais, il a l'intention de s'attarder un moment, rien ne presse. Il vient du nord et repartira quand il aura un passager. Je me mets d'accord avec lui sur le prix et le trajet. Je parviendrai enfin à Kaltio, en une seule étape.

L'auberge est pleine de monde, de bribes de conversation ouatées et de cliquetis de vaisselle. Un couple est assis au bout de la grande table. Lui est grand. Elle, petite, se réchauffe les mains autour d'une tasse. Son ventre pointe, arrondi, sous son manteau de fourrure. Son mari se penche pour tâter ses joues rouges de froid, le front plissé tel un médecin. Je prends une grande inspiration et vais les saluer.

Lauri Keituri repousse sa chaise et me serre la main d'une poigne de travailleur. Mes jointures craquent, mais il ne le remarque pas.

«Vous venez donc passer l'hiver dans la cabane. Nous y avons laissé de la farine, des conserves, du poisson séché...

– Des biscuits, de la compote d'airelles, de la confiture de camarines», complète Anna.

Elle sourit, les yeux mi-clos, rêvant peut-être des délices restés dans les placards.

«Il y en a presque assez pour tout l'hiver, reprend-elle.

– Achetez quand même des provisions supplémentaires à Kaltio, conseille Lauri. La cabane peut se trouver isolée par la neige, et l'hiver peut y durer jusqu'à la Saint-Jean, si ça lui chante.»

Il rit, de l'hiver ou d'autre chose, essaie de caser ses jambes sous la table mais doit les allonger sur le côté. Je jette un coup d'œil à Anna, elle sourit, et je me rends compte que je ris moi aussi.

«Nous avons aussi laissé des skis de forêt et une pulka dans la réserve du magasin du village, dit Lauri, reprenant son sérieux. Demandez-leur de vous les donner. Si vous arrivez à Kaltio demain ou après-demain, vous trouverez facilement la cabane. La trace de la pulka sera encore visible. Elle disparaîtra dès qu'il neigera de nouveau.

– Ne noircis pas le tableau, proteste Anna. Il n'y a pas à avoir peur de la neige. On peut aller au village même en hiver, si on y tient, et il passe de temps en temps des éleveurs de rennes. Vous pourrez leur acheter à manger. Dites-leur juste de ma part qu'on se reverra cet été.»

Au petit matin, alors que la voûte céleste est encore bleu nuit, je prends place dans le traîneau. J'aurais voulu parler encore une fois avec Keituri, l'entendre m'assurer que ma destination existe et qu'elle est fondamentalement aussi banale que n'importe quelle autre maison. Mais les gens ne sont debout à cette heure que s'ils ne peuvent faire autrement.

Nous passons devant une vieille église en bois qui se blottit de guingois auprès de sa solide remplaçante en pierre. Le cheval trotte comme par plaisir sur la neige durcie de la route. Dix kilomètres passent à toute allure. La solitude approche inutilement vite. J'entame la conversation.

«Vous êtes d'ici, ou de plus loin?

– De Joukola, au nord de Kaltio. Je travaille comme cocher tout l'hiver.

– Vous avez beaucoup de clients?

– De plus en plus, surtout maintenant qu'il y a une route.

– Quand a-t-elle été construite?

– Il y a quelques années. Un sacré chantier.»

Être à proximité d'une route, ou pas. Je ne sais pas ce qui vaut mieux. La route est un fétu de paille, aléatoire, si loin dans le Nord, mais un fétu de paille quand même. Là où il n'y a pas de routes, l'homme est entièrement livré à lui-même. S'y sent-on comme un naufragé que le courant emporte de plus en plus loin de la côte? Ou comme au Bois brogneux et dans des dizaines d'autres forêts, quand le vent vous pousse devant lui? Mais il y avait malgré tout des routes aux alentours, accessibles. Ici, il n'y en a qu'une, presque inexistante, pauvre fil que la moindre tempête de neige suffirait à couper.

«Avez-vous des nouvelles du Sud?

– D'après Mettovaara, qui est revenu de Rovaniemi hier soir, il paraît qu'on parle beaucoup des gardes rouges et des gardes blancs. Et des jägers.

– Des jägers?

– Les volontaires partis faire leurs classes en Allemagne, il en a débarqué un contingent à Vaasa.

– Qu'est-ce qui s'y trame?

– Dieu seul le sait. Des embrouilles.»

La bise me jette des escarbilles de glace au visage. Je pose mes mains en coque sur mes yeux. Lidia apparaît, inévitablement, imprime sa silhouette sur mes rétines et s'assied à son bureau bancal. Les touches de sa machine à écrire inondent le papier de considérations enflammées. Le cliquetis furieux porte loin, jusqu'au port glacial où les jägers déchargent leur équipement. Leurs cheveux coupés court couvrent leur tête tel un casque, leurs oreilles décryptent comme un alphabet morse le bruit de la machine à écrire. Aperçois-je Sahlman parmi eux ?

Je laisse tomber ces visions dans la neige. Il y a entre elles et moi trop de méandres fluviaux, de routes, de tourbières, de montagnes, de vents contraires, de congères et de mots. Les choix sont faits.

La Terre est petite. Les tropiques ne sont qu'à quelques milliers de kilomètres, mais il ne reste ici que d'infimes traces de vie.

Je me tiens sur une crête que l'on a décapitée pour faire passer la route. Par endroits, le talus sablonneux dépasse, nu, de la neige. Une fine couche d'humus le surmonte, d'où il faut ici tirer sa subsistance. Il y pousse, sur un tapis d'airelliers et autres arbrisseaux, des pins grisonnant de givre, des bouleaux tortueux et de maigres sapins. Ils attendent, épaules rentrées, le fardeau promis par les nuages noirs. Si je continuais vers le nord, le sol ne serait bientôt plus recouvert que de mousses et de lichens.

Je bifurque sur le sentier où se lisent, sous un centimètre de neige, les traces de Lauri et Anna Keituri. La pulka franchit paresseusement à ma suite le bas-côté de la route. Pourquoi vouloir emporter une caisse de livres au fin fond des forêts ? Je ne sais plus. Sans doute pour les mêmes raisons que celles qui poussent à s'attacher un boulet à la cheville, à rester assis des dizaines d'années au sommet d'une colonne ou à ne manger que de l'herbe. Chacun règle ses comptes à sa façon.

Un essaim de mésanges zinzibule dans les pins. Je m'arrête et rajuste mon long cache-nez. Mes orteils se recroquevillent dans mes bottes. Je porte des chaussettes de laine, bien que l'on m'ait conseillé, au magasin du village, de les remplacer par des laîches. Grimper une colline, heureusement, me réchauffe. En haut, la vue s'ouvre sur des monts bleutés dont je ne connais encore de nom que le Kaltio, reconnaissable à son sommet aplati.

Tard dans la soirée, je pousse une dernière fois sur mes bâtons et m'arrête devant la cabane. Des étoiles scintillent sur la neige et dans mes yeux, la sueur glace mes vêtements. Je décharge le contenu de la pulka sur le perron, il s'y conservera bien le temps d'une nuit, je n'ai pas la force de chercher, quelque part dans le noir, un éventuel cellier ou garde-manger extérieur. La grande clef tourne sans difficulté dans la serrure. La porte s'ouvre en grinçant. Il faudra graisser les gonds, demain. J'en suis heureux, c'est ainsi quand on est chez soi, on s'occupe des menus travaux qui se présentent.

Le bruit du vent est le même partout, familier dès le premier réveil. Je m'assieds sur un tabouret, adossé au four à pain. La cabane est suffisamment petite, avec sa pièce unique et son alcôve où dormir, la chaleur atteint immédiatement tous les coins. Une carte du canton forestier est accrochée au mur. On y voit, délimité en rouge, mon territoire, ma terre conquise, mon champ de bataille.

Combien d'acheteurs de bois se sont-ils retrouvés au terme de leur périple à surveiller qu'on ne coupe aucun arbre ? Peut-être plus que je ne le pense. J'ouvre un carnet à carreaux, écris mon nom sur la première page, puis des lignes ensommeillées. Il y a des bûches. Je pourrai peu à peu en scier et en débiter d'autres. Dans la réserve, j'ai compté sur un rondin quatre cent trente cernes annuels. À quoi ressemblait alors le monde ? En Europe, on avait tout juste commencé à imprimer des livres. Christophe Colomb voguerait bientôt vers l'Amérique.

La pointe de mon crayon s'arrête. Je pense à Colomb et aux autres explorateurs, dont on ne connaît que le nom, qui ont dû choisir comme terrain d'aventure des régions de plus en plus difficiles d'accès lorsque toute la surface du globe aux latitudes tempérées s'est trouvée cartographiée. Il ne reste plus maintenant que les toits du monde et les pôles, où ne règne, au lieu de la malaria et des cyclones, qu'un froid terrifiant. Qu'ils soient poussés par la curiosité ou la bougeotte, ceux qui s'y risquent gèlent les uns après les autres et sont retrouvés recroquevillés dans la neige autour de leur journal de voyage. Dans les dernières pages, leur main tremble et leurs phrases raccourcissent. Pour finir, le texte s'interrompt au milieu d'une ligne, sans point final, convaincu jusqu'au bout qu'il suffira, pour que la vie continue, que d'autres sachent ce qui s'est passé.

Je retourne le carnet et recommence. D'abord la date, 5 novembre 1917, c'est important, je dois garder le compte des jours. Je décris mon arrivée, les oiseaux, la température, les vents, je précise les espèces, les degrés Celsius et les mètres par seconde.

Quand je referme le carnet, le silence enfonce ses bouchons d'ouate dans mes oreilles. Les nuages. Ils descendent. Je vais à la fenêtre. La neige qui tombe est légère et serrée comme un tissu de soie. Ma piste disparaîtra en une demi-heure.

1918

17

Je slalome entre les pins centenaires du versant en pente douce du mont Niilo et me glisse dans une profonde gorge où règnent encore l'odeur et la pénombre humide du cœur de l'hiver. Je remarque pourtant pour la première fois que la couche de neige, au sommet des parois rocheuses, a glissé et dépasse par endroits du bord. Dès demain, il sera dangereux de skier ici.

Quand j'émerge du ravin, j'abaisse la visière ficelée à ma chapka et cale mes lunettes noires entre mes pommettes et mes sourcils. En terrain ouvert, les rayons du soleil réfractés par les cristaux de neige éclaboussent tout. Je n'ai jamais vu ailleurs de lumière transperçant à ce point les yeux et restant à scintiller à l'intérieur du crâne. Quand elle a commencé, il y a environ un mois, à mordre à pleines dents dans l'obscurité hivernale, j'ai cru que je ne pourrais plus skier que de nuit. Je me suis finalement rappelé la caisse laissée par Lauri Keituri dans le placard d'angle de la cabane. Au début de mon séjour, j'y avais trouvé une visière et des lunettes noires, objets dont la présence était incompréhensible jusqu'à ce qu'au début du mois de mars tout ce qui était d'un doux gris-bleu devienne tranchant et aveuglant.

Les monts se dessinent sous la blancheur, séparés par de profonds vallons peuplés de bouleaux tortueux. Je skie sur les crêtes, délaissant ma piste habituelle, plus bas, car la neige durcie par le gel supporte maintenant partout mon poids. Ma courte ombre bleue m'accompagne. Nous avons le dos droit et, dans nos bras, une force à dompter. Je m'attaque aux pentes du Kaltio, y imprime de grandes traces de patte d'oiseau et respire le vent, encore froid mais en train de se calmer, qui ne parvient même plus à faire voltiger la neige dans les vallées orientées au sud. Je reste à regarder un lagopède des roches pâturer dans les raisins d'ours. À cet endroit battu par les vents, il n'y a pratiquement pas eu de neige de tout l'hiver. L'oiseau, reconnaissable à ses bandeaux oculaires noirs, n'a plus peur de moi et se promène tranquillement en picorant des baies. Je m'approche à deux mètres et me penche un instant pour en cueillir moi aussi.

Au sommet du mont, je m'arrête pour examiner le paysage à la jumelle. Aujourd'hui non plus, ni fumées ni voix humaines. Le monde n'est que croupes rocheuses drapées de pans de forêt qui secouent leur fourrure de neige dans la lumière du jour, l'air boudeur et la tête ébouriffée comme des enfants réveillés trop tôt sous la lampe de la cuisine. Je glisse en coupant la pente vers un gros rocher conique, posé, pointe en bas, sur l'épaule du mont. Vu de la cabane, on dirait une sculpture, et c'est ce pour quoi je l'ai pris pendant des semaines, avant de me demander qui aurait pu, dans cette contrée inhabitée, tailler pendant des années un bloc erratique.

J'effleure la surface envahie d'ophioparme venteuse de la pierre lavée par les bourrasques. Au-dessous du lichen jaune à taches rouges, au pied du cône, se niche une petite cavité. J'y ai jeté un coup d'œil trois fois au cours de l'hiver, et j'ai retourné entre mes doigts les os, cornes, clous et allumettes qu'elle contenait avant de les remettre en place. En février, deux sachets en tissu et un collier noirci y ont aussi fait leur apparition. Ce n'est qu'alors que j'ai compris que les débris ne provenaient pas de parties de chasse ou d'en-cas d'ingénieurs forestiers. Je ne veux pas savoir pourquoi ces objets sont là. Je n'y ai plus touché et préfère ne pas les regarder. Quand on est seul depuis des mois, on se méfie de l'inconnu. Il vous pousse sous les os du crâne une croûte qui en bouche les pores et isole vos pensées effilochées des aurores boréales, du silence, des souches sculptées et des rochers étranges. Si on les laissait se mélanger, ne serait-ce qu'un instant, on cesserait d'exister. Le soir, au cœur de l'hiver, j'ai souvent contemplé la pierre sacrée fichée sur la pente du mont, certain qu'elle me rendait mon regard.

C'est ce qu'on appelle le syndrome de la cabane.

Défiant la colère des esprits, je m'appuie au cône. Le Sud est là, à portée de main. Le printemps y est déjà bien avancé. Dans les forêts d'Aspholm, les anémones bleues déplient leurs tiges, un pic noir survole les arbres. Là-bas aussi, il y a une grosse pierre. Je me repousse du rocher et m'élance sur la pente du Kaltio. C'est mon meilleur poste d'observation, mais je n'y reste jamais longtemps. La vue s'étend trop loin.

Au bas du mont, la neige cède sous mes skis et c'est enfoncé jusqu'aux genoux que je patauge jusqu'à ma piste. Les deux sillons parallèles sont devenus au fil des mois aussi durs que des rails. Dès le début de novembre, j'ai tracé un parcours que j'ai quotidiennement suivi, autant que possible. Et il n'y a presque pas eu d'interruption, je ne suis resté à portée de vue de la cabane que les pires jours de blizzard.

J'ai calculé sur la carte que mon circuit faisait environ quinze kilomètres. Je m'en suis tenu tout l'hiver à la même routine. Autant pour les oiseaux et pour ma mission de surveillance que pour moi-même. Avoir des habitudes m'évite de devenir fou. Il n'y a pas de place, dans un emploi du temps régulier, pour les divagations. Quelle vie étriquée, diraient Hegel, Nietzsche et Lidia ! Mais qui donc a fondamentalement une vie si extraordinaire ? Ici aussi, chaque jour est différent, si on y regarde de près. Je parcours à ski le même trajet, accomplis les mêmes tâches, mais rien n'est jamais pareil. Dans les profondeurs de la forêt, c'est un jour un mésangeai, un jour une mésange lapone, et un jour un troll qui me regardent.

Dans la sapinière près de la cabane, je croise à nouveau les mésangeais. La femelle pondra sûrement bientôt, et je sais dans quelle direction se trouve leur nid. Je ne l'ai cependant pas trouvé, mais ne l'ai pas non plus vraiment cherché. Je préfère ne pas trop m'écarter de la piste. Mes skis de forêt mesurent près de trois mètres, mais même ainsi chaussé, progresser dans l'épaisse couche de neige est difficile. Mieux vaut ne pas prendre de risques, aucun secours n'est à espérer. Anna Keituri a bien dit qu'il passait des éleveurs de rennes, mais je n'ai vu personne. Peu importe, en soi. J'ai assez de farine, de sel et de conserves. Je me pose juste la question. Existe-t-il encore d'autres hommes ?

Un peu avant l'airial, la saison change. Quand je me penche pour ôter mes skis, un bruit étrange me fait sursauter : de l'eau goutte des stalactites du bord du toit. Les sentiers conduisant aux dépendances ne sont plus des voies ouvertes dans la neige, mais des chemins de glace où scintillent quelques flaques. Le printemps se cassera encore plusieurs fois les dents, mais il viendra.

La lumière qui m'a inondé les yeux palpite en une légère migraine sous mon front. Je rentre et tire le rideau devant la fenêtre, m'assieds à la table et note dans mon carnet mes relevés habituels des conditions météorologiques, les noms abrégés des oiseaux et leurs activités – qui a lancé un avertissement, qui a chanté, qui se prépare déjà à nidifier. Il ne me reste plus beaucoup de pages vierges. La saison de couvaison approche. Les oiseaux migrateurs et les Keituri vont revenir.

Suis-je réellement sur le point de m'en sortir vivant ?

Je feuillette mon carnet. Il est plein de lagopèdes des saules et des roches, de mésangeais, de corbeaux, de mésanges lapones, de becs-croisés et de harfangs des neiges. J'ai vu deux fois des traces de glouton et une fois ce qui semble être celles d'un loup. J'ai étudié la flore des versants déneigés par le vent et identifié une phyllodoce bleue, un raisin d'ours des Alpes, un cornouiller nain et un lycopode en massue.

J'avais pour but de tenir un journal, mais je n'ai souvent eu la force de noter que mes observations de la nature. Dans ma cabane, j'ai surtout lu et dormi. Il n'y a pas grand-chose, dans les pages de mon carnet, en plus de noms d'espèces, de chiffres et de lieux. Ce peu est pourtant déjà trop. Je n'ai pas réfléchi au printemps et au retour à la civilisation. Je serre les dents et relis les textes qui devaient constituer ma nécrologie.

Quelques jours avant Noël, j'ai griffonné :

Je me suis écarté de la piste pour grimper jusqu'au sommet du mont Niilo. Les étoiles brillaient, au nord dansait une aurore boréale. Une lumière froide, blafarde – quelle ironie, en plein midi ! J'avais laissé ma carte dans la cabane. Il m'est venu à l'esprit qu'il me suffirait de pousser un peu sur mes bâtons pour glisser vers les forêts inhabitées, de l'autre côté du mont. Combien de vallées et de gorges aurais-je le temps de voir, combien de collines aurais-je le temps d'escalader avant de mourir de froid ? Mes pensées m'ont effrayé et j'ai fait demi-tour.

Difficile d'imaginer Noël plus solitaire. J'attends que l'on frappe à la porte, que Lidia entre et me dise qu'elle est allée demander à Hanna où j'étais. Je lui parlerais de mon voyage, en train, en traîneau, à ski au clair de lune, des épreuves qu'elle a traversées à cause de mon…

Ceci ne m'avance à rien. Je vais aller couper du bois. Depuis que je l'ai secouée, ma lampe frontale fonctionne de nouveau.

En janvier, je me suis épanché sur ma peur diffuse et sur les aurores boréales qui émettent de faibles sifflements et zizillements, alors qu'en théorie elles devraient être silencieuses. Je raconte aussi avoir rêvé de Lidia :

Rien d'éthéré, mais au contraire du très charnel. Quel mot exécrable, pourquoi n'en a-t-on pas inventé de plus beau !

Je repose le carnet sur la table. Il est hors de question de le remettre à Uggelvik. Je dois recopier ailleurs mes observations scientifiques.

Dans la soirée, je sors sur le perron. Un vent tiède souffle du sud. Dans un mois, il commencera ici aussi à y avoir de l'eau. La neige fondra, les flots grossiront et charrieront des glaces jusque dans les profondeurs des forêts inondées. Les skis ne glisseront plus. Les chapes gelées des grands fleuves se cribleront de trous et la raspoutitsa dévastera les routes.

Que faire ?

Je suis là depuis cinq mois. La séquestration du conseil municipal remonte à près de huit mois. Et pourtant mes rêves de Lidia ne se sont pas dissipés, au contraire.

Je rentre et me lave devant le feu. Il fait bon dans la cabane, l'eau est chaude, je ne me dépêche pas comme d'habitude. J'examine mon corps. Les muscles de mes bras et de mes cuisses se dessinent sous ma peau et, quand je me penche, mon ventre se plisse de fines rides. Je plie et déplie mes membres comme ceux d'un étranger. Je ne m'étais pas rendu compte de ce qui se passait sous les multiples couches de mes vêtements d'hiver pendant que je skiais, sciais et débitais du bois, et me nourrissais de mes maigres provisions.

Je vais vider dehors l'eau du baquet. La boue gelée me chatouille les plantes de pied, de grandes ailes de papillon me poussent dans le dos.

La pulka se coince entre les blocs de glace. Je me penche en avant et tire, plus que cinquante mètres, allez, viens ! La neige qui s'évapore teinte l'air de gris, la route nage dans une gadoue glacée où il est encore plus difficile d'avancer que dans la neige profonde. Arrivé devant le magasin du village, je me débarrasse d'un coup de pied de mes skis et ôte mon manteau trempé. Je dois maintenant me concentrer, me rappeler les mots, les expressions, les gestes, l'humain. Le froid me frappe le dos et me pousse vers la porte.

Le visage de l'adolescent boutonneux qui fait office de commis se fige, telle une pleine lune effrayée, sur fond d'étagères dégarnies. Je me frotte le front, je ne me suis pas regardé dans un miroir depuis cinq mois. Je lui tends la clef de la cabane du mont Kaltio et lui achète du pain et du fromage. La faim tournique dans mon estomac telle une créature autonome.

« Puis-je laisser sous l'auvent de la remise les skis et la pulka de Lauri Keituri ?

– Je suppose, oui, répond le garçon.

– Est-ce qu'il y a des voyageurs en route vers le sud ?

– Un traîneau s'est arrêté chez le voisin pour laisser souffler le cheval, des gens d'Inari, qui vont chercher leur fils pour l'enterrer.

– Que lui est-il arrivé ? »

Voyager avec des parents en deuil ne me tente pas, mais c'est peut-être ma seule chance. Le commis hausse les épaules.

« Il a pris une balle, à Orivesi. »

Sans doute encore une querelle d'ivrognes. C'est là-dessus que se termine ma première conversation. Je n'ai aucune sensation étrange dans la gorge et ma voix ne s'est pas brisée une seule fois. Dans ma cabane, je parlais ou lisais tous les jours un moment à voix haute afin d'entretenir la souplesse de mes cordes vocales. Je m'assieds sur le perron, me coupe des tranches de pain et de fromage d'épaisseur égale et mange. Un long traîneau d'un noir sinistre attend devant la maison voisine.

Le temps doux et brumeux et le cahotement du traîneau me fatiguent. Je somnole, à côté du cocher, ma capuche sur les yeux. Je n'ai échangé avec le vieux couple assis à l'arrière qu'un bonjour et quelques phrases de condoléances. Je n'ai pas envie de bavarder, et sans doute eux non plus. La seule présence d'autres personnes me suffit comme apprentissage.

À l'approche de Sodankylä, la route s'améliore. Nous avons changé de cheval et le traîneau glisse sans encombre. Dans la soirée, la grand-rue cabossée nous mène jusqu'à l'église de pierre du bourg. Je fais mes adieux au vieux couple. Le cocher les accompagne à la porte de l'édifice. Les basques de leurs manteaux noirs leur battent les jambes comme si elles tentaient de les faire s'envoler loin de l'église et du perron de la chambre funéraire, où une silhouette balaie la neige. Le vent houspille les sinistres bâtiments, et mes certitudes avec. Devrais-je traîner moi-même mes affaires jusqu'à l'auberge, à une centaine de mètres ? Mais le cocher revient, saute sur son siège et me mène à bon port.

Nous portons mes bagages à l'intérieur. Le cocher s'essouffle, mais mes jambes tremblent d'une étrange allégresse tandis que je monte et descends les marches. Les murs de l'auberge sont rouge sombre, à la lumière du jour, comme à l'automne, mais semblent avoir rétréci. Même l'escalier est moins raide, franchi en deux enjambées.

Devant le bâtiment, ça discute, des pas pressés montent les marches et on s'essuie les bottes sur les branchages de sapin du seuil. La porte du rez-de-chaussée s'ouvre à la volée, une forte voix d'homme résonne dans la salle. Je m'assieds dans mon lit et bois une gorgée d'eau. Mon cœur sursaute à chaque bruit. Je suis à deux doigts d'aller bloquer la poignée de la porte de ma chambre. Mon voyage est-il trop rapide ? Si la petite auberge de Sodankylä me rend aussi nerveux, jamais je ne m'en sortirai à Rovaniemi, dans quelques jours, et encore moins dans le train et à Helsinki.

Je m'habille. Je n'ai en fait aucune raison de continuer ma route dès aujourd'hui. Je peux dormir toute la journée si ça me chante. Dans l'escalier, je rajuste mes manches, sous mes bretelles, et dans le vestibule je me penche pour remonter mes chaussettes. C'est comme si je ne savais plus m'habiller. Dans ma cabane, je n'y prêtais pas attention, je nouais un bout de ficelle à la taille de mon pantalon et portais des chaussettes dépareillées.

Avant de me servir une assiettée de la bouillie qui attend dans une grande casserole, je salue la femme de l'aubergiste, affairée devant le buffet. Elle jette un regard à mes vêtements flottant sur moi.

« Je vous en prie », dit-elle en me tendant le beurrier.

Ai-je l'air si misérable ? Le rouge au front, j'agrémente ma bouillie d'un œil de beurre, hoche la tête et me réfugie à une table à côté de la fenêtre. L'homme à la voix de stentor et ses compagnons sont installés près de la porte. En fondant, la neige de leurs bottes a laissé de petites flaques sur le sol. Ils sont quatre, mais, contre le mur, il n'y a que deux valises. Deux d'entre eux viennent donc d'arriver, et donnent des nouvelles à leurs amis. On le voit à leur attitude : le duo assis d'un côté de la table, appuyé en arrière, agite les mains et discourt, tandis qu'en face leurs camarades sont penchés en avant, secouent la tête et s'exclament.

Le soleil brille, l'eau goutte presque en torrent du toit. La glace de la rivière est constellée de taches sombres, mais les champs sont encore recouverts d'une épaisse couche de neige. Au loin, la forêt bouche l'horizon. Les petits des mésangeais quitteront bientôt le nid. J'espère qu'il reste encore de la nourriture dans leurs réserves cachées à l'automne sous les lichens. Je bois du thé et tourne ma cuiller dans ma bouillie. Les mésangeais pourraient-ils m'offrir un sujet de thèse ? Y en a-t-il dans les forêts d'Aspholm ? Peut-être, si père n'a pas décimé pendant l'hiver les plus belles sapinières recouvertes d'usnée.

« Le tournant décisif, ç'a été la mort du chef des rouges, Salmela. »

L'homme à la voix de stentor repose brutalement sa tasse. Mes pensées se lézardent.

« Que s'est-il passé ?

– Ce sont les siens qui l'ont tué.

– C'était un accident. Une caisse de grenades a explosé. »

Je pose ma cuiller sur le bord de mon assiette. Elle tinte sourdement.

« Ce n'était quand même pas un si grand soldat ? Il n'était pas acteur ?

– C'était malgré tout le meilleur d'entre eux.

– Peu importe. La ville de Tampere est tombée, et ce sera bientôt le tour de Helsinki. »

Le beurre fondu s'étale en un liquide doré à la surface irrégulière de ma bouillie. Je reprends ma cuiller et mange, il ne faut pas gâcher la nourriture, mais plus rien n'a de goût. Les mots volent à travers la pièce, *trains blindés*, *canons*, *jägers*, gardes de différentes couleurs. On mentionne à nouveau Salmela, l'acteur. Je m'y accroche. Ces hommes sont bien sûr aussi des comédiens. Ils vont bientôt sortir le manuscrit d'une pièce de théâtre et discuter des répliques qu'il faut encore retravailler. Bientôt.

Ils poursuivent leur représentation, puis se lèvent, remercient au passage la femme de l'aubergiste et s'en vont.

Je m'essuie les lèvres dans ma serviette et me recule, raclant bruyamment le plancher de ma chaise. Je me faufile entre les tables jusque dans le vestibule et monte à l'étage. Dans ma chambre, je pose les mains sur l'appui de fenêtre et le front contre la vitre. Ma peau a soif de froid.

Nous croisons des attelages transportant des corps, peut-être seulement une dizaine au total, en un jour et demi, mais j'ai l'impression qu'il en passe sans interruption : des traîneaux sans grelots convoyant deux ou trois personnes, le regard fixé sur la route, des hommes âgés, de jeunes femmes, de petites vieilles en fichu, et, derrière, un cercueil de planches fraîchement sciées. Les tourbières, alentour, sont toujours aussi muettes, les oiseaux hivernent encore à des centaines et des milliers de kilomètres. Mais les rivières que nous longeons par moments s'agitent. La glace hurle et craque et l'eau gronde, invisible, dans leurs veines étroites.

Le cocher se tait, il m'a fait comprendre dès le départ que son précédent client, un garçon de sa connaissance, voyageait dans une caisse en bois. Je n'ose pas poser de questions, car je n'ai aucune idée de l'étendue de mon ignorance. Le cocher n'a d'ailleurs pas l'air de savoir grand-chose de plus, si ce n'est que les rouges se font tous massacrer, sauf peut-être ceux qui auront eu le temps de fuir à l'Est.

« Ici, les gardes rouges sont passés en Russie dès le début de février. »

Pourquoi en Russie ? Je ne comprends pas.

« Il y en a aussi qui ont essayé de revenir, mais on les en a empêchés. »

Si de tels événements ont eu lieu dans les immenses étendues neigeuses de Laponie, qu'en est-il chez moi, au sud ?

Nous arrivons à Rovaniemi en début d'après-midi. Le cocher me laisse à l'extérieur du bourg, car les rues y ont déjà trop fondu pour que le traîneau puisse y passer. Je rassemble mes bagages, havresac sur le dos, ballot sur l'épaule et caisse de livres dans les bras, et me hâte vers le centre. Je ne pense même plus à m'effrayer des gens et des chevaux qui surgissent au coin des rues, des cris et des sifflets de locomotive. Ma caisse de livres manque me jeter à terre, mais mes bras résistent. J'arrive à l'auberge, nauséeux et trempé de sueur, et laisse tomber mon chargement devant le comptoir, tel un trésor rapporté du désert.

La réceptionniste, la même qu'à l'automne, me salue prudemment.

«Le téléphone. Je peux l'utiliser?»

Je titube jusque derrière le palmier, balaie les feuilles mortes tombées sur la table et saisis le combiné.

«Les communications avec Helsinki sont malheureusement coupées, m'annonce une voix de femme. La situation y est pour l'instant confuse.

– La situation?

– La libération de la ville est en cours.»

Je lui demande s'il est possible de joindre Aspholm. Elle essaie.

«Non plus, je regrette.»

Je repose le combiné. Une nouvelle feuille tombe du palmier. Je sors en courant.

Hjalmar Uggelvik, habillé comme pour sortir, se tient devant une grande carte murale, la main gauche pleine d'épingles à tête, l'index et le pouce droits encore posés sur celle qu'il vient de planter. Je m'appuie au montant de la porte et reprends mon souffle. La carte est neuve, elle représente tout le pays, et pas seulement le Nord. Un fil rouge pend dans le Sud, accroché à quelques épingles. Pour le reste, la pièce n'a pas changé, le bureau, les chaises, le miroir sur le mur opposé. Le miroir. Je regarde l'homme aux joues creuses qui me fixe. Son menton disparaît sous une barbe taillée court, il a la peau hâlée, cuivrée comme celle d'un indigène. Nous ôtons notre chapka, lui et moi, et les mêmes cheveux châtain foncé nous tombent sur les tempes.

«Stenfors, bonjour, j'ai failli ne pas vous reconnaître.»

Je me tourne vers Uggelvik et crois regarder encore dans le miroir, même nos fronts se plissent en même temps.

«Et réciproquement.

– La situation alimentaire est difficile, reconnaît l'ingénieur forestier principal. Ma femme et moi nous privons pour nourrir correctement les enfants. Notre nouvelle autorité de tutelle nous verse nos salaires avec parcimonie.»

Je traverse le tapis jusqu'à la carte.

« Que se passe-t-il ?

– Je suis au jour le jour la situation sur le terrain. Le fil rouge, entre les épingles, représente le front. En février, il allait de Pori à Vilppula, Heinola et Antrea. Il s'est vite trouvé enfoncé en plusieurs points par des percées vers le sud. »

Il retire le reste des épingles, laissant tomber le fil rouge par terre, et en enfonce une nouvelle à la pointe de la presqu'île de la capitale.

« C'est maintenant là que ça chauffe. »

Uggelvik retourne s'asseoir à son bureau, empile des papiers et souffle par moments dans ses mains. Il fait froid dans la pièce. Les photos des enfants sont à leur place sur le bord de la table. Il y en a deux. Était-ce trois à l'automne ?

« Je commence sérieusement à planifier l'été prochain, déclare Uggelvik. Tout va sans doute vite revenir à la normale. Asseyez-vous, je vous en prie. Comment allez-vous ?

– Bien… J'arrive du Nord.

– Comment s'est passé l'hiver ? Vous aussi, vous avez l'air d'avoir maigri. »

Je suis incapable de rester assis. Je fais les cent pas dans la pièce, puis me rappelle ma mission et dépose mes notes, mises au propre, devant Uggelvik.

« Je n'ai pas constaté de vols. Mes observations sur la nature sont là. »

L'ingénieur forestier principal ouvre le carnet et se plonge dans sa lecture.

« Je voudrais rentrer chez moi au plus vite, l'interromps-je.

– Les trains ne circulent que jusqu'à Vaasa, marmonne-t-il sans lever les yeux.

– Qu'est-ce qui les empêche d'aller plus loin ?

– Les tireurs embusqués, ou que sais-je. Le trafic reprendra quand le commandement militaire jugera la situation sous contrôle. Vous allez devoir attendre. »

Le brouillard entre par la fenêtre, me brouille la vue. Quelque chose craque sous mon talon. Il y a des éclats de verre sur le plancher de la chambre de Lidia. Le vent explore les recoins, des feuilles de papier blanches jonchent le sol. La machine à écrire est muette, cassée.

« Ça ne va pas ? demande Uggelvik.

– Expliquez-moi ce qui se passe.

– On se bat à Helsinki. »

Je cligne des paupières pour chasser le brouillard.

« Je veux dire ce qui se passe dans tout le pays. Je n'ai capté que quelques bribes d'information. Des blancs et des rouges, des Russes et des Allemands. La guerre mondiale est arrivée jusqu'ici ? »

Uggelvik ouvre sa boîte à cigares. Elle est vide.

« Qu'avez-vous fait tout l'hiver ? » demande-t-il en croisant les mains sur son ventre amaigri. Ses pouces tournent à toute allure l'un autour de l'autre.

« Je suis resté là où vous m'avez envoyé.

– Vous n'êtes pas allé au village, au magasin, ailleurs ? Vous n'avez rencontré personne ?

– Non.

– J'ai donné à votre père l'adresse du magasin, en novembre. Vous n'avez pas reçu ses lettres ?

– Non. Au magasin, quand j'ai rendu la clef, il n'y avait qu'un jeune commis. Il ne savait peut-être pas que j'avais du courrier. »

Uggelvik soupire.

« Quand êtes-vous arrivé au mont Kaltio ?

– Le 5 novembre.

– Savez-vous que, deux jours plus tard, les communistes ont pris le pouvoir en Russie ? »

La tête d'épingle me fixe d'un œil noir depuis la capitale.

« Savez-vous que la Finlande a déclaré son indépendance le 6 décembre ? »

Je m'approche du bureau et me laisse tomber sur une chaise. Uggelvik soupire à nouveau.

Je reçois les lettres de père le matin de mon départ. Elles ont été expédiées du magasin de Kaltio au bureau de l'administration des forêts, d'où elles m'ont été portées. La première est datée du 10 novembre, la dernière du 25 janvier. Je les range dans mon havresac avant de me hâter vers la gare, achète des journaux dans le hall et me retranche sur une banquette de troisième classe. Je sais au moins que mieux vaut ne pas gaspiller d'argent en confort inutile. À la maison, c'est peut-être une misère noire qui m'attend, voire pire.

Je jette d'abord un coup d'œil à la dernière lettre de père. Fin janvier, en tout cas, personne ne les avait encore menacés, lui, Hanna, l'appartement ou Aspholm. Je fourre le papier sous la pile et entreprends de tout lire dans l'ordre chronologique. Je constate vite que père n'a pas été trop affecté. Il évoque avec inquiétude la révolution d'octobre, en Russie, mais s'interroge aussitôt sur la création d'une république de Carélie. Quelles perspectives n'ouvrirait-elle pas dans les forêts de l'Est ! Les bolcheviks, selon lui, ne parviendront pas à imposer leur loi sur un très grand territoire et, une fois la guerre terminée, les plus rapides pourront mettre la main sur ce qui leur aura échappé.

Reste à voir si nous serons encore en vie dans un an. Il y a trois jours, l'homme d'affaires Alfred Kordelin a été assassiné chez lui, à Mommila. Il a été tué par un matelot russe. Je pense que les meurtres ne s'arrêteront pas là, alors que personne ne devrait avoir à se plaindre. Les grévistes ont obtenu ce qu'ils voulaient. La journée de travail est fixée à huit heures et tout un chacun pourra voter aux élections municipales.

En lisant ces deux dernières phrases, j'imagine la joie qui a éclaté dans les rues, les salles de réunion, les logements ouvriers, la joie que père considère comme du tapage ou comme une revanche malsaine, la joie qui a certainement illuminé le visage de Lidia d'une lumière plus ardente que le soleil doré du mois d'août. J'ai sa photo dans mon portefeuille, mais je ne l'ai pas regardée depuis des mois, et ne la regarde toujours pas. C'est un bout de papier écorné, sans plus aucune réalité.

La lettre suivante a été postée une semaine plus tard.

Les ouvriers ont décrété une grève générale. Ils contestaient le système des trois régents et sont parvenus à imposer leur volonté que le pays soit gouverné par le Parlement. Je me demande ce que cela va donner – confier le pouvoir de décider de tout à un groupe de gens aussi nombreux et disparate. La gauche a formé un Conseil central révolutionnaire, mais la révolution n'a pas eu lieu, car aucun accord n'a pu être trouvé sur la composition d'un gouvernement révolutionnaire.

Au fil des lignes, l'écriture de père se fait plus verticale. Les angles des lettres pointent en tous sens.

Es-tu toi aussi en grève, maintenant que tu es payé par l'État ? J'ai dû demander ton adresse à Hjalmar Uggelvik, vu que tu n'as pas daigné me l'envoyer toi-même. Que se passe-t-il, Erik ?

La lettre suivante n'a été écrite qu'à la mi-décembre.

La semaine dernière, nous avons trinqué à l'indépendance au restaurant Seurahuone, car c'est magnifique, bien qu'il ne faille sans doute pas trop s'en glorifier. Une chose est sûre, les socialistes ne feront pas partie du gouvernement. Il y a eu trop d'incidents regrettables pendant la grève. Je te souhaite un joyeux Noël, Erik, même si tu ne donnes aucune nouvelle. Hanna t'envoie son bon souvenir, elle m'a chargé de te dire qu'à la maison tout est comme d'habitude.

Dans sa première lettre de la nouvelle année, père semble morose, il dit avoir été malade et freiné dans ses activités. L'hiver est horriblement froid et la situation si étrange qu'il est inutile de planifier des coupes de forêt.

Les gens restent enfermés chez eux ou se rendent en rasant les murs à toutes sortes de réunions. Il y a des milices des deux côtés, elles organisent à tour de bras des manœuvres et des défilés. Et les deux camps s'arment. Je ne crois pas que les rouges soient encore maîtres de leur parti. Il y a bien sûr ici aussi une garde blanche, elle a été formée tout de suite après la séquestration du conseil municipal. Et toi, as-tu rejoint la garde blanche locale ? Bien qu'il n'y ait sans doute pas beaucoup de « foyers d'incendie » à éteindre là-bas.

Derrière les prés enneigés, le fleuve dégèle et se prépare à jeter ses glaces flottantes sur ses rives. Les riches maisons se dressent au même endroit qu'à l'automne, mais qu'ont-elles vu depuis ? Je ne sais pas à quelle distance du mont Kaltio les affrontements se sont approchés.

La dernière lettre est brève.

Cher Erik, je suppose que tu n'as pas reçu mes lettres car je ne vois pas d'autre raison à ton silence, et ne veux même pas en envisager. Quand tu reviendras, j'espère que je serai là pour t'accueillir. J'ai embauché deux solides gardes du corps, mais je ne sais pas combien de temps ils seront autorisés à conserver leurs armes. Je me demande toujours si je ne serais finalement pas plus en sécurité en ville qu'à Aspholm.

Le Parlement a chargé le Sénat de rétablir l'ordre dans le pays. Les socialistes en sont bien sûr mécontents, car il n'y a pas de rouges au Sénat. Je suis au restaurant Seurahuone et viens d'apprendre que le Sénat a fait des gardes blanches son armée officielle. Les gardes rouges et les troupes russes sont donc maintenant autre chose, et l'on ne tardera pas à savoir quoi. Elles ne devraient en tout cas pas avaler la décision sans broncher.

Je range les lettres dans leurs enveloppes. Des paquets de neige tombent des branches des pins et des sapins. Le train a franchi la limite géographique du zéro degré. Je prends sur le siège voisin le premier journal de la pile. Il date d'il y a quelques jours, après la libération de Helsinki. Le cliché en première page montre le port. Des grappes de gens y sont massées, le regard déjà tourné vers le scintillement de la mer et vers l'avenir, au bout du voyage. Peu regardent directement l'appareil photo. Mais les rangs sont trop bien alignés et les dos trop raides, ce sont des prisonniers qui attendent d'être conduits dans des garnisons militaires. L'article note que la ville semble encore souillée et blessée. Les habitants doivent se méfier des tireurs embusqués, bien que les gardes blancs et leurs renforts allemands aient déjà autant que possible nettoyé leurs repaires. Les familles peuvent venir reconnaître les corps de 11 à 15 heures à l'ancien hôpital du choléra et dans les postes de police.

Je dévore les textes et les photos en croyant voir un peu partout Lidia. Une silhouette enveloppée d'un vieux châle, debout sur les quais devant les baïonnettes. Un corps ensanglanté gisant entre les murs burinés par la mort de l'hôpital du choléra. Je suis passé des centaines de fois devant ce baraquement, entre autres avec Lidia, la nuit de la Saint-Jean. Je jette le journal par terre et m'adosse à la banquette. Le soleil printanier darde à travers les arbres des rayons agressifs. Je dois me calmer. Elle n'a pas forcément commis d'actes répréhensibles. Peut-être a-t-elle passé l'hiver à Leppämäki et ramasse-t-elle en ce moment même des canneberges au bord de l'Œil noir ? Peut-être a-t-elle malgré tout changé d'avis. Je lui ai quand même écrit cette lettre !

Le manque de sommeil projette sur l'écran de mes paupières des images qui semblent réelles. Je me tiens sur la rive de l'étang. Je n'y suis jamais allé mais je le connais, Lidia m'en a parlé, et la voilà qui s'avance dans les sphaignes ceinturant l'eau noire, souffle sur ses doigts gourds et cueille une baie rouge. Je tends la main, et elle s'écarte du bord de la tourbière telle une ondine devenue humaine. Dans la trace de ses pas, l'eau sourde puis redisparaît dans les pores de la tourbe. De la glace assombrie miroite sous la surface de l'étang. C'est le printemps, bien sûr, avril, aujourd'hui même, et j'attends des oiseaux, un pic noir ou un plongeon catmarin. Lequel arrivera le premier ? suis-je sur le point de demander, mais je n'en ai pas le temps.

« Je ne devrais pas être ici, en fait, dit Lidia.

– Où, alors ?

– Sous terre. »

Je sens la rapide pression de ses doigts sur les miens. Puis elle les lâche et se retourne.

« Ne pars pas ! »

Je tente de lui saisir la main, mais elle flotte déjà dans la forêt glaciale.

Les trains brinquebalent péniblement vers le sud. Tout au long du trajet, je suis contraint de passer la nuit dans différentes localités. Dans les auberges, j'essaie de joindre par téléphone la rue des Tilleuls ou Aspholm, mais sans succès, malgré les heures d'attente, le combiné à l'oreille. J'envoie des télégrammes pour annoncer mon retour et demander des nouvelles. Pas de réponse.

Les joints des rails battent au rythme d'un cœur au seuil du sommeil. On voit au pied des arbres et dans les champs des îlots de terre nue, des troupes d'oiseaux volent à l'horizon. L'air des wagons est étouffant. Le paysage qui s'adoucit et la peur partout palpable se mêlent en une improbable mixture malodorante. L'ombre de la mort jure avec le printemps.

Le 23 avril, je parviens à proximité de Vaasa. La ville n'est pas directement sur ma route, mais je décide de m'y rendre, plus pour passer le temps qu'autre chose, car on ne peut toujours pas continuer plus au sud, et aussi pour essayer d'en savoir plus. Une charrette passe sous un ciel sans nuages. La route encerclée de champs est sûrement silencieuse, et chaude, embaumant déjà la terre humide.

Le train s'arrête, je descends sur le quai et étire mes membres engourdis. Je n'ai envie de rien. Et mieux vaut ne pas trop m'éloigner. Si le Sénat réfugié à Vaasa décide de retourner à Helsinki, je dois être à la gare pour quémander une place dans le convoi. Je m'assieds sur ma caisse de livres et souris aux tussilages qui poussent au pied du soubassement de pierre. Les rails grincent et les wagons que l'on accroche à une nouvelle locomotive s'entrechoquent. Des hommes crient en chargeant des bûches dans le tender, quelqu'un a l'idée de faire siffler le train, déclenchant les rires. La vie semble presque revenue à la normale. Maintenant que la capitale est tenue par les blancs, la route va bientôt s'ouvrir, les Allemands ont déjà repris Hyvinkää et Riihimäki, les rouges adressent des suppliques à l'étranger. Travailleurs de tous les pays, empêchez vos bourgeois de venir en Finlande prêter main-forte à l'armée blanche !

« Stenfors ! »

Lauri Keituri laisse tomber son havresac à mes pieds. Il a le bras gauche bandé, le droit orné du brassard blanc de la garde. Je me lève pour le saluer.

« La cabane est libre ? demande-t-il.

– Elle vous attend, dis-je en tournant les yeux vers son attelle.

– Je serai capable de couper du bois dès cet automne, assure-t-il. Avec ma grande carcasse, j'ai réussi à arrêter la dernière balle des rouges, à Tampere.

– Et votre famille, comment va-t-elle ?

– Ils sont sans doute aussi fatigués. Niilo faisait ses dents quand je suis parti. »

Des voyageurs se pressent à nouveau sur le quai. Les portes du train s'ouvrent, on se hâte de monter à bord. Lauri recule de deux pas pour jeter un coup d'œil à l'horloge de la gare.

« Je vais bientôt devoir y aller.

– Dites-moi un peu. Comment était-ce ? »

Il évite mon regard.

« Pas beau à voir. Les rues étaient jonchées de cadavres d'hommes et de chevaux, d'étendards en lambeaux prônant "Force, Courage, Vaillance et Détermination", de pauvres armes, couteaux, haches, gourdins.

– Vous avez vu des prisonniers ?

– Onze mille. On les avait rassemblés sur la place du marché, après la prise de la ville. Des hommes ordinaires, quelques femmes, aussi. »

Je m'apprête à lui demander de quoi elles avaient l'air, mais il jette son havresac sur son dos.

« C'est l'heure, dit-il en me secouant la main. Peut-être nous reverrons-nous un jour. »

Le train s'éloigne. Aucun autre ne vient le remplacer. Il ne partira en tout cas plus aujourd'hui de gros pontes. Je dépose ma caisse de livres et mon ballot à la consigne et pars à pied. La capitale provisoire déborde d'énergie, il y a foule partout. Des soldats montent la garde autour de l'hôtel de ville transformé en centre de commandement. Je parcours les rues au hasard, entre dans la première auberge venue, prends une chambre et demande la communication avec Helsinki. Je m'installe dans le meilleur fauteuil du hall et sors un livre de mon sac, le combiné à l'oreille.

« Allô ? » dit Hanna.

J'en lâche mon livre.

La nappe bleu clair de la table du téléphone se chiffonne sous ma main. Je la lisse distraitement et recentre le bouquet de fleurs séchées.

« Ton père est à Aspholm, m'annonce Hanna. Il essaie d'organiser les semailles. C'est difficile de trouver des ouvriers agricoles, la plupart se cachent ou sont en route pour la Russie.

– Ils ont tous participé à l'insurrection ?

– Ni Iida ni Ville, mais les autres se sont engagés dans la garde rouge dès le début de l'année. Et aussi le jardinier, Gröndahl, mais dans l'autre camp.

– Comment vous en sortez-vous ?

– Il n'y a plus aucun danger, ici. Quand arrives-tu ?

– Dès que je pourrai. »

Hanna me demande ensuite comment s'est passé l'hiver. Je n'ai aucun mal à faire tenir ces six mois en quelques phrases, si j'omets toutes les pensées qui m'ont traversé l'esprit. Je ne trouve de mon côté pas d'autres questions à poser. L'étau de la peur qui m'a longtemps emprisonné m'a laissé dans une étrange indifférence.

«Si tu veux bien, on reprendra la conversation quand...

– Attends, m'interrompt Hanna. Elle est venue.»

Je me recroqueville autour du combiné.

«Lidia?»

Hanna se tait. Je comprends. On nous écoute peut-être.

«Ta cousine, dit-elle. Elle est passée il y a quelques semaines, elle t'a demandé. Elle était embarrassée et a longuement expliqué qu'elle ne voulait pas déranger mais qu'elle ne connaissait aucun autre endroit...

– Que voulait-elle?

– Ella a laissé une caisse. De pommes de terre.

– Pourquoi?»

Hanna lâche quelques syllabes, puis se reprend.

«Elle devait quitter la ville. Elle avait peur qu'on cambriole sa cave et prenne les pommes de terre. J'ai promis de les lui garder.

– Bien.

– Je ne suis pas tranquille. Nous risquons nous aussi d'avoir la visite de voleurs.

– Je serai bientôt là, je m'en occuperai. A-t-elle dit si elle reviendrait les chercher plus tard?

– Dans la mesure du possible. Elle craignait de devoir rester longtemps partie.

– Elle a laissé un message?

– Ses amitiés.»

Rien d'autre.

Les bottes des soldats ont transformé la pelouse de l'hôtel de ville en un champ boueux parsemé de quelques touffes d'herbe mouillée. Il n'y a pas de bancs. Je m'adosse à un érable et observe tout en lisant les mouvements des hommes en armes. Je suis là depuis déjà des heures.

«Qui êtes-vous?» m'interrompt un jeune homme en uniforme vert de jäger. Je referme mon livre.

«Erik Stenfors. J'attends de pouvoir rentrer à Helsinki.

– Pourquoi attendez-vous ici?

– Le Sénat sera, paraît-il, le premier à s'y rendre.

– Peut-être.

– Pouvez-vous me dire quand il partira?

– Même si je le savais, je ne vous le dirais pas.»

J'essaie de me retenir de sourire. Le jeune jäger est le portrait craché de Sahlman : aussi revêche et arrogant, alors que ses boutons d'acné viennent à peine de sécher.

Sahlman.

« Connaissez-vous Anders Sahlman ? Nous étions à l'université ensemble. »

Nous commandons du thé et grignotons des biscottes. Nous tenons tous les deux notre tasse sous le menton afin de ne pas laisser la moindre miette tomber par terre. Les gestes des affamés sont les mêmes partout. Sahlman aussi a maigri.

« Ton père est donc en vie, commence-t-il.

– C'est à peu près tout ce que je sais.

– Où étais-tu engagé ?

– J'ai passé l'hiver dans le Nord. Je suis parti dès le mois d'août, pour des recherches sur le terrain. »

Sahlman hoche la tête, il ne s'attendait sans doute guère à autre chose. Je suis dégoûté. Il est en position de force, je lui ai exposé ma requête et suis à sa merci. Il y réfléchit tranquillement et savoure la situation.

« Quand êtes-vous arrivés à Vaasa ?

– En février, répond-il. Depuis, j'entraîne des gardes blancs un peu partout dans la région.

– Toi ? Tu étais encore un parfait novice il y a à peine un an.

– On apprend vite quand on veut.

– Qu'as-tu l'intention de faire, maintenant ?

– Travailler, à Helsinki. J'ai un poste de médecin qui m'attend. »

Il regarde dans la rue par la fenêtre du salon de thé.

« Un train militaire doit partir pour Helsinki avant le Sénat, dit-il comme s'il parlait de la pluie et du beau temps. Quelqu'un doit ouvrir la voie avant d'y laisser voyager cette précieuse cargaison. Certains tronçons sont sans doute encore aux mains des rouges.

– Tu m'emmèneras ? »

Sahlman sourit.

« Ce n'est pas moi qui décide. Mais je peux essayer. Ta famille a besoin de toi, n'est-ce pas ? Reste à proximité de la gare et donne-moi régulièrement de tes nouvelles. Tiens-toi prêt à partir à tout moment. »

18

Je somnole sur un banc du quai de la gare. Des moineaux picorent le ballast. J'ai essayé toute la journée de téléphoner à Aspholm, mais les temps d'attente se sont prolongés et aucune communication n'a pu être établie. J'écoute les rumeurs qui se colportent ici ou là.

«L'armée de l'Ouest des blancs a rejoint les Allemands à Hämeenlinna.

– L'ordre va enfin régner.»

Tard dans l'après-midi, des soldats blancs et des jägers, seuls ou par deux, commencent à arriver. Pas beaucoup, une vingtaine en tout. Une locomotive entre en gare, tirant un wagon. Le convoi est recouvert de plaques de blindage. Sahlman tourne à grandes enjambées le coin du bâtiment, me voit et fait un signe de tête en direction du train. Je claque le couvercle de ma caisse de livres, hisse mon havresac sur mon dos et ramasse mon ballot. Sahlman s'empare de la caisse.

«J'ai dit à mes supérieurs que ton père était gravement malade», chuchote-t-il.

Le train halète quelque part dans le nord du Häme. La fenêtre est en partie occultée par le blindage, mais à travers la fente restante, le paysage défile, tour à tour proche et lointain. Des branches frôlent presque le train, des rives, de l'autre côté de lacs, s'estompent à l'horizon telles des terres ultramarines. Il n'y a plus dans les sous-bois que quelques plaques de neige, seules sources de lumière dans la pénombre qui s'épaissit.

Je roulais à bicyclette non loin d'ici, l'automne dernier. Et songeais au printemps, à cette même pénombre.

La locomotive freine. Les soldats regardent par les fenêtres et parlent à mi-voix. Le train s'arrête. Sahlman descend sur la voie et revient presque aussitôt.

«Ce sont des nôtres qui arrivent en face. Nous devons attendre sur cette voie de service.»

On m'ordonne de quitter mon siège pour m'asseoir au centre du wagon. Les autres se postent aux fenêtres, autant que possible à l'abri des montants. On aperçoit dehors un lopin cultivé, une petite colline, des pins noirs et un pan de ciel jauni par le soleil couchant. Des silhouettes claires s'activent au pied des arbres. Un grincement familier aux oreilles des amateurs de pêche printanière se fait entendre : des pelles creusant la terre gelée. Un peu à l'écart, l'éclat d'une torche électrique troue par moments la pénombre.

« Regardez », dit Sahlman.

Derrière le champ, d'autres lampes s'allument. Elles éclairent les hommes qui sortent de l'excavation et s'alignent sur son bord. Les rails vibrent, le train qui arrive en sens inverse approche. Sur la colline, on crie quelques ordres. Des ombres noires se placent devant la rangée de silhouettes plus claires. À l'instant où des éclairs jaillissent, une locomotive et deux wagons passent en grondant devant la fenêtre du wagon.

Les ombres noires se dispersent parmi les pins. Il n'y a plus personne au bord de l'excavation. L'obscurité s'arc-boute sur le train ; dans leur propre monde, des tétras-lyres roucoulent. Les soldats reprennent leurs places. Le train s'ébranle et je tombe assis sur la banquette. Sahlman, de l'autre côté de l'allée centrale, me regarde.

Le soleil brille, au zénith, sur les places de la ville, les pinsons, dans les parcs, chantent leurs plus longs refrains. Un vol de grues cendrées fend le ciel. Je fais porter mes bagages rue des Tilleuls et pars à pied vers le nord-est. Dans le jardin botanique, anémones et daphnés sont en fleurs. Il ne reste des combats qu'un grand désordre, des traces de balles sur les murs, des vitres brisées. La Maison du peuple a brûlé. Je traverse le pont Pitkäsilta, au pied duquel gisent encore des entrelacs de fil de fer barbelé et des barques utilisés pour dresser des barricades. Dans les décombres, des garçonnets en culotte courte et des fillettes en robe fouillent les tas de briques à la recherche de trésors. Devant les portes cochères s'entassent des chaussures, des lunettes cassées, des chapeaux, des brassards rouges esquintés.

Le feu a mordu dans les maisons des faubourgs. Des pans de mur noircis se dressent çà et là. Des ruisseaux printaniers coulent dans les rues. J'évite au dernier moment une tache sombre incrustée dans le sol.

La cour de Lidia est déserte, mais on entend quelque part babiller des enfants. Les lilas bougent, Hilja et Maria en sortent en courant, traînant derrière elles une corde à sauter.

« Erik ! »

Je retrouve des bribes de souvenirs de l'hiver passé, les renoue et tente de comprendre que nous ne sommes plus en été. Les fillettes qui me tournent autour ne me sont d'aucune aide, elles n'ont pas changé, avec le rationnement, elles n'ont pas grandi d'un pouce. Leurs tresses en queue de souris pointent derrière leurs oreilles.

« Où étais-tu ?

– En voyage dans le Nord.

– Tu as vu des Lapons ?

– Non. Lidia est là ?

– Elle n'habite plus ici.

– Quand l'avez-vous vue pour la dernière fois ?

– Cet hiver, dit Maria. Elle allait et venait. On ne devait pas la déranger.

– Elle écrivait, dans un journal, ajoute Hilja en enroulant la corde à sauter.

– Elle était seule ?

– Oui, et quelquefois avec un homme, un grand. »

Une atmosphère étrange règne dans le centre de la capitale. Les gens vont et viennent, affairés, des dames et des fonctionnaires bien habillés, des bonnes avec des paniers au bras. Des ouvriers évacuent des déchets de chantier, déblaient et portent des planches. La fourmilière grouille et grandit. Des militaires allemands passent, à pied ou à bicyclette, les femmes leur font des signes de la main et les hommes lèvent leur chapeau. De jeunes soldats se promènent, casquette rejetée en arrière, manches retroussées, criant et riant. Les dernières batailles s'éloignent vers l'est, entre d'autres mains.

Les immeubles de la rue des Tilleuls ne semblent pas avoir souffert. Andersson sort avec son balai, allume sa pipe, me voit, me salue d'un ton uni et ne sursaute qu'ensuite.

« J'ai failli ne pas vous reconnaître, grommelle-t-il.

– Ça n'a rien d'étonnant. Hanna est à la maison ?

– Je ne crois pas l'avoir vue sortir. »

Par la porte ouverte, je jette un coup d'œil dans le hall. Mes bagages sont arrivés, bon prétexte afin d'échapper à une conversation pour laquelle je n'ai ni le temps ni la force. Je traîne mon ballot et ma caisse jusqu'au troisième étage, tourne ma clef dans la serrure et pénètre dans le vestibule.

Hanna sort du salon, un petit vase en verre et un plumeau à la main. Je m'avance. Le plumeau tombe par terre, et tandis que Hanna me serre dans ses bras, je sens la masse dure du vase dans mon dos. J'ai tellement grandi que je peux appuyer ma joue sur le sommet de sa tête.

«Je n'arrive à rien, se plaint Hanna. Pourrais-tu m'aider à remettre les meubles en place ?»

Le sofa et les fauteuils du salon ont été traînés devant la bibliothèque.

«Tu fais le ménage ?»

Elle secoue la tête. Nous remettons les meubles là où ils se trouvaient. Les joues de Hanna se teintent de rouge et je n'ose pas lui poser de questions. Le tapis, auparavant aussi vert qu'un sous-bois moussu, a l'air tout défraîchi. Hanna se penche pour en ramasser des grains de poussière.

«Laisse donc.

– Il a perdu ses couleurs. Ton père a laissé les miliciens s'entraîner ici.

– S'entraîner à quoi ?

– Arme sur l'épaule, quart de tour droite, quart de tour gauche, repos. Charger un fusil, se servir d'une baïonnette, porter les premiers secours.

– Mais pourquoi s'entraînaient-ils ici ?

– Ce n'était possible que chez des particuliers. On faisait jouer le gramophone pour couvrir les ordres et les bruits de bottes.

– Combien étaient-ils ?

– Une dizaine. Ils venaient deux fois par semaine. Les gardes rouges n'ont pas une seule fois perquisitionné l'appartement.»

J'ouvre les rideaux et regarde en bas. Dans la cour, une nurse tient par la main un bambin à la démarche encore hésitante. Il se libère, court derrière un papillon citron et trébuche. La nurse le remet debout d'un geste sûr et essuie la poussière de ses vêtements. La promenade reprend avant même qu'il ait eu le temps de se mettre à pleurer.

«Veux-tu voir ces pommes de terre ? demande Hanna. Elles m'inquiètent.»

Nous traversons les rais de lumière qui strient le grenier comme si nous coupions les cordes d'un instrument de musique.

«Elle est venue au début d'avril, explique Hanna. Elle était gênée, elle a commencé par me parler de toi et d'une lettre, mais je l'ai rassurée en lui disant que je savais qu'elle viendrait peut-être.

– Elle a donc apporté quelque chose ?

– Une caisse d'affaires. Je ne l'ai pas ouverte, je ne voulais pas savoir ce qu'il y avait dedans.»

La caisse repose au fond du grenier dans une armoire à vêtements, sous de vieilles nippes. Hanna écarte les manteaux et les pantalons, je la tire à l'air libre.

« Je lui ai donné ton vieux paletot d'hiver. Elle grelottait. »

Je triture sans rien voir le couvercle de la caisse.

« Comment t'a-t-elle paru ?

– Très inquiète. Elle m'a demandé de te dire que si elle ne revenait pas, il fallait détruire tout ce qui devait l'être. »

J'ouvre la caisse. Elle est apparemment pleine de journaux. J'essaie de lire le titre de celui du dessus, mais il n'y a pas assez de lumière.

« On va la descendre dans l'appartement. Elle y sera plus à l'abri. »

Hanna passe devant moi. Bien que la caisse ne pèse pas très lourd, elle me coupe autant les jambes que de longues heures de course à pied.

« Tu n'as pas hésité, avant de l'aider ?

– Comment ça ?

– Avec père qui a laissé les blancs s'entraîner ici… Tu les as aidés. Et ensuite elle. »

Hanna me tient la porte de l'appartement. Dans le vestibule, je laisse la caisse me glisser des mains.

« Quand quelqu'un craint visiblement pour sa vie, je l'aide.

– Même un rouge ?

– Ou un bleu. Et je lui ai demandé, à cette fille, si elle avait tué quelqu'un. Elle m'a assuré que non.

– Tu l'as crue ?

– Oui. »

Je sors un par un les journaux de la caisse. Ce sont tous des numéros de *Révolution*, vingt-quatre au total, à l'aspect bien plus soigné que la petite publication que j'ai lue à l'automne. Dessous, il y a une photo des parents de Lidia et divers papiers, comptes rendus de réunion, brouillons de tracts et autres textes de propagande. Ma lettre. Et quand je les rassemble entre mes mains, il en tombe un bout de bois. Le tapon de nable de la barque d'Aspholm.

Je laisse la lettre et la branchette de bouleau dans un coin de la caisse et classe les journaux par ordre chronologique. Hanna me tapote l'épaule et disparaît dans la cuisine tandis que je m'installe au salon pour les lire.

« Hanna, je dois y aller. »

Sur le seuil de la cuisine, je fourre les journaux dans mon havresac. Hanna pose sa tasse de thé sur la table.

«Tout de suite ?
– Oui. Est-ce que tu peux me préparer un en-cas ?
– Tu ne veux pas d'abord parler à ton père ?
– Non. Je vais chercher ma bicyclette à la cave.»

Je pédale vers l'ouest sur les chemins côtiers boueux, parmi les cabanes, les lopins cultivés et les roselins cramoisis qui sifflent dans les buissons de joyeuses mélodies. Je sens peser sur mes épaules les numéros de *Révolution*, et surtout les étroites colonnes de texte de leur dernière page où l'oiseau à fichu rouge enchâssait ses réflexions. D'un article à l'autre, sa position évoluait toujours un peu, en termes abrupts ou plus doux selon les nouvelles du front ou les personnes avec qui elle avait discuté. *Tous devraient-ils prendre les armes ou ne se battre qu'avec leur plume ? En faisant la lessive, l'hiver, les mains dans l'eau glacée, même Tolstoï et Järnefelt auraient pris le parti d'une insurrection violente.* Et un peu plus tard : *Qu'obtient-on par la violence – une victoire branlante qui s'écroulera dès que l'adversaire disposera d'armes plus puissantes.*

Petite idiote, toujours certaine d'avoir raison.

Ses derniers mots ont été pour annoncer qu'elle allait pouvoir partir en reportage. Les principaux négociateurs des rouges et le diplomate suédois Sigurd af Ekström avaient l'intention de rencontrer les Allemands débarqués à Hanko. *Nous verrons bientôt si ce sont réellement des Allemands, ou des blancs déguisés.*

En arrivant dans les champs, je prends ma bicyclette à la main. Des charrues tirées par des chevaux retournent la terre piétinée par les bottes des soldats. Des mouettes survolent les laboureurs telles de blanches pensées, un courlis crie. Je laisse ma bicyclette à la lisière d'un bois et me glisse à l'ombre des arbres. Je contourne de petits rochers, foulant avec précaution le sol meurtri, comme sur une pente. Les troncs portent des traces de balles, il y a partout des branches cassées et des racines à l'écorce entaillée jusqu'au cœur du bois. Puis il ne reste plus des pins que des souches, qui elles-mêmes font place à une ligne de défense.

La construction des fortifications destinées à protéger la capitale s'est achevée à l'automne. Les galeries ont été creusées dans le roc, là où c'était possible, et sinon recouvertes de terre. Je monte au sommet de la tranchée. Au fond, dans la boue, gisent des chaussures et des vêtements.

Était-elle ici ?

Oui. Sûrement. Les Allemands de Hanko étaient réels. Ils ont négocié avec les rouges, laissé repartir la délégation et attendu pour attaquer la fin du délai de réflexion et la décision des chefs de l'insurrection de poursuivre les combats. Elle est au moins arrivée jusqu'ici.

Mais où est-elle allée ensuite ? Où va une petite idiote qui s'aperçoit qu'il ne sert à rien d'avoir raison ?

Je reprends ma bicyclette. Les bornes kilométriques défilent jusqu'à une petite station de chemin de fer, d'où je tourne vers le sud. Au bout des champs, le chemin perce le mur de la forêt amolli par le soir. De l'autre côté, mes roues se fatiguent vite des nids-de-poule et patinent dans les poches de gadoue. Je pousse ma bicyclette dans les montées caillouteuses et les interminables sous-bois boueux, tandis que la pénombre cède le pas à l'obscurité. Quand je sors de la forêt, on distingue tout juste, sous le ciel rougeoyant, les champs détrempés et la métairie au dos voûté de Leppämäki.

Ma transpiration se mue en frissons dans la fraîcheur de la salle. Sur l'ordre d'Aliisa, je grimpe sur le dessus du four à pain et laisse la chaleur me pénétrer les mains et les plantes de pied. Le sommet de ma tête frôle le plafond, la couchette est prévue pour de plus petits êtres, assez légers pour que les vents du monde s'en emparent et les fassent disparaître.

« Vous n'auriez pas dû vous donner la peine de venir, dit Aliisa, assise à la table, le visage éclairé par la lampe à pétrole, son ouvrage, délaissé, sur les genoux. Vous pourriez prendre froid.

– Je voulais vérifier. J'irai me renseigner demain auprès des autorités.

– Il n'y a aucun espoir.

– On vous aurait prévenue.

– Pourquoi ? Personne ne tient le compte des morts. Ils finissent dans un trou, transformés en passoire.

– Vous n'avez posé de questions à personne ?

– Je n'en ai pas eu le courage. »

Aliisa rattrape des mailles sur son aiguille à tricoter et plisse les yeux, la lampe fume.

« Ils sont peut-être tous les deux en vie.

– Nous aurions pu nous débrouiller sans le salaire versé par la garde, marmonne-t-elle. Quel idiot ! Les autres vidaient les caves des maisons, Frans montait la garde et grelottait sur son siège de cocher. On sait à quoi ça mène, quand on est mal nourri. Quand sa pneumonie s'est déclarée, Lidia lui a trouvé une place à l'hôpital, mais il faisait trop froid pour le transporter.»

Je ne dis rien. Aliisa se secoue.

«J'ai vu Lidia pour la dernière fois à l'enterrement. Elmeri n'a pas pu revenir à temps.

– Elle était seule?

– Elle est toujours venue seule à la maison, sauf cette fois avec vous.»

Je m'allonge. La chaleur me mord doucement jusqu'à l'os. Ma tête bruisse du murmure des plus hauts arbres de la forêt.

«J'ai lu les articles de Lidia, dis-je. Ils raccourcissent à mesure que le printemps avance. Et ils changent, se fatiguent.

– Tout a une fin dans ce monde. Même la colère.»

Le lendemain matin, nous sarclons le carré de pommes de terre. Je regarde la forêt et la voie de chemin de fer en me demandant si je ne devrais pas gagner Aspholm à pied. Et quand devrais-je m'en aller? Où suis-je le plus utile? L'air fraîchit. Dans l'après-midi, il se met à pleuvoir des flocons de neige mouillée de la taille d'une pièce de monnaie. Aliisa range les outils dans le bûcher et rentre dans la maison, s'assied à la table et reprend son tricot. Elle n'a rien avalé de la journée et le froid glacial qui règne à l'intérieur ne semble pas la déranger. Je sors débiter des bûches sous l'auvent. La hache fend l'air et me remet les idées en place. Ici, je sers au moins à quelque chose.

Le paysage autour de la métairie blanchit. Peu à peu, la neige se transforme en pluie. Je porte une brassée de bois dans la salle.

«Nous allons bientôt nous retrouver au milieu d'une mer de grisaille», dis-je en posant mes bottes mouillées sur le dessus du four.

Nous mangeons de la bouillie. Les gouttes d'eau ruissellent sur les vitres. Aliisa ramasse les assiettes et se saisit à nouveau de son ouvrage aux mailles irrégulières. Je m'empare d'un vieux journal et me plonge dans ses informations béatement ignorantes. Dehors, des paquets de neige tombent des toits. Je tourne les pages. Les chocs sourds se poursuivent, s'accélèrent, se rapprochent. Je lève les yeux, me dresse à demi, jette un coup d'œil à Aliisa.

Le bruit mou de la neige se solidifie en claquements de talons sur le perron. La porte s'ouvre à la volée et se referme d'un coup dans le dos de Lidia, haletante, presque pliée en deux à côté du four à pain. Mon vieux paletot lui arrive à mi-cuisse et ses genoux plient sous le poids du tissu de laine trempé. Son pantalon de bure est trop grand, les coutures de ses bottes bâillent. Sa chapka tombe sur le plancher, sa tignasse coupée court s'échappe sur son visage.

« Maman. »

Aliisa s'est réveillée et l'aide à ôter son manteau. Elle éloigne la chapka d'un coup de pied. Je ne comprends d'abord pas ce que Lidia marmonne d'une voix rauque, presque un simple souffle. Puis j'entends, mais je ne comprends pas : Donne-moi une jupe, donne-moi une jupe.

Des bruits, dans les champs. D'hommes et de chevaux.

« Aidez-moi, ordonne Aliisa. Il faut la coucher. »

Je soutiens Lidia tandis que sa mère lui ôte son pantalon de bure. Elle lève les pieds, les yeux fermés. Les bruits montent la colline en direction de la métairie. Je tire le lit gigogne et écarte la couverture. Aliisa guide les pas de Lidia, lui ôte son chandail mouillé et laisse échapper un cri en découvrant le ruban rouge cousu à la manche de sa chemise. Elle saisit le bas du vêtement et tente de le soulever, mais les bras de Lidia retombent sur ses flancs, ses yeux se révulsent, ses jambes cèdent.

« Lidia. »

Je l'aide à se remettre debout et la secoue, mais elle bascule sur le lit, inerte. Le sang bat à mes tempes, ma vue se brouille de sueur ou de larmes. Aliisa tient à la main le pantalon de Lidia, parcourt la salle du regard, d'un mur à l'autre et du sol au plafond. Dehors, quelqu'un saute de cheval dans la gadoue. Je n'arrive pas à faire asseoir Lidia, le roitelet huppé est devenu lourd comme la pierre. Je tire sur sa chemise, le tissu craque et se déchire aux aisselles.

« Plus le temps, couvrez-la », chuchote Aliisa.

Je borde Lidia dans le lit. Aliisa passe les jambes dans le pantalon de bure, le remonte et tire sur sa jupe pour le cacher. Je ramasse le paletot, par terre, le secoue et le plie sur le dossier d'une chaise.

Ils entrent sans frapper, deux gardes blancs en manteau gris et un jäger. Ce dernier m'est inconnu, mais l'un des autres ouvre la bouche en me voyant. Gröndahl, le jardinier d'Aspholm. Il esquisse de la tête un salut stupéfait. Je n'ai pas le temps d'y répondre, car le jäger se place entre nous.

« Est-ce que Lidia Leppämäki est là ? »

Aliisa s'avance d'un pas. Les jambes du pantalon de bure pointent sous sa jupe.

« Elle est malade.

– Sûrement pas très gravement, elle vient de courir jusqu'ici à travers la forêt.

– Elle est alitée depuis des jours et des jours.

– Pourquoi a-t-elle les cheveux courts ?

– À cause de la fièvre, je les ai coupés pour lui éviter de transpirer.

– Les cheveux longs se prennent facilement dans la crosse d'un fusil. »

Le jäger et Aliisa se renvoient des répliques confuses qui se chevauchent ou s'entrecoupent de pauses. Je les regarde, impuissant, derrière un mur invisible. Seule la faible douleur de mes ongles s'enfonçant dans mes paumes me prouve que je suis réveillé et présent.

« Elle a aussi un pantalon ? demande Gröndahl.

– Non, répond Aliisa.

– Faites voir. »

Le mur flanche et s'écroule en miettes. La lampe à pétrole brûle sur la table, les madriers des murs renvoient l'écho des voix. La pièce est une grande et lumineuse salle d'opération. Je me dresse aux côtés de Lidia sans savoir comment j'y suis arrivé.

« Erik Stenfors. Le fils de Gunnar Stenfors, murmure Gröndahl au jäger.

– Que faites-vous ici ? demande ce dernier.

– Je suis venu prendre des nouvelles des Leppämäki. Que voulez-vous ?

– Nous venons chercher Lidia Leppämäki pour l'interroger.

– Pourquoi ?

– Elle est soupçonnée d'avoir participé à l'insurrection.

– Sur quelles bases ?

– Elle a écrit dans un journal du nom de *Révolution*.

– On n'a plus le droit d'écrire dans les journaux ?

– Ça dépend de ce qu'on écrit. Le reste de la rédaction a aussi été arrêté.

– Est-ce que son nom figure dans le journal ?

– Elle utilisait un pseudonyme, le Pic noir.

– D'où tenez-vous ça ?

– Peu importe. »

Le jäger fait signe à Gröndahl et à l'autre garde de s'approcher de Lidia. Aliisa recule jusqu'à la table. Le pantalon de bure trempé de pluie a maculé sa jupe de taches humides. Elle me regarde et pose la main sur le bord du meuble. Le feu brûle dans le four à pain comme n'importe où ailleurs dans le monde. Tout est simple et clair. Je suis le plus fort, j'ai des ailes, les soldats obéissent aux ordres. Je viens d'un lieu hors de portée du long bras de la loi, eux de sous le regard de leurs chefs.

«Vous ne pouvez l'emmener nulle part, dis-je. Elle est malade.

– Les malades n'ont pas la force de courir dans la neige mouillée.

– Lidia a de la fièvre depuis plusieurs jours, comme sa mère vous l'a dit.

– Elle s'est ruée hors de la forêt droit devant nous et a couru ici.

– Avec ce manteau», ajoute Gröndahl en montrant le paletot sur le dossier de la chaise.

Une seconde, deux. Est-ce trop ?

« C'était moi.»

Ils se taisent.

«Je suis allé au village et j'ai pris le raccourci pour revenir, poursuis-je. Avec ce temps épouvantable, je suis rentré aussi vite que j'ai pu. Je n'ai pas vu que vous me suiviez.

– Montrez-moi vos vêtements.»

Je désigne mes bottes, sur le dessus du four, et le manteau mouillé sur le dossier de la chaise. Le jäger le soulève entre deux doigts.

«Regardez la bride de suspension», dis-je, bien que je ne sois sûr de rien.

Gröndahl se penche pour examiner la ganse cousue à l'intérieur du col.

« C'est marqué Stenfors.»

Fais toujours bien attention à ne pas prendre le manteau d'un camarade de classe, soupire Hanna depuis le lointain passé en cousant la bride. Et je ne me suis plus jamais trompé. Une vague de chaleur se propage jusqu'au bout de mes doigts. Le jäger me jauge, lèvres pincées.

«Je n'ai pas l'impression qu'on doive vous croire.»

Je hausse les épaules.

«Soulevez la couverture, ordonne-t-il.

– Quoi ?

– Soulevez la couverture, qu'on voie si elle porte des vêtements de la garde rouge.

– Elle est nue, murmure Aliisa. Elle a tellement transpiré.

– Peu importe.»

Je m'assieds sur le bord du lit et pose la main sur l'épaule de Lidia. Le jäger m'ordonne de m'écarter. Le feu ronfle déjà moins fort dans le four à pain, mais je l'entends toujours. Au pied du mont Kaltio, les sapins chandelles secouent la neige de leurs maigres épaules et le soleil se lève déjà plus tôt qu'ici. Je ne sais pas si je dis tout haut ce que je pense, mais apparemment oui, car le jäger sursaute.

«Vous me l'interdisez? Et de quel droit?»

Quelques ondes sonores, des craquements de bûches, la pluie, ma respiration et des mots venus de nulle part me parviennent à travers mes oreilles bouchées:

«Nous sommes fiancés.»

Le jäger change de pied d'appui. Gröndahl se frotte le nez et jette un coup d'œil à son camarade, qui secoue la tête. Mes oreilles se débouchent. À la table, Aliisa respire aussi tranquillement que si elle dormait.

«Vous êtes fiancé à une fille de métayers? s'étonne le jäger.

– Oui. Depuis l'été dernier.»

À cet instant, pour une fois à propos, père fait son apparition. Il surgit dans mes pensées, débordant d'enthousiasme, brandit le doigt et m'indique ce que je dois dire. Et je m'exécute, toute honte bue. Je leur rappelle l'existence de Gunnar Stenfors et les amis qu'il a partout, y compris dans l'administration militaire. Mon regard va et vient du jäger à Lidia, et l'ombre de père saute de joie sur les murs. Le jäger pianote sur la tête du lit gigogne. Le cuir de ses gants crisse. Il nous dévisage tour à tour, Lidia, moi, Aliisa et les fantômes flottant dans la pièce. Un brouillard s'élève, venu de nulle part, s'insinue dans mes oreilles, me suffoque. Les gants se taisent et le jäger, l'air vieux et fatigué, s'appuie au lit.

«Nous allons enquêter», dit-il.

Puis ils disparaissent dans le brouillard, sans à peine avoir eu besoin d'ouvrir la porte.

Le souffle haché de Lidia emplit peu à peu la pièce, étouffant le craquement des madriers et les assauts du vent dans la cheminée.

Sa respiration lui racle les bronches telles des roues de charrette labourant un chemin.

«Elle n'est pas juste épuisée», constate Aliisa à mi-voix, et elle se lève, pose une casserole d'eau sur le feu. Lidia repose sous la couverture, les joues rouges, le front strié de mèches de cheveux humides. La peur me tombe tel un boulet de fer sur la poitrine.

«Allez voir dehors, m'ordonne Aliisa. Ils ont peut-être laissé quelqu'un en faction.»

Je vais à la porte, me retourne.

«Cette chemise.

– Je vais la brûler.»

Tandis que je fais le tour des bâtiments, je suis obligé de m'appuyer aux murs. Une seule épreuve, et me voilà vidé des forces que j'ai amassées pendant l'hiver. La pluie ruisselle sur mon front, il fait noir. Aliisa tire le rideau devant la fenêtre.

Je rentre. La chemise de Lidia gît en boule sous la table. Aliisa lui essuie le corps avec un linge. Je regarde ailleurs, effaré. Il reste de tous mes rêves un être livide aux genoux couverts de bleus, aux bras et aux jambes maigres comme des baguettes, aux côtes tendant sa peau telles des cordes de harpe et aux doigts de squelette crochus et déformés.

«Je ne trouve aucune marque, ni balle, ni coups, rien, dit Aliisa. Elle est juste brûlante.»

Je ramasse la chemise, sous la table, et arrache la manche où le ruban rouge est cousu. Le vêtement est trop grand pour Lidia. Sur le col, des initiales sont brodées au fil rouge. SP. Je saisis les ciseaux de couture d'Aliisa et découpe le tissu en fines bandes.

«Il faut la faire boire, soupire Aliisa. Mais on va d'abord la laisser dormir un peu.»

J'ouvre la porte du four et nourris les flammes des lambeaux de chemise, un par un, afin que le feu ne fume pas. Aliisa sort du placard d'angle des sachets de tissu qu'elle examine à la lumière de la lampe, desserre les liens qui les ferment et déverse une partie de leur contenu dans la casserole d'eau bouillante. Une forte odeur de plantes séchées, de bords de prés et d'airial gazonné, d'été, emplit la salle. Je feuillette en esprit les tableaux et les dessins des livres de médecine où les microbes se divisent et se multiplient en un instant à l'infini. Qu'y peuvent les achillées mille-feuilles et les plantains cueillis dans les prairies de Leppämäki ?

J'approche une chaise du lit gigogne. Mes coudes se posent sur mes genoux, mes doigts me grillagent les yeux. Lidia est là, derrière les barreaux. C'est évident. Affreux, mais évident.

«Je n'aurais pas dû dire ça.»

Aliisa saupoudre l'eau bouillante de poudre verte.

«Posez-lui la question, si elle s'en remet.»

Les joints des rails tacataquent. Je repose mon livre sur la table. Lidia dort. Sa respiration lui déchire toujours les bronches et elle a la nuque si raide qu'elle a du mal à lever la tête pour boire. Lorsqu'elle est consciente, elle se plaint d'avoir mal à la tête, aux mains, au dos, aux jambes. Sa peau est brûlante.

Je sors et descends la colline argileuse jusqu'à la voie ferrée. La neige d'avant-hier a déjà fondu, à peine avait-elle effleuré la terre qu'elle a disparu dans les ruisseaux et de là dans les airs, comme souvent au printemps. Soudain, entre la forêt et l'abattis, je vois arriver la draisine. Trois personnes sont à bord. Père est assis à droite, le visage tourné vers les bois, et reste là, immobile, même après l'arrêt de l'engin. Il adresse un signe de tête aux valets de ferme qui ont sauté à terre. Son manteau gris lui colle au dos telle l'écaille d'un chaton de saule devenue trop petite.

«Vous ne descendez pas vous dégourdir les jambes? finis-je par demander.

– Viens plutôt me rejoindre.»

Je m'assieds sur le bord de la draisine. Les valets allument des cigarettes et s'éloignent sur le chemin boueux. Les tanaisies fanées qui se dressent sur le ballast frissonnent dans la brise. Je désigne les deux hommes du menton.

«Qui est-ce?

– Je les ai embauchés en ville.

– Les autres ne sont pas revenus?

– Ce n'est pas si facile, pour les insurgés. Dieu sait où ils sont, sans doute en prison, pour la plupart.»

Je ne réponds pas. Que dire?

«Qu'est-ce que tu fais? demande père en se tournant vers moi. Pourquoi n'es-tu pas venu à Aspholm?

– Je n'ai pas encore eu le temps. Je ne suis rentré qu'il y a quelques jours.

– Tu as quand même trouvé le temps de séjourner ici.

– Ils ont besoin d'aide. La fille de la maison est malade et il faut s'occuper des travaux de printemps.

– En quoi est-ce que ça te concerne? Les métayers se sont toujours débrouillés seuls.»

Très bien, restons assis en silence. Quand père dresse ses piquants de hérisson, il n'entend rien, et surtout n'écoute pas.

«On m'a dit que tu étais fiancé, reprend-il au bout d'un moment. Avec cette jeune fille malade.

– C'est Gröndahl qui te l'a dit?

– Oui, et Hanna a confirmé. C'est vrai?»

Je ramasse un caillou coincé dans la fente d'une traverse de la voie.

«C'est ce que j'ai déclaré.

– Et pourquoi ça?»

Père est assis bras et jambes croisés à un demi-mètre au-dessus de moi. Ses lèvres s'étendent d'une joue à l'autre, son col lui plisse la peau. Ses piquants mollissent. Il serre plus fermement ses coudes dans ses mains et se redresse pour masquer un frisson. Il vieillit.

« D'après Gröndahl, cette fille est une rouge.

– Elle a juste écrit dans un journal ouvrier.

– Qu'en sais-tu ? Tu es resté parti tout l'hiver », grogne père.

Il se tait, se penche en avant et reprend.

« Tu étais bien parti ?

– Évidemment.

– Alors comment peux-tu témoigner de ce que cette Lidia a fait ?

– Je la connais.

– Elle t'a écrit ?

– Non.

– Alors que vous êtes fiancés ?

– Oui. »

Il ôte son chapeau et en triture le bord. Au sommet de sa chevelure grise se cache une calvitie. Ses muscles, son visage et sa voix tendus d'irritation se relâchent.

« Pourquoi fais-tu des choix si compliqués ? soupire-t-il.

– Vous avez bien vous-même choisi une serveuse.

– Stella venait quand même au départ d'une bonne famille.

– Et c'est la première chose que vous avez vérifiée, tout de suite dans la rue, à la sortie du restaurant ? »

Un corbeau croasse au-dessus de la forêt. Nous levons la tête. Le vent agite la cime ébouriffée des sapins et arrache leurs dernières feuilles mortes aux trembles qui dressent leur tronc rigide au bord de la voie. L'oiseau vole vers la lumière qui s'échappe des nuages et se teinte d'or. Le noir devient blanc, d'un coup, sans rien faire.

« Et maintenant ? » marmonne père.

Le corbeau survole les champs de Leppämäki et disparaît derrière la crête de la forêt. Les valets sont assis sur la colline, adossés au mur du mazot, le visage vers le soleil. Je leur tourne le dos et regarde père dans les yeux.

« Nous avons besoin de votre aide.

– En quoi ?

– Peut-être en rien. Mais au cas où on l'accuserait encore.

– Je ne peux pas plaider pour quelqu'un que je ne connais pas. Je me mettrais moi-même en difficulté.

– Il vous suffirait de dire qu'elle est votre parente.

– Pourquoi ?

– Parce que je vous le demande. »

Je pédale sur la grand-route en direction d'Aspholm, avec une prudente bonne humeur et un peu de honte, les oreilles rouges comme quand, enfant, je revenais d'expéditions interdites. Les broussailles, sur les bas-côtés, fourmillent de bourgeons translucides, à peine ouverts. Je souris, pour voir. Lidia a encore de la fièvre, mais plus tous les jours, et nous avons pu parler un peu. Je n'ai abordé que des sujets du quotidien, le printemps, le sarclage du carré de pommes de terre et le soleil qui entre par la fenêtre de la salle.

L'enceinte du manoir apparaît, à gauche de la route. La mer scintille entre les frênes et les chênes, la pelouse verdoie, les jacinthes des bois fleurissent. La clôture brille, elle a été repeinte l'été dernier, quand il y avait encore assez de personnel. Je tourne dans l'allée. Les feuilles des bouleaux ont poussé, le vent du soir murmure dans les branches. Je croise Ville, occupé à dessiner des raies dans le gravier avec un râteau dont les dents semblent ne plus rien ramasser.

« Monsieur est là ?

– Il est parti en ville ce matin. »

Je laisse ma bicyclette au pied de la véranda, entre et vais droit au cabinet de travail. J'appelle la rue des Tilleuls. Père décroche tout de suite. On entend à l'arrière-plan un étrange et sautillant feulement.

« Qu'est-ce qui se passe ?

– C'est ce soldat, grommelle père. Il joue de l'harmonica. »

Le feulement s'organise en une mélodie vaguement reconnaissable, *Ach du lieber Augustin*. Père se lamente tout haut, le jeune officier allemand qu'il a accepté d'héberger par pure bonté d'âme lui casse les oreilles à longueur de journée avec son instrument.

« Venez à Aspholm. Je suis là jusqu'à demain, ensuite je retournerai à Leppämäki.

– Non, je vais dormir rue des Tilleuls, je dois aller chercher nos valets dans un camp de prisonniers, demain matin. Gröndahl a promis de m'aider. Que veux-tu ? »

Le ton de sa voix est inutilement sec, mais je continue comme si je n'avais rien remarqué.

« Le médecin est venu voir Lidia et a estimé que le pire était passé. Par précaution, il lui a prescrit des gouttes. J'irai les chercher demain à la pharmacie.

– Attends-moi au manoir. J'y serai dans l'après-midi. J'ai à te parler. »

Nous raccrochons. Père ne s'attendrit pas facilement, même si, dans la draisine, il s'est engagé à payer le médecin et est même, à ma demande, passé voir Lidia par la fenêtre de la métairie de Leppämäki. On ne distinguait guère au fond du lit que ses cheveux courts et les os soulignés d'ombres de son visage. Père a plissé les yeux et sans doute tenté de s'imaginer la malade avec dix ou quinze kilos de plus, mais sans y parvenir. Peu importe. La vitre reflétait ma mine. Il a bien compris que dans le lit gigogne reposait un trésor.

Dès la première heure, je prendrai dans les réserves du manoir des provisions à rapporter à la métairie. J'y retournerai peut-être directement de la pharmacie. J'aurai bien le temps de parler plus tard avec père. Il ne devrait plus y avoir de raison de s'inquiéter, mais je préfère malgré tout me dépêcher de rentrer.

Je m'apprête à quitter le bureau quand le téléphone sonne. Je me précipite pour répondre. C'est père.

« Erik, Göring m'a convié demain soir au restaurant Seurahuone. Il y aura beaucoup de monde, après la parade de victoire. Je ne peux pas ne pas y aller.

– Quel Göring ?

– Mon invité, le massacreur d'harmonica, soupire père. Je resterai peut-être en ville demain soir, mais je voulais quand même te prévenir. Il vaut mieux que tu sois au courant, afin de te tenir sur tes gardes. »

Nous y voilà.

« La semaine dernière, j'ai dîné avec quelques relations d'affaires et un haut gradé militaire de ma connaissance. Tu te souviens de Havikainen, le conseiller aux mines ? Il était là lui aussi, un ruban blanc au bras. En fin de soirée, il m'a demandé si c'était vrai que tu étais fiancé à la fille d'un métayer. »

Je m'assieds dans le solide fauteuil de père. J'imagine les convives qui se taisent dans l'attente de la réponse. Père les regarde tous à tour de rôle brièvement dans les yeux, admet que c'est exact et explique que Lidia et moi avons fait connaissance sur les terres d'Aspholm dans notre petite enfance. Et on sait comment ça se termine quand les chemins se recroisent, l'âge venu.

Ces messieurs restent un moment silencieux. Puis ils hochent la tête et ne posent pas plus de questions. La peur me laisse malgré tout un goût de rouille dans la bouche. Le combiné, dans ma main, est mouillé de transpiration.

« Tu crois vraiment qu'ils vont s'en tenir là ?

– Réfléchis un peu, grogne père. Je suis pour les affaires de beaucoup d'entre eux un intermédiaire irremplaçable. Et ils ont plus urgent à faire que de s'intéresser aux histoires de cœur de deux jeunes gens. Je te déconseille de t'en vanter auprès de qui que ce soit, mais j'oserais affirmer que ce ne peut être qu'utile aux autorités. Tant que je l'ai à l'œil, cette fille est sous bonne garde et ne coûte rien à l'État, contrairement aux prisonniers des camps.»

Je suis sur le point de répliquer vertement, mais je me reprends.

«Les écoutes, avertis-je père dans un souffle. Nous continuerons cette conversation plus tard.»

Il se tait aussitôt. Mieux vaut n'évoquer aucun sujet sensible, et surtout celui-ci, sur les lignes téléphoniques. Père toussote, me souhaite rapidement bonne nuit et raccroche.

«Allez à la pharmacie, je vais vous emballer des provisions, m'ordonne Iida. Ce sera prêt à midi.»

Je dois m'en contenter: elle ne me laissera pas fouiller dans les réserves. Comme pour s'excuser, elle s'abstient de me demander pourquoi je ravitaille les métayers d'Aspholm.

Je pédale lentement jusqu'au village. Le ciel est haut, libéré de tout nuage. Les mouettes se laissent porter par les tièdes courants d'air qui montent du sol. Des passereaux gazouillent, babillent et s'abreuvent de chants jusque dans les plus petits jardins. Je vais chercher les médicaments à la pharmacie et prends aussitôt le chemin du retour. Tout en réfléchissant à la manière dont je vais charger les provisions sur ma bicyclette, j'évite les passants qui se hâtent en sens inverse. C'est vrai, je n'y pensais plus, nous sommes le 16 mai, jour de parade des vainqueurs. Les gens affluent vers la ville, à pied, à bicyclette ou en voiture à cheval, tels des globules de sang, dans les veines, vers le cœur.

Je fais un détour par la baie de l'Ouest et tente d'apercevoir quelque chose. J'ai heureusement pensé à prendre mes jumelles. J'ai tout mon temps, d'ici qu'Iida ait terminé ses préparatifs.

À midi moins dix, je m'arrête au portail d'Aspholm. Devant la véranda se pressent des chevaux, des charrettes, une auto et des hommes, apparemment par dizaines, efflanqués, flottant dans des chemises qui pendent sur eux telles des tentes. Des têtes se tournent vers moi, certains visages me semblent vaguement familiers. Je remonte lentement l'allée de bouleaux. J'aperçois à l'arrière-plan Iida, le chauffeur de père et Gröndahl. Que font ici tous ces gens? Iida et le jardinier sont agenouillés au haut des marches. J'accélère. On parle, on crie, même. La foule m'ouvre un passage, telle une haie d'honneur. Au bout, père est allongé sur la véranda.

Je saute de selle avant même d'être à l'arrêt. Ma bicyclette tombe au sol. J'enjambe les roues et monte en courant l'escalier.

Père entrouvre les yeux. Il a la tête tournée vers l'allée de bouleaux, ses poings s'ouvrent et se ferment, sa bouche cherche de l'air et tente de former des mots: l'argile gagne, Ville doit pelleter du gravier.

« On a appelé le médecin ? Père, vous m'entendez ? »

Les commissures de ses lèvres tressaillent. Son regard furieux s'arrête sur moi et s'émousse. Que s'est-il passé ? demande-t-il, sans qu'aucun son ne sorte. Tout ne devait-il pas être réglé ? Il cligne des yeux et reste à fixer ma bicyclette renversée dont la roue avant continue de tourner sur son axe. Il suit le mouvement qui, peu à peu, agrandit ses pupilles. Puis ses paupières se ferment sur leur cercle noir.

Il n'y en a pas des dizaines, mais ils sont néanmoins nombreux. Je me promène parmi eux dans le jardin. Gröndahl marche à mes côtés, il parle et parle encore, nerveusement. L'insurrection a pris fin à un mauvais moment, tous ces gaillards bouclés dans des camps alors qu'il faudrait s'occuper des semailles, il est allé avec Monsieur récupérer des ouvriers pour les travaux des champs et le flottage du bois, on avait besoin de lui pour les identifier. Monsieur ne les aurait pas forcément reconnus, surtout dans l'état où ils sont.

Père a été porté à l'intérieur, le médecin est à son chevet. J'observe les hommes massés à l'ombre des arbres. J'en connais quelques-uns depuis mon enfance. Alors que leurs muscles tendaient auparavant le tissu de leur chemise, ils me regardent maintenant avec des yeux injectés de sang, grattant par moments leur tignasse pouilleuse et l'eczéma de leur menton, sous leur barbe. Gröndahl remarque mon étonnement.

« Le sort des vaincus est partout toujours le même », dit-il d'une voix forte.

Les squelettes sursautent, chuchotent et tentent de se donner mutuellement du courage, appuyés aux arbres ou à leurs camarades. Je m'éloigne en chancelant, m'assieds sur les marches de la véranda.

« Monsieur a ramené tous ses ouvriers agricoles, parce qu'ils ne lui ont fait aucun mal, poursuit Gröndahl. Cet hiver, on n'a vu à Aspholm que de rares petits groupes isolés cherchant des armes et de la nourriture.

– Mais qui sont les autres ? Et où sont les bonnes d'Iida ?

– Fusillées, les gardes rouges en jupons, grogne Gröndahl. Nous allions partir quand les nôtres ont glissé à Monsieur qu'ils connaissaient de bons ouvriers dans le camp, et surtout des boquillons. Cette racaille est maintenant là. Votre père les a embauchés, sous son entière responsabilité. »

J'essaie de compter les effectifs de cette armée d'affamés, mais je suis obligé de recommencer chaque fois depuis le début. Ville traverse le jardin avec un seau d'eau et tend une louche aux carcasses décharnées, qui boivent, jusqu'à plus soif. Pas de nourriture, pas tout de suite, leur explique Ville, ce peut être mortel, de se mettre à se goinfrer, il faut de la patience, d'abord de la soupe claire, Iida en prépare déjà…

Un à un, les hommes s'endorment dans la tiédeur de l'après-midi. Je n'ai pas le courage de les regarder plus longtemps. Je me lève.

« Monsieur était de mauvaise humeur quand nous sommes allés à la garnison, dit Gröndahl. Au retour, il avait l'air fatigué et n'a presque pas parlé, il s'est juste plaint une ou deux fois d'une douleur au bras. »

Je rentre et m'assieds par terre, adossé à l'horloge de parquet. Elle sonne deux coups. Trois. Dans le couloir, une porte se ferme, des pas approchent. Le médecin entre dans le hall. Il jette un coup d'œil à l'horloge, sort sa montre de gousset et vérifie l'heure, me regarde, secoue la tête.

J'entre sur la pointe des pieds dans le cabinet de travail. Père est étendu sur le sofa.

J'ouvre la fenêtre pour laisser son âme s'envoler, au cas où elle existerait.

Le sol court sous mes pieds. Je compte les pas et les traverses de chemin de fer. Les arbres se taisent mais se dressent apparemment toujours à leur place car les oiseaux y chantent, chacun à son étage, la grive musicienne en haut, le roitelet en bas, et le pigeon ramier quelque part dans les profondeurs de la forêt. J'ai marché longtemps, le soleil du soir me regarde par en dessous. Je pose mon menton sur ma poitrine. J'ai vu passer des milliers de traverses.

Devant moi, une voix retentit, un faible cri. Mon nom ? J'écarte les rayons de soleil de mes yeux, la main en visière sur mon front, et m'élance au pas de course.

« Attendez ! »

La silhouette enveloppée d'un châle tombe à genoux entre les rails, sanglote, les mains devant la bouche. Je la rejoins.

« Elle s'est tout d'un coup sentie mal, hier, hoquette-t-elle. Elle s'est plainte de douleurs, elle tremblait de froid, brûlait de fièvre et toussait si fort que j'ai cru que ses poumons allaient éclater.

– Pourquoi ne pas aller chercher du secours ?

– Je ne pouvais pas la laisser seule ! »

J'étais absent. J'étais absent de Leppämäki quand la respiration de la malade s'est faite saccadée. Je m'étonnais des insurgés sauvés par père tandis qu'à la métairie, l'une, épuisée, écoutait les râles de l'autre, couvrant tout le reste. Elle était assise par terre, plongeait un linge dans de l'eau froide, l'essorait, le posait sur le front de la malade, le mouillait bientôt de nouveau et lui caressait la joue, comblant un instant de ses doigts les creux laissés par l'hiver. À la fin de l'après-midi, elle lui a tâté le front, qui refroidissait déjà. Elle s'est remise sur ses pieds et a ouvert le rideau, le ciel bleu était infini, un pouillot fitis chantait dans les buissons bordant le chemin de fer.

Nous restons blottis, sans force, sur la voie. Le soleil est déjà presque couché. J'écoute ses mots épars, sa toux et ses pleurs, je la regarde mais ne vois ni elle, ni la forêt, ni les rails, mais la ville. Ses rues sont décorées de guirlandes vertes. Des fanfares jouent, des hourras s'élèvent. Sur les toits des immeubles flottent des drapeaux, blancs à croix bleue ou ornés d'un lion sur fond rouge. Les martinets survolant les rues fendent la liesse de leurs ailes en lame de faux.

Un militaire en uniforme gris observe le défilé des troupes. Le commandant en chef. Je l'ai vu en photo, aujourd'hui encore, mais était-ce vraiment aujourd'hui ? J'ai feuilleté le journal à la pharmacie, on y rapportait que l'heure de la liberté avait sonné hier, quand les Russes avaient abandonné à l'armée blanche le fort le plus à l'est du pays après en avoir fait sauter l'arsenal.

Les images tournent en toupie dans ma tête, s'arrêtent sur la place du Sénat. Au pied des marches de l'université, des officiers de haut rang, chefs des troupes allemandes, ont été placés sur une estrade plus modeste qu'auparavant, mais semblent malgré tout d'humeur bienveillante. Les navires de guerre de l'empereur Guillaume II sont ancrés dans la mer qui berce Helsinki. On cherche déjà un candidat allemand pour le trône de Finlande. On peut bien laisser ses futurs sujets panser leur amour-propre par une parade.

Au cœur de la forêt, je serre Lidia dans mes bras et regarde leurs visages sereins. Ils refusent de s'effacer, en dépit de mes efforts pour les refouler et oublier que ce n'est qu'à cause d'eux qu'elle est là.

19

Des oiselles pourchassent les insectes. Nous marchons lentement, le cœur de Lidia cogne dans sa poitrine même sur terrain plat. Sur la colline, elle s'arrête au pied du grand pin écorcé et entreprend d'y graver au couteau le nom d'Aliisa. Puis elle s'arrête.

«Je ne sais pas. Pourquoi ne pourrait-elle pas revenir à la maison, si elle le souhaite?»

J'attends en silence. Elle ne me demande pas mon avis, elle exprime juste tout haut ses pensées afin de mieux les cerner. Je ne sais pas si elle croit vraiment que les morts sortent de leur tombe et y retournent quand ils voient leur nom sur le tronc d'un arbre commémoratif. Ou si le graver n'est pour elle qu'une habitude devenue un réflexe qu'elle n'a pas la force ou le courage de remettre en question.

«Elle est morte il y a un mois, reprend Lidia. Et elle n'est toujours pas revenue se venger.

– Peut-être n'a-t-elle aucune raison de le faire.»

Nous répétons quotidiennement ce rituel, telle une triste parade nuptiale: Lidia se tasse, secoue la tête et affirme avoir tué sa mère. Je passe le bras autour de ses épaules. Ce sont les épidémies qui tuent, pas ceux qui les propagent. Les maladies vont et viennent et emportent parfois les plus faibles, parfois les plus forts. On compte de plus en plus de cas, partout dans le pays, de cette étrange fièvre liée à la guerre. Aliisa l'aurait sans doute attrapée de toute façon. Tandis que je parle, les épaules de Lidia se réchauffent. Je poursuis, bien que je me sente aussi coupable de la mort de père. Si j'étais arrivé plus tôt à Aspholm, si je ne lui avais pas demandé d'aider Lidia, si je n'étais pas parti dans le Nord, si je ne lui en avais pas voulu pour la mort de mère, si je n'étais pas né. C'est à cet acmé que s'arrête la parade nuptiale. Je lâche Lidia, me cloître derrière mes bras croisés et m'ordonne de me satisfaire de ne jamais savoir.

Lidia reprend sa gravure. Sous sa surface grise, le bois est encore presque blanc. De fins copeaux tombent au pied de l'arbre, telles des esquilles arrachées par un pic noir. Elle s'essouffle, se balance au rythme des mouvements du couteau et imagine à son tour une autre réalité.

«Si je n'avais pas écrit dans *Révolution*, je ne serais pas allée rencontrer les Allemands.

– Ce ne sont pas forcément eux qui t'ont contaminée.

– Si je n'avais pas accompagné Seth, je n'aurais pas attiré l'attention sur moi.»

Elle pose le front contre le tronc du pin. Je regarde son dos recouvert d'un chandail, tenté de la serrer dans mes bras et d'expulser définitivement le nom de Seth de ses poumons. Je n'ai encore jamais essayé, et y renonce encore une fois. Je recours à ma ruse habituelle et prends le chemin de Leppämäki. Arrivé dans le vallon, j'attends que Lidia me rejoigne. Elle ne reste plus jamais longtemps seule et c'est bien la seule chose qui me réjouisse. Bien que ressasser tous les jours nos péchés soit épuisant, je sais qu'un jour cela me manquera. J'en garderai l'image d'un début d'été où, après les enterrements, nous flottions, intemporels, à remuer souvenirs et hypothèses, retourner le potager, semer et marcher sur la pointe des pieds dans le silence de la salle. C'est plus que je n'ai jamais osé espérer. Lidia est auprès de moi, du moins tant qu'elle ne pense pas à se demander ce que je fais encore chez elle.

De retour à la métairie, nous nous asseyons devant le mazot pour nous restaurer. Hanna nous a envoyé de la ville des pots de confiture et nous étalons sur nos tranches de pain le sirupeux délice débordant de myrtilles écrasées. Lidia mange les yeux fermés, lentement, sans plus aucune trace de sa hâte d'écureuil. Quand elle a fini, elle s'adosse aux madriers.

«Quand j'étais petite, j'ai vu dans un journal une photo de la tour de Pise, dit-elle en regardant le mur que l'affaissement du terrain a fait pencher vers l'extérieur. Je jouais à Galilée, dans le mazot.

– Comment joue-t-on à Galilée?

– On lâche par la fenêtre des cailloux de différentes tailles et on regarde s'ils touchent le sol en même temps.»

J'éprouve à nouveau une folle envie de la serrer contre moi. Je suis obligé de détourner les yeux. À la lisière de la forêt, les épilobes enlacent de leurs tiges le ballast de la voie ferrée. Je revisse le couvercle du pot de confiture et attends.

«Allons-y», suggère Lidia, et je me lève. Je ne peux ni ne veux rien faire d'autre. Nous franchissons les rails et pénétrons dans la forêt. Nous suivons un sentier qui, tel un ruisseau, se divise par moments en deux bras. Je trouve au pied d'un rocher des touffes d'airelles que l'hiver a presque entièrement réduites en jus. Lidia repousse ses cheveux derrière son oreille, s'agenouille pour en picorer et lèche pour finir ses doigts teintés de rouge. L'air est doux et je décide d'oublier que la forêt n'est pas infinie, car en cet instant elle pourrait l'être. La jeune fille, parmi les airelles, se transforme en biche, et je ne suis pas un chasseur mais un esprit, capable moi aussi de me métamorphoser à volonté en animal.

« J'ai quelque chose à te montrer », dit la biche.

Nous escaladons une colline rocheuse qui pointe vers le ciel, presque nue.

« Attention de ne pas abîmer le lichen », m'avertit Lidia.

Je pose avec soin les pieds entre les touffes hérissées, craignant qu'au moindre craquement de la végétation elle ne me lance un regard désappointé. D'étranges plantes poussent un peu à l'écart, peut-être des silènes des rochers, mais je n'ose pas aller voir de plus près. Le dos de la colline s'arrondit enfin, puis tombe à la verticale. Les nuages flottent, en bas, dans un cercle parfait ombragé de sapins. Un garrot à œil d'or fend l'eau, des vaguelettes troublent la surface et disloquent un instant les reflets, qui se reforment aussitôt.

« C'est l'Œil noir », dit Lidia.

Elle m'a tellement parlé de cet étang que je n'ose faire aucun commentaire, même admiratif. Un lieu que l'on fréquente depuis le début de sa vie dans la joie et dans la peine ne supporte pas le jugement, et à peine la présence d'une autre personne. Suis-je le premier qu'elle ait amené ici ? J'essaie de faire de moins en moins de bruit en marchant. Lidia descend dans le ravin aux parois déchiquetées qui se faufile vers l'eau sombre. Je tente d'assurer mes pas afin d'éviter de faire rouler le moindre caillou.

« Il ne passait ici, à part moi, que des élans et des blaireaux, dit Lidia sans me regarder. Et il n'y a sans doute plus que ces derniers, aujourd'hui.

– Il y avait des élans, ici ?

– Oui, avant. Ils ont tous été tués. »

Les rives de l'étang sont couvertes d'airelles bleues. Sur son pourtour flotte un radeau de sphaignes vert-jaune où brillent quelques canneberges de l'automne dernier. Nous nous asseyons par terre. Des fourmis s'empressent de nous grimper sur les pieds et de se glisser dans les plis de nos vêtements, mais comme Lidia ne semble pas le remarquer, je me tais. Leurs petites pattes me chatouillent la peau puis se fondent dans la chaleur du soleil. Sur la rive opposée, le cou reptilien d'un oiseau émerge de la végétation.

« Il y a un plongeon catmarin qui couve », dis-je à voix basse.

Nous restons immobiles. L'oiseau se tranquillise. Le vent lèche l'eau de l'étang. Le monde est vaste et le temps passe, il faudra bientôt aussi partir d'ici, me dis-je déjà. Je me prépare à un chagrin, mais au lieu de se déployer, il tombe à terre en poussière grise et disparaît. L'étang, les oiseaux et le vent seront encore là, jour après jour, quand bien même nous n'y serions plus.

« Où as-tu l'intention de t'installer ? réussis-je à demander, étonné que ce ne soit pas plus difficile.

– Je ne sais pas. »

Lidia est assise jambes repliées, les bras autour de ses genoux enfouis sous les plis de sa jupe à rayures bleues. Son chandail m'appartient. Elle le porte presque tous les jours depuis un mois. Je n'ai pas osé lui demander ce que cela signifiait. La question n'aurait aucun sens, c'est contre le froid qu'on s'enveloppe de laine. Et je lui dois une chemise.

« Et toi ? demande-t-elle.

– Je dois régler les affaires de mon père. Je devrai sans doute passer pas mal de temps en ville.

– Tu as l'intention d'y habiter ?

– Pas tout de suite, en tout cas. Et il y a rue des Tilleuls cet Allemand qu'il hébergeait. Mais je vais bientôt devoir chercher du travail, à l'université ou ailleurs. »

Lidia sort les mains de ses manches, déplie les doigts et ramasse une pigne de sapin aux écailles ouvertes. Elle en arrache une, l'examine et la laisse tomber dans le creux de sa jupe.

« Tu vas passer l'été à Aspholm, alors ? »

Les températures clémentes ont réduit l'inflammation de ses jointures. Ses doigts redevenus presque normaux arrachent des écailles, une ou dix, j'oublie de compter, y compris les minutes. Ce n'est que quand elle me regarde que je réagis et marmonne :

« Je suppose, oui. »

Lidia secoue sa jupe, rassemble les écailles de pigne entre nous en un petit tas rond. Reliefs d'un repas d'hiver d'écureuil.

« Tu me prendras avec toi ? » demande-t-elle.

Je crois voir le plongeon catmarin tendre à nouveau le cou sur la rive opposée, mais je n'en suis pas sûr. C'est peut-être juste un reflet, car le vent s'est emparé de la surface de l'étang et renvoie la lumière en tous sens. Les vagues enflent en une houle qui gronde à mes oreilles, jusqu'à ce que je me rende compte que c'est mon propre sang que j'entends couler dans mes veines.

«Tu ne veux pas rentrer chez toi, en ville ?»

Lidia secoue la tête et pose le trognon de pigne sur le tas d'écailles.

«Tu n'as rien à craindre de personne, reprends-je. Tu peux t'installer à Leppämäki, en ville, où tu veux.»

Lidia ferme fort les yeux.

«Et si je veux venir à Aspholm ?»

J'inspire profondément. Un lent filet d'air pénètre dans les méandres de mes poumons, les feuilles de tremble frissonnent.

«Nous sommes fiancés, après tout», ajoute-t-elle.

Elle me regarde un peu de biais, le dos voûté. Attend. Elle a entendu. Elle a entendu, alors qu'elle dormait d'un sommeil peuplé d'ombres.

«Je n'aurais pas dû le prétendre. J'ai eu peur qu'ils t'emmènent. Je n'avais même pas l'intention de t'en parler.»

Lidia fait un mouvement. Nos coudes se frôlent. Je me force encore à fuir.

«Tu ne me dois aucune reconnaissance.

– Et si ce n'est pas ce que je pense ?

– Comment ça ?

– Devine.»

Sa lèvre inférieure disparaît à moitié sous celle du haut. Le temps, ce démon, file à toute allure et m'ordonne de faire quelque chose. Je bouge suffisamment pour que nos coudes se touchent à nouveau. Les mains de Lidia glissent de ses genoux, ses doigts m'effleurent au passage, sans doute par accident. Non. Si. Non. J'écarte les bras et les referme sur la forêt, l'étang et la jeune fille, qui y tiennent facilement. Des mains se posent sur mes omoplates et mes ailes rentrent sous ma peau. Mon cœur bat partout. Si ce n'est que de la reconnaissance, tant pis, peu importe. Elle est là, enfin. Les Allemands détournent le visage.

Nous marchons à l'ombre de bâtiments massifs, nous tenant fermement par la main. Nous avons été absents longtemps et il s'est passé beaucoup de choses, le rythme du monde s'est accéléré, ou notre perception du temps a ralenti. La ville le mesure en secondes, sans se soucier du soleil, au rythme duquel nous sommes habitués. Nous remontons côte à côte le flot des passants, sursautons au bruit des klaxons et des ébrouements de chevaux, des claquements des sabots et des cris des ouvriers des chantiers.

Nous courons les bureaux de l'administration à la recherche d'Elmeri Leppämäki et finissons par le trouver dans le dernier où nous avons l'idée d'aller. Ou, plus exactement, moi seul le trouve, car Lidia attend dans le hall, fatiguée par les kilomètres, la poussière et le vacarme. Je suis assis dans un fauteuil rembourré, derrière deux portes fermées, quand on me l'amène. Il ne reste de lui qu'une chemise cartonnée beige. Je lis la brève sentence et les dates. La première est celle de sa naissance, la dernière se situe aux alentours des ultimes averses de neige du printemps. Je rends le dossier à l'employé et retourne dans le hall. Lidia est en train de se moucher, ses yeux cerclés de rouge me regardent par-dessus le tissu blanc. Je secoue la tête et lui tends une main à peine tremblante. Les muscles savent quand il faut mentir.

«Il a sans doute réussi à passer en Russie, dit Lidia, une fois dehors.

– Sans doute, oui.»

Nous restons debout devant le bâtiment. Lidia regarde les fenêtres et pense sans doute à l'autre, qui a disparu. Je prépare une réponse : il n'est peut-être pas prudent de demander de ses nouvelles. Il était secrétaire du conseil, haut placé. Quelqu'un pourrait vouloir se repencher sur ton passé. Les fonctionnaires ont déjà l'air suffisamment suspicieux.

Lidia, petit animal des bois, entend même les pensées. Elle glisse la main sous mon bras.

«Rentrons à la maison.»

C'est la semaine de la Saint-Jean, la forêt sent la pluie, ou plutôt les vapeurs émanant de la terre, car l'eau pure n'a pas d'odeur. Nous marchons sur les sentiers et en dehors, aux aguets de l'été fraîchement éclos, certains de n'être vivants et à l'abri qu'aussi longtemps que nous resterons ensemble. J'ai peur, si je quitte Lidia des yeux, de retrouver son nom dans une chemise cartonnée. Les sous-bois moussus ne sont pas très loin de la grande machine qui continue de remâcher les souvenirs de l'hiver.

Si Lidia s'attarde dans les buissons pour cueillir un bouquet de feuillages, je reviens au plus vite sur mes pas. Si je vais au potager butter des pommes de terre, elle m'y rejoint bientôt et attend que je me redresse et lui fasse de la place dans mes bras. Elle n'a plus grand-chose de la fée que j'avais suivie dans la forêt, de nuit, il y a un an.

La veille de la Saint-Jean, nous mettons de l'ordre dans la métairie. J'ai rapporté de la ville la caisse remisée par Lidia dans le grenier de la rue des Tilleuls. Nous avons brûlé les papiers et les numéros de *Révolution*, et elle est presque vide. Je vais chercher au clou mon vieux paletot d'hiver. Une odeur de branches de sapin mouillées, de printemps froid, de deux semaines passées à se cacher loin des villages s'est accrochée au tissu. Lidia ne parle pas beaucoup de cette période, et je ne l'ai pas interrogée. Qu'y a-t-il à en dire, de la peur et des orties pour seule nourriture ? Mieux vaut oublier, raconter plus tard, si on veut. Cela vaut pour tout l'hiver dernier. Je ne poserai aucune question sur qui ou quoi que ce soit, jamais, par sagesse ou stupidité. Je plie le manteau et le range dans la caisse.

« Attends, dit Lidia. J'ai oublié de te dire.

– Quoi ? »

Elle est agenouillée par terre et regarde ses mains d'un air malheureux.

« Ta barque a été volée à l'automne. »

Je soupire, faute d'oser rire.

« Ce n'est pas grave. »

Je m'accroupis auprès d'elle. Elle retourne entre ses doigts un mince bout de bois, le tapon de nable de la barque.

« Tu l'as quand même gardé ?

– Oui. Et ta lettre aussi. »

Des feuilles de tremble palpitent dans ma poitrine. Je les laisse faire. Quoi qu'il en soit, je ne demanderai rien. Pourquoi devrais-je connaître ses motifs, quand je peux les imaginer ? Le possible est plus important que le réel.

Lidia glisse le tapon dans les plis du paletot. Le vent souffle, le murmure des arbres, à la lisière de la forêt, traverse les murs. Mais je ne regarde pas dehors, j'écoute même à peine. De la lumière tombe sur ses cheveux couleur d'aiguilles de pin séchées et lui fait plisser les yeux. Ne brise pas cet instant, me mets-je en demeure, ne dis rien ! Et pourtant je parle :

« On y va ? »

Le bloc erratique se dresse, immuable, sur la colline. Sa cape de mousse est ancienne et inaltérable, elle ne s'use ni ne s'épaissit, mais s'étire. Aucune trace de notre visite de l'année dernière n'est visible.

« Est-ce qu'il fait plus sombre qu'avant ? » demande Lidia.

Elle n'y voit plus aussi bien, dans la forêt. C'est peut-être dû à la malnutrition, pendant l'hiver de l'insurrection, mais je n'en dis rien. Qu'il fasse plus sombre me convient. À mesure que nous approchons du rocher, les ombres se font, à mes yeux aussi, impénétrables. J'effleure la cascade de mousses qui dévale jusqu'à mi-hauteur du bloc de pierre. Plus bas, une croûte de lichens bosselle sa surface. Et soudain, je suis certain qu'encore plus bas, à la limite de la pierre et de la terre, se cache une anfractuosité. Je sens sur mon visage le courant d'air qui en monte. Qu'y trouverait-on? Des pièces de monnaie et des rubans argentés noircis par les millénaires, des os, des pattes d'oiseau et des coquillages?

La sueur me colle la chemise au dos. Je fixe la pierre jusqu'à ce que ma vue s'obscurcisse. Je pose le front sur les genoux et appelle le sang à revenir dans ma tête. Lidia me pose une question que je n'entends pas. Elle répète, prise d'un début de panique. Je me concentre pour remonter de sous terre. Rien, jamais, ne m'obligera à me trouver seul ici. C'est notre rocher. Je ne dois pas en avoir peur.

Lidia me tient les poignets, ses yeux, sources rondes, devant moi.

« Ne fais plus jamais ça », murmure-t-elle.

Les mousses dévalent le bloc de pierre tel un ruisseau. Peut-être n'y a-t-il en fait pas de roche, dessous, mais une porte que l'on peut franchir si on l'effleure. À la Saint-Jean, il se produit des phénomènes étranges. Je m'avance. Lidia s'adosse à la mousse. Elle ouvre un bouton de ma chemise, moi l'un de la sienne. Je me rapproche encore. Le rocher s'ouvre. Le rideau de mousses retombe, derrière nous, devant la porte.

Huit jours après la Saint-Jean, nous prenons la direction d'Aspholm. Nous marchons côte à côte sur les traverses de la voie ferrée. La vache nous suit, broute par moments les épilobes du ballast et chasse les mouches à coups de queue. Les voilà, notre existence et nos biens, de quoi vivre n'importe où. Qui sait d'ailleurs où nous vivrons demain. Gröndahl m'a demandé de passer à Aspholm pendant les moissons, mais nous ne sommes pas obligés d'y rester. Nous pouvons repartir le long des rails ou poursuivre notre chemin, par la route, les sentiers ou la mer.

Au manoir, la vache trouvera facilement sa place, elle aura la compagnie de ses semblables et des pâturages à arpenter. Tout fonctionne comme avant, il y a presque trop de main-d'œuvre. Les ouvriers agricoles choisis par père dans le camp de prisonniers manient la faux dans les prairies, leurs vêtements flottant encore au vent, mais avec déjà des couleurs sur les joues et de la force dans les bras. Nous traversons les champs et constatons que l'on n'attend rien de notre présence.

L'été a tressé autour de nous une hutte où il n'y a de place que pour deux. Ses murs nés de la lumière accueillent en douceur les nouvelles des pénuries alimentaires, des cartes de rationnement et de la fièvre galopante qui expédie les malades au lit et dans la tombe, mais rien ne vient troubler notre silence intime. Nous lisons les journaux sans comprendre que nous vivons sur la planète que leurs sombres articles et photos décrivent. Les coups d'aile et les chants des oiseaux traversent notre conscience sans y laisser de traces. Pour la première fois depuis des années, je ne note pas dans un carnet, ni même dans ma mémoire, mes observations de la nature. Et pourtant je ne cesse de voir, d'écouter et d'enregistrer dans mon esprit des détails. Dans ma chambre, dans le grenier du hangar à locomotives, sur le ponton et dans la forêt, j'explore une terre inconnue, la peau de Lidia, ses nuances et ses fines rides, et les courbes, les creux et les bosses de son corps. Je ne dors plus, somnolant tout au plus, parfois, quand la planète plonge dans la nuit. Je reste allongé à ses côtés à écouter le vent dans la cheminée et les vagues qui roucoulent entre les rochers de la rive. Parfois, je descends au rez-de-chaussée et feuillette les papiers de père. Les fibres de bois ont jauni prématurément et l'écriture paraît démodée. J'examine son legs comme un archéologue examinerait les livres de comptes d'un pharaon découverts dans une pyramide. J'empile sur un coin du bureau les actions d'entreprises du secteur du bois et les vends la semaine suivante. Folie, c'est de la folie de céder des titres à l'ombre d'une guerre lassée d'exister, juste avant que la reconstruction ne commence et que des bateaux chargés de papier ne lèvent l'ancre. De la folie, si l'on ne possède pas déjà assez. Nous avons une maison, des champs et des forêts. Nous sommes plus riches que bien d'autres, en ces temps où l'on fuit les villes pour échapper à la faim et aux maladies.

Les domestiques le savent aussi, et personne n'ira dénoncer aux autorités notre illégitime vie commune.

20

Aspholm est loin du village. Si l'on songe à la grippe espagnole, c'est une bonne chose : l'épidémie mondiale propagée par la guerre ne se donne pas la peine de venir jusqu'ici. À l'automne, pourtant, le mouvement vers la campagne s'inverse. Les bonnes et les valets de ferme ont rangé la récolte dans les coffres, repris des forces grâce à la nourriture distribuée pendant les moissons et trouvé le courage de partir chercher fortune. Personne n'a envie de passer l'hiver dans notre manoir. Il n'y habite que des fantômes du passé, une fille surgie de la forêt et un propriétaire vivant dans ses rêves qui prend lentement conscience de la situation. Je regarde par la fenêtre les feuilles qui quittent leurs branches et les ouvriers agricoles qui, un à un, s'éloignent avec leur balluchon dans l'allée de bouleaux et disparaissent de l'autre côté du portail. Les champs sont vides, les salaires payés.

Lidia se promène dans le jardin et échange quelques mots avec Ville, qui a prévu de s'installer chez sa fille, poussé non pas par la lassitude, mais par la vieillesse. Elle ôte ses grosses moufles de cuir et repousse sous son fichu des mèches échappées sur son front. L'une de ses moufles tombe de sous son bras. Je me hâte de sortir. Lidia tourne le dos à la maison et regarde Ville qui, au portail, grimpe dans une charrette. Je ramasse la moufle et la lui enfile. Elle a les articulations des doigts rougies. L'inflammation est revenue lui ronger les os.

« Garde tes mains au chaud », dis-je d'une voix égale, bien que la peur me bloque la poitrine.

Lidia sourit et m'enlace, sous mon chandail.

« J'aimerais aller une dernière fois à Leppämäki avant qu'il ne gèle. »

Je retourne le sol avec une fourche et extrais les pommes de terre de l'argile. Lidia les ramasse dans ses moufles et les dépose en bordure du potager. Il n'y en a pas beaucoup, à peine une fois et demie ce que l'on avait semé, en poids, mais en nombre beaucoup plus.

« J'aurais dû venir les arroser, dit Lidia. Quand maman les a plantées.

– Moi aussi. J'en étais responsable.»

Je fouille la terre froide et parle des nouvelles de la ville, comme nous appelons désormais les événements du monde. Il ne faut pas laisser le silence s'installer. Lidia est déjà bien assez triste, elle fait le tour du champ et s'arrête pour s'apitoyer sur le misérable tas de pommes de terre. Je plante ma fourche dans le sol et me retrousse les manches. Ma chemise est vieille et délavée, elle a grandi avec moi et fini par me dépasser.

«Cet endroit te manque?»

Lidia secoue la tête et regarde les bâtiments, au haut de la pente.

«Tu la vendrais? demande-t-elle soudain.

– Quoi?

– La métairie.»

Je m'appuie à la fourche. Le ciel a rejoint la terre en un brouillard où le sommet aplati de la colline disparaît telle une montagne tutoyant les nuages.

«Tu es sûre?

– Oui.»

Elle secoue les mottes d'argile de ses moufles. Ses joues frissonnent, de tristesse ou de joie, telle une racine cherchant un sol où s'arrimer.

«Je vais juste prendre ce dont j'ai besoin.»

Je récolte le reste des pommes de terre et les emballe dans une caisse, avec le temps qu'il fait, inutile d'attendre qu'elles sèchent. Gröndahl a promis de venir nous chercher en draisine avant le coucher du soleil, en compagnie d'un de ses aides. Il nous quittera ensuite, sans doute pour embrasser une carrière militaire, bien qu'il ne l'ait pas clairement précisé. Il ne me fait pas confiance. À part nous, il ne restera qu'Iida à Aspholm. Le navire craque aux jointures, la maison sera vendue aux enchères, maintenant que mon fils a pris les rênes, prédit sombrement père. Qu'y puis-je? réponds-je. Je fais ce que je veux, et les autres aussi. J'envoie valser d'un coup de pied quelques pierres encombrant la voie et pose la caisse entre les rails.

Lidia, dans la brume, va d'un bâtiment à l'autre. Je l'entends sortir sa vieille boîte de conserve de sous les marches du mazot. Les cailloux blancs tintent, puis les hautes herbes bruissent quand elle les y disperse. Des portes claquent sans éveiller d'échos et, enfin, des pas lents descendent la colline. Elle pose un petit ballot à côté de la caisse.

«C'est tout?

– C'est tout.»

Nous nous asseyons sur une traverse. Après toutes ces années, elle sent encore le goudron, vestige des efforts de père pour lutter contre l'invasion de la forêt. Le produit continue d'éloigner les petites bêtes ayant pour mission de transformer comme par magie le bois en terre. Je suis curieusement soulagé. Ma vie a suivi sa voie. Elle deviendra ennuyeuse. Les animalcules peuvent bien encore manger autre chose pendant un moment.

Lidia se penche pour ouvrir son balluchon.

« Ce sont juste des pelotes de laine que tu es allée chercher ?

– J'ai l'intention de tricoter », dit-elle en tirant sur un fil qui dépasse de la manche de mon chandail. Les mailles se défont en un joyeux serpentin.

« Il t'en faut un nouveau, constate-t-elle.

– Celui-là est encore très bien.

– Il est aussi temps que je me mette à quelque chose de plus petit. »

Je passe en revue les différentes significations possibles de ses mots, m'écarte sur tous les sentiers de traverse possibles, mais en reviens toujours au même point. Je respire lentement et écoute le souffle à mes côtés, si silencieux que je crois déjà entendre l'ébauche d'un troisième. Je n'ose pas regarder Lidia ni lui montrer mon visage, dont je ne sais pas moi-même ce qu'il reflète. Je pose le menton sur sa tête et lui caresse la joue. Sous mes doigts, elle se creuse d'un sourire.

« Je devrais rentrer chez moi. Il y a des malades. »

Iida lisse la nappe du piano à queue, sous le bouquet de roses séchées. Je pose mon livre sur un pouf. À quelques mètres, Lidia tisonne les braises, penchée tel un lutin auprès d'un feu follet, le visage éclairé par le bois à mille degrés.

« La grippe espagnole ?

– Oui. Ma sœur est morte, et maintenant ce sont les enfants qui sont malades. »

Le tisonnier heurte la porte du poêle. Lidia sursaute mais ne dit rien.

« Bien sûr, Iida, vous pouvez y aller. »

Elle hoche la tête, mais reste plantée là.

« Vous avez l'intention de passer tout l'hiver ici ? demande-t-elle.

– Je ne sais pas encore.

– J'ai peur de devoir rester à la maison. Les enfants sont seuls, leur père est en prison pour je ne sais combien de temps.

– Je comprends. »

Elle sort. Lidia s'assied sur un tabouret devant le poêle de faïence et laisse la chaleur lui baigner la peau. Combien de bois faudra-t-il pour qu'elle n'ait pas froid? Dans une maison de cette taille.

Au matin, debout sur les marches couvertes de givre, nous regardons l'allée de bouleaux. Iida agite une dernière fois la main, sur la route, puis la charrette s'éloigne et nous restons seuls à Aspholm.

Le temps fraîchit. Nous nous installons dans la chambre à côté de la cuisine et aménageons devant le poêle une hutte faite de couvertures. Plus l'espace est petit, mieux on garde le froid à distance. Je ne me rappelle plus d'où je tiens ce conseil. Peut-être de Sahlman, avant son départ pour les camps d'entraînement allemands, c'est à ce stade qu'ils étaient les plus enthousiastes, les combattants de la liberté, à lire des romans de guerre et discuter de techniques de survie, même avec des tiers. Je n'ai pas eu besoin de hutte de couvertures au mont Kaltio, et n'en ai toujours pas besoin, ce ne serait pas la première fois que je passerais l'hiver au manoir. Mais le froid n'endurcit pas toujours, on peut aussi s'en lasser. Et Lidia doit se réchauffer pour deux.

Nous préparons nos repas dans la cuisine et pédalons jusqu'à la bibliothèque du village. Je laisse ensuite dehors dans le gel, pour la nuit, les livres que nous avons choisis, afin de les désinfecter avant de laisser Lidia les toucher. Dans la forêt, les sphaignes de Girgensohn et les feuilles jaunes des trembles brillent d'un éclat surnaturel, tandis que le mauve de pleurotes tardifs s'épanouit sur les troncs.

Les jours somnolents se succèdent jusqu'à ce qu'en novembre le journal proclame la fin de la guerre. Dans tout le monde connu, ou du moins celui dont on a coutume de se soucier. L'après-midi même, les canalisations d'eau de la cuisine gèlent. Je cherche le point faible et recouvre les tuyaux serpentant sous la terre d'une épaisse couche de feuilles mortes. Nous attendons, rien ne se passe.

« Nous pouvons toujours tirer directement l'eau du puits, suggère Lidia.

– Je vais téléphoner à Hanna. »

En revenant du hall, je trouve Lidia dans la hutte de couvertures, à lire les pages d'annonces du journal. Les colonnes sont remplies de longues listes de noms et de photos de couples, hommes en costume noir et femmes au visage sérieux, ou parfois bravache. Se sont unis librement, est-il écrit sous certaines, tel un manifeste, bien que le mariage civil soit autorisé depuis déjà un certain temps. Lidia froisse le journal en boule.

« Hanna nous demande de venir nous installer rue des Tilleuls.
– Quand ?
– Tout de suite. »

Notre photo est publiée dans le coin inférieur de la page d'annonces, à côté de réclames de fleuristes et de marbriers. Dessous, il ne figure qu'une date, le 20 novembre 1918, sans mention du caractère civil du mariage. Nous devons veiller à n'irriter personne, jusqu'à la fin de nos jours s'il le faut. L'encre d'imprimerie a bavé sur nos visages, nos yeux paraissent grands et noirs, effrayés.

Nous regardons la photo, rue des Tilleuls, à la table du petit déjeuner. Hans Göring, l'officier allemand hébergé par père, boit du thé, jette un coup d'œil au journal, entre nos épaules, et regarde sa montre, le tout en même temps. Son sourire est aussi rapide que ses gestes. Son repas terminé, il glisse son harmonica dans sa poche de poitrine, prend sa valise, nous fait ses adieux et dévale l'escalier. Heureux perdant de la guerre dont on a besoin, de l'autre côté de la mer qui gèle peu à peu, pour reconstruire le monde en musique.

Quand nous sommes arrivés, hier, il est venu nous saluer dans le vestibule. Lidia a sursauté, baissé les yeux et fait tomber son gant, puis l'a ramassé et refait tomber. Göring l'a jaugée, les yeux plissés, la tête penchée.

« *Du bist am Leben*, a-t-il dit avec un sourire. Vous écrivez toujours dans les journaux ? »

Lidia m'a jeté un regard malheureux, mais Göring a laissé échapper un petit rire, balayé l'air de la main et entrepris de tresser des louanges à l'hospitalité de père tout en déplorant sa disparition prématurée.

Je surveille son départ par la fenêtre de la cuisine, jusqu'à ce qu'il tourne vers le centre de la ville. Que sait-il de toi ? pourrais-je demander à Lidia, mais je m'abstiens.

Je fends la foule des clients pour sortir de la boulangerie. Mon sillage se referme presque aussitôt, mais Lidia s'accroche à mes basques et me suit. Je regarde tantôt devant moi, par-dessus les chapkas et les fichus, tantôt derrière. Lidia marche les yeux baissés, enfouie dans le manteau d'hiver que je lui ai offert à Noël. La capuche doublée de laine lui cache le visage jusqu'aux sourcils. La tête dans les buissons, comme tous ceux que les inconnus terrorisent. Je me promène maintenant en ville tous les jours et n'ai plus peur. Je change de main mon sachet de papier brun et fais signe au tramway de s'arrêter.

Lidia s'assied près de la fenêtre, dans la troisième rangée de sièges, et ôte sa capuche. Je me laisse tomber à côté d'elle et ouvre le sachet. Je lui tends un joyau clandestinement rapporté du pays des merveilles, une portion de plage caressée par les vagues d'une mer chaude, un trésor scintillant de cristaux de sucre : un sablé à la confiture. Lidia le retourne entre ses doigts et en croque un minuscule morceau. Je m'en fourre un entier dans la bouche et mâche. La douceur du sucre me pénètre jusqu'au bout des orteils. Le tramway s'ébranle. Devant la boulangerie, la file d'attente s'allonge. C'est l'avant-dernier jour de l'année, le premier cargo de blé vient d'arriver et les fournils produisent à la chaîne des brioches, des génoises et des biscuits blancs comme neige que convoitent tous les estomacs excoriés par la farine de son.

Son biscuit terminé, Lidia lèche les miettes accumulées dans le creux de sa main. Je lui en tends un deuxième, elle sourit et se remet à grignoter. Le silence règne, les passagers ne se connaissent pas, le tramway brinquebale, s'arrête, les portes s'ouvrent et se ferment, une froide odeur d'hiver entre, quelqu'un passe d'un pas mal assuré dans l'allée centrale et se fond dans la chaleur des passagers fatigués. Nous sommes assis épaule contre épaule, Lidia mange, je pêche au fur et à mesure des sablés dans le sachet. On ne voit rien dehors, seuls nos visages se reflètent dans la vitre obscure, derrière laquelle des lumières ne s'allument que dans les rues les plus animées du centre.

Peu après la gare, le tramway stoppe. Le conducteur descend. Les voyageurs se penchent sur leur siège pour tenter de regarder par les fenêtres.

« Il n'y a pas d'arrêt, ici », dit Lidia.

La porte avant s'ouvre. Le conducteur remonte à bord, suivi de trois hommes en uniforme. J'ai le temps d'apercevoir dehors d'autres policiers. Lidia me prend le bras et se tasse sur son siège. J'emprisonne sa main dans les miennes. La peau de ses articulations palpite.

Les policiers passent à côté de nous sans nous accorder un regard. Je me retourne. Ils s'arrêtent à cinq mètres environ et aident une vieille femme, côté couloir, à se lever. Elle s'écarte de leur chemin. Ils se penchent pour parler au jeune homme assis près de la fenêtre. Un instant plus tard, il se met debout, enfonce son chapeau sur sa tête et tend les bras. Les menottes claquent sur ses poignets.

Le prisonnier est plus grand que son escorte. Il porte un manteau descendant jusqu'aux genoux, du même gris foncé que son chapeau. Ses vêtements sont légèrement usés, mais pas plus que ceux de beaucoup d'autres. Il pourrait être employé de banque, journaliste ou contremaître.

Lidia me tire par la manche. Je tourne le dos au petit groupe. Personne ne dit rien. Lidia fixe le montant de la fenêtre. Je vois à la contraction des muscles de sa mâchoire qu'elle serre les dents.

Les policiers repassent à côté de nous. Le conducteur ouvre la porte. Le prisonnier descend sur le marchepied, jette un dernier coup d'œil à la ronde et s'arrête. Ce n'est pas dans ma direction qu'il regarde, mais presque. Sa bouche s'ouvre, sa langue touche l'arrière de ses dents et se prépare à former un mot.

« Allons-y », ordonne l'un des policiers.

Seth tourne le dos et descend. Les voyageurs chuchotent, comme si soudain tous se connaissaient. Le tramway repart.

Nous descendons au coin de la rue des Tilleuls. Lidia sort ses moufles de ses poches. L'une tombe par terre. Je la ramasse.

« Mets-les, il fait froid. »

Quand elle desserre le poing, il s'en échappe une pluie de sable blanc. C'est ainsi que même les trésors s'effritent.

1919

21

Je m'enfonce jusqu'à mi-mollet dans la neige de la piste, tentant d'oublier le grattement de mon cache-col de laine sur mon cou en nage, concentré sur la voix enjouée de Joonas Tirkkonen. Il a été de bonne humeur toute la journée et le reste même en voyant depuis la lisière des champs les bâtiments de la métairie. Ils sont au moins aussi de guingois qu'à l'automne. Le vent fait tourbillonner de vieilles feuilles de tremble sur les collines encore enneigées.

«Le printemps arrive tard, ici», fais-je remarquer en poussant sur mes bâtons. Des traces de lièvre zigzaguent sur la neige, seuls signes de vie dans la blancheur immaculée.

Les fleurs de givre des vitres de la salle se sont étiolées. La lumière se reflète sur les meubles dont j'ai brûlé les housses au mois de mai. L'horloge s'est arrêtée. Je la remonte et règle l'heure, laissant Tirkkonen visiter tranquillement les lieux. Il est originaire de Porvoo et cherche à s'installer comme agriculteur. Même dans cette maison imprégnée de chagrin, son visage s'éclaire de sourires qui m'arrachent presque un petit rire.

Nous faisons le tour des bâtiments, examinons les madriers à la base des murs, les planchers et les bardeaux des toits. Plutôt que de tenter de plier ma langue à des arguments présentant sous son meilleur jour le bien mis en vente, j'attire l'attention de Tirkkonen sur ses défauts.

«La métairie n'est pas en très bon état. Les précédents habitants n'avaient pas les moyens de faire des travaux.

– Tout est réparable», réplique-t-il.

Nous pataugeons dans la neige jusqu'à la forêt afin d'évaluer la taille de la parcelle dont la famille aurait besoin. Un pacage et des arbres de haut fût, de quoi remplacer les madriers abîmés. Le carré de forêt assigné par père à la dernière vache de Leppämäki est toujours là, clôturé afin de l'empêcher d'aller brouter les plants des zones coupées à blanc. C'est d'ailleurs là que s'arrêtent les terres d'Aspholm. Frans a prélevé du bois, dans l'enclos, pour chauffer la métairie et façonner des outils, mais il reste de quoi tailler des madriers.

Nous remontons à la métairie et nettoyons la semelle de nos skis en prévision du retour. J'interroge Tirkkonen sur sa famille et sa situation actuelle et lui parle de la mienne, dans le seul espoir de l'empêcher de voir ce qu'il a sous les yeux. Derrière la voie ferrée, et déjà en partie au-dessus, des sapins agitent leurs branches au rythme du vent. Il ne peut pas ne pas le remarquer.

«Et au sud du chemin de fer? demande-t-il. Serait-il possible d'y prendre du bois de construction?

– Je ne suis hélas pas autorisé à disposer de cette forêt. Mais les terres au nord de l'enclos appartiennent au manoir de Högland. Vous pouvez essayer de leur en acheter.»

Tirkkonen hoche la tête. J'attache mes skis à mes bottes.

«Leppämäki, la colline aux Trembles, dit-il en regardant les champs. Est-ce qu'on pourrait lui donner un autre nom? Si vous me vendez la métairie, bien sûr. Il n'y a plus de trembles.

– Faites comme vous voudrez.»

Le grand-père de Frans a coupé les trembles de la colline, baptisé l'endroit d'après eux et retourné la terre pour la cultiver. Par la suite, la famille a pris le nom de la métairie. Mais pourquoi faudrait-il s'en souvenir pour l'éternité? Ceux qui s'en souciaient le plus ont disparu. Je tourne mes spatules dans le sens du départ et passe les dragonnes de cuir de mes bâtons à mes poignets. Nous convenons de signer l'acte de vente dans une quinzaine de jours.

«Me permettriez-vous de passer la journée ici à couper du petit bois? demande Tirkkonen. Nous pourrions nous installer tout de suite en famille, comme ça.

– Allez-y. Essayez donc aussi de faire du feu. Plus vite la métairie sera de nouveau habitée, mieux ce sera.»

Je prends congé et m'élance sur la piste. Mes skis raclent ses bords durcis par le gel. Quand je regarde par-dessus mon épaule, Tirkkonen a disparu dans le bûcher. On y entend la meule aiguiser le fer de la hache. Il s'est en un instant dessiné dans l'airial un accueillant réseau de sentiers courant de porte en porte. Tirkkonen portera bientôt une brassée de bois dans la maison, avec déjà des gestes de propriétaire. Une échelle est posée contre le fenil de l'étable, la tour penchée du mazot oscille. Un flot de souvenirs surgit, se divise en ruisseaux et me contourne. Je suis déjà de trop. Il n'y a plus rien à regretter ici.

Je glisse à vive allure à travers la forêt et ne m'arrête qu'au sommet de la colline où les habitants de Leppämäki, qu'ils soient vivants ou morts, ont toujours fait une pause. Je m'appuie sur mes bâtons et lis les inscriptions sur le flanc gris du vieux pin. Je sors un couteau de la poche latérale de mon havresac. J'enfonce la pointe dans le bois et grave le nom et les dates de naissance et de décès d'Elmeri.

Je range le couteau dans sa gaine. J'ai chaud, je grelotte.

« À tout hasard », dis-je tout bas à la forêt muette avant de redescendre la colline.

Lidia est blottie dans un fauteuil, petite et imposante, son maigre corps enroulé autour de son gros ventre. Je me glisse sur la pointe des pieds dans la cuisine où Hanna pétrit de la pâte.

« Elle dort depuis longtemps ?

– Une paire d'heures. »

Je vais dans le salon et m'agenouille devant Lidia. Elle s'est endormie la tête sur l'épaule, un chandail gris à demi fini sur les genoux. Elle soupire, toussote et entrouvre les yeux. Ses doigts chauds me tâtent les joues.

« On croirait que tu as fait de la luge. »

Je m'assieds sur l'accoudoir du fauteuil, elle pose la tête sur mes genoux.

« Tu l'as vendue ? demande-t-elle.

– L'acheteur était très enthousiaste.

– Tout était en ordre ?

– Oui. »

Elle se redresse et reprend ses aiguilles. Tandis qu'elles tintent, les rangs augmentent. Je me laisse glisser par terre et m'appuie aux genoux de Lidia. J'y suis bien. Si bien que je ne m'en éloigne plus trop. Je la regarde, en secret, du matin au soir. Elle tricote comme si elle l'avait toujours fait, alors qu'il ne s'est écoulé qu'un an depuis qu'une lanterne rouge a été hissée à la tour de la Maison du peuple. J'observe son visage et ses propos, j'y cherche de la tristesse et de la frustration, mais mon tamis reste vide. Elle a l'air de ne rien se rappeler du printemps dernier. Elle parle de son enfance et des brebis qu'elle gardait dans la forêt. On l'avait laissée leur donner des noms, et elle avait choisi les plus beaux mots qu'elle connaissait alors.

« Scintillante, Perle et Aurore, dit-elle en repoussant sa pelote de laine d'un coup de pied. Scintillante avait le poil brillant, Perle était gris pâle et Aurore un peu roussâtre. »

Je caresse la douce matière de l'ouvrage qui prend de l'ampleur, sur ses genoux, dans le cliquetis des aiguilles. Je me demande paresseusement si je me transformerai en mouton quand elle m'habillera de laine. Pourquoi pas, tant qu'elle reste ma bergère.

Alors que les stalactites commencent à goutter sur l'appui de fenêtre, elle tricote toujours. Le chandail s'étale à côté d'elle sur le sofa, car il ne tient plus sur ses genoux. Dans la journée, je sors pour de brèves promenades en ville, guette les vols de grues cendrées dans le ciel et rassemble des provisions. Je pose la nourriture devant elle, et elle mange sans poser de questions, tel un faucon femelle. Quand je lui parle des premiers courlis du printemps, elle me regarde d'un air ensommeillé mais reste silencieuse. Hanna fait la navette entre la cuisine et le salon, avec entre les mains un journal ou une tasse à thé, tantôt pleine tantôt vide, et me rassure :

«Tout va bien. Vers la fin, souvent, elles ne voient ni n'entendent plus très clairement.»

Elles, les femelles, les mères.

Une fois mon chandail terminé, Lidia le plie sur l'accoudoir du sofa, soupire et se recroqueville autour de son ventre pour une sieste.

Tard dans la soirée, la douleur la réveille. Bientôt les contractions se font si fortes que nous partons pour l'hôpital. Je suis obligé de l'y laisser seule. Je marche jusqu'à la place du Marché et regarde la mer, qui ondoie, noire, et ressemble à ce que j'imagine qu'elle ressent.

Dans la matinée, le téléphone sonne. Hanna répond. Je me suis endormi sur le sofa avec le chandail pour couverture. Je n'entends pas ce que Hanna dit dans le vestibule. Je n'ose pas bouger avant qu'elle n'ouvre la porte et sourie.

Le temps de cette journée, nous sommes fous de joie.

22

Du noir. Le manoir décrépi. Du noir. Le jardin en décomposition. Du noir. Les images floues se succèdent jusqu'à ce que je me rende compte que je cligne des yeux. Le jour nuageux s'immobilise. La terre humide a trempé mon pantalon. Je sens dans mon dos quelque chose de dur, sans doute un pilier du portail. Comment suis-je arrivé du côté du jardin, alors que c'est la route boueuse qui m'a englouti ? Depuis quand suis-je assis là ? Et puis, avec un temps de retard impardonnable, la question qui m'électrise tous les membres : Où est le bébé ?

Je me relève d'un bond. Je presse mes paumes sur mes tempes pour aplanir les dernières vagues de douleur. Le panier repose sagement sur la pelouse, quelques mètres plus loin. Je soulève la nappe qui garde soigneusement au chaud la petite bosse qu'elle recouvre. L'enfant est là, endormie, fatiguée par la vie, la faim et l'attente. Le soleil se cache, mais son halo plus clair, dans le rideau de nuages, s'est déplacé d'une grande enjambée vers l'ouest. Pendant ce temps, la vie a continué, ailleurs que dans le passé. On nous cherche sûrement, et Sahlman attend mon coup de téléphone pour me dire tout ce que je sais déjà.

« Tu te rappelles comment elle nous regardait, dis-je à la petite. Je t'ai portée près de la fenêtre pour te montrer le ciel. »

Le ciel de printemps, pour la première fois dans ton univers de nouveau-née. Et toi, animal aquatique, tu as plissé les yeux face à la lumière du jour et j'ai senti monter en moi de chauds courants marins, les mêmes que dans les yeux fatigués de ta mère. Puis ces derniers se sont obscurcis de fièvre et je t'ai oubliée.

Je soulève le panier. Je dois entendre son nom, parler d'elle, la voir, la toucher une dernière fois. Même une seule fois serait beaucoup, plus que je n'osais, il n'y a pas si longtemps, espérer.

La sonnette de la porte de l'officine tinte. Le pharmacien se dresse derrière le comptoir, brillant tel un fantôme d'un blanc pur, lui à qui mère achetait de l'alcool à 90°. Je ne me rappelle plus pourquoi. Sans doute pour ôter des taches de sauce, c'est une explication facile quand on a un garçon de moins de dix ans.

«Le téléphone», dis-je dans un souffle.

Il hoche la tête, fait le tour du comptoir et m'indique l'arrière-boutique. L'appareil se trouve sur une petite table tout de suite à côté de la porte. Je pose le panier par terre et saisis le combiné, sans entendre les faibles couinements ni remarquer que la nappe s'agite. Le pharmacien s'immobilise et fixe le panier avec des yeux ronds, tandis que je demande à l'opératrice de me passer l'hôpital. Il ouvre la bouche, mais je lui tourne le dos et me bouche l'oreille libre de l'index pour mieux entendre ce qui se dit à l'autre bout du fil. L'allô impatient de Sahlman résonne.

J'essaie de dire bonjour mais les mots se bousculent dans ma gorge et s'expectorent en quinte de toux.

«Erik?

– Oui.

– Où êtes-vous? Hanna est folle d'inquiétude.»

Le pharmacien est retourné à son comptoir en fermant la porte derrière lui. La fenêtre est entrouverte, le vent pousse un bout de papier vers le bord du bureau où on l'a oublié, comme les vagues le navire de Christophe Colomb vers le bord supposé de la Terre.

«Vas-y, dis-le, parviens-je à murmurer.

– Tu devrais venir, nous pourrions mieux...

– Non.»

Il se tait. J'ai le temps de trouver une parade. De prendre de l'avance. Je tousse de nouveau et commence à prendre des dispositions, promets d'envoyer quelqu'un à l'hôpital pour s'occuper du transport. Le lieu est déjà choisi, à côté de l'église de pierre de son village natal, il reste bien assez de place pour elle dans le tombeau d'une famille en voie d'extinction. La porte s'ouvre, le pharmacien entre, tournique du côté de l'armoire de classement et feuillette des papiers. J'entends le soupir de Sahlman et les battements de mon cœur. J'ôte mon doigt de mon oreille mais continue de les entendre, et le pharmacien me regarde comme s'il les entendait aussi. La sonnette tinte dans l'officine, il se dirige en crabe vers la porte et sort. De grandes bouteilles en verre brun foncé se tiennent au garde-à-vous sur les étagères. Les étiquettes indiquent en lettres contournées le contenu de chacune, pour la plupart en latin. *Aqua*. L'eau, le plus ancien des remèdes, mais qui ne mène pas loin.

«Tu as mal compris», dit Sahlman à hauteur de mon menton. Je remonte jusqu'à mon oreille le combiné qui a glissé.

«Quoi?

– Lidia n'est pas morte.»

Sahlman poursuit, parle et parle encore, sans que je comprenne rien. Elle est en vie. En vie. Mais avant d'y ajouter un point d'exclamation, mon instinct me met en garde, mon ouïe s'aiguise et attrape au vol dans le combiné des mots de mauvais augure. Je me remets le doigt dans l'oreille et demande à Sahlman de recommencer depuis le début. Il soupire et évoque une maladie qui – «comme je l'ai dit hier soir» – n'est pas une fièvre puerpérale. Le mal était déjà présent avant l'accouchement, mais ses symptômes ne se sont aggravés au point d'être visibles qu'une fois son corps affaibli par la perte de sang.

«Quelle maladie?

– Elle est en train de se remettre du pire, mais un traitement au long cours est nécessaire.

– Quelle maladie!»

Il a peur. Pendant son silence, j'ai la bonne idée de m'asseoir sur la chaise à côté de la table du téléphone. Le visage de la petite pointe, tout rouge, au milieu des linges du panier, sa bouche se tord en une grimace fâchée. Je presse mon doigt plus fort sur mon oreille, et comprends trop tard que j'ai choisi le mauvais côté, j'aurais dû boucher celle collée au combiné. Le canal ouvert laisse les mots atteindre directement mes nerfs.

Tuberculose, hémoptysie, sanatorium.

Le combiné tombe sur la table. La main du pharmacien se tend, venue de nulle part, et le saisit, puis il dit quelque chose. Taisez-vous! Si personne n'avait ouvert la bouche, rien de tout cela ne serait arrivé. Je m'accroupis au chevet du panier. La plus misérable maigriotte du monde hurle les yeux fermés. Je la prends dans mes bras. Nous nous affaissons sur le sol, je m'appuie au bureau et pose la joue sur mon épaule. Ce n'est qu'à cet instant que le froid, la peur, la faim et l'épuisement prennent le dessus et que nous pleurons, moi en silence, tremblant, elle de toute la force de ses poumons, son petit corps tendu comme un arc.

L'on se penche sur nous, de deux côtés. L'on parle de nouveau. Les mots tentent de franchir les sombres pics de montagne qui se sont dressés autour de moi, mais je secoue la tête. Une main se pose sur ma nuque. Le bas d'une robe balaie le tapis, on pose à ma portée un verre de liquide aux clairs reflets dorés. Je le saisis, bois, grimace et rebois. Des mains entourées de dentelle prennent doucement l'enfant.

Quelqu'un a ouvert grand la fenêtre. Le fin rideau flotte dans la brise. Le liquide diaphane ne m'éclaircit pas les idées, mais les pics de montagne s'émoussent. Pour la première fois, il me vient à l'esprit que mère savait peut-être ce qu'elle faisait, tout compte fait.

1923

23

Quelque chose heurte la vitre. Ma main effrayée tressaille et ma plume marque le papier d'un point prématuré. Une abeille tombe sur l'appui de fenêtre et y reste à bourdonner, puis reprend ses esprits, s'éloigne en rampant et disparaît dans la fente, au ras du mur, d'où un passage secret mène au grenier. Là-bas, au-dessus des caisses de vêtements abandonnées, si haut que personne n'a pris la peine de le déranger, il y a un grand nid gris. En cette saison, il s'en échappe jusque dans l'appartement un bourdonnement sourd, amplifié par les échos du grenier.

Il est trois heures de l'après-midi. Je me force à me concentrer sur mon texte, d'où une tache d'encre de la taille de l'ongle me fixe. Je souffle dessus pour la sécher, barre la ligne et réécris ma phrase.

La première découverte d'un nid de chouette de l'Oural en Finlande date du milieu du siècle dernier, mais l'espèce est sans doute présente ici depuis plus longtemps.

Je m'oublie à écouter le léger crissement de la plume labourant la surface blanche. Il est apaisant. C'est Malla qui me l'a appris. Quand, après sa naissance, je me suis remis à écrire à la main et que je rédigeais des rapports de recherche ou des exposés, elle s'endormait. Bien que je dispose à l'université d'un bureau et d'une machine à écrire, je préfère travailler à la maison.

La chouette de l'Oural se nourrit essentiellement de campagnols et de souris. Elle est donc l'amie des agriculteurs.

Je continue d'écrire les yeux fermés. Cette nuit, je suis allé écouter les chevaliers culs-blancs et les bécassines des marais aux abords de la ville et je n'ai dormi que quelques heures dans la matinée. Je sais ce que j'ai l'intention de raconter et peux me reposer les yeux un instant. Si le bruit de la plume s'interrompt, je me réveillerai.

Bien que la chouette de l'Oural puisse de temps à autre s'attaquer à un tétras-lyre ou à un lièvre, l'espèce est si rare qu'il n'en résulte aucun dommage économique notable.

Je m'appuie le front sur la main. Le soleil me chauffe le sommet du crâne.

L'agriculture est notre principale activité économique et les animaux qui lui sont utiles méritent donc d'être protégés par la loi. Et n'est-il pas étrange que l'homme n'autorise nul autre que lui à chasser, pour se nourrir, les animaux considérés comme du gibier ? Qui dit que la nature les a réservés à son usage ? On constate une attitude similaire en ce qui concerne le glouton, par exemple : une prime à la capture est versée…

Les yeux fermés, je biffe les trois dernières phrases. Ne prêche pas, m'a ordonné Sahlman, ça hérisse les auditeurs. Parle uniquement de la chouette.

La chouette de l'Oural.

Ma plume gratte de nouveau, mais je ne suis plus sûr de ce que j'écris. Le bruit se fait intermittent, se transforme en tic-tac. Est-ce ma plume, ou l'horloge de parquet ? Non. C'est un pic tridactyle. Il tourne autour d'un sapin à l'écorce craquelée, écoute et tambourine délicatement sur le tronc. Il doit faire monter sur sa langue, comme sur un bateau, les larves tapies dans les anfractuosités de l'arbre, et les transporter jusqu'à son nid. Il doit nourrir sa descendance, et c'est pourquoi il doit rester en vie.

Le pic noir s'est envolé vers le bleu aveuglant de l'horizon devant lequel la forêt, de tous côtés, s'incline.

L'odeur des lédons me monte à la tête. Je suis allongé sur une butte de sphaignes. Quelqu'un est debout derrière moi. Lidia ? Le pic martèle régulièrement le bois, à intervalles d'une seconde. Puis s'arrête. Dans la forêt résonnent les puissantes notes d'une horloge. Quatre.

Je me réveille en sursaut. Je suis à moitié couché sur mon bureau, la tête dans les bras. Le parfum de lédon provient de ma poche de poitrine. J'en sors mon mouchoir et le pose loin de moi. Hanna poursuit sa lutte contre les mites, alors qu'on n'en a plus vu depuis des années dans l'appartement. Il faut se méfier, quand on rapporte chez soi toutes sortes de bestioles, grommelle-t-elle, refusant de croire que les spécimens montés sur des épingles ou conservés dans des bocaux de verre ne se reproduisent plus. Les bouquets de lédon séché continuent de servir d'antimite dans les armoires à linge.

Je m'étire et reviens à la réalité. Il y a toujours quelqu'un derrière moi. J'ai beau secouer la tête, le sentiment persiste. Je me retourne.

Malla se tient sur le seuil, les mains derrière le dos, et se balance des orteils aux talons. Elle me regarde, mais la moue qu'elle fait montre qu'elle est encore ailleurs. Ses cheveux blonds sont emmêlés et sa joue striée de lignes rouges laissées par la dentelle de sa taie d'oreiller.

«Bonjour, dis-je doucement, la faisant néanmoins sursauter. Viens. Je prépare un exposé.»

La petite créature toute chaude me saute dans les bras, s'installe comme à son habitude sur mon genou, pose les coudes sur le bord du bureau et s'écrie : « Oh là là ! »

Ma bouteille d'encre s'est renversée pendant mon sommeil sur la mer de papiers qui ondoie sur mon bureau. La feuille du dessus est presque entièrement noire.

« Oh là là ! en effet. Heureusement, je me rappelle ce que j'ai écrit.»

Je me rappelle tout, toujours, à l'infini.

« Hanna va sortir, dit Malla.

– Où va-t-elle ?

– Voir sa sœur.

– Maintenant ? Ce n'est pas possible. Elle est déjà partie ?»

Je cherche sous les papiers le bouton de la sonnette. Des pas se confondent avec son tintement, dans le vestibule, Hanna passe la tête par la porte, essayant en même temps de boutonner son manteau et de redresser son chignon.

« J'ai congé ce soir, dit-elle. Nous nous étions mis d'accord il y a déjà longtemps.

– J'avais oublié. Je dois intervenir ce soir à la réunion de la Société des sciences naturelles. Tu ne pourrais pas...

– Non. Kerttu est déjà dans le train, je dois la retrouver dans une demi-heure.

– Je dois absolument aller à cette réunion.»

D'un signe de tête, je désigne Malla. Je ne veux rien dire tout haut, bien qu'elle semble tranquillement occupée à colorier au crayon noir les derniers îlots blancs de la feuille de papier. Elle ne perd rien des propos des adultes et est prompte à en tirer des conclusions qui la conduisent à leur causer des problèmes et des inquiétudes. Effrayée de naissance, j'en suis conscient, c'est de ma faute.

« Emmène-la, suggère Hanna en rajustant son col et en jetant un coup d'œil à l'horloge. Elle sait se tenir.»

À mi-hauteur de ma poitrine, ses cheveux blonds volettent. Elle me scrute de ses yeux bleus, impénétrable, les lèvres serrées. Jolie comme un cœur et sage comme une image, disent les visiteurs en lui tapotant l'épaule. Comme sa mère, devraient-ils ajouter, mais aucun d'eux ne la connaît.

« Elle peut très bien rester assise une heure ou deux sans faire de bruit, dit Hanna. Ça lui arrive souvent, dans d'autres circonstances.»

Je marmonne quelque chose. Hanna s'en va, ou disparaît, comme la bibliothèque, les chaises, la table, le lit et la fenêtre, qui se métamorphosent en rochers et en arbres, tandis que le tapis se couvre de mousses. Elle est là, ses yeux reflètent le ciel, les sapins et les bourgeons à peine ouverts qui laissent filtrer le soleil. Le tic-tac de l'horloge se fait de plus en plus lent et irrégulier. Je n'entends bientôt plus que les trilles du rouge-gorge qui passe ses journées dans les fourrés. Nous sommes assis dans la forêt printanière d'un immeuble, dans une rue pavée. La bouche de la fée s'arque.

«Donne-moi la main.»

Je me penche vers Malla. Elle doit malgré tout lever le bras. Je connais des médecins à l'université et à l'hôpital, plusieurs, même. Tous secouent la tête en la voyant, l'observent et émettent des hypothèses déguisées en questions. Manque-t-elle d'appétit? Est-elle souvent fatiguée? A-t-elle toutes ses dents? Puis l'offense la plus grave, l'exigence d'un numéro de cirque: Marche un peu, petite. Malla, toujours docile, se lève et traverse la pièce, le dos raide de fureur. Il n'y a que moi qui le remarque. Mes amis médecins scrutent ses jambes dévoilées par sa jupe courte, constatent que ses genoux ne sont ni arqués ni cagneux, plissent le front et haussent les épaules. Certains cas sont particuliers.

«Elle prend au moins autant de soleil et d'exercice que les enfants de la campagne, ne puis-je m'empêcher de répéter. Il ne peut pas s'agir de rachitisme.»

Je cède pourtant moi aussi à la suspicion. J'écoute les poumons de Malla au stéthoscope tous les quinze jours, Sahlman tous les six mois. Nous n'avons jamais rien remarqué d'inquiétant. Elle est en bonne santé, mais de petite taille.

Nous mettons une heure à traverser à pied le centre de la ville avant de monter enfin l'escalier du perron de la Maison des sociétés savantes. Malla saute d'une marche à l'autre comme si elle courait un steeple. Je lui tiens ouverte la lourde porte. Il est moins cinq. Il n'y a plus dans le hall que quelques jeunes gens que je ne connais pas, des étudiants qui regardent Malla avec étonnement.

«Par ici», dis-je en l'entraînant, alors qu'elle ralentit le pas, vers une porte latérale.

Les sièges de la salle sont occupés par des rangées de dos noirs. Les plus larges appartiennent aux biologistes et aux géologues travaillant sur le terrain, les plus étroits aux chercheurs de laboratoire.

Par endroits, l'alignement est rompu par la silhouette menue d'une femme en ulster beige ou rouge foncé. Rares sont ceux qui ont suffisamment chaud pour enlever leur manteau. La salle paraît fraîche après les doux vents printaniers qui murmurent dehors.

Sahlman déambule devant le premier rang, s'arrêtant pour bavarder avec l'un ou l'autre. Tenant toujours Malla par la main, je m'approche par l'allée latérale et lui adresse un signe de tête.

« Anders, j'ai amené la petite. »

Il nous salue et nous fait signe de nous asseoir. Je surprends du coin de l'œil les regards noirs des auditeurs du premier rang, dont certains osent même froncer les sourcils. Malla fixe ses bottines, les épaules basses. J'aurais peur, moi aussi, si je me retrouvais dans une pièce pleine de dizaines d'adultes deux fois plus grands que moi. Et personne ne prend la peine de poser ailleurs les serviettes et sacoches qui encombrent les chaises inoccupées du premier rang.

« Il n'y a pas de place de ce côté. Allons plus au fond. »

Au sixième rang, il y a trois sièges libres. Nous nous frayons un chemin entre les genoux et les brodequins. Je soulève Malla pour l'asseoir sur la chaise du milieu. Je me penche à la hauteur de son visage et constate qu'elle ne voit pas le pupitre.

« Je vais bientôt devoir aller là-bas, devant, pour un moment. Tu ne me verras pas, mais je parlerai fort, comme ça tu entendras ma voix. D'accord ? »

*

Malla agite les pieds dans le vide. Le bord du siège lui scie les mollets, mais elle est mieux assise là qu'à se promener dans la salle avec ces gens qui haussent les sourcils. Elle n'a rien fait de mal, en tout cas pas qu'elle sache. Mais les adultes se fâchent pour des raisons incompréhensibles, et parfois même sans aucune raison.

Papa chuchote, à côté d'elle, l'air préoccupé, regarde sa montre et va devoir y aller. Elle s'appuie au dossier de sa chaise. Devant elle se dressent des montagnes d'épaules et de têtes. Elles marmonnent entre elles. Leurs voix lui envahissent l'esprit, tel le grondement sourd de la mer. Presque douloureusement.

Des pas pressés retentissent dans l'allée. Papa a heureusement fini de se tortiller et reste tranquillement assis. Elle se penche pour jeter un coup d'œil du côté de l'allée. Un homme s'y tient, à leur hauteur, et regarde autour de lui. Pas par ici ! Raté. Il se dirige vers eux, hoche la tête et lance des sourires hésitants aux gens qui doivent garer leurs genoux. Papa déplace ses grandes jambes loin sur le côté. Elle replie les siennes et entoure ses genoux de ses bras. L'homme s'assied à sa gauche. Sans tourner la tête, elle le regarde du coin de l'œil. Il sourit d'un air gentil, et n'a même pas de barbe. Papa passe le bras devant elle et tend la main à l'homme, qui la secoue énergiquement. Ils échangent quelques mots, mais Malla ne parvient pas à se concentrer sur ce qu'ils disent, car au même moment la voix d'Anders résonne, devant le premier rang, et le marmonnement des montagnes se tait.

«C'est ma fille, Malla, chuchote papa à l'inconnu.

– Bonjour, je m'appelle Verner. Vertti, pour les intimes», glisse l'homme.

Malla sourit un peu et hoche la tête comme les adultes. Anders prononce le nom de papa. Ce dernier se penche vers elle et répète qu'il va bientôt devoir y aller.

«Je serai tout près, même si tu ne me vois pas.»

Malla serre les lèvres. Sa tête s'enfonce dans ses épaules, son manteau accompagne le mouvement d'un froissement. Le monsieur assis devant elle lui jette un regard furieux. Pourvu que papa ne lui pose plus de questions, on n'a visiblement pas le droit, ici, de bouger d'un pouce. Elle essaie de se faire toute petite, mais le tissu glissant de son manteau l'entraîne lentement vers le bord de la chaise. Vertti se retourne lui aussi vers eux, mais n'a pas l'air fâché. Il se penche, comme papa, regarde les montagnes de dos, à hauteur de ses yeux, et secoue la tête.

«Tu ne vois rien, là, chuchote-t-il. Je peux lui servir de coussin, poursuit-il à l'intention de papa. J'ai l'habitude, j'ai des petites sœurs.»

Papa lui demande ce qu'elle en pense. Elle jette un coup d'œil aux épaules du monsieur furieux et hoche la tête. Papa l'installe sur les genoux de Vertti, et les montagnes s'aplanissent en petites collines. Elle voit même, entre les têtes des adultes, Anders qui parle sur l'estrade. Elle sourit à papa, qui lui rend son sourire. Quand Anders retourne s'asseoir au premier rang, papa lui caresse la joue et se faufile dans l'allée. Vertti l'entoure délicatement de ses bras. Ils se concentrent pour écouter papa.

«La chouette de l'Oural qui hante nos forêts est longtemps restée ignorée. On pensait qu'elle ne s'était répandue en Finlande qu'au siècle dernier, mais ce n'est sans doute pas exact. L'espèce n'a simplement pas été identifiée plus tôt parce que nos oiseaux forestiers n'ont fait l'objet que de peu de recherches. Les étudiants en zoologie préféraient passer leurs étés dans les prés et les champs et se méfiaient des grandes tourbières de la taïga. Leurs secrets se dévoilent cependant peu à peu, en grande partie grâce à une formidable avancée technique, à savoir des bottes de meilleure qualité.»

Les gens rient, papa se détend. Malla se demande si elle a jamais vu une chouette de l'Oural. Non, les chouettes sont des animaux nocturnes et papa ne l'a encore jamais emmenée de nuit dans ses expéditions.

«La chouette de l'Oural s'est attiré une hostilité imméritée. On l'accuse de voler du gibier et de dévaster les poulaillers. Il faut toutefois se rappeler qu'elle se nourrit essentiellement de campagnols et de souris et qu'elle est donc l'amie des agriculteurs.»

Malla écoute, mais ne comprend pas comment on peut voler du gibier. Elle sait ce qu'est le vol. Elle imagine la chouette, un masque noir sur les yeux, rôdant dans l'obscurité de la nuit devant une bijouterie. Elle sourit. Mais mieux vaut ne pas rire tout haut à ses propres pensées. Vous, les femmes, vous riez sans savoir pourquoi, a hurlé un homme à son épouse, cet hiver, dans le tramway.

«Dans les anciennes civilisations de chasseurs-cueilleurs, les prédateurs étaient respectés. Il était entendu qu'ils avaient droit à leur part. Aujourd'hui, nous vivons mieux que jamais, mais ils suscitent une haine aveugle. C'est pourtant nous qui avons vidé nos forêts de leur gibier, et non les chouettes et les hiboux, les faucons, les loups ou les ours.»

À Noël, Malla a reçu un ours en peluche, cadeau de maman, ou, plus exactement, de papa, qui l'a acheté mais a dit que c'était de la part de maman. La peluche sourit et n'a ni dents ni griffes, contrairement à l'ours de son livre animalier. Papa lui a expliqué qu'il n'en vivait plus aucun dans le voisinage.

«Heureusement, des temps meilleurs s'annoncent. La loi sur la protection de la nature qui entrera en vigueur au début du mois de juillet accordera à de nombreux brigands ailés le droit de vivre en paix. De nombreuses espèces rares, dont la chouette de l'Oural, n'en profiteront cependant pas encore. Les mâchoires des pièges n'épargnent pas les rapaces que la nouvelle loi protège. Les primes à la capture des espèces nuisibles sont versées en échange des pattes des oiseaux. J'ai élargi le champ des études comparatives précédemment réalisées en récoltant des spécimens auprès des commissaires ruraux…»

Suivent tellement de chiffres et de noms de lieux que Malla n'en comprend pas la moitié. Elle saisit pourtant que les commentaires de papa et les chiffres qu'il inscrit sur le tableau noir ont pour but de défendre les oiseaux. Bien. Un jour, alors qu'il la portait sur son dos, elle a vu un faucon pris au piège, horriblement déchiqueté. Papa était furieux, il a ouvert les mâchoires du piège et l'a emporté. Au village, ils ont demandé à qui il était, mais personne ne savait.

Malla sent la respiration de Vertti sur le haut de sa tête, tel un léger souffle de vent. Elle écarte un peu les pieds pour ne pas salir avec ses semelles son beau pantalon gris.

Il est un peu plus de sept heures quand papa termine son exposé. Les gens applaudissent, il descend de l'estrade, remonte l'allée jusqu'à leur rangée et se glisse de biais jusqu'à son siège. Cette fois, les gens le laissent poliment passer. Vertti dépose Malla sur sa chaise et lui adresse un clin d'œil.

« Tu as écouté plus attentivement que personne », murmure-t-il.

Malla n'ose pas répondre, mais les coins de sa bouche s'étirent irrésistiblement en direction de ses oreilles. Papa s'assied à côté d'elle et lui prend la main.

*

« Nous remercions monsieur Stenfors pour cette intéressante communication, déclare Sahlman sur l'estrade. D'après ce que je sais, après s'être tout particulièrement distingué ces dernières années dans l'étude des oiseaux forestiers, il prépare maintenant aussi une thèse sur le sujet. »

Je hoche la tête et tente d'afficher un semblant de sourire.

« Avez-vous des questions ? poursuit Sahlman. Levez la main si vous souhaitez prendre la parole. »

Un auditeur saute aussitôt sur l'occasion. Suit une longue description du choc qu'il a éprouvé en apprenant avec quel manque de rigueur les primes à la capture étaient versées. Je regarde la frise décorative qui court au ras du plafond et me lève pour répondre brièvement quand Sahlman me demande un commentaire. La force et l'enthousiasme que mon discours m'a insufflés s'évanouissent. Tout est vain. Quel intérêt y a-t-il à discuter ici de mauvaises méthodes, d'appât du gain et d'une loi timide ? Le public est conquis d'avance. Aux réunions de la Société, on ne fait qu'exposer des faits et exprimer des opinions que tous connaissent et partagent déjà. Arguties en vase clos dont rien ne parvient aux oreilles de ceux qui devraient nous écouter : les agriculteurs, les chasseurs, les députés, les juges.

Je serre la main de Malla. Ses cheveux coupés au carré volettent, son visage se tourne vers moi, toujours prêt à sourire et à donner le sourire aux autres. Elle me fait des grimaces. Je l'imite, et ses lèvres se retroussent sur ses dents de lait. Je lui serre de nouveau la main. Un vieux professeur de chimie parle de sa rencontre avec un grand duc, à l'automne dernier. Les pieds de Malla dépassent du bord de sa chaise et elle tente, vengeresse, de toucher de la pointe de ses bottines le dossier du ronchon assis devant elle. Ses semelles sont boueuses, je n'ai pas pensé à les nettoyer après notre sortie ornithologique de l'autre jour. Où sommes-nous allés, d'ailleurs? Mon manque de sommeil, chronique au printemps, ralentit ma mémoire. Dans les champs. Dans les champs du manoir de Lahdenpohja, afin d'écouter les piaulements des vanneaux huppés. Malla a ri tout haut.

Le conférencier suivant prend la parole. J'essaie d'écouter son bref exposé sur les champignons vernaux, mais mon esprit flotte ailleurs. Malla penche la tête, l'appuie contre moi. Je rêve du soir qui tombera dans quelques heures et dont je profiterai, comme tout le monde, pour aller dormir. Seul, pour à peu près la mille cinq centième fois.

À huit heures pile, Sahlman monte sur l'estrade et déclare ouverte la saison des expéditions sur le terrain.

«Nous nous reverrons dans quatre mois, en septembre. L'ordre du jour de la réunion vous sera communiqué plus tard. Je vous souhaite à tous un bel été, et d'intéressantes observations.»

Malla saute de sa chaise et s'agrippe aux pans de mon manteau. En file indienne, nous nous dirigeons vers l'allée latérale. Là, je la hisse sur mes épaules, loin au-dessus de la foule qui se bouscule. Elle laisse échapper une exclamation ravie. Je passe solidement les bras autour de ses jambes. Elle pousse rarement des cris de joie, bien qu'elle vienne à peine de fêter ses quatre ans et que j'aie tout fait pour dissiper sa méfiance apeurée.

Les gens s'engouffrent dans le hall par la porte à double battant et, pour certains, continuent droit vers la sortie, agitant la main au passage en direction des petits groupes qui se forment pour bavarder. Sahlman s'attarde dans la salle, où il parle en riant avec des professeurs du premier rang. Tant pis. Je m'écarte du flot, pose Malla par terre et m'accroupis pour boutonner son manteau.

«Regarde, c'est Vertti», dit-elle. Le *r* qu'elle vient tout juste d'apprendre à prononcer correctement roule jusqu'au fond de sa gorge.

L'étudiant enfonce son chapeau sur sa tête et se dirige vers la sortie avec deux condisciples. Je l'interpelle :

« Encore merci de votre aide ! »

Il se retourne et revient vers nous.

« Je vous en prie. Elle est restée plus sage que mes camarades. »

Malla sourit timidement sous sa frange.

« Où allez-vous cet été ? reprends-je.

– En Carélie du Nord. J'ai l'intention d'étudier les poissons de quelques lacs. Et aussi la géologie des monts environnants.

– Où exactement ?

– Du côté du Velu. Et vous, monsieur ?

– Je reste dans le coin, dis-je en tendant son bonnet à Malla. Ma fille m'accompagne sur le terrain. Les expéditions lointaines vont devoir attendre encore quelques années.

– Il y a de quoi faire ici aussi, constate poliment Vertti. Bon été ! »

Il adresse un clin d'œil à Malla, rejoint ses camarades et disparaît dans le vaste monde.

« Rentrons à la maison », dis-je.

Au rythme des pas de Malla, nous cheminons sur les trottoirs poussiéreux, observons le vol des martinets et nous arrêtons pour examiner les boutons et les feuilles dentelées des pissenlits émergeant des interstices des pavés.

« C'est quoi, le Velu ? demande Malla.

– Une montagne, loin d'ici. »

De l'autre côté de la rue, une exclamation retentit. Un petit garçon s'arrache à la main de sa mère, court sur la chaussée et s'arrête pour ramasser quelque chose, peut-être une pièce de monnaie. Une auto klaxonne, il se réfugie en hâte sur le trottoir. La femme, dans un flot de paroles furieuses, l'attrape par le poignet. Malla s'agrippe à la jambe de mon pantalon. Je lui prends la main.

« Elle a juste eu peur parce qu'il aurait pu y avoir un accident. »

Malla regarde le garçon et sa mère s'éloigner. Nous reprenons tranquillement le chemin de la maison, et peu à peu elle se calme. Cette fois, nous nous en sommes tirés à bon compte. Elle a peur des gens qui se mettent en colère et se pétrifie souvent s'il se produit aux alentours quelque chose d'inquiétant. Se souvient-elle du froid rocher du bord de mer où elle a été abandonnée ? Ou ignore-t-elle simplement comment se comporter face à la colère parce qu'elle n'en a pas l'habitude ? Elle ne donne en effet jamais à personne l'occasion de se fâcher contre elle.

Quoi qu'il en soit, c'est de ma faute.

Le mois de mai a fait des miracles, même la petite route de campagne a suffisamment séché pour qu'on puisse y rouler à bicyclette. Nous descendons dans les profondeurs d'une doline glaciaire où l'hiver s'est réfugié pour grelotter. Une grive mauvis babille, cachée dans les sapins. L'air froid me hérisse la peau de chair de poule avant même que la route n'atteigne le plancher de la dépression et ne commence à remonter. Je pédale jusqu'à mi-pente, puis saute de selle pour pousser ma bicyclette. Sans Malla sur le porte-bagage, je parvenais déjà tout juste, en tout cas à l'automne dernier, à atteindre le sommet sans mettre pied à terre.

« Eh, ne t'endors pas, lui dis-je en la voyant dodeliner. Si tes pieds glissent entre les rayons, tu risques de te casser un orteil. »

L'affreuse menace fait son effet. Malla se redresse sur son siège en bois, fabriqué par Andersson, et colle fermement ses semelles aux cale-pieds. Je regarde devant moi. Nous arrivons sur la crête aplatie de l'esker, la route en terre battue revient à l'horizontale, sa surface régulière invite à filer comme le vent. Le haut relief allongé fend l'espace. L'odeur des nouvelles aiguilles encore mouillées de pluie des grands pins qui bordent la route rappelle celle des sapins. Par temps chaud, ils exhaleront de puissants effluves qui m'incitent toujours à m'éloigner pour rechercher la fraîcheur de l'eau. Sans doute s'agit-il de cet éther supposé accomplir des miracles qui justifie que la lutte contre les bactéries se mène en ce lieu.

« Je suis une grue cendrée », dit Malla.

Je jette un coup d'œil par-dessus mon épaule. Elle a écarté les bras, telles des ailes.

« Je vois ça. »

Un long lac tortueux scintille derrière les pins sous le ciel bleu de cette fin de printemps. Il y a partout assez d'air pour porter des ailes. Quelque part, loin d'ici, des pics enneigés tutoient les nuages et le soleil se reflète dans des lacs de glace. Comparés à de véritables montagnes, les eskers sont des collinettes. Mais nulle part ailleurs on ne peut traverser le paysage dans un calme aussi absolu. En montagne, il faut monter et descendre et s'arrêter pour débloquer sa respiration. Sur le toit plat des eskers, on peut survoler les forêts sans penser à rien.

« Un ours.

– Quoi ? »

Malla fixe le sous-bois, les lèvres plissées. Je freine et descends de bicyclette. Je ne vois rien d'autre que des racines de pin dépassant du sable, des myrtilliers et une fourmilière. Son sommet arrondi a basculé et ses flancs ont été creusés.

« Ce n'est pas l'œuvre d'un ours, dis-je en soulevant Malla de son siège.

– Je l'ai vu dans mon livre.

– Il y a d'autres animaux qui cherchent de la nourriture dans les fourmilières. Celle-là a été fouillée par un pic noir. »

Malla s'approche du dôme et l'examine de tous côtés.

« C'est gros comment, un pic noir ?

– Nous en avons vu un, en avril. Avec sa calotte rouge.

– Ah oui. Il a creusé profond, constate-t-elle en revenant sur la route.

– Ses petits ont besoin de beaucoup de nourriture.

– Il a démoli la maison des fourmis.

– Eh oui.

– Qui l'y a autorisé ? »

J'essuie d'un coup de manche le pollen déposé sur la sonnette de la bicyclette. Mes pensées font du sur-place. J'ai de nouveau passé la nuit à observer des oiseaux.

« Personne. Mais les pics noirs ont aussi leurs problèmes. Ils sont entre autres attaqués par toutes sortes de parasites et de maladies. Il n'y a aucun être, sur terre, qui ne trouve plus fort que lui.

– Même pas nous ?

– Non. Et en général, ce sont des créatures encore plus petites que les fourmis qui gagnent. »

Malla hoche la tête et effleure du doigt un des cale-pieds de son siège. Je l'aide à y remonter et démarre prudemment pour que le crissement du sable ne couvre pas les bruits de la forêt. Une fourmilière détruite. Je n'avais pas remarqué, jusqu'ici, de signes de pic noir sur l'esker. Mais il y en a un, quelque part. N'est-il là que depuis ce printemps ? Que cela signifie-t-il ? Rien. J'appuie plus fort sur les pédales, transpirer aide à lutter contre les songes creux. À l'instar des Anciens, je ne peux m'empêcher de consulter les auspices, surtout ici. C'est un réflexe auquel je ne veux pas obéir. La nature n'a pas été conçue pour refléter mon avenir ou mes sentiments, ni ceux de personne d'autre.

L'invisible pic noir me fait cependant penser à Lidia, qui me manque, maladivement, comme l'a grommelé Sahlman quand, aux petites heures de la nuit, lors d'une soirée passée ensemble, je lui ai servi un triste soliloque. Médecin un jour, médecin toujours, et encore suffisamment inexpérimenté pour voir la maladie partout. Sahlman est incapable de comprendre qu'il est impossible d'oublier quelqu'un qui vous a été arraché quand tout était encore nouveau, en devenir. La douleur de l'absence augmente et s'incruste lorsque l'on pense à tout ce qui vous restait à vivre ensemble.

« Mais tu as Malla, m'a rappelé Sahlman. Et ton travail. »

Et ce sont eux qui me sauvent, l'enfant attendant la becquée et les oiseaux travestis en objets d'étude. Mais dès qu'ils se taisent, l'été, je fuis la forêt et me réfugie à mon bureau, en ville. Je ne supporte pas le murmure du feuillage. Il ne sait chanter que deux choses : la liberté et le passé envolé. Et quand cette dernière mélodie me parvient aux oreilles, elle y reste. J'emmène de plus en plus souvent Malla avec moi lors de mes randonnées. Ses pas, derrière moi, maintiennent mes pieds sur terre.

La route s'élargit, rejette les pins sur les pentes de l'esker et se termine par une aire réservée aux autos et aux voitures à cheval, devant deux piliers de pierre.

Entre eux, pas de portail, le passage est libre, et seul un petit muret, de part et d'autre, entoure le jardin. Les malades peuvent facilement le franchir pour se promener sur les sentiers forestiers, mais c'est pourtant une muraille de Chine, une frontière entre deux mondes.

L'aire est déserte. Je pousse ma bicyclette jusqu'au muret et pose Malla sur le sol constellé d'aiguilles de pin. Nous nous empressons d'entrer dans le jardin. L'enceinte de pierre et ses abords évoquent un cimetière.

L'herbe est verte. Ici et là pointent des jacinthes des bois déjà fanées et, dans les parterres, des narcisses tâtent l'air printanier. À gauche de l'allée, il y a un sauna et un escalier descendant jusqu'au lac. Le bâtiment principal en L, haut de deux étages et peint en blanc, protège le jardin des vents du nord et de l'est. Un vaste potager s'étend devant, là où le soleil brille le plus longtemps en été. Nous saluons la femme aux cheveux gris qui y arrache des ægopodes. Sur la véranda donnant sur le lac, des patients sont installés dans des fauteuils en osier, enveloppés de couvertures. Les pins ont été coupés pour dégager la vue et le soleil danse sur leur visage. Certains s'abritent les yeux de la main.

Au début, je les enviais presque. J'ai ensuite compris que l'obligation quotidienne de prendre des bains de soleil et de grands bols d'air pur dans un paysage d'une beauté parfaite était aussi pénible que n'importe quel autre traitement médical.

« Allons-y », dis-je à Malla, qui s'est arrêtée pour regarder une vanesse de l'ortie posée sur le treillage de la vigne vierge. Nous nous essuyons les pieds sur les branches de sapin, au pied du perron, et pénétrons dans le petit hall. Face à l'entrée, on aperçoit par la porte ouverte d'un bureau un dossier de chaise surmonté d'épaules revêtues d'un corsage à carreaux.

« Bonjour, madame Hietala. »

Des pieds de chaise grincent. Martta Hietala pose les papiers qu'elle tenait à la main sur le tabouret qui maintient la porte ouverte et vient à notre rencontre.

« Bienvenue. Et Malla aussi est là ! Tu te souviens de moi ? »

Malla, à demi cachée derrière ma jambe, répond par un hochement de tête à l'infirmière dont les formes emplissent presque toute l'embrasure de la porte. C'est d'ailleurs pour cela qu'elle travaille depuis si longtemps à la maison de cure de la Haute Crête. Il n'y a pas meilleur rempart contre la maladie qu'une robuste constitution, affirme-t-elle.

« Entrez. Voulez-vous que je vous accompagne ?

– Inutile, merci. »

Hietala hoche la tête et balaie dans sa main un peu de terre tombée d'un pot de fleurs, sur la table. Elle est plus grande que moi, mais cela ne se voit généralement pas, car le personnel reste à distance des visiteurs, par sécurité. Nous n'avons marché côte à côte qu'une fois, quand, après ma première visite, elle m'a raccompagné au taxi qui m'attendait sur l'aire de stationnement. Elle voulait sans doute s'assurer que je rentrais réellement chez moi et n'allais pas me jeter dans le lac. Elle bavardait de choses et d'autres et a souligné pour finir que l'on venait à la Haute Crête pour guérir, pas pour mourir. Je l'ai crue, alors, sans imaginer qu'il existait aussi un entre-deux. Les patients défilent, mais Lidia reste là. Ni les rations de travailleur de force ni les siestes en plein air dans les vapeurs de pin n'ont d'effet sur elle.

Je garde Malla près de moi. La maison de cure observe de strictes mesures d'hygiène, mais je lui interdis malgré tout de toucher à quoi que ce soit. Nous parcourons un long couloir desservant des ateliers de travaux manuels, des réserves de linge, des placards à balais et un escalier de service. Au rez-de-chaussée, il y a une buanderie où l'on fait bouillir les draps dans de puissants bains de lessive. Les plus souillés sont brûlés dans une chaudière dont la haute cheminée se dresse au-dessus du toit du bâtiment principal, côté ombre. La chaleur émise est sans danger et parvient dans les chambres grâce à un système de chauffage central. Les infirmières appellent le rez-de-chaussée la fournaise, les patients y voient l'antichambre de l'enfer. Lidia m'a raconté qu'à côté de la buanderie et de la chaufferie, il y avait une chambre froide où l'on conservait les corps jusqu'à leur rapatriement dans leur région d'origine. La Haute Crête accueille des malades de tout le sud du pays, et il faut parfois attendre plusieurs jours avant que le transport s'organise. L'établissement, malgré ses demandes répétées, n'a pas été autorisé à construire de crématorium.

Que peut-il être d'autre, en effet, qu'un édifice à première vue magnifique, dans les entrailles duquel des passages secrets conduisent à des fours où les bactéries sont détruites ? Ses murs épais dissimulent la souffrance, le sang, les crachats et la toux qui démolit à coups de masse les poitrines. Le visiteur de passage ne retient que l'architecture idyllique et le vent qui souffle sur l'esker.

Au bout du couloir s'ouvre la porte d'une salle, vaste et lumineuse, où des meubles en osier sont répartis en petits groupes. De grands palmiers en pot et des monsteras déployant leurs larges paumes se dressent dans les angles et le long des murs. Elle est assise là, dans un fauteuil, à l'ombre de cette forêt sanitaire, de dos, occupée à lire ou à dormir. Sa chevelure est divisée en deux nattes qui descendent le long de ses joues jusque sur sa poitrine. Nous nous approchons sur la pointe des pieds. Les épaules de Lidia tressaillent, elle redresse la tête et se tourne vers nous. Elle a les yeux cernés de noir et les joues creuses, mais ils ne nous font pas peur. Nous nous précipitons vers elle et voudrions la serrer contre nous, mais nous contentons de la saluer et de nous asseoir dans les fauteuils qu'elle a placés à un mètre du sien.

« Tu as réussi à manger un peu ? »

J'observe le visage de Lidia, derrière la table et le bouquet de corydales, dans un petit vase, qui nous séparent. Malla balance les pieds sous son fauteuil, les mains sur les genoux, à l'écart des accoudoirs.

« Un peu, répond Lidia d'une faible voix enrouée, incitant les autres aussi à chuchoter.

– On t'a pesée ?

– Hier. Quarante-deux kilos.

– Un de moins que la dernière fois.

– Le poids peut varier de quelques kilos dans les deux sens.

– Chez toi, il n'est pas souvent à la hausse.

– Personne ne peut avaler tout ce qu'on nous sert, quatre ou cinq repas complets par jour.

– C'est vrai que c'est beaucoup.

– Moi, je mange du porridge tous les matins, intervient Malla. Pour grandir.

– C'est bien, dit Lidia. Et mets-y aussi de la confiture.»

Malla hoche la tête. Elle a vu sa mère pour la dernière fois en mars, quand nous sommes venus à la maison de cure en taxi, avant la raspoutitsa, et la regarde maintenant un peu par en dessous.

«Et si nous allions faire un tour dehors?» suggère Lidia.

Nous attendons dans le jardin pendant qu'elle va chercher son manteau. De la pointe de sa chaussure, Malla dessine dans le sable de longues lignes formant des carrés.

«On joue à la marelle?

– Pas maintenant, maman est trop fatiguée.»

Sans rien dire, elle brouille d'un coup de pied son dessin. Nous avons déjà joué à la marelle, y compris avec Lidia, mais ses joues creuses m'inquiètent, et peut-être ne devrions-nous même pas aller nous promener. Elle est cependant incapable de rester en place toute la journée et, au plus tard dans la soirée, elle se glisserait dehors, se fatiguerait, grelotterait et se mettrait à tousser. Mieux vaut y aller ensemble, je pourrai au moins la surveiller.

Nous contournons le bâtiment et franchissons le muret. En une enjambée, nous passons de la pelouse au sous-bois. Le bas de la robe de Lidia se prend dans les feuilles éternellement vertes des airelliers. Malla goûte une fleur de myrtillier. Nous descendons en travers de la pente vers le lac qui ondoie au bas de la colline, évitant les genévriers et les pins à l'écorce épaisse. Nous tombons soudain sur des touffes d'anémones bleues.

«Je peux en cueillir? me demande Malla.

– Oui, mais pas trop.»

Elle choisit une à une les fleurs et explique doctement à sa mère qu'elles se multiplient lentement parce que ce sont les fourmis qui les sèment. Qui lui a raconté ça? Moi? Lidia hoche la tête et s'assied sur une pierre. Derrière les troncs et les branches, l'eau scintille d'un bleu froid.

«Je rêverais de descendre jusqu'au lac, dit Lidia.

– Allons-y. Je te porterai pour revenir, s'il le faut.

– Non, restons ici.»

Elle sourit à Malla, qui lui offre son bouquet, cinq fleurs en boutons qui changent de mains sans que celles-ci se touchent.

Nous restons assis jusque tard dans la soirée dans la salle. Malla s'est endormie, blottie dans un fauteuil sous un palmier. Même dans son sommeil, sa tête repose docilement sur son épaule, et non sur l'accoudoir. Le soleil couchant dore la pièce. Lidia regarde le ciel. La lumière chaude adoucit ses cernes et la saillie des os de son visage. Je me redresse dans mon fragile fauteuil, dont l'osier tressé grince aussitôt. Je grimace, les meubles de cet établissement pourtant conçu avec soin sont mal choisis, ils supportent à peine le poids d'un homme en bonne santé. Mais Malla ne se réveille pas, et Lidia continue de sourire dans le vague, sans rien remarquer.

Elle sourit maintenant plus souvent qu'avant. Je l'ai remarqué il y a quelques semaines, et ai tenté de m'en réjouir. Mais je suis aujourd'hui certain que ce changement n'est pas bon signe. Il produit l'effet inverse de ce qu'il devrait, il l'éloigne à tire-d'aile. Ce n'est pas à nous, qui sommes assis à ses côtés, qu'elle sourit, mais à un autre monde.

Es-tu plus heureuse ici qu'avec moi? Tu ne te plains plus de rien depuis longtemps. Je poursuis tout haut:

«Est-ce que tu as pu lire un peu?

– Oui. Des récits de voyage.

– Où t'ont-ils emmenée?

– En Orient.»

Je poursuis la conversation sans parvenir à me concentrer. La lumière cède le pas à la pénombre. La lune accrochée à la cime des pins darde de faibles rayons blafards qui me font frissonner. Je ne vois plus les yeux de Lidia. J'irais bien allumer le plafonnier, mais cela ne lui plairait sans doute pas. La lune éclaire bien assez, dirait-elle, elle qui n'a jamais craint l'obscurité.

«As-tu déjà eu envie d'aller en Inde?» demande-t-elle.

Je frotte mes mains froides et humides sur mon pantalon et cherche quelque chose à dire. Je suis horriblement fatigué. Mon corps, plus sage que mon esprit, sait que la nuit est faite pour dormir.

«Je n'y ai jamais réfléchi. Pourquoi pas.

– Je viens de lire des contes hindous.»

Je ferme les yeux, car Lidia ne peut le voir, et ne me regarde sans doute même pas. Elle ne pense ni à moi, ni à elle-même, ni à Malla, ni à la vie. Les traitements médicaux et les livres qui l'en distraient, avec leurs descriptions de l'existence d'autres personnages, ont pris notre place. Je ne dois pas m'en formaliser. Récits et citations sont sa façon de me donner de ses nouvelles.

J'écoute l'histoire du prince Rama qui avait pour jouets toutes sortes de trésors mais ne désirait qu'une chose au monde : la lune. Stupide enfant. Je laisse le sommeil approcher, se pencher et même me saisir, mais mes muscles me réveillent. Lidia, debout à la fenêtre, verse de l'eau d'une carafe dans un verre. Je me redresse. Le fauteuil grince.

« Tous pensaient que son souhait était impossible à exaucer, dit-elle. Mais à la fin, une vieille femme a promis d'essayer. »

Lidia incline un peu le verre et me demande de venir voir. Je me lève, regarde. La lumière de la lune déversée par le ciel flotte à la surface de l'eau, claire comme de la glace.

« Elle n'a eu besoin que d'une bassine d'eau. »

La lune, dans le verre, se pose sur le coin de la table, Lidia s'assied à côté. En un instant, le silence s'épaissit, impossible à briser. Je me recule dans l'ombre des feuilles de palmier. Aucun de nous trois n'a l'habitude de pleurer, et je n'ai pas l'intention d'y contrevenir, en tout cas pas sous ses yeux. Inutile, pourtant, de tenter de cacher mon visage qui se tord et les larmes qui perlent sous mes cils. Elle ne me voit plus, tournée avec le sourire vers la lune, dans le ciel, quel que soit celui qu'elle cherche à capturer dans ses rayons.

Je ne le lui demanderai pas, ni aujourd'hui ni jamais.

Nous arrivons à la maison à trois heures du matin. Malla a veillé pour la première fois de sa vie une partie de la nuit et a le sourire aux lèvres en ôtant ses chaussures dans le vestibule. Ses paupières lourdes clignotent comme celles d'un fêtard ivre. Hanna se penche pour l'aider et la porte en grommelant dans la salle de bains.

« Tu aurais pu appeler un taxi. Faire des dizaines de kilomètres à bicyclette, à cette heure, avec une enfant !

– Ça lui a plu. Les bécassines des marais croulaient. »

Je vais dans mon cabinet de travail et allume la lampe à dôme vert. J'ajoute à mon journal un bref compte rendu de l'état général de Lidia, quarante-deux kilos, et quelques phrases sur la manière dont nous avons passé la journée. Ce n'est qu'à la fin que je pense à noter qu'un pic noir a fait son apparition sur l'esker. Je feuillette le carnet que j'ai entamé à la fin de la première semaine du séjour de Lidia dans la maison de cure. On y trouve des observations sur les oiseaux, des relevés météorologiques et des dates de gel de la mer, parfois une description émerveillée des premiers pas, des mots d'enfant et des dessins de Malla. Il y a cependant surtout des chiffres et des qualificatifs appliqués à Lidia : *fatiguée*, *souffrante*, *calme*, *gaie*, *inquiète*. Au fil de ces quatre ans, ils se sont raréfiés, car la maladie ne ronge pas seulement le corps, mais aussi l'âme.

Somnambule, écris-je au bas de la page. Les lettres griffonnées se chevauchent presque. C'est ainsi. Les jours passent, les mêmes gestes se répètent, le chagrin grandit lentement, les lettres s'amenuisent, le monde rétrécit. Je referme mon carnet et éteins la lampe.

1925

24

Le hall est silencieux, je n'ai pas pris la peine de remonter l'horloge. Je chausse mes bottes, fouille dans mon havresac et vérifie que j'ai bien tout le nécessaire, carte comprise. Des pantoufles glissent dans le couloir, Hanna apparaît à la porte.

«Tu as pris ton petit déjeuner?

– Oui.

– Il fait encore noir dehors.

– Le soleil va bientôt se lever. Je vais aller l'attendre, il est parti de Helsinki à six heures.

– Tu as pris des provisions?

– Oui», dis-je en tentant de garder mon calme, car si je me suis réveillé plus tôt que nécessaire, c'était pour être seul.

«Tu as réussi à dormir?» reprends-je.

Nous avons passé la nuit à Aspholm pour la première fois depuis des années, moi sur le large banc de la cuisine, Hanna et Malla dans la chambre contiguë, où nous sommes parvenus à faire régner avant le soir une douce chaleur.

«Très bien. Faut-il que je prépare à déjeuner, et à quelle heure?

– Pas pour nous. Allez cueillir des airelles, par exemple, il y en a sur l'esker de l'autre côté de la route. Faites attention à l'ancienne carrière, la pluie a mangé les bords.»

Hanna hoche la tête et je me glisse dehors. Les longues herbes de la pelouse sont couvertes de givre. Le soleil éclaire l'horizon. Je fais le tour du jardin, arrache des drageons de tremble, me demande soudain pourquoi et m'arrête. Le manoir se dresse, drapé dans sa dignité. Il va falloir bientôt décider de son sort. Quelques étés de suite, il a été occupé par des locataires, mais cette année je n'ai trouvé personne. Et de toute façon, ce sont les hivers qui l'abîment. Derrière les fenêtres obscures de l'étage se dessinent volontiers des silhouettes brumeuses. Je leur tourne le dos et m'installe auprès du buisson échevelé qui a un jour été un berceau de verdure. À vingt-neuf ans, je suis à ce point prisonnier de mes souvenirs que même ma maison natale essaie, à l'aide de fantômes, de me forcer à vivre.

Une lointaine pétarade se fait entendre sur la route. Elle s'amplifie, envahit tout l'espace, s'immobilise un instant devant le portail. Puis des phares balaient le jardin, déjà atténués par le soleil qui pointe dans un ciel sans nuages et esquisse les contours d'une nouvelle journée d'automne. La moto craquette dans l'allée de bouleaux et se tait au pied du perron. Son conducteur descend de selle, rajuste son blouson de cuir et sa culotte de cheval et remonte ses lunettes de protection sur son front. Je m'approche, m'efforçant de ne pas le fixer avec des yeux ronds. Je l'ai croisé à des réunions de la Société des sciences naturelles, mais je n'aurais jamais imaginé qu'il possédait un tel engin.

Il ôte l'un de ses gants et me tend sa main chaude.

« Bonjour. Viktor Harmajakari. »

Auprès de ma bicyclette et de celle de Hanna, la moto dégage une odeur de métal, telle une locomotive côtoyant des charrettes. Harmajakari fourre son casque en cuir dans son havresac et lisse des deux mains les épis de ses cheveux humides.

« Je circulais moi aussi à la force du mollet, avant, dit-il avec un signe de tête en direction des bicyclettes. Mais j'ai de plus en plus de travail. Je suis obligé de me déplacer rapidement d'un endroit à un autre. »

Avec une moto, j'irais facilement si loin, en une journée, que je pourrais pour un instant oublier le retour. L'idée me traverse l'esprit telle une bourrasque et s'éloigne. Atteindre plus vite mon but ne me tente pas. Le voyage lui-même a toujours plus compté pour moi que la destination.

« Belle matinée », constate Harmajakari en jetant un rapide coup d'œil à la ronde.

Sans doute le jardin délaissé, les marches couvertes de feuilles mortes et le siège pour enfant de Malla n'ont-ils rien d'extraordinaire, du moins aux yeux d'un bourlingueur ébouriffé. C'est ce à quoi ressemble l'existence quand on se déplace à la force de ses muscles et non à moto. Je ne sais pratiquement rien de Harmajakari, mais le seul fait de pouvoir partager ce splendide lever du jour avec lui sans avoir à m'expliquer sur mon cadre de vie me rassure.

« Oui. Voulez-vous entrer, avez-vous faim ?

– Non, ça va, ne perdons pas de temps. Allons tout de suite dans la forêt. »

Des hangars à locomotives, nous suivons un moment la voie ferrée, puis tournons vers le sud-ouest. Une parcelle de jeunes arbres sans intérêt s'étend au nord du chemin de fer. Près du manoir, la forêt côté sud a aussi été éclaircie avant que la guerre et les expéditions de père vers d'autres territoires n'interrompent les coupes. La lumière est encore chiche dans le sous-bois, mais lorsque nous arrivons au premier ruisseau, nous commençons à distinguer nos visages et les timides couleurs des mousses. Je m'arrête au bord du cours d'eau babillant.

« Ce ruisseau est une sorte de Rubicon, dis-je, aussitôt un peu honteux, car la réplique sonnait mieux quand l'idée m'en était venue. Mon père n'est pas allé plus loin, de ce côté de la voie ferrée.»

L'eau noire et profonde déborde presque, en cette fin d'automne. Nous la franchissons et escaladons une colline rocheuse. Sur la crête, le jour s'étire et bâille à la cime des pins.

« Jusqu'où, au sud, la forêt est-elle intouchée? demande Harmajakari.

– Jusqu'à la mer.»

Nous redescendons vers un vallon en longeant une piste de fourmis. Tout me rend nerveux, la brièveté du jour et l'étendue de la forêt, ma vision du monde et celle des autres. Je connais le terrain comme ma poche, trop bien pour le voir d'un œil scientifique. Je suis sans cesse obligé de freiner mes pieds, qui cherchent à nous faire traverser la forêt au plus vite et sans la regarder. Harmajakari sait toutefois prendre le temps dont il a besoin. Il s'arrête pour scruter les sapins, sort une loupe de sa poche et examine les usnées.

« Avez-vous constaté la présence d'*Usnea longissima*? demande-t-il.

– Non. Je ne pense pas qu'il en pousse ici. La forêt est trop petite.

– Ça vaut quand même la peine d'ouvrir l'œil. Le microclimat s'y prêterait, on se croirait dans une cave.»

Une gélinotte siffle, invisible, des sphaignes gelées craquent sous nos bottes. Nous poursuivons notre route, de vallons en collines, de ravins en creux tourbeux, de ruisseaux en rochers abrupts. Je garde avec soin ma boussole dans ma paume, tel un œuf, et surveille sans relâche sa flèche rouge. J'aurais honte de me perdre. Harmajakari marche à grandes enjambées insouciantes, zigzague, digresse et s'attarde sur des détails, pointe des polypores, des arbres creux et des escarpements ombragés, s'agenouille avec sa loupe devant de microscopiques trésors. Peu à peu, mes épaules se relâchent et mes pas se calment. Le plafond de brume de la forêt se disperse dans le vent.

Peu avant midi, nous parvenons au bloc erratique. Par hasard, car je n'y suis pas venu depuis plus de cinq ans et pensais que nous l'avions dépassé. La clairière n'existe plus. La forêt a recouvert la prairie et enveloppe le gros rocher dont la cape de mousses tombe maintenant jusqu'au sol. L'arbre creux du pic noir a perdu sa cime, qui gît en morceaux au milieu des jeunes trembles et des pousses de pin. Le menton de Harmajakari se lève puis s'abaisse tandis qu'il jauge de haut en bas le bloc de pierre.

«Je me demande d'où il peut bien venir, dis-je.

– Dieu seul le sait. Un colosse pareil mériterait d'être répertorié comme monument naturel.»

Comme monument, oui, au sens premier du terme. Pendant que Harmajakari en fait le tour avec sa loupe, je plonge les doigts dans la fraîcheur des mousses et me penche. Je sens sur mon visage l'habituel courant d'air montant du ras du sol, mais, encore une fois, j'évite de regarder dans l'anfractuosité qui se tapit dans l'ombre.

Harmajakari me rejoint. Nous écartons les branches qui nous menacent les yeux, nous éloignons de quelques mètres et regardons derrière nous. Le bloc de pierre a disparu. C'est ainsi que les objets venus d'ailleurs s'incrustent, dans la forêt, dans notre corps et même dans notre esprit. Tandis que nous descendons la colline, je tente de me rappeler ce que j'ai éprouvé en touchant Lidia, au pied de la pierre. Rien ne me revient.

Nous parcourons le terrain en tous sens, contemplons, sur les rochers du rivage, le bleu vif de la mer automnale et retraversons toute la forêt jusqu'à la voie ferrée, près de l'ancienne métairie de Leppämäki. Des coups de marteau résonnent. Sans en avoir l'air, je guide Harmajakari vers la lisière des arbres et, à l'abri des buissons, épie le royaume de Joonas Tirkkonen. Dans les champs labourés, les sillons sont profonds et la terre des billons légère, on a dû y mêler d'énormes quantités de sable charriées depuis le village. Sur la colline, la vieille maison, l'étable et le mazot ont été remplacés par des bâtiments en bois clair, entre lesquels sont tendues des cordes à linge. Des vêtements d'enfant de différentes tailles et des blouses de travail d'adulte flottent au vent. La jalousie m'arrache des larmes.

«Jolie ferme», constate Harmajakari.

Sans rien dire, je repars à grandes enjambées, regardant les cimes des arbres sans les voir.

«La limite de la forêt passe ici», dis-je.

Harmajakari s'arrête au sommet de la colline rocheuse parsemée de touffes de lichen. L'Œil noir, encore libre de glace, troue le paysage à nos pieds.

« On se croirait au plus profond de la taïga. »

Nous restons un moment silencieux. Harmajakari sort une gourde d'eau de son havresac, boit et regarde, les yeux plissés, l'étang qui renvoie à la ronde les rayons du soleil couchant. Mieux vaut poser la question maintenant, dans la forêt, à destination, avant que le temps ne presse.

« Qu'en pensez-vous ? »

Harmajakari s'assied sur une pierre et s'évente avec sa casquette. Ses cheveux dressent toujours leurs épis sur sa tête, et ses plantes de pied, encore en manque d'exercice, tapotent le sol.

« Et vous, qu'en pensez-vous ? Il n'y a sans doute plus nulle part dans le canton, ni même aux alentours, de forêt intouchée aussi étendue. Plusieurs éléments pourraient être classés comme monument naturel : au moins le bloc erratique, les marmites de géant, les arbres les plus remarquables. Le choix ne manque pas.

– Je pensais plutôt à une zone protégée plus vaste, dis-je en étalant ma carte sur le rocher à côté de Harmajakari. Qu'auriez-vous à proposer ?

– C'est à moi de vous le demander », répond-il avec un calme sourire.

Il est, au ministère, l'unique fonctionnaire chargé de la protection de la nature, et rencontre bien sûr toutes sortes de gens. Il sait à quel point ces questions sont délicates. Posséder des biens est toujours compliqué.

Sur la carte, je délimite du bout des doigts un périmètre. Il s'étend du Rubicon au rocher où nous profitons des derniers rayons du soleil et de la voie ferrée à la mer.

« Dans cette zone, mon père n'a effectué aucune coupe. Pourrait-on la protéger intégralement ? »

Harmajakari regarde la carte. Son front se plisse.

« Intégralement, répète-t-il.

– Si ça vous convient, dis-je en montrant à nouveau les limites de la forêt.

– Il y a au moins sept cents hectares !

– Sept cent seize. »

Harmajakari se lève. Sa casquette volette d'une de ses mains à l'autre, ses bottes écrasent une touffe de lichen qui, au lieu de craquer, s'enfonce mollement sous sa semelle.

« Vous comprenez que le ministère n'est pas en mesure de verser d'indemnités pour la création d'une zone protégée ?

– Tout à fait. Je n'ai besoin de rien, j'ai un emploi.»

Harmajakari se laisse tomber de tout son long sur le rocher et glisse sa casquette sous son crâne. Il sourit, secoue la tête et se frotte le nez avec le pouce.

«Vous savez quoi, Stenfors? C'est le plus beau jour de l'année.»

Je ne suis pas certain d'être du même avis, mais je m'assieds malgré tout. Harmajakari relève la tête, fouille dans son havresac et tire de ses profondeurs une flasque en métal.

«Goûtons au fruit défendu. Je vous en prie.»

Je dévisse le bouchon et avale une gorgée. La chaleur coule sous mon sternum. Harmajakari bavarde, il n'est absolument pas pressé de rentrer chez lui, alors qu'une alliance brille à son annulaire et que les noms d'au moins deux enfants surgissent au détour de ses phrases. Peut-être se lasse-t-on finalement de tous les buts qu'on atteint et est-il plus agréable de passer une soirée d'automne sur des rochers recouverts de lichen qu'à la table familiale? La flasque va et vient entre nous et, soudain, nous ne nous appelons plus qu'Erik et Viktor. Ce dernier a cinq ans de plus que moi, et un corps bien différent, petit et solide, taillé pour se faufiler dans la forêt et supporter le froid, la faim et la solitude. Les échalas comme moi, en revanche, se prennent dans les branches mortes et les toiles d'araignée, se griffent la peau et, contrairement à toutes les règles de sécurité, s'éloignent du feu de camp pour courir après des ombres.

La flasque qui fait la navette crée pourtant aujourd'hui un cercle où je me trouve bien. La chaleur s'insinue dans mes veines et chasse les souvenirs qui, au fil d'une conversation de plus en plus cordiale, cessent d'être menaçants. Même la forêt que j'évite depuis des années prend un air ordinaire. Il flotte une odeur de feuilles en décomposition et l'œil de l'étang se ferme dans le soir tombant. C'est peut-être ce qui me faisait le plus peur, cette rive où je crois avoir vécu les instants les plus bouleversants de ma vie. Mais même eux, ont-ils tant d'importance? Ils sont si lointains qu'ils pourraient aussi bien n'être qu'un rêve.

Je m'arrête devant la quatrième porte de la coursive, frappe, et abaisse en même temps la poignée afin que Lidia n'ait pas besoin de parler. L'odeur de désinfectant me saute au nez. Assise dans son lit, adossée à des oreillers, un livre ouvert sur les genoux, elle tourne la tête vers la porte et sourit. Cela fait deux semaines que je ne suis pas venu, nous n'avons même pas parlé au téléphone. J'attendais qu'elle m'appelle et me demande de venir, mais jusqu'ici, elle ne s'est pas une seule fois montrée plus impatiente que moi. Visiteur non invité, je m'assieds dans le fauteuil en osier à côté du lit.

«Tu es déjà sortie, aujourd'hui ?

– J'ai passé trois heures dehors. La plupart du temps allongée, après avoir ramassé quelques pommes d'hiver.»

Depuis l'été, Lidia est fatiguée. On lui a enlevé les côtes du bas, en juillet, afin de mettre ses poumons au repos. Je lui tâte le front, mais elle ne semble pas avoir de fièvre. Pour la millième fois, je lui pose la même question :

«Et si je te préparais une chambre, à la maison, pour ta convalescence ?»

Elle secoue la tête.

«Si Malla tombait malade, tu aurais envie de me tuer.

– Elle ne tomberait pas malade. Nous serions prudents.

– Je ne veux pas. Je n'ose pas.»

J'ouvre la fenêtre. Le temps qui s'est radouci m'éclaircit les idées, ou les brouille, et je me mets à parler, pour changer, de cueillette de champignons et des canneberges encore acides que Malla grignote sans ciller dans les tourbières. J'évoque aussi Viktor Harmajakari, qui croule sous le travail mais a sacrifié son seul jour libre de la semaine pour venir voir notre forêt et en est revenu enchanté. Lidia sourit. On entend, dehors, de lointains glapissements de grues cendrées. Je m'aventure à poser la main sur son épaule, cachée par sa chemise blanche, et à glisser les doigts vers son décolleté. Une caresse sans arrière-pensées, qui ne nous trouble ni l'un ni l'autre. Elle se détend, pose même une question sur ce que nous avons fait à la maison. C'est assez pour me combler d'un bonheur auquel il suffit, pour se transformer en imprudence, d'un regard mal interprété.

En un éclair, Lidia détourne le visage. Mes lèvres se posent quelque part sous son oreille. Je recule aussitôt. Elle fixe le mur opposé, où sont accrochés un dessin d'écureuil de Malla et un miroir reflétant nos visages : bouleversés et boudeurs, tels des enfants vexés.

«Tu cherches à te contaminer ?» demande Lidia en se blottissant sous sa couverture molletonnée.

Derrière son rempart, je n'entends même plus sa respiration, mais peu importe. Je ne vois plus d'elle que ses cheveux couleur d'aiguilles de pin séchées déployés en éventail sur l'oreiller. Je ne sais que dire et, à mesure que les secondes passent, ma colère retombe. Peut-être est-ce effectivement ce que je cherche. Sans pour autant m'avouer que je ne veux pas être le dernier de nous deux à mourir. Mon amour est maladif. Mais l'amour peut-il être sain? Peut-être l'amour n'est-il qu'un désir de protection, d'abord de l'autre, puis de soi, une lutte sans fin contre la solitude.

Quoi qu'il en soit, personne, à part Lidia elle-même, ne m'a interdit de la toucher. Je suis sur le point de le dire, mais elle ne m'en laisse pas le temps. Elle sort de sous sa couverture, boit une gorgée d'eau dans le verre posé sur la table de chevet et tapote son oreiller.

«Erik, que m'arrive-t-il?

– Comment ça?

– Le médecin tourne autour du pot, il ne veut pas m'effrayer. Il n'y a pas de livres sur la question dans la bibliothèque destinée aux patients. Explique-moi, en détail.

– Je ne suis pas médecin.

– Tu l'es presque.»

Elle triture la bordure de dentelle de la couverture. Je songe soudain que n'importe qui d'autre la trouverait sûrement laide. Sa peau est tendue sur ses os, ses yeux enfoncés dans leur orbite paraissent démesurément grands. À peine atteignent-ils ses épaules que ses cheveux cassants s'effilochent. La consomption est un putsch. Des créatures invisibles ont asservi Lidia à leurs besoins et puisent dans son corps la force de se reproduire. Jusque-là, je comprends, et j'en connais les conséquences concrètes: les différents types de toux, caverneuse, sèche et autres, la fièvre, constante ou intermittente, le manque d'appétit, l'hémoptysie. Il n'existe pas d'armes pour se défendre.

«Je trouverai des livres, promets-je. Et je te les lirai. Mais tu ne dois pas le faire seule.»

Je ferme la fenêtre et m'apprête à tirer les rideaux pour masquer le soleil, mais interromps mon geste. C'est précisément ce que je déteste, s'incliner devant la maladie, tranquilliser, inciter à la sieste en pleine journée.

«Tu as encore envie de te promener?»

Nous empruntons côte à côte l'allée menant à l'aire de stationnement, comme si nous allions partir ensemble. J'ouvre le cadenas de ma bicyclette. Lidia, le visage enfoui dans les profondeurs de son bonnet, regarde la route qui sinue sur le sommet plat de l'esker.

«À quelle distance est la première montée?

– Un kilomètre et demi.

– Je serais capable d'y aller à pied.

– Allons-y à ma prochaine visite.»

Elle hoche la tête et serre son manteau autour d'elle. Son col est replié vers l'intérieur. Je pose ma bicyclette contre un pin et le rajuste, sans lui frôler la peau, et sans qu'elle recule ou se détourne. Il n'y a pas de vent, on entend sur le lac des rames plonger dans l'eau.

«J'ai reçu une lettre, aujourd'hui, dit Lidia.

– De qui?

– J'ai d'abord pensé que c'était d'Elmeri. J'ai cru reconnaître son écriture.»

Je tâte les pneus de ma bicyclette, bien qu'ils n'en aient nul besoin, car je vérifie toujours leur gonflage avant de quitter la maison.

«Je ne me rappelais pas que leurs écritures se ressemblaient, poursuit Lidia. Elmeri imitait Seth.»

Je m'accroupis et relace mes chaussures, lentement, de bas en haut. Une fois que j'ai terminé, je défais tout et recommence.

«Que t'écrit-il?

– Pas grand-chose. Il est toujours en prison et espère que ma guérison est en bonne voie.

– Quoi d'autre?

– Rien.

– Aucune lettre n'est aussi courte.

– Il a toujours été plus doué pour parler que pour écrire.»

Je serre à bloc les nœuds de mes lacets et me relève.

«Est-ce qu'il est... est-ce que tu es...»

Je ne dois pas poser la question! Lidia cherche mon regard, qui fouille le sol. D'ailleurs si sablonneux, ici, qu'il est facile à creuser – raison pour laquelle c'est aussi souvent sur des eskers qu'on implante les cimetières.

«Je ne suis rien, Erik.»

Je l'enlace et la serre contre moi. Avant même qu'elle n'ait le temps de protester ou de me repousser, je m'écarte, saute en selle et m'éloigne à grands coups de pédales.

1926

25

Le chauffeur ouvre la portière arrière et Malla saute à terre. La neige crisse. Sous les grands pins, il gèle encore, mais dans les endroits ensoleillés, l'eau goutte déjà des arbres et des toits. Des ombres bleues s'allongent sur la neige. Les aiguilles des branches débarrassées de leur manteau blanc sont d'un vert profond, printanier.

Papa paie le chauffeur et prend Malla par la main. La neige grince sous leurs pas tandis qu'ils traversent le jardin et saluent d'un signe de main les patients installés sur la véranda, enveloppés de couvertures. Puis ils montent au premier étage. Martta Hietala sort de la chambre de maman, vient à leur rencontre dans la longue coursive, leur souhaite la bienvenue et poursuit avant que papa ait eu le temps d'ouvrir la bouche :

« Madame a demandé que vous n'entriez pas. Elle a peur de la contagion. »

Papa serre la main de Malla.

« Qu'est-ce qui se passe ? » demande-t-il d'une voix bizarre, fâchée ou fatiguée.

Martta jette un coup d'œil à Malla, qui se tourne aussitôt pour regarder le jardin par-dessus la balustrade. Un écureuil gambade justement sur un chemin creusé dans la neige, et elle peut se concentrer sur ses mouvements. Papa ne s'y laissera pas prendre, mais Martta peut croire qu'elle n'écoute pas.

« Madame ne se sent pas bien depuis déjà quelques jours », commence Martta, puis elle explique et prononce pour finir quelques mots qui font tressaillir papa, et que même Malla comprend. Les mots et le sursaut sont si effrayants qu'elle voudrait quitter tout de suite cet endroit, mais papa la prend par la main et poursuit son chemin dans la coursive. Elle fixe des yeux les lattes du plancher et la jupe de Martta, qui se hâte devant eux vers la porte de maman et entre. Eux s'arrêtent devant la fenêtre de la chambre. Bientôt Martta l'ouvre de l'intérieur. Malla ferme les yeux et n'ose les rouvrir qu'en entendant la voix de maman.

Le lit a été poussé devant la fenêtre. Maman est adossée à des oreillers et a l'air fatiguée, comme d'habitude. Il n'y a de sang nulle part. De la chambre s'échappe une odeur de désinfectant. Maman sourit à Malla, qui lui rend son sourire. Sur la colline, derrière la maison, une mésange noire tintine à pleins poumons.

Papa pose des questions, maman le rassure. Puis il tend la main par la fenêtre et la lui pose sur le front, mais elle se recule. Il crispe les mâchoires et ses yeux se rétrécissent. Il n'est quand même pas fâché?

«Vous feriez mieux de partir, dit maman en leur tournant le dos.

– Rien ne te fait donc défaut?» demande papa.

Malla lui lâche la main, se faufile quelques pas plus loin, le long du mur, et s'assied. Les lattes du plancher sont chaudes, elles ont été au soleil presque toute la journée.

«Bien sûr que si. Toutes sortes de choses.

– Et quoi donc?» s'exclame papa, et il continue sans attendre la réponse, d'une voix si furieuse que Malla presse ses mains sur ses oreilles, jusqu'à ce qu'elle n'entende plus que le murmure de la mer, comme dans un coquillage.

Quand elle écarte prudemment les paumes, il a fini de parler.

«Tout ce qui n'aura pas le temps d'arriver, dit maman.

– À qui?

– À moi.

– Et à qui d'autre?

– Ne crie pas.»

Papa claque la fenêtre et se dirige vers l'escalier de la coursive. Malla se lève d'un bond et le suit. Au passage, elle jette un coup d'œil dans la chambre, mais maman est allongée les yeux fermés.

Papa a de grandes jambes. Quand elle arrive au bas de l'escalier, il est déjà loin dans l'allée du jardin. Elle court. Derrière elle, une voix d'homme crie quelque chose. Elle jette un coup d'œil à la véranda. Les malades enveloppés dans leurs couvertures la fixent avec de grands yeux, leurs nez pointus dépassant tels des becs d'oiseau de leurs visages amaigris. Elle accélère. Papa franchit le portail. Elle sent dans son dos les oiseaux emmitouflés se lancer à sa poursuite, avides de la jeter au sol et de la becqueter jusqu'à ce qu'elle devienne comme eux. Des larmes coulent sur ses joues. Elle trébuche, se relève et aperçoit papa qui, derrière le muret de pierre, s'éloigne de l'aire de stationnement. Elle ouvre la bouche et crie de toutes ses forces.

«Papa! Au secours!»

Il s'arrête aussitôt. Se retourne, faisant voler les pans de son long manteau noir, et court vers elle. Quand elle parvient de l'autre côté du muret, il tombe à genoux et la prend dans ses bras. Elle a perdu son bonnet, et il enfouit son visage dans ses cheveux et tremble, comme s'il avait terriblement froid. Leurs cœurs cognent dans leurs poitrines. Malla s'assied sur les genoux de papa, osant à peine respirer. De la pointe de sa chaussure, elle frotte la tige de sa botte. Celle-ci est si grande et haute qu'elle pourrait y tenir tout entière. C'est ce qu'elle voudrait, se glisser dans la botte de papa et y rester.

Au bout d'un moment, quelqu'un s'approche. Elle jette un coup d'œil de sous le bras de papa. Martta lui remet son bonnet sur la tête.

«Voulez-vous venir à l'intérieur ? Je vais faire du café.»

Papa lève la tête et cache ses yeux de sa main, comme Malla quand elle s'est fait mal et ne veut pas montrer qu'elle pleure.

«Inutile, merci, dit-il. Pourriez-vous appeler un taxi ? Nous allons marcher à sa rencontre.»

Il réussit à se lever. On ne voit pas de larmes sur son visage, pas même de taches rouges. Malla lui donne la main et ils prennent la route. Peut-être les adultes ne versent-ils pas de larmes. Peut-être pleurent-ils intérieurement. Quand on vieillit, il se passe toutes sortes de choses incompréhensibles. Elle tâte de la langue l'emplacement vide, dans sa gencive. Même les dents changent.

«Pardon, j'étais hors de moi, dit papa quand les pins se referment sur le muret et la maison de cure. Je ne partirai plus jamais sans t'attendre.»

Malla lui serre très fort les doigts. La mésange noire s'est tue, mais le chant d'un roitelet tinte sur les flancs de l'esker. Papa dit que les personnes âgées ne peuvent pas l'entendre, tellement sa voix est haut perchée. Elle se concentre sur la route bosselée par le gel, deux enjambées pour chacune de papa. Quand elle grandira, elle marchera plus vite, mais tout le reste sera sans doute pire.

*

J'aide Malla à ôter son manteau et ses chaussures. Nous sommes rentrés plus tôt que prévu et Hanna s'est aussitôt précipitée dans la cuisine pour préparer le dîner. Malla file au salon, prend dans la bibliothèque la vieille boîte de chocolats contenant ses chromos et entreprend de les réorganiser. Le soleil entre à flots par la fenêtre. Encore une journée de printemps d'une insouciance factice, et de longues heures avant le crépuscule, sans parler de la nuit.

Je passe la tête dans la cuisine.

«Je crois que je vais faire un tour dehors.»

Hanna, penchée devant le placard à casseroles, lève la tête.

« Encore ? Quand rentres-tu ?

– Je ne sais pas. Mangez sans moi.

– Tu vas au restaurant ? »

Le calme de sa voix dissimule une irritante inquiétude. Je recule dans le vestibule.

« Non. Je vais à mon bureau. »

L'escalier sent le renfermé, mais, sur le perron, mes narines captent une odeur de stalactites, emblématique d'un printemps dont le seul défaut est d'avoir commencé trop tôt cette année. Je marche à grandes enjambées dans les rues, droit vers l'université. Je grimpe les marches quatre à quatre. Une fois l'écho éteint, le silence règne. Nous sommes dimanche, il n'y a sans doute personne d'autre dans le bâtiment. Je referme la porte de mon cabinet de travail, m'assieds à mon bureau et m'appuie le front dans les mains. Peu à peu, les battements de mon cœur ralentissent et se calent sur le tic-tac de la pendule, et ma respiration sur un rythme deux fois plus lent. J'ouvre le tiroir du bas et, sans regarder, presque en cachette de moi-même, en sors une bouteille.

Une heure plus tard, des voix montent du rez-de-chaussée. On ouvre des portes, une exclamation fuse, une autre voix répond. Je fourre la bouteille vide dans le tiroir et me lève. La pointe de ma chaussure heurte la boîte en carton abandonnée à côté du bureau. Je la pose sur le sous-main et allume la lampe. Je connais l'expéditeur, un entomologiste d'Oulu qui nous envoie pour nos collections des spécimens rapportés de ses expéditions aux quatre coins du pays. Je sors de petits flacons du carton et les aligne sur la table. Des insectes y flottent, chacun dans le sien, dans un au-delà transparent, avec une étiquette collée sur le verre. J'ai de nouveau du travail pour plusieurs semaines. La vie continue. J'agite avec précaution les flacons sous la lampe. Punaises, capricornes et charançons, tous plus rares les uns que les autres, remuent dans le liquide comme s'ils étaient vivants. Ils proviennent de la taïga, de profondes forêts inexplorées. Triste destin que de se retrouver sur mon bureau, réduit à une série de noms déjà homologués ou simplement suggérés.

Je range les flacons dans le carton, éteins la lampe et m'assieds. D'un léger coup de pied sur le sol, je donne de l'élan à mon fauteuil, qui décrit un tour paresseux sur lui-même. J'écoute, à travers les murs et les planchers, les pas étouffés de deux personnes sur les tapis de mousse du rez-de-chaussée.

La musique pénètre dans mon sommeil sans rêves. Mes pieds tressaillent, le monde, ou mon fauteuil, vacille sur son orbite. Des échos immobiles ouvrent des vannes et libèrent un ruisseau qui cascade d'amont en aval et revient à sa source. Les accords talonnent le fond, puis du ruisseau émerge une mélodie que je ne connais pas. Douce, claire, forte, fragile, de lune et d'étoiles, de jour nocturne.

Je chancelle jusqu'à la porte et l'ouvre. Échappée de la salle des fêtes, la lumière disparue tintinnabule dans l'escalier et les couloirs. Je n'ai pas le temps de m'écarter. Le ruisseau devient fleuve et me frappe, dans toute sa plénitude et sa perfection, m'emporte et noie tout.

26

Les tasses de porcelaine heurtent d'un bruit agacé les étagères recouvertes de papier fleuri. Bien que Hanna me tourne à moitié le dos, je vois sa mine courroucée. Je redresse le tapis en lirette et jette un coup d'œil à la pendule.

«Tu n'es pas obligé d'y aller», lance-t-elle en attrapant un torchon pour essuyer une assiette comme si elle tentait d'ôter des taches tenaces.

«Elle me l'a demandé. Ça ne me dérange pas.

– Malla et moi, si. Tu as l'air d'un fantôme, quand tu reviens.»

Je vais dans le vestibule. Les portes de l'armoire claquent dans la cuisine. Hanna pose le seau à ordures à mes pieds.

«Tu ne préférerais pas aller au parc avec Malla?

– J'irai demain.

– Et si elle avait envie, maintenant, de voir d'autres enfants?

– Ça m'étonnerait.

– Tu lui as posé la question? Et on sera bientôt en mai. Tu comptes continuer comme ça?

– Elle aime observer les oiseaux.

– Quand les autres enfants sortent jouer, le matin, Malla va se coucher à moitié morte de fatigue.

– Elle n'est pas comme les autres enfants.

– Non, parce qu'elle ne fréquente que des adultes.

– Tu l'imagines devoir participer à des jeux de ronde?

– Tout à fait.

– Elle a ses propres occupations. Lire, écrire, jouer avec ses chromos. Les oiseaux l'intéressent vraiment. Et elle aime être seule. Elle est comme moi quand j'étais enfant. Ou Lidia.

– Tu devrais en être plus inquiet que fier.

– Je n'ai pas la force de m'en inquiéter, en plus du reste.»

J'attrape le seau à ordures et fuis dans l'escalier.

Je veux absolument être incinérée, m'a écrit Lidia il y a une semaine. *Martta m'a dit qu'une réunion se tiendrait à l'hôtel de ville pour faire le point sur la polémique concernant le crématorium. Pourrais-tu y assister pour moi ?*

La réunion se termine. Quelques journalistes posent des questions aux intervenants, les derniers rangs se vident déjà. Je me joins au flot. J'en ai entendu assez. Tu peux mourir, vais-je pouvoir lui écrire. La raison a vaincu la peur, les premiers corps ont été incinérés à la fin du mois de mars. Tu pourras te venger des bacilles.

Je rajuste mon cache-col et enfonce mon chapeau sur ma tête. Je prends le chemin de la maison. La soirée est fraîche, mieux vaut rentrer par le plus court chemin.

Au coin de la rue des Tilleuls, mon estomac se crispe. J'ai la chair de poule. Je pense à Lidia, qui lira ma réponse et se couchera soulagée. Pour attendre. Je m'arrête au croisement et imagine la suite, l'instant où je quitterai le crématorium, l'urne dans les bras. Plus vite le soir fera place au matin, plus vite ce moment arrivera.

Je fais demi-tour. Les mouettes fêtent avril en cercles criards. Dans les forêts, là où la neige a fondu, des anémones bleues dressent leurs boutons. J'entends presque la glace de mer se cribler de trous. L'insolent printemps laisse peu d'espace vital aux autres. Il n'y a qu'un endroit où je peux être au calme.

Je téléphone à Hanna pour la prévenir que je suis à l'université. Elle semble soulagée et c'est pourquoi je ne me résous pas tout de suite à ouvrir le tiroir de mon bureau. J'entreprends de cataloguer des spécimens de carex reçus l'été dernier de Laponie. À mesure que la nuit tombe, dehors, la lumière de la lampe commence à me blesser les yeux et j'ai de plus en plus de mal à me concentrer. Des claquements de porte et un murmure de conversations montent du rez-de-chaussée. Quelque chose se prépare dans la salle des fêtes. Je referme mes ouvrages de botanique et empile sur mon sous-main les spécimens fixés sur du papier buvard. Je feuillette le courrier. Sur le dessus, il y a une lettre de O. Lemmetyinen, qui m'écrit de Carélie du Nord, j'espère à propos de nouvelles observations de rennes sauvages – il y a quelques années, il en était venu un en Finlande, de Russie. Je soupèse l'enveloppe mais décide que je n'ai pas la force de m'y attaquer maintenant. J'ouvre d'un geste sec le tiroir du bas, sors la bouteille et bois, une longue mais unique gorgée, par égard pour Hanna. En bas, on applaudit. Je mets mon manteau, éteins la lampe et ferme la porte.

J'arrive jusqu'à l'escalier.

Les accords qui jaillissent des entrailles du piano font vaciller les murs de pierre. La musique déborde par la porte de la salle des fêtes. Je m'appuie à la rampe, mais le fleuve est déjà là, il me projette contre le mur, saute par les fenêtres et s'écoule dans les rues vers la mer. La glace déjà fragile du golfe de Finlande se brise et la musique plonge au fond. La houle se lève, retombe, s'apaise. Je m'accroche à la rampe et tente de poser les pieds sur les marches.

La flûte s'élève des profondeurs et rassemble les rayons de lune. Son reflet scintille, forme un pont. Je m'y engage sur la pointe des pieds, il supporte mon poids et me conduit à la porte de la salle des fêtes. Je la pousse à l'instant où le solo de piano déchaîne une puissante tempête, et pénètre dans la salle plongée dans la pénombre.

Le pianiste a le physique du rôle : cheveux bruns, yeux noirs, nez imposant. Il en est conscient et joue de manière théâtrale, se voûte douloureusement en direction des touches les plus aiguës, martèle de toutes ses forces les plus graves. Un instant, je crois reconnaître Fredrik, l'amant de mère. Puis je me rends compte qu'il serait déjà grisonnant. Les fêtes d'Aspholm datent de plus de vingt ans.

Quand le pianiste tempère ses gestes, la flûtiste esquisse un mouvement. Elle se tient debout, la tête penchée vers son instrument, les yeux fermés. La mer se calme, le reflet de lune redessine un pont. Ses cheveux noirs lui tombent sur les joues mais, sous ses doigts, les plateaux montent et descendent sans s'y emmêler. Puis elle rejette sa chevelure en arrière et les notes s'allument telles des étoiles, retombent et s'élèvent à nouveau. Les vagues sonores agitent les cristaux du lustre. La mer charrie de lourds accords. La lune s'éteint, la flûtiste abaisse son instrument. Sa robe longue est brodée de sequins qui reflètent la lumière des bougies. Je me glisse le long du mur, remarque une petite affiche avec le programme du concert et plisse les yeux pour lire les noms des interprètes. Incroyable !

La deuxième partie de la sonate commence. La flûtiste se tient au centre de la grande scène, sa robe bleu nuit scintille tel un ciel étoilé. Ses cheveux de jais battent des ailes devant son visage, laissant apparaître le flanc argenté de sa flûte.

Je la connais. Je l'ai vue des milliers de fois, toujours à cette époque du printemps.

Le flot du public et des conversations se dirige lentement vers la double porte. Des bords du fleuve humain, j'observe la salle, les chandeliers et les bouquets de fleurs séchées. Malgré mes efforts pour empêcher le rêve de fuir, le lieu s'impose peu à peu à ma conscience. Les musiciens ont disparu, on a rallumé la lumière électrique et soufflé les bougies. Mais la flûte est toujours posée sur le piano à queue. Je m'assieds au premier rang et allonge les jambes. Elles me font mal, je suis resté debout, immobile, je ne sais combien de temps, peut-être plus d'une heure.

Les derniers spectateurs disparaissent dans le hall. Au fond de la salle, les appariteurs commencent à empiler les chaises. Je me lève, m'approche de la scène et fouille mes poches. J'y trouve quelques bouts de papier que je fais semblant de consulter. Par moments, je jette un coup d'œil à ma montre de gousset et fronce les sourcils, et personne ne me chasse, bien que les rangées de sièges diminuent.

Ils reviennent. Le pianiste referme le couvercle du piano, se gratte le front et parle en allemand à la jeune fille. Celle-ci démonte sa flûte, sort de son étui une baguette de bois et y enroule un petit chiffon. L'écouvillon disparaît dans le corps de la flûte et y va et vient, séchant l'humidité accumulée par la respiration. Après la musique, le procédé semble incongru. Mes bouts de papier se froissent dans mon poing. Non ! suis-je sur le point de crier, ne brise pas le pont de rayons de lune, il ne risque pas de rouiller.

Le pianiste fourre sa partition dans sa serviette et bâille. La jeune fille se hisse sur la pointe des pieds et lui donne un baiser sur la joue. Je sursaute mais me sens en même temps soulagé : ils ne sont ni frère et sœur ni amants. Je me secoue. Et moi, que suis-je ? J'ai près de dix ans de plus qu'eux, je porte un manteau élimé et suis couvert un jour sur deux de poussière de papier, l'autre, de boue. La lumière artificielle révèle les cheveux gris qui commencent déjà à me strier les tempes.

Je devrais me retirer discrètement, mais les musiciens sont trop près. Il ne me reste qu'une solution : me figer et devenir invisible. Tous ceux qui observent les oiseaux savent le faire.

Le pianiste tapote la jeune fille sur l'épaule et disparaît par la porte latérale de la scène. Elle pose son étui sur le piano et range une par une les différentes parties de sa flûte dans leur case. Les appariteurs emportent les dernières chaises. Je tripote toujours mes bouts de papier. Elle prend l'étui ouvert sur son bras, s'approche du bord de la scène et regarde partir les appariteurs. Le dernier élément de la flûte se loge à sa place. Elle se tourne et me voit. Tous les oiseaux ne se laissent pas leurrer.

Je pourrais faire un signe de tête et la remercier pour le concert. Je pourrais lui demander combien de temps il faut pour apprendre à construire un pont de rayons de lune. Je pourrais dire quelque chose, n'importe quoi, mais je me contente de plier mes bouts de papier.

Elle penche la tête. Ses pommettes remontent, de petits muscles, sous sa peau, se préparent à étirer ses lèvres en un sourire. Il y a si longtemps que je n'en ai pas vu que je ne sais plus comment réagir. Mon regard fuit vers le sol, les murs, la porte à double battant et je ne sais où encore avant d'oser revenir vers elle. Elle ferme son étui, le visage caché sous ses ailes, puis repousse ses cheveux derrière son oreille et me regarde à nouveau.

«Bonsoir», dit-elle.

Je ne suis pas désespérément vieux. J'ai toujours la force de pédaler toute la nuit et de courir à l'infini les forêts. Je peux oser la regarder dans les yeux et dire quelque chose, ne serait-ce que pour voir.

«Vous avez très bien joué.

– Merci. Les flûtistes n'ont heureusement jamais besoin de se produire seuls. Mon accompagnateur me sauve si je me trompe.»

Les lumières de la salle s'éteignent, les portes claquent. Elle sursaute, semble vouloir descendre d'un bond de la scène, mais se contente de rire.

«Moi qui voulais demander aux appariteurs de m'appeler un taxi.

– Voulez-vous que je...

– Inutile. Je peux aussi bien marcher. Et vous, vous alliez partir?»

Je me sens léger. Il me manque quelque chose. Mon havresac. Je ne me rappelle pas si je l'avais à l'hôtel de ville, ou dans mon cabinet de travail. Je ne me rappelle pas la dernière fois où je me serais promené sans porter quelque chose, des papiers, des spécimens, des provisions.

«J'ai quitté mon bureau il y a déjà deux heures. Mais j'ai entendu... Je vous ai déjà entendue jouer. En mars.

– Ah oui? Nous sommes venus répéter. Je ne savais pas qu'il y avait aussi du monde le dimanche, ici.

– Il n'y en a pas, en général, et je n'y viens pas non plus, normalement.»

Nous n'avons pas de temps pour ça. Une fois le public parti, la température baisse, elle aura bientôt froid, dans sa robe, et se hâtera de partir.

«Je suis venu vous écouter en plein concert, dis-je. J'espère que je ne vous ai pas dérangée.

– Je n'ai rien remarqué. C'est le morceau le plus difficile que j'aie jamais interprété, j'étais très concentrée.

– Je n'ai même pas payé l'entrée.»

Elle sourit de nouveau. Les secondes passent. Le souvenir d'une barque qui s'éloignera de la rive si je ne fais rien me revient, surgi de nulle part. Et mes mots, de nouveau plus audacieux que mon esprit, sortent tout seuls de ma bouche.

«Puis-je vous inviter à dîner?»

La lumière de la scène brille derrière elle. Je ne vois pas les détails de son visage, mais c'est inutile. J'observe sans y croire le mouvement de son menton, qu'elle hoche de haut en bas. Elle est sur scène, c'est une pièce de théâtre. Un mot en entraîne un autre, les gestes s'enchaînent, les événements progressent vers un but – mais est-ce une tragédie, une comédie ou une farce? Peut-être n'est-ce pas encore décidé.

«Je vais chercher mon manteau, dit-elle. Attendez-moi un instant.»

Ses talons claquent en direction de la porte latérale. Je m'appuie au bord de la scène comme au bastingage d'un bateau. Pourtant la mer ne gronde pas devant moi mais dans ma tête. Je ferme les yeux. Dernière occasion avant que le rêve ne se révèle n'être qu'un rêve.

«Vous dormez?» demande-t-elle.

Le trait noir qui borde ses paupières, à la racine de ses cils, se prolonge un peu au-delà du coin de ses yeux. Où en ai-je vu de semblables? Dans les dessins ornant les chambres des pyramides.

«Non, je réfléchissais juste.

– Ce n'est pas le moment de réfléchir, dit-elle. Venez.»

Les murs de la salle renvoient l'écho de nos pas en mouvement. À la porte, elle se retourne, me tend la main.

«Je m'appelle Elsi Sturnus.

– Je sais.»

Le coucher de soleil s'attarde à l'occident. Un léger brouillard flotte dans les rues encaissées.

«En général, nous passons la soirée ensemble, avec les autres musiciens, dit Elsi. Mais Julius était pressé d'aller se coucher, il a des élèves tôt demain matin.»

Ses noirs yeux d'oiseau me fixent. Je ne parviens à les regarder qu'à la va-vite. Décontenancé, je cherche un passage à sec dans la névasse, mais celle-ci ne semble pas déranger Elsi. Elle a soulevé le bas de sa robe et marche sur la pointe des pieds.

«Vous êtes donc musicienne professionnelle?

– Étudiante, pour l'instant. C'était mon premier grand concert.

– Vous en êtes contente ?

– Ça s'est plutôt bien passé. Julius a trop accéléré au début, mais j'ai réussi à le suivre. On verra ce que les critiques en disent.

– Vous étudiez à Helsinki ?

– Oui, mais l'année dernière, j'étais à Berlin. C'est là que j'ai rencontré Julius. Ou Gyula, plus exactement, de son vrai nom, précise-t-elle en épelant son nom.

– Il est hongrois ?

– Oui. Il a décidé de se faire appeler Julius. C'est plus simple, à l'étranger.

– Avez-vous vous aussi changé de nom ?

– Oui. Quelqu'un m'a dit que l'étourneau avait un chant très varié. C'est ce qui m'a donné l'idée de prendre son nom latin, *Sturnus*, comme pseudonyme. Ça vous paraît idiot ?

– Non. »

Je m'arrête. Le nom pompeux d'un restaurant, je ne sais quel palais ou castel, flamboie en lettres lumineuses au-dessus d'une large porte. Le bâtiment abrite aussi un hôtel. Le portier nous ouvre et nous souhaite la bienvenue. La froide humidité d'avril se dissipe si vite que l'on se croirait tombé en plein été. L'air est léger, les lumières chaudes et claires. Nous suivons le tapis rouge jusque dans la salle de restaurant, ici aussi, on joue du piano. Les serveurs se déplacent d'un pas silencieux, le maître d'hôtel nous débarrasse de nos manteaux et nous guide vers le fond. Telles de petites cheminées d'usine, des cigares lâchent un peu partout des bouffées de fumée et, à de nombreuses tables, les rires se font déjà plus rares.

On nous installe dans un coin tranquille près de la fenêtre. Je jette un coup d'œil à la ronde, évaluant l'emplacement comme dans la baie, à l'affût des oiseaux : la vue sur la salle est bonne, les reflets gênent un peu l'observation de la rue, mais qu'importe.

Le serveur nous apporte la carte. Je choisis rapidement un menu coûteux, afin qu'Elsi n'hésite pas. Autour de nous étincellent des robes du soir aux couleurs vives et des pochettes d'un blanc éclatant sur fond de costumes noirs. Des exclamations fusent, on se lamente sur le printemps froid et brumeux.

« Ils oublient que nous avons eu plusieurs semaines de temps doux et dégagé, dit Elsi.

– Mais pas vous.

– C'est juste parce qu'on a pu lire les partitions, le soir, sans allumer la lumière. Et on peut même déjà jouer la fenêtre ouverte.

– Je ne savais pas que les musiciens observaient ainsi les conditions météorologiques.

– Le corps est le plus précis des baromètres.»

Je l'interroge sur ses études musicales. Elle me raconte qu'elle a commencé à jouer à l'âge de huit ans et qu'elle a étudié non seulement à Helsinki et à Berlin, mais aussi à Vienne. Sa conversation est joyeuse, facile, son trac s'est dissipé et tout va bien. Je me réchauffe volontiers à la chaleur du hasard.

Dans son coin du restaurant, le pianiste entame un morceau que je crois avoir déjà entendu, bien que je ne me rappelle pas son titre. Elsi prend une grande inspiration. Ses poumons de musicienne sont vastes et sains, elle aurait la force de franchir l'esker en courant, sans que l'on ait besoin de l'y conduire couchée dans une ambulance. Je me tourne rapidement vers la fenêtre.

«Il devrait maintenant y avoir un solo de flûte, dit-elle en chassant l'air de ses poumons avec un sourire. Le pianiste prendrait peur s'il savait qu'on l'écoute. Dans des endroits comme celui-ci, la musique fait partie des meubles.»

On nous apporte de minuscules portions artistiquement disposées dans de grandes assiettes.

«Très joli, pour une première bouchée, dis-je une fois que le serveur a tourné les talons.

– Vous n'avez pourtant pas l'air d'un gros mangeur.

– Si je vous disais tout ce que j'engloutis d'habitude, vous ne me croiriez pas.»

Je m'épanche en quelques phrases sur mon travail et sur la faim constante qui l'accompagne, surtout quand le jour se lève, que je suis debout depuis des heures et qu'il me faut encore attendre que le soleil prenne des forces pour sentir mes doigts gourds se réchauffer.

«Vous vous plaisez dans la nature, apparemment.»

Mon cœur se gonfle de forêts bleutées, de monts, du haut ciel printanier et des oiseaux qui le traversent et sont bien plus que de simples animaux ailés. Mais je les garde pour moi, je ne saurais pas en parler comme ils le méritent. Elsi sait que je suis naturaliste, ça suffit, pour l'instant ou pour toujours.

«Je suis un étourneau, reprend-elle. Et vous, quel oiseau aimeriez-vous être?

– Je n'y ai jamais réfléchi.

– Alors que vous observez les oiseaux depuis l'enfance! Vous avez sûrement un jour souhaité en être un... lequel?»

Je réfléchis au pic noir, au mésangeai, à la mésange huppée, à l'épervier et au roitelet. Je n'arrive pas à choisir. Je songe au plongeon, arctique ou catmarin. Non, tous sont ce qu'ils sont, en tant qu'espèce ou individu, et n'ont pas grand-chose de commun avec moi, j'espère. La musique m'emplit les oreilles et arrête le temps.

Elsi pose sa fourchette et son couteau dans son assiette, se tapote les lèvres avec sa serviette et sourit.

«Vous n'avez pas besoin de le savoir tout de suite, dit-elle. Vous n'êtes peut-être pas encore sorti de l'œuf.

– Je vous le dirai quand je saurai», promets-je, sans bien comprendre de quoi nous parlons.

Une fois que j'ai terminé mon assiette, le serveur vient desservir.

«Désirez-vous un dessert? Du thé, du café?

– J'ai encore un peu faim, déclare Elsi en m'adressant un clin d'œil et en consultant la carte. Le sorbet à la framboise a l'air nourrissant.

– Et comme boissons?»

Nous commandons des sorbets et du thé.

«Ordinaire ou arrosé?» demande le serveur.

La question, directe, me fait sursauter. Mon visage me trahit-il? Elsi sourit des yeux et secoue la tête.

«Ordinaire, merci.»

Nous avons commandé une deuxième et une troisième tasse de thé, cette fois arrosée. Elsi, appuyée sur ses coudes, observe mon crayon qui dessine sur ma serviette en papier des lignes, des ailes d'oiseau, des rives d'étangs lapons, le monde. Je sens que mes cheveux sont ébouriffés, j'y ai passé la main tout au long de la soirée, en tentant de faire émerger des profondeurs de mon cerveau les mots et les gestes justes. Je n'ai pas la moindre idée de ce que j'ai raconté, mais c'est bon signe. Les âneries vous reviennent toujours vite en mémoire.

Une bougie palpite, à bout de forces, sur le couvercle du piano. Le musicien la souffle, comme en une humble courbette en direction du public, qui ne s'aperçoit même pas que la musique s'est tue. Mais une courbette d'artiste, pas d'esclave, qui dit: J'arrête, et peu importe que vous ayez écouté ou pas. Je joue pour mon propre plaisir. C'est ce que m'explique Elsi, qui a elle aussi gagné un peu d'argent en jouant dans des restaurants.

Sans la musique, le bourdonnement des conversations enfle. L'atmosphère du restaurant change. Les haleines sentent l'ail et l'alcool, nous sommes déjà demain. Des montres sortent des goussets, mon Dieu, déjà si tard.

«Regarde le pianiste, murmure Elsi. La façon dont il toise le public. Vous n'imaginez pas à quel point je vous ai tenus sous ma coupe, ce soir, se dit-il.»

Le jeune musicien ramasse ses partitions en jetant par moments des coups d'œil à la salle.

«C'est ce que tu penses quand tu as fini de jouer? Il a l'air moins cynique que toi.»

Je n'ose généralement pas me moquer des gens, mais l'heure tardive, le thé arrosé, la présence pétillante d'Elsi et le glissement involontaire vers le tutoiement m'encouragent, et je ne le regrette pas. Elle sourit. Ses doigts fins se posent sur le dos de ma main.

Tous mes muscles se contractent. Mon corps s'enroule en coquillage autour de nos mains, la sienne et la mienne. Mon cœur, telle une perle, plonge à travers le pont de rayons de lune vers des profondeurs inexplorées. C'est pitoyable, la joie ne devrait pas ressembler à cela, et pourtant si. Je devrais crier et sauter, mais je me recroqueville. Je me referme telle une huître et serre furieusement en moi la perle qui s'éteint.

Les doigts d'Elsi ne sont déjà plus là, ils m'ont effleuré la peau avec facilité, mais irrévocablement. Le vent passe, et rien n'est plus. Ma réalité gravée dans le roc s'écoule par un sablier et disparaît sous la table. Je regarde Elsi par-dessus les ruines.

«Veux-tu que nous y allions?» demande-t-elle.

La vieille huître noircie remonte vers des eaux moins profondes et s'entrouvre. Je suis incapable de faire part à Elsi de ce qui se passe, je ne sais pas réciter de poèmes ni jouer de mélodies composées pour elle. Quelque part, à une table, on entend des rires, dernier effort avant de devoir rentrer dormir, chez soi ou dans une chambre d'hôtel, dire adieu à cette soirée.

L'air est gris et épais, lourd à respirer. Il n'est pourtant pas très chargé de fumée, car on baisse pour la nuit le feu des fourneaux des usines. Mon manteau s'imbibe de gouttelettes déposées aussi bien par l'air que par ma peau. J'ai l'impression de me trouver dans une moufle en peau de mouton. Je secoue la tête. Pas là, pas aujourd'hui.

«Fiacre ou taxi?

– Marchons, plutôt», décide Elsi.

Un noctambule nous croise en titubant, une flasque cachée dans sa manche, et nous regarde d'un œil soupçonneux. De l'autre côté de la rue, une femme en imperméable marche d'un pas pressé, frissonnant, sans doute déjà vers son travail. Il fait étonnamment doux, la neige fondra bientôt complètement. Nous traversons la place de la Gare. Les premiers trains se préparent à partir, de petits groupes attendent sur les quais. On entend au loin un sifflet d'usine, des machines se mettent en route. Nous fuyons vers la Chaussée Ouest, où les réverbères résistent encore aux prémices du jour. La rue a vu passer presque tous les véhicules possibles et imaginables et baigne dans une boue loqueteuse.

«Donne», dis-je à Elsi.

Elle me tend son sac à main et son étui de flûte et ramasse ses jupes à deux mains. Nous nous taisons, elle se concentre pour éviter que ses talons ne glissent, je n'ose pas la déranger. Je ne sais pas où nous allons. Nous devrions nous hâter si je veux être à la maison avant qu'Andersson ne se réveille dans sa loge. À la maison. Je ne veux plus jamais y retourner.

Nous croisons la charrette matinale d'un paysan ayant encore quelque chose à vendre en cette saison au marché, des œufs, peut-être du poisson, des choux et des pommes de terre. L'homme nous souhaite gaiement une belle journée. Son salut, et surtout ce qu'il implique, nous fait sursauter. Puis nous tournons dans la rue des Tilleuls. Elsi marche devant. Ce n'est que quand elle s'arrête à la porte d'un immeuble et cherche sa clef dans la poche de son manteau que je réagis. Je regarde l'alignement des façades qui se dressent telle une muraille, la porte qui s'ouvre, la jeune fille à mes côtés.

«Tu habites ici?

– Oui.»

Elle sourit rapidement, gênée, peut-être. Je lui tends ses affaires. Où pourrais-je disparaître? Qu'a-t-elle pensé en constatant que je la suivais sans rien dire jusqu'à sa porte?

«Et moi, là», ne puis-je que marmonner en désignant d'un geste l'immeuble voisin.

Elle se tient sur le seuil, son étui de flûte et son sac à main sous le bras, la main sur la poignée de la porte.

«Tu viens quand même?»

Elsi écarte les lourds rideaux de porte pour se glisser dans la pièce voisine. Je m'assieds sur le lit et tressaille au rythme de mes battements de cœur. Je les sens dans les poignets, le creux des genoux, l'estomac, le bas-ventre, tout le corps, comme après avoir couru. Je me remémore vaguement les veines pulmonaires, les ventricules et les oreillettes, les valvules, les vaisseaux sanguins, de l'aorte aux plus fins capillaires, l'artère pulmonaire – toute la théorie de la circulation sanguine, mais je n'y crois pas. Mon cœur est brisé en miettes et bat dans mon corps entier pour en sortir. Quand on s'arrête de courir, on supporte de le sentir trop grand, sous la peau. Mais maintenant j'ai peur, car je ne sais pas si la course est terminée ou pas, ou si elle va jamais finir, ni même où je veux aller, ou si je veux quoi que ce soit. Je pose la tête sur les genoux.

De l'eau coule, quelque part, un ruisseau murmure doucement dans une forêt noire. Dans la nuit de printemps, il n'y a pas encore de moustiques, je peux m'asseoir sur le tronc d'un sapin tombé à terre et l'écouter sans bouger, sans avoir à chasser les insectes. L'eau vient de quelque part, elle sort de terre, court en secret dans la pierraille, surgit soudain. J'ai chaud. J'ôte ma chemise. L'eau coule toujours, imbibe largement les mousses jusqu'à ce qu'elle trouve son lit et cascade sur les cailloux. Je m'allonge au bord, les feuilles de tremble, au sol, datent de l'automne et crissent comme un drap propre. L'eau serpente vers l'aval, cherche son chemin à travers le réseau de ruisseaux et de conduits de métal cachés dans les murs des immeubles. Des pulsations caverneuses me parviennent, grondement de lointains rapides ou cognement de tuyaux. À moins que ce ne soit mon cœur, de nouveau.

Puis l'eau se tait.

La forêt bruisse doucement. Une fée écarte des branches de sapin et s'approche sur la pointe des pieds, s'agenouille à côté de moi sur les feuilles de tremble. Je m'assieds. La fée m'est inconnue mais plus réelle que jamais. Sa main se pose sur la boucle de ma ceinture et l'ouvre en quelques mouvements de doigts.

Dans la chambre couleur de nuit, ses yeux brillent entre ses ailes noires. Ce n'est pas une fée mais un oiseau, un étourneau. Un léger sillage de souvenirs me traverse, un châle blanc flotte au vent et disparaît comme il a toujours disparu. L'étourneau attend ma réaction, car, en oiseau du ciel, il ne connaît pas la forêt. Mais il n'a pas peur, ni des ombres des branches sur mon visage, ni des toiles d'araignée accrochées à mes cheveux, ni de rien. Il est beau, si beau à toucher que mes mains tremblent quand je les glisse sous ses ailes.

Le matin inonde le trottoir et teinte les bâtiments. De la lumière, de la pure lumière. Le monde pourrait s'arrêter là, pour la dernière fois.

Il est sept heures quand je regagne mon lit. Hanna et Malla dorment encore. Je laisse la fenêtre ouverte. Elsi dort à une vingtaine de mètres, un étage plus bas, deux murs à gauche, autour de la même cour. Là-bas aussi la fenêtre est grande ouverte. Nous écoutons les mêmes bruits : la circulation, les cris des mouettes et des enfants, nos lentes respirations.

À travers le sommeil qui s'accumule dans mes yeux, je regarde ma chambre. La maison est un solide coffre-fort où ma précieuse carcasse attend de s'effondrer. Cela va arriver, ce à quoi Lidia me prépare déjà, on le voit bien sur les radiographies. Je l'attends comme j'attendais, quand j'étais écolier, la fin du dernier dimanche des vacances d'été : conscient qu'une autre vie allait commencer, que les sombres instants approchaient, inéluctablement. À la fin, on voudrait qu'ils soient déjà là. Je ne me rappelle plus ce que c'était que d'observer le délitement du sens de la vie. Je n'ai plus la force d'être patient et compréhensif, de discuter de toutes les questions froides comme la nuit auxquelles Lidia a eu l'idée de réfléchir dans la solitude de la maison de cure. Le bien et le mal absolus existent-ils ? La tuberculose incarne-t-elle le mal ? Et si l'on y pense du point de vue des bacilles ?

Et soudain, le dernier dimanche des vacances a pris fin, en quelques vertigineux instants, dans un appartement inconnu, plus mystérieux qu'aucune forêt. Et il ne s'est pas terminé par la mort mais par un matin de printemps.

27

Les soirées à l'université se prolongent tard car les musiciens, comme beaucoup d'oiseaux, travaillent jusqu'au seuil de la nuit. Nous rentrons souvent ensemble à pied, nos manches se frôlant. Il est aussi de plus en plus fréquent que mon trajet se termine une porte d'immeuble plus tôt. Pour la première fois depuis sept ans, je n'ai plus peur du lendemain et ne pense plus trop à la veille. À l'intention d'Elsi, je résume ma vie en quelques mots désinvoltes, presque froids. Le passé est facile à amoindrir, face à quelqu'un dont on espère l'avenir. Et Elsi me soumet de même de maigres informations sur son existence. Ses parents sont partis en Amérique pour affaires. Désireuse de poursuivre ses études musicales, elle s'est installée rue des Tilleuls, chez sa grand-mère. Celle-ci est morte il y a deux ans et, depuis son retour de Berlin, Elsi vit seule.

Comme la plupart des grands bonheurs, celui auquel nous goûtons est indécent. Nous empruntons des chemins secrets, mais même ceux-là, en ville, ne passent pas longtemps inaperçus. Alors que je rentre encore une fois sur la pointe des pieds après une nuit sans sommeil, un peu avant le réveil des autres, Hanna m'attend dans le vestibule.

« Où étais-tu ? »

Je fronce les sourcils comme si je ne me le rappelais pas moi-même. Mon pantalon et mon manteau sont propres, je porte des chaussures de ville. Impossible de prétexter une sortie ornithologique. Cette année, les bords de mer et les forêts ont repris vie en toute tranquillité. Je ne m'occupe plus de répertorier les sérénades des mâles, les nids construits à la fourche des branches et au ras du sol, le nombre d'oiseaux migrateurs de passage. Ce printemps, je suis l'un de ceux qui, aveuglés, chantent nuit et jour. Je voudrais ne pas avoir honte, et pourtant c'est le cas. Je regarde Hanna, muet. Elle me rend mon regard et voit tout, encore une fois.

« Tu as sans doute dormi à l'université », avance-t-elle.

Je hoche la tête. Elle aussi.

Au petit déjeuner, je remplis l'assiette de Malla de bouillie de semoule et de kissel de myrtille. Elle se frotte les yeux, bâille et commence à mélanger le tout en une masse homogène.

« Malla, arrête, intervient Hanna. Tu sais bien qu'ensuite tu ne veux plus manger ta bouillie. »

Le mouvement de la cuiller s'interrompt. Malla regarde le magma gris violacé où quelques myrtilles entières la fixent en retour avec des yeux ronds de fureur.

« C'est si joli quand ça se mélange, murmure-t-elle.

– Je vais la prendre, dis-je en versant le contenu de son assiette dans la mienne. Ressers-toi. Tu préfères peut-être du sucre et de la cannelle ? »

Nous mangeons notre bouillie. Par moments, une petite plante de pied se tend sous la table pour me tapoter le genou. La matinée est sauvée, de part et d'autre.

« Allons nous offrir un dessert au marché », dis-je à Malla avant de mettre les assiettes à tremper dans la bassine à vaisselle.

Nous nous rendons à pied au marché aux Fripes, où il y a toujours des vendeurs de crèmes glacées. Nous nous arrêtons devant la première charrette en bois remplie de glace pilée. Malla choisit du chocolat, moi de la fraise. Main dans la main, nous nous promenons parmi les baraques. Et là, Elsi. Elle est appuyée à un étal et bavarde par-dessus une rangée de chapeaux avec une vendeuse en fichu. Elle a les cheveux mouillés, tout juste lavés. Il y a deux heures à peine, nous vivions encore la journée d'hier. Dois-je continuer d'avancer ou faire demi-tour ? Malla grignote déjà son cornet et me regarde de sous son chapeau de paille. Je lèche ma glace.

« On y va, papa ? »

Nous nous approchons. Elsi fait un signe de tête à la vendeuse et s'en va, retrousse les manches de son gilet de laine et scrute les éventaires. Je pourrais accélérer le pas, lui taper sur l'épaule et la saluer, elle sourirait, verrait Malla et... ensuite, aucune idée.

Elsi s'arrête devant la dernière baraque. Elle rajuste la bandoulière de son étui de flûte, sort son porte-monnaie, achète un sachet de pâtes de fruits et jette un coup d'œil sur sa gauche.

« Erik ! »

Elle sourit, voit Malla, continue de sourire. Nous arrivons à sa hauteur. Son gilet de laine est ouvert sur le corsage que j'ai déboutonné hier, tard dans la soirée.

« Nous sommes venus manger une glace, dis-je. Malla, voici Elsi. Une amie. »

Malla tend la main, Elsi se penche et la saisit. Je regarde autour de moi, ahuri : tout le monde ne devrait-il pas contempler ce miracle ?

«Erik m'a parlé de toi», dit Elsi à Malla, heureusement d'un ton normal. Beaucoup de dames et de messieurs qui nous ont salués avec bienveillance, en ville ou à la maison de cure, ont eu droit, à notre retour à la maison, à la sentence de Malla : Pourquoi me parlent-ils tous d'une petite voix aiguë, comme si je ne comprenais rien, sinon ?

Malla me lance un regard inquiet. Elsi a un petit rire.

«Il ne m'a dit de toi que du bien.»

Malla sourit et jette un coup d'œil à son étui.

«C'est une flûte, dis-je. J'ai fait la connaissance d'Elsi ce printemps, elle donnait un concert à l'université.»

Malla hoche la tête. Nous quittons le marché ensemble, tous les trois.

«Je vais répéter, annonce Elsi. Je viens d'apprendre que notre tournée de concerts va finalement bien commencer la semaine prochaine.

– Où allez-vous ?

– À Hämeenlinna. Et de là, au moins à Tampere, Jyväskylä, Pieksämäki, Imatra, Joensuu, Lieksa, Oulu, Kokkola, Vaasa, Turku, Pori, Viipuri.

– C'est une longue tournée.

– Je serai de retour à la fin du mois d'août.»

Que sont dix semaines comparées à sept ans de solitude ? Rien et une éternité. Au passage, mine de rien, j'effleure du pouce le poignet d'Elsi, j'apprends moi aussi à voler des caresses. Et je veux apprendre bien d'autres choses. Je suis affamé, d'une faim d'homme sorti de la forêt pour retrouver la compagnie de ses semblables. Ici, tout est comme dans les bois, de la parade nuptiale, rien de plus raffiné ou de plus extraordinaire, mais la mienne me semble très différente.

Nous accompagnons Elsi un bout de chemin, puis retournons à la maison. Malla marche d'un pas décidé et sourit sous sa frange blonde quand nos regards se croisent. Je contrains mes jambes à ralentir pour qu'elle puisse suivre mon rythme. Nous formons un tandem dépareillé, l'une haute d'un mètre dix, l'autre la tête dans les nuages.

Elsi voyagera avec Julius et la violoniste Liisa Salminen. Depuis notre premier soir, nous n'avons pas reparlé du jeune homme. Je ne sais pas ce qu'il est, pour elle. Ni d'ailleurs moi. En tout cas pas le seul homme qu'elle ait invité chez elle. Il y a dans la salle de bains une boîte de crème à barbe et un peigne auquel s'accrochent des cheveux noirs très courts. Mais ces deux objets sont rangés dans un coin, il y a même de la poussière sur le couvercle de la boîte. J'ai plusieurs fois sondé mes sentiments et suis arrivé chaque fois, à mon grand étonnement, à la même conclusion: ça m'est égal qu'Elsi en fréquente un autre, ou même plusieurs. Je ne peux d'ailleurs même pas me permettre de m'en inquiéter.

Mais dix semaines, la perspective est insupportable. Nous nous arrêtons au coin de la rue pour attendre une brèche dans la circulation. Le délai de réflexion se termine. La faim se transforme en soif.

«Malla, est-ce que tu aurais encore la force d'aller à pied jusqu'à l'université? Tu pourras regarder la collection de papillons.»

*

Malla se faufile dans le cabinet de travail de papa et ouvre le tiroir des choses importantes. C'est le nom qu'ils donnent au tiroir du bas du bureau, à gauche. Il s'y trouve entre autres des feuilles de papier, vierges d'un côté, sur lesquelles elle peut dessiner. Elle en prend une, sort ses crayons de couleur, s'installe par terre sur le ventre et retourne le brouillon. Elle trace les contours de la grande maison que papa appelle leur manoir. Une fille se tient sur le balcon, avec des cheveux coupés au carré, comme elle, mais plus âgée. C'est sa grand-mère, celle qui n'existe plus. Elle avait l'habitude d'agiter la main, sur le balcon, quand papa partait en expédition. Puis grand-mère est partie en mer, a-t-il dit. Malla en a conclu que c'était la même chose que mourir, mais apparemment seulement dans le cas de grand-mère.

Papa ronfle dans sa chambre. Malla essaie de ne pas faire crisser le papier. Il pourra dormir tard et sera de nouveau de bonne humeur en se réveillant. Elle s'est vite habituée à ce qu'il sourie, la prenne sur ses genoux et la regarde droit dans les yeux, après un hiver et un début de printemps affreux. Elle se réveillait souvent en l'entendant tâtonner et fourrager avec sa clef dans la serrure de la porte d'entrée, jusqu'à ce que Hanna finisse par se lever, aille ouvrir et chuchote quelque chose. Papa marmottait des mots indistincts et tournait longtemps en rond dans le vestibule, renversant parfois une chaise, parfois le porte-parapluie. Un jour, Malla est allée regarder par le trou de serrure. Papa était assis par terre devant le miroir, les mains sur les yeux, Hanna se tenait debout à côté de lui, les épaules basses. Elle est vite retournée dans son lit.

Puis Elsi a donné un concert à l'université et papa est devenu gai. Pas étonnant. Elsi est jolie, elle ressemble à la jeune fille portant une corbeille de roses de sa collection de chromos. Ses cheveux noirs où la lumière se reflète sont juste plus courts. Il y a aussi maman dans la boîte d'images : une blonde, en jupe blanche, avec des ailes de fée. Maman est une fée des bois. Papa l'a dit dans le salon des invités de la maison de cure, un jour, il y a longtemps. Ils ne sont pas retournés la voir depuis qu'il a claqué la fenêtre. Malla lui a écrit une lettre, pour lui parler des lions et des singes qu'elle a vus au zoo avec Hanna. Il faudrait lui écrire de nouveau et lui demander si elle aimerait qu'ils viennent la voir. Mais est-ce bien la peine – après leurs visites, papa disparaît et revient si malheureux qu'il pleurerait si seulement il savait verser des larmes.

Je ne vais peut-être pas écrire tout de suite, se dit-elle, et elle dessine un papillon sur le toit du manoir. Peut-être qu'elle ne s'ennuiera pas de nous si nous ne lui donnons pas de nos nouvelles.

Dans la chambre, elle entend papa se retourner et bâiller longuement. Elle colorie en bleu et vert les ailes du papillon, gros comme une mouette. De l'autre côté du mur, des pieds se posent sur le tapis. Bientôt papa apparaît à la porte, s'appuie au chambranle et sourit d'un air ensommeillé. Elle soupire de soulagement.

Il s'agenouille à côté d'elle et regarde le dessin.

« C'est très beau. Tu as une bonne mémoire, il y a même le nombre exact de colonnes. »

Malla ajoute un peu de noir aux cheveux de grand-mère puis dessine dans le ciel une étoile à cinq branches. Elle en place toujours une quelque part près de grand-mère. Une étoile, Stella. C'était son nom et sa signature, lui a un jour raconté papa.

Il se penche sur le tiroir et fouille dans les papiers.

« Tiens, c'est là qu'il est », dit-il en exhibant un carnet à carreaux.

Malla ajoute ses initiales, suivies de l'année, dans le coin inférieur du papier. Papa feuillette le carnet, sourit et marmonne des noms d'oiseau : *corbeau*, *lagopède*, *mésangeai*. Malla se remet debout et pose le dessin sur le bureau. Elle ramasse ses crayons de couleur et les laisse tomber dans le tiroir. Papa referme son carnet et regarde le ciel par la fenêtre. Dehors, un pinson chante.

« Il a de nouveau fait son nid dans la cour, note papa. Il ne veut pas comprendre qu'il n'y trouvera pas de compagne. »

Il resserre le petit ruban qui retient les cheveux de Malla.

« Tu viens faire un tour ? »

Malla a maintenant sa propre bicyclette. Elle pédale derrière papa au bord de la baie de Töölö. L'eau sent mauvais.

« Allons un peu plus loin », lance papa.

Il s'écarte de la rive par une allée de sable que le vent sépare de l'épais mur d'odeur. Les marronniers ont déjà de grandes feuilles, telles les traces d'un gros oiseau à cinq orteils. Des champignons blancs recouverts d'une épaisse fourrure de mousse se pressent sur le tronc d'un vieil érable isolé. Malla se rappelle leur nom, c'est facile, ce sont des polypores des érables.

Il n'y a pas beaucoup de monde. Quelques femmes poussent des voitures d'enfant, mais la plupart des familles sont sûrement déjà parties à la campagne. Plus loin, sous les marronniers, un couple est assis sur un banc. Papa s'arrête, pose un pied à terre mais reste sur sa selle. Malla le rejoint.

« Elsi ! » s'écrie-t-elle avant de s'apercevoir trop tard que papa l'a bien vue mais ne veut pas aller lui dire bonjour. Elsi les a maintenant remarqués. Malla baisse la tête et frotte le sable du talon de sa chaussure. Papa est sûrement furieux.

« Viens », chuchote-t-il.

Ils s'approchent. Elsi a l'air plus fatiguée que ce matin. Elle est assise à côté d'un homme aux cheveux noirs très courts. Il examine des papiers dont les coins palpitent au vent. Malla prend de la vitesse et freine devant le banc, Elsi sourit. Papa arrive, l'inconnu lève les yeux, se met debout et lui tend la main, puis serre celle de Malla. Il s'appelle Julius.

« Nous avons décidé d'étudier nos partitions dans le parc, on étouffe, à l'intérieur », explique Elsi.

Malla se penche pour regarder. Elsi lui montre les lignes – la portée – où les notes de la flûte sont indiquées par des ronds. Plus bas, il y a deux autres portées, dont Julius doit démêler le désordre.

« Mais c'est un solo de chant, dit papa. Pas une partie de flûte.

– Les airs écrits pour des chanteurs peuvent aussi bien être joués à la flûte », répond Julius.

Malla lit tout haut le titre de la partition : *J'enchante ta nuit d'étoiles*. Elle retient son souffle. Personne ne dit rien, mais Elsi esquisse un sourire. À l'intention de papa qui, lui, regarde Julius, pose une question sur la tournée de concerts, soulève sa casquette et dit au revoir.

Malla pédale comme une folle pour ne pas se laisser distancer. Ils filent le long de la baie, passent entre les collines plantées de pins, escaladent une pente et continuent, jusqu'à ce qu'elle s'arrête.

« Moins vite ! crie-t-elle au dos de papa.

– Pardon. »

Ils repartent, plus tranquillement, mais le trajet s'allonge, encore et encore. Enfin papa s'arrête, lui ordonne de poser sa bicyclette au pied d'un arbre et l'installe sur le siège pour enfant. Quelle humiliation !

« Ça ira plus vite comme ça, dit-il. Je vais te montrer un endroit passionnant.

– Pourquoi est-ce que tu es fâché contre Elsi ? »

Il regarde le ciel sans répondre. Elle attend, dans un épais silence poisseux. Elle a froid. Papa ne l'a jamais auparavant laissée sans réponse.

Bien plus loin, il abandonne sa bicyclette au bord de la route, près de villas à lambrequins en bois découpé, et ils se faufilent dans la forêt. Les épaisses frondaisons s'étalent en éventail, la mer scintille derrière les troncs. Sous les arbres, le sol est presque nu. Ou il a beaucoup été piétiné, ou l'eau est montée et l'a nettoyé de sa végétation. Ils descendent au bord de l'eau. Un mur de roseaux bruisse devant eux. Papa s'appuie à un aulne glutineux et porte ses jumelles à ses yeux. En géant, il voit par-dessus le rempart. Malla soupire, si bas qu'elle s'entend à peine elle-même.

À droite, la forêt se termine par une butte sur laquelle poussent de jeunes arbres, des buissons et des orties. Sous la végétation, on devine un tas de pierres, peut-être un bout de mur. Malla s'approche de la butte. Y a-t-il un château, enterré dessous ? Elle écarte les branches et se penche. Il fait très sombre et, plus loin, tout noir. Un courant d'air froid l'aspire dans l'obscurité.

*

Un phragmite des joncs criaille furieusement dans la roselière. Il était déjà là il y a deux semaines. Nous l'avons vu de près. Elsi était ravie, elle comprend mes occupations. À l'inverse, les siennes m'échappent. Tu n'as pas besoin de comprendre, m'a-t-elle dit des dizaines de fois. Eh oui. Ils étaient assis là, jeunes et beaux, et déchiffraient le code secret des notes, la courte tignasse du garçon presque collée à la tempe d'Elsi. Je n'ai peut-être pas besoin de connaître le solfège ou la musique, mais si un autre les comprend sans avoir à parler, le choix est clair. Et leur tournée commune va bientôt commencer, avec des nuits passées dans des logements exigus, des siestes dans les trains, la tête sur l'épaule du voisin, les verres de vin après un concert réussi.

J'observe le phragmite. Ses activités, au fil des ans, me sont devenues plus que familières. J'essaie de trouver un fil par où commencer à démêler l'écheveau. Quand je suis parti, Elsi avait l'air triste. Et maintenant Malla est fâchée, je ne sais plus pourquoi.

Le phragmite, fatigué de rauquer, disparaît parmi les tiges. J'abaisse mes jumelles et me frotte les yeux.

«Rentrons.»

La forêt déserte se balance autour de moi. J'erre d'un arbre à l'autre, scrute les cimes, appelle Malla, m'approche de la haie d'une villa et jette un coup d'œil dans son jardin, retourne au bord de l'eau.

«Malla!»

Le silence est comme un coup de massue.

Je suis allé dans les maisons demander si on l'avait aperçue. Des cheveux blonds coupés au carré retenus par un ruban. Un mètre dix, bien qu'elle ait déjà sept ans. Personne ne l'a vue. J'ai parcouru en tous sens les bois et les rues voisines, suis monté sur les fortifications datant de la guerre et ai crié son nom aux quatre vents.

Debout au pied de la butte, je retire de mes bras des épines de framboisier. La roselière bruissaille doucement. Je la fixe, et, sous mes pieds, l'humus se transforme en sables mouvants. L'image du dos d'une robe flottant entre deux eaux et de cheveux enroulés autour des tiges, telles des lianes, me frappe soudain. Malla ne sait pas nager.

J'essaie d'atteindre l'eau, mais les lianes blondes m'enserrent les chevilles et me jettent au sol. Je me relève, secoue la tête et pose le front entre les genoux. Un cercle noir entoure la roselière, mon champ de vision se referme. Le murmure du vent se noie dans mes battements de cœur.

«Papa.»

L'appel est à peine audible. Je prends appui sur le sol et écarte les orties. Leurs poils me brûlent la peau, la douleur ricoche violemment jusqu'à mon cœur. Le cercle noir ondoie et rétrécit. Des buissons émergent d'ombres profondes. Je rampe entre les branches et sens sur mon visage un courant d'air à l'odeur de cave.

Mes yeux s'habituent petit à petit à l'obscurité. Le sol de l'abri coulé dans le béton est jonché de feuilles mortes, de branchages et de vaisselle cassée. Malla est adossée au mur du fond et me regarde avec des yeux sombres. Je me glisse dans le trou et la serre contre moi. Ce n'est que quand ses petits bras m'entourent la taille que l'image d'une enfant noyée dans la roselière s'efface.

«Pourquoi n'as-tu pas répondu? Je t'ai appelée et appelée.»

Assise en boule sur mes genoux, elle tripote un bouton de mon gilet et reste silencieuse.

«Dis quelque chose, s'il te plaît.»

Le bouton tourne follement entre ses doigts. Je sens son souffle court sur ma peau. Comme si j'avais, blotti entre mes bras, un petit animal, un lapereau que j'aurais soulevé de terre malgré sa peur, mais qui ne peut s'empêcher de vérifier si je suis fâché. Je caresse le dos boueux de sa robe d'été jusqu'à ce que sa respiration se calme et que le bouton s'immobilise.

Nous sortons de sous terre pour retrouver le vert sombre de la forêt d'aulnes. Malla marche devant. Je la regarde avancer d'un pas décidé. Il ne faut pas que la guerre revienne. Contrairement à sa mère, Malla resterait dans les tranchées. Même la peur ne peut venir à bout de l'obstination.

«Quand as-tu écrit pour la dernière fois à Lidia ? demande Hanna.

– La semaine dernière.»

Des questions sur son état, des commentaires anodins sur l'avancée de l'été et sur mon travail, des vœux de meilleure santé. Des phrases courtes, bien que je ne sois plus en colère, juste distrait. Je me penche à nouveau sur mon carnet d'observations du mont Kaltio. Hanna range l'armoire à linge avec un soin exagéré, prête à écouter, mais je suis déjà ailleurs. Elsi est-elle encore au conservatoire, ou chez elle, pense-t-elle à moi en rassemblant des vêtements sur son lit et en essuyant la poussière de sa valise ? Cela fait quatre jours que nous ne nous sommes pas vus. J'ai téléphoné pour m'excuser, alors que je ne suis pas réellement désolé. Il vaut toujours mieux demander pardon, même en position de faiblesse. Même quand on n'a le droit ni de se fâcher ni d'être malheureux.

Le carnet se termine. C'est par lui qu'a commencé le voyage qui m'a mené ici, à ce paresseux après-midi de début d'été, à mon point de départ. Rien ne change. J'attends encore une fois la délivrance.

Le téléphone sonne. Je réponds, promets de venir tout de suite, descends au rez-de-chaussée et monte quatre à quatre l'escalier voisin. Quand la délivrance vous est accordée, tout se noie dans son vaste flot, sauf les étincelles d'allégresse jaillissant à sa surface.

28

Je me réveille lentement. Je sens un léger poids sur mes orteils, mon livre a glissé de ma main. Je me cale la nuque sur le coussin du fauteuil. Sur dix semaines, il s'en est écoulé deux, je peux me permettre de dormir, le temps passe plus vite.

Le porte d'entrée s'ouvre. Hanna dit quelque chose, une voix joyeuse répond, de petits pieds courent sur le tapis. Malla me saute sur les genoux et m'oblige à ouvrir les yeux. Son visage hâlé sourit, presque collé à mon nez, ses bras nus m'entourent le cou. Je la serre longuement, la joue contre ses cheveux blanchis par le soleil d'été. Ils sont humides, à peine, mais suffisamment pour que je m'en aperçoive.

«Tu as pris un bain ?»

Malla secoue la tête.

«Il a plu, dehors ? Je n'ai rien entendu.

– Malla a suivi un cours de natation», dit Hanna dans l'entrée.

Elle ouvre la porte de la salle de bains. Je pose Malla par terre et la suis. Elle accroche une petite serviette sur la corde à linge. Mes pensées se bousculent.

«Où ?

– Sur la plage de Hietaniemi. Il y a des cours pour les enfants le lundi et le mercredi.

– La plage de Hietaniemi.»

Je me précipite vers la baignoire, ouvre le robinet d'eau chaude et fouille dans les savons qui s'accumulent sur l'étagère.

«Qu'est-ce que tu fais ? demande Hanna.

– Il faut la laver.

– Mais elle vient de…

– … patauger dans de l'eau contaminée.

– Tout le monde y nage, enfants comme adultes.

– C'est bien pour ça que certains succombent.

– Calme-toi.»

Les robinets crachent de l'eau. La vapeur obscurcit la salle de bains. Malla se tient derrière le brouillard. Je la prends par le bras et la tire à moi.

« On n'y attrape pas le choléra, poursuit Hanna. Les enfants viennent de bonnes familles. »

J'arrache sa chemise à Malla.

« Ce ne sont pas les enfants qui salissent la mer, mais les égouts. Il y a partout des canalisations qui débouchent sur les plages.

– L'eau est parfaitement claire.

– Claire ne veut pas dire propre ! On a trouvé le bacille de la tuberculose dans les prélèvements.

– L'association aurait sûrement changé d'endroit s'il y avait un véritable risque de contamination.

– Combien de fois Malla y a-t-elle nagé ?

– C'était la quatrième fois aujourd'hui. »

La baignoire est pleine, l'eau presque brûlante. J'ôte le reste de ses vêtements à Malla et les tends à Hanna.

« Lave-les, et la serviette aussi, ou brûle-les. »

Je plonge Malla dans la baignoire, lui savonne le corps et les cheveux et la frotte avec un gant de toilette jusqu'à ce que sa peau rougisse.

« Est-ce que tu as avalé de l'eau de mer ? Est-ce que tu as bu la tasse ? »

Malla secoue la tête. Je l'ai lavée pour la dernière fois quand elle était bébé. Et comme alors, des larmes coulent de ses yeux, mais cette fois sans bruit.

« Ne pleure pas, lui dis-je à l'oreille. Je t'expliquerai plus tard. »

Quand je me résous enfin à arrêter, Malla reste debout dans la baignoire, maigre et voûtée. Je sors de l'armoire à linge une grande serviette, l'enveloppe dedans, la porte dans le salon et me laisse tomber dans un fauteuil. Nous nous balançons, mouillés et épuisés, au rythme de nos respirations. Malla me tourne le dos, retranchée dans sa serviette, bras croisés sur la poitrine. C'est aussi comme ça que je m'asseyais quand mère pleurait puis avait besoin de soutien pour marcher et, après avoir retrouvé ses esprits, me prenait à nouveau sous son aile. Des embrassades, un flot de paroles, encore des embrassades, sans demande de pardon ni retour sur ce qui s'était passé. On s'en remet, mais on ne fait plus jamais confiance à personne.

J'essaie de m'expliquer. Je parle de l'eau qui sort des salles de bains par des tuyaux. Dans certaines maisons, elle va d'abord dans une usine où on essaie de la purifier, mais, le plus souvent, elle finit dans la mer. Y compris quand elle vient de maisons où il y a des malades. Des bacilles arrivent ainsi sur les plages par les canalisations, ou par l'intermédiaire du linge sale que l'on rince dans la mer. Pour plus de sûreté, je décris les créatures que le microscope a révélées dans les prélèvements d'eau, mais je me rends compte que je vais trop loin et me tais. Malla se tortille, triture le bord de la serviette.

« C'est comme ça que maman l'a attrapée ? demande Malla d'une petite voix. En lavant du linge ?

– Je ne sais pas. Peut-être.

– Tu es fâché que je sois allée nager ?

– Non. J'ai juste eu peur. Mais tu ne dois plus aller aux cours de natation.

– Heureusement, elle a eu le temps d'apprendre à nager », intervient Hanna.

Elle est assise sur le sofa, les mains jointes sur les genoux, les lèvres pincées.

« Malla, tu sais nager ?

– Oui.

– Je t'aurais appris, moi aussi.

– Vraiment ? demande Hanna.

– Oui, cet été.

– Tu n'as pas passé beaucoup de temps avec elle, ces derniers temps. »

Sans répondre, j'enveloppe Malla plus serré dans la serviette.

Il fait chaud dans la ville désertée. J'emmène Malla faire un tour à bicyclette, mais la forêt et les bords de mer sont silencieux, presque automnaux. Les canetons nagent avec leur mère et, dans les buissons, on n'entend plus, au lieu de chants, que le faible pépiement d'oisillons réclamant à manger. Les échassiers limicoles et les garrots à œil d'or se sont déjà envolés vers d'autres cieux.

Nous mangeons des glaces dans les parcs et nous nous éventons avec nos chapeaux. Dans le Nord, c'est à peine le début de l'été. Dans les petits lacs bordés de plages de sable, l'eau est froide et pure. Le soleil brille toute la nuit.

Le soir, Malla se plonge dans ses chromos. Je reste assis dans mon cabinet de travail à feuilleter mon carnet du mont Kaltio et à écouter les échos d'une lointaine vie humaine qui pénètrent par la fenêtre ouverte. Dans l'air chaud, les bruits s'entendent plus nettement que d'habitude, les cris et les rires des plus proches cours d'immeuble résonnent comme si je m'y trouvais. Si je fermais la fenêtre, il ne resterait que le tic-tac de la pendule, les secondes nous rappelant notre condition de mortels.

Des pas approchent dans l'escalier. Je vais attendre dans le vestibule. Hanna et Malla entrent, elles sont allées au marché acheter des œufs, des pommes de terre primeurs et un petit carton de girolles, déjà. Je prends les courses, les porte dans la cuisine et reviens. Malla, assise sur une chaise, ôte ses chaussures, Hanna lisse sa coiffure devant le miroir. Elles ont toutes les deux les cheveux humides de transpiration.

«J'ai l'intention de partir en voyage avec Malla.»

Celle-ci pousse ses chaussures sous le portemanteau et se fige.

«Où? demande Hanna.

– Dans le Nord. Là où j'étais il y a neuf ans.

– Comment allez-vous y arriver?

– En train, en autocar, en taxi, en charrette.

– Est-ce que ce n'est pas infesté de moustiques? Et les nuits peuvent être froides. Vous n'aurez pas la force de porter tout l'équipement dont vous aurez besoin.

– Tout va s'organiser», dis-je, alors que je n'ai encore rien prévu, juste compris qu'un départ s'imposait.

Hanna me regarde dans le miroir, sourcils froncés. Malla va dans sa chambre. Quand j'y jette un coup d'œil, elle est en train de prendre son petit havresac sur l'étagère du bas de son armoire à vêtements.

Deux jours plus tard, de bon matin, nous allons à pied à la gare. Nous portons chacun un havresac, et moi, en plus, une valise. Hanna ne nous aurait pas autorisés à partir avec moins.

Malla court par moments devant, se retourne et marche à reculons en pouffant. Elle n'est encore jamais partie en voyage, la pauvrette, et ne s'est endormie qu'au petit matin pour quelques heures. Elle fixe maintenant avec enthousiasme les autos, les chevaux et les gens qui rejoignent peu à peu l'artère principale. Il ne fait pas encore trop chaud, mais la couleur du ciel présage la canicule. Je chemine d'un pas léger vers le centre, tout en m'éloignant déjà de la ville et de la chaleur qu'accumulent les grands blocs de granit des immeubles.

À la gare, Malla grimpe s'asseoir sur un banc. Pieds pointés vers l'avant, elle tourne la tête avec la vivacité d'un pic vers des claquements de talon pressés, le sifflement d'un train, des cliquetis de métal ou des cris. Je pose la valise à côté du banc.

«Il nous reste une demi-heure à attendre. On va marcher encore un peu, nous allons devoir rester assis longtemps aujourd'hui.»

Nous portons nos affaires jusqu'à l'accès aux quais. Les rails brillent dans la lumière matinale.

«Ils mènent au bord du monde», dis-je sans savoir si Malla comprend.

Elle regarde la carte du réseau de chemin de fer affichée sous un auvent. Son menton se lève tandis qu'elle suit le ruban noir des rails vers le nord. Elle hoche la tête. Elle a compris. Nous nous approchons de la voie et scrutons la large courbe d'où surgira le train. Sa petite main me serre fort les doigts.

Le chef de gare vient annoncer que notre train aura quinze minutes de retard. Je m'assieds sur ma valise et tente de bavarder avec Malla, mais elle observe les passants et répond à peine. Je ne trouve d'ailleurs pas grand-chose à dire en cet instant où l'on ne peut qu'attendre le prochain coup de dés de l'existence. Je suis à la fois heureux et malheureux, dans cette gare : ses voies la relient à un monde infini et à ses possibilités, mais les fantômes des précédents départs y sont présents. C'est ici que nous sommes montés dans le train. Elle boudait et n'a pas ôté ses gants. Elle m'a malgré tout mangé dans la main.

Je tâte ma poche. Elle est vide. Tu dois te débrouiller sans, a exigé Hanna, et elle a raison.

«Le train», murmure Malla en se hissant sur la pointe des pieds pour regarder le dragon qui avance en grondant vers nous.

«Ce n'est pas le nôtre. Il nous reste encore une demi-heure à attendre.»

Les wagons passent lentement sous nos yeux. Nous évitons le nuage de fumée. Le train s'arrête et déverse ses passagers. On noue des fichus, on rajuste des cols, quelqu'un vérifie que ses bottes de cuir sont bien cirées avant d'oser poursuivre sa route. Bientôt le flot tout aussi puissant des partants pressés de monter dans les wagons se heurte aux arrivants. La dernière à descendre est une jeune fille qui, sa natte lui battant le dos, court droit dans les bras d'un homme qui attend à l'entrée du quai. Je regarde jusqu'à ce que je n'en puisse plus. Le panneau d'affichage indique que le train part vers l'est, tout de suite.

Je saisis la poignée de la valise.

«Viens, allons-y.

– Où ?

– Dans le train.»

J'aide Malla à monter. Nous nous asseyons.

«Ce n'est pas le bon train», objecte-t-elle.

Je sors une carte de mon havresac et la déplie devant elle. Je lui montre la voie qui se dirige d'abord vers l'est, remonte ensuite un peu vers le nord, traverse le pays en direction de l'ouest et pique enfin vers la Laponie.

«Nous avons le temps de faire un petit détour. Dans une aventure, on a le droit de changer de parcours.»

Et Malla acquiesce, comme toujours, reste assise le dos droit sur la banquette et pousse un long soupir quand le train s'ébranle. Ce n'est pas un petit détour, il rallonge le trajet de plusieurs centaines de kilomètres, peut-être en vain. Mais l'été continue et me pardonne mon égoïsme.

Plus nous nous éloignons vers l'est, plus je deviens bavard. Nous commençons à en avoir assez d'être assis, mais je veux aller dès le premier jour aussi loin que possible. Je raconte l'histoire de la voie, construite il y a soixante ans quand la famine tenaillait le pays.

«Les récoltes ont été mauvaises plusieurs années de suite. Et les importations de grain étaient insuffisantes. La nourriture était si chère que rares étaient ceux qui avaient les moyens d'en acheter.»

Le train brinquebale dans la vieille forêt de pins d'un esker aride.

«Pour faire rentrer de l'argent dans la poche des gens, il fallait leur trouver du travail. Il a été décidé de construire un chemin de fer jusqu'à la capitale russe, Saint-Pétersbourg. Des ouvriers malades et sous-alimentés ont travaillé été comme hiver sur le chantier. Certains sont morts de faim. On dit d'ailleurs que la voie a été construite sur leurs os.»

Malla fixe par la fenêtre l'extrémité des traverses qui défilent. Ses lèvres se serrent.

«Ce n'est que du bois», dis-je aussitôt.

Nous mangeons nos provisions et, fatigués, nous endormons tous les deux, Malla profondément, moi d'un œil. J'écoute le voyage, les tronçons silencieux et le brouhaha des conversations dans les gares, les allées et venues. Chaque fois que j'entrouvre les yeux, la personne en face de moi a changé et le paysage, dehors, est un peu moins familier. Puis les rails se multiplient et de l'eau apparaît, et, derrière elle, une ville, Viipuri. Je me secoue et touche le bras de Malla.

«Regarde. La mer est la même qu'à la maison.»

Difficile, pourtant, de croire que ce labyrinthe de baies est bien un bras de mer. Aux fenêtres défilent des champs, des bois, des cabanes et, peu à peu, des bâtiments de plus en plus grands. Au-dessus de la ville se dresse une forteresse blanche et, encore plus haut, la coupole de sa tour.

Il fait chaud dans le train, mais ce serait encore pire sur les rives empierrées et dans les parcs et les avenues. Il n'est d'ailleurs pas si tard, conclus-je. Quand le train entre en gare, nous ramassons nos affaires, puis descendons sur le quai.

« Attends un instant, dis-je à Malla. Nous allons prendre une correspondance, et une autre encore, dans la soirée. »

Elle hoche la tête, les yeux brillants.

À l'arrivée, je prends Malla par la main. L'air sent la nuit d'été, la vapeur des arbres trompés par la lumière artificielle et l'essence des taxis. Les enfants ont besoin de sommeil, répète Hanna dans mon esprit. Surtout la nuit.

Le train continue, presque vide, vers le terminus de Vuoksenniska, les voyageurs qui en sont descendus chargent leurs bagages dans des autos et disparaissent. J'aide Malla à mettre son manteau. Je m'apprête à lui demander si je dois appeler un taxi, mais elle a saisi son havresac et se dirige déjà vers la rue. Nous marchons, couverts de suie, soulagés d'avoir un sol stable sous nos pieds.

Un grondement se fait entendre au loin. Les yeux lourds de Malla se réveillent, cherchent des cheminées d'usine perçant le ciel, mais n'en voient pas. Nous suivons les panneaux plantés au bord de la route. Le grondement se renforce, change de nature.

« C'est de l'eau ? murmure-t-elle.

– Oui. »

Elle n'a entendu couler de l'eau que dans la salle de bains, ou dans des ruisseaux printaniers et de petites rivières assagies par des barrages. Mais ici, derrière les maisons et les arbres, c'est un flot que personne ne maîtrise encore qui se déchaîne. Je prends Malla par la main, car elle marche trop vite, elle a remarqué les garde-fous, les bancs et les plates-formes, tout le décor planté pour le spectacle de la nature.

Nous arrivons au bord du canyon. Je sais à quoi m'attendre : du ciment, des blocs de rocher dynamités, des bétonnières, des turbines, des salles des pompes. Des lumières électriques éclairent les rues du bourg et il y en aura bientôt davantage, partout dans le pays. Les temps modernes vaincront le ciel nocturne et en même temps leur adversaire le plus dangereux : les étoiles, qui incitent à se perdre dans de vaines pensées.

Si les ondins ne s'en mêlent pas, rien n'empêchera la domestication des rapides d'Imatra.

Malla se tient au barreau central de la rambarde. Quelque part sous l'écume des rapides, des cailloux tournoient et creusent les anfractuosités de la roche. L'eau bouillonne, rugit et nous embrume. Je m'appuie au garde-fou et me perds dans le maelström qui, paraît-il, emporte parfois les ponts et les gloriettes. Les voyageurs se risquent sur ses bords à l'abri des rambardes – comme si elles servaient à quelque chose quand le flot a décidé de vous balayer. C'est sans doute justement pour cette raison que l'on vient ici, mesurer ses propres forces aux siennes. Beaucoup ont perdu à ce jeu et sauté de leur plein gré dans les rapides, imaginé disparaître sans laisser de traces mais fini en pièces au crochet d'une gaffe ou tâtés du bout de leurs bâtons par de petits garçons, au milieu de leurs cris.

Sans Malla, je pourrais moi aussi me laisser tenter. Les ondins jouent de la flûte.

Je secoue les gouttes de mes cheveux et essuie mes joues mouillées dans ma manche. Malla dit quelque chose, je n'entends pas. Elle réessaie, la main sur la gorge, croyant être devenue muette. Je la conduis vers le sentier longeant les rapides. Au bout, derrière les buissons, se cache un château aux nombreuses tours, petites coupoles et fenêtres cintrées. Les rapides murmurent jusque dans le jardin. Je suis presque sûr que nous nous retrouverons ici.

*

Malla suit papa sur le tapis rouge en regardant du coin de l'œil, par les portes ouvertes, la salle à manger et les escaliers. Il s'arrête devant le comptoir de la réception, pose sa valise par terre et fait tinter la sonnette. Elle s'assied dans un des fauteuils capitonnés du hall tandis qu'il s'appuie au comptoir et parle avec un monsieur chauve, tout en battant la mesure du pied. Dans le train, déjà, il avait du mal à rester assis et ses pieds fouettaient l'air. Soudain le tambourinement cesse. Papa a l'air effrayé. Le réceptionniste lui explique quelque chose. Il hoche lentement la tête, regarde derrière lui, sourit mécaniquement à Malla et s'adresse de nouveau au chauve. Celui-ci lui tend un bout de papier sur lequel il se met à écrire.

Malla descend de son fauteuil et se dirige vers la salle à manger. D'appétissantes odeurs flottent à sa rencontre. À quelques tables, on dîne. Elle reste à la porte, invisible comme elle sait l'être, examine la pièce en ne bougeant que les yeux. Des ficus poussent dans des pots, hauts comme des sapins, les nappes blanches frôlent le sol. Papa accepterait-il de commander un repas ?

Une affiche est fixée à la porte de la salle. Concert dans la salle à manger de l'hôtel le 7 juillet à 19 heures. Elle se hisse sur la pointe des pieds et déchiffre les noms des musiciens, Liisa Salminen, violon, Elsi Sturnus, flûte, et en dernier le plus difficile, Julius Harsányi, piano. Sous l'annonce, il est écrit à l'encre, en grosses lettres : « Concert annulé pour cause de maladie ».

Bonjour l'aventure et le changement de destination sur un coup de tête !

« C'est là que tu te caches ? Allons poser nos bagages dans la chambre avant de dîner. »

Après avoir eu de la glace comme dessert, Malla renonce à en vouloir à papa. Il lui annonce qu'ils vont poursuivre leur voyage le lendemain, aller vers le nord et passer la nuit suivante au bord d'un grand lac. Lui non plus n'y est jamais allé. Il y a une montagne au nom étrange : le Velu. Elle en a déjà entendu parler. Ils se demandent si l'eau du lac sera assez chaude pour pouvoir s'y baigner toute la journée. L'avenir semble bien s'annoncer.

Quand ils se couchent, papa s'endort trop vite. Malla se sent petite et stupide. Il se moque d'elle. Du vacarme monte du rez-de-chaussée, des pas claquent dans le couloir et les murs renvoient l'écho d'une bruyante conversation qui s'arrête un moment derrière leur porte. Malla se fige.

La fenêtre est ouverte. Les rapides grondent doucement, d'une belle voix, mais on ne comprend rien à ce qu'ils racontent. Sont-ils capables de s'échapper de leur lit et de grimper le long des murs de l'hôtel ? Une grive musicienne babille quelque part. Malla essaie de se concentrer sur son chant, mais même l'oiseau semble différent de ceux qu'elle connaît.

Elle traverse la pièce sur la pointe des pieds et touche de l'index l'épaule de papa. À la troisième fois, il se réveille en sursaut.

« Qu'est-ce qu'il y a ?

– Pourquoi est-ce que tu ne me l'as pas dit ?

– Dit quoi ?

– Qu'Elsi devait être ici. »

Seuls de fins rideaux blancs occultent la fenêtre, mais il fait malgré tout si sombre qu'elle ne voit pas le visage de papa.

« Je ne savais pas si elle y serait, répond-il.

– Elle est malade ?

– Non, pas elle, la violoniste. D'après le réceptionniste, en tout cas.

– Est-ce que nous sommes à sa recherche ? »

Le coin de la couverture se soulève. Malla grimpe dans le lit. Papa lui fait un oreiller de son bras. Son pyjama sent le chaud, comme la peau quand elle a été au soleil toute la journée.

« Nous allons où nous voulons, dit-il. Si nous rencontrons en chemin une connaissance, nous pouvons nous arrêter un instant. Mais nous ne cherchons personne.

– Elsi est au Velu ?

– Non, mais ils donnent un concert dans le coin, au presbytère de la paroisse. Je ne sais pas quand. Peut-être quand nous y serons, ou peut-être plus tard ou plus tôt.

– On ira les écouter ?

– Entre la montagne et le presbytère, il y a ce grand lac. Les concerts se tiennent en général le soir et les bateaux ne circulent sans doute pas très tard. »

Malla presse sa joue contre la manche du pyjama et ferme les yeux. Papa reste longtemps silencieux et elle croit déjà qu'il s'est rendormi, mais ensuite il lui demande :

« Que penses-tu d'Elsi ? »

Sa voix est tendue, pas du tout comme d'habitude.

« Elle est gentille, dit Malla. Et belle.

– Je trouve aussi. »

Il respire bientôt d'un sommeil régulier. Malla reste couchée les yeux ouverts, vieille et sage.

Au matin, ils grimpent dans le train et refont en sens inverse le bref chemin jusqu'à la voie principale, car les rapides d'Imatra sont desservis par un embranchement spécial, explique papa. Malla regarde le paysage avec autant d'attention que s'il était nouveau, et d'ailleurs il l'est, en plein jour. Des champs et d'épaisses forêts, des cabanes grises et des maisons peintes avec soin. Des promeneurs chapeautés, dames munies d'ombrelles et messieurs à canne, déambulent dans des allées bordées d'arbres. On est peut-être dimanche. Même papa ne sait pas, d'emblée, quand elle lui pose la question.

« Quand on voyage, les jours se mélangent, explique-t-il. Tu te rappelles le carnet dont je t'ai lu des passages ? Je l'ai en grande partie écrit, dans le Nord, pour ne pas perdre le fil du temps.

– Pourquoi ? »

Il réfléchit un instant.

«Quand on est seul, il vous vient des idées bizarres. Dans ce cas, il est bon de savoir quel jour de la semaine on est et de noter les dates. C'est pour ça que les chiffres existent. Ils vous gardent les pieds sur terre.»

Ils changent de train à Antrea, comme la veille au soir. Ensuite, ils essaient de voir l'immense lac que longe la voie ferrée, sur la carte. Mais en réalité, le train passe loin de la rive. Par moments, Malla aperçoit un peu d'eau qui scintille au loin, c'est tout.

«Le Ladoga est si grand qu'il y vit des phoques, comme dans la mer, déclare papa.

– On va aller les voir ?

– Pas cette fois.»

Malla sourit. Il y aura donc d'autres fois.

Ils déjeunent au wagon-restaurant. Les tables tremblent, papa est de bonne humeur et tout est si merveilleux que Malla mange plus que d'habitude et s'endort aussitôt de retour sur la banquette de leur wagon.

De grands monts couverts de forêts moutonnent au pied du ciel. L'un d'entre eux est-il déjà le Velu ? Sans doute pas, papa écrit tranquillement dans son carnet. Malla se frotte les yeux et espionne les autres voyageurs. Ils sont tous plus débraillés que dans les rues et les magasins. Les hommes ont déboutonné leur col de chemise, les petits garçons ont baissé leurs bretelles, les femmes ont les cheveux défaits. Les fenêtres ouvertes laissent entrer de l'air chaud chargé de suie qui laisse des traces noires sur les mouchoirs épongeant les fronts.

Papa regarde dehors. Le soleil est déjà bas. Il a le même nez, un peu busqué, que les Peaux-Rouges des livres d'images, et des cheveux châtain foncé, courts comme toujours en été, afin de ne pas transpirer. La pointe de son crayon repose sur son carnet de notes.

«Ah, tu es réveillée», dit-il en l'attirant contre lui, et il chantonne si bas qu'elle seule l'entend : On ar-ri-ve bien-tôt...

Mais bien que Malla se fasse en général toute petite pour se blottir contre lui quand il fredonne, cette fois elle ne peut pas. Son dos moite se redresse et elle a l'impression que ses épaules dépassent celles de papa, et même le toit du wagon. Elle surveille le paysage et respire avec précaution car les montagnes boisées commencent à bouger, raidissent leur échine voûtée et approchent. Puis la forêt se jette sur le train, les arbres défilent, un lac scintille brièvement derrière eux. La chanson de papa se noie dans le tapement des rails.

Non. Ce ne sont pas les rails. Quelqu'un frappe à une porte invisible.

Papa se lève et prend la valise sur le porte-bagage.

« C'est là qu'on descend. »

Le tapement ralentit, se tait. Malla a le temps de soupirer, mais bien vite elle tressaille : celui qui frappait à la porte cogne maintenant dans sa poitrine. Son cœur ne peut pas battre aussi fort, quelqu'un essaie d'entrer ou de sortir. Elle passe les bras dans les bretelles de son havresac et avance, les jambes tremblantes, vers la plateforme du wagon. Papa la suit. On voit derrière les fenêtres un talus de sable, un quai, une petite maison. Le train s'arrête. Les pieds de Malla pèsent des tonnes, mais sa tête flotte quelque part au-dessus du train. Le plus étrange est que bien qu'elle ne sache pas comment ouvrir la porte du wagon et que les gens attendent derrière elle, elle reste parfaitement calme.

« Je vais t'aider », dit papa, et il se penche au-dessus d'elle pour ouvrir. Malla saute au bas du marchepied et se dépêche de s'écarter. Papa échange quelques mots avec le chef de gare puis la rejoint.

« Avons-nous encore la force de faire un bout de chemin à pied ?

– Oui », assure-t-elle avec l'impression que sa voix monte des profondeurs de la terre.

Des voitures à cheval emmènent les autres voyageurs. Le sol tangue, mais l'air est pur. Malla est pressée, elle court presque. Ça cogne de plus en plus fort dans sa poitrine. Va-t'en ! Les coups se font encore plus furieux, ils veulent qu'elle accélère. La route conduit vers la forêt et vers une prairie qui descend en pente douce au lac. Quelque part, un râle des genêts fait entendre sa voix de crécelle. Voilà déjà le bord de l'eau, une rangée de hangars à bateaux rouges et d'autres bâtiments et, au milieu, un bateau entièrement blanc, cheminée comprise. Ils franchissent la passerelle et s'installent sur le pont.

Le lac est calme, Malla se tient au bastingage. Un chapelet d'îles effilées émergent de l'eau tels des dos de baleine. La rive opposée est loin. Il s'y dresse une montagne bossue aux flancs couverts de forêt et au sommet nu, déjà plongé dans l'ombre. Malla halète si fort que son ventre se gonfle. La montagne est encore loin, mais elle a conscience de n'avoir jamais rien vu d'aussi grand. Et c'est alors qu'elle sent à nouveau le battement familier de son cœur. Celui qui y cognait s'est glissé hors de sa poitrine.

C'est donc là qu'il voulait aller.

*

Les bagages sont déchargés sur un solide ponton. Malla se juche sur une borne d'amarrage en attendant que je m'arrange pour faire porter notre valise au refuge. Le mont se dresse si près que j'ose à peine le regarder. Peut-on sentir dans sa chair la densité de la roche? Je n'ai jamais eu cette impression sur l'eau ni à proximité des eskers ou des collines granitiques du Sud.

Sur le port, une plaque rivée à un bloc de pierre indique par une flèche la direction du sommet. Comme si ce n'était pas clair : vers le haut, jusqu'à la limite de la Terre. Je jette un coup d'œil au ciel. Nous avons encore le temps. Malla se promène sur le quai et regarde les pêcheurs de corégones qui transfèrent leurs prises dans des charrettes, se penche par moments pour ramasser un petit caillou et le jeter dans l'eau. En aura-t-elle la force? Sans doute, mais sinon? Je n'arrive pas à nous imaginer brinquebalant une fois de plus dans un véhicule. Le soir, la montagne est déserte, les excursionnistes sont occupés ailleurs et nous sommes libres de nous mesurer à elle.

Le cocher jette notre valise à l'arrière de sa charrette. Je rejoins Malla.

« Allons-y. »

Nous passons devant la pancarte fixée à son rocher et continuons vers les lambeaux de forêt qui alternent, sur les premières pentes, avec des pâturages caillouteux, des essarts et même une boulaie récemment brûlée. Puis le sentier rétrécit et change de direction. La montée se fait plus raide, la forêt plus sombre et plus profonde. Je m'arrête.

« Écoute. »

Notre respiration et nos battements de cœur, rien d'autre. Les voix du port et du lac ricochent sur le rempart des troncs. Un moustique solitaire s'approche puis s'éloigne. Des sapins se dressent des deux côtés du sentier, noirs, aux aguets, plus animaux que végétaux.

« Continuons », dis-je à voix basse.

Je me retiens d'ajouter : Et ne les regarde pas dans les yeux.

La pesanteur l'emporte toujours sur la volonté. Personne n'a pris la peine d'essarter la forêt des flancs de la montagne, et encore moins de la couper pour se chauffer, cuveler des puits de mine ou fabriquer du papier. Le sentier sinue en travers de la pente. Malla s'attarde. J'attends, mais elle regarde vers les profondeurs des bois et s'écarte du sentier. Je ne crie pas, aucun son ne porterait sans doute de toute façon, ici. Je retourne sur mes pas, à une vingtaine de mètres, et suis Malla, qui se faufile entre les arbres. Devant nous se dresse une paroi en surplomb revêtue de draperies de mousses. Entre elles, le visage blanc d'une cascade de glace nous fixe.

Malla la touche du bout du pouce. De l'eau coule à sa surface, imbibant lentement la végétation, au sol. Je sors ma loupe pour examiner les mousses, à son pied, mais elles me sont inconnues.

«Est-ce que la glace aura le temps de fondre avant l'hiver? demande Malla.

– Je ne sais pas.»

Je la prends par la main. Je ne tiens pas à rester au chevet de l'hiver passé. Nous retournons sur le sentier et poursuivons notre ascension. La forêt défile, ses senteurs de résine nous traversent.

Devant le refuge, des pancartes indiquent la direction du belvédère, mais ce n'est pas notre but. Nous avons encore du chemin à faire. Malla aperçoit devant le refuge la charrette du cocher qui a apporté notre valise, mais ne dit rien. Pour elle aussi, c'est évident: la montagne doit être escaladée à pied, pas en voiture à cheval.

Afin de faciliter l'ultime grimpée, un solide escalier en bois a été construit sur la pente. La végétation se réduit à des pins contournés qui s'accrochent comme ils peuvent dans les fentes de la pierre. À mi-montée, une longue faille étroite s'ouvre dans le rocher.

«Dans le temps, on jetait des pièces de monnaie dans ce genre de crevasses, dis-je. Quand elles tintaient dans les profondeurs de la montagne, les gens croyaient que les esprits parlaient. Leur donnaient des conseils.»

Malla laisse tomber un caillou dans la faille et sourit, car on n'entend rien. Les feuilles mortes d'innombrables automnes se sont accumulées en un épais matelas dans l'anfractuosité.

L'escalier continue. On voit déjà le sommet du mont, molaire usée par les pas, le vent et la pluie qui mord presque avec impudence le ciel. Les rayons du soleil couchant rebondissent sur la roche comme sur un toit de tôle. Je monte les marches quatre à quatre, avec dans la bouche un goût de fer et un avant-goût du lac qui nous attend au pied du versant. Malla s'essouffle, quelque part derrière moi, mais je ne ralentis pas. J'ai beau savoir qu'elle n'abandonnera pas, même au risque d'étouffer, je n'ai pas en cet instant la force de m'en faire. Le sommet est là.

Nous nous tenons, haletants, sur la montagne blanche. Il n'y a pas de vent. Pas d'oiseaux. Rien ne bouge à part nos deux poitrines. La surface de la pierre est fraîche.

«C'est la roche la plus dure au monde après le diamant.»

Quelque part, hors de portée, flotte l'idée que je devrais prendre Malla sur mon dos et la porter au refuge pour dîner et dormir. Mais non. Nous avons voyagé deux jours sans que personne ne nous pose de questions ou s'inquiète de nous. Si même sur le toit du monde il n'y a rien pour nous, tout m'est égal. Je m'assieds, dans l'expectative, le visage tourné vers le lac.

Le poids du silence, dans mon dos, me ramène à la réalité. Malla est couchée en chien de fusil sur le rocher, ses mollets nus repliés sous sa courte robe. Ses épaules tressaillent, de froid ou secouées de sanglots, ou les deux. Sans rester à me poser la question, je la prends dans mes bras, espérant que c'est encore le remède à tout. Elle pleure, en effet, d'une certaine manière, elle tremble et serre les paupières pour inverser le sens des larmes.

« Pardon, pardon. Je ne t'ai pas attendue. »

Je ne le ferai plus jamais, suis-je sur le point d'ajouter, mais cette promesse a déjà été trahie et je ne peux la réitérer. Malla se contente néanmoins de peu. Elle m'entoure de ses bras et de ses jambes comme un petit singe.

Nous regardons le lac lisse et brillant, loin au-dessous de nous. Des îles y voguent, tels des bateaux verts. Si nous restions assez longtemps au sommet, nous les verrions sans doute disparaître à l'horizon.

« Je ne suis jamais venu avec ta maman au bord d'un aussi grand lac », dis-je.

Les nattes de Malla, maladroitement tressées de mes mains, pendent derrière ses oreilles, fines ficelles à moitié défaites. Des aiguilles de sapin et des fragments de lichen s'accrochent à la racine de ses cheveux. Elle sent la forêt, la suie, l'eau et le soleil.

« Je ne suis jamais non plus monté avec elle sur une montagne plus haute que notre immeuble.

– Et tu n'es pas allé avec elle au bord d'aussi puissants rapides », murmure Malla.

Nous trouvons d'autres endroits où je ne suis pas allé avec Lidia. Et le monde se réveille : un coucou chante, le lac se ride sous une saute de vent, un bourdon tardif bombille à nos oreilles. Nous sommes là, sur une montagne millénaire et nouveau-née, semblable à une infinité de lieux – sommets, vallées, rivières et forêts – que les souvenirs n'ont pas eu le temps d'entacher.

Une fois le soleil disparu, nous nous remettons debout. Nous nous engageons sur la pente, plongeant dans le paysage. Un gros bloc erratique s'est arrêté sur le flanc de la montagne. Dessous, il y a une anfractuosité, un large espace vide.

«La nuit va être tiède, dis-je. Est-ce que tu voudrais dormir ici?

– Oui.»

J'étale sous le rocher quelques vêtements emportés par précaution et nous nous blottissons côte à côte. Je sors aussi de mon havresac du chocolat que je donne morceau par morceau à Malla, chassant de mon esprit Hanna qui, sur la côte sud, observe, muette d'horreur, notre lieu de couchage et notre dîner.

Malla endormie, j'écoute la montagne. À sa surface, la roche s'est érodée sur des kilomètres d'épaisseur. Même le quartz blanc n'est pas éternel.

Je touche le bloc erratique qui repose au-dessus de nous, oublié là en cours de route par le glacier continental. Je pense à la pierre sacrée du mont Kaltio et au rocher enseveli sous les mousses de la forêt d'Aspholm. Je ne sais plus pourquoi je n'ai pas osé regarder dessous. Il n'y a rien que de l'obscurité, ici.

Nous prenons notre petit déjeuner à l'extérieur du refuge. Des gens entrent et sortent, havresac sur le dos, sourient et saluent tout particulièrement Malla, qui mâchonne son pain, le menton à hauteur de table et les cheveux en désordre. La plupart des randonneurs filent vers les sentiers. Quand l'hôtesse du refuge vient ramasser les tasses à café vides, sur les tables, je lui demande si elle peut nous indiquer comment trouver la ferme de Lemmetyinen.

«Le chemin part de là, dit-elle en montrant le pied de l'escalier qui monte au sommet. On peut aussi y arriver par la route, mais c'est plus court par la forêt. Ça descend peu à peu. Au croisement, tournez à droite. La ferme se trouve entre le Velu et les Oreilles de loup. Le sentier ne mène pas tout à fait jusqu'à la maison, mais vous la verrez derrière les arbres.

– C'est à quelle distance?

– Deux verstes.»

Malla jette les miettes de son pain aux moineaux et termine son sirop. Le ciel est sans nuages, il n'y a toujours pas de vent. De joyeuses voix résonnent sur le chemin venant du port, un groupe de cinq personnes apparaît et se dirige vers le refuge.

«Laissons-leur la place», dis-je.

Nous empilons nos assiettes et prenons nos havresacs. Je laisse notre valise au refuge, mais nous ne réservons pas de lits pour ce soir.

Une deuxième nuit sous le bloc erratique ne nous fera pas de mal, nous avons tous les deux dormi comme des loirs. J'entraîne Malla vers le sentier au pied de l'escalier.

« Qui est-ce, ce Lemmetyinen ? demande-t-elle.

– C'est un petit agriculteur qui a envoyé des informations à l'université.

– Nous allons le voir ?

– Nous pourrions, oui, maintenant que nous sommes ici. On ne restera pas longtemps. »

Le sentier court sur les crêtes, plonge entre les sapins cassés par l'hiver des vallons, remonte vers des pins contournés. Par moments, le monde s'ouvre à gauche, sur le lac qui tente de paraître plus vaste que la mer et, derrière, la taïga bleutée. Les forêts lointaines sont toujours bleues, même les arbres à peine vieux de dix ans repeuplant les essarts ont la même teinte que les profondes forêts intouchées. Les faibles yeux humains pardonnent beaucoup.

Enfin le sentier dévale avec détermination la pente. Les sapins drapés d'usnée portent le ciel sur leurs épaules et adoucissent la lumière qui filtre sur nous. Dans l'épais sous-bois brillent des myrtilles presque mûres. Nous nous hâtons, chassant à grands gestes les moustiques. La forêt respire l'humidité, le sentier est par endroits aussi boueux qu'au printemps. Une clarine tinte au loin.

« On va couper par les bois. »

Nous quittons le sentier pour nous enfoncer dans un vallon où les fougères nous grimpent d'abord aux chevilles, puis aux genoux et jusqu'à la ceinture de Malla. Nous nous faufilons à travers la végétation. J'aide Malla à sauter par-dessus un ruisseau qui babille entre des rives profondes et m'apprête à l'enjamber, mais mon pied reste en suspens et, dans mon émoi, je me retrouve plongé jusqu'à mi-mollet dans l'eau.

« Ne bouge pas », dis-je à Malla, et je m'accroupis pour examiner une fougère dont les pennes forment une échelle régulière. Je les compte, évalue la hauteur du limbe, essaie d'imaginer la forme pleinement développée de la plante d'après celle, restée rabougrie, que j'ai sous les yeux. Mon cœur bat comme sur les bords de mer peuplés d'innombrables oiseaux, presque comme si j'attendais mon aimée.

« C'est la même qu'ici ? » demande Malla.

Une mer de fougères aux frondes parfaites ondule devant elle. Je m'arrache au ruisseau et souris, heureux non seulement d'avoir trouvé cette plante, mais aussi d'être encore capable de m'en réjouir.

« C'est un diplazium de Sibérie, une espèce très rare. »

Je compte les pieds. Je sors de mon havresac mon carnet et mon crayon et note les noms des plantes poussant à proximité, afin de mieux aiguiser mon œil, à l'avenir, en quête d'espèces rares. J'esquisse un dessin de l'endroit, du relief du terrain et d'autres repères. La forêt est trop humide pour être essartée, et personne n'a éprouvé le besoin de rectifier le cours du ruisseau. Mais l'homme est ce qu'il est. Quelqu'un trouvera bien un jour moyen d'exploiter ce lieu.

« On n'a jamais observé le moindre diplazium dans le coin, reprends-je. Je dois écrire un article sur cette découverte. »

Quelle fatuité ! Si quelqu'un veut couper les arbres ou transformer le ruisseau en canal, le diplazium ne sera qu'un faible bouclier. Mais un bouclier quand même, un argument à mettre en avant, même si l'on arrête rarement les scies et les pelles au nom de la science.

Nous pataugeons le long du ruisseau. En bordure du bois, nous retrouvons le sentier que nous avons emprunté hier, ou l'un de ses semblables. Il fait un coude vers le nord-est et nous conduit sur une hauteur d'où l'on voit déjà la grand-route.

« Il fallait regarder derrière les arbres », me rappelle Malla en pointant du doigt la forêt.

Un mur de madriers apparaît derrière les pins tel un gros rocher gris.

« Tu n'as pas les yeux dans ta poche. »

Elle s'approche de moi, referme sa main sur la mienne. Par un passage entre les bâtiments, nous entrons dans l'airial où pousse une herbe rase. Il est entouré d'une étable, d'un mazot, d'un sauna et d'un logis derrière lequel s'étend un ancien essart devenu prairie. Je regarde autour de moi.

« Il y a quelqu'un ? »

La porte du mazot s'ouvre. Une femme sort sur le perron, peut-être âgée d'une cinquantaine d'années, nu-pieds, avec sous le bras un ballot de tissu blanc. Je la salue brièvement et tire Malla de derrière mon dos. Les habitants des maisons isolées ont parfois peur des inconnus, mais la présence d'un enfant les rassure.

La femme s'approche d'un pas décidé, passe son ballot de son bras droit au gauche et me tend la main.

« Vous venez d'une direction inhabituelle », dit-elle avec un sourire.

D'où aurions-nous dû venir ? suis-je sur le point de demander, désarçonné, avant de comprendre. En cette saison, il doit bien sûr presque tous les jours faire halte à la ferme des randonneurs empruntant la route.

«Nous cherchons la ferme de Lemmetyinen.

– Vous l'avez trouvée.

– La petite nous a empêchés de nous perdre.

– Les filles sont comme ça», réplique la femme en adressant un clin d'œil à Malla et en rejetant ses tresses grises dans son dos.

Malla sourit, dévoilant jusqu'à la racine ses toutes nouvelles incisives. Elle tente de répondre au clin d'œil mais ne parvient qu'à battre des paupières.

«Vous êtes arrivés juste à temps, fait remarquer la femme en tapotant son balluchon blanc, j'allais porter des lames de faux au forgeron. Elles ont besoin d'être aiguisées.

– J'ai reçu des lettres venant d'ici. À l'université, à la faculté de zoologie. Surtout à propos de rennes sauvages et d'ours.»

La femme jette un coup d'œil à la forêt. Je suis obligé de faire un effort pour ne pas l'imiter. En dehors de la prairie, on n'a pas coupé d'arbres autour de la ferme. Des sapins se dressent de trois côtés, emprisonnant le vent dans leur cime et ne laissant passer dans l'airial que le silence.

«Votre mari est là? reprends-je.

– Plus depuis sept ans, répond-elle en me regardant droit dans les yeux. C'est moi qui vous ai écrit. Je suis Olga Lemmetyinen.»

29

Malla émerge. La taie d'oreiller, sous sa joue, est encore rêche de propreté, alors qu'elle y a déjà reposé sa tête plusieurs nuits de suite. Les yeux fermés, elle essaie de ne pas remarquer que quelqu'un est assis sur le bord du lit. Le sommeil, réparateur, bienvenu, ankylose ses membres.

L'été s'est transfiguré en réalité. Ils font de longues promenades sur les routes sinueuses et dans la forêt, nagent pendant des heures dans une crique au fond sablonneux, ratissent le foin coupé et réparent le toit de bardeaux, rassemblent les vaches pour la traite. Les clarines tintent. Il flotte parfois dans l'air une odeur de fumée qui fait à chaque fois sursauter papa. Ce sont des bois qu'on essarte, de l'autre côté des Oreilles de loup, le rassure Olga. Les Oreilles de loup sont deux montagnes, au sud du Velu, qu'ils ont escaladées.

Malla a tout de suite oublié le conseil de papa. Elle n'a ni compté les jours ni même tenté de se repérer dans la semaine. Olga et papa non plus, d'ailleurs, du moins le croyait-elle.

Mais il est assis là, bien habillé, chemise blanche et veste sombre, et même des chaussures aux pieds. Elle se redresse d'un bond.

« Nous partons ?

– Tout va bien. Tu peux rester à te reposer, j'ai juste quelque chose à faire.

– Où ? Quand reviens-tu ?

– Tu vas passer la journée avec Olga. Elle t'emmènera cueillir des fraises. »

Malla se rencogne à l'autre bout du lit et attrape son oreiller pour faire barrage entre eux. Le voilà encore qui galope sans l'attendre ! Elle ne se méfie jamais assez.

« C'est aujourd'hui, le concert ? »

Papa regarde les murs et se gratte le menton. Il s'est même rasé.

« Oui.

– Et je ne peux pas venir ? »

Il sort sa montre de gousset et tourne la molette. Les petits rouages crissent.

«J'ai peur d'y aller, Malla. C'est pour ça que je préférerais être seul.

– Qu'est-ce qui te fait peur ?

– Je t'expliquerai plus tard.»

Sans sourire, il se penche pour lui donner un baiser sur le front et promet de revenir dès que possible. Et d'un même mouvement, il file. Des roues froissent l'herbe, puis chuintent sur le chemin charretier. Il a en tout cas l'intention de revenir, il n'aurait pas emprunté la bicyclette d'Olga, sinon.

Malla plie sa chemise de nuit sous l'oreiller et met une robe. Un filet d'air chaud pénètre par l'entrebâillement de la porte. Elle se peigne et essaie de natter ses cheveux, mais le résultat est inégal et elle sent, sur son cuir chevelu, que sa raie est de travers. Elle sort, le peigne à la main. Olga écosse des petits pois sur le perron de la maison, et elle s'assied à ses pieds. Elle ne lui fait pas peur, contrairement à la plupart des inconnus. Peut-être parce qu'elle n'en est plus une, et ne l'a pas été bien longtemps. Le soir, Malla somnole, enchantée, sur le lit gigogne de la salle tandis que papa, assis à la table, examine des papiers et parle avec Olga de rennes sauvages, d'oiseaux et d'ours, qu'elle appelle les griffus. Puis papa porte Malla dans le mazot et se couche lui aussi.

«Bonjour, dit Olga. Tu veux que je te tresse les cheveux ?»

Malla ferme les yeux tandis que ses doigts solides partagent sa chevelure en deux parts égales et lui font des nattes qui ne lui tirent pas le cuir chevelu comme quelquefois celles de papa. Il ne comprend pas non plus que le ruban doit être tressé dans les cheveux. Si on fait juste un nœud au bout de la natte, il s'ouvre et peut même tomber, et toute la coiffure se défait avant le soir.

«Papa n'a pas voulu m'emmener, marmonne Malla.

– Il fait vraiment très chaud, aujourd'hui. Inutile de se déplacer si on n'y est pas obligé.

– Alors pourquoi est-il parti ?»

Olga noue ses rubans et s'assied à côté d'elle. Derrière le mazot, les cimes des sapins penchent sous le poids des pignes encore vertes.

«Je crois qu'il ne pouvait pas faire autrement», dit Olga.

Voilà qui est intéressant. Après avoir laissé échapper une telle information, n'importe quel autre adulte proposerait d'aller couper du foin ou cueillir des fraises, mais Olga se contente de retourner entre ses doigts une cosse de petits pois.

«On n'a pas le choix, parfois, poursuit-elle. Il vivait autrefois dans ce village une jeune fille dont son frère n'arrêtait pas de se moquer.

Elle se promenait souvent dans la forêt, parce qu'elle y était tranquille. Un jour, elle a rencontré sur le sentier un gros griffu. Il s'est dressé sur ses pattes de derrière et s'est approché. La jeune fille s'est figée, a fermé les yeux et espéré qu'il passe son chemin. Mais le griffu s'est arrêté et l'a soulevée de terre. Elle n'a rien pu faire d'autre que passer les bras autour de son cou, pour ne pas tomber.»

Olga rapproche la jatte de petits pois et se remet à écosser. Les grains verts tombent en pluie dans le récipient. Une hirondelle passe à tire-d'aile et disparaît dans le fenil de l'étable. Puis Olga jette un coup d'œil à Malla et sourit.

«Les gens sont parfois comme les griffus. Ils vous prennent dans leurs bras et vous emportent.

– Qu'est-il arrivé à la jeune fille?»

Olga pose la jatte sur le perron, ôte son tablier et se lève.

«Je vais te montrer.»

La fourmilière se dresse sous un sapin touffu, au pied d'une basse croupe rocheuse. Le château d'aiguilles est si vieux que sa taille dépasse celle de Malla. Olga écarte les branches. Un trou noir bée sur le flanc du dôme recouvert de myrtilliers et de mousses. Malla recule.

«N'aie pas peur. Les griffus ne viennent dans leur tanière que pour l'hiver. Et ça fait des années que celle-ci est totalement inhabitée.

– C'est là que le griffu a emmené la jeune fille?

– C'est ce qu'on raconte. Ils ont vécu ensemble tout l'hiver. La jeune fille a eu un enfant qui était presque entièrement humain, avec juste des pattes de griffu à la place de pieds.»

Malla regarde Olga avec insistance, mais celle-ci a l'air sérieuse.

«Au printemps, on a entendu crier dehors. "C'est mon frère, a chuchoté la jeune fille affolée. Il est venu te tuer." Le griffu lui a demandé ce qu'il fallait faire. "Chasse-le", a-t-elle répondu.»

Elles s'asseyent dans les myrtilliers à l'entrée de la tanière. Olga cueille quelques baies.

«Le griffu a attendu un instant puis s'est rué dehors. Il a renversé le frère, qui s'est cogné la tête contre une racine. Puis il est retourné dans sa tanière. Ils pensaient être en sécurité, car personne ne tue jamais un griffu dans son gîte. Mais le frère de la jeune fille avait oublié cette vieille règle. Quand il a repris ses esprits, il s'est mis à donner des coups de pieu dans la fourmilière. La jeune fille s'est précipitée dehors et lui a ordonné d'arrêter, mais il a continué jusqu'à ce qu'il touche le griffu.»

Olga tend à Malla une poignée de myrtilles. Elle les prend et les regarde sans trop savoir qu'en faire.

«On a porté le griffu au village et on l'a écorché. Le frère a placé son crâne sur la poutre maîtresse de la salle de sa maison, pour montrer quel grand chasseur il était.

– Qu'est-il arrivé à la jeune fille et au fils du griffu ?

– Le frère les a pris à son service.»

Malla avale d'un coup sa poignée de myrtilles, lance un regard à Olga et attend, car les histoires ne se terminent pas comme ça. Olga cueille une fronde de fougère spinuleuse et s'évente le visage avec.

«Des années plus tard, un soir que la jeune fille était en train de lessiver le plancher, son frère est revenu de la forêt. Il s'est mis en colère, sous prétexte que le sol était mal lavé. Il a renversé son seau sur elle et l'a frappée. C'est alors que le fils du griffu a vu rouge.»

Malla chasse un moustique de la raie de ses cheveux et jette un coup d'œil au tunnel qui mène à la tanière.

«La peau de son père était accrochée au mur. Il a arraché une branche du balai de bruyère et s'est mis à en frapper la fourrure. "Père, lève-toi !" a-t-il crié, encore et encore. Le crâne du griffu, sur la poutre maîtresse, s'est mis à trembler. Il est tombé. Le frère l'a ramassé et a voulu le remettre à sa place, mais à ce moment, la poutre s'est brisée et l'a écrasé. Il ne s'en est pas relevé.»

Les bras de Malla la chatouillent. Les moustiques ont à son insu planté leur trompe dans sa peau. Elle tire les manches de sa robe sur ses poignets et essaie de ne pas bouger. Les cris du fils du griffu ont réveillé toute la forêt. Les branches s'agitent, une brindille morte craque sur le sol, des rais de lumière dansent la sarabande sur son visage.

«La jeune fille et le fils du griffu ont enterré sa fourrure au pied du plus grand pin du village, comme c'était la coutume. Et ils ont accroché son crâne à la cime de l'arbre afin qu'il puisse voir le ciel et les eaux et regagner les étoiles, d'où il était originaire.»

Elles se lèvent et retournent à la ferme. Les madriers gris du mazot pointent bientôt derrière les arbres. À la lisière de la forêt pousse un grand pin. Quand elles passent dessous, Malla lève la tête. Le ciel est si bleu qu'il lui fait mal aux yeux. Le pin est centenaire, solide et brogneux. Certaines branches sont mortes et grises, d'autres ont encore des aiguilles bien vertes. Elles enserrent le ciel de leurs tentacules, et Malla scrute leurs motifs jusqu'à presque tomber à la renverse. C'est alors qu'elle aperçoit, pas loin du sommet, à la fourche d'une branche, une protubérance oblongue.

Ce doit être lui. De là-haut, on pourrait voir le soleil et le lac même sans yeux. Et on atteindrait les étoiles.

Elles vont prendre un sachet de graines dans la maison et se dirigent lentement, sur la route poussiéreuse de chaleur, vers l'essart du voisin. Il en a laissé un coin à Olga pour ses navets. Le seigle est déjà haut, le sol au pied des tiges est recouvert de cendre. Olga explique qu'elles vont encore grandir, jusqu'à presque atteindre sa taille.

« Les navets se plantent dans la cendre. Prends des graines dans ta bouche, mais ne les avale pas. Quand elles seront mouillées de salive, laisse-les tomber le plus régulièrement possible sur le sol nu. »

Malla se remplit la bouche d'une poignée de graines de navet. Ses joues se gonflent et des larmes lui montent aux yeux.

« Peut-être un peu moins, la prochaine fois », sourit Olga.

Malla fait tourner les graines sur sa langue et observe Olga, qui fait de même et les crache avec adresse dans l'essart. Elle essaie, mais les graines tombent en deux petits tas.

« Ça ne fait rien, on va les étaler un peu avec les doigts.

– Pourquoi est-ce qu'on les crache ?

– Elles germent mieux. »

Elles continuent jusqu'à ce que le sachet soit vide. Olga décrit les gros navets à collet rouge qui se conserveront jusque tard dans l'hiver dans un silo. On ne peut rien semer d'autre en plein été. Seuls les navets plantés dans les essarts ont encore le temps de pousser avant l'arrivée de la neige. La cendre est une matière incroyable, pleine de sève, explique-t-elle.

Elles choisissent un endroit à l'ombre près de la clôture du champ, mangent leur pain et boivent le lait caillé de leur gourde. Des branches noircies pointent au milieu du seigle qui ondoie en silence, tandis que les restes des plus gros troncs brûlés ont été empilés en bordure de l'essart. Il fait chaud, infiniment chaud.

« Quand ma mère était jeune, il y avait encore des griffus par ici, raconte Olga. Il y en avait un qui avait l'habitude de venir se nourrir dans les seigles à la saison des moissons. Il restait au bord du champ et mangeait tranquillement, mais les gens ont tout fait pour le chasser. Ils n'étaient pas partageux.

– Et ils ont réussi ?

– Oui, mais le griffu est revenu, à chaque fois. À la fin, une femme s'est chargée de le déloger. Elma Huotarinen, qui avait du sang de chamane. Elle s'est approchée de lui, l'a regardé dans les yeux, lui a ordonné de partir et a soulevé sa jupe. Le griffu a reculé et disparu dans la forêt. La moisson a pu s'achever en paix.

– Qu'est-ce qu'il y avait sous sa jupe ?

– Rien de spécial. Elma lui a juste montré qu'elle était une femme et il lui a tout de suite obéi. Les griffus comprennent en général ce que disent les femmes. »

Malla s'allonge parmi les airelliers. La lisière de l'essart n'est qu'à quelques mètres et la chaleur du feu a racorni leurs feuilles. Elle pose la joue dans la végétation, hume la légère odeur de brûlé et scrute le ciel infini, le faîte de la forêt et le champ. Elle essaie d'imaginer un ours dans le paysage, et il s'y inscrit bien, dos brun bossu parmi les longues tiges de seigle. Après avoir plissé un moment les yeux, elle le voit même vraiment, comme on voit un butor étoilé tapi dans une roselière : si on veut le voir et qu'on sait regarder.

*

J'attends sur la route derrière la haie du presbytère. La foule est étonnamment nombreuse. Quand les groupes restés à bavarder dans le jardin se décident à entrer, à six heures moins cinq, je me joins à eux. Un murmure de conversations s'échappe de la salle, je distingue par l'entrebâillement de la porte de pleines rangées de costumes noirs et de robes d'été de couleurs vives. J'achète un billet et me glisse à l'intérieur.

Je m'installe tout au fond et tente de déterminer la nature du public, à en juger par les dos, chapeaux, paroles et mouvements de tête. Les plus bruyants et détendus sont des vacanciers. Il y a ensuite, rassemblés par affinité, des rangs entiers de notables locaux : des commerçants, des enseignants, le médecin, le pharmacien, l'ingénieur forestier. En cette période de moissons, seuls ceux qui ont des loisirs peuvent se permettre d'aller au concert.

Des programmes sont empilés sur une table à l'entrée de la salle, mais je n'ose plus me lever. Sans tourner la tête, je lorgne celui que tient la vieille dame assise à côté de moi. D'abord du Järnefelt et du Sibelius, avec en soliste Liisa Salminen, accompagnée par Julius. Avant l'entracte, me semble-t-il, le style change : du Kuula pour flûte et piano, et les musiciens changent aussi. Sturnus et Harsányi, leurs noms presque collés l'un à l'autre, comme leurs corps minces sur le banc du parc, dans les salles de classe du conservatoire, dans l'appartement d'Elsi.

Je me rends compte que je n'ai pas ma place ici, mais il est trop tard pour fuir. Julius et Liisa Salminen font leur apparition, entre un palmier d'intérieur et un bouquet de branches de rosier. Ils s'installent au pupitre et au piano et commencent à jouer. La musique est belle mais sans intérêt, presque énervante. Le chemin de fer se grave dans mon cerveau, les rails partis de la capitale courent presque jusqu'en Russie, obliquent vers le nord et me conduisent ici, dans une bourgade perdue au milieu de nulle part. Le trajet est si long qu'il se verrait sur une mappemonde. C'est insensé. Quand la jeune fille aux ailes noires me verra, elle froncera les sourcils. Tu es là par hasard ? Eh oui.

Le morceau fait place à un autre, plus joyeux. Qu'importe la mappemonde. Elsi n'est pas une étrangère. Je sais ce qu'elle pense : elle écoute le violon et le piano et regarde défiler sur le programme la liste des titres. Bientôt ce sera son tour, alors que le soleil brille et qu'elle pourrait courir dehors et disparaître sans laisser de traces, après tout, personne ne l'en empêche. Quelque part derrière une porte, à la table de la cuisine ou dans le fauteuil d'une chambre, Elsi soupèse à cet instant cette possibilité. Elle m'a confié qu'elle mourait toujours de trac avant de se produire.

Le public applaudit. Le programme de ma voisine glisse de ses genoux. Je le ramasse, elle sourit et me remercie. Je réussis à hocher la tête, mais si imperceptiblement qu'elle ne le remarque peut-être pas. Je pose les coudes sur les genoux, enfonce la tête dans les épaules et reste recroquevillé jusqu'à ce que s'envolent les premières notes de flûte. Je peux alors sans danger me redresser, la barrière de portées de sa partition s'élève déjà devant Elsi et elle ne voit pas jusqu'ici.

Elle porte une robe blanche à manches trois-quarts dont la jupe, fluide et légère, est surmontée d'un haut orné de plusieurs couches de dentelle. Comme elle a la peau hâlée ! Elle interprète à la perfection, sans hâte, la difficile mélodie, tandis que Julius martèle le piano. Dans l'œuvre suivante, les rôles s'inversent, elle doit souffler de toutes ses forces pour accompagner les notes qui rebondissent telles des gouttelettes. Le morceau est long. Ses cheveux noirs encadrent son visage aux paupières closes, ses doigts sont rapides et précis. Rien ne laisse deviner à quel point la flûte peut peser lourd ou les lèvres se fatiguer de la contraction des muscles.

Vers la fin, le tempo ralentit. Le dos voûté, Julius plaque de puissants accords graves, mais sans réussir à l'emporter sur la flûte. Elsi a sûrement choisi ce morceau elle-même. Ma voisine remarque que mon regard glisse vers le programme. Elle pointe du doigt le titre : *La Folia*.

C'est moi, le fou, année après année.

Les applaudissements pleuvent puis se taisent. Autour de moi, les gens se lèvent, quelqu'un annonce que du café et du sirop sont servis dans le jardin. Les musiciens disparaissent par la porte latérale. Je replie les jambes pour laisser passer mes voisins. Je sors le dernier et reste sur la véranda. Ma gorge me brûle, mais ce n'est pas de soif, au contraire. De l'eau y coule sans discontinuer, en une épaisse bouillie de larmes. J'évalue la distance jusqu'au portail, mais il est trop loin. Un buffet a été dressé au milieu du jardin, et Elsi, Julius ou les deux pourraient à tout instant tourner le coin de la maison. Je révise mes explications à propos d'un train en retard et d'une affiche de concert remarquée par hasard dans le magasin d'un village. L'observation de la faune et de la flore du Velu m'occupe certes la plupart du temps, mais par cette belle soirée il fait trop chaud pour arpenter la forêt – et, n'ayant rien de mieux à faire, je suis donc venu.

Au bout de dix minutes, je pense être capable de débiter sans trop de mal mon histoire et vais me chercher du sirop. Je fais tourner le liquide dans mon verre, l'avale d'un trait et m'éloigne du buffet. Le parfum de plein été qui monte de la pelouse est si puissant que ma peur s'estompe. L'adrénaline qui continue de battre dans mes tempes m'incite à me mettre au supplice. Je vais à la porte de la cuisine du presbytère, m'arrête même un instant devant. Un courant d'air agite son rideau, mais on n'entend aucun bruit à l'intérieur. Je change d'avis et me dirige vers un coin du jardin où s'épanouit une épaisse jungle de saules et de merisiers. Je presse mon verre vide sur mon front jusqu'à ce que ma peau en ait absorbé la fraîcheur. Un léger mouvement dans les branchages attire mon attention. Un petit oiseau aux yeux sombres se risque à se montrer, s'arrête et regarde autour de lui.

« Qu'est-ce que c'est ? »

La vieille dame qui était assise à côté de moi m'a rejoint. Elle s'appuie sur sa canne, petite et frêle, un peu comme l'oiseau sur sa branche de merisier.

« Un rouge-gorge. »

Elle s'approche, laissant dans l'herbe les traces rondes de sa canne, et plisse les yeux dans la direction que j'ai pointée. La branche frémit, l'oiseau s'envole un peu plus haut.

« C'est lui qui chante au printemps, tôt le matin ? chuchote la dame. Si petit. Et terne.

– C'est un jeune. Plus vieux, il aura la poitrine rouge brique. Et regardez ses yeux, on dirait des perles noires. »

La dame nous observe, l'oiseau et moi, et hoche la tête.

«Ça fait des semaines que je ne l'ai plus entendu chanter.

– En plein été, ils ont autre chose à faire. Se nourrir, s'entraîner à voler. Aux heures les plus claires du jour, le plus sûr est de rester caché.»

Le rouge-gorge volette encore plus haut, se balance un moment sur une branche et se précipite dans les ombres des buissons. La dame baisse la tête et sourit.

«C'est vrai qu'il vaut mieux ne pas passer tout l'été à chanter. Beaucoup de tâches resteraient inachevées.

– Eh oui.»

Quelqu'un annonce à la cantonade que l'entracte est terminé. Sans demander la permission, j'offre mon bras à la dame, qui l'accepte. Elle a le dos voûté, les disques vertébraux sans doute totalement usés, mais la douleur n'est peut-être pas en ce moment insupportable. Elle ne se reflète en tout cas pas sur son visage. Je l'aide à monter les marches et la conduis dans la salle. Au passage, je cueille un programme sur la table.

«Vous ne voulez pas vous asseoir devant?

– Je préfère le dernier rang. Le son du piano est parfois si fort.»

Nous reprenons nos places. Dehors, on empile les verres vides sur des plateaux. Le public regagne la salle.

Elsi joue *Au printemps* de Grieg. Je me sens presque bien. Julius lui-même s'en tient à une certaine sobriété de gestes. C'est un printemps tranquille, différent de la réalité. À moins que Grieg n'ait pensé au début de la saison, quand les stalactites de glace commencent à goutter et que le sol, sous le rebord des toits, se creuse de petits trous recouverts de frasil. Ce printemps-là est effectivement tendre et prudent, très différent d'avril, quand les eaux de fonte ravinent la terre et l'esprit encore engourdis dans leur sommeil hivernal.

Je m'appuie au dossier de ma chaise. J'ai lu plusieurs fois le programme et sais que le concert sera bientôt fini. Le public applaudit. Les musiciens saluent, reçoivent des fleurs, se regardent en souriant. Julius fait un signe de tête à Elsi. La salle se tait et ils reprennent leurs instruments. Quand ils commencent à jouer, je retourne le programme. Le verso est vierge.

«C'est du Linnavuori, murmure la dame. *J'enchante ta nuit d'étoiles.*»

Je n'écoute pas les premières mesures. Je m'attends à ce qu'Elsi se tourne pour regarder le pianiste qui noue d'une main légère le collier de perles de l'accompagnement. Mais, note après note, ses yeux se ferment. Le son de la flûte, qui joue d'abord doucement, enfle en montant vers les étoiles. Puis la musique en descend, serpente et s'insinue, lumineuse, au tréfonds de mon être. Sa lumière n'est peut-être qu'empruntée à d'autres, mais elle est là.

Je la conserve en moi tandis que les derniers applaudissements se taisent et que le pasteur prononce quelques mots de remerciement. Les musiciens se retirent. Le public quitte la salle en bavardant. J'offre mon bras à ma voisine, dont le visage ne parvient plus à ignorer totalement les flèches de douleur de son dos. Je l'accompagne jusqu'à la véranda.

«Vous allez pouvoir rentrer chez vous ?

– J'y suis déjà, heureusement, soupire-t-elle. Ma fille est la femme du pasteur.»

Je l'aide à s'asseoir sur un banc et prends congé, content d'avoir finalement eu quelque chose à faire ici.

*

Malla et Olga rentrent de l'essart. Le chemin semble long, les arbres paraissent grandir de minute en minute, à moins qu'ils ne rétrécissent, desséchés par la chaleur. Olga habite un peu en dehors du village, sur une colline qui n'a jamais été essartée, affirme-t-elle, et Malla se dit qu'ici, *jamais* veut vraiment dire «jamais» et pas «de mon vivant», comme en général. Près de la petite maison d'Olga, il y en avait une plus grande, mais il n'en reste qu'un poêle maçonné et une cheminée.

Elles vont cueillir dans le jardin de la maison abandonnée des orties et des ægopodes pour la soupe. Comme Olga y récolte des plantes tout l'été, de nouvelles pousses sortent encore de terre en juillet. Malla reste à l'écart de l'épais tapis d'orties brûlantes qui recouvre les ruines. Elle ne sait trop comment définir les sentiments qu'elle éprouve face à cet endroit. De la tristesse, en un sens, à la vue de traces de vie humaine, par exemple un bout de planche pointant du sol. D'un autre côté, c'est maintenant que la vie commence. Le vert reconquiert tout et le mortier qui s'effrite nourrit les orties.

«Qui habitait ici ? demande-t-elle.

– Les Huotarinen.

– Elma aussi, celle qui avait du sang de chamane ?

– Oui, puis après elle, sa belle-fille et son petit-fils. Leur mari et père, le fils d'Elma, est tombé pendant l'insurrection. Quand la maison a brûlé, l'hiver suivant, ils ont déménagé.

– Pourquoi est-ce qu'ils n'ont pas construit de nouvelle maison?

– Je ne sais pas. De nombreux villageois leur ont proposé leur aide, mais ils n'ont pas voulu rester.»

Olga coupe les orties avec un petit couteau, attrape sans crainte les tiges et tente d'apprendre la méthode à Malla.

«Serre bien le poing, lui conseille-t-elle. Les poils s'écrasent avant d'avoir eu le temps de piquer.»

Malla essaie, mais n'ose pas y aller franchement et a bientôt la peau couverte de cloques.

«Je ne serais pas partie, moi, assure-t-elle en se frottant les mains.

– Les gens ont parfois trop bonne mémoire, réplique Olga. Dans un endroit familier, tout vous rappelle le passé et savoir qu'il ne reviendra pas vous rend triste. Dans ce cas, il vaut mieux partir.

– Papa ne veut pas habiter dans la maison où il vivait enfant. Quand nous y allons, il ne peut pas s'empêcher d'être nerveux.

– Il a peut-être peur. Les souvenirs peuvent stopper la vie. Et nous donner l'impression d'être vieux. Plus on en a, plus on est vieux. Et plus on les ressasse, plus on le ressent.

– Moi, je repense souvent à mes excursions avec papa, confie Malla. Au bon vieux temps.»

Olga tente de masquer son sourire en se penchant pour cueillir des framboises. Malla n'est pas dupe, mais ne le prend pas mal. Elles picorent quelques fruits puis rassemblent les orties dans le tablier d'Olga. De retour sur le chemin charretier, Malla jette un dernier coup d'œil à l'airial où poussent déjà de jeunes arbres. Elle pense au fils d'Elma la chamane, tombé pendant l'insurrection. Maman lui a dit un jour que son grand-père était tombé pendant l'insurrection, et papa a dit que c'était aussi, en un sens, ce qui était arrivé à son autre grand-père, celui que l'on voit, rondouillard, sur une photo dans la bibliothèque du salon, à la maison. Il n'y a pas de photo du père de maman, mais il était maigre, paraît-il. Comme sa pierre tombale, étroite stèle penchée, en bordure du cimetière. Le fils d'Elma Huotarinen en a sûrement aussi une de ce genre.

*

Je suis assis, à moitié à l'ombre, sur un banc du quai de la gare. Le train arrive, venant du nord, annoncé de loin par son bruyant halètement. Bientôt son panache de fumée salit le ciel. Je ne le prends heureusement que pour quelques arrêts, mais je ferai bien de me baigner dès l'arrivée dans les eaux du port.

Je me place dans la file des voyageurs qui attendent de monter à bord. Quelqu'un pose d'abord sur le quai trois enfants, puis une valise après l'autre. Le soleil brûle le gravier, la chaleur palpite à l'arrière de mon crâne et des prémices de migraine m'entaillent le cerveau. Je me protège les yeux de la main et cherche un coin d'ombre où m'abriter.

Une jeune fille en robe verte court sur la route. Elle écarte ses cheveux de son visage, me voit et agite la main. Qu'y tient-elle, des escarpins ?

Je m'écarte de la file et m'avance de quelques pas hésitants vers la route. La jeune fille s'engouffre entre les piliers du portail de la gare et court droit vers moi, droit dans mes bras, et ses mots me coulent dans l'oreille en même temps que son souffle haché : Je le savais, je l'ai tout de suite deviné, le rouge-gorge, tu as dit dès notre première sortie dans les bois que ses yeux étaient comme des perles noires.

« Hein ?

– La mère de la pastoresse, explique Elsi en tentant de reprendre son souffle. Alors que nous prenions le café, elle a raconté qu'un homme, à l'entracte, lui avait montré un rouge-gorge, tout petit et quelconque, mais lui avait fait remarquer qu'il avait les yeux comme des perles noires, et je suis aussitôt partie en courant. »

Nos peaux chauffées par le soleil se pressent l'une contre l'autre, les escarpins couverts de poussière sont tombés par terre. Ses bras hâlés s'enracinent autour de moi, et jamais rien ne m'a paru aussi certain : elle est là et bien là.

*

Le soleil descend derrière la forêt. Les moustiques se risquent dans l'airial. Malla et Olga ont mis les bouquets d'orties à sécher sur une corde tendue entre les poutres du mazot. La vache, Clochette, rentre toute seule pour la traite du soir. En attendant qu'Olga ait fini de lui tirer son lait, Malla, debout à côté du feu allumé pour faire fuir les insectes, veille à ce que la bête reste tranquille en chassant de la main ceux que la fumée n'a pas suffi à éloigner. Elles la reconduisent ensuite de l'autre côté du chemin charretier, là où les vaches du village passent l'été, vagabondant dans la forêt, broutant l'herbe et se régalant, l'automne venu, de champignons. Le pacage n'est pas clôturé, il est vaste, presque aussi vaste que le monde. Ici, on n'enclot pas le bétail, mais les champs de seigle.

Malla reste sur le chemin pendant qu'Olga accompagne Clochette dans la boulaie. Elle l'entend dire quelque chose, mais ne distingue pas ses mots.

« Quoi ? » crie-t-elle.

Olga, dans la pénombre, regarde par-dessus son épaule, tapote l'encolure de la vache et revient sur le chemin.

« Je demandais juste à la forêt de laisser Clochette passer une nuit tranquille. »

La clarine de la vache tinte tandis qu'elle s'éloigne lentement et rejoint, parmi les bouleaux, quelques-unes de ses compagnes au dos creux, qui l'accueillent en mugissant. Elles ne sont pas seules, mais peut-être ont-elles peur, malgré tout.

« Comment est-ce qu'on fait ?

– On lui demande juste de ne pas toucher au bétail. Rien de plus.

– À qui ?

– À la forêt. Au griffu.

– Mais il n'y a plus d'ours ici.

– Il vaut mieux ne pas utiliser ce mot. Le griffu a de nombreux noms et c'est celui qu'il connaît le mieux. Si tu l'appelles comme ça, il risque de venir voir ce que nous lui voulons. »

Malla serre les dents.

« Dans le temps, quand un griffu s'aventurait aux abords du village, on disait que la forêt était en mouvement.

– Il y a pourtant beaucoup d'autres animaux dans la forêt, murmure Malla.

– Mais lui en est l'âme. L'un ne va pas sans l'autre. Le griffu ne peut pas vivre sans la forêt, et sans lui, elle est vide. »

Malla regarde les sapins, impassibles, sur les flancs du Velu. La forêt s'est assombrie et le recouvre telle une fourrure. Tandis qu'elles retournent à la maison, Malla se rapproche d'un pas d'Olga.

« Je suis si habituée à demander tous les soirs à la forêt de laisser les vaches en paix que je n'arrive pas à m'en passer, même si ce n'est plus nécessaire, dit Olga.

– Quand as-tu vu un griffu pour la dernière fois ?

– Il y a sept ans. Il me regardait, de là-bas. »

Elle montre un endroit derrière le mazot, dans la direction d'où elles sont venues après avoir été voir la tanière.

« Je ne l'ai pas bien vu, mais je l'ai entendu. J'ai entendu ce qu'il disait.

– Mais ils ne savent pas parler.

– Pas comme nous. Mais j'ai compris, à ses mouvements, qu'il allait partir et ne reviendrait plus jamais. Nous nous sommes regardés à travers les branches. Puis il m'a tourné le dos, s'est faufilé dans la forêt jusqu'à la route, l'a traversée et a disparu sur les pentes du mont.

– Tu ne l'as pas suivi ?

– Non.»

Mais je me suis sentie triste pendant plusieurs jours, ajoute Olga, ou du moins Malla croit-elle l'entendre dire. Puis elle s'éclaircit la gorge et resserre le nœud de son fichu sur sa nuque.

«J'ignore pourquoi il est parti vers l'ouest, reprend-elle. On n'y trouve que des villages et des champs, et plus on s'éloigne, plus ils sont grands. Aucun animal sauvage n'y est en sûreté. S'il avait traversé le lac à la nage, de nuit, il aurait pu gagner la taïga qui s'étend à l'infini, à l'est. Mais peut-être a-t-il pensé que les hommes le menaçaient même sur l'eau.»

Elles se tiennent au pied du perron. Il règne un tel silence que Malla entend la respiration d'Olga et les battements de son propre cœur. Elle ne comprend pas pourquoi l'histoire de l'ours qui a traversé la forêt d'ombre en ombre, il y a sept ans, est si différente des histoires d'animaux de papa. Lui parle de renardeaux joueurs ou de grèbes huppés pris dans des filets de pêche, de ses propres observations, qu'elles soient tristes ou drôles. L'ours d'Olga n'est ni triste ni drôle, il est seul. Et quelque chose dans cette solitude est si injuste que les fins de phrase d'Olga se perdent dans le silence et que Malla éprouve le même sentiment que quand elle s'est aperçue qu'aussi bien ses orteils que le sommet de sa tête touchaient le bout de son lit d'enfant : celui d'une perte définitive.

«Pourquoi est-il si important ? demande Malla.

– Parce que nous sommes de la même famille. De proches parents. Si proches que dans le temps les humains pouvaient se transformer en griffus et les griffus en humains.

– Comment ?»

Olga a un petit rire.

«Il fallait avoir du sang de chamane. Je ne connais personne qui se soit métamorphosé. Elma disait que si l'on rampe autour d'un grand pin dans le sens inverse des aiguilles d'une montre en pensant très fort au griffu, on en devient un. Moi, en tout cas, je n'ai pas réussi.»

Elle va porter le lait dans le cellier. Puis elles rentrent et dînent. Olga autorise Malla à dormir dans le lit gigogne et le prépare pendant qu'elle sort se brosser les dents.

« Tu veux que je te borde ? »

Malla acquiesce. La pendule tictaque sur le mur. Elle calcule que cela fait onze heures que papa est parti. Elle se blottit entre les draps et ferme les yeux. Elle n'a pas sommeil. Elle voudrait entendre un chuintement de pneus dans l'airial, puis le bruit de la bicyclette posée contre le mur.

Olga se glisse dehors et y reste longtemps. Les patins du fauteuil à bascule grincent doucement sur la véranda. Les moustiques ne s'attaquent pas à Olga, car elle est née ici. Ils sont sans doute aussi de la même famille.

Quand elle souffle la bougie et se couche, de l'autre côté de la salle, Malla n'a toujours pas trouvé le sommeil. Elle entend Olga respirer lentement, mais n'est pas certaine qu'elle dorme. Elle se tourne et se retourne et commence à avoir chaud, un moustique zonzonne tout près. Pourquoi papa ne rentre-t-il pas ? Elle ne peut même pas aller à sa rencontre, parce qu'au lieu de sourire, il aurait peut-être l'air d'en avoir assez – que fais-tu là, n'as-tu pas compris que je ne voulais pas de toi ? Qui sait s'il n'a pas payé Olga pour qu'elle lui tienne compagnie toute la journée. Elle chasse l'idée, mais celle-ci revient en rampant, voix aiguë au creux de son oreille. Elle est stupide et encombrante. Ses dents se soudent afin d'empêcher ses sanglots de sortir.

Elle se lève pour retaper son oreiller et reborder son drap, dont un coin a glissé de sous le matelas. Entre les deux, sa main tombe sur quelque chose de doux. Elle en tâte les deux faces. Il y a sur le dessus des poils épais, sur le dessous du cuir lisse. Une fourrure.

Malla rampe sur toute la longueur du lit en tâtonnant sous le drap. La peau d'ours recouvre entièrement le matelas. Elle écarte avec précaution le drap et adosse l'oreiller à la tête du lit. Dans la faible clarté de la nuit d'été, la fourrure est aussi noire que les sapins. Elle s'allonge dessus. La sensation est étrange, à la fois rêche et soyeuse, chaude et fraîche. Elle a largement la place de s'y étendre. Si l'ours était vivant, il pourrait l'emporter n'importe où sur son dos. Il pourrait l'emmener dans sa tanière et ne l'abandonnerait jamais, même s'il se faisait transpercer par le pieu d'un chasseur.

Avec lui, tout serait simple et rassurant.

Malla tapote la peau d'ours et murmure :

« Lève-toi. »

Il n'y a pas un bruit dans la salle. Même la pendule s'est arrêtée, elles ont oublié de la remonter. Le sommeil d'Olga est différent de celui de papa, qui soupire et s'agite pendant la nuit. Malla enfonce le poing dans la fourrure et la secoue.

« Lève-toi. »

Puis elle ajoute tout bas, d'un simple mouvement de lèvres ou presque : Père. Rien ne se passe.

Elle va sur la pointe des pieds à la porte, qui s'ouvre sans bruit, s'avance au milieu de l'airial et reste à attendre. Olga n'a pas bien vu l'ours, mais elle l'a entendu. Quel bruit fait-il ? Il ne provient de la forêt aucun son que l'on puisse attribuer à un ours. Juste de légers bruissements, un souffle de vent nocturne dans les hautes feuilles d'un grand tremble, un froufrou d'ailes d'oiseau. Les bâtiments forment un cercle, chacun dresse devant le bataillon d'arbres un solide mur aveugle. Bien que des branches s'étendent au-dessus de l'airial, les constructions marquent une frontière.

L'ours ne viendrait pas ici.

Malla longe le mazot et, en quelques pas, entre droit dans la forêt. Elle ne ressent aucun changement. Peut-être parce qu'il fait nuit. L'obscurité est plus profonde, mais elle se sent plutôt mieux que dans l'espace ouvert de l'airial. Papa a beau affirmer que les animaux voient dans le noir, elle n'a pas l'impression qu'on l'observe de derrière les arbres. Elle arrive au pied du grand pin et tâte les larges plaques lisses de son écorce, séparées par de profonds sillons. Les pins armés d'un tel bouclier résistent même aux incendies de forêt. Elle lève la tête, mais ne voit que des branches. Elle poursuit son chemin, la pente l'entraîne dans la bonne direction. Tu as une carte dans la tête, lui a un jour dit papa, admiratif. Tu retrouves toujours ton chemin. Même dans le noir, ajoute-t-elle.

Le ciel est déjà suffisamment clair, à l'est, pour qu'elle distingue la basse croupe rocheuse. En s'approchant, elle reconnaît sous un sapin la large pyramide de la fourmilière. Son cœur bat jusque dans sa gorge, cherchant à s'échapper, mais elle ne s'arrête pas. Des branches protègent l'entrée de la tanière qui avait l'air, à la lumière du jour, d'un trou d'un noir profond, mais ressemble maintenant à un passage vers le centre de la Terre.

Malla s'arrête un instant et toussote.

« Me voilà. »

Elle s'agenouille et rampe à l'intérieur. Elle a l'impression qu'on lui couvre la tête d'un capuchon, elle ne voit plus rien, ses oreilles se bouchent. Elle respire par à-coups et commence à reculer, mais comprend ensuite que, sous terre, tout est forcément différent. Ouaté et brumeux.

Elle avance à quatre pattes. Quand sa main tombe sur quelque chose de mou, elle sursaute, mais aucun son ne sort de sa bouche. Ce n'est que de la mousse, accumulée pour garnir la tanière en prévision de l'hiver, si vieille qu'elle tombe en poussière sous ses doigts. Malla a la place de s'agenouiller. Elle s'appuie à la paroi et regarde l'entrée, d'où pénètre une faible lueur. On dirait qu'une ombre noire passe par moments devant, mais ce ne sont sans doute que des poussières qui flottent dans ses yeux, comme celles qui apparaissent quand on ferme très fort les paupières.

Quelques moustiques entrent. Quand Malla les chasse, elle touche de la main le plafond de la tanière. Si l'ours arrivait maintenant, ils seraient à l'étroit. Et ce serait un total étranger. Elle pense à papa, à son profil devant la fenêtre du train, son sourire à la table du petit déjeuner, son front qui se plisse avant qu'il ne porte ses jumelles à ses yeux. Et à la façon dont il s'accroupit devant elle, redresse son col et renoue un lacet défait ou lui passe les jumelles, pointe du doigt un buisson et dit : Regarde si cet oiseau a une bande oculaire, je ne vois pas très bien.

Malla rampe vers la sortie. Le matin descend le long des troncs, les teintant d'orangé, et allume des reflets dans les gouttes de rosée. Il fait beaucoup plus froid que dans la tanière.

Sur la pente, Malla s'arrête au pied du grand pin. Elle s'agenouille, en fait le tour en rampant dans le sens inverse des aiguilles d'une montre et se fige pour attendre. Puis elle se redresse, entre dans l'airial et ne sait pas si elle doit être heureuse ou déçue de ne pas avoir de sang de chamane dans les veines.

La clarine de Clochette la réveille. Des voix résonnent, dehors, puis le tintement s'éloigne. Des bruits se font entendre derrière le mur, des pas montent les marches. Malla tourne le dos à la salle. La porte s'ouvre, de l'eau coule de la carafe dans une tasse, une pomme d'Adam déglutit. Papa pose la tasse sur la table, s'approche doucement du lit gigogne, enjambe Malla avec précaution et s'allonge sur la banquette fixe. Une fois qu'il est couché, elle entrouvre les yeux, tend le bras et lui touche l'épaule. Il lui prend la main et la serre, fort, la regarde et sourit comme jamais il ne l'a fait. Une vague de soulagement chaude de larmes la balaie jusqu'aux orteils.

Ils ferment les yeux, mais restent éveillés. Malla serre par moments la main de papa, qui répond de même.

«Tu as le bonjour de Hanna, chuchote-t-il. Je lui ai téléphoné du village pour lui dire où nous étions.»

Elle hoche la tête mais ne veut pas en savoir plus. La maison, les rues et le cabinet de travail de papa sont loin et doivent y rester. Ils continuent de chuchoter jusqu'à ce qu'Olga rentre, remonte la pendule et remette le temps en mouvement. Papa se lève, ébouriffe les cheveux de Malla et va à la porte. Ses plantes de pied ne touchent pas tout à fait terre.

Après qu'il est allé dormir dans le mazot, une fois le petit déjeuner avalé, Malla fait son lit. Tout en écoutant le cliquetis des assiettes dans la bassine à vaisselle, elle tire sur le drap. Sans regarder dessous, elle tâte la fourrure à travers le tissu.

« C'est cet ours ? ose-t-elle enfin demander.

– Non, dit Olga, de dos, devant la bassine. Cette fourrure est vieille, mais pas à ce point-là. »

Pourquoi toutes les histoires se situent-elles dans un passé infiniment lointain ? Il était une fois, commencent-elles, et elles fuient hors de portée. Comme si une porte s'était refermée et que rien d'extraordinaire ne puisse plus arriver.

« Je la garde à l'abri sous le drap pour qu'elle ne s'abîme pas. C'est un souvenir.

– De quoi ?

– Des anciens temps, quand la forêt était encore si grande et les griffus si nombreux qu'on pouvait y aller à la chasse. »

Voilà sans doute l'explication. Quand la forêt a rétréci et s'est mitée, elle a cessé d'être mystérieuse. En même temps, les histoires se sont taries.

Malla étale la couverture sur le drap et repousse le lit gigogne sous la banquette. Elle ne trouve ensuite plus rien à faire. Elle a les membres lourds et ses pensées tournent au ralenti, comme avant de s'endormir. En réalité, c'est le soir, pour elle, car elle n'a dormi que quelques heures. Elle s'assied sur le banc, enfonce l'ongle du pouce dans les fentes de la large table et réfléchit à la veille. Rien n'est clair. Il faisait peut-être trop chaud, et tout s'est évaporé en un rêve.

Olga s'assied en face d'elle.

« Tu aimerais voir un griffu ? »

Malla sursaute et hoche la tête, mais Olga se met à parler d'autre chose, comme souvent les personnes âgées.

« La montagne ne s'appelle pas vraiment le Velu, dit-elle. Quand j'étais petite, on la connaissait sous le nom de Gorge d'or.

– C'est un oiseau !

– Oui, mais pas seulement. »

Malla attend. Olga la regarde, les yeux plissés, et joint les mains sur la table.

«Quand vous partirez et que vous arriverez au milieu du lac, regarde derrière toi.»

Malla pose son menton dans ses mains et ouvre de grands yeux, elle veut rester éveillée et en savoir plus, mais Olga sourit, se lève et l'aide à descendre du banc.

«Va donc toi aussi te reposer dans le mazot.»

*

Les jours suivants, nous faisons les foins. Mes pieds touchent à nouveau le sol, mais la lumière tombée des étoiles ne faiblit pas. Je ne comprends pas le langage des notes, et même si je le comprenais, je ne m'y fierais pas. Mais Elsi m'a traduit ce que disait le chant joué à la flûte, et je n'ai plus eu de questions. Je fauche l'herbe, la ratisse et la mets en meulettes, monte et descends en courant les prairies en pente, sans que jamais mes muscles ne se fatiguent. Au fil des jours, le seul changement est qu'à côté de la lumière, le vide de l'absence grandit. Nous ne nous reverrons que dans des semaines.

Puis vient l'automne. Il arrive par le flanc du mont sur deux roues grinçantes et agite un drapeau blanc, mais n'est pas porteur de message de paix.

Olga est assise sur la véranda dans son fauteuil à bascule, Malla et moi, allongés dans l'herbe, comptons les nuages que le vent pousse vers le nord-ouest. Une sonnette de bicyclette tinte. Un homme pédale dans l'interminable montée en pente douce conduisant à la maison d'Olga, une feuille de papier flotte au vent dans la main qu'il lève pour nous saluer. Je m'assieds et m'étire. Il serait temps de reprendre le travail dans la prairie, pour garder le rythme.

«Tiens, Topias», lance Olga, et elle descend les marches de la véranda pour aller à sa rencontre au bord du chemin. Elle prend le papier et échange quelques phrases avec lui.

«Qui est-ce?» chuchote Malla.

L'homme porte une grosse barbe, et il est peu probable que quiconque, derrière un tel bouclier, parvienne à dissiper la méfiance de Malla.

«Quelqu'un du village, je crois l'avoir vu au magasin général.

– Il vient ici?

– Je ne pense pas.»

L'homme retourne sa bicyclette et s'engage dans la descente. Olga traverse l'airial, me tend le papier.

*

Malla est assise par terre. Papa s'est éloigné, il s'appuie d'une main au mur de madriers de la maison et tient le papier de l'autre. Le dos de sa chemise est mouillé d'une tache de transpiration. Il se redresse, contemple les cimes mouvantes des sapins et laisse retomber son bras. Sa main, inerte, semble anormale. En général il écrit, tient ses jumelles ou se caresse au moins le menton d'un air pensif.

Et en l'observant, Malla comprend qu'elle ne verra pas le mont Kaltio et ses saxifrages jaunes, ses silènes acaules, ses lemmings et ses buses pattues.

Olga les lorgne à tour de rôle, puis se retire sur la véranda et se penche sur un râteau auquel il manque deux dents. Malla va rejoindre papa, sur la pointe des pieds, et le tire par la manche. Il sursaute, puis s'accroupit, un peu raide, devant elle, et la regarde dans les yeux. Elle a envie de pleurer, mais lui sûrement encore davantage, car plus on tombe de haut, plus on se fait mal. Ils en ont parlé, ils s'y sont préparés, mais pas ces derniers mois. Ils ont laissé le printemps et l'été mettre la question sous le boisseau, parce que maman a demandé qu'on la laisse tranquille. Et ils ont plus que respecté son souhait.

Malla ne veut pas que papa le dise et se hâte de le devancer.

« Maman est morte.

– Non, dit-il en la prenant dans ses bras. Mais il est temps de rentrer. »

*

Nous partons le lendemain matin avant même le lever du soleil. Olga nous accompagne dans la forêt et nous montre le chemin qui longe le pied du Velu jusqu'au port. Nous nous arrêtons au croisement et chassons de la main les moustiques au flair infaillible. Derrière les arbres, le soleil émerge des profondeurs du vaste lac et rougit ses eaux.

« Bien, dit Olga. J'écrirai à l'université, si je vois quelque chose.

– Merci, c'est important.

– Moi aussi, j'écrirai, si je vois quelque chose », dit Malla en lui faisant un clin d'œil.

Quand a-t-elle appris à ne fermer qu'une paupière ? Elles échangent un signe de tête, l'air grave. Je sens un vide résonner en moi. À sept ans, elle a déjà ses secrets.

Nous prenons congé et nous engageons sur le chemin. Les pas d'Olga s'éloignent, nous tiennent un moment compagnie mais se taisent vite. Quelques coudes de sentier plus loin, je me prends à douter de son existence même. Au cœur de la profonde forêt murmurant dans le vent, je suis presque certain de ne plus trouver aucune lettre de O. Lemmetyinen dans l'armoire de classement de mon cabinet de travail.

Nous montons à bord du bateau qui attend, amarré au ponton. La surface du lac se ride, le vent forcit et dissipe la chaleur dont l'air se chargeait.

«Veux-tu que nous allions à l'intérieur?»

Malla secoue la tête. Je sors mon chandail de la valise et l'en habille. Il lui tombe presque aux chevilles. Nous nous accoudons au bastingage. Elle fixe l'eau qui lèche les flancs du bateau.

«Nous allons pouvoir prendre le premier train du matin.

– Nous rentrons par le même chemin?

– Non. Nous allons d'abord emprunter la ligne menant vers l'ouest. Et nous changerons de train quand nous croiserons celle qui file vers le sud.»

Malla hoche la tête, s'assied sur un banc et se tient au rebord du siège quand le bateau s'écarte du ponton. Je pose les coudes sur les genoux et me masse le front, alourdi par le manque de sommeil. Mon organisme est habitué aux courtes nuits du printemps, mais pas à ce que celui-ci se prolonge tout l'été, en une alternance de moments de bonheur inquiet et de désespoir.

J'ai le télégramme dans la poche. Un bref message sur une grande feuille de papier, quelques mots à la signification desquels je refuse de penser, bien qu'ils résonnent sans interruption dans mon esprit.

Suis en partance. Viendriez-vous.

Quand on est à bout de forces, esquisser la courbe d'un point d'interrogation est une épreuve insurmontable, même si l'on dicte le message. Elle n'oserait d'ailleurs même pas, après avoir chassé tant de fois ses visiteurs, ce serait stupide et intrusif, tel un caprice. Je la connais. En dépit de tout. Et maintenant mieux que jamais. Nous lui manquons. Et elle a peur que cela nous soit déjà indifférent.

Je pense à elles, chacune de son côté de l'horizon. L'une file déjà en train vers un autre concert dans un presbytère, une salle des fêtes ou une villa, s'appuie au montant de la fenêtre du wagon, fait danser ses doigts sur les clefs d'une flûte invisible et sourit, les yeux fermés, aux notes miraculeuses. L'autre est couchée pour la huitième année dans le même lit, écoute sa respiration et espère que nous viendrons et parlerons assez fort pour couvrir le bruit toujours croissant des rouages de la maladie.

Je pense à elles, l'une à l'aube, l'autre au crépuscule. Le sommeil plonge ses filets en eau profonde. J'essaie de m'y raccrocher afin que le trajet en bateau dure plus longtemps qu'à l'aller et que la vie puisse un instant marquer une pause avant de devoir dévoiler l'inéluctable.

Au milieu du lac, je sursaute. Je lève la tête et bondis sur mes pieds.

« Malla ! »

Elle se tient à la poupe du bateau, les mains sur le barreau central du bastingage, et regarde dans la direction d'où nous venons. On ne voit plus les bâtiments du port, juste la forêt d'où émerge la haute silhouette du Velu.

« Sois prudente », dis-je en la rejoignant.

Elle a remonté jusqu'au coude les manches de son chandail géant et fixe des yeux la montagne. Le soleil se reflète sur la roche nue du sommet comme sur l'eau.

« De l'or, dit-elle sans tourner la tête.

– Comme de l'or, oui. Le soleil fait scintiller le quartz. »

Malla me regarde du coin de l'œil, secoue la tête et montre le Velu. Je me penche à la hauteur de son visage. On distingue nettement sur la pente le bloc erratique sous lequel nous avons passé notre première nuit. Il a une forme très particulière, ovale, avec des saillies. Je cligne des yeux, et soudain je le vois.

Le bloc a l'aspect d'une tête, avec deux oreilles rondes et un museau aplati. Derrière elle, le sommet du mont dessine la courbe d'un dos, encore dans la pénombre, mais, plus bas, son poitrail brille au soleil.

Le sommeil remonte ses filets vides des profondeurs. La chaudière à vapeur émet un grondement indistinct. Malla pose la main sur mon épaule. Je serre la lisse du bastingage et regarde. Des minéraux et des ondes lumineuses, ce ne sont que des minéraux et des ondes lumineuses. Et pourtant, sur la rive du lac, je vois surgir de la forêt un ours à la gorge d'or. Le dernier, celui contre lequel les armes ont été impuissantes.

30

La voie qui fend le pays a été inaugurée l'année dernière. Les fenêtres du train révèlent de toutes nouvelles gares, un grouillement d'activités, des villages, des chevaux pleins d'allant. Puis de nouveau de profondes forêts, si vastes que j'ai le temps de me demander pourquoi le chemin de fer les traverse. Mais elles en sont bien sûr la raison même. Les rails alimentent les scieries, dont certaines ont été construites avant eux, et d'autres en même temps. La voie ferrée rend accessibles les forêts lointaines, c'est l'invention de père au centuple. Elle joue le même rôle que la Volga et le Dniepr pour les Vikings, les détroits de l'Attique pour les Perses, le canal de Panama pour le commerce. Je me détourne de la fenêtre.

Malla examine les chromos que nous avons achetés dans une papeterie à Kajaani. Elle est assise en tailleur sur la banquette et a disposé les planches sur sa jupe. On y voit des enfants joufflus avec des corbeilles de fleurs, des hommes et des femmes penchés l'un vers l'autre, des colombes aux teintes pastel. Malla détache quelques images.

« Fais attention de ne pas les perdre.

– Oui. »

Elle rassemble les planches, les range dans son havresac et reste à examiner les découpis : un homme et une femme, une jeune fille jouant de la clarinette et un ourson avec un ruban autour du cou. Elle les regarde longuement, un par un, puis alignés. Je rassemble nos affaires.

« Nous changeons de train au prochain arrêt.

– Ylivieska, se rappelle Malla.

– C'est ça.

– Montre-moi encore. »

Je sors de ma poche le bout de papier sur lequel j'ai dessiné notre itinéraire en boucle : par le sud-est et l'est jusqu'au Velu, puis cap à l'ouest à travers le pays, par la nouvelle voie ferrée, et, d'Ylivieska, retour à la maison dans le Sud via l'Ostrobotnie. Malla fixe le tracé, la bouche entrouverte, un étrange éclat au fond des yeux. La même expression est sans doute passée sur le visage des derniers marins de l'expédition de Magellan quand, au bout de trois ans de navigation, ils ont vu leur port d'attache apparaître à l'horizon et compris qu'elle était réellement ronde, la Terre. Et qu'elle avait écrasé presque tous ceux qui avaient eu l'audace de la défier.

Après le changement de train, Malla se blottit à côté de moi, les yeux fermés. Elle dort et se réveille, en sueur, au milieu de la plaine ; aux fenêtres, une mer de champs jaunes, infinie, ondule dans une brume de chaleur.

« Chaud », marmonne-t-elle sans parvenir à gommer totalement la nuance plaintive de sa voix.

C'est de sa part une marque de confiance si rare que je me hâte d'aller chercher de l'eau potable pour masquer ma joie.

« On va t'acheter une glace à la prochaine gare », promets-je.

*

Luhtajoki, est-il indiqué sur le panneau fixé au revêtement de planches de la gare. Papa va chercher de la glace, Malla arpente le quai à pas d'éléphant, fait le tour du château d'eau et reste appuyée à son mur de briques. Elles sont fraîches, à l'ombre, et peu à peu son dos moite refroidit. Elle suit du regard papa, qui descend les marches du hall avec sous le bras un journal et dans la main un cornet de glace. Il ne la remarque pas. Elle aime bien rester dans son coin et l'observer à distance. Dans la forêt aussi, il est souvent si concentré sur ses nichoirs et son matériel de baguage qu'il ne se demande qu'au bout d'un long moment où elle est passée. Suivent des exclamations mi-affolées, mi-admiratives, quand il la découvre dans les hautes branches d'un arbre ou sur un rocher.

« Malla ! » crie-t-il devant la gare en regardant à la ronde.

Elle le rejoint en courant, prend sa glace et glisse la main dans sa paume tiède. Le train attend sur les rails, poussiéreux, portes et fenêtres ouvertes, comme s'il allait mourir de chaud. Ils s'installent à l'ombre d'un arbre, sur le côté de la gare.

« Il est énorme, pour un pommier, constate Malla, mais il n'a pas beaucoup de fruits.

– Il en a perdu beaucoup. En cas de canicule, les arbres se débarrassent de tout poids superflu. »

Malla examine le pommier et les fruits verts que quelqu'un a rassemblés en tas entre ses racines. Elle lèche sa glace et se demande ce qu'elle pourrait laisser tomber de superflu. Elle s'apprête à poser la question mais referme la bouche à temps. La main de papa pend de nouveau, inerte, sur son flanc, et il regarde au loin, au-dessus d'elle, par-delà le train, vers les rails, le sud, la maison.

Elle termine sa glace en silence. Elle n'a rien d'autre à laisser tomber que des pensées en trop, surtout celles de papa. Faut-il vraiment qu'il ait l'air si sombre alors que l'on approche de la maison? Elle aussi commence à avoir peur.

Le train arrive à Helsinki tard dans la soirée. Ils se dirigent main dans la main vers le hall.

«J'ai l'impression d'avoir plus besoin que toi qu'on me tienne la main», soupire papa.

Malla marche d'un pas léger sur le sol ferme. Alors qu'ils sortent de la gare, l'air lourd de chaleur se condense en une pluie qui mouille leurs vêtements de froides zébrures.

«On va prendre un taxi, dit papa.

– Je ne suis pas fatiguée, proteste-t-elle, je peux marcher.

– Moi pas.»

Des autos sont garées en file sur la place. Les chauffeurs, trois hommes, fument des cigarettes dehors, malgré l'averse. Le plus grand, sa casquette enfoncée sur la tête, explique quelque chose aux autres, gesticule et rit. Puis il soulève sa casquette et rejette ses cheveux blonds en arrière.

Papa s'arrête et reste à regarder les chauffeurs. Ceux-ci écrasent leurs mégots sous leur talon et s'installent au volant pour attendre. Le grand échalas est le premier de la file. La pluie s'intensifie, les bretelles de son havresac scient les épaules de Malla et le bras de papa a l'air de s'étirer sous le poids de sa valise. Elle renifle et agite de la pointe de sa chaussure l'eau d'une petite flaque.

«On va quand même y aller à pied», se décide-t-il enfin.

Contournant de loin les taxis, ils prennent le chemin de la Chaussée Ouest.

*

La route, les pins, l'eau bleue du lac, rien n'a changé. Les myrtilles sont grosses et mûres, l'été, sur l'esker, est long et chaud comme dans les vastes plaines orientales, on y trouve même une végétation identique, vestige du climat steppique qui a suivi l'époque glaciaire. Un peu avant l'aire de stationnement, je fais un crochet par la forêt.

Je trouve, au même endroit que d'habitude, la rosette de feuilles à pétiole rouge d'une porcelle et la tige grimpante d'une gesse des bois. Je reste là un long moment, à tenter de me transformer en arbre.

Je pose ma bicyclette contre le muret de pierre. Le café est servi dans le jardin, mais je me contente d'adresser un signe de main à Martta Hietala, occupée à remplir les tasses. Les patients ont laissé leurs couvertures à l'intérieur ; en plein mois de juillet, même les plus maigres ont rarement froid. Les plus vaillants désherbent le potager, près du sauna, et ne rejoignent la table que quand on les appelle.

Je monte l'escalier conduisant à la coursive. La peinture de la rampe est écaillée, là, et encore là, et, d'ici, il reste vingt pas jusqu'à la porte de Lidia, qui est ouverte. Quand je l'atteins, mon cœur bat jusqu'au bout de mes doigts. Le lit a été placé contre le mur du fond, la fenêtre donne sur la forêt, derrière un fin rideau flottant au vent. Je m'arrête dans le léger courant d'air. Les manches de sa chemise de nuit cachent ses bras, mais les os de ses poignets se dessinent plus nettement, la tête du cubitus transparaît sous la peau. Les nodules des articulations de ses doigts sont plus visibles que jamais. Ses cheveux couleur d'aiguilles de pin séchées ont été coupés, ou se sont effilochés, en un court duvet.

Lidia ouvre les yeux. Je m'assieds sur la chaise.

« Comment vas-tu ?

– Très bien », chuchote-t-elle, afin de ne pas tousser.

Je lui parle de notre voyage, elle, de l'ablation de côtes supplémentaires et de collapsothérapie. Nous bavardons comme si je n'avais pas été absent pendant quatre mois. J'évoque Olga Lemmetyinen, les rennes sauvages et les diplaziums de Sibérie. Je ne trouve ensuite plus rien à dire, car j'ai passé la majeure partie du printemps et de l'été à suivre des chemins qu'elle n'a pas besoin de connaître. Elle me regarde avec ses yeux de fée, qui semblent avoir encore grandi, et peut-être aussi gagné en acuité, et m'interroge sur Malla. Je lui raconte nos baignades, la collection de chromos, les balades ornithologiques et autres joies de l'été.

« Commencer l'école ne lui fait pas peur ?

– Non. Elle n'en est pas particulièrement heureuse, mais s'y prépare puisqu'il le faut. »

Lidia esquisse un sourire. Le silence retombe. Ce ne devrait pas être si difficile. Je commence par m'étonner de la longue canicule et de la sécheresse. Parler du temps permet toujours d'avancer.

« Je me disais qu'avec un été pareil c'était le moment ou jamais de fuir dans le Nord.

– Vous auriez dû y aller. Je ne voulais pas vous inquiéter.

– Non, nous sommes bien sûr rentrés.

– Merci.»

Le mot résonne dans mon cerveau comme une accusation. Je me lève d'un bond. Je dois parler. À manger, aurait-elle envie de quelque chose? Du thé, des fraises, une pâtisserie? Ou a-t-elle froid, devrais-je fermer la fenêtre? Lidia ramasse pouce par pouce le tissu de sa chemise de nuit dans ses poings. Sa poitrine se soulève et s'abaisse. J'arrête de bêtifier. Elle lisse sa chemise de nuit et croise les doigts sur la couverture.

«Tu es amoureux?» demande-t-elle.

Ma bouche s'ouvre, toujours plus courageuse que mon esprit, mais j'empêche les mots de sortir. Il ne faut pas mentir, mais on peut se taire, soutient Elsi. Lidia fixe ses mains. Je pose la mienne sur son épaule, à mi-chemin entre le cou et le bras. À travers le tissu et la peau, je sens son trapèze, tendu comme un arc, chaud et dur. Je le serre doucement, afin que la flèche me transperce.

Les épaules de Lidia s'affaissent.

«Je ne suis qu'un paquet d'os», dit-elle, comme si cela expliquait tout.

La flèche me frappe douloureusement, parce que c'est presque vrai. Elle ferme les yeux. Son souffle racle ses bronches, sa fièvre montante lui donne la chair de poule. Je presse ma paume sur sa tempe. Elle a la peau du visage presque blanche, ne l'emmène-t-on plus dehors?

Pas d'émotions fortes, a dit le médecin au téléphone. On peut, on doit mentir. Mais c'est trop tard. Lidia repousse ma main.

«Tu veux bien me faire la lecture?

– De quoi?»

Elle montre le tiroir de la table de chevet. J'en sors un livre et soupire.

«Encore?

– Page soixante-deux.»

Je connais déjà par cœur la description de sa maladie que donne ce manuel traitant des affections pulmonaires, mais je la lis malgré tout fidèlement. Des termes scientifiques et des phrases laconiques se dégage un triste récit originel: l'histoire de bactéries qui colonisent un nouveau pays et obtiennent qu'il leur offre d'accueillants foyers. Elles croissent, se multiplient et envahissent tout le pays qui les nourrit, jusqu'à ce qu'elles en aient épuisé les ressources et meurent avec lui. Leur créateur n'a pas songé à cette possibilité.

Lidia repose les yeux fermés. La cellule bactérienne se divise, d'une, elle devient deux, de deux, quatre, de quatre, huit, de huit, seize – aussi inéluctablement que dans la légende de saint Georges et du dragon qui, chaque fois qu'on lui coupe la tête, en fait repousser deux. Je lis à voix basse, car il pourrait y avoir dans la chambre voisine quelqu'un qui vient de tomber malade et n'a pas besoin de savoir précisément ce qui se passe en lui.

Quand j'ai fini, Lidia me prend la main.

« Et je veux être incinérée », me rappelle-t-elle encore une fois.

Je lui caresse le front, évalue sa température. Elle se réchauffe les doigts dans ses manches comme il y a neuf printemps. Elle était alors venue dans la forêt, marchait devant moi et, un instant plus tard, à mes côtés. J'étais trop hésitant pour être heureux, mais tout ne faisait que commencer. Elle était venue, alors qu'elle aurait préféré être ailleurs. Et elle est toujours là, elle existe toujours, elle qui voulait me montrer un nid de chouette de l'Oural. C'est un miracle. J'essaie de le lui dire, mais j'en suis incapable. Elle ouvre les yeux et sourit mais je ne lui fais toujours pas confiance : elle me sourit parce qu'elle n'a pas le choix, parce que celui à qui ce sourire appartient n'est pas là. Je dois le lui dire.

« Seth est sorti de prison. »

Lidia ne sursaute pas. Elle se contente de me regarder. Ses épaules esquissent un léger mouvement. Un haussement ?

« Sept ans sous clef, note-t-elle, c'est en général le sort réservé aux pires, me semble-t-il.

– Tu voudrais le voir ?

– Pas vraiment. Non. Je n'ai rien à lui dire.

– Il ne t'a pas manqué ?

– Non.

– Pourquoi ne m'en as-tu jamais parlé ?

– Tu ne m'as jamais posé la question. »

Dans le jardin, on entend rire et bavarder, de la vaisselle tinte, signe que la pause café est terminée. Mais personne n'est pressé de rentrer, le soleil brillera encore pendant des heures. Je vais fermer la porte.

« Erik. »

Lidia lève la tête, tapote son oreiller, glisse la main dessous, cherche quelque chose. Je m'assieds sur le bord du lit.

Elle dépose dans ma paume un tapon de nable en bois, lustré par le temps.

Les voix se sont tues, mais, derrière le rideau, la forêt continue de parler, craquant et bruissant comme la plus profonde des taïgas.

Je retourne le tapon dans ma main. Il est vieux, il n'est plus étanche, de l'eau coule de mes yeux.

Je le pose sur la table de chevet, ôte mes chaussures et me couche sur le flanc à côté de Lidia. Ma main se pose sur son ventre, dans le profond creux entre sa cage thoracique et ses hanches.

Elle écarte la tête. Je me glisse plus près et pose mes lèvres à la base de son cou, à la limite entre sa peau et sa chemise de nuit. Elle me tourne le dos, mais je ne renonce pas. Je tâte son bras maigre, enferme sa hanche dans ma paume et continue plus bas. J'arrive au bord de sa chemise de nuit. La peau de ses jambes est chaude et sèche, mais c'est la même qu'il y a longtemps, dans la forêt.

Elle est petite, comme issue d'une espèce humaine différente. Quelques gestes suffisent pour atteindre les moindres recoins de son corps. Je ne vois pas son visage, mais je la caresse, car elle ne me l'interdit pas. Elle tremble, de froid, de fièvre, de peur, que sais-je. Je me colle à elle et lui souffle de la chaleur sur la nuque.

«Non.»

Elle s'assied, prend appui sur le bord du lit pour se lever, flageolant sur ses jambes. Je tends la main pour l'aider, mais elle secoue la tête. Sa chemise de nuit remonte sur ses genoux, son ventre, son visage, et tombe sur le plancher. Je soulève la couverture.

C'est un paquet d'os, d'os d'une incompréhensible beauté.

Mon corps n'a plus ni poids ni contours. Mon cœur agite ses ailes de colibri dans l'espace infini, mais mes pieds appuient lourdement sur les pédales, comme enfouis sous terre. La route poussiéreuse lambine sous mes roues.

Je n'arrive à la maison que vers minuit. Sur la table du téléphone, il y a un petit cartable rouge que je regarde longuement avant de comprendre que Malla et Hanna sont allées l'acheter pour la rentrée des classes. Je l'effleure du doigt et tente de me glisser dans mon rôle de père, de responsable, de porteur d'urne. Je n'y arrive pas. La Haute Crête s'est désagrégée derrière moi en un sillon de sable, la forêt m'emplit les oreilles, refusant d'en sortir.

Je fais demi-tour et retourne dans la rue. En passant devant la porte d'Elsi, je me rappelle que le dernier concert de la tournée aura lieu dans quelques semaines seulement. Ensuite elle reviendra. Mes pensées se bousculent. Je presse le pas et tâte mes poches, j'ai les clefs de mon bureau. Les immenses chagrins et les bonheurs qui vous submergent sont aussi difficiles à supporter les uns que les autres quand ils se produisent en même temps, mes seules forces ne suffiront pas à me porter jusqu'au matin.

Neuf ans jour pour jour après la séquestration du conseil municipal, j'entre, en sueur, dans la chambre de Lidia, la peau imprégnée de la chaude odeur des pins. Elle ne parle plus. Je n'en ai plus besoin non plus, je veux juste sourire quand ses yeux s'entrouvrent, au fond de leurs orbites, et qu'elle me rende mon sourire comme la gamine qu'elle est, ma gamine, car elle n'a jamais eu le temps de rien devenir d'autre. Une fée des bois née quand les contes étaient encore réels, bien que son dossier médical lui donne vingt-neuf ans.

Je déplace ma chaise dans le passé et lui prends la main. Elle est épuisée, mais plus forte que jamais. Impossible de la lâcher et de repartir.

Le soir d'août s'obscurcit. Le médecin entre et s'en va presque aussitôt, me tapotant l'épaule au passage. Je lutte contre la panique et la vaincs. J'ai une mission. Lidia a les mains froides. En a-t-il jamais été autrement ? Je les enferme entre les miennes. Elle respire faiblement et me regarde depuis les profondeurs de l'étang.

« Veux-tu que nous allions nous baigner ? » lui dis-je à l'oreille, et je ferme les yeux avant que des larmes ne s'échappent.

L'ombre d'un pic noir traverse le ciel. Je m'avance au bord de l'Œil noir et entre dans l'eau sombre. Lidia m'attend. Nous nageons vers l'autre rive. Un oiseau vogue dans la brume, sûrement un plongeon catmarin. J'ai froid, trop froid. Je rebrousse chemin, sors de l'eau et me retourne pour regarder Lidia qui continue de nager, déjà loin. Un ruisseau s'ouvre entre les arbres, l'eau de l'étang s'écoule vers les profondeurs de la forêt. Lidia ne jette pas un regard en arrière. Derrière elle, la brume referme la brèche.

31

Assise par terre dans le salon, Malla joue à la poupée avec si peu d'entrain que je sais qu'elle fait semblant. Je l'invite à me rejoindre dans mon fauteuil.

«Je ne vais pas me fâcher si tu ne joues pas.»

Hanna, sur le sofa, tricote et bavarde de choses et d'autres. Je réponds distraitement, un œil sur la pendule, puis me lève.

«Il est temps d'y aller.

– Je vais appeler un taxi», acquiesce-t-elle.

Le chauffeur nous conduit, Malla et moi, vers l'ouest. Nous roulons, le soleil dans les yeux, jusqu'à ce que l'auto tourne sur une route traversant les champs. Les épis ondulent en une mer dorée, prêts à être moissonnés.

«Je peux vous laisser là? demande le chauffeur à la lisière de la forêt. Le chemin est de plus en plus mauvais.

– Oui, ça ira.»

Le taxi s'en va. Nous restons à attendre au bord de la route. Bientôt un nouveau nuage de poussière approche dans les champs. L'employé des pompes funèbres s'arrête à notre hauteur, baisse sa vitre et hoche la tête.

«On ne peut pas aller plus loin?

– Non, et c'est inutile. Nous allons continuer à pied.»

*

Malla n'est jamais venue dans la forêt de maman. La route n'est qu'un sentier sans fin qui escalade des collines rocailleuses et se transforme en boue dans les vallons. Papa marche pour une fois lentement. Elle saute par-dessus les ornières creusées par les charrettes et regarde, sur son dos, le havresac contenant l'urne en terre cuite marron.

Après avoir longtemps marché, ils s'arrêtent sur une colline. La forêt cède la place, dans toutes les directions, à un moutonnement de champs. Devant eux s'élèvent une maison peinte en rouge, une étable et des mazots dont le temps n'a pas encore grisé les madriers.

« C'est là que maman habitait quand elle était enfant, dit papa. La métairie était alors bien plus modeste. »

De la fumée monte de la cheminée. Malla rêve d'un verre de lait et d'une tranche de brioche, à la table de la salle, mais papa s'écarte du chemin charretier. Ils passent entre les cultures et un bois d'aulnes blancs, franchissent un ancien ballast de chemin de fer où poussent des bouleaux plus hauts que papa et plongent à nouveau sous le couvert d'une sapinière. Leur marche ralentit. Papa s'arrête par moments, regarde les cimes, les nuages et les trembles que l'on aperçoit derrière les sapins, se penche pour effleurer des fleurs de lédon fanées ou des rochers recouverts de lichen.

Dans une telle forêt, le crépuscule tombe plus tôt que dans les parcs et les bois de bouleaux. Malla s'apprête à en faire la remarque quand papa annonce qu'ils sont presque arrivés. Elle regarde autour d'elle. Arrivés où ? Ils se fraient un chemin à travers les branches, la pente s'accentue progressivement. Il fait un peu plus clair, puis une grande ombre tombe sur eux. Malla prend peur et tente de la chasser de la main, mais ce n'est que de l'air. Ils s'arrêtent.

Devant eux se dresse un énorme bloc de pierre, irrégulier, drapé dans une cape de mousses en loques.

« C'est là ? » murmure Malla.

Papa hoche la tête et pose son sac par terre, tandis qu'elle explore les alentours. Une vieille fourmilière se blottit au pied d'un arbre mort, telle une bassine renversée, grise et fatiguée. On distingue pourtant un peu de mouvement à sa surface.

Papa fait le tour du rocher, l'urne dans les bras, s'accroupit et lui fait signe d'approcher. Elle s'agenouille à côté de lui et sent sur son visage un courant d'air à l'odeur de cave, montant de sous le bloc de pierre. Papa ouvre le couvercle de l'urne et plonge la main dans la sombre anfractuosité. Elle ferme les yeux. Le contenu coule dans le trou. C'est tout. Aucune odeur de brûlé, et, quand elle jette un coup d'œil à travers ses paupières mi-closes, pas de cendres flottant dans les airs.

Papa dépose séparément l'urne et le couvercle dans le trou. Ils se relèvent et se regardent. Il a l'air étonné.

*

Nous nous asseyons au sommet du bloc erratique. Je sors ma vieille carte de mon havresac et la déplie sur mes genoux. Malla, qui mâchouille un sandwich, se penche pour regarder. Je lui montre, un peu à gauche du centre de la carte, un ovale entouré de courbes de niveau. C'est là que nous sommes.

« C'est quoi, cette ligne rouge ? demande-t-elle.

– La limite de la réserve naturelle. »

Le trait rouge vif entoure la forêt telle une guirlande de sapin de Noël.

« Elle s'étend sur sept cent seize hectares », poursuis-je, et Malla hoche la tête.

Y comprend-elle seulement quelque chose ?

Sept cent seize hectares représentent plus de sept kilomètres carrés. C'est beaucoup, au point que Harmajakari a crié de joie quand nous avons signé l'accord de protection de la nature. Qu'une forêt infinie puisse se réduire à un chiffre paraît pourtant étrange.

« Nous avons le droit d'être là ? demande Malla.

– Bien sûr. Cette forêt est à nous.

– Tu ne l'as pas donnée ?

– Non. J'ai juste signé un contrat qui interdit d'y couper des arbres et de chasser.

– Pourquoi ?

– Parce que c'est permis partout ailleurs.

– Est-ce que les arbres et les animaux ne vont pas finir par disparaître, partout ailleurs ?

– Je ne sais pas. Peut-être un jour. »

Malla plie le papier d'emballage des sandwiches et le glisse dans la poche latérale du havresac. Je chasse un moustique de son front. L'insecte s'envole, indemne. Malla sourit.

« Tu n'aurais de toute façon pas coupé d'arbres, note-t-elle. Même si tu n'avais pas signé ce contrat.

– C'est vrai.

– Contre qui la forêt est-elle protégée, alors ? »

Je me passe la main dans les cheveux.

« Eh bien, contre tes enfants et tes petits-enfants. »

Malla tâte de la pointe de la langue ses incisives, qui ont presque atteint leur taille définitive.

« Tu crois qu'ils vont mal le prendre ? reprends-je.

– Tant pis pour eux. »

Elle se presse contre moi et me renverse sur le dos. Nous restons allongés sur l'échine du gros rocher et rions de ces petits-enfants inconnus. Les larmes s'amassent dans nos yeux et roulent sur nos joues. Je n'aurais jamais cru qu'à l'enterrement de Lidia nous pleurerions de joie.

*

Quand ils descendent de la colline, papa se rend compte que le soir est tombé et accélère le pas, manquant laisser Malla en arrière.

« Prends le sac et grimpe », dit-il.

Le havresac est presque aussi grand qu'elle, mais il est léger à porter. Elle saisit les épaules de papa, saute sur son dos et presse son front contre lui afin que les branches qui les frappent ne lui blessent pas les yeux. Il court presque, le souffle embué, et le bois mort craque sur son passage. Malla s'imagine être la petite fille qui, dans son livre de contes illustré, chevauche un élan dans une forêt noire.

Ils repassent près de l'ancienne maison de maman, longeant encore une fois l'aulnaie et les champs, et filent à toute allure vers le chemin menant au village. Malla ouvre et ferme tour à tour les yeux, elle est fatiguée, mais sait qu'elle ne doit pas s'endormir quand papa la transporte, que ce soit sur son porte-bagage ou sur son dos, car elle risquerait de tomber.

Enfin il s'arrête et la pose sur le sol. La colline vacille. Malla regarde la forêt et le ciel qui touche déjà les premières étoiles. Papa s'écarte du sentier. Un grand pin solide, dépouillé d'une grande partie de son écorce, étend ses branches au-dessus d'eux. Il l'examine sous toutes ses faces. Elle s'approche sur la pointe des pieds. Il y a des inscriptions gravées sur le tronc.

*

Je saisis le manche de mon couteau, mais je n'arrive pas à me décider. Les autres habitants de Leppämäki sont enterrés dans le cimetière de la paroisse. Leurs noms ont été gravés sur l'arbre du côté du village, car c'est de cette direction que viendraient leurs fantômes. Le nom de Lidia, restée dans la forêt, ne devrait-il pas, en toute logique, être inscrit du côté opposé ?

Je fais le tour de l'arbre commémoratif. Malla me suit sans rien dire. Je tâte l'écorce. De ce côté, elle est intacte et forme un bouclier à larges écailles. J'introduis la lame de mon couteau dans une fissure et exerce une pression, mais seul un petit morceau d'écorce se détache. Le tronc réfléchit les dernières lueurs du soleil. Nous allons bientôt devoir poursuivre notre chemin, Hanna nous a assez fait la leçon à propos des heures de coucher.

Malla attend, les pieds dans les myrtilliers, la tête baissée. Je la prends par la main.

« Rentrons. »

Les ombres de la forêt gagnent nos yeux. Le pin, intact, reste à refléter le souvenir du soleil.

*

Malla glisse dans son cartable un mouchoir et un plumier contenant un crayon et une gomme. Elle doit aussi emporter un en-cas, mais il sera temps de le préparer demain matin. Elle va cependant prendre deux pommes dans le compotier de la table du salon et les met dans un sac en papier. Elle ne trouve ensuite plus rien à faire. Elle s'assied sur le tabouret du vestibule et écoute le vent qui se jette par moments contre les fenêtres du salon comme s'il essayait d'entrer. Dehors, le soleil brille, mais les froides bourrasques marines ont eu raison de la chaleur. L'été est fini.

La porte du cabinet de travail s'ouvre. Papa, les cheveux en bataille, s'arrête sur le seuil du vestibule, la main encore sur la poignée, voit Malla et sourit en bâillant.

« Que fais-tu là ? » demande-t-il, mais il passe devant elle et se penche pour mettre ses chaussures. Elle saute de son tabouret.

« On va se promener ?

– Pas maintenant. Je dois aller à l'université. »

Hanna sort de la cuisine, séchant ses mains dans son tablier. Malla et elle ont acheté ce matin au marché les dernières myrtilles de la saison, et elle a fait des confitures toute la journée.

« Ça lui ferait du bien de prendre l'air », dit-elle.

Papa a l'air ennuyé, à peine, mais Malla le remarque.

« Est-ce que tu pourrais l'emmener ? Je dois aller...

– Inutile », murmure Malla, et elle se faufile dans le cabinet de travail et ferme la porte.

Papa et Hanna discutent un moment, et bientôt il la rejoint et lui demande de l'accompagner, mais elle secoue la tête. Elle prend un livre dans la bibliothèque et s'assied par terre. La porte d'entrée se referme. Hanna jette un coup d'œil dans le cabinet de travail.

« Je préfère lire », déclare Malla.

Tandis que Hanna retourne dans la cuisine, elle va au bureau et ouvre le tiroir du haut à gauche. Elle cherche la flasque en métal, dans le coin du fond, la secoue et sursaute en entendant clapoter un reste de liquide. Depuis le printemps, elle était vide.

*

Dans la rue, je suis ralenti par des écoliers plantés sur le trottoir comme des cailloux dans des rapides, à regretter la fin des vacances d'été. Au coin de la rue, je tourne vers le centre. Je longe le Musée national, le regard rivé au sol, en me massant par moments la nuque. Des passants se hâtent en tous sens, à pied, à bicyclette, déboussolés. Le monde tourne trop vite.

Quelqu'un me dépasse et tend le bras pour me barrer la route.

« C'est bien toi ! »

Je cligne des yeux. Il me faut un moment pour reconnaître, entre le col de son manteau et son chapeau en forme de dé à coudre, le visage encadré de boucles noires d'Elsi. J'ouvre les bras et la serre contre moi. Nous chancelons légèrement.

« Que fais-tu déjà là ? demande-t-elle, la bouche dans les plis de mon manteau.

– Et toi ?

– Je suis arrivée ce matin. »

Nous traversons la rue et nous asseyons sur un banc du parc. Elsi me caresse la main, raconte la fin de sa tournée, sourit, bavarde, et peu à peu se tait. Je triture ma manche et regarde la cime des marronniers.

« Elle est morte.

– Lidia ?

– Oui, dis-je en prenant appui sur l'accoudoir du banc pour me lever. C'est bien ce que nous espérions.

– Non.

– Moi, en tout cas.

– Pas sérieusement. »

De nouveau, je n'arrive pas à la regarder tout de suite dans les yeux, perdu dans son visage trop plein de pommettes et d'arcades sourcilières.

« Tu es contente ? » reprends-je.

Elsi croise les mains sur les genoux, secoue la tête et détourne le visage. Un canard se dandine devant nous. Le temps qu'il s'éloigne, l'écho amer de ma question s'est apparemment dissipé, et Elsi m'effleure l'épaule.

« Tu veux venir chez moi ? On pourra parler. »

Le vent m'éclaircit les idées. Elsi a froid, elle cache dans ses poings le bout rougi de ses doigts, mais ceux-ci sont longs, minces et beaux, devenus étrangers en quelques semaines. Elle me regarde comme elle ne l'a jamais fait, par en dessous. Son expression m'est familière. Je n'ai encore vu personne l'arborer, mais l'ai sentie d'innombrables fois sur mon propre visage. Elle a peur de moi, comme de quelqu'un entre les mains de qui l'on a sans le vouloir déposé trop de son propre avenir. Comme un oiseau a peur de celui qui le bague ou un agneau de celui qui va le tuer. Je suis furieux. Elle a pour mission de sourire et de plisser les yeux d'un air mystérieux, pas de se préparer à poser mes pantoufles devant mon fauteuil.

Elle s'en rend elle-même compte. Elle se redresse, repousse ses mèches sous son chapeau et regarde le ciel comme si elle en avait assez d'attendre. Les pantoufles volent dans un coin.

«Passons acheter à manger, dit-elle aux nuages. Je n'ai rien à la maison.»

Je nous vois au marché en train de remplir un panier de légumes, d'œufs et de pain, de rentrer à la maison, de cheminer vers l'avenir. Demain matin, j'accompagnerai Malla à l'école et lui annoncerai qu'Elsi est revenue. Elle sourira. Je pense à la flûte, dans la salle du presbytère, lançant vers le ciel des étincelles d'étoiles, et à moi, tremblant au dernier rang. Puis les étoiles s'agrègent en un tapon de nable au bois lustré.

Mes pensées sont trop nombreuses et les demains infinis, mais je ne veux pas qu'ils adviennent. Je me lève. Le paysage vacille un instant. Elsi me prend le coude.

«Je viendrai une autre fois», dis-je, et je me libère le bras.

Les étoiles s'éteignent. Elle se fait toute petite sur le banc. Je poursuis mon chemin vers l'université et vais droit à la réserve de matériel. Les murs renvoient l'écho de la vacuité du dimanche.

Je rentre tard à la maison. Le cartable rouge de Malla est posé près de la porte. Ses chaussures à bride attendent sagement à côté. J'enjambe avec précaution la nature morte afin de ne pas l'abîmer.

Quand je me réveille, huit heures plus tard, et que je vais dans le vestibule, le cartable et les chaussures ont disparu. Hanna, qui lit le journal dans la cuisine, ne répond pas à mon bonjour. Je prends de l'aspirine dans le placard et l'avale devant la fenêtre. L'automne tambourine au carreau.

32

Papa vient chercher Malla à l'école tous les jours. Elle soupçonne que c'est ce qui a été convenu dans la cuisine après qu'elle a été se coucher : Hanna l'y conduit, lui la ramène. Il n'arrive pas à se lever tôt. Il l'attend toujours au même coin de rue. Quand les autres enfants passent devant lui, il a l'air grand et maladroit. Parfois, afin de se donner une contenance, il regarde le ciel avec ses jumelles ou examine la végétation qui s'accroche entre les pavés. Puis elle arrive, le tire par un pan de son manteau ou s'accroupit à côté de lui pour observer une herniaire ou une petite linaire à demi fanée. Comment s'est passée ta journée ? demande-t-il, et elle lui raconte. Il pose d'autres questions, et, à la fin de la deuxième semaine d'école, elle commence à croire qu'il tient encore à elle, en tout cas un petit peu. Elle chasse de son esprit sa première matinée d'école, quand Hanna a fermé la porte de papa et déclaré qu'il ne l'accompagnerait finalement pas.

Le soir, ils lisent ou jouent, bien que papa semble fatigué et que ses phrases soient parfois entrecoupées de silences. Dans ce cas, elle dispose les pièces d'échecs ou distribue les cartes à sa place et l'aide pour le jeu de paires. Peu importe, car les soirées sont courtes. Elle va se coucher tôt et dort d'un profond sommeil.

Au bout de quelques semaines de classe, elle se risque, sur le chemin du retour, à demander des nouvelles d'Elsi.

« Je suppose qu'elle poursuit ses études, répond papa.

– Tu ne l'as pas vue ?

– Pas depuis un moment. »

D'un coup de pied, elle envoie un petit caillou voler loin devant eux. Puis elle a une idée.

« Je pourrais te montrer quelque chose, une surprise.

– Qu'est-ce que c'est ?

– Ma collection. »

Il sourit et elle lui rend son sourire. Il ne comprend rien aux chromos. Elle va les lui présenter, et peut-être cela fera-t-il une différence.

À la maison, elle passe ses chromos en revue et les réorganise par thèmes. Elle range sur le dessus les plus essentiels. Quand elle remet la boîte dans le tiroir des choses importantes, elle jette aussi un coup d'œil à celui du haut. La flasque est lourde, presque pleine à ras bord, le liquide ne clapote pas. Faudrait-il vider son contenu au pied du ficus ou dans la baignoire ? Elle n'ose pas.

Elle aide Hanna à couper les pommes de terre pour la soupe. Papa lit au salon. Elle va de temps à autre à la porte vérifier ce qu'il fait, mais il ne semble pas avoir bougé. Quand ils passent à table, il fait tomber sa cuiller par terre. Elle déglutit et scrute son visage. Il ramasse la cuiller sans rien dire et se sert une assiettée de soupe. Ses paupières se ferment et se rouvrent lentement. Il avale à la hâte une pleine cuillerée et se brûle la bouche. Malla baisse les yeux sur son assiette. La brume qui se condense dans ses yeux se mélange à la vapeur du potage.

Le téléphone sonne. Hanna va répondre, puis appelle papa. Ce dernier parle un instant à voix basse. Revenu à table, il termine rapidement son repas et se lève.

« Excusez-moi. J'ai une affaire à régler.

– Et les chromos ? demande Malla.

– Je n'en ai pas pour longtemps. On les regardera à mon retour. »

Elle mastique consciencieusement un morceau de pomme de terre, bien qu'il soit tendre et n'en ait pas besoin. Elle a la gorge serrée. Hanna s'est arrêtée de manger et se tourne vers papa.

« Emmène Malla, elle a besoin de se promener.

– Je ne m'absente vraiment qu'un instant. »

Hanna le regarde d'un air si furieux que Malla prend peur.

« C'est bon, elle peut venir. »

Ça n'est pas très engageant, mais tant pis. Hanna l'aide à s'habiller, un peu inquiète, bien que papa lui ait obéi.

« Et si je faisais quand même d'abord du café, suggère-t-elle alors qu'il ouvre la porte d'entrée.

– Nous serons vite de retour, promet-il. Nous boirons le café ensuite. »

Dehors, il fait déjà nuit. Ils vont jusqu'au parc et s'arrêtent près d'un banc. À la lumière des réverbères, papa a l'air d'avoir froid, il a enfilé par mégarde son manteau d'été. Les feuilles d'érable palpitent sur le sable de l'allée comme si elles essayaient de parler.

« Qu'est-ce qu'on fait ici ? » demande Malla.

Il n'a pas le temps de répondre. Un homme surgit au détour du chemin. Il s'approche d'eux, puis s'arrête. Malla prend la main de papa, mais elle est glacée et il ne répond pas à sa pression.

«Attends-moi là», dit-il, et il se dirige vers l'homme. Ils se serrent la main et parlent, papa se gratte le front et regarde Malla, l'homme fait des gestes, désignant quelque chose derrière lui. Papa hausse les épaules et fait signe à Malla de venir. L'homme, qui porte un chapeau à large bord et un manteau noir, ne lui adresse pas un mot et ne la regarde même pas vraiment. Ils se dirigent vers les hangars à locomotives de la gare. Une automobile les attend. L'homme s'assied au volant. Papa ouvre la portière arrière et ordonne à Malla de monter. Elle n'en croit pas ses oreilles.

«Vas-y, dit-il. Je vais m'asseoir devant.

– Où allons-nous ?

– Faire un tour.»

Malla se glisse sur la banquette arrière, la portière claque. Pendant deux secondes, elle a le temps d'imaginer papa s'enfuyant en courant, mais la portière avant s'ouvre, il s'installe et l'homme démarre.

Ils roulent longtemps. Les réverbères disparaissent et on ne voit pratiquement plus rien à l'extérieur. Les phares éclairent par moments un bout de route, des arbres ou des maisons, de plus en plus petites, et pour finir de simples champs. Papa et l'inconnu restent la plupart du temps silencieux et, quand ils parlent, le bruit du moteur empêche Malla de distinguer ce qu'ils disent.

Quand enfin ils s'arrêtent, elle a le temps de voir, avant que les phares ne s'éteignent, une vieille grange de guingois. L'endroit idéal pour des fantômes. Elle n'arrive pas à garder les yeux ouverts. La portière arrière s'ouvre, un courant d'air humide de brume marine la balaie.

«Attends-nous ici, nous allons juste faire un petit tour, tout près», dit papa, et il lui touche la joue.

Le geste est réconfortant. Elle enfonce son bonnet sur sa tête et serre les bras sur son ventre. Une lumière se balance derrière ses paupières, sans doute une lampe torche.

Dehors, il y a du mouvement. L'auto bouge sous le poids de quelque chose qu'on charge dans le coffre. Puis les portières s'ouvrent et se referment. Malla soulève les paupières.

«Tu as froid ?» demande papa depuis le siège avant.

L'automobile recule, fait demi-tour et repart vers la maison. Malla est si soulagée qu'elle a envie de pleurer, mais elle se contente de secouer la tête.

*

La sueur froide est lente à sécher. Je suis maintenant capable de bavarder avec lui et même de le regarder directement, bien que dans l'obscurité de l'auto, alors qu'il tient le volant, ce ne soit pas vraiment nécessaire. Peu à peu, j'en viens même à attendre avec impatience que nous retrouvions des routes éclairées, je veux pouvoir examiner son visage. Je suis aussi prêt à prendre des décisions définitives. J'ai reçu un dernier avertissement. De qui ? De personne. L'avertissement est un hasard, qui me donne la force de reprendre ma vie en main.

Seth calcule le prix de la cargaison et me demande de vérifier que j'ai sur moi assez d'argent. Je sors mon portefeuille de ma poche et évalue à tâtons son contenu.

« C'est bon. »

Je jette un coup d'œil à la banquette arrière. Malla a l'air de s'être endormie.

« Vous êtes sûr que la petite ne dira rien à personne ? demande Seth.

– Oui. »

Si seulement elle parlait à quelqu'un, au moins de temps en temps, de quoi que ce soit !

Seth tient le volant, le cou légèrement rentré dans les épaules. Je l'ai reconnu dès qu'il a surgi au tournant de l'allée du parc, mais il ne m'a jamais vu de près. Ou si, mais c'est Lidia qu'il regardait. Sans doute.

Un éclair dans le rétroviseur. Seth pousse un juron. Je me tourne pour regarder. Les phares d'une autre auto m'aveuglent, étonnamment près.

« Faites attention, ils vont voir votre visage. »

La route se creuse de nids-de-poule et nous secoue violemment.

« Qu'est-ce qui se passe ? » demande Malla, affolée.

Elle s'avance sur le bord de la banquette. Je lui tends la main et ses petits doigts se referment sur mon poignet.

« Ils nous attendaient à un croisement », dit Seth.

La route s'aplanit, la vitesse augmente. Nous distançons nos poursuivants. Dans l'obscurité, nos phares mordent la route : de l'argile, des cailloux, des mottes de boue tombées de sabots de chevaux. Puis autre chose, devant. Seth braque le volant à gauche. L'auto tangue sur le bas-côté, mais il est trop étroit. Elle dérape dans le fossé, heurte un obstacle et se renverse. Malla me lâche le poignet.

J'ai de l'herbe mouillée sous la joue. Mon front palpite de douleur. Quand je le touche, mes doigts se mouillent de sang. Quelqu'un me prend par le bras et essaie de m'aider à me relever. Je m'appuie sur un coude et vomis dans l'herbe. Je vois partout clignoter des lumières de phares, de lune, d'étoiles, de douleur.

«Vous êtes blessé ?»

Je ne vois pas le visage de l'homme qui me pose la question, il n'y a que de l'ombre sous sa visière. Je presse ma manche sur mon front pour empêcher le sang de me couler dans les yeux. À quelques mètres, des policiers récupèrent la herse posée sur la route. On a étalé un drap sur le bas-côté. Quelqu'un est allongé dessous. Des vagues noires traversent mon champ de vision.

«Le chauffeur est arrivé au bout de son voyage, dit la voix. Levez-vous.»

L'auto de Seth est toujours dans le fossé, des policiers examinent le coffre à la lumière de torches électriques, comptent les bouteilles, intactes ou cassées. Ma vue se brouille, mes pensées ralentissent.

«Où est ma fille ?

– On l'a emmenée à l'hôpital.

– Qu'est-ce que…

– C'est assez grave.»

Lumières et silhouettes dansent la sarabande, se perdent dans un scintillement. La migraine arrive et fait tout exploser. Une voix sans visage appelle à l'aide. Des bras me mettent sur pied et me soutiennent sur le sol glissant. Je bascule sur une banquette rembourrée, la portière claque.

Les questions n'en finissent pas. On les tourne et retourne afin qu'elles aient l'air neuves, mais leur contenu reste inchangé. L'affaire porte un numéro que l'on commence chaque fois par énoncer, et mes actes ont déjà trouvé, pour les archives, leur qualification : infractions répétées à la loi de prohibition, homicide involontaire, blessures involontaires aggravées, négligence parentale. Je n'assimile pas bien la signification de chacun de ces mots sans âme, mais ils me terrassent. Pure perte de temps. Malla est à l'hôpital, je peux aussi bien mourir. Je le leur répète plusieurs fois.

Hanna est autorisée à me rendre visite, mais je ne me rappelle ensuite rien de ce qu'elle a dit, si ce n'est qu'elle est intervenue auprès du juge, lui a demandé de tenir compte de mon lourd passé : l'alcoolisme de ma mère, la maladie et la mort de mon épouse, ma fille à élever seul. Inutile, stupide. Je lui interdis de tenter quoi que ce soit de plus.

On me fait asseoir dans différentes pièces, petites ou grandes, sous une lumière crue. Ceux qui m'interrogent sont parfois deux, parfois trois. Diverses silhouettes me précèdent dans des couloirs qui se perdent dans la brume. On me conduit d'un sinistre bâtiment à un autre à l'arrière d'autos sentant le renfermé sans même que je regarde dehors. Le vent et les paquets de pluie lavent les vitres. Quand on me raccompagne à ma cellule, l'obscurité vient tôt et, bien que je laisse la lumière allumée toute la nuit, elle pèse sur moi tel un sac de pierres.

Une table. Une chaise. Je dois m'asseoir. Un léger mouvement à la limite de mon champ de vision me dérange, pourquoi ne me laisse-t-on pas tranquille ? Je jette sans le vouloir un coup d'œil sur le côté. La fenêtre de la salle d'interrogatoire est haute et large. Entre ses montants, il neige. Je m'essuie le front. Ma blessure a laissé place, à un moment ou un autre, à de la peau lisse.

La pièce est grande, avec des bancs et des tables en bois sombre. En plus des enquêteurs, quelques autres personnes sont présentes. Hanna est assise au dernier rang, je ne suis pas sûr qu'elle soit réelle. Un homme cravaté s'installe à la table de l'estrade et débite des propos liminaires. La fatigue m'enveloppe d'une laine épaisse. Y a-t-il jamais eu un mouton noir à Leppämäki ?

Les questions commencent. Je dois m'extraire de la laine. Les fibres du plateau de la table ondulent en vagues paresseuses.

« De quoi vos revenus sont-ils constitués ?

– De mon salaire à l'université.

– Parlez plus fort, s'il vous plaît. Avez-vous des biens ?

– Un appartement rue des Tilleuls et le manoir d'Aspholm, avec sa forêt.

– Vous n'avez ni cultivé les champs du manoir ni exploité sa forêt. Votre salaire est modeste. Comment avez-vous pu à la fois nourrir votre famille et vous procurer de l'alcool ?

– Mon salaire m'a servi à nourrir ma famille.

– Et pas à vous procurer de l'alcool ?

– Non.

– Vous avez néanmoins été vu ivre plusieurs fois depuis le début de l'année. »

C'est ce qu'ils ne cessent de répéter, mais ils n'ont pas précisé où l'on m'a vu ni qui m'a surveillé. Je buvais seul à l'université, et rentrais seul dans la nuit à la maison, caché dans les profondeurs de mon manteau.

« Où vous procuriez-vous de l'alcool ?

– Sur mon lieu de travail.

– Comment exactement ? »

Encore une fois. Bientôt tout sera terminé.

« Je m'occupe des collections de sciences naturelles de l'université. On utilise de l'alcool éthylique pour la conservation des spécimens. »

La voix, s'adressant à d'autres, explique que l'université a constaté dès le printemps que de l'alcool éthylique avait disparu, et que les quantités manquantes avaient augmenté à partir du mois d'août. La direction de l'établissement a fini par soupçonner qu'il s'agissait de vol et, en septembre, le produit a été placé dans une armoire fermée à clef, sous la surveillance de l'appariteur.

« Stenfors a dû chercher de l'alcool ailleurs », conclut la voix, puis elle s'adresse de nouveau à moi :

« Qui utilisiez-vous comme intermédiaire ?

– Je ne connais pas son nom. Je donnais juste mon numéro de téléphone.

– À qui ?

– À un homme dans la rue. Un inconnu.

– Vous avez reçu quelques jours plus tard un appel téléphonique. Qui était-ce ?

– Il ne m'a pas donné son nom.

– Mais vous l'avez reconnu quand vous l'avez vu ?

– Oui. C'était Seth Pitkähalme.

– S'agit-il du chef de l'insurrection capturé en décembre 1918 ? »

Les vagues des fibres du bois se figent. Je redresse la tête. Une douleur me traverse les muscles, cela fait longtemps qu'ils ne l'ont pas tenue droite. La transpiration s'accumule sous mes aisselles et les lumières que je vois sont d'une incroyable banalité. Sur les bancs, quelqu'un toussote. Le brouillard a disparu dans les fentes du parquet et je ne parviens pas à le faire ressurgir pour me protéger. La question est nouvelle et rompt le rythme régulier des phrases inlassablement répétées au fil des semaines. Je ne sais que répondre.

Dans l'encadrement de la fenêtre, la neige ralentit sa chute afin que le plus de flocons possible aient le temps, avant de tomber au sol, d'observer ce qui se passe dans la salle. Des silhouettes grises sont assises sur les bancs, qui donc sont-elles ? Au fond de la salle, une irréprochable statue d'Athéna tend les bras. Les questions sont apparemment sorties de la bouche de l'homme qui se tient devant l'estrade, les mains sur les hanches. Le cravaté, à une table à l'arrière-plan, écrit quelque chose. Les traits de leurs visages restent flous. Des dents-de-scie courent dans mon champ de vision. Je me concentre à nouveau sur les motifs de la table.

« Oui, c'est lui.

– Comment avez-vous fait la connaissance de Pitkähalme ? »

Le printemps, le vent et la mer froide murmuraient dans l'île au faucon. Le lion qui paressait sur un tronc d'arbre tombé nous a jeté un regard indifférent. Et Lidia a poursuivi son chemin à mes côtés, tête basse, ne pouvant rien faire d'autre.

« Nous avions des relations communes.

– Avant l'insurrection ?

– Oui. »

J'ai froid. Je n'ai pas dormi de la nuit. D'après l'écho, je suis assis dans une salle relativement vaste. Je ne me rappelle pas quand ni comment on m'y a amené – à travers les dédales du bâtiment ou en auto. Quelques mots se détachent du brouhaha de voix. Infraction à la loi de prohibition, amendes. Ridicule. Faut-il tout faire soi-même dans ce monde, y compris se punir ?

Une voix tâtonne dans le brouillard et parvient à le traverser.

« Avez-vous des biens cessibles ?

– Le manoir d'Aspholm et l'appartement de la rue des Tilleuls.

– Et la forêt du manoir ? »

Le murmure du vent.

« Pouvez-vous, pour couvrir le montant des amendes et des frais, vendre la forêt du manoir ?

– Non.

– Pourquoi ? Elle constitue une part importante de vos biens. »

Je l'aperçois à travers les murs de pierre. Sous le voile de neige, les vieux arbres tombés dessinent des crêtes osseuses. Les mésanges et les grimpereaux volettent d'un bout à l'autre de la forêt dans la brève lumière du jour, babillent dans les arbres et laissent derrière eux le silence. Les bouvreuils se perchent à la cime des bouleaux, la poitrine tournée vers la chaleur imaginaire du soleil. Un écureuil franchit d'un bond le bloc erratique que la vie traversait. Une part importante de vos biens. Faux. Je n'en ai pas, je n'en ai jamais eu d'autres.

« Stenfors possède plus de sept cents hectares de forêt mature, explique la voix. Elle suffirait, à elle seule, à couvrir les frais. »

Combien vaut un sapin haut comme les nuages ? Un pic noir ? Une alectorie ramifiée ? Si cher que personne ne peut les acheter, d'autant plus qu'on ne peut y toucher. Je regarde un instant dans les yeux l'homme qui me questionne. Il a des lunettes et de grandes oreilles.

« La forêt est protégée, dis-je lentement. La vente de bois est impossible.

– Que voulez-vous dire ? »

Viktor Harmajakari a dansé et débordé d'une joie volubile. Je lui ai souri et ai signé. L'oxygène pénètre goutte à goutte dans ma circulation sanguine. Les mots jaillissent de ma mémoire, incantation au goût de papier, merveille des merveilles.

« Elle a été déclarée réserve naturelle l'année dernière, en vertu de la loi sur la protection de la nature. D'après l'accord conclu, la coupe d'arbres, la chasse et toute autre atteinte à l'état naturel de la forêt sont définitivement interdites. »

Le stylo écrit. Des pas résonnent dans un couloir, derrière le mur.

« L'accord doit être annulé.

– Aucun contrat signé en vertu de la loi sur la protection de la nature ne peut être rompu. »

La fatigue se perche au sommet de mon crâne, d'où sa chaleur descend, emportant avec elle toutes les forces de mes fibres musculaires. Le brouillard efface les silhouettes, les lumières, et pour finir les sons. On n'a plus besoin de moi. La forêt est sauve.

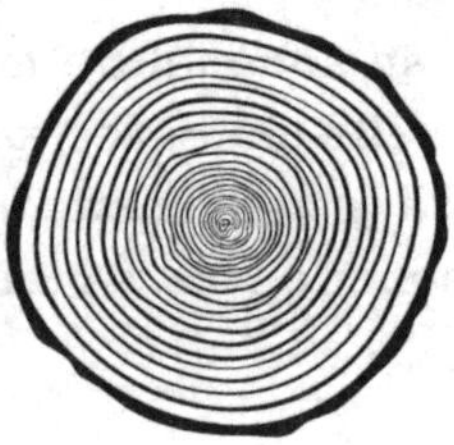

II

MALLA

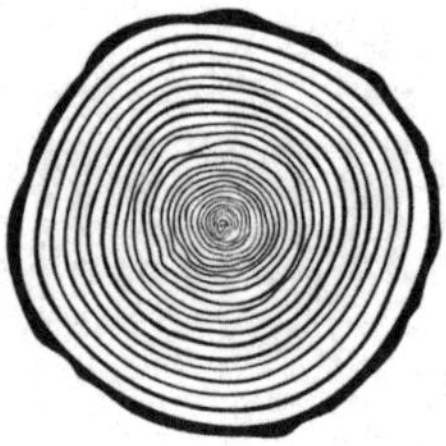

La forêt descend vers le rivage. Les conifères cèdent la place aux feuillus, le sol se détrempe, se fait bientôt même trop humide pour que des arbres y poussent. Elle sent l'odeur de la mer mais ne peut la voir, car devant elle s'étend une prairie bordée d'une roselière agitée par des rafales de vent. L'étrange raclement des tiges fait bondir son cœur.

Franchir l'espace dégagé prend du temps. Elle s'aplatit, s'arrête et essaie de calmer le petit qui gambade tantôt derrière elle, tantôt devant ou à côté, infatigable et plein d'une dangereuse curiosité. Il court après chaque libellule engourdie et broute des plantes inconnues.

La prairie est gorgée d'eau et bosselée de touradons. Elle pose avec précaution les pattes, se tourne à intervalles réguliers pour vérifier qu'elle ne laisse pas de traces et ordonne au petit d'en faire autant. Il zigzague entre les touffes, furète à la recherche de canneberges mûres, fonce sur elle et la bouscule, repart. Il est rond et fort.

Ses petits sont nés dans leur tanière, sous un sapin aux branches touffues. Le premier était trop faible, mais le second tétait avec appétit et a survécu bien qu'ils aient été obligés de quitter tôt leur abri, démantelé par les pluies du printemps. Il a ensuite fallu longtemps pour que la terre verdisse. Pour se nourrir, ils ont éventré des fourmilières enneigées, trouvé dans des arbres pourris des insectes ralentis par l'hiver, mangé quand ils en trouvaient des baies mordues par le gel.

Il y a deux étés, un mâle l'a attendue au bord d'un étang brumeux entouré de sapins muets. La forêt était accueillante : une vaste zone de tourbières inhabitées entre deux étendues de champs. Ils la parcouraient jour et nuit, presque comme dans l'Est, presque comme jadis, et ils avaient même vu de loin un élan femelle et son faon.

À son réveil, un soir, le mâle avait disparu. Le lendemain, au bord d'un chemin, elle a trouvé des touffes de mousse noires de sang. Deux longs sillons avaient creusé la terre, accompagnés d'empreintes de bottes. C'était le sang de toute une vie qui avait coulé sur les mousses. Plutôt que de suivre les traces, elle a repris sa route vers l'ouest.

Elle n'a rencontré aucun de ses congénères au cours de son périple.

Du haut d'un touradon de laîches, elle descend dans l'eau et ordonne au petit de grimper sur son dos. Il a peur et gémit. Les roseaux bruissent et s'écartent en douceur. Le petit, haletant, s'accroche aux poils de son garrot.

L'eau glacée lui arrive bientôt à la poitrine. Une vague éclabousse les pattes du petit, qui couine. Quand la roselière se fait moins dense, elle l'avertit : tu vas te faire mouiller. Il retient sa respiration, elle prend appui sur le fond et s'élance à la nage. À quelques brasses, une pierre plate dépasse de l'eau. Ils parviennent au sec et s'ébrouent.

Le soleil se couche. Elle regarde la mer. Quelques îles basses tremblotent à l'horizon.

Ils sont arrivés au bord du monde. Et au-delà, il n'y a rien.

Ils parcourent une mosaïque de champs et de forêts, se cachent le jour dans les bois et franchissent de nuit les espaces découverts. Elle s'est égarée, ils se sont écartés du chemin par lequel ils sont venus. La direction générale est malgré tout la bonne. Cap vers l'est, vers le soleil levant, répète-t-elle au petit. Suis-moi, et si tu entends quelque chose d'inhabituel, ne fais surtout aucun bruit. Nous trouverons bientôt un endroit où passer l'hiver.

Les forêts sont jeunes et denses. Il y a peu de fourmilières, encore moins de baies. L'eau boueuse des fossés bordant les champs a un goût de croupi.

L'aurore accentue les contours des arbres. Nous n'allons pas tarder à nous arrêter pour nous reposer, promet-elle. Ils se glissent à travers des broussailles d'aulne. Un jeune sapin frappe le petit au visage. Il pousse un cri.

C'est alors qu'elle sent dans la brise la chaleur et la respiration d'un grand animal. Un élan. Il est droit devant eux, tout près. Le petit se fige et attend tandis qu'elle rampe vers sa proie. Souple comme un serpent, elle évite brindilles sèches et feuilles mortes et se faufile entre les troncs et sous les branches.

L'élan broute le dernier regain, mince silhouette sombre sur fond de soleil levant.

Au moment où il flaire quelque chose d'anormal, elle se rue en avant. L'élan tressaille mais n'a pas le temps de fuir. Elle le jette à terre.

La lumière du jour chasse les ombres. L'animal est étendu dans l'herbe. Elle recule de quelques pas, le soleil lui blesse les yeux, tout scintille, le pré crépite de givre. De l'autre côté de la vaste clairière se dresse une robuste maison. Des vaches fuient en meuglant vers l'airial, clarines tintantes. Elle regarde sa proie, son flanc clair et lisse et son cou entouré d'un collier, soudain ensanglanté. Une cloche y pend, vide, son battant envolé.

Le petit gémit, paniqué, en bordure du pré. Le soleil se reflète dans ses yeux, les clarines sonnent, le plancher de la maison tremble, la porte s'ouvre à la volée. Ils fuient dans la forêt.

Encore un effort. Ça va aller.

Mais le petit flaire sa peur et tremble. Elle l'a un peu porté sur son dos, mais il est déjà si lourd qu'ils n'avançaient pas plus vite. Maintenant, ils se hâtent l'un derrière l'autre et elle s'arrête par moments pour l'attendre. Aucun d'eux n'a le temps de faire attention au bois sec et aux feuilles mortes, et, dans la neige qui recouvre les espaces dégagés, ils laissent des traces de pattes.

Les fourrés se terminent à nouveau en impasse, devant eux scintille une étendue blanche. Ils changent de direction.

Dans l'après-midi, ils les entendent. Des bottes pataugent dans les champs enneigés et brisent le frasil des flaques. Des cris résonnent. Ils font demi-tour, mais face à eux se dessine encore une fois l'orée baignée de lumière de la forêt.

Un bruit perce les broussailles, lui coupant les jambes et figeant le petit sur place. Un chien. Plusieurs.

Ils fuient. Les aboiements se rapprochent. Passe devant, ordonne-t-elle au petit. N'aie pas peur, je te suis, cours juste aussi vite que tu peux.

Un des chiens les rejoint. Il tente de la mordre, mais elle réussit à le repousser. Un autre plante ses dents dans la nuque du petit. Elle l'écarte d'un coup de patte, le faisant déguerpir. Faut-il enjoindre au petit de grimper dans un arbre ? Non, ils l'y trouveraient tôt ou tard.

Des branches cassent, le petit couine, des chiens aboient, des hommes crient. Les broussailles s'agitent de tous côtés, quoi, d'autres chiens ? Elle se prépare à l'assaut, mais il vient trop vite. Le tonnerre claque derrière les arbres. La foudre lui frappe la poitrine. La forêt bascule.

Le petit tournoie autour d'elle. Les bruits s'estompent, la lumière se concentre au sommet d'un pin. Le petit la pousse du museau. La foudre lui brûle les entrailles, sa vue se brouille, le soleil explose en une myriade d'étoiles. Parmi elles, des yeux noirs la regardent.

Calme-toi. Cap vers l'est. Vers le soleil levant.

Le petit hurle et lui donne un coup de patte. Elle le repousse. Il couine une dernière fois, puis détale et disparaît derrière les arbres.

Le sol tremble. Des pas approchent. Bien qu'il n'y ait aucun nuage à l'horizon, la foudre la frappe de toutes parts.

Le ciel est profond, les étoiles infiniment loin.

Pour la première fois, elle les atteint.

1926

1

«Tu as les os solides, me félicite le médecin. Ton bras a bien guéri.»

L'infirmière se penche pour ôter le pansement de ma jambe gauche. Je détourne les yeux. L'entaille causée par les éclats de verre de la vitre brisée de l'auto est si longue et si affreuse qu'après la première fois, je n'ai plus osé la regarder quand on me changeait mon bandage.

«Ça s'est bien refermé, constate le médecin. On va pouvoir réduire la taille du pansement.»

Après leur départ, j'observe le lent changement de couleur des murs, du blanc à l'orange. Le soir approche. Des bruits de pas retentissent dans le couloir, différents de ceux des infirmières. Je ferme les yeux et me répète intérieurement mon souhait, si fort que mes lèvres bougent. Les pas approchent, la porte s'ouvre, un tissu bruisse. Une main se pose sur mon front. C'est celle de Hanna. Papa n'est pas venu. Je serre les paupières jusqu'à ce que les larmes cèdent et refluent. Je m'assieds et souris autant que j'en ai la force. J'ai quand même Hanna, qui vient me voir deux fois par jour, le matin, sans raison particulière, et l'après-midi, pour m'apporter mes devoirs. Je ne peux pas faire d'exercices d'écriture, parce que mon bras droit est plâtré, mais je lis mon livre de lecture et effectue des calculs : Hanna note les résultats que j'annonce.

«Quand est-ce que je pourrai rentrer à la maison ?

– Sûrement bientôt», répond-elle.

Je lui pose la question tous les jours, et tous les deux jours aux infirmières, parce que je les connais moins bien et qu'elles pourraient se lasser de mon insistance. Et elles ne peuvent de toute façon que répéter que le médecin me l'annoncera le moment venu. Les réponses ont été encore plus déprimantes quand je leur ai demandé, ainsi qu'à Hanna, d'envoyer un message à papa pour lui dire que j'aimerais le voir. Toutes ont hoché la tête et se sont empressées de me proposer une collation, de la lecture, ma boîte de chromos.

Mais aujourd'hui, c'est différent.

«Est-ce que papa pourrait venir me voir demain ?»

Hanna reste longtemps silencieuse. L'orange des murs de la chambre commence déjà à s'estomper. Enfin, elle se décide à m'apprendre qu'il ne peut pas venir. Ni à l'hôpital ni à la maison. L'accident est une affaire sérieuse et il doit s'en expliquer avec la police.

«Dis-leur qu'il peut venir. Qu'il doit venir. Je ne suis pas fâchée.

– Tu pourrais quand même l'être un peu.»

Par un vendredi ensoleillé, alors que les premières neiges accumulées sur les toits fondent en gouttelettes imitant le printemps, je rentre à la maison. Une dame, qui a dit s'appeler Mme Oksala, s'est présentée pour m'accompagner. Nous prenons un taxi pour la rue des Tilleuls. Elle demande au chauffeur d'attendre et me suit à l'intérieur.

«Bonjour, Andersson», dit-elle au concierge.

De sa loge, il nous adresse un bref salut. Je lui jette un regard étonné – comment se fait-il que Mme Oksala le connaisse? Mais ils ne restent pas à bavarder, et elle me conduit droit à l'escalier.

Je sais que papa n'est pas à la maison, mais j'ai eu le temps de m'habituer à cette idée. Il doit passer un certain temps dans une maison de cure, dont Hanna m'a assuré que ce n'était pas le même genre d'établissement que la Haute Crête. Dans celui-là, on guérit.

Hanna ouvre la porte et m'embrasse longuement. J'ôte mes chaussures, jette un coup d'œil dans le salon et hume l'air de la maison. Tandis que Hanna parle de la pluie et du beau temps avec Mme Oksala, je me faufile dans le cabinet de travail. J'ouvre le tiroir des choses importantes, oubliant un instant que mes chromos sont dans mon sac d'hôpital, qui va maintenant redevenir mon cartable. Je retourne à la porte.

«Les bagages sont faits», dit Hanna.

Je me fige sur le seuil. A-t-elle, elle aussi, l'intention de partir? Devant le miroir du vestibule, il y a une valise, mais c'est la nôtre, celle que papa et moi avions cet été.

«Je ne suis pas d'accord pour autant, poursuit Hanna. Elle vient de commencer l'école et réclame déjà son père. Sa propre maison serait sûrement pour elle un meilleur endroit.»

Mme Oksala émet quelques sons compréhensifs, soupire et déclare:

«Un changement d'environnement est une bonne chose, dans ce genre de situations. C'est même indispensable pour pouvoir oublier une aussi terrible expérience. Et l'appartement ne va-t-il pas être vendu, pour payer les amendes et les frais médicaux? Vous devriez de toute façon partir.

– Mais ne pouvez-vous pas au moins me dire où…

– La correspondance est bien sûr autorisée. Elle se fera par l'intermédiaire de la protection de l'enfance. Voici ma carte, avec mon adresse professionnelle.

– Et son père? Quelqu'un lui indiquera-t-il comment il peut la joindre?

– Certainement, quand elle se sera remise du pire.»

Des cristaux de glace s'accumulent à mes pieds. Je les enjambe, m'arrête devant la valise et regarde les deux femmes qui me sourient aussi bêtement l'une que l'autre. Mme Oksala tient mon cartable, ses doigts gantés serrés sur la poignée. Hanna s'accroupit devant moi.

«Tu vas devoir partir ailleurs.

– Où?

– Mme Oksala va t'accompagner.

– Chez papa?

– Non, mais sûrement dans un endroit agréable.

– Je dois aller à l'école.

– Tu iras dans une autre école, se réjouit Mme Oksala à la porte. Tu vas avoir plein de nouveaux camarades.»

Je regarde Hanna dans les yeux, me tourne et vais dans le salon. Sur la table basse, il y a un gros livre. Je le prends, m'assieds dans un fauteuil et me mets à le feuilleter. Hanna vient s'installer à côté de moi. Il y a de la place pour deux dans le fauteuil. Elle me caresse la tête et murmure qu'elle ne voudrait pas me laisser partir, mais que si je n'obéis pas à Mme Oksala, ce sont des policiers qui viendront me chercher.

«Je ne dis pas ça pour te faire peur, ajoute-t-elle. Tu n'as rien à craindre. Nous ne te voulons tous que du bien.

– Ce n'est pas du bien, si je ne suis pas d'accord.

– Le bien peut parfois prendre différentes formes. Ne t'inquiète pas. Nous allons nous écrire, et tu reviendras bientôt.»

Je sais que je suis obligée de partir. Quand on est petit, on n'a pas le choix, les contes et la vie me l'ont déjà appris.

«J'ai des choses importantes à emporter.

– On va les prendre.»

Nous retournons main dans la main dans le vestibule. Mme Oksala n'a ôté ni ses chaussures ni son manteau. Je tends la main, elle me donne mon cartable. Hanna lui demande si elle aurait le temps de boire un café, mais elle refuse, arguant que le train part dans moins d'une heure.

« Malla va juste prendre encore quelques affaires », dit Hanna, et elle reste dans le vestibule avec Mme Oksala.

Je vais dans le cabinet de travail, droit au tiroir des choses importantes. Je fourre dans mon cartable mes crayons de couleur, du papier et le jeu de paires. Je rassemble les quelques chromos découpés qui traînent, et ouvre entièrement le tiroir. Dans la case du fond, il y a le carnet d'aventure de papa, une enveloppe et un petit bout de bois. Je les prends aussi. Je dois emporter toutes les choses importantes, qui sait ce qu'elles deviendraient, sinon, en cas de vente de l'appartement.

Je fais claquer la fermeture de mon cartable.

2

Joel Huotarinen se saisit de la petite pelle et verse un peu de sable. Comment peut-il y en avoir autant, même ici, où l'on ne trouve à première vue que des champs plats et une rivière boueuse ? Seule l'église en bois peinte en jaune se dresse sur une colline recouverte de pins et de bruyère. Dans son sol meuble, il est facile de creuser des fondations et des tombes.

Le sable ruisselle dans la fosse. Que la terre te soit légère. Il a lu un jour cette formule dans un avis de décès.

Le cimetière abrite près de la moitié de la population de Luhtajoki. On raconte qu'il a été, un temps, le plus gros hameau de la paroisse, à l'époque où les jeunes embarquaient pour l'Amérique. Peu à peu, une partie d'entre eux sont rentrés et, quand la tannerie de Välitalo a ouvert, de nouveaux habitants sont venus d'ailleurs dans le pays.

Maman aussi s'était vu promettre un emploi à l'usine. Mais quand ils sont arrivés, on le lui a refusé. Dans le bureau de la tannerie, un moustachu a feuilleté des papiers et marmonné que Mme Huotarinen était couturière, qu'elle n'aurait pas la force d'enfoncer une alêne dans du cuir. Maman a eu beau promettre d'apprendre vite, il a objecté que le métier exigeait des compétences tout à fait particulières. La conversation s'est éternisée, mais Joel savait que cela ne mènerait à rien. Il était bien sûr écrit dans les papiers du moustachu que papa avait été du côté de ceux qui avaient fini sous le sable.

Ils allaient repartir bredouilles pour la gare quand, à la porte du bureau, ils sont tombés sur le directeur de l'usine, Juhani Välitalo.

Joel n'écoute pas ce que raconte le pasteur, qui n'a d'ailleurs bientôt plus rien à dire, car les fossoyeurs remettent leur chapeau et saisissent leur pelle. La terre doit vite recouvrir le cercueil, car on ne sait pas précisément ce qui a emporté maman. Joel hausse les épaules, un vent froid souffle depuis les champs. Derrière le muret du cimetière, des gens regardent. Morte, maman éveille plus d'intérêt que jamais de son vivant. Le sable mêlé de neige pleut sur le couvercle du cercueil, quelques cailloux heurtent les planches, résonnant d'un bruit caverneux. Ce serait le moment de pleurer. Il a peur, car les larmes ne viennent pas.

Il regarde l'église, derrière les fossoyeurs. Quand il était petit, maman l'a emmené un jour dans une église qui était si grande que, vus du balcon, les gens avaient l'air de fourmis. L'hiver dernier, en classe, l'institutrice leur en a montré une photo et affirmé que c'était la plus grande église en bois du monde. Joel, contrairement à ses habitudes, a levé la main et raconté qu'il y avait été, qu'elle pouvait contenir cinq mille personnes et que sa voûte s'élevait presque jusqu'au ciel. Personne ne l'a cru. Quelques-uns de ses camarades se sont retournés pour le regarder et ont glapi qu'il se moquait d'eux. L'institutrice leur a ordonné de se taire mais n'a pas fait remarquer qu'il avait raison.

Le pasteur s'approche de lui et dit quelque chose. Sans l'écouter, il hoche la tête. Une seule phrase est parvenue jusqu'à sa conscience pendant l'enterrement : le vent passe sur elle, et elle n'est plus. Le pasteur l'a prononcée d'un air sombre, mais Joel a presque souri en imaginant maman en train de voler telle une étoile de neige dans l'air glacé, au-dessus de tous. Il pense avoir mal compris la phrase – en général, à l'église, il ne se dit rien de rassurant. Il en a assez de Dieu, dont il faut implorer la grâce. Il se heurte déjà à bien assez de visages fermés et doit se montrer reconnaissant du simple fait qu'on le laisse exister. Dieu, qui est si certain de sa supériorité qu'il étiquette tous les autres comme pécheurs dès leur naissance, n'a pas de quoi se vanter.

« La commune a promis de payer la pierre tombale », dit le pasteur.

C'est déjà ça. Papa n'a eu droit à aucune pierre, à rien qui l'identifie. Avant de partir pour Luhtajoki, maman l'a emmené à la carrière de sable, mais elle ne savait même plus exactement où les hommes avaient été enterrés.

Le pasteur lui fait signe de le suivre. Ils montent dans l'auto qui les attend à la grille du cimetière. Les curieux ont déjà disparu.

Au cours de l'automne qui avait suivi l'insurrection, maman était déjà tombée malade, se souvient Joel. Et lui aussi. Pris de fièvre, ils étaient restés au lit plusieurs jours, la poitrine oppressée.

« C'est Olga qui nous a sauvés, a plus tard dit maman. Elle a veillé sur nous comme un ange. »

Joel se rappelle qu'Olga les a aussi regardés partir quand ils ont descendu la pente du mont en direction de la route avec leurs maigres bagages et sont passés sans s'arrêter ni même ralentir devant leur maison incendiée. Mais son regard ne portait pas si loin.

La semaine dernière, il a cru que maman avait de nouveau la même maladie. Sa fièvre est montée d'un coup, elle n'arrivait pas à boire et ne comprenait pas ce qu'il disait. Il l'a bassinée avec un linge mouillé et, quand elle a été prise de frissons, il lui a ajouté des couvertures.

Le soir suivant, sa peau était si brûlante, sèche et tendue qu'il a eu peur qu'elle ne se déchire. Et elle a d'ailleurs fini par le faire, mais de l'intérieur : elle s'est couverte de taches bleu foncé. Joel a couru dehors, droit sur le sentier, de toute la vitesse de ses jambes, mais aller jusqu'au village lui a quand même pris une demi-heure. Le cabinet du médecin, dans la rue principale, était déjà fermé, et la vendeuse de la pharmacie lui a dit que le docteur Peltosaari était rentré chez lui. Il a de nouveau couru, passé l'église, franchi le pont, et est enfin arrivé à la belle maison du docteur. Il a frappé des poings à la porte. Une femme en jupe noire est venue ouvrir, il lui a crié, hors d'haleine, que maman était malade et avait besoin d'un médecin.

Le docteur était chez des voisins, mais elle lui a téléphoné. Un quart d'heure plus tard, il est arrivé, a lissé son manteau et sa barbe rousse.

« Qu'y a-t-il, Joel ?

– Maman saigne de l'intérieur. »

La bonne a jeté un coup d'œil au docteur.

« Ta mère attend famille ? a-t-elle demandé. Ça fait un moment que je ne l'ai pas vue à l'église. »

Joel était si épuisé et affolé qu'il n'a pas compris ce qu'elle voulait dire. Le docteur aussi lui a posé une question, mais les voix se sont mélangées en un magma bouillonnant au rythme des secondes perdues égrenées par l'horloge de parquet. Joel a tenté d'articuler quelques mots, crié qu'il y avait urgence, et enfin le docteur s'est mis en chemin.

Quand ils ont atteint la cabane, deux heures plus tard, sortant de la forêt obscure, maman était déjà morte.

*

Mme Oksala lit un magazine. Je suis assise près de la fenêtre, les yeux tour à tour ouverts et fermés. Je n'arrive ni à me concentrer sur le paysage recouvert d'une fine couche de neige ni à dormir. Enfin, alors qu'il fait déjà nuit dehors, Mme Oksala déclare que nous arrivons bientôt. Le train ralentit, des champs apparaissent, avec au milieu, ici et là, des granges, et bientôt aussi des fenêtres éclairées.

Elles s'agglomèrent en un village.

Mme Oksala prend ma valise, moi mon cartable. Le train siffle, se secoue et s'arrête. Mme Oksala ouvre la porte et m'aide à descendre. Des réverbères éclairent la gare. Elle est peinte en jaune, comme le sont souvent les gares. Au mur, un panneau indique Luhtajoki. Nous faisons le tour du bâtiment. Sur le côté pousse un grand pommier. Je m'arrête.

« Qu'est-ce qu'il y a ? » demande Mme Oksala.

Des pommes noircies pointent à travers la neige qui habille les branches. Il y en a encore moins que cet été, mais ce n'est pas parce qu'on en aurait cueilli. Personne ne veut de pommes enduites de suie par la fumée des locomotives. Les premières à avoir pourri sont tombées et quelqu'un les a entassées entre les racines. Je tourne les yeux vers l'autre bout du quai. Il s'y dresse un château d'eau en brique. Je me libère la main et cours vers lui. Je m'y appuie, ferme les yeux et souhaite, souhaite, souhaite le retour de l'été, parce qu'à l'époque où les contes sont nés, en tout cas, souhaiter de toutes ses forces était efficace.

« Malla ! »

Ce n'est pas papa. Il ne vient pas, ne me prend pas au creux de son bras, pelotonnée sur la banquette du train à l'abri d'un journal déplié. Mme Oksala s'approche à grands pas du château d'eau, me prend la main et m'entraîne vers l'aire de stationnement. Devant le pommier, je frissonne et un flot de salive m'emplit la bouche. J'ai tout juste le temps de me pencher avant de vomir.

« Allons bon, s'étonne Mme Oksala. Tu as dû trop regarder le paysage défiler. Viens. »

J'ai les oreilles qui bourdonnent. Je regarde mes pieds pour ne pas tomber. Quand nous nous arrêtons, Mme Oksala parle à quelqu'un. On me soulève de terre. Une porte s'ouvre. Je regarde par-dessus une épaule inconnue. Autour du hall courent des bancs où sont assis des gens en vêtements d'hiver.

*

« Tu sauras prendre seul le train ? demande le pasteur. Il te suffit de monter à bord et de descendre à Seinäjoki. »

Joel serre son balluchon sur son ventre et prend une inspiration.

« Je pourrais retourner au mont Velu, j'y ai des terres. Et construire une maison. »

Le pasteur hoche la tête avec indulgence, mais oui, à peine adolescent, construire une maison résistant à l'hiver.

«La voisine, Mme Lemmetyinen, habite juste à côté, elle s'est occupée de moi quand j'étais petit, ajoute Joel. Je pourrais commencer par m'engager chez elle comme valet de ferme.

– Tu ne voudrais quand même pas t'inviter sans prévenir chez qui que ce soit? On t'a trouvé une place dans un orphelinat. Là-bas, tu pourras préparer la suite. Le personnel t'aidera de toutes les façons possibles.»

Rien ne semble plus sujet à caution.

«J'ai encore des affaires à prendre à la maison.

– Le docteur a interdit qu'on y entre. On ne sait pas pendant combien de temps les germes de la maladie peuvent persister. Regarde, le train est déjà là.»

Le pasteur gare son auto devant la gare. De petits groupes de gens patientent sous les réverbères. Il les aborde, et on lui indique que ce train-là va vers le nord. Pour Seinäjoki, il y a encore une demi-heure d'attente.

«Je vais te prendre un billet», déclare-t-il.

Joel lui tourne le dos. Il ferme les yeux et tente de disparaître. Ça ne marche pas, il y a une petite fille qui tousse et crache près du mur. Le pasteur lui tape bientôt sur l'épaule.

«Ah! te voilà, constate-t-il en lui tendant son billet. Je dois y aller. Va donc attendre dans le hall pour ne pas prendre froid.»

Ils traversent la cour gelée. Joel jette un coup d'œil au train arrêté sur les rails. On finit de charger des bûches dans le tender. Le nord. Il se remémore le tracé des voies. Direction le nord, puis l'est, le mont Velu. Pourrait-il…

«Bon, eh bien au revoir, Joel», dit le pasteur.

Joel lui serre la main. Qu'il s'en aille, et vite! Mais le train a le temps de siffler et de s'ébranler avant que le pasteur ne regagne son auto. Joel soupire et monte les marches du hall.

Une bouffée glacée entre avec lui par la porte. Les voyageurs, sur les bancs, dégagent de la chaleur dans l'air froid, humide, épais et malodorant. Joel s'appuie au mur, son balluchon entre les bras, et lorgne le journal que lit un jeune homme assis sur le banc voisin. Il sursaute et regarde plus attentivement.

La moitié inférieure de la page est couverte de texte, au-dessus s'étale une photo à gros grain. Il distingue d'abord des arbres et des rochers, puis une rangée d'hommes souriants, la crosse du fusil appuyée au sol, le dos droit, les chapeaux joyeusement rejetés en arrière. Ses yeux descendent le long des pantalons à la hussarde et des tiges des bottes. Devant les hommes, un ours est étendu sur le sol. À côté, on aperçoit un chien, flou, car il a dû sautiller pendant la prise de vue. Le texte indique que l'ours était une vieille femelle pesant environ cent quarante kilos.

Ils ont dû la tuer la semaine dernière, songe Joel. Sur la photo, le sol est encore nu. Où ont-ils bien pu la trouver ? Il n'y a plus d'ours, par ici.

Du côté opposé du hall, la porte d'une pièce adjacente s'ouvre, laissant passer une femme maigre qui pousse devant elle une petite fille pâle. Le jeune homme à côté de Joel remet sa chapka, saute sur ses pieds et se précipite vers la sortie.

« Nous allons poursuivre notre voyage », dit la femme à la fillette, qu'elle ne tient pas par la main, mais par l'épaule, fermement serrée entre ses fins doigts gantés.

Joel fixe le gant et la petite épaule. Il avance d'un pas, mais la main de la femme est impitoyable. Elle traverse les airs, invisible, et le fait tomber assis sur le banc. Attends, bientôt ce sera ton tour !

Joel suit du regard la garde-chiourme qui pousse sa prisonnière vers le perron de la gare.

« Le train arrive », dit quelqu'un.

Un groupe d'enfants se précipite aux fenêtres donnant sur la voie. Joel cligne des yeux, l'air est brumeux. Il se lève, traînant son balluchon comme un membre surnuméraire. Ses pieds le conduisent vers les fenêtres, d'où le mouvement l'entraîne vers la porte et le quai.

L'air glacé chasse de ses poumons les souillures qui l'engourdissent. Il contourne les gens qui attendent sous les réverbères et atteint la voie. La stridulation des rails annonce l'arrivée du train, les lumières de la locomotive découpent la silhouette nue des bouleaux dans les jardins des maisons bordant le chemin de fer. Le temps d'un bref éclair, il aperçoit, entre celles-ci, la forêt blottie derrière les champs.

Il traverse les rails telle une ombre, sans même s'en rendre compte.

La cabane se dresse au bord d'une petite clairière, incroyablement solitaire. La lune éclaire l'airial. Joel s'arrête, soupèse encore une fois les sombres soirs d'hiver et la morsure du gel dans la forêt immobile, la chorale de l'orphelinat et le raclement de dizaines de cuillers au fond des assiettes de soupe. La balance penche nettement d'un côté. Il jette son balluchon sur son épaule, monte les marches du perron et ôte la cale de la porte.

Après avoir allumé une bougie, il arrache les draps du lit de maman et les porte sur le tas de fumier. Il rassemble ses vêtements, dans les armoires et sur le dossier de la chaise, les plie dans le coffre à habits et le ferme à clef. Qu'ils y restent, les germes de maladie, les souvenirs, tout. Puis il sort de sous le lit une caisse en bois. Elle est vide. Juhani Välitalo a bravé la mort et récupéré ses affaires afin que personne ne découvre à quel prix maman a finalement trouvé du travail à la tannerie. Comme si tout le monde ne le savait pas déjà.

Les deux petites fenêtres de la salle donnent sur l'airial entouré de forêt. Joel s'installe à la table. Il découpe une page blanche de son cahier de composition et écrit, aussi proprement qu'il en est capable :

4 novembre 1926. Je vous informe par la présente qu'il a finalement été décidé de renvoyer Joel Huotarinen, pour lequel j'ai réservé une place dans votre orphelinat, dans sa région natale, en Carélie du Nord. Il y a des proches qui peuvent prendre soin de lui. Je vous prie de nous excuser pour ce contretemps. Respectueusement vôtre, pasteur Saarikko.

Il relit plusieurs fois le texte. Heureusement, il a la main ferme, comme papa, disait maman, une main de menuisier. Joel plie la feuille et la glisse dans une enveloppe. Il faudra la poster dès demain, et aller pour cela, plutôt qu'à Luhtajoki, dans le bourg voisin de Luomahaara. C'est à quinze kilomètres, mais il partira dès le matin et en aura bien la force. À condition qu'il ne neige pas davantage pendant la nuit. Pour l'instant, le sous-bois est voilé d'une couche si mince que l'on peut trouver assez d'endroits nus pour y marcher.

Tard dans la soirée, il est pris d'un besoin pressant. Des nuages se sont amassés dans le ciel, mais on distingue encore le contour familier des bâtiments. Il essaie d'oublier la forêt noire qui l'observe en silence de tous côtés. Il doit agir vite, ne pas s'arrêter pour écouter. Olga disait toujours que la peur que vous inspire la forêt ne dépend que de vous. Il se force à fredonner alors qu'il voudrait crier et pleurer. Il traverse en courant l'airial jusqu'aux latrines, y reste assis un moment et gratte une allumette. Dans la brève lumière, il se concentre sur les trous laissés dans la porte par les nœuds du bois et les compte. Sa respiration se calme. Il parvient à se lever, sort et se retourne pour fermer le crochet.

C'est là qu'il se fige, les doigts sur la tige de métal, et tend l'oreille.

Jusqu'à la dernière seconde, il se répète que c'est son imagination. Mais personne n'est capable d'imaginer ces pas, ces ébrouements et ces soupirs. Du coin de l'œil, sur le fond blanc de la neige, il voit une silhouette sombre disparaître dans la grange.

Il s'enferme dans les latrines et regarde par un trou des planches.

Rien ne se passe. La faible lueur de la bougie palpite à la fenêtre de la salle, banale, presque rassurante. Mais ce n'était pas une hallucination. Il se glisse dehors et ramasse par terre une brique aux arêtes effritées. Elle sert à caler la porte des latrines, à l'automne, quand le bois gonfle et l'empêche de fermer. Il s'approche de la grange, s'appuie un instant au coin du bâtiment puis le longe.

Il s'arrête devant la porte ouverte, sort ses allumettes de sa poche et en gratte une.

L'animal est blotti dans le foin. Quand la flamme se stabilise, Joel distingue une truffe et des oreilles. L'allumette s'éteint, il en allume une autre. L'animal geint doucement, il a peur, c'est un petit. Joel sursaute, s'éloigne de la porte et tourne sur lui-même comme une toupie, dans l'attente de l'attaque de sa mère.

Un vent nocturne s'empare de la cime des arbres. Dans l'air passe une odeur d'aiguilles de sapin humides, le temps se radoucit. Dans la grange, l'animal couine, roulé en boule.

Joel pose sa brique. Il trouve, oublié près du seuil, un long copeau de bois, l'allume et entre dans la grange.

*

Un jeune homme à chapka attend devant la gare, appuyé à un traîneau. Il ne me regarde pas, mais quand nous le rejoignons, il me soulève et m'installe à l'arrière. Ses grandes mains gantées de moufles m'enveloppent les genoux d'une couverture multicolore. Mme Oksala s'assied à côté de moi, le cheval se met en route. Un vent frais me souffle au visage. Je jette un coup d'œil au cocher, devant nous, que Mme Oksala a appelé Anttu. Sûrement un policier.

La rue longe la voie ferrée, puis tourne brusquement à droite. Nous dépassons des maisons, puis une église, dernière construction du bourg. La route file, tout droit, au milieu des champs. Pendant un instant, les sabots du cheval claquent sur un pont. La chape de glace de la rivière est traversée de grandes veines noires d'eau libre.

« C'est encore loin ? demande Mme Oksala alors que le traîneau tourne à nouveau à droite, sur un autre tronçon rectiligne.

– Non, répond Anttu. Vous voyez là-bas Peltosaari et, tout de suite après, Yli-Haikka. »

Deux groupes de bâtiments se dressent dans les champs, si proches l'un de l'autre que les mazots les plus excentrés se touchent presque.

Les habitations font deux étages, avec des fenêtres au premier aussi hautes qu'au rez-de-chaussée. Le cheval accélère le trot, Anttu le laisse faire, se contentant de tenir les rênes. Nous dépassons Peltosaari. La bise se fait plus froide et je remonte mon cache-col sur mon visage. Mais au même moment, le traîneau s'engage sur une petite route et, au coin d'un mazot, plonge dans l'airial d'une maison peinte en rouge.

Je m'essuie les yeux. Il y a des constructions de tous côtés : l'habitation principale, un mazot, peut-être une écurie, une étable faite de blocs de pierre grands comme des cercueils, avec entre eux un vaste espace sans arbres. Le tapis de neige est ponctué de groseilliers voisinant avec les buttes d'un potager. Un grand bouleau fourchu côtoie la maison. L'un de ses troncs est bosselé de gros chancres noirs, grumeleux. Ce ne sont pas des champignons, me dit la voix de papa. Les polypores obliques en sont certes, mais ils poussent sous l'écorce et provoquent à l'extérieur ce genre de protubérances.

Puis papa s'éloigne, enfourche sa bicyclette et me laisse seule.

Anttu aide Mme Oksala à descendre du traîneau et me prend dans ses bras pour me poser par terre, avec un bref sourire. Il n'est peut-être pas policier, après tout.

Une femme drapée dans un grand châle attend sur le perron de la maison. Nous traversons pour la rejoindre une allée sablonneuse. Elle sourit. Elle a un chignon, un visage rond et lisse, un tablier blanc et une jupe qui lui descend presque aux chevilles.

« Bienvenue, dit-elle en serrant la main de Mme Oksala, puis la mienne. Je suis Aune Yli-Haikka. Est-ce que tu t'es présenté, Anttu ? Voici Anttu Peltosaari, le fils de ma sœur, de la maison voisine, ton cousin. »

Anttu fourre ses moufles dans sa poche, nous serre la main et sourit de nouveau si gentiment que j'ai du mal à rester de marbre, mais je rectifie malgré tout :

« Je n'ai pas de cousins.

– Il fait froid, entrez, dit Aune en s'écartant de l'embrasure de la porte. Quand repartez-vous, Mme Oksala ?

– J'aimerais prendre le train de nuit, si possible. Le travail m'attend.

– Anttu viendra vous chercher au plus tard à neuf heures, alors, pour que vous ne le manquiez pas. »

Anttu hoche la tête, retourne auprès du cheval et le conduit à l'écurie. Moi aussi, c'est décidé, je partirai d'ici à neuf heures. Forte de cette pensée, j'entre et fais, derrière Aune, le tour de la salle, de la cuisine et des chambres, puis mange une petite assiettée de porridge. Aune et Mme Oksala boivent du café et parlent d'une dénommée

Katri. Je n'écoute pas vraiment, mais ensuite Aune va chercher sa photo dans la bibliothèque et me la présente. Katri est venue s'installer à Yli-Haikka à la fin de la guerre de Liberté. C'est le nom que les vainqueurs donnent à l'insurrection, ai-je appris.

« Katri était orpheline, explique Aune. Nous l'avons adoptée. Elle étudie maintenant à Tampere pour être infirmière. »

Je réfléchis à la guerre de Liberté et à l'insurrection. Tout ce que je sais, c'est que les tombes se sont accumulées. Papa m'a un jour expliqué que quand on prend les armes, c'est pour obtenir quelque chose d'important. Ça n'a aucun sens. À quoi cela peut-il servir, une fois qu'on est sous terre ? Les guerres se terminent-elles parfois autrement ? Faudrait-il essayer ?

Il est huit heures quand Aune appelle la bonne afin qu'elle débarrasse la table.

« Tu as fait un long voyage aujourd'hui, me dit-elle, est-ce que tu voudrais aller te coucher ? La petite chambre à l'étage est pour toi.

– Est-ce qu'Anttu ne va pas bientôt revenir ? »

Je suis enrouée, je n'ai presque pas parlé.

« Tu auras le temps de mieux faire sa connaissance plus tard. Et aussi celle de mon mari, Hugo. Il travaille tard aujourd'hui. Tu as besoin de repos, après tout ce qui s'est passé. Demain matin, nous pourrons aller voir Rose à l'étable. Tu as déjà vu des vaches ? Pour les chevaux, j'imagine qu'il y en a toujours à Helsinki. Rose et Cocotte sont nos seuls animaux domestiques. Nous avons vendu les autres quand Hugo a ouvert sa pharmacie. »

L'horloge de parquet tictaque. Katri sourit dans la bibliothèque. Aune se lève et tend la main. Mme Oksala repousse sa tasse, plie sa serviette et me sourit. Elle a souri toute la journée, mais elle me tenait d'une poigne si solide, à la gare, qu'elle a sûrement d'autres méthodes à sa disposition. Peut-être même des tombes, qui sait.

Je suis lentement Aune dans le vestibule. Elle allume la lumière et ouvre la porte de l'escalier. Mme Oksala nous accompagne jusqu'au pied des marches. Aune commence déjà à monter.

« Au revoir, Malla », dit Mme Oksala.

Je ne réponds pas. Je m'engage derrière Aune dans l'escalier noir comme un four.

Hugo Yli-Haikka est assis à son bureau et me regarde. Il m'a demandé de l'appeler oncle Hugo et, bien que je m'en sache incapable, j'ai hoché la tête. Je n'ai jamais appelé aucun adulte oncle ou tante. Pour ceux que je connais le mieux, j'utilise leur prénom, sauf pour papa, qui est papa.

«Tu as encore mal au bras? demande Hugo.

– Il est presque guéri. Le docteur a dit qu'on pourrait retirer le plâtre dans deux semaines.

– Tu devras ensuite faire des exercices de gymnastique pour lui redonner toute sa force.»

Je hoche la tête. Hugo se concentre sur ce qu'il lit. Au bout d'un moment, il lève les yeux, sourit de nouveau, et me raconte qu'il y a dans ces papiers ma date de naissance, un résumé de mon état de santé et d'autres renseignements de ce genre.

«Je me pose des questions sur ton nom, dit-il. Malla, c'est un prénom peu courant. Est-ce que c'est vraiment Malla? Pas Magdalena?

– Non, c'est Malla. C'est le nom d'une montagne.

– Effectivement, marmonne Hugo. C'est un peu gênant, on dirait un diminutif. Tu as sûrement souvent dû expliquer d'où venait ce nom.

– Non.

– Ce pourrait être différent, ici. Ton nom de famille d'origine suédoise complique aussi les choses. À l'école, tous les autres ont des noms bien finnois.

– Pas dans ma classe. Plusieurs ont des noms suéd...

– Ce que je vais faire, c'est que je vais t'inscrire à l'école sous un nom facile à comprendre, déclare Hugo. On peut traduire Stenfors en finnois, attends... Kivikoski.»

Hugo écrit quelque chose sur le papier. Son stylo tressaute. Il me prend visiblement pour quelqu'un d'autre. Comment débrouiller le malentendu?

«Il n'y a aucun besoin de m'inscrire à l'école, en fait. J'y ai déjà été inscrite au printemps.

– Il faut de nouveau s'inscrire quand on change d'école. On pourrait mettre Maija, comme prénom. Maija Kivikoski. Ça sonne bien.

– Je veux retourner dans la même école.»

Hugo se lance dans la description de la toute nouvelle école de Luhtajoki, qui se trouve de l'autre côté de la voie ferrée. On y arrive sans encombre par la grande route. Je serai dans la classe d'une jeune institutrice sympathique, avec beaucoup de braves petites filles comme moi. Il y a aussi, à côté, une salle des fêtes où l'on organise toutes sortes d'activités. Je glisse de plus en plus bas sur ma chaise, si bien qu'à la fin Hugo se dresse devant moi telle une montagne qui gronde:

«Alors, Maija, qu'en dis-tu?»

Quelque chose craque. Je renverse ma chaise et fais voler sur le sol le porte-crayon du bureau. Peu importe les tombes ! Je crie les mots les plus grossiers que je connaisse, renverse d'autres chaises et reprends, geste après geste, ma taille normale. Je donne un coup de pied dans la table, jette par terre deux coussins du sofa et les piétine. Je continue de grandir, deviens une montagne, celle dont papa et maman m'ont donné le nom, et personne ne peut rien contre moi. Je ne vois plus Hugo, ni les murs, la fenêtre ou le sol. La montagne danse dans le blizzard.

La porte s'ouvre. Aune entre, s'approche de moi, me prend les poignets et me bloque les mains. Elle s'assied sur le sofa et m'emprisonne entre ses genoux. Je me tais, haletante, et fixe le tapis. La pendule tictaque, la montagne s'écroule pierre par pierre.

« Oncle Hugo ne veut que ton bien », dit Aune.

La montagne Hugo est assise à son bureau dans la même position que tout à l'heure.

« Tu ne veux sûrement pas passer pour une bête curieuse, en classe ? Le mieux serait d'utiliser provisoirement Maija. Tu pourras choisir plus tard le nom que tu voudras. »

Les montagnes s'érodent petit à petit dans le vent et la pluie, murmure papa à côté de moi. Les monts de Laponie sont le cœur d'anciennes montagnes. Ils sont là pour l'éternité.

« Tu devrais aller te reposer dans ta chambre », dit Hugo.

Je laisse Aune me conduire à l'étage, tel un ruisseau docile dans le bief d'un moulin.

Je suis assise sur le lit. J'y suis depuis déjà longtemps, Aune est venue ajouter du bois dans le poêle de faïence et a allumé la lampe de chevet, sans rien dire. J'ai l'impression qu'on cherche plus à me punir qu'à me calmer.

Je sors ma boîte de chromos et étale les images sur le jeté de lit crocheté. Je dispose en rang la jeune fille jouant d'un instrument à vent, un homme, un ours, une femme portant une corbeille de fleurs et une autre écrivant une lettre. Je regarde longuement cette dernière en songeant à Hanna qui, à l'autre bout de la voie ferrée, s'assied peut-être en ce moment même à la table de la cuisine, prend une gorgée de thé et se met à m'écrire. Je me suis demandé si j'oserais lui téléphoner, mais l'appareil d'Yli-Haikka est fixé trop haut sur le mur, hors de ma portée. Et il est de toute façon impossible de téléphoner en cachette depuis le vestibule.

Je classe d'un côté les chromos joyeux, de l'autre les tristes. Les joyeux sont ceux avec des personnages souriants, comme ils le sont d'ailleurs tous. Les tristes sont ceux avec des fleurs ou des animaux, parce que les fleurs fanent et que les animaux doivent fuir les hommes. L'ours avec un ruban autour du cou me donne envie de pleurer. Il est lui aussi trop petit pour se défendre.

Au fond de la boîte de chromos, il y a le carnet d'aventure de papa, une enveloppe et un bout de bois. Je les ai cachés là parce qu'Aune s'est intéressée à mes affaires, m'a posé des questions, a examiné mes vêtements, mes jouets et mes livres et a confisqué quelques-uns de ces derniers. J'ai lu le carnet d'aventure, le soir, mais n'ai pas encore regardé dans l'enveloppe. Papa y a écrit le nom de maman. Son écriture est différente de celle de l'institutrice, mais elle est néanmoins assez claire pour que je puisse la lire. Je sors avec précaution la lettre de l'enveloppe. Elle est datée d'août 1917. Moins de deux ans avant ma naissance. Le papier a déjà jauni. Je souris. Comme je suis vieille.

Papa parle d'abord de Sahlman, de la révolution et du courage. Je ne comprends pas bien de quoi il s'agit, mais il raconte ensuite l'histoire du jeune Indien Arehkan. Je m'agenouille sur la chaise, me penche plus près de la lampe et lis.

Plus tard, je m'allonge sur le couvre-lit. J'ai rangé les chromos dans leur boîte et glissé le carnet d'aventure, le bout de bois et la lettre sous le lit, entre le matelas et les lattes du sommier. Aune frappe et entre.

«Tu es déjà couchée?

– J'allais le faire.

– Bien. Demain est un nouveau jour.

– Quand est-ce que je vais aller à l'école?

– Bientôt, dès que tout sera réglé.»

Je me lève et me déshabille. Aune examine les chromos, en sort quelques-uns de la boîte, admire les princesses et les fleurs. Elle les laisse en désordre sur la table, mais je me couche. Elle me borde.

«Bonne nuit, Maija.

– Bonne nuit.»

Elle sort. Le vent gémit dans les recoins de la maison. Je ferme les yeux. La lettre est juste sous ma tête, et papa m'y apprend comment rentrer à la maison. C'est presque comme s'il était assis à côté de moi et me caressait déjà les cheveux.

1927

3

Anttu attend à la grille de l'école, appuyé au traîneau. Il sort ses cigarettes de sa poche et en allume une. Comme sur commande, quelques petits garçons aux joues rouges, dans la cour, s'arrêtent et le fixent d'un regard admiratif. Puis le groupe se rue vers un gros tas de neige où des filles jouent au roi détrôné. La neige crisse sous les bottes de feutre.

Maija descend les marches et s'enroule son long cache-col autour du cou. Avec son visage noyé dans ses plis, son épais manteau et son caleçon de laine doublé de jambières, elle a l'air d'un petit sac de seigle à l'ouverture nouée serré. Elle jette un coup d'œil aux enfants qui s'ébattent sur le tas de neige et lève timidement une main engoncée dans une moufle. Anttu pousse un soupir de soulagement en voyant qu'une fille lui répond d'un bref salut avant de se précipiter à nouveau sur un assaillant. Les boules de neige volent entre attaquants et défenseurs. Maija presse le pas. Sapristi ! elle a peur. Ça ne présage rien de bon. On n'est pas obligé de participer à une bataille de boules de neige, mais tous doivent jouer au ballon.

Il agite la main. Elle le voit tout de suite.

« Aune m'a demandé de venir te chercher, explique-t-il tandis qu'elle grimpe sur le banc de cocher. Le froid est glacial.

– En effet. »

Dans la grande ligne droite de la route, le vent leur canonne le visage. Maija se recroqueville et fait la grimace. Anttu rajuste la couverture de traîneau et lui conseille de remonter son col.

« Il faut juste s'habituer au vent. Par ici, il n'y a ni arbres ni collines pour l'arrêter.

– Mais si, là-bas », marmonne Maija, les joues engourdies, avec un signe de tête vers la gauche.

On aperçoit au loin, à des kilomètres, une muraille vert sapin. Anttu n'est pas retourné dans la forêt depuis quelques excursions avec sa classe, en primaire.

« Heureusement que je n'ai plus besoin d'aller à l'école, s'exclame-t-il en traversant la voie ferrée. Je suis passé ici à peu près sept mille fois.

– Qu'est-ce que tu vas faire? demande Maija.

– J'ai mes projets.»

Puissants mots jubilatoires. Il en a aussi fini avec le catéchisme et a fait sa confirmation. Le monde s'ouvre à lui.

«Tu veux devenir médecin?

– Mon père aimerait bien, mais ça ne m'intéresse pas.

– Quoi, alors?

– Je ne te le dirai pas. Les filles sont bavardes.»

Maija hausse les épaules.

«Enfin, toi, pas trop, se reprend-il en songeant qu'une telle bouche cousue ne risque guère de commérer. Tu t'es fait des amies?

– Irma est sympa. Et les autres ne m'embêtent pas non plus.

– Et ça suffit à en faire des amies?»

Maija scrute l'horizon, à droite, derrière Peltosaari et Yli-Haikka. Ils approchent de l'église. Les rênes se tendent: c'est là que le cheval commence toujours à accélérer si son cocher ne l'en empêche pas. Le regard de Maija balaie le flanc de la crête où l'église recouverte de givre se dresse parmi des pins à la silhouette arrondie par leur enveloppe de neige. Elle se tourne de côté.

«Qu'est-ce que tu as à gigoter? demande Anttu.

– J'ai vu passer un pic noir.

– Qu'est-ce que tu en sais?

– Je l'ai reconnu à son vol. Papa m'a appris.»

Aune et Hugo lui ont interdit de répondre si Maija parlait de son ancienne famille. Elle a eu du mal à s'adapter, mais maintenant tout va bien. Elle doit juste s'enraciner ici, et cela semble en bonne voie. On ne l'entend jamais dire qu'elle voudrait rentrer chez elle. Katri, dans le temps, a réclamé sa mère pendant des mois.

«Le temps se radoucit, constate Anttu.

– Qu'est-ce que tu en sais?

– L'odeur dans l'air.»

C'est une blague, mais Maija hoche la tête et dit:

«Chez nous, le printemps arrive en mars.»

Son ancienne maison doit quand même lui manquer.

Le traîneau s'engage sur le chemin d'Yli-Haikka. Anttu vérifie que Maija a l'air présentable. Du givre s'est accumulé sur son cache-col et au coin de ses yeux, ses cils sont collés par le gel, mais le bout de son nez n'est pas encore blanc. Ça ira. Il se plonge dans ses propres pensées. De bas nuages gris s'amoncellent à l'horizon. Tout sera bientôt à nouveau enseveli sous la neige, les airials, les routes et les pistes de ski.

*

À peine ai-je terminé mes devoirs qu'Aune pose le chandail qu'elle tricote et sort de son panier de couture un début d'ouvrage informe. Je ravale un soupir et m'en saisis. Je voulais faire un cache-col, mais le nombre de mailles a augmenté rang par rang sans que j'y prenne garde et l'ensemble a pris une forme bombée. Je tricote un moment, puis essaie d'étirer l'ouvrage. Ça pourra peut-être passer pour une sorte de bonnet de poupée. Je le pose sur le guéridon à plantes vertes et me tourne vers la fenêtre. Une amaryllis étend devant le carreau ses feuilles amollies.

« Est-ce que je peux sortir ?

– Je crains qu'il ne fasse trop froid. »

Je scrute le thermomètre sur le montant de la fenêtre.

« C'est remonté à moins huit.

– Eh bien vas-y, mais ne reste pas trop longtemps. »

Je m'habille chaudement et descends les marches du perron. L'air paraît doux, presque printanier. Anttu avait raison. La neige commence à sentir. Les nuages gris laissent traîner leurs basques de brume jusqu'au sol. La neige de l'allée a été pelletée et entassée au pied du bouleau fourchu. Le monticule atteint les plus basses branches et cache les chancres noirs des polypores. Je le sonde. Sa consistance est parfaite, ferme mais pas trop dure. Je vais chercher la pelle posée contre le mur de l'étable.

Je creuse d'abord dans le tas de neige un long couloir, puis aménage une grotte, au bout. Mon caleçon de laine se mouille aux genoux et mes moufles humides durcissent, mais je continue jusqu'à ce que la caverne soit assez haute pour que j'y tienne assise. Je reste blottie dans l'obscurité et tâte les murs autour de moi. Je sens d'un côté le tronc du bouleau. J'effleure son écorce rugueuse. L'arbre hiberne dans sa tanière.

J'entends une voix étouffée appeler. Je rampe jusqu'à l'ouverture et m'arrête. J'ai pris soin de commencer à creuser du côté de l'écurie, et l'entrée de la grotte est invisible depuis le perron d'où Aune crie mon nom. La girouette grince sur le toit de l'étable. Je retourne dans la caverne, le grincement se tait. À l'intérieur, l'air est plus épais que dehors. Je m'adosse au bouleau et le respire. Il a l'odeur d'une tanière d'ours. Je ferme les yeux et le bouleau se met à se balancer paresseusement. Dans le noir, il est facile de laisser vagabonder son imagination. On marche dans l'allée. C'est papa.

« Maija ? »

Anttu. La neige crisse et craque sous ses bottes. Je reste silencieuse. Puis une faible lumière m'éclaire le visage. Il a une lanterne.

« Je te vois.

– Va-t'en.

– Aune s'inquiète. »

Je ne réponds pas. Anttu se penche et passe la tête dans le couloir.

« N'entre pas, ça va s'effondrer.

– Non. Je suis déjà venu dans des grottes de neige. »

Il rampe à l'intérieur et s'assied à côté de moi.

« C'est toi que je voulais voir.

– Pourquoi ? »

La lanterne éclaire les murs irréguliers parsemés de brindilles et de débris de lichen arrachés au bouleau par les tempêtes hivernales.

« J'ai l'intention de partir, chuchote Anttu.

– Où ?

– Loin. Je t'écrirai au plus tard quand je serai arrivé.

– Quand pars-tu ?

– Cette nuit, s'il neige.

– Pourquoi faut-il qu'il neige ?

– Je vais skier à travers champs jusqu'à la gare et je ne veux pas laisser de traces visibles. »

Bien que nous soyons assis l'un près de l'autre, j'ai soudain froid.

« Ne pars pas.

– Il le faut, dit Anttu. Il y a tellement à découvrir dans le monde. »

J'arrache des grains de neige durcis de mes moufles. Des peluches de laine viennent avec. Les moufles se désagrègent comme les montagnes, petit à petit.

« J'ai plutôt l'impression qu'il n'y a pas grand-chose. »

Je lui parle de l'été, de notre voyage en Laponie, à papa et à moi, qui s'est transformé en aventure dans l'Est. Nous devions aller voir les monts, mais nous avons vu un ours changé en pierre. Le bouleau, dans mon dos, est vivant. Parler est pour une fois presque facile. Le vent qui agite l'arbre frappe les fenêtres, là où papa se trouve maintenant. Et, peu à peu, j'ai l'impression que le vent l'a conduit ici. Le bouleau fourchu a des polypores, des branches mortes et, à la cime, quelques trous de pic, exactement comme papa : il a tout vu et tout supporté et s'est couvert de bosses noires. Et pourtant le vent le fait chanter et il n'a pas démérité, bien qu'Aune et Hugo le jugent pourri et dangereux.

Quand j'ai fini, Anttu ne fait aucun commentaire sur les rochers, les bouleaux ou papa. Et ce n'est pas nécessaire. Il me donne une lettre et me demande de faire semblant de m'apercevoir, dans deux jours, qu'elle dépasse de sous le tapis des latrines d'Yli-Haikka, et de la donner à Hugo. Je la glisse sous une bande d'écorce à moitié arrachée du bouleau. Nous rampons vers la sortie. Aune a allumé une lanterne sur le perron. J'essuie mes bottes de feutre sur les branches de sapin au bas des marches et commence à les monter.

« Et si moi aussi... », dis-je à voix basse.

Anttu secoue la tête et me pose la main sur l'épaule.

Quand je me réveille, au petit matin, il y a déjà une couche de flocons de l'épaisseur d'une demi-paume sur le rebord de la fenêtre, et bientôt le blizzard jette sur la terre et les murs des paquets de neige qui recouvrent tout.

Cela fait deux jours d'effervescence qu'Anttu a disparu. Je frappe à la porte de Hugo et regarde par le trou de la serrure. Il se lève du sofa et vient ouvrir. À peine ai-je eu le temps de prononcer le nom d'Anttu et de tendre la main qu'il saisit l'enveloppe et l'ouvre.

« Mais il n'y a rien, là-dedans », grogne-t-il en me bousculant presque pour aller téléphoner.

Presque rien, en effet. Le message d'Anttu s'ancre dans mon esprit parce qu'il me fait sourire en secret et qu'on le répète pendant des semaines dans la salle d'Yli-Haikka, au magasin général, à la poste et à l'école : *Chère famille. Je suis parti chercher fortune. Ne vous inquiétez pas. Vous aurez de mes nouvelles.*

Le docteur Peltosaari est furieux et prétend que peu lui importe si son fils ne leur donne plus jamais signe de vie, à sa femme et lui. Anttu l'entend sans doute, on ne sait comment, car quand une carte postale froissée arrive trois semaines plus tard de Rotterdam, c'est à moi qu'elle est adressée. C'est le premier courrier que je reçois à Luhtajoki. Ni Hanna ni papa ne m'ont écrit, ils ne connaissent pas le nom qu'on m'a donné, ni sans doute mon adresse. Le message d'Anttu est bref, il a juste écrit : *Salutations à tous.* Je pose la carte contre le pied de la lampe de chevet de ma chambre. Un rideau de gouttes tombe du rebord du toit. Dans les champs, la neige s'est creusée de trous au fond desquels apparaît la terre nue. Haut dans le ciel, les alouettes plongent vers le sol et remontent en flèche, grisollant à tue-tête. Il me faudrait des ailes. Et un regard de faucon pour voir où papa a été emmené.

4

Les gouttes de pluie qui frappent l'appui de fenêtre de ma chambre rebondissent haut sur la vitre. Le plafond de la grotte que j'ai creusée s'est écroulé pendant la nuit. Un bloc de neige mouillée glisse du toit de l'écurie et s'écrase sur le sol.

Tout est en mouvement. Les oiseaux reviennent en troupes toujours plus nombreuses. Sur le chemin de l'école, mes chaussures se couvrent de boue. Je suis une traîtresse. Je devrais être avec papa dans des champs réchauffés par le soleil, à observer les alentours à la jumelle, mon tour venu, et, en attendant, à chercher sur les talus les taches jaune vif des tussilages.

Je ne peux pas juste rester à regarder. Je prends un crayon et une feuille de papier à carreaux et écris.

20 avril 1927. Chère Hanna. Je n'ai reçu aucune lettre. Ici, on m'appelle Maija Kivikoski. Écris à ce nom chez les Yli-Haikka à Luhtajoki et dis à papa où je suis. Lui aussi devrait m'écrire. Dis-lui que je ne suis pas fâchée contre lui. Il ne l'est pas contre moi, j'espère ? Je n'ai pas encore le droit de rentrer à la maison. On voit des grues cendrées au loin dans les champs. Dans les plates-bandes d'Aune, il y a des anémones bleues en boutons. Je m'ennuie ici. Je t'embrasse, Malla.

Je descends au rez-de-chaussée. Aune prépare le petit déjeuner, Hugo est occupé à atteler le cheval. Les jours de pluie, il part plus tard que d'habitude pour la pharmacie et m'emmène en même temps à l'école. Je me glisse dans son cabinet de travail et vais prendre dans le tiroir une enveloppe et un timbre. Puis je range la lettre dans mon cartable et m'attable pour manger mon porridge.

Dans l'après-midi, la pluie cesse et je quitte l'école à pied avec Irma et sa sœur. Elles s'attardent bientôt à sauter dans les flaques et traînent tant qu'à la fin j'agite la main dans leur direction et file par le raccourci qui mène à la gare à travers le quartier des ouvriers de la tannerie. Je franchis les rails et cours jusqu'à la rue principale. Une odeur de terre mouillée et de fumier flotte partout. Avant même d'arriver à la poste, je sors l'enveloppe de mon cartable et prends quelques profondes inspirations. Je suis déjà venue plusieurs fois à la poste avec Aune, je n'ai rien à craindre, bien que le préposé, Huhta, soit grand et barbu. J'entre, dis bonjour et pose la lettre sur le comptoir.

« Helsinki, voyez-vous ça », dit Huhta en prenant l'enveloppe.

J'esquisse un sourire timide. Huhta remercie, hoche la tête et pose ma lettre sur le dessus de la pile, dans le casier qui se trouve derrière lui.

Le couvercle de ma boîte de chromos ferme mal. Elle est pleine, peut-être trop. Hugo et Aune m'ont offert pour Noël une planche d'anges. Je ne les ai pas encore découpés, parce que mon précédent jeu est en cours. Je sors les images déjà un peu usées : l'homme, la femme qui porte une corbeille de fleurs et la jeune musicienne. Ce sont papa, maman et Elsi. Je les pose sur la table et examine leurs visages. Papa a les mains dans les poches de son pantalon et regarde maman, mais celle-ci caresse ses fleurs du bout des doigts et ne le remarque pas. Elsi joue, les yeux presque fermés. Je n'en suis pas satisfaite. La jeune fille du chromo est potelée, c'est presque une enfant et elle souffle dans un instrument qui est tout sauf une flûte.

Je déplie la planche de Noël et examine les anges. Ils sont jolis, avec des ailes et des vêtements clairs. L'un, en robe verte, joue de la flûte et, encore mieux, de la traversière, comme Elsi. Je le compare à l'autre image et constate qu'il lui ressemble beaucoup plus. Le seul problème est qu'il a des cheveux blonds, et des ailes qui n'ont rien à faire là, même s'il m'a un instant semblé qu'Elsi avait appris à papa à voler. Je prends mon stylo et noircis avec précaution les cheveux de l'ange. La couleur est exactement la bonne, presque bleutée. Puis je détache l'ange de la planche et lui coupe en même temps les ailes. J'écarte la femme et sa corbeille de fleurs et dispose à sa place l'ange sans ailes joueur de flûte. Encadrée par ses cheveux sombres, la musicienne regarde l'homme qui se tient à côté d'elle, les mains dans les poches. Je place l'ourson tout contre papa, c'est toujours là qu'il s'est senti le mieux. Puis je sors mes livres de classe de mon cartable et m'allonge sur le lit. Dans le monde des chromos, tout va déjà bien.

« Tu dors ? »

Je m'assieds en sursaut.

« Tu ne dormiras pas la nuit, si tu dors à cette heure-ci », dit Aune en s'approchant.

Elle s'assied devant le bureau, repousse les chromos et allume la lampe.

«Hugo a apporté ça.»

Elle me tend une enveloppe. Je la regarde sans broncher.

«Tu n'as rien à dire ?»

Je secoue la tête. Elle se lance dans un long discours. Ils ont tant espéré que je me plairais chez eux. Katri aussi a appris à les considérer comme ses parents, bien qu'il lui ait fallu un peu de temps pour s'habituer. Ils attendent la même chose de moi.

«Ce n'est pas bien de ne pas nous avoir dit que ton ancienne maison te manquait. Hugo et moi voulons savoir ce que tu penses. Tu es si sage que nous pensions que tu te plaisais chez nous. Et là, tu écris sans permission et racontes que tu t'ennuies ici.

– Comment avez-vous eu ma lettre ?

– Peu importe.

– On n'a pas le droit d'ouvrir le courrier des autres.

– Hugo et moi avons été chargés de nous occuper de toi. Nous devons savoir ce que tu fais.

– Papa et Hanna peuvent s'occuper de moi.

– Ton père est malade. Il est incapable de s'occuper de qui que ce soit.

– Est-ce que c'est ce qu'il a dit ? Est-ce qu'il l'a écrit ?

– Non. Le médecin lui a prescrit du repos.

– Je veux lui parler. Ou à ce médecin.

– Tu dois être patiente, vous devez tous les deux...

– Je veux parler à papa.

– C'est impossible.»

Aune se lève. Je suis assise, tête baissée, sur le bord du lit. J'ai le vertige. Ma poitrine se soulève aussi vite que celle d'un petit animal. Aune se tourne vers le bureau et se met à ranger les chromos dans la boîte. Puis elle s'arrête.

«Qu'est-ce que tu as fait ?»

Elle prend quelque chose sur le bureau. Je me redresse. Elle me met l'ange aux ailes coupées sous le nez.

«Qu'est-ce que tu as fait ?

– Je l'ai arrangé.

– Arrangé ?

– Il n'allait pas.»

Aune laisse tomber Elsi dans la boîte de chromos, ferme le couvercle et se dirige vers la porte. Elle s'arrête devant le poêle de faïence, prend le tisonnier et fourrage dans les braises. De petites flammes surgissent, s'élèvent et se rejoignent. Aune fourre la boîte dans le poêle.

« Non ! »

Elle a le dos large et me bloque le passage. L'attaque des flammes marque d'abord la surface de la vieille boîte de chocolats de grands hématomes, puis elle prend feu. Les épaisses couches de couleur des images grésillent. Aune ajoute du bois, ferme la porte du poêle et s'en va sans rien dire.

Il ne reste plus de la boîte que des flocons noirs. Des flammes et de la fumée s'en échappent encore. Papa, Hanna, Elsi, l'ours, tous ont disparu. Même maman, qui a déjà été incinérée une fois. Je me rappelle chaque chromo, ainsi que les moments où ils m'ont été offerts, par papa, Hanna, maman et parfois Sahlman.

Papa avait tort. Attendre ne sert à rien. L'histoire du jeune Indien Arehkan est un conte, et le temps des contes est passé.

La boîte de chromos a disparu, dévorée par les flammes. Je ferme la porte du poêle de faïence. Je roule le tapis et le cale au bas de la porte. Le courant d'air cesse de balayer le plancher. Je tire la chaise jusqu'au poêle et grimpe dessus pour fermer la tirette du conduit.

Puis je m'allonge sur le lit.

Ballottée d'un côté à l'autre, je me cogne le pied à quelque chose. Mon dos heurte une surface froide et dure. Le firmament bleu nuit est constellé de points lumineux. Des cristaux de neige me griffent la peau, on m'en frotte le visage et le cou. Dans un brouhaha, je distingue trois mots : *Réveille-toi, Maija*. Aucun intérêt.

Puis j'entends la voix d'Aune. Elle crie mon nom, mon vrai nom.

La douleur se love sous mon front, prend de l'élan et déferle jusque dans les moindres recoins de ma tête. Mes poumons se réveillent, pompent furieusement de l'air jusqu'à ce que mon souffle circule normalement et que je commence à voir et entendre. Aune pleure, agenouillée dans l'airial glacé. Ma tête repose sur le bras de Hugo. Le docteur Peltosaari tourne autour de nous et dit quelque chose, se penche et me regarde dans les yeux, le front barré de rides. Il a l'air à la fois terriblement furieux et enthousiaste.

On me porte à l'étage. Nous passons devant ma chambre. La fenêtre est grande ouverte. Le froid envahit le couloir et tout l'étage. Il hurle tel un fantôme.

5

Erik se réveille. Le matelas fait une bosse qui lui semble familière. Il s'est donc déjà réveillé là. Il ne bouge pas, et ne laisse pas non plus ses pensées bouger car il se rappelle que le plafond et les murs sont en pierre. La moindre pensée y éveille un millier d'échos qui lui brisent la tête, parfois juste la craquelant, parfois la réduisant en miettes.

Les souvenirs toupinent dans les plis de son cerveau. Toute sa vie est à l'imparfait. Que fait-il encore ici, pourquoi le drap n'est-il remonté que jusqu'à sa poitrine? Il en a tiré sur tant de visages, père, Aliisa, Lidia. Les gens disparaissent, les draps restent, recouvrant sans cesse de nouveaux morts ou se mêlant des affaires des vivants.

Il faisait souvent le lit de Malla. Il fallait d'abord ôter les aiguilles de pin et les débris de lichen, la chevelure d'une petite fille peut accueillir une étonnante quantité de forêt.

Il se rappelle aussi les draps d'Elsi, balises blanches que l'on voyait dès le vestibule par la porte de sa chambre. Quand il s'y couchait, il avait la tête qui tournait et, même humides de sueur, ils lui semblaient être des flots purs, telle la mer, l'été, à Aspholm.

La mer. Sa surface se creuse en une énorme vague furieuse qui l'emporte. La vitesse est terrifiante, mais au lieu d'eau il y a maintenant sous lui une banquette rembourrée et, devant son visage, un pare-brise. L'auto heurte les murs, ses souvenirs s'interrompent. Les sangles de contention se resserrent, impossible de fuir. Des éclats de verre tombent du plafond. Malla lui serre le poignet et s'arrache à lui. Sa bouche s'ouvre pour crier. Le lit penche et il roule sur le flanc. Les sangles de cuir grincent. Dans le plancher nu s'ouvre un gouffre qui l'aspire si fort qu'elles ne parviennent pas à le maintenir dans le bastion du lit et cassent d'un coup.

Les gouttes, tels de petits cailloux, frappent l'appui de fenêtre. Dehors, c'est l'été. Le premier jour d'été, sans aucun doute. Un roselin cramoisi indifférent à la pluie chante à l'orée d'une prairie.

Erik lève avec précaution la tête.

Il est allongé sur le dos. Par-dessus le rebord du lit, il regarde le sol. Le gouffre noir a disparu. Quelqu'un l'a recouvert d'un tapis de haute laine bleu foncé. Qu'éprouverait-il en le foulant, pieds nus ? Il n'y aurait que quelques pas à faire, du lit au tapis. Il y songe et les entend. Un, deux, trois. Mais ils continuent du tapis vers le mur, le traversent, se hâtent et s'éloignent.

Erik pose la tête sur l'oreiller et écoute les pas. Ils sont différents. Le sous-bois bruisse sous les chaussures ou les plantes de pied qui y tracent leur piste. Le lichen s'effrite sur la roche brûlée par le soleil. Les mousses détrempées clapotent, l'argile chuinte, l'eau gargouille, les pavés résonnent. Ses pieds, sous la couverture, tressaillent, ils reconnaissent leurs propres pas, les ont tous enregistrés comme le cerveau enregistre les pensées. Ils gardent en eux les forêts impénétrables et les montagnes, les tourbières aqueuses, les sentiers humides et la boue des chemins charretiers, la terre battue des routes et les rues de la ville.

Il compte les pas et les multiplie par le nombre de ses jours. La longue caravane de ses souvenirs va et vient et s'étire, leurs fils s'emmêlent, mais le rythme des pas demeure et il l'écoute, même au risque d'en souffrir, seul îlot d'ordre dans son cerveau. Il adresse une grimace au gouffre caché sous le tapis, et les pas clouent ce dernier en place. Peu à peu, ils fixent aussi d'autres choses. Les souvenirs rentrent un à un dans leur case. Mère. Père. Lidia. Malla. Elsi.

Le plus difficile est la dernière partie, le parcours de l'automobile renversée à ce lit. Pendant cette période, les pas ont été rares, il n'a été que transbahuté d'un bâtiment ou d'un véhicule à un autre, sous la brûlure des regards et de lampes au-dessus de sa couche, ou sous le corps lourd de l'obscurité. Mais il s'en rappelle malgré tout des bribes, et sait être là depuis déjà un certain temps. La route cahotait et, quand il est descendu de voiture, soutenu par deux hommes, il flottait dans l'air l'odeur d'un grand lac.

La serrure de la porte de la chambre cliquette. Quelqu'un entre.

« Bonjour, Stenfors. »

Erik a déjà vu l'arrivant mais ne se souvient pas de son nom. Il porte une blouse blanche. Serait-ce Sahlman ? Non. Il pense pourtant l'avoir appelé Sahlman intérieurement, et peut-être même à voix haute, car ce nom va bien aux médecins. L'idée le fait rire – peut-être va-t-il se mettre à appeler tous les médecins des sahlmans.

Imbécile.

« Bonjour. »

Erik s'effraie de sa voix éraillée. L'a-t-il brisée en se taisant ou en criant ?

« Comment allez-vous ? » demande le médecin en s'avançant, et il pose le pied sur le tapis sans passer à travers.

Erik ne sait d'abord pas quoi répondre. Il reste à réfléchir mais se reprend vite, le médecin fait bien sûr sa tournée et n'a pas de temps à perdre. Il doit vite poser la question, car elle doit être réglée.

« Comment vous appelez-vous ?

– Harmajakari.

– Viktor ? » sursaute Erik.

Impossible. Il rectifie :

« Connaissez-vous Viktor ?

– C'est mon frère », répond le médecin sans avoir l'air le moins du monde surpris.

Peut-être ont-ils la même conversation tous les matins. Le médecin ouvre une page blanche de son carnet de notes.

« Vous vous rappelez votre fille, Stenfors ? »

Je viens justement de penser à elle pour la première fois depuis longtemps sans me noyer dans le gouffre sur lequel vous vous tenez.

« Oui.

– Voudriez-vous lui écrire ? »

Erik ferme les yeux. L'auto, la vitre cassée. Elle a causé des blessures dont on ne peut refermer qu'une partie avec des agrafes.

« Pourquoi ? »

Lorsqu'il chuchote, sa voix semble normale.

« On l'a demandé.

– Elle ne me déteste pas ?

– Vous pourriez lui poser la question.

– Je n'ose pas.

– Écrivez, n'importe quoi. N'ayez pas peur, je vous aiderai. »

Le docteur Harmajakari est maigre et nettement plus grand que son frère. Dans la forêt, il aurait du mal à passer sous les branches et à se faufiler dans les broussailles. Erik est soudain immensément soulagé par le physique du médecin. Peut-être est-ce grâce à cela que ce dernier s'est retrouvé en blouse blanche et non avec son frère à courir la taïga.

6

Les draps sentent le frais. La chambre a été aérée. Les rideaux sont fermés, mais on perçoit, derrière, une journée ensoleillée. Par moments, des nuages s'amassent dans le ciel et il fait presque noir. Puis les rideaux s'éclaircissent de nouveau et un rai de lumière ricoche sur le tapis. Un pinson chante comme s'il était à l'intérieur de la pièce. Il doit percher dans le bouleau de l'airial. Comme il est arrivé tôt, c'est encore l'hiver ! J'ai beau tenter de le chasser, le gel hurle autour de moi.

Je passe la journée à demi éveillée. Aune vient me voir plusieurs fois, me bassine la peau et m'enveloppe de compresses tour à tour froides et chaudes. Je la laisse faire, bien que je n'aie ni fièvre ni frissons. Je reste la plupart du temps allongée les yeux fermés et observe la relève alternée du soleil et des nuages. Si une cuiller se pose sur ma lèvre inférieure, j'ouvre la bouche. Je n'ai pourtant que peu d'appétit. Quand j'entrouvre les paupières, Aune pleure sur la chaise devant le bureau et le docteur Peltosaari est assis sur le bord du lit. Il surveille sa montre de gousset et me tient le poignet. Mon cœur bat sous son gros pouce.

Puis il se met à faire très chaud. Le soleil me blesse les yeux bien que les rideaux soient fermés. Hugo me porte dehors et m'assied dans un coin ombragé, mais la lumière m'aveugle et je demande à rentrer.

À la tombée du soir, Aune ouvre la fenêtre. L'air frais emplit la pièce, chargé d'un parfum de feuilles humides. La neige a fondu, quelqu'un ratisse l'airial. Aune est assise sur la chaise, des papiers dans la main. Je toussote et la regarde dans les yeux pour la première fois de la journée.

« Tu as une lettre de ton père », murmure-t-elle.

Je ne dis rien, je ne la crois pas. Elle me montre l'enveloppe et en sort une feuille. Du papier, rien que du papier et des lignes écrites par quelqu'un, on ne sait qui, en tout cas pas papa. Je reconnaîtrais son écriture à des mètres, et ce n'est pas elle.

« Lui aussi est malade, dit Aune. Il l'a dictée à une infirmière. »

Elle lit. La lettre parle de gouttes de pluie à la fenêtre, le premier jour de l'été, de brèves promenades dans le jardin au cœur de la belle saison et des lourdes traînes des nuées d'orage à l'horizon. Elle évoque ensuite les signes annonciateurs de la fin de l'été, le parfum entêtant des filipendules. Au-dessus de la mer de fleurs blanches, un faucon crécerelle se prélasse dans les airs et observe les champs. La lune brille au fond du lac.

Je me redresse. Derrière les mots, il se peut que ce soit papa. Je me rends compte que mon oreiller a été changé. Il est gros et moelleux, et me soutient le dos. Aune lit, voix et écriture étrangères de derrière lesquelles, infiniment loin, papa me regarde. Où es-tu, dis-moi !

« J'avance, maintenant, mais sur un étroit chemin de crête, poursuit Aune. Je suis tellement désolé. Essayons de nous en sortir. »

C'est tout, et je ne comprends qu'une chose, c'est que papa me demande pardon, alors que je m'étais préparée à le faire. Je repousse ma couverture et vais à la fenêtre. Mes oreilles ne tintent plus. Mes jambes tremblent et j'ai la tête qui tourne, mais au bout d'un moment, le vertige se calme. Hugo ratisse la bordure du potager labouré, l'écurie disparaît dans la brume. Les feuilles qu'il ramasse sont jaunes, tout comme celles du bouleau fourchu. Je me tourne vers Aune.

« Où est passé le printemps ?

– Tu as été malade longtemps », répond-elle à voix basse.

Une semaine plus tard, j'ai suffisamment repris mes esprits pour que nous puissions aller voir Yrjö Peltosaari pour une visite de contrôle. Il a son cabinet médical dans la rue principale de Luhtajoki, en face de la pharmacie. La poste est dans la maison voisine, qu'elle y pourrisse !

Yrjö me fait asseoir sur une chaise, devant lui, et m'ordonne de regarder très vite, sans bouger la tête, vers le haut, le bas, à droite et à gauche. Il vérifie mon audition et mes réflexes, jette un coup d'œil dans ma gorge, écoute mes poumons et mon cœur, le front plissé comme papa, mais sans sourire, bien que tout soit en ordre. Je m'allonge, et il m'appuie sur le ventre et me tâte le cou. Puis il m'autorise à me relever. Il se met à me poser des questions bizarres. Est-ce que quelqu'un m'a ordonné de fermer la tirette du conduit du poêle ? Est-ce que je fais des cauchemars ? Est-ce que je veux faire du mal à d'autres personnes ? Heureusement, les réponses sont faciles, je n'ai qu'à secouer la tête.

« Est-ce que tu comprends que tu ne dois plus faire de frayeurs à Aune et Hugo ? »

Je hoche la tête.

« Est-ce que tu as l'intention de faire d'autres choses interdites ? »

Je secoue la tête. Le docteur écrit quelque chose et parle à Aune.

«Tout semble aller bien. Elle a maigri et doit reprendre des forces à la maison cet automne. Elle pourra retourner à l'école en janvier. Participer à des activités avec d'autres enfants lui ferait du bien.»

Il se tourne encore un peu plus vers Aune et caresse sa barbe rousse.

« Cet examen n'a pas forcément tout révélé. Un semi-coma de plusieurs mois peut laisser craindre des séquelles, bien que le principal motif ait été à mon avis psychique. Mais le monoxyde de carbone a pu causer des dommages cérébraux qui se manifesteront plus tard, Dieu sait sous quelle forme, par exemple des trous de mémoire. Préviens-moi tout de suite si tu remarques quelque chose d'anormal.»

Les mots me tombent sur la tête comme de grosses pierres. Yrjö hoche la tête et feuillette ses papiers. Aune me prend par la main. Nous regagnons la salle d'attente, puis la rue. Elle dit quelque chose, mais je ne l'entends pas. Le bas-côté défile sous mes yeux et je me remémore les noms des plantes fanées. Nous franchissons la voie ferrée et nous dirigeons vers l'école par le quartier des ouvriers de la tannerie. Des euphraises et quelques campanules sont encore en fleurs. Un bouvreuil nous survole, lâchant au passage un sifflement de petite locomotive. La nature me lance des noms et autres mots, et j'ai l'impression de tout me rappeler aussi bien qu'avant. Ma terreur recule. Tant que je me rappellerai les noms des plantes et des oiseaux, papa sera avec moi.

Nous allons voir l'institutrice. Je ne la connais pas, car la précédente est passée avec mes camarades de classe en deuxième année, tandis que je vais devoir tout reprendre depuis le début. C'est désespérant. Ma nouvelle institutrice s'appelle Alma Niemi. Elle a un visage avenant, un chignon sur la nuque et une robe sombre à haut col. Sa voix porte et ses phrases énergiques progressent telles de brèves averses.

« Comment t'appelles-tu ? » me demande-t-elle.

J'ouvre la bouche, mais les mots ne viennent pas. Dans ma panique, je regarde Aune, qui hoche la tête. Mais je ne me rappelle que *Malla*, et il ne faut pas l'utiliser, pour que les gens, à l'école, n'ouvrent pas de grands yeux.

« Elle s'appelle Maija, Maija Kivikoski », finit par dire Aune.

Je me répète intérieurement ce nom. J'essaie de me convaincre que c'est juste parce que ce n'est pas le mien. Mes muscles se resserrent néanmoins autour de ma gorge. Oublier son propre nom, même si ce n'est pas le bon !

1931

7

« Allons sur le crêt », dit Joel à voix basse par-dessus son épaule.

Il saute d'un rocher à l'autre comme s'il montait de grandes marches. Il y a un chemin plus facile pour atteindre le sommet, mais il est heureux de sentir la force de ses jambes et veut en profiter aussi longtemps qu'il le peut.

Les moissons ont commencé il y a une semaine et il a été bien nourri – lait caillé, bouillie, pain, harengs, café et même brioche. Avec du bon beurre d'été qu'il ajoute presque partout, sur le pain, dans la bouillie, et même, en cachette, sur la brioche. Il est pourtant toujours affamé.

Les premières myrtilles sont presque mûres. Il se penche pour les examiner, en particulier autour du plus grand pin du crêt, où il pousse tous les ans des baies brillantes, presque noires. Il ignore pourquoi elles sont dépourvues de pruine bleutée, mais elles sont meilleures que les myrtilles ordinaires.

« Elles sont encore dures. On reviendra la semaine prochaine. »

Ce dimanche n'est que soleil et douce brise à l'arôme de pins. Joel s'approche de l'à-pic et regarde dans la combe, quelques mètres plus bas. Des framboisiers étendent leurs branches sur un sapin tombé, au bas de la paroi. Auraient-ils déjà des fruits ? Joel passe la jambe par-dessus le bord du rocher et cherche une faille où placer les orteils quand un ébrouement, tout près, l'arrête. Il rit.

« Très bien, on va rester là un moment à se reposer. »

Ils s'allongent au pied du vieux pin. En pleine journée, il n'y a pas de moustiques, seules quelques mouches viennent bourdonner à leur oreille. Joel croise les mains sous sa nuque. Bien qu'il ait le visage à l'ombre, sa peau lui semble chaude, elle a accumulé pendant des jours la chaleur du soleil et du travail. Il voit encore à la surface interne de ses paupières la faux qui ouvre de larges tranchées dans les champs. Elle se balance presque toute seule devant lui, telle une vague ondoyant sur place. Plus loin, les filles aux cheveux de lin qui manient le râteau l'observent du coin de l'œil, lui coupant le souffle plus qu'aucun effort physique.

Il est enfin devenu un homme. Il a trouvé du travail dans les fermes, bien que les pénuries aient jeté sur les routes des centaines de miséreux. On se risque à l'employer parce qu'il est connu à Luomahaara pour trimer dur aussi longtemps qu'on lui donne assez à manger.

Il n'a recommencé à grandir que deux ans après la mort de sa mère, à quinze ans, quand il a enfin osé chercher du travail. Avant cela, il a survécu grâce aux maigres poissons des étangs forestiers, aux baies, aux champignons, aux pommes de terre volées dans les champs et au mince pain dur pour lequel il achetait une fois par an de la farine au magasin général de Luomahaara avec les économies de sa mère. Une fois celles-ci épuisées, il a dû regagner la compagnie des hommes.

Il ne va jamais à Luhtajoki, et à Luomahaara uniquement quand il n'a pas le choix. Il travaille pendant quelques semaines au printemps, en été et à l'automne, quand les fermes débordent d'activité et que personne n'a le temps de se montrer trop curieux. Quand ils ont des loisirs, les gens sont enclins à poser des questions, mais quand ils sont pressés, ils ne s'intéressent pas aux autres. Lorsqu'il va faire des courses au village, il peut toujours prétendre que c'est sa mère qui l'envoie, le propriétaire du magasin est âgé et a d'autres chats à fouetter que tenir le compte précis des mères d'untel ou untel ou faire la différence entre les jeunes du coin et ceux de passage. Mais dans les fermes, il doit avoir une histoire à raconter. Pour l'instant, un vague geste vers l'ouest a suffi, avec pour explication : « Je viens de là-bas, de l'autre côté de la forêt. Ma mère travaille à la tannerie de Luhtajoki. »

Il se fait appeler Joel Peltola, c'est le nom de jeune fille de sa mère, et il a l'avantage d'être assez courant. Il ne reste jamais longtemps dans la même ferme, fait son travail et part avant que quiconque ait le temps de se demander pourquoi il emprunte matin et soir la route menant à la forêt alors qu'il pourrait dormir sur place. Mais il a aussi une réponse toute prête : « Ma mère est malade, je dois l'aider. » Ce n'est pas un mensonge. Il omet juste de préciser que c'était il y a déjà cinq ans.

Quelque chose lui pince l'épaule. Il s'assied en sursaut et chasse un taon. Le soleil a plongé dans la cime des arbres et ne laisse sur le rocher que quelques taches de lumière. Joel s'apprête à se lever, mais se fige soudain. En écho à ses mouvements, des craquements montent de la combe, une branche casse, les framboisiers bruissent.

Quelqu'un jure à voix basse.

Derrière le pin, c'est le silence, mais Joel sent son compagnon s'asseoir, respirer et attendre.

« Rentrons », murmure-t-il.

Dans son dos, les myrtilliers froufroutent, puis plus rien. Il n'ose pas reculer aussi vite, par peur de faire du bruit. On entend bouger au pied de l'à-pic. Des voix, des toussotements, le tintement d'une pierre contre une autre.

« À genoux ! »

Joel habite dans la forêt depuis longtemps. Il sait que quand les insectes se posent au sol, que les oiseaux s'interrompent en pleine activité et que le vent s'immobilise dans les épais feuillages, mieux vaut suivre leur exemple. Il se pétrifie au pied du vieux pin.

« Faites ce qu'on vous dit, reprend la même voix, dans la combe. Mettez ces vêtements.

– Qu'est-ce que c'est ? demande quelqu'un.

– Un uniforme et un brassard de la Garde civique.

– Pas question. »

Joel fixe une toile d'araignée perlée de gouttes de glu qui frissonne entre des brins d'herbe. Quand des coups pleuvent et que les grognements cessent, en bas, il s'attend à ce que le dernier gnon soit pour lui.

« Voilà qui est mieux, dit une voix. Prenez-le en photo. »

Dans la forêt résonne un bruit d'un autre monde : un déclic d'appareil photo évoquant des sourires et des regards solennels dirigés vers le lointain. Joel se rappelle qu'il immortalise aussi d'autres choses. Il ferme les yeux. Mais aucune détonation ne claque.

« Lisez tout haut ce papier. »

Un homme lit, d'une voix éteinte, épuisée. Les *s* sifflent, les horions lui ont peut-être cassé une incisive. Le texte assure qu'il a recouvré la raison, demande pardon pour s'être égaré dans le communisme et promet d'obéir à l'appel de la patrie. Joel n'écoute pas vraiment. Il profite du bredouillis pour s'arracher à son immobilité et s'avancer en rampant.

Quand l'homme a fini, Joel se plaque au sol parmi les myrtilliers et jette un coup d'œil par-dessus le bord de l'à-pic.

Un homme en uniforme de la Garde civique – le nouveau nom de la garde blanche – se tient au pied de la paroi rocheuse, dos à lui. Trois autres lui font face. Joel les connaît de vue, ils ont fait les foins dans les mêmes fermes, ces dernières années. Après avoir réfléchi un moment, il se rappelle leurs noms : Ahola, Ylämylly et Tuhkuri. Un cinquième homme, derrière les autres, s'appuie au sapin tombé. Il vérifie par moments que le bord de son chapeau est bien baissé. Il porte une veste noire, les autres, des vêtements de travail. L'homme au chapeau roule des épaules comme s'il veillait à ne pas rester figé dans la même position. Sa veste est trop étroite pour permettre de grands mouvements, mais à chaque coup d'épaule, de la lumière se glisse sous le bord de son chapeau et fait briller sa barbe rousse.

« Je ne peux évidemment pas signer ça, dit l'homme en uniforme en tendant le papier au trio aligné en rang. Vous ne récolterez pas de nouvelles recrues avec ce genre de pratiques, juste de la haine. »

Sa voix est trop forte, trop seule. La forêt sursaute, aux aguets. Joel espère que l'homme comprendra et s'agenouillera sur le sol, où une planche, une bouteille d'encre et un stylo ont été disposés.

Ahola et Ylämylly s'approchent de lui, lui saisissent les bras, les lui tordent dans le dos et les attachent.

« Mettez Mäkinen contre le rocher », ordonne Tuhkuri.

On le pousse jusqu'à la paroi. Joel s'aplatit encore davantage et recule dans l'ombre d'un bloc de pierre dressé sur le surplomb. L'homme à la barbe rousse sort un pistolet de sa poche et le tend à Tuhkuri. Celui-ci effleure le canon du pouce et tend le bras en direction du prisonnier.

Joel voudrait se dresser et crier, mais ses membres refusent de lui obéir. Il s'enfouit le front dans les mousses et, l'espace d'un instant, la roche devient transparente : Mäkinen se tient juste sous lui, le dos et les genoux fléchis, ses cheveux blonds dressés en désordre, les mains liées serrées, son visage marqué par les coups tourné vers le sol.

Clic.

« Il n'était pas chargé ? » rigole Tuhkuri.

Un gémissement monte de la combe, pareil à ceux qui, chez les adultes, précèdent les pleurs.

Joel a mal aux paumes. Quand il desserre ses doigts crispés, des demi-lunes rouges brillent au creux de ses mains. Ses ongles lui ont presque crevé la peau. Il fixe leur marque jusqu'à ce qu'un nouveau bruit d'arme le fasse sursauter. Tuhkuri se tourne encore une fois vers Mäkinen.

« On réessaie ? »

Sans attendre la réponse, il appuie sur la détente. Le cran de sûreté claque. Le cri de Mäkinen se noie dans ses sanglots. L'homme à la barbe rousse jette un coup d'œil par-dessus son épaule, puis regarde sa montre de gousset. Hurle plus fort ! pense Joel, la route de

Luomahaara n'est pas loin et, en pleine journée, il pourrait y passer quelqu'un.

Mais ce quelqu'un, en comprenant ce qui se passe, viendrait-il en aide à Mäkinen ? Dans les champs, à la pause, même d'honnêtes ouvriers agricoles sans histoire se sont vantés d'avoir passé à tabac d'anciens rouges. Et, pour sa propre sécurité, Joel a parfois rigolé avec eux.

Tuhkuri tripote à nouveau l'arme. Mäkinen respire par saccades. Joel n'a jamais entendu charger une arme, mais le cliquetis semble cette fois différent, plus agressif. Il contourne le bloc de pierre et s'y appuie, à l'abri des regards.

« La troisième fois sera la bonne. Tu signes ?

– Vous ne tirerez pas, marmonne Mäkinen. Pas à jeun. »

Inconscient ! De derrière son rocher, Joel regarde Tuhkuri, qui regarde l'homme au chapeau, qui hausse les épaules, s'assied de profil sur le tronc du sapin tombé et touche du doigt comme s'ils le passionnaient de petits polypores poussant sur une branche cassée. Tuhkuri tend le bras vers Mäkinen.

Au sommet du crêt, un pin mort à la cime fendue, criblée de traces de bec de pic, se dresse parmi les myrtilliers. Joel se précipite à son pied, ramasse à pleines mains des trognons de pignes vidés de leurs graines par l'oiseau et les jette dans la combe avant de s'enfuir en courant. Il entend derrière lui un cri, une des pignes a touché sa cible. Il descend en courant les marches de pierre.

« On vous a vus ! » crie-t-il d'une voix haut perchée.

Mieux vaut qu'on le prenne pour un enfant.

Il fait demi-tour et regrimpe à grandes enjambées au sommet des rochers. Les pas de deux ou trois hommes se ruent hors de la combe, en direction de la route. Joel dévale à toutes jambes le côté en pente douce du crêt et s'enfonce dans les fourrés. Là, il s'arrête et s'appuie sur ses genoux jusqu'à ce que les bruits se taisent.

Quand il rentre chez lui, il est déjà tard. Il n'ose pas allumer la lampe à pétrole. Muni d'une bougie et de la vieille bible de sa mère, il rampe sous la table de la salle et prend la photo glissée entre les pages.

Il l'a trouvée peu de temps après leur arrivée ici. Elle est tombée de la bible alors qu'il sortait des livres d'une caisse en bois. Il a reconnu son père, bien qu'on le voie avec trois autres hommes devant une pile de grumes, le dos voûté, son chapeau par terre à ses pieds, le visage dans l'ombre de son front. C'est le deuxième à partir de la gauche. Sur la droite se tiennent, jambes écartées, des soldats en veste grise et ruban blanc dont les longs fusils et les baïonnettes pointent vers les insurgés.

Joel, qui avait six ans, s'est pétrifié à côté de la caisse, le regard rivé sur la photo, et a lâché la bible. Sa mère, occupée au fourneau, a sursauté, lui a pris la photo, l'a remise dans la bible et a rangé celle-ci sur l'étagère.

«Papa n'a pas eu le temps d'avoir mal, a-t-elle dit. Il était malade et fatigué, peut-être même à peine conscient.»

Les mois suivants, Joel a de temps en temps regardé la photo et laissé sa mère lui répéter les mêmes phrases, jusqu'à ce qu'elles finissent par pénétrer dans ses rêves et anéantir son effroi. Quand le patron de la tannerie a commencé à venir de plus en plus souvent chez eux, il n'a plus osé la sortir. Välitalo ne voulait pas que l'on parle de son père. Depuis la mort de sa mère, Joel n'y touche plus non plus, car il ne sait pas embellir la réalité. Bien sûr que son père a eu mal. Quand l'ordre a claqué, par un froid matin de printemps, dans la cour de la scierie, et que les armes ont tonné, il a eu le temps de sentir la douleur qui lui a déchiqueté le ventre, la poitrine et la tête. On ne meurt pas, proprement, d'un bruit de détonation, mais parce que vos veines et vos organes éclatent.

La flamme vacille. La balle arrive. Joel se plie en deux sur le plancher. C'est papa qui est là, pas moi, se répète-t-il. Il ne parvient pourtant pas à se relever. La bougie a fini de brûler sans qu'il s'en aperçoive, alors qu'il voulait l'économiser pour l'obscurité de l'automne. Des moustiques se massent dans la salle, il a laissé la porte d'entrée entrouverte. Ils viennent se poser sur sa peau mais s'envolent aussitôt. Son sang figé est trop épais pour leur trompe.

Dans la nuit, il entend des pas dans l'airial, si légers qu'on pourrait les prendre pour un début de pluie. Il emplit ses poumons d'obscurité et se rend compte qu'il respire toujours.

Les pas s'arrêtent devant le perron. Joel reste allongé en silence. Les marches grincent. L'embrasure de la porte s'assombrit et, sur les lattes de plancher de la salle, une lente ondulation s'approche de sa tête. Il déglutit, des larmes lui montent aux yeux. L'odeur d'aiguilles de sapin, de boue et de myrtilles s'intensifie, piquante. Comme si on voulait faire tenir toute la forêt dans la petite pièce.

«Je suis réveillé», murmure Joel.

Dans l'obscurité totale, sous la table, il ne distingue rien, mais le sol fléchit quand son compagnon vient se coucher à ses côtés. Il tend la main et touche sa chaude fourrure.

Joel époussette les pellicules d'écorce de bouleau de ses épaules et boit une gorgée de lait caillé de son gobelet en fer-blanc. La canicule lui chauffe les joues, mais pas seulement. Une des filles, dont il ne connaît même pas le nom, est venue tout à l'heure poser sur son havresac une poignée de fraises des bois, l'a regardé dans les yeux et s'en est allée. Le tronc du bouleau palpite sous l'arrière de sa tête, la sève se précipite par de fins vaisseaux vers la cime.

Après avoir rangé les restes de leur repas à l'abri des mouches, les moissonneurs s'installent au bord du champ pour se reposer. Les filles ôtent leurs fichus et les étalent sous leur tête. Joel les observe à l'abri de ses cils. En automne et en hiver, il a jusque-là mené une vie tranquille, mais au printemps et pendant une bonne partie de l'été, il a des fourmis dans le corps. Il ne peut cependant rien faire, les garçons du village ne manqueraient pas de s'en apercevoir. Il doit se rappeler que personne, jamais, ne doit venir chez lui, que ce soit animé de bonnes ou de mauvaises intentions.

D'un autre côté, il ne sait même pas comment aborder une fille.

Sur les hautes branches du bouleau, un pouillot fitis resté célibataire égrène ses notes. Joel essaie de se concentrer sur son chant flûté, mais des pas claquent sur la route et bientôt quelqu'un crie son nom. Taisto, le jeune valet de Kauriala, dévale le talus.

«Joel ! Le patron te réclame.»

Il se lève tranquillement, comme s'il n'avait attendu que cela, déroule ses manches retroussées et grimpe sur la route. Les moissonneurs les plus proches le regardent du coin de l'œil, mais il ne dit rien. Il prend le chemin de la ferme à grandes mais lentes enjambées. Taisto le dépasse au galop, une grappe de fraises des bois à la main.

Le fauteuil rembourré, devant le bureau, est dur comme de la pierre. Joel est assis épaules basses, le menton un peu levé. Ses doigts serrent si fort les accoudoirs que ses articulations transparaissent, d'un blanc d'os, sous sa peau. Il entend le fermier, derrière lui, s'asseoir sur le sofa à côté de la porte, puis, au regard que lui lance le commissaire rural, se lever docilement, se retirer dans le couloir et fermer la porte.

Le policier est plus large que son fauteuil et n'y a posé que le bord des fesses. Ses avant-bras reposent telles des bûches sur le sous-main, il se frotte les pouces. Le cuir desséché crisse comme si une souris traversait le bureau.

«Peltola, c'est votre vrai nom ?»

Joel n'a pas le temps de décider d'essayer ou non de mentir.

«On ne trouve dans aucun registre de Joel Peltola vous correspondant.»

Joel pince les lèvres comme s'il se désolait des lacunes des registres paroissiaux.

«Un dénommé Joel Huotarinen, en revanche, est porté disparu, poursuit le policier. Il devait se rendre de Luhtajoki à Seinäjoki, à l'orphelinat, en 1926. Il n'y est jamais arrivé, alors qu'il était resté à attendre le train à la gare. L'orphelinat a reçu une lettre selon laquelle il était retourné dans sa région natale, mais on ne l'y a pas non plus trouvé.»

Joel continue de se taire. Le policier sait déjà tout.

«Vous êtes conscient que se présenter sous une fausse identité est un délit?

– Oui.

– Et vous avez pourtant décidé de le faire.»

Il attend une réponse, mais comme elle ne vient pas, il reprend:

«Pourquoi avez-vous quitté la gare après que le pasteur Saarikko vous y a accompagné?

– Je ne voulais pas aller à l'orphelinat.

– Pourquoi n'êtes-vous pas allé retrouver votre famille?

– Je voulais rester à la maison.»

Les pouces du policier crissent. Il se penche en avant. Son expression est calme, sa moustache frémit. Une vraie souris.

«Ça n'a plus guère d'importance maintenant, déclare-t-il en balayant le sous-main de la paume. Vous n'étiez qu'un enfant, on sait quelles bêtises ils sont capables d'inventer.»

Les bosses des articulations de Joel s'aplanissent. Il s'appuie avec précaution au dossier de son fauteuil, qui est moins dur que le siège.

«Et Peltola est peut-être un meilleur nom, poursuit le commissaire. En l'utilisant, vous ne trouverez plus sur votre chemin l'ombre rouge de votre père.»

Joel ne répond pas.

«C'est dans la cabane de Välitalo que vous avez habité tout ce temps?

– Je me suis pas mal déplacé de ferme en ferme, au gré du travail.

– Vous n'en avez pas été réduit à vagabonder?

– Non.»

Le policier jette un coup d'œil à l'horloge de parquet dont on distingue à peine les aiguilles derrière la vitre assombrie. Il attrape une feuille de papier sur le coin du bureau et la tend à Joel.

«À cause de cette histoire de nom, on n'a pas pu vous envoyer plus tôt votre convocation au conseil de révision. C'est en septembre. Vous devez impérativement vous y présenter.»

Joel pose les mains sur les genoux, plie et déplie les doigts. Il ne comprend pas comment certains arrivent à faire craquer leurs jointures comme s'ils cassaient des branches. Les siennes ne font aucun bruit.

«Vous avez entendu?»

Joel hoche la tête. Il attend un instant, parce que les mots ne sortent pas de nulle part. Rien ne bouge encore dans son esprit, mais, sous le vide, des bulles montent.

«C'est pour l'armée? demande-t-il.

– Comme tous les jeunes gens, déclare le commissaire d'un ton bienveillant.

– Est-ce que j'ai le choix?»

L'horloge tictaque péniblement, le crissement des pouces sur le sous-main s'accélère.

«Que voulez-vous dire?

– Si je ne veux pas faire mon service militaire.»

Le policier laisse échapper un son brouillé par sa moustache, un soupir, peut-être, ou un rire.

«Vous avez une fille en vue? Ne vous en faites pas, elles attendent.

– Non.»

Joel lève les yeux vers le policier. Un regard paternel s'attarde dans les pupilles de ce dernier, mais ses pouces reposent, muets, l'un contre l'autre.

Joel s'enfonce dans la forêt. Il écarte de jeunes bouleaux, ôte ses chaussures usées et descend dans un vallon ombreux. Les polytrics s'enfoncent sous ses pieds et ses cuisses fatiguées par les travaux des champs se crispent de douleur. Les baies de plaquebières presque mûres brillent d'un jaune vif au milieu des mousses, mais il ne s'arrête pas.

À la cabane, il s'assied sur la plus haute marche du perron et jette son balluchon sur le banc à côté de la porte. Ses pensées se forment et s'effondrent telles des montagnes victimes de l'érosion, trop fragiles pour qu'il puisse les escalader et s'en rendre maître. Seule une image est claire: la pile de grumes et les hommes recroquevillés devant. Il a tenté de l'expliquer au commissaire, tout en sachant qu'il n'y parviendrait pas. Il a passé plusieurs années presque sans parler et n'est pas capable d'exprimer ses pensées aussi vite que la plupart des gens. Tous ses motifs se sont mélangés, la nécessité de prendre soin de la maison et l'horreur de la violence. Pour finir, tandis que le silence, face à lui, se prolongeait, il a aussi commis l'erreur, au détour d'une phrase, de prononcer un mot dont sa mère lui a répété qu'il était pire qu'un juron : *insurrection*.

«Bien sûr, votre père était un rouge, s'est soudain rappelé le policier.

– Ce n'est pas la question, a répondu Joel. Il a été fusillé et...

– En raison de votre passé, vous ne voulez donc pas avoir affaire avec l'armée.»

Joel a labouré de ses doigts les accoudoirs du fauteuil. Il voguait dans une coque de noix que les puissantes vagues du sillage du bateau du commissaire poussaient vers les récifs. Il a plongé les mains dans l'eau et ramé en sens inverse, expliqué la photo et la terrible attente de la douleur, jusqu'à ce qu'il se rende compte que l'autre ne pouvait pas comprendre. Il a pris une grande inspiration.

«Je refuse de tirer sur qui que ce soit, a-t-il dit. Ou de me faire tirer dessus.»

Et le policier, aussi grand que ses montagnes de pensées mais fait d'une roche inaltérable, s'est levé et a marché de long en large dans le cabinet de travail du propriétaire de la ferme.

Le tremblement de terre de ses bottes se déverse des oreilles de Joel sur le sol de l'airial. Ses mots furieux rejaillissent de l'herbe en étincelles. Joel pose la tête sur les genoux et recueille parmi les jurons les mots dont il doit se souvenir. Ils sont arrivés à la fin, après que le commissaire a tempêté tout son soûl.

«Vous pouvez bien sûr demander à effectuer un service civil, a-t-il crié comme s'il lui donnait des instructions pour aller en enfer. D'après la nouvelle loi, c'est une possibilité accordée aux froussards qui n'osent pas tenir un fusil.»

Joel va chercher des seaux vides à l'intérieur et prend, entre le bûcher et le sauna, le chemin de la source. La montagne se forme pierre par pierre, jusqu'à ce que dans la forêt tonne le jugement dernier du policier :

«Mais ce n'est pas avec votre talent oratoire que vous arriverez à vous défiler.»

Ses pensées s'effondrent à nouveau en un nuage de poussière. Il flanque ses seaux dans la source. Quand ils commencent à s'enfoncer, il saisit leur anse et les sort de l'eau, pleins à ras bord mais d'une légèreté de plume.

Le conseil de révision est dans deux mois. Dans ce délai, on peut bâtir ce qu'on veut, même à partir de poussière.

1935

8

Les filles s'occupent à des travaux d'aiguille, comme partout en tout temps. Chaussettes et cache-cols prennent naissance en cliquetant, les regards vitreux suivent l'avancée de l'ouvrage. Je crochète d'un geste lent le tour d'une manique. Pas de mailles fantaisie, du simple point de base. Tu apprendrais, si tu t'en donnais la peine, dit Aune, mais je m'y refuse. Les crochets, les aiguilles et le tissu sont trop près de mes yeux, qui se fatiguent, surtout quand septembre souffle à l'extérieur. Au bord des routes, les hautes herbes se balancent dans le vent et, au loin dans la forêt, les cimes se penchent les unes vers les autres. Un tourbillon passe dans l'airial et pourrait m'emporter n'importe où. Mais il faut crocheter, la vente de charité aura lieu après-demain.

Siiri est déjà arrivée à la pointe d'une moufle où se dessine une large raie noire, tranchant avec le bleu du reste. Ma manique est verte, et sa bordure, qui s'agrandit à la sueur de mon front, rouge. La pelote était sur le dessus de la corbeille à ouvrage d'Aune et je l'ai prise sans réfléchir. Ici, on regarde sa couleur de travers.

Je suis assise à côté de la fenêtre. Dans la cour de la Maison des associations, un saule marsault étend ses huit grosses branches principales. Elles se divisent symétriquement, de plus en plus minces, tel un réseau de petites rivières sur une carte. Ou comme de la musique. Une musique qui progresse d'amples mélodies vers de plus ténues et revient, s'achève en chaos quand le vent disperse les notes ordonnées selon les règles de l'art. La couleur des feuilles imbibe peu à peu le tronc, du jaune palpite déjà à la cime de l'arbre.

Sur l'estrade, Jaakko Välitalo, le prince héritier de la tannerie, parle du voyage d'études qu'il a effectué cet été en Allemagne. Il a dix-huit ans, et déjà une voix de stentor, on ne peut pas ne pas l'entendre. De ses lèvres jaillit le récit de ce qu'il a vu, les rangs de citoyens bien alignés, les armées de garçons en culotte courte marchant dans les Alpes, les bras solides levés en un salut romain. Derrière lui, un Mussolini à l'œil noir surveille la salle. Personne ici n'est encore allé jusqu'en Italie, mais à notre demande, on nous a envoyé de là-bas une photo du chef.

«Ce que la jeunesse allemande a compris, et qui vaut aussi pour nous, c'est qu'il faut agir ensemble pour le bien de la patrie, oublier l'individu. Quand tous font bloc, il ne reste aucune place pour les semeurs de zizanie.»

Mes pensées sont rapides, agiles et capables de s'échapper, aussi bien jointoyés que soient les madriers du bâtiment. Je glisse vers le plancher et les galeries invisibles qu'empruntent les mulots et les campagnols pour venir danser la nuit sur le balcon de la salle. Dehors, je me redresse et cours sur la route poussiéreuse jusqu'à la maison, le vestibule et la petite table sur laquelle j'ai posé le courrier avant de partir. Sur la carte postale d'Anttu figure une photo brumeuse, prise par lui : une masse étrange, montagne ou rocher, je ne sais pas encore, surveille l'horizon. Un mot que je n'ai pas eu le temps de déchiffrer est écrit sur le côté.

«Laisse-la là, en attendant», dit Aune, et je m'en vais, reviens en courant et retrouve ma chaise.

Mes yeux regagnent leurs orbites et je me réjouis de voir que le bord de la manique a avancé en mon absence d'un demi-tour. Il est presque terminé. À la vente, on placera l'ouvrage sur une table, derrière les autres, et Aune l'achètera pour qu'il ne reste pas seul, laissé pour compte.

«Ils marchaient fièrement, en rythme, et chantaient : "Des millions, déjà, regardent pleins d'espoir la croix gammée. Enfin se lève le jour de la liberté et du pain !" Et nous leur avons chanté, en finnois : "Il est beau de mourir quand tu tombes en héros à la tête de tes troupes, défendant ton pays et ton peuple."»

Jaakko salue. Des garçons en chemise noire se lèvent pour claquer des mains. Les filles laissent tomber leur ouvrage sur leurs genoux et applaudissent aussi. Mussolini sourit, un aigle sur son couvre-chef. À côté de lui, on a tendu le drapeau de notre Mouvement. Sur un fond sombre, un homme brandissant un gourdin chevauche un ours. Pendant des années, j'ai essayé de m'imaginer que l'animal pouvait encore le secouer de son dos et s'enfuir en courant. Je sais que j'ai tort. La couturière qui a confectionné le drapeau a doté l'ours de pattes déjà affaiblies, aux genoux fléchissants, dont l'une se lève pour un dernier pas.

Les filles terminent leurs moufles, cache-cols et chaussettes. Elles rangent l'une après l'autre leur chaise le long du mur. Les vêtements douillets s'entassent sur la table, au profit de notre section locale. Je rattrape une maille et commence le dernier tour de mon ouvrage.

Maman ne parlait presque jamais du passé. Sans doute parce qu'elle avait perdu trop de proches pendant l'insurrection. Son père, des amis. À l'époque, il n'y avait que deux options possibles et si l'on voulait autre chose, il fallait se taire. Mais maman était si jeune qu'elle ne pouvait pas. Elle n'avait pas eu le temps de s'habituer à souffrir. Et quand on a mal, il faut crier. Lors de nos visites à la Haute Crête, je ne pouvais m'empêcher de regarder les articulations enflées de ses doigts.

Je n'ai parlé de maman à personne, pas même à Siiri. Il suffit de moins que ça pour s'attirer des ennuis. En troisième année, un garçon est rentré chez lui en pleurant parce qu'on l'avait harcelé toute la matinée. Quelqu'un avait remarqué, aux latrines, qu'il portait un caleçon de laine rouge.

Un soir, alors que je somnolais dans un fauteuil en osier de la maison de cure, papa a parlé de l'insurrection.

«Tu as encore du mal à y penser?» a-t-il demandé.

J'ai vu à travers mes paupières closes que maman balayait l'air de la main. Son ombre a masqué un instant la lumière de la lampe.

«C'est trop récent», a-t-elle murmuré.

Je n'ai pas compris ce qu'elle voulait dire. Il s'était écoulé depuis l'insurrection plus que la durée de ma vie. Mais maman, semeuse de zizanie, avait raison. C'était récent, c'était hier. On s'en souvient parfaitement dans cette salle où les discours et la musique résonnent sous les yeux de Mussolini et où l'on prévoit déjà de nouveaux voyages en Allemagne. Ici aussi, on prononce de grands mots, haut et fort, parfois même en criant. Ici aussi, il y a des chefs, en photo ou en chair et en os, derrière lesquels il est facile de marcher. Des hommes au dos droit et au regard mauvais qui parlent de batailles à venir.

Et dans dix ans, quelqu'un murmurera peut-être que c'est trop récent.

Je range ma pelote de laine rouge. Le vent va et vient, arrache au saule des feuilles jaunies et aux champs la balle de seigle tombée au sol. Il ne crie pas. S'il parle, c'est à voix basse.

La salle n'a ni rideaux ni tapis. Les mots rebondissent sur les murs et emplissent les oreilles. Le rythme des marches militaires me martèle le crâne, les talons frappent le plancher. Le vent, derrière la plaine, plonge dans la forêt. Les branches le saluent. Je n'y suis pas allée une seule fois. Elle est si loin que je ne peux pas m'y rendre seule. Je n'ai pas de bicyclette et si je tentais de faire le trajet à pied, ce serait la fin de toute promenade: pendant mes loisirs, je n'ai pas le droit de rester seule des heures loin de la maison. D'après Aune et Hugo, aller à l'école me donne suffisamment d'exercice.

La forêt a beau m'être interdite, je me la rappelle toujours bien. Je sais que celle qui se trouve derrière les champs est semblable à celles que je parcourais avec papa. Toutes les forêts du monde ont sans doute quelque chose en commun : le silence et les cachettes.

« Maija pourrait traduire. »

Devant la table de vente, Siiri trie les moufles, les empile avec soin et me sourit.

« C'est elle qui se débrouille le mieux en allemand », poursuit-elle.

Sur les bancs, les garçons se regardent en haussant les sourcils. Jaakko Välitalo s'approche. Je froisse la manique dans mes mains, la pelote de laine roule sous la table. Ne me regardez pas !

« Je ne savais pas, dit Jaakko.

– Peu de gens sont au courant, dit Siiri. Mais nous avons fait nos devoirs ensemble. Quand elle veut, elle le parle au moins aussi bien que moi. »

Jaakko me regarde, les lèvres et les yeux plissés, c'est une moue de chef, tandis que je ne suis qu'un élément d'une masse indéterminée, une crocheteuse de maniques qui n'ouvre en général jamais la bouche, ni à l'école ni aux réunions. Ils exigent des mots, tous exigent des mots comme preuves de pensées, alors que celles-ci ont existé bien avant la parole.

« Papa écrivait des articles scientifiques en allemand, dis-je à voix basse. Il me l'a un peu appris quand j'étais petite.

– Yli-Haikka parle si bien que ça allemand ? s'étonne Jaakko.

– Non, mon père. »

Il ne faudrait pas en parler, ça complique les choses et rappelle que ne suis pas d'ici. Et il en vient tout de suite, des murmures. Le rouge sur mon visage s'accentue, la manique se mouille de transpiration. Mais Jaakko hoche la tête.

« Pourrais-tu traduire des lettres en allemand ? Les fermiers de Luhtajoki ont suggéré que nous engagions une correspondance. La doctrine est déjà bien développée, là-bas. Nous pourrions prendre exemple sur certaines choses. »

Siiri hoche la tête, satisfaite. Je pose la manique sur la table. De fines peluches de laine sont restées coincées entre mes doigts. Je m'essuie discrètement les mains dans ma blouse.

« Merci, mais je n'ai pas le temps. J'étudie, le soir. »

Sur le mur derrière l'estrade, l'ours avance lourdement d'un pas et le gourdin se lève au-dessus de sa tête. Je traverse la salle devenue muette, mets mon manteau et me glisse dehors. Le vent me frappe si fort que j'en ai le souffle coupé. Du sable me vole dans les yeux, mais l'air me paraît pourtant pur. Je marche vite, cours par moments, ouvre mon col et souris, même si je sais que tout sera désormais plus difficile.

À la maison, je traverse le vestibule sur la pointe des pieds, mais Aune m'entend et sort de la salle.

«Tu es déjà de retour ?

– Oui.

– Tu as pu terminer ?

– La manique, oui, dis-je en prenant la carte postale sur la petite table. Je vais faire un tour dans le mazot.

– Tu n'y dors plus, j'espère ? Il a gelé la nuit dernière.

– Je reviendrai tout à l'heure.»

Je me hâte de traverser l'airial. L'un des troncs du bouleau a des feuilles jaunes, l'autre est déjà complètement nu, mais les chancres de polypore y pointent tels des pétales de rose.

Le vent se tait quand je referme la porte du mazot. C'est le bâtiment le plus proche de la route, mais même le bruit des quelques autos qui passent ne s'y entend pas. J'y dors souvent, l'été. Les madriers centenaires conservent à merveille la fraîcheur, la chaleur et le silence.

Je jette mon manteau sur le dossier de la chaise et arrache ma cravate. Je finis de déboutonner ma blouse et plie mes vêtements sur le banc. La cravate est bleue, la blouse noire, l'une de la couleur de la patrie et l'autre du fascisme, ou, plus exactement, de l'opposé du communisme, car nous ne sommes pas à proprement parler des fascistes, d'après ce qu'ils disent. En chemise de corps blanche et jupe noire, je m'assieds sur le lit. J'ai punaisé au-dessus les cartes d'Anttu, qui couvrent presque tout le mur. Les photos, achetées ou prises par lui, montrent des déserts, des plages où déferlent des vagues, des arbres inconnus et des gens à la peau sombre, des déserts et des marsupiaux. Et maintenant la dernière. J'allume la lampe à pétrole et examine l'image, le grand rocher embrassé par un ciel aux reflets d'aube ou de crépuscule. J'ai même l'impression de voir les couleurs, bien que l'appareil photo ne puisse pas les enregistrer. Lettre par lettre, je déchiffre le mot qu'Anttu a griffonné dans l'angle inférieur. Il s'envole telle une brume montant des entrailles du désert et s'enroule autour de la butte : *Uluru*.

Je retourne la carte et lis les nouvelles d'Anttu. Il est parti loin à l'intérieur des terres, c'est pour cela qu'il n'a pas écrit depuis longtemps. Il a un ami qui connaît cette montagne. La roche contient de la rouille et, quand le soleil se couche, elle brille d'une teinte rouge. D'anciennes peuplades y ont peint des figures.

On raconte que des ancêtres ont créé en rêve tout ce qui existe. Je ne sais pas trop ce que ça veut dire, mais ça a l'air intéressant. Je suis maintenant de retour sur la côte, le seul endroit vivable de toute l'île, même si les Aborigènes vivent aussi à l'intérieur, dans le désert.

Je retire les cartes du mur du mazot. Je dois les ranger à l'intérieur pour l'hiver afin que leurs bords ne gondolent pas. L'air sent l'automne et il fait déjà si froid que ma respiration forme de la buée dans la faible lumière qui pénètre par la fenêtre. De petites campanules restées dans un vase, sur la table, ont séché en un bouquet de fleurs de papier bleu pâle. Je plie mes vêtements bleu et noir dans le placard d'angle, éteins la lampe et ferme la porte derrière moi. Quand je coupe à travers la pelouse, le givre craque sous mes chaussures.

En me glissant sous les couvertures, un peu plus tard, je pense à papa. Nous nous sommes promis de nous souhaiter bonne nuit tous les soirs. Cette lettre-là date d'il y a déjà longtemps, s'en souvient-il encore ? J'oublie moi-même parfois et, une fois réveillée, j'ai peur d'oublier complètement.

Je l'imagine allongé dans son lit, à compter les lattes du plafond et à penser à moi. C'est difficile, parce que je ne sais pas à quoi ressemble sa chambre, et je ne suis même pas sûre de le reconnaître si je le voyais à l'improviste. Ça aussi, ça m'effraie.

Le ciel s'obscurcit, devient cosmos. Entre papa et moi, il n'y a que deux vitres. Les étoiles s'allument et s'éteignent à des éternités de distance. Leur lumière est vieille de centaines d'années, disait papa. Ce n'est que bien plus tard que j'ai compris ce que cela signifiait. En janvier, le professeur de géographie nous a parlé du cosmos, en passant, après la fin du cours, quand il a vu par la fenêtre la première étoile du soir.

« La lumière des étoiles est vieille de centaines d'années », a-t-il commencé, et je me suis figée pour écouter, alors que certains faisaient déjà claquer le couvercle de leur pupitre.

Il a expliqué la nature de la lumière et sa vitesse et a continué même après que tous les élèves, sauf moi, s'étaient déjà faufilés dans le couloir. Il a parlé, l'air solitaire, du vide qui entoure les planètes. Sur le chemin de la maison, l'espace s'est déployé au-dessus des champs, immense et profond, et j'ai compris que c'était en fait une bonne chose.

En comparaison, papa n'est pas très loin.

La selle de la bicyclette de Hugo est trop haute et seuls mes orteils atteignent les pédales. Je vais quand même plus vite qu'à pied et arrive à la gare dix minutes avant le train. Des hommes et des femmes encore raides de sommeil et des enfants tremblant de froid et d'excitation patientent sur le quai. Je m'assieds sur un banc devant le bâtiment et me récite mes leçons de géographie, l'examen est aujourd'hui.

« Qui attends-tu, Maija ? »

Le chef de gare descend les marches du perron, s'approche de moi, vérifie l'heure à la grande pendule de la gare et tourne la molette de sa montre de gousset. Il est venu plusieurs fois à des réunions à Yli-Haikka et en accueille aussi chez lui, à tour de rôle avec Hugo, Yrjö et d'autres.

« Hugo.

– Il est allé à l'assemblée de Seinäjoki ?

– Oui. »

Il hoche la tête et glisse sa montre dans sa poche. Hugo et lui s'asseyent souvent côte à côte au premier rang pour assister à des défilés ou à de martiales démonstrations de gymnastique.

Au coin de la gare, des rires et des exclamations retentissent. Il y a un attroupement, des hommes à chapeau et des petits garçons, cartable à la main, et même quelques femmes. Ils se serrent en cercle comme s'ils observaient une bagarre. Le chef de gare fronce les sourcils, fait un pas dans leur direction puis s'arrête.

« J'ai du travail. »

De plus en plus de gens se massent. Les rires augmentent, mais ne semblent pas joyeux. Au milieu du groupe, une paire de jambes cherche à avancer, mais se heurte chaque fois à l'un des spectateurs.

Le chef de gare monte les marches du perron, les yeux levés vers la gouttière, et disparaît dans le bâtiment. Je déglutis et fais semblant de chercher quelque chose dans mon cartable. J'évite plus que tout ce genre de meutes, j'ai peur que les visages hostiles et les pieds qui trépignent se tournent vers moi. Je me suis tenue à l'abri, sans attirer l'attention, en m'adaptant. La seule fois où je ne l'ai pas fait, j'ai failli en mourir. Avant et après, je suis restée invisible.

Mais cette fois, je referme mon cartable et m'approche du groupe. Les jambes, au milieu, sont trop seules.

Le train siffle. La grappe humaine commence à se disperser. Les premiers sont déjà du côté des rails, jettent un dernier coup d'œil par-dessus leur épaule et sourient. Quelques dernières bourrades atteignent celui que je ne vois toujours pas. Les quolibets des petits garçons sont les derniers à se taire. Quand les quelques corpulents fermiers restants se poussent enfin, je vois un jeune homme.

Il a le visage couvert de bleus et d'entailles. Ses cheveux châtain clair sont coupés en brosse. Sa chemise à carreaux est déchirée, son pantalon gris couvert de boue. Il n'a pas de chaussures, et regarde par terre comme s'il ne remarquait pas les enfants qui le bousculent et les hommes contents d'eux, un peu à l'écart. On lui a posé derrière la nuque une solide pièce de bois à laquelle on lui a attaché les poignets. Une pancarte en carton pend à son cou. «Froussard», y est-il écrit en grandes lettres.

Le train halète, tout près. Le garçon regarde le bâtiment et la foule, voit le chef de gare et tente de s'approcher de lui, mais les petits garçons l'empêchent d'avancer et il ne parvient pas à les éviter car la poutre sur ses épaules le ralentit. Les cordes ont écorché ses poignets au sang.

«Attendez», dis-je, mais ma voix se noie dans le brouhaha et le bruit des rails.

Je m'approche, évite la poutre et m'arrête devant le jeune homme. Il regarde ses pieds puis, lentement, plus haut, et pour finir, mes yeux.

«Je vais vous aider.»

J'essaie de défaire les nœuds, mais ils sont trop serrés, impossibles à ouvrir. Je sors mon compas de mon cartable et glisse sa pointe dans l'entrelacs. Il se relâche. Des petits garçons nous courent autour et, un peu plus loin, des moqueries fusent: Oh! la fille, fiche le camp! Mais les fermiers me connaissent et n'osent pas dire pire. Les nœuds se défont, la poutre tombe au sol et les petits garçons se sauvent tel un banc de poissons effrayé.

Le jeune homme se frotte les poignets et regarde autour de lui, ôte la pancarte de son cou.

«Je dois prendre le train», marmonne-t-il.

Les insultes des fermiers et le visage tuméfié du jeune homme me vident de mes forces. J'ai à peine l'énergie de ramasser la poutre. Le chef de gare passe devant nous, scrutant le train qui surgit de la fumée.

«C'est le chef de gare, dis-je. Allons lui parler.

– Pas la peine. Je dois monter dans ce train.»

Une blessure lui barre le visage, du coin de l'œil à la joue. Du sang frais coule au milieu de celui qui a déjà coagulé. Le jeune homme me regarde par en dessous, puis plus franchement. Il a les yeux bruns.

«Je ne suis pas un criminel. Je refuse juste le service militaire.»

Le train s'arrête, le vacarme monte, les gens sont trop nombreux, je n'arrive pas à réfléchir.

« Allons parler au chef de gare », dis-je à nouveau.

Le jeune homme m'ôte la poutre des mains, ramasse les bouts de corde et la pancarte et les prend sous le bras. Nous avançons dans la foule, par moments avec le flot, par moments à contre-courant. Ceux que le train a déposés ne nous accordent aucune attention. La casquette du chef de gare se balance haut au-dessus des têtes, il monte les marches de son bureau.

« Il est peut-être complice, dit le jeune homme. Il a volontairement regardé ailleurs quand on m'a enlevé, ici, il y a deux heures.

– Nous pouvons téléphoner au commissaire rural.

– Non. Je n'ai pas la liste de tous ceux qui ont participé et je n'ai pas le temps de creuser la question. Je suis déjà en retard. Je devais retourner à mon lieu d'affectation par le train précédent. »

Nous nous arrêtons devant la gare. Les gros fermiers traînent toujours à proximité.

« Ton père va entendre parler de toi, fillette », crie quelqu'un.

Beaucoup d'entre eux ont passé des soirées entières dans la salle d'Yli-Haikka, en une masse bleu et noir, et, sur le perron, adressé à Hugo un salut à la romaine. Je me tourne vers le jeune homme.

« Vous les reconnaissez ?

– Je ne sais pas, ils s'étaient tous couvert le visage.

– Vous ne devriez pas voir un médecin ?

– Non, ça va aller. »

C'est alors que j'aperçois Hugo. Il descend du train et se dirige vers l'autre bout de la gare.

« Je devrais...

– Allez-y. Merci. »

Le jeune homme s'éloigne à grandes enjambées vers le train, fourre la poutre, les cordes et la pancarte dans un wagon et y grimpe. Je ne sais pas à qui il a l'intention de présenter ces preuves, mais c'est une bonne chose qu'il y pense.

Je me précipite à la poursuite de Hugo. Il est arrivé au coin du bâtiment et bavarde avec les fermiers. J'ai du mal à le reconnaître, dans sa veste de bure, il a l'air d'un soldat.

Il m'entend arriver et s'arrête pour m'attendre. Les fermiers suivent la scène des yeux. Je le salue rapidement.

« Aune m'a demandé de vous apporter votre bicyclette. »

Je lui mets la clef dans la main. Il reste muet.

« Je dois aller à l'école », dis-je, et je pars en courant.

J'ai cinq minutes de retard, mais le professeur, M. Linnas, m'ouvre la porte et me fait signe d'entrer. Les nuques penchées sur les copies d'examen se redressent un instant tandis que je gagne ma place. Les plumes grattent le papier, quelqu'un essaie de glisser un billet à un camarade, de l'autre côté de l'allée, mais M. Linnas s'avance calmement pour l'intercepter et le jette sans le lire dans le foyer du poêle de faïence. Je n'ai jamais raté un cours de géographie, et il m'a aussi distribué une copie. Je commence à lire les questions, mais je ne comprends pas un mot. La pancarte et les cordes, les gens entourant leur proie, les entailles, les bleus et les lèvres serrées dansent entre les lignes.

Je me repose les yeux sur la surface sombre du tableau noir. Il est de la même couleur que la forêt. Le silence peuplé de toussotements et de soupirs est apaisant. Le tic-tac de la trotteuse de la pendule atteint ma conscience. Je me concentre sur ma copie.

Les questions sont faciles, sur la géographie de l'Europe et la géologie de la Finlande. Je donne les noms demandés des villes, des cours d'eau, des lacs et des golfes. Il faut ensuite décrire les traces laissées dans la nature par la glaciation. Je les connais, les stries creusées par la glace à la surface lisse des rochers et les eskers accumulés par les rivières d'eau de fonte, dont les pentes bruissent de pins guérissant les tuberculeux. Les marmites de géant, les champs de pierres et les dolines glaciaires. Papa me les a tous montrés avant même que je n'aille à l'école. Nous grimpions sur les anciennes plages et les pentes caillouteuses et imaginions la mer s'ouvrant devant nous. Le jour de l'enterrement de maman, nous avons pique-niqué sur un bloc erratique que le glacier continental a amené là depuis le canton voisin, qui sait, ou depuis la Laponie.

La dernière question porte sur le nom des moraines qui traversent le pays. Je pose la pointe de ma plume sur le papier, mais elle s'y arrête. Une tache bleu foncé s'étale. Je me mets à écrire. Ligne après ligne, j'évoque le glacier continental figé par le froid, devant lequel la terre et les pierres s'accumulent jusqu'à ce que le climat se réchauffe et qu'il commence à fondre. Trois longues moraines se sont formées. On les a utilisées depuis la nuit des temps comme voies de communication, d'abord à pied, et plus récemment comme socle de voies de chemin de fer, par exemple entre Riihimäki et Viipuri. Et elles se nomment…

Il me reste dix minutes. Pas de panique. M. Linnas est assis à son bureau et feuillette un livre. À sa droite, il y a une étagère où repose un oiseau empaillé. Il soutient de son corps raidi ses ailes déployées dans son dos. Leurs plumes bleu vif brillent, celles de sa poitrine sont du rose grisé d'une bouillie de semoule aux airelles. Je l'ai vu des dizaines, des centaines de fois. Je ne me rappelle plus son nom. Je ne me rappelle plus le nom des moraines. Dans ma tête, des vagues noires frappent les inébranlables parois de pierre d'un bassin portuaire vide. J'ai envie de vomir.

La cloche sonne. Je contemple ma description de dix lignes des moraines sans nom. Je rends ma copie à M. Linnas en évitant de croiser son regard.

« On rentre ensemble ? » me demande Siiri à l'heure du déjeuner.

C'est une beauté aux cheveux blonds, presque blancs, ma seule amie. Nous ne nous fréquentons pas en dehors de l'école, mais passons nos récréations côte à côte. C'est la fille du chef de gare. Bien qu'elle ait déjà seize ans, elle porte des nattes séparées par une raie au milieu. Elle fréquente les réunions de la section locale du Mouvement et les assemblées religieuses. Irma, avec qui j'étais en classe à mon arrivée, a déménagé dès l'année suivante, quand ses parents ont perdu leur travail à la tannerie, victimes des réductions de personnel dues aux pénuries. Quant à Elisa, je peux lui demander les devoirs quand je suis malade, mais rien de plus.

« Je vais rester faire des exercices de maths, dis-je. Il y a des formules que je n'ai pas comprises. »

À la fin des cours, je range mon cartable et noue mes lacets dans le vestibule jusqu'à ce que les autres soient partis. Je traverse la cour jusqu'à la route, d'un pas régulier, car au moindre mouvement brusque, la douleur roule ses ondes sous mon crâne. Je ne sais pas si c'est dû au manque d'aération de la salle de classe, ou s'il circule encore dans mon sang du monoxyde de carbone au lieu d'oxygène. Je n'ai pas osé poser la question à Yrjö. Il répondrait : « Sans doute pas » et je l'entendrais comme : « C'est tout à fait possible », prendrais peur et serais certaine que mon geste désespéré a détruit non seulement mon esprit, mais aussi mon corps. Je n'ai pas non plus osé poser la question à papa, alors qu'il saurait sûrement, lui qui a fait des études de médecine. Je ne peux pas lui raconter que j'ai voulu mourir. Il en serait si malheureux qu'il n'arriverait plus à m'écrire.

Je dépasse le croisement de l'église puis franchis la voie ferrée et prends le petit sentier cahoteux qui mène à travers champs à une crête plantée de pins.

J'ai découvert ce chemin peu après avoir repris l'école. Un jour, en rentrant, au lieu de tourner vers l'église, j'ai continué de suivre les rails vers le sud. Ils mènent chez moi, après tout, et je voulais jouer à y retourner. Enhardie par cette idée, j'ai traversé la voie et suivi le sentier passant dans les champs. En cadeau de consolation, il m'a conduite au pied de la crête.

Le détour a beau rallonger le trajet de près de la moitié, j'ai besoin, certains jours, de l'emprunter. Encore maintenant, mais malgré tout, depuis quelques années, moins souvent qu'au début.

Dans les champs labourés, une épaisse couche de boue se colle à la semelle de mes chaussures. La crête, seule éminence du paysage, se dresse droit devant moi. Elle a bien sûr attiré mon attention dès mon arrivée à Luhtajoki et quand, dans le traîneau d'Anttu, j'ai vu le pic noir disparaître dans la pinière, j'ai décidé d'y aller un jour. La crête sort de terre à deux cents mètres environ de la voie ferrée et, sans s'élever très haut, coupe les champs jusqu'à l'église, derrière laquelle elle se termine, à la lisière du village. On l'appelle le Bois fleuri. C'est un fil qui, comme le chemin de fer, me maintient en vie dans cette existence qui n'est pas la mienne.

Le Bois fleuri est orienté du sud-est au nord-ouest, comme tous les eskers. Il a la même origine que la Haute Crête, car ces reliefs sont de longs rubans traversant le pays, laissés derrière lui par le glacier continental. Ils ferment l'horizon telles des murailles couronnées de pins à la cime orangée. Ils peuvent par moments disparaître sous terre, mais ressurgissent plus loin tels des îlots dans la mer. L'esker me relie à mes racines. Grâce à lui, je reste toujours un peu à l'écart des autres. Libre, bien qu'en secret.

Je grimpe l'étroit sentier. Le Bois joli est le dernier affleurement de la chaîne d'eskers née dans le sud avant qu'elle ne s'enfonce dans les flots. Ici, la mer s'est transformée depuis des éternités en tourbières, puis en essarts et en champs. C'est pour cela que c'est plat, ici, a expliqué M. Linnas. Cette plaine est un ancien fond marin.

Du haut de la colline, la vue s'ouvre au loin. En plissant les yeux, je m'imagine voir entre les pins le paysage familier de la Haute Crête : un lac et de lointaines forêts. Au Bois fleuri, je suis tranquille, la végétation a envahi le sentier. Avant, tout le monde passait par là, mais il y a quelques dizaines d'années, on a construit une nouvelle route longeant l'église.

Les touffes de calamagrostis me chatouillent les mollets. Maman est morte il y a neuf ans. Le sentier qui mène à elle est inexorablement en train de disparaître, malgré les milliers de fois où papa et moi l'avons parcouru. Au Bois fleuri aussi, le chemin se termine devant un muret, non d'une maison de cure, mais d'un cimetière. En un sens, c'est approprié. L'esker conduit toujours d'une certaine façon à maman, bien que sa pierre tombale soit un rocher sans épitaphe au cœur de la forêt. Même si je parviens un jour à partir d'ici, je ne sais pas si je serais capable de le retrouver.

Dans le vieux cimetière, personne n'a pris la peine de couper d'arbres depuis des lustres. Le nouveau est plus bas, près de l'église. Plus j'avance, plus les stèles sont rares et anciennes. On ne distingue plus les noms, le lichen a vaincu la mort.

J'écarte les bras. Je sens l'esker derrière moi, telles de puissantes ailes. Je marche les yeux fermés jusqu'à ce que la pente s'incline et que le Bois fleuri se prépare à plonger sous terre.

Tandis que je trébuche à travers champs pour regagner la route, mon mal de tête s'échappe par mes oreilles. Je me rappelle le nom des moraines, les Salpausselät, et de l'oiseau aux ailes bleues, un geai. Je respire d'un souffle léger et franchis le pont sur la rivière de Luhtajoki, la Marécageuse. À l'arrivée des premiers colons, c'était, en pleine forêt, un flot sauvage aux rives mouvantes couvertes de touradons de laîches et de matelas de mousses. Une fois installés, ils ont défriché, écobué les tourbières et asséché le marais. Il n'en reste que le nom.

En arrivant dans l'airial d'Yli-Haikka, je vois Aune descendre les marches du perron. Depuis plusieurs jours, elle fait des confitures et porte encore maintenant à refroidir un plateau chargé de pots.

« Où étais-tu ?

– Je suis rentrée par la colline, dis-je d'un ton neutre, car pour eux ce n'est rien d'autre qu'une colline, et tant mieux.

– Nous t'attendions. Entre, j'arrive. »

Hugo regarde dehors par la fenêtre de la salle, avec sur le visage la même expression qu'à la gare.

«Tu t'es mise en danger, Maija.»

Aune ôte son fichu et s'assied sur le sofa, prend pour se donner une contenance la chaussette qu'elle tricote.

« Il avait besoin d'aide.

– Tu aurais dû laisser les autorités s'en occuper.

– Il n'y avait personne.

– Tu aurais dû prévenir le chef de gare.

– C'est sous ses yeux que ce garçon a été enlevé.»

Hugo hausse les épaules et prend son journal. Le papier crisse, il n'a pas d'autre protection, cette fois, et je peux la déchirer si je veux. Et je le veux.

«Vous avez parlé à la gare avec les fermiers. Ce sont eux qui l'ont battu, n'est-ce pas ?»

Il se penche sur la page de l'éditorial. J'ai les mains qui tremblent. Je ne suis toujours pas habituée à mon insignifiance, à ce que personne ne se sente obligé d'émettre le moindre son en réponse à mes questions. Hugo va et vient depuis toujours avec la même mine, se garde bien d'expliquer quoi que ce soit, mais oublie que je suis moi aussi capable de voir, d'écouter et de comprendre. Les portes entrebâillées, les chuchotements des commis dans les magasins et les conversations de couloir de mes camarades de classe ouvrent des horizons sur tous les secrets, et surtout ceux de l'éminent propriétaire de la pharmacie. Il y a plusieurs années, Hugo et Yrjö ont aussi été interrogés quand le député Mäkinen a été emmené de force dans la forêt et battu au sang. Au tribunal, personne n'a été condamné, et leur activisme n'a fait que croître. Au printemps suivant, Hugo est parti, comme beaucoup d'autres, arme à la main, renverser le gouvernement. Après l'échec de la tentative, il s'est calmé un moment.

Mais il participe maintenant de nouveau aux actions communes, défile en chemise noire et lit des articles sur l'Allemagne et l'Italie. Il roule des épaules derrière son journal sans s'imaginer que je le sais à deux doigts d'être un criminel.

«Hugo veut dire que tu ferais mieux de ne pas te mêler de ce genre de choses», dit Aune en examinant son ouvrage. Les chaussettes sont destinées au fils de Katri. Il a cinq ans, et elle se demande de combien il a grandi depuis la dernière fois que nous l'avons vu, à Noël.

«Personne d'autre ne l'a aidé.

– La majorité a souvent raison.»

Ils ont les yeux rivés sur leur journal et leur chaussette, je laisse mon regard courir autour de la pièce. Tout est joli, bien rangé, sans un grain de poussière, les derniers asters dans un vase près de la pendule, sur le mur du fond quelques tableaux de paysages et un crucifix. Encore un jeune homme aux mains fixées à une poutre.

«Je trouve abject de ne rien faire.»

Aune et Hugo sursautent. Je hoche la tête en direction de la croix.

«Lui non plus, personne ne l'a aidé. Et on n'a pas fini de le regretter.»

Aune pose la chaussette sur ses genoux.

« Ne compare pas ce garçon au Seigneur. »

La peur de la haine, plus ancienne encore que la pensée, me fait transpirer des aisselles. Je me réfugie à l'étage.

Dans ma chambre, je pose le front contre la vitre. Une mésange charbonnière picore les fentes de l'écorce du bouleau fourchu, cherchant ses cachettes, minuscule sur le flanc du géant blanc. Il me faudrait des jumelles pour voir si elle trouve quelque chose. Les jumelles respectent leur cible, disait souvent papa. Inutile de s'approcher des oiseaux. Laissons-les vivre en paix.

Je masse mon front refroidi par le verre. Laissons-les vivre en paix. Et d'innombrables phrases du même genre. N'y touche pas. Laisse-la pousser tranquillement. Restons là pour ne pas l'effrayer. Fais attention de ne pas les piétiner. Aucune créature n'est trop petite pour avoir le droit d'exister.

Si papa avait été à la gare, lui aussi serait intervenu.

9

Après six mois de silence, j'ai enfin reçu une nouvelle lettre de papa. Il écrit rarement et ne dit pas pourquoi les intervalles sont si longs. Peut-être lui interdit-on de m'écrire plus souvent, peut-être a-t-on conclu que quelques lettres par an sont un minimum pour que j'accepte de rester en vie. Et c'est le cas, puisqu'il le faut.

L'enveloppe ouverte m'attend sur ma table. Elle porte le cachet de la poste de Helsinki. Ma correspondance avec papa passe par Mme Oksala, qui la lit, tout comme Aune, qui n'a pas confiance en son jugement et caviarde les passages suspects, à commencer par ceux qui pourraient me permettre de deviner où se trouve papa. Quand il écrit mon nom, elle transforme le double *l* en *ij*. Elle est méticuleuse. Je n'ai pas réussi à savoir où il séjourne. Au bord d'un lac, un peu à l'extérieur d'un village. Il y a trop de possibilités et je n'ai pas essayé de chercher, même sur une carte.

La lettre fait deux pages, papa n'écrit jamais longuement ni ne parle de ses pensées. Il se doute sûrement que je ne reçois pas directement ses courriers. Il tient lui-même la plume depuis déjà longtemps, il n'a dicté à l'infirmière que sa toute première lettre.

Cette fois, comme souvent, il raconte son quotidien, ses promenades dans le jardin de la maison de cure et dans le village, les plantes, les oiseaux, d'un ton calme et poli. La poste, le magasin général, la banque, la boutique de produits coloniaux – le village pourrait être n'importe lequel. Il n'y a rien de particulier dans la lettre. Quelques mots sont barrés, des noms de commerces et de personnes.

J'ai maintenant le droit d'aller me promener seul au bord du lac. J'ai commandé des jumelles au magasin général de --, Hanna n'a pas trouvé les miennes dans mon «patrimoine» restant, elles ont sans doute été vendues. Les nouvelles ne sont pas de très bonne qualité, mais tant pis. Le lac est grand. Je ne me rendais pas compte, à l'œil nu, de toute son étendue. Des îles me bouchent la vue, mais grâce aux jumelles on distingue entre elles le tremblement de l'air au-dessus d'eaux lointaines. Le docteur -- m'a donné une carte de la région. Le lac est un vrai labyrinthe.

Ce n'est donc pas, en tout cas, le grand lac au bord duquel se trouve le Velu. Une possibilité de moins. Vient ensuite quelque chose de nouveau :

Il pousse dans le lac de la Pilularia globulifera*! On n'en trouve nulle part ailleurs en Finlande. Sa présence a été découverte il y a déjà deux ou trois ans, mais je ne l'ai appris que ce printemps, quand le frère du docteur -- nous a rendu visite. J'en ai maintenant vu un peu partout sur les rives. Il y aurait de quoi mener des recherches, mais je n'ai pas encore la force de me lancer dans quoi que ce soit.*

Le docteur est lui-même amateur de plantes, surtout d'espèces ornementales. Il a par exemple planté dans les plates-bandes des sceaux de Salomon. Ils ont essaimé jusque dans la forêt, de l'autre côté des grilles.

Je prends ma flore sur l'étagère. J'étudie l'index, mais la *Pilularia* n'y est pas mentionnée. Bien sûr, il est indiqué sur la première page que l'ouvrage a été imprimé en 1927, des années avant sa découverte.

J'entreprends de répondre. Je parle d'abord de l'école. J'ai commencé ma cinquième année de collège. Je n'ai pas expliqué à papa pourquoi j'ai redoublé alors que je savais déjà lire, écrire et calculer un peu avant même d'aller à l'école. Selon Aune, je n'ai d'ailleurs pas besoin de lui donner d'explications. Je raconte l'examen de géographie, le projet inabouti de creusement d'un canal et les cueillettes de baies, dans le bois bordant la route, un peu après Yli-Haikka.

Les autres villageois fréquentent aussi le coin. Pendant les années de pénurie, on y a coupé pas mal d'arbres, et les airelles ont été abondantes pendant un certain temps. Maintenant, les hautes herbes commencent à les étouffer. J'ai trouvé des myrtilles là où les arbres ont été épargnés. Le bois est petit, un simple îlot au milieu des champs. J'aimerais bien aller plus loin, aussi loin que mes jambes me porteront.

Je lève mon stylo, prends une nouvelle feuille de papier et recommence. Aune ne doit pas savoir que je rêve de partir. Tout en écrivant, je dessine ici et là dans la marge de petites étoiles. Elles sont notre langage secret, l'héritage de grand-mère, dont la censure ne comprend pas la signification. Moi non plus, d'ailleurs, mais je suis heureuse que papa et moi partagions un secret. Je ne sais plus lequel d'entre nous a commencé à ajouter des étoiles à côté du texte.

Quand j'ai fini, je descends au rez-de-chaussée.

« J'ai une lettre pour papa. »

Aune la prend, chausse ses lunettes et lit. Puis elle hoche la tête et la range dans la poche de son tablier.

« Je la posterai demain. »

Je remonte dans ma chambre et me couche. Mais impossible de dormir. Chaque fois que j'ai une lettre à envoyer à papa, mes pieds tressautent violemment juste au moment où je vais m'endormir. Une série d'images tournent dans ma tête : la poche du tablier d'Aune, l'enveloppe, le postier, le train, les longs rails, l'autocar, la sacoche du facteur, la route sinueuse et pour finir les grilles de la maison de cure, l'allée du jardin, papa. Il ouvre l'enveloppe, lit mes phrases anodines et en est aussi déprimé que moi. Lis entre les lignes ! Ne me dis pas que tu ne sais pas !

Je me lève pour ouvrir la fenêtre. Un roucoulement fantasmatique monte de la campagne obscure, la parade nuptiale d'automne des tétras-lyres. J'en ai vu une fois en plein hiver, au loin, à la cime de bouleaux bordant un champ. Ils étaient perchés là, sombres et ronds, dans le scintillement infini des cristaux de neige. J'ai entendu des détonations. Ils se sont envolés, quelques-uns sont tombés au sol.

Quand le froid a atteint le plancher, je ferme la fenêtre et pose la tête sur l'oreiller. Je pense à la neige scintillante. À sa blancheur. Mes jambes tressaillent, mais le sommeil lance aussitôt un nouveau lasso. À la surface interne de mes paupières, la neige s'élève en une montagne en forme d'ours. Un lac ondoie à son pied. Un homme marche sur le rivage. Il se penche sur l'eau et reste immobile. L'a-t-il trouvée, cette plante étrange ? Je dois voir à quoi elle ressemble, car sinon je ne saurai pas ce que je dois chercher.

Je cours jusqu'à l'homme. Une tige verte se dessine sous l'eau. C'est alors que le vent trouble la surface et que je plonge dans un sommeil aveugle.

M. Linnas montre l'Australie de sa baguette et détaille l'emplacement des villes et des mines d'argent. Les noms me sont familiers, Anttu les a mentionnés dans ses lettres et ses cartes postales, avec insolence, sachant, ou au moins espérant, qu'à la maison on les déchiffrera péniblement, à voix haute, et qu'on les répétera aux voisins.

Le professeur passe la main dans ses cheveux noirs, plisse ses yeux bleus, marque par moments de petites pauses et réfléchit aux mots qu'il va prononcer. Il ressemble un peu à papa, pour autant que je m'en souvienne. Tous deux marchent à grandes enjambées et se perdent dans leurs pensées au point de ne plus rien voir ni entendre. Si papa était enseignant, il serait comme lui. Les garçons du dernier rang se pousseraient du coude et les filles aux cheveux enrubannés chuchoteraient sans qu'il remarque rien jusqu'à ce qu'une exclamation imprudente ou un éclat de rire couvre sa voix. Son coup d'œil distrait, que l'on pourrait, avec de la bonne volonté, considérer comme sévère, ne calmerait la classe qu'un instant.

M. Linnas vient deux fois par semaine de Seinäjoki nous enseigner la géographie parce que les autres professeurs de l'école n'en maîtrisent que les rudiments. C'est mon premier poste, nous a-t-il prévenus en arrivant, et la classe pense pouvoir tirer parti de son inexpérience. Il dit ce qu'il a à dire et si quelqu'un est assez stupide pour ne pas s'intéresser aux merveilles de la planète, tans pis. Mais même à supposer que chacun fasse de son mieux, la quantité de connaissances que nous sommes censés ingurgiter est énorme : tout, des glaciations aux toponymes et à la géographie des autres continents.

« L'Australie est peuplée depuis cinquante mille ans, mais l'homme blanc n'y est arrivé qu'au XVIIIe siècle », explique M. Linnas.

J'entends, derrière moi, le bruit de fond habituel, froissements de vêtements, plumes grattant le papier, reniflements, murmures. Je vois du coin de l'œil qu'Elisa dessine de longues guirlandes de fleurs dans toutes les marges de son cahier. D'une main experte, elle tourne en silence les pages. Tous ses cahiers sont ainsi décorés.

L'Australie qui pend devant le tableau noir est si grande que la tête de M. Linnas, malgré sa haute taille, n'arrive qu'à la moitié. Sa baguette parcourt la carte, la surface s'incurve. Il n'y a pas grand-chose à dire du grand désert central, peuplé d'Aborigènes à la peau sombre qui trouvent de l'eau même dans les sols les plus arides. Martti, qui est assis à côté d'Elisa, se réveille, lève la main et demande comment c'est possible.

« Il y pousse quand même des plantes, rappelle le professeur. Là où il y a de la vie, il y a de l'eau, et les Aborigènes le savent. Quand on a vécu toute sa vie quelque part, on y apprend ce que la nature peut vous offrir. Par l'observation, l'expérimentation et la déduction, on déchiffre ses messages cachés. »

Il se tait et reste debout, les mains derrière le dos. Sa baguette va et vient tel le balancier d'une horloge. Il nous dévisage l'un après l'autre, puis annonce d'un ton théâtral :

« J'ai corrigé vos copies. »

Quand il les sort de sa sacoche, de légers chuchotis et des gémissements étouffés s'échappent de différents côtés de la classe. Il tapote la pile sur son bureau afin de l'égaliser et déclare que les réponses aux exercices de localisation exigeant un effort de mémoire ont été satisfaisantes, mais que les questions sur la géologie de notre pays, qui impliquaient des raisonnements et des commentaires, n'ont pas été aussi bien traitées. Les moraines me brûlent les joues.

Le professeur fait disparaître l'Australie et déroule à la place la carte géologique de la Finlande. Il parcourt de sa baguette les eskers et les moraines et montre la zone où le glacier continental s'est immobilisé pendant deux cents ans, quand le climat s'est brusquement refroidi. On distingue parfaitement les hautes terres, les lignes de partage des eaux, les monts de Laponie, les chaînes de montagnes de l'Est, les reliefs du Sud. Ce sont de belles crêtes étroites et des massifs d'un brun foncé menaçant. La lumière orangée de l'après-midi qui tombe sur la carte fait ressurgir sous mes yeux de lointains souvenirs : la croupe nue des monts lapons caressés par les vents, que papa et moi n'avons pas eu le temps d'aller voir, les hauts sommets boisés de l'Est et les eskers barrant l'horizon de leur vert profond. Reste éveillée, dit papa par-dessus son épaule. Je m'agrippe au bord de mon pupitre comme à la selle de la bicyclette, afin de ne pas tomber.

Le crayon de Martti roule sur le sol. Je cligne des yeux pour chasser les souvenirs. Je dois me concentrer, être présente. L'homme qui discourt tranquillement sur l'estrade n'est pas papa, bien qu'il parle avec autant d'enthousiasme de tout ce que nous voyons autour de nous et des époques passées où le monde s'est créé.

« Notre pays entier, des roches nues aux eskers, des ravins rocailleux aux plaines cultivées, a été modelé par la glaciation. Quel que soit le paysage que vous regardez, le glacier continental y a laissé sa trace. L'environnement renseigne aussi bien qu'un livre d'histoire sur le passé. Vous pouvez comprendre par déduction tout ce que vous voyez. Comme les Aborigènes. Apprendre par cœur ne sert à rien. »

M. Linnas sourit avec enthousiasme avant de prendre en pitié les impatients et de rendre les copies, dans un bruit de claquements de pupitre. En allant chercher la mienne, je fais la révérence et le regarde dans les yeux.

« C'est très bien », dit-il en hochant de tête.

J'ai obtenu neuf et demi. Je n'ai commis qu'une erreur, dans la dernière question, avec ma longue explication sur les moraines. Elle ne m'a valu qu'un demi-point. Il est écrit dans la marge, au stylo rouge : « Bonne description, mais le nom ? » Comment ai-je pu être aussi stupide ? Qu'a-t-il pensé en corrigeant ma copie, la question était simple et j'ai répondu par une dissertation incluant la voie de chemin de fer de Viipuri. J'aurais mieux fait de m'abstenir. Quand on ne sait plus, on ne sait plus, inutile de le cacher.

Le professeur nous souhaite une bonne fin de semaine. Le prochain cours de géographie aura lieu lundi, et les suivants seulement au printemps. Des pieds de chaises raclent le sol, les élèves se bousculent pour sortir, Elisa me chuchote quelque chose, me donne en souriant une tape sur l'épaule et se hâte derrière les autres. Je me lève, fourre mon cahier et mes livres dans mon cartable. M. Linnas, sur l'estrade, range des ouvrages dans sa sacoche. Par-dessus son dos courbé, je vois les fines lignes des eskers sur la carte géologique. Je m'approche et observe leur cours, du sud-est au nord-ouest.

Aucune ligne de crête ne se prolonge jusqu'à Luhtajoki. Elles se terminent à cent kilomètres au moins plus au sud et ne réapparaissent plus.

M. Linnas se redresse, me voit et sourit sans se douter du séisme qu'il a provoqué.

« Maija, tu as encore des questions ? » demande-t-il.

Je pose ma copie devant lui.

« C'est à propos de la dernière question. J'étais nerveuse et j'ai eu un trou de mémoire.

– Ce n'est rien. L'essentiel est de savoir expliquer la cause de tel ou tel phénomène. Peu importe le nom, soit dit entre nous. »

Il sourit de nouveau, redresse le sous-main et pose sa sacoche sur le bureau. J'ai froid, horriblement froid. Je dois poser la question.

« Est-il possible qu'un esker s'interrompe et réapparaisse beaucoup plus loin ?

– Oui. On le voit par exemple dans les grands lacs, avec leurs chapelets d'îles sablonneuses allongées. Elles forment un seul et même esker, qui plonge par moments sous l'eau. »

Même sa voix ressemble à celle de papa. Je continue de fixer la carte, car si je le regardais, l'illusion se dissiperait, leurs yeux ne sont pas de la même couleur. Je monte sur l'estrade et touche du doigt la limite nord des eskers.

« Est-il possible que l'esker qui semble se terminer ici continue sous terre jusqu'à Luhtajoki ? »

Le professeur se tourne pour regarder la carte et secoue la tête.

« C'est l'esker de Pohjankangas. Il s'arrête bien plus au sud.

– Et le Bois fleuri, derrière l'église ? C'est du sable, et il a la forme d'un esker.

– Ce n'est pas un esker mais un drumlin, un relief isolé. Il se compose aussi bien de débris fins que de cailloux, autrement dit de dépôt morainique. Le Bois fleuri s'est formé au moment de l'avancée du glacier continental, autour d'une basse colline rocheuse et dans son prolongement, comme une sorte de traîne.»

M. Linnas repousse ses lunettes sur son front et se lance dans des explications détaillées sur la naissance des drumlins. Le glacier continental me roule dessus et casse le fil auquel je me raccroche depuis huit ans. Le Bois joli ne mène pas vers papa, Hanna et maman, il ne mène nulle part.

Je suis ridicule. Ridicule. Je n'y peux rien.

La surface du pupitre est marquée de rayures et de taches, aussi familières que les grains de beauté de ma propre peau. Je ne sais pas comment je me suis retrouvée à ma place mais j'y suis assise et, quand je lève les yeux, le trou destiné à l'encrier me fixe de son œil sombre. Mon regard remonte encore un peu et tombe sur M. Linnas. Il est accroupi devant le pupitre et me demande quelque chose, se lève, fait un pas de côté mais s'accroupit de nouveau. À travers la brume qui me brouille la vue, il ressemble tant à papa que c'en est trop. Je pose le front sur le pupitre. Je fais mon possible pour faire barrage à ce qui cherche à sortir. Je n'ai jamais pleuré en public à Luhtajoki, parce qu'il me fallait être sage, toujours sage et contente, afin qu'ils me laissent tranquille et ne me posent pas de questions.

Mes muscles épuisés se contractent et vident l'air des alvéoles de mes poumons. Je laisse échapper un sanglot pitoyable. Je parviens à inspirer, mais les spasmes continuent et j'ai peur, au bout d'un moment, de ne plus pouvoir m'arrêter, d'être atteinte d'une épilepsie qui ne me quittera plus. Est-il normal, quand on pleure, d'avoir l'impression d'étouffer? Mes poings s'ouvrent et se ferment, mes doigts cherchent un objet auquel s'accrocher, le bord du pupitre, un crayon, un fétu de paille. Enfin je reprends le contrôle.

Une pendule tictaque quelque part. Ma respiration se calme. J'observe les sensations de chaque partie de mon corps. Mes jambes sont enroulées autour des pieds de la chaise, mes mains serrent le fétu de paille, un poids supplémentaire pèse sur mon dos. Mais ça ne ressemble pas à un chargement de pierres ni à aucun fardeau. C'est chaud et immobile, juste un peu tremblant, comme le sont toujours les mains sous l'effet de la circulation sanguine, de la contraction des muscles et des pensées secrètes qui la sous-tendent.

Le pupitre est trempé de larmes. Le vieux bois mouillé sent l'aigre. Hanna surgit dans mon esprit, arrosant par une chaude journée d'été les géraniums brûlés par le soleil de l'appui de fenêtre. La terre sèche des pots grésille à mesure que l'eau remplit ses anfractuosités racornies. Je n'ai plus de larmes, mais il me semble, en même temps, qu'elles ont comblé quelque chose en moi. Puis vient le vent. Il fait tinter les vitres avec le même bruit que celui qui frappe aux fenêtres de l'immeuble de la rue des Tilleuls.

Je me sens bien, aux confins des souvenirs et de la réalité, je ne suis pas seule.

Le poids, entre mes omoplates, se déplace vers le haut, le long de la ligne de partage des eaux de mon échine, franchissant une à une les vertèbres. Il rencontre mon col et se transforme en une main dont les doigts écartent ma natte, se posent sur ma nuque et la caressent doucement.

C'est alors que je reviens complètement dans la salle de classe, devant mon pupitre et en moi-même.

Je lève le front et jette un coup d'œil à travers mes cils. Il est accroupi devant mon pupitre, le visage à la hauteur du mien. Sa main droite disparaît derrière ma nuque, sa montre-bracelet tictaque près de mon oreille. Je reste aussi immobile que possible afin de ne pas briser le rêve.

Il m'a vue pleurer. Et pourtant il est toujours là. Et le rêve continue.

J'ai les doigts serrés sur sa main gauche. Mes ongles ont laissé des traces rouges sur sa peau. Je lui ai fait mal, me dis-je, horrifiée, mais je n'ai pas le temps d'y réfléchir plus longtemps. Sa main fuit ma nuque, le bruit de sa montre s'éteint. Les secondes de la grande pendule, au mur, me tombent dans l'oreille.

Je le regarde, ses yeux bleus, ses lunettes qui maintiennent sa frange relevée, sa bouche. Il ne ressemble pas du tout à papa, il est beaucoup plus jeune et désemparé. Papa, même dans ses pires moments de flottement, n'a jamais eu l'air aussi perdu. Ou désespéré ?

Rien ne va. Deux routes nous attendent dehors, l'une vers Seinäjoki, l'autre vers Yli-Haikka.

Quelques larmes ont roulé sur le couvercle du pupitre. Je les essuie de ma manche. Sans le regarder, je me glisse entre les pupitres jusqu'au lavabo, à côté de la porte, fais couler de l'eau et en bois dans mes paumes. Quand je me retourne, il est appuyé à la fenêtre, de dos. La situation est plus compliquée que je ne le pensais. Je dois le rassurer. De ce point de vue, il est exactement comme papa. Je dois dire quelque chose, poser une question.

« Avez-vous étudié la botanique ? »

Pour une fois, ma voix m'obéit, elle est calme, la question prolonge presque les précédentes. D'après la pendule, cela fait vingt minutes que le cours est fini. Vingt minutes à effacer.

Il toussote. Ses épaules se redressent un peu.

« Comme matière secondaire, oui.

– Savez-vous à quoi ressemble la *Pilularia globulifera* ? »

Il se tourne et secoue la tête.

« Je ne l'ai trouvée dans aucune flore, dis-je en revenant à mon pupitre. C'est une espèce rare. Une plante aquatique que l'on a découverte en Finlande il y a seulement quelques années, dans un seul lac. »

Il hoche la tête, cligne des yeux. Mais je n'ai pas le temps d'en dire plus. Quelqu'un marche dans le couloir. La porte de la classe est ouverte, les pas sont rapides, mais M. Linnas encore plus. Il retourne sur l'estrade, remet ses lunettes sur son nez, ouvre un livre resté sur le bureau.

Alma Niemi passe la tête dans la pièce, nous regarde, effleure le médaillon qui brille sur le devant de sa robe sombre.

« Maija est en retenue ? demande-t-elle, stupéfaite.

– Non, répond M. Linnas, elle avait des questions sur l'examen.

– Ah, très bien. Dis-moi, Verner, est-ce que tu aurais le temps, lundi, de surveiller la classe du professeur d'allemand après ton cours ? Il vient de téléphoner, il ne pourra pas venir et il m'a demandé de te poser la question.

– Oui, je peux. »

Je ramasse mon cartable et me dirige vers la porte. J'adresse un signe de tête aux professeurs, mais Alma Niemi s'est tournée pour essuyer le tableau, tout en transmettant les directives du professeur d'allemand. M. Linnas, en revanche, me regarde dans les yeux, la main sur sa sacoche, immobile.

Le lundi suivant, alors que la pause de midi se termine, je me trouve dans la cour de l'école, avec Siiri, parmi d'autres filles. Je n'écoute pas ce qu'elles disent. Une auto arrive par le sud et s'arrête devant la grille. M. Linnas en descend, enfonce son chapeau sur sa tête, passe à côté de nous et nous lance un bonjour.

« Jeunes filles, pourriez-vous passer le mot à vos camarades, nous allons nous réunir ici, dans la cour, déclare-t-il sans s'arrêter. Nous allons faire quelques expériences sur le terrain.

– Où ça ?

– Là-bas», répond-il par-dessus son épaule avec un signe de tête en direction du rempart de sapins de la forêt que le vent agite derrière les champs.

La troupe se disperse en bavardant, étonnée, pour prévenir les autres. Je reste dehors et m'approche de la grille. Il ne m'a pas jeté le moindre coup d'œil et a parlé normalement, et pourtant... La forêt. Ce n'est pas juste une coïncidence.

Un quart d'heure plus tard, M. Linnas, moi et les vingt-huit autres élèves de la classe marchons sur la route poussiéreuse en direction du sud. Nous arrivons au croisement où j'ai toujours auparavant pris à droite, par le raccourci qui mène, en traversant le quartier des ouvriers de la tannerie et la voie ferrée, à la gare et à la rue principale du village. Cette fois, nous tournons à gauche, vers l'est et Luomahaara. Le soleil a fissuré l'argile durcie de la petite route. Sur les talus fleurissent encore quelques liondents d'automne fatigués et du trèfle rouge délavé.

M. Linnas marche en tête avec quelques-uns des élèves les plus bavards. Les autres aussi se sont divisés en petits groupes. Je chemine seule sur le bas-côté.

«Quand j'étais à l'université, à Helsinki, les sujets d'étude n'étaient pas disponibles à proximité, raconte le professeur. Ici, il y en a à portée de vue.»

Ceux qui l'entourent rient docilement. Il a conquis le groupe en annonçant dans la cour que, malgré les instructions d'Alma Niemi, il utiliserait aussi bien son cours que le suivant pour nous emmener en excursion: étudier le terrain aux alentours est plus important que les groupes de substantifs et les verbes irréguliers allemands. Je soupçonne malgré tout que personne n'est d'accord, sauf sur le fait qu'il est plus agréable d'être dehors qu'en train de remplir les pages d'un cahier.

Quand nous arrivons à l'ombre des premiers sapins, M. Linnas nous demande de nous placer en rang et de nous compter par groupes de cinq. Je soupire en silence. En équipe, inutile d'espérer apprendre quoi que ce soit, les autres parlent tous en même temps, je m'énerve et ne parviens pas à me concentrer.

«Cinq», dis-je entre mes dents, lorsque mon tour arrive enfin.

M. Linnas distribue ensuite à chaque groupe une petite pelle, nous indique la direction à prendre et nous explique ce que nous devons faire.

«Trouvez différents types de roche et prélevez des échantillons. Prenez-en aussi de tous les sols que vous rencontrerez. Étudiez différents points du terrain. Chaque équipe doit rapporter au moins une poignée de sol minéral et une de sol organique.»

Puis il se tourne vers moi.

«Les numéros cinq, vous êtes les moins nombreux, venez avec moi.»

De l'humus, du dépôt morainique, du sable, de la tourbe, une petite quantité d'argile au fond d'un creux humide. J'ai du mal à rassembler mes pensées, mais pour d'autres raisons qu'avant. Sa tête, ses cheveux noirs, par moments, devant moi, à portée de main.

«Observez à quelle profondeur les sphaignes se transforment en tourbe.»

Il s'accroupit, se redresse, et nous explorons tous les quatre la couche de terre, sauf moi, en fait, car je me contente de la regarder, hésitant à en crever la surface. C'est trop, trop de tout, trop de beauté, les rayons de soleil qui tombent sur ses épaules à travers le toit d'aiguilles de sapin, ses cheveux, les buttes de sphaignes, les pierres, les ruisseaux et les arbres tombés au sol que je franchis encore avec naturel, à grandes enjambées, alors que mes excursions dans les bois avec papa datent d'une éternité. Ma manière de marcher n'a pas changé. Mon corps est toujours adapté à la forêt, bien qu'il ait été contraint pendant des années à rester en terrain plat, à découvert.

Et il me regarde, du coin de l'œil, certes, mais il me regarde, chaque fois que nous marchons, chaque fois que nous nous penchons sur des pierres, chaque fois qu'il peut.

«Zut, j'ai oublié mon gilet à l'école.»

Je m'arrête à l'entrée du raccourci. Siiri jette un coup d'œil vers l'école, puis vers la gare.

«Je dois y aller, j'ai promis d'aider maman, elle fait de la pâtisserie.»

Elle se hâte derrière les autres. Les voix qui montent dans le vide de l'air automnal sont plus joyeuses que d'habitude, bien que tous aient mouillé leurs chaussures et se soient sali les mains dans la forêt. Le cours d'allemand s'est terminé un peu avant l'heure.

Ceux qui sont allés chercher leurs cartables restés à l'école dévalent les marches à ma rencontre. Le couloir est désert, la porte de la classe ouverte. Je reste près du lavabo. M. Linnas a rassemblé ses cartes sur le bureau, presque le monde entier, soigneusement roulé. Il se tourne, me jette un coup d'œil, se dresse sur la pointe des pieds pour décrocher une carte de Finlande et la roule comme les autres. Je vais à mon pupitre, soulève le couvercle, déplace mon livre d'histoire et mon plumier, referme. Il pose le rouleau sur le bureau, remonte ses lunettes sur son front, pose les doigts sur ses tempes et cherche ses mots, mais je le prends de vitesse.

«Vous avez dit que vous aviez fait vos études à Helsinki?»

Il s'assied sur le bord du bureau, hoche la tête.

«Connaissez-vous le docteur Sahlman? Anders Sahlman. Il préside la Société des sciences naturelles, ou en tout cas la présidait.»

J'ai du mal à parler, alors qu'il me faudrait évoquer comme si de rien n'était un passé qui me semble parfois sorti de mon imagination. Un passé à la place duquel je voudrais parler de tout autre chose, mais qui est le seul sujet possible.

Il s'éclaircit la gorge et se frotte la main sur le genou de son pantalon. Elle laisse sur le tissu une légère trace de forêt.

«Je ne le connais pas vraiment, mais je l'ai rencontré une ou deux fois. Vous êtes parents?

– Non. Attendez.»

Je sors mon cahier de mon pupitre, en arrache une page et écris une phrase.

«Pourriez-vous poser cette question de ma part au docteur Sahlman? dis-je en posant le papier devant lui sur le bureau. Par lettre ou par téléphone, ce n'est pas urgent. Vous me donneriez ensuite la réponse, la prochaine fois que vous viendrez nous faire cours.»

Ses yeux lisent et relisent mes sept mots: *Dans quel lac pousse la* Pilularia globulifera*?*

«Pourquoi ne le lui demandez-vous pas vous-même?

– Je n'ai pas le droit de recevoir de lettres ni de téléphoner à l'extérieur de Luhtajoki.»

Une lueur de tendresse, ou de simple pitié, brille dans ses yeux, mais c'est assez. Il plie le papier en deux et le retourne entre ses doigts.

«Je ne reviendrai qu'en mars.

– Peu importe.»

Il fourre le papier dans sa poche. Je souris rapidement.

«Merci.»

Je sors sous le soleil par les portes ouvertes. Le vent me pousse à toute allure à travers la cour et ébouriffe la vaste plaine, portant jusqu'ici l'odeur de feuilles en décomposition de la forêt. Mes bottines martèlent la route de plus en plus vite, ma jupe voltige autour de mes genoux. Ma natte me frappe le dos au rythme de mes pas, mon front avale la lumière déclinante du jour d'automne. Le soleil grandit en moi et m'irradie. Sans avoir à me retourner, je sais qu'il se tient à la fenêtre et me regarde.

Je dépasse en courant le raccourci, en direction du Bois fleuri. Je dois aujourd'hui m'éloigner de la plaine. La forêt d'où nous revenons tout juste se déploie en sombres vagues sur toute la longueur du monde. Quel effet cela ferait-il de s'asseoir au pied d'un grand sapin, de suivre du doigt les irrégularités de l'écorce, la peau de l'arbre, jusqu'à ce qu'elle se transforme en peau humaine ?

Je n'ose pas pousser le jeu plus loin. Mais j'ai tout l'hiver devant moi. Quand il reviendra, je saurai tout, je trouverai papa, je m'en irai. Verner Linnas m'y aidera.

1936

10

Malgré mes skis, je m'enfonce jusqu'à mi-mollet. Ce sont ceux de Hugo et ils pèsent des tonnes. Je suis passée trop près du fossé bordant les champs et l'eau qui en était remontée, invisible, a mouillé leur semelle, sous laquelle la neige s'est ensuite collée par paquets. Mais la lisière de la forêt est si près que je ne prends pas la peine de m'arrêter pour l'enlever.

Je franchis le talus et m'arrête pour respirer dans les buissons de saules marsaults. La neige sent la neige, inutile d'espérer autre chose, c'est déjà presque le printemps, mais il gèle toujours. Je nettoie la semelle des skis. Il me faut un moment, ils mesurent un mètre de plus que moi, mais avec des planches plus courtes, je me serais encore davantage enfoncée. Je n'ai pas de skis à ma taille, ni de bicyclette, ni de bottes convenables, ni bien sûr d'argent. Rien qui me permette de fuir.

Mes vêtements humides refroidissent vite. Je plante mes skis debout dans la neige et pénètre dans la forêt. Le manteau blanc y est moins épais que dans les champs. J'ai choisi dans la muraille de troncs un endroit où je sais que le terrain est accidenté, avec des rochers et des arbres abattus par le vent. Impossible d'y skier, je dois et peux marcher. Un pas à la fois, lentement.

Je patauge dans la neige sans retrouver le lieu précis où nous avons creusé pour étudier le sol. Je me rappelle néanmoins les grands sapins, les pins solides et une paroi rocheuse qui pointe derrière les arbres. La forêt bruisse et laisse tomber des fragments d'écorce de pin, des graines de sapin et des brindilles. Cette pluie a de nombreux noms. Hanna la traitait de saleté, et devait en vider mes poches et ma capuche après chaque expédition. Papa disait que c'était de la litière forestière ou, parfois, quand il débordait de bonne humeur, des semailles de fées.

Je monte au sommet du crêt. Il y pousse un grand pin. Je l'entoure de mes bras et tente d'y grimper, mais ne parviens pas à me hisser de plus de dix centimètres. Dans le ciel, le vent étire les nuages en un voile transparent. La cime morte de l'arbre pointe vers l'étoile Polaire.

Je m'agenouille et plonge les mains dans la neige. Celle-ci pénètre dans mes moufles en cuir, mais tant pis. Je rampe dans le sens inverse des aiguilles d'une montre. Fallait-il fermer les yeux? Peut-être. Je clos le cercle. J'attends. Quand j'ouvre les paupières, je suis toujours moi-même. Je reste au sol jusqu'à ce que ma jupe et mes deux caleçons de laine superposés soient mouillés. Aune refuse de m'acheter un pantalon, pour que je ne puisse pas courir vite et loin. C'est ce qu'elle pense en secret, ou peut-être sans se l'avouer, j'en suis certaine, surtout aujourd'hui où, pour le septième jour, tout déraille.

L'annonce d'un changement d'enseignant est arrivée lundi.

« On va avoir un nouveau professeur de géographie, a proclamé Elisa à la récréation. M. Linnas a démissionné. Il va se marier.

– Comment le sais-tu? a demandé quelqu'un.

– Ma mère me l'a dit. Sa fiancée s'appelle Mirjami Haapakoski. Maman connaît sa sœur. »

Nous étions au moins cinq filles, dans notre cercle, et je n'étais donc pas obligée de dire quoi que ce soit. Les autres ont posé des questions pour moi. Verner Linnas a quitté l'enseignement et emprunté de l'argent afin de fonder sa propre entreprise.

« Quelle entreprise?

– Quelque chose à voir avec l'humus, sûrement, a lancé Elisa. D'après maman, il a tout d'un coup déclaré à Mirjami qu'il n'était pas fait pour enseigner. Et lui a aussitôt demandé sa main, alors qu'ils ne devaient se marier que quand M. Linnas aurait été titularisé à Seinäjoki. »

Depuis lundi, je me protège et me défends contre moi-même en m'abreuvant de sarcasmes. Je me suis roulée dans la neige sans aller au sauna, ai fait exprès d'oublier mon en-cas à la maison et ai décrit de longs détours sur le chemin de l'école. Et pour finir, j'ai décidé de skier loin de toute piste jusqu'ici, dans la forêt à laquelle j'ai pensé tout l'hiver, interprétant et réinterprétant les événements, cherchant au fond de mon esprit nos échanges de regards, décortiquant ses courtes phrases, les secondes où sa main s'est attardée entre mes omoplates. Je suis venue dans la forêt rire de moi-même, mais je suis à court de moqueries. Les nuages laissent s'échapper le soleil, qui, pour la première fois de l'année, peint le monde en vert et bleu. Je ne supporte plus de regarder quoi que ce soit. C'est maintenant, en mars, qu'il devait revenir et tout changer.

Au fond de la combe pousse un sapin dont les branches pendent jusqu'au sol comme celles du bouleau de l'airial. Je descends du crêt et me glisse dans leur cabane ombreuse. C'est un bon endroit où pleurer, car j'ai enfin appris à verser des larmes.

Quand mon mouchoir trempé se transforme en bloc de glace, je presse la joue contre une branche. Les aiguilles piquent, sentent la résine et me font revenir à moi tels des sels. Dans ce refuge isolé du reste de la forêt, l'air est frais et le sol presque nu. Je jette un coup d'œil dehors. De petits paquets de neige tombent des arbres et, à l'improviste, quelques gouttes d'eau. Le temps se radoucit.

Je rampe hors de la hutte de branchages. Autour du sapin, la neige est creusée de vagues traces, peut-être des empreintes de pas. Elles vont d'est en ouest et passent au pied de l'arbre, quelqu'un d'autre a séjourné sous les branches. Les traces ne sont pas fraîches, il a neigé au moins deux fois dessus, et quelques jours de dégel ont brouillé leurs contours. Elles sont un peu plus grandes que mes propres empreintes.

Je les suis dans la combe. Quelques grosses souches de sapin sont visibles, chapeautées de neige. Même papa admettait la présence de tels vestiges d'arbres coupés pour satisfaire des besoins essentiels, se chauffer ou construire une cabane. Ce qu'il ne supportait pas, c'était les coupes à blanc, l'abattage d'arbres centenaires pour fabriquer du papier. Je place mes pas dans les empreintes, c'est plus facile que de marcher dans la neige vierge. Je monte avec elles sur le flanc du crêt, jusque dans des broussailles. Le manteau neigeux s'amincit et je perds la piste, mais la retrouve un peu plus loin. Celui qui l'a laissée a changé d'avis et est retourné au pied de l'à-pic, presque au contact de la roche.

Je longe la paroi et l'effleure du doigt. Verner Linnas a-t-il dit que c'était du gneiss, à l'automne ? Je ne me rappelle pas. Elle est couverte de mousses qui paraissent humides, par endroits, peut-être nourries par une poche d'eau du rocher. De grandes stalactites pendent le long de la paroi telle une rangée de tuyaux d'orgue. Entre elles, près du sol, s'ouvre une faille noire. Avant d'avoir eu le temps de me demander si je ne risquais pas de déranger des serpents en hibernation, j'y plonge la main. Je tâte le fond, à une cinquantaine de centimètres de l'ouverture, à la recherche d'objets, vieilles pièces de monnaie ou autres trésors, mais en vain. Peut-être ne croyait-on pas aux esprits de la forêt, ici, ou peut-être personne n'a-t-il eu besoin de se les concilier.

Il n'y a que peu de neige sur le sol, le surplomb de la paroi l'a protégé des plus violents blizzards. Les traces de pas, à côté de moi, sont claires et nettes. On distingue tous les détails des larges empreintes : le talon, la voûte plantaire, les orteils et, au bout, les longues griffes acérées.

11

Erik sort le billot du bûcher et le laisse tomber dans l'herbe mouillée. Avril a recouvert le sol gelé d'un matelas de boue. La terre dégage une puissante odeur. Haut dans le ciel, des cygnes passent en trompetant. Le billot est bancal, sa surface est inclinée, le rondin, dessus, tient mal debout. Erik lève malgré tout sa hache et le frappe d'un geste vif, mais il a eu le temps de bouger et il n'en fend qu'une mince bûchette. Il le ramasse et le repose en équilibre sur le billot.

Les outils sont gardés sous clef, mais il peut la demander quand il veut à l'homme à tout faire. Il est le seul résident à avoir le droit d'utiliser des objets tranchants, la hache et même la scie. C'est ce qui a été convenu, mais un infirmier traîne cependant en général à proximité.

«Je sais, a répondu Harmajakari quand Erik lui a assuré qu'il ne s'en prendrait pas à lui-même. Ce sont les autres qu'on surveille.»

Harmajakari en sait plus sur lui que lui-même, en tout cas en ce moment. L'idée est rassurante, quand bien même elle serait fausse. Le chagrin s'est lové sous son sternum en une masse chaude qui ne le brûle que quand il tente de faire quelque chose sortant de l'ordinaire. Il ne peut ni aller seul très loin ou dans la forêt, ni marcher dehors dans la douce nuit d'été. Le silence détacherait de trop grosses échardes du tronc qui a poussé en lui au fil des ans et lui maintient les pieds sur terre, et laisserait au gouffre noir la place de s'ouvrir, sans qu'aucune racine puisse l'en protéger.

«Arrêtez de ressasser vos souvenirs, lui conseille Harmajakari. Pourquoi n'iriez-vous pas scier du bois?»

Scier et débiter des bûches est un bon vieux moyen de stopper la tempête sous son crâne. Quand il frappe le bois de sa hache ou use une lame de scie à force de va-et-vient, il est où il doit être. En ces instants, il est même parfois capable, en passant, de se rappeler Malla, mais pas encore les autres. Elle est d'ailleurs la seule qui reste, par la grâce du hasard.

«Voudriez-vous lui écrire? lui a demandé Harmajakari un matin où un roselin cramoisi chantait l'été sans se soucier de la pluie. On l'a demandé.»

On me l'a demandé, a-t-il compris. Fort de cette pensée, il a réussi à se lever ce jour-là, et, petit à petit, de plus en plus souvent. Demandé, s'est-il intérieurement répété jusqu'à, finalement, dicter un message. Une réponse est arrivée. Il a lui-même écrit la lettre suivante. Et il continue – pas souvent, trois ou quatre fois par an, quand il en est capable. Malla lui répond dans les quinze jours. Il ne sait pas si elle lui écrirait si elle ne se sentait pas obligée de réagir à ses envois. Mieux vaut ne pas tenter le diable. Il lit ses lettres jusqu'à ce qu'elles soient froissées et déchirées sur les bords, à la lumière du jour, sous sa lampe de chevet, les jours de pluie sur la véranda, à la lueur des flammes de la cheminée de la salle. Au début, elles l'ont soulagé, il n'a plus eu à réclamer des sangles de contention. Il a commencé à se promener dans le jardin, même dans des moments où le sol se dérobait sous ses pieds. Il se répétait les phrases polies, presque joyeuses de Malla. *Merci pour ta lettre. J'ai des cours d'histoire à l'école, ça me plaît. J'ai reçu une carte d'Anttu, il travaille dans une mine d'argent. La jument a eu un poulain, on l'a vendu au voisin.*

Malla m'a pardonné, a-t-il pensé, et il s'est dirigé vers le gouffre. Sa succion a agité les pans de son manteau et affaibli ses genoux, mais il a continué de marcher et, au lieu de l'engloutir, le gouffre a diminué, jour après jour, et a fini par disparaître. Malla m'a pardonné.

Au fil des ans, son écriture s'est faite plus petite, ses lettres plus fines et ses lignes plus droites, bien que le papier vierge ait remplacé les feuilles à carreaux. Erik passe de plus en plus de temps à chercher les mots invisibles. Il scrute le texte à contre-jour, se murmure les tournures de phrase pendant des heures et se demande s'il les a bien interprétées. Il n'a pas réussi à savoir où se trouvait Malla. Elle semble mener une vie régulière. Mais l'est-elle comme la sienne ou comme un chemin ensoleillé, facile à suivre?

Elle m'a pardonné, se répète-t-il encore et encore, mais la constatation a fini par le déprimer. Malla n'a pas besoin de lui. Et s'il valait mieux pour elle qu'elle reste où elle est et l'oublie? Ce ne serait sans doute pas si facile, Harmajakari affirme qu'elle aura besoin de son père aussi longtemps qu'elle vivra. Et ils échangent donc des nouvelles de manière civilisée. Il parle de ses jumelles aux prismes cassés dans les cahots de la poste, du village, des résidents de la maison de cure et des merveilles du lac. Et Malla répond, évoquant l'école, le bourg, sa vie, quelque part à la campagne, dans une famille de notables, apparemment, mais dans une ferme dont les champs sont cultivés par un voisin. Dans l'Est ou l'Ouest? Erik n'a même pas réussi à le déterminer. On lui a ordonné d'adresser ses lettres à Helsinki, à une responsable de la protection de l'enfance, Tuulia Oksala, qui les transmet. Il soupçonne que quelqu'un les lit au passage. Les réponses de Malla passent de même par des intermédiaires. L'adresse sur les enveloppes n'est pas de sa main.

Quand il s'en est rendu compte pour la première fois, il s'est inquiété. Malla avait onze ans, elle était au collège. Une fille de cet âge devrait avoir le droit de s'occuper seule de sa correspondance.

«Pourquoi ne puis-je pas savoir où elle vit? a-t-il demandé à Harmajakari. Je ne vais pas l'enlever.

– Ce sont les autorités qui ont prescrit cette procédure. Je ne sais pas moi-même où elle est.

– Comment puis-je savoir si mes lettres lui arrivent telles que je les ai écrites?

– Il a été décidé que ce système valait mieux que l'absence totale de contact.

– Qui a décidé ça?

– Le médecin de votre fille.

– Elle est malade?

– Je n'en sais pas plus, je suis désolé.»

Erik a envoyé une lettre dans laquelle il a exigé de Malla qu'elle lui raconte ce qui s'était passé. *Est-ce qu'on te maltraite? Dis-le-moi, si quelque chose ne va pas, je t'aiderai d'une manière ou d'une autre.* Il a attendu un mois, deux. Il n'a eu aucune réponse. Il a de nouveau écrit, donnant comme d'habitude de ses nouvelles. Malla a répondu dans les quinze jours, comme à l'accoutumée. Il a lu sa missive sur la véranda du bâtiment principal.

«On filtre mes lettres, a-t-il déclaré à Harmajakari.

– Sans aucun doute, a répondu le médecin, penché sur une pousse de rosier souffreteuse, dans la plate-bande.

– Je ne veux pas de ça.

– Nous n'y pouvons rien, d'ici. Vous devez juste essayer de guérir.

– Pensez-vous que je ne sois toujours pas bon à jouer mon rôle de père?

– Qu'en pensez-vous vous-même?

– Je ne me sens pas malade. Je pense que je pourrais, si je trouvais du travail.

– Nous y réfléchirons bientôt.»

Les jours suivants, Erik est resté dans l'attente. Il savait que Harmajakari observait son état, en personne et par l'intermédiaire des infirmiers. Il était, de son propre avis, plein d'enthousiasme et en bonne santé, pour autant que se sentir normal et actif en soit le signe. Une semaine plus tard, le médecin lui a annoncé qu'il avait écrit à Helsinki. Il ne lui a pas révélé la teneur de sa lettre, mais il l'a devinée.

Quand la réponse est arrivée, Harmajakari la lui a apportée dans sa chambre et s'est assis pour attendre. Erik a lu le papier déclarant que, de l'avis des autorités de la protection de l'enfance, il ne convenait pas de confier Malla Stenfors à son père car il n'existait pas encore de preuves durables de la stabilité de sa personnalité et de sa santé. Sans rien dire, il a tendu la lettre au médecin.

«Alors?» a demandé ce dernier.

Erik a senti un vent vide et glacé hurler à ses oreilles, les bords de son champ de vision se sont teintés de noir.

«Je vais peut-être juste aller me coucher.»

Harmajakari l'a regardé, ses sourcils se touchant presque.

«Vous avez le droit de vous mettre en colère, vous savez», a-t-il fait remarquer.

Mais Erik en était incapable. Il a fixé des yeux le tapis bleu foncé et s'est laissé tomber.

Quand il est revenu à lui, il était assis sur la terrasse à boire du café. Il faisait toujours dix degrés, mais le printemps s'était métamorphosé en automne. Il a adressé une grimace aux autorités qui, à deux cents kilomètres de là, des mois plus tôt, avaient dû sourire, satisfaites, en apprenant qu'elles avaient raison.

Erik est resté assis dehors tout au long des journées de plus en plus fraîches, à écouter le vent qui gémissait dans la forêt mouvante, de l'autre côté des grilles, et à l'intérieur de sa tête. Il regardait les feuilles mortes se décomposer, puis, un après-midi, au-delà: les filipendules fanées devant la roselière, le lac froid et les îles où les trembles flamboyaient déjà de jaune. Près d'un lointain îlot, un point blanc voguait lentement sur l'eau. Il a cherché en vain ses jumelles, s'est relevé d'un bond et s'est approché à grandes enjambées du lac.

Le cygne a contourné l'épais bosquet émergeant des flots et a disparu derrière comme par-dessus le bord du monde. Erik est retourné sur la véranda mais ne s'est pas rassis dans le fauteuil en osier. Juvonen, un solide infirmier, est passé devant le bâtiment, en chemin vers le bûcher. Il a remarqué Erik et s'est arrêté.

«Vous venez couper du bois, Stenfors ?»

Erik a secoué la tête. Juvonen a continué son chemin. Puis un bruit de scie a strié l'air pur de l'automne. Erik a descendu les marches et dérivé vers le bûcher. Juvonen a fait rouler le billot dehors et a jeté à côté un tas de rondins tronçonnés. Puis il lui a tendu une hache et s'est repenché sur sa scie. Quand Erik, une demi-heure plus tard, a accroché son manteau à la porte du bûcher, le vent dans ses oreilles s'était tu. En ramassant le bois fendu, il a vu Harmajakari traverser le jardin et sourire presque imperceptiblement en regardant dans sa direction.

Erik continue de couper du bois, bien que le billot ait déjà été remplacé d'innombrables fois. Il y en a eu de toutes sortes, des réguliers, des irréguliers, des solides et d'autres à demi pourris. Les bûches sont tombées sur des sols secs, mouillés, meubles ou durcis, mais ont toujours fini par y tomber.

Erik n'a toujours pas appris à se mettre en colère. Ses coups de hache sont fonctionnels, il ne s'imagine pas trancher des têtes ou scier qui que ce soit en deux. Il apprécie simplement les coups réguliers et le va-et-vient de la lame. Il a, dans sa vie, besoin d'un rythme, que ce soit celui de ses pas ou de cette besogne, plus puissant que ses battements de cœur.

Aujourd'hui, il scie beaucoup. C'est plus dur que manier la hache, il ne peut réfléchir à rien d'autre qu'aux fibres serrées du bois dans lesquelles la lame se coince. Au fil de l'après-midi, son corps s'abandonne cependant de plus en plus souvent à des pauses. Un pinson siffle à pleins poumons dans un bouleau et, quand le bâtiment renvoie en perles gouttant du toit l'écho du chant d'un rouge-gorge, à la lisière de la forêt, il ne peut s'empêcher de penser. Il a reçu hier une lettre de Malla. Elle a répondu il y a quelques semaines à son dernier courrier, et il ne lui a pas écrit depuis. Pour autant qu'il s'en souvienne, en tout cas, et une nouvelle lettre est pourtant arrivée. Peut-être a-t-il juste oublié. Sa mémoire n'est plus ce qu'elle était. D'après Harmajakari, c'est dû au chagrin, qui ronge le cerveau, et celui-ci ne revient à son état normal, s'il y revient, que quand le chagrin s'est atténué.

Quelques gouttes de pluie s'écrasent sur le sol. Erik rentre le bois coupé dans le bûcher, fait rouler le billot jusque sous l'auvent, suspend la scie et la hache au mur et ferme la porte à clef. Il se lave à l'eau froide dans le sauna et retourne dans sa chambre.

Il y a une photo sur la table. Il la prend. Elle a été découpée dans un journal, il ne sait lequel. Elle est grande comme sa main et y repose, légère, aussi légère que son sujet lui-même, il y a dix ans. Elle est arrivée accompagnée d'un bref message: *Cher papa, j'ai découpé cette photo, on y voit ton amie.*

Le cliché montre une salle de concert. Au fond, il y a des violonistes et des instrumentistes à vent dont on ne distingue pas le visage. Sur le côté droit, le chef d'orchestre lève les bras et, les yeux sévères mais le sourire aux lèvres, regarde la soliste qui se tient au centre, dans une robe de sirène noire sans manches. Elle a laissé pousser ses cheveux, comme c'est la mode, et les a noués en chignon sur sa nuque. Ses mains fines et fortes tiennent une flûte qui résonne, résonne d'un son si clair, par-delà l'océan, que le journal d'une petite ville finlandaise inconnue l'a entendu et a écrit: *Mlle Elsi Sturnus est flûtiste dans différents orchestres aux États-Unis. L'automne dernier, elle s'est produite en soliste avec l'Orchestre philharmonique de New York lors d'un concert où la photo ci-dessus a été prise.* L'article, dessous, parle des musiciens finlandais dans le monde, mais ne mentionne pas plus particulièrement Elsi.

Comment la distance peut-elle être aussi grande? Elle qui a un jour été ici, plus qu'à portée de main, se trouve maintenant aux antipodes. Pendant qu'il a vécu au rythme des coups de hache, elle s'est éloignée sur les ailes de la musique et s'est finalement réduite à de l'encre d'imprimerie sur un papier fragile. Il souffre pourtant encore de la voir sur scène, avec un homme aux yeux noirs comme la nuit qui lui sourit de derrière un piano ou une baguette de chef d'orchestre, dans un monde d'où il est exclu.

Dehors, il fait presque nuit. Il allume la lampe, sur le bureau. Dans la fenêtre se reflète une silhouette floue dont le visage disparaît dans l'ombre. La vitre, contrairement à un miroir, ne renvoie pas ses yeux fatigués et les rides de son front. Il s'y voit tel que dans son souvenir, avec les mêmes épaules et la même allure, à peine quelques fils gris dans les cheveux, qu'il pourrait arracher s'il le voulait. Beaucoup de patients de longue durée sont plus mal en point et restent couchés ou assis, se traînent à petits pas dans le jardin, se recroquevillent et laissent le chagrin creuser un vide en eux. Peut-être finira-t-il par le ronger lui aussi. Même des muscles solides et des jambes rapides ne permettent pas d'y échapper.

Erik tient la coupure de presse à bout de bras, à contre-jour. La photo a été prise dans une grande salle. Elsi ne porte pas de bijoux, elle n'aime pas avoir de poids inutile au cou ou aux oreilles. Il plisse les yeux, mais la lumière de la lampe ne fait scintiller ni la flûte ni les sequins de la robe. Sa vision de la salle de concert se brouille, envahie par une autre réalité, le texte et la photo du verso de la page. Il s'apprête à reposer le papier sur la table quand il voit dans la robe d'Elsi quelque chose qui n'a rien à y faire. Il colle presque la coupure de presse au globe de la lampe.

La robe de sirène est brodée de lettres tracées à la main, à peine visibles. Erik retourne le papier. De l'autre côté, il y a la photo d'un membre du gouvernement, vêtu d'un long manteau noir. On y distingue la trace d'un crayon, cachée à l'endroit le plus sombre.

Papa. J'ai besoin de bottes. Ils ne veulent pas m'en donner. Je veux pouvoir aller dans la forêt.

Le sang d'Erik se rue de sa tête à ses orteils, et jusque dans ses plus fines veines. La sueur perle à ses mains et à ses pieds.

Pour la première fois depuis ce sombre soir d'automne, Malla lui parle directement, comme si elle était à côté de lui.

Ils refusent de donner des bottes à une fille qui veut aller dans la forêt. Qui ? Erik inspecte la photo millimètre par millimètre, mais Malla n'y a rien écrit d'autre, pas d'adresse, pas de nom.

Elle croit qu'il sait où elle est.

La pluie coule sur la vitre. Erik est assis, jambes repliées, adossé au mur. Harmajakari s'est installé devant le bureau, silencieux mais bien informé. Il vient d'avoir une conversation d'une demi-heure avec la responsable de la protection de l'enfance, Mme Oksala, mais n'en révèle que des bribes.

« La famille d'accueil de votre fille est, paraît-il, d'avis qu'il ne faut pas lui laisser plus de liberté.

– Comme des bottes ?

– J'ai cru comprendre qu'elle a une fois fait l'objet de graves préoccupations. Mais cela remonte à plusieurs années. »

Erik n'ose pas demander ce qui s'est passé, ce que Malla a fait. Il doit veiller à ne pas se décomposer.

« Sa famille d'accueil s'inquiète parce qu'elle reste en général seule et affiche parfois un certain mépris pour le mode de vie local.

– Il faudrait peut-être en tirer des conclusions.

– N'abandonnez pas tout espoir. Tout s'arrangera, vous devez juste être patient.

– Je ne suis bon à rien. Elle a besoin d'aide et je suis incapable de lui en apporter. »

La coupure de presse est posée sur la table de chevet. Harmajakari y jette un coup d'œil, vérifie sans doute quel côté est aujourd'hui visible. Erik laisse de temps en temps en évidence la photo de la salle de concert, et de temps en temps celle du politicien dans le manteau duquel Malla a caché sa demande. Mais Elsi et elle ne sont pas le revers l'une de l'autre. Elles ont la même racine, le passé, dont les yeux se dessillent lentement après un long sommeil.

«Vous pouvez quand même essayer, dit Harmajakari à la salle de concert. Envoyez des bottes à Mme Oksala, elle se laissera peut-être attendrir et les fera parvenir à destination.

– Mais quelle est la pointure de Malla?

– Sans doute à peu près la même que votre femme.»

Erik semble dubitatif.

«À seize ans, la plupart des filles ont atteint leur taille adulte, poursuit Harmajakari.

– On ne trouve pas de bottes convenables au magasin du village.

– Juvonen peut en acheter quand il ira à Tampere. À moins que vous ne souhaitiez y aller avec lui?»

Sans le vouloir, Erik se redresse. La proposition est sans précédent.

«D'accord, répond-il enfin. Mais je crains que ça ne serve à rien.»

Harmajakari continue de parler, d'une voix de médecin positive et encourageante qu'il déteste sans doute lui-même. Erik a cessé d'écouter, il serre plus fort ses genoux sur sa poitrine et fixe le tapis bleu. Harmajakari soupire en silence, lui souhaite bonne nuit et s'en va.

*

Il fait encore nuit, mais de l'eau goutte déjà des toits. Dans les champs, les dernières neiges s'évaporent en un voile de brume. Dans la journée, les alouettes s'élancent vers le ciel au-dessus de la glèbe engourdie, l'eau bouillonne dans les fossés, s'étale et attire d'étranges oiseaux que l'on ne voit pas d'habitude ici: ils ne restent qu'un instant, attendant la fonte des landes et des tourbières des monts de Laponie.

Je marche aussi vite que je peux dans le mélange de boue et de glace de la route. J'évite les tas de crottin de cheval et franchis sur la pointe des pieds le pont de la Marécageuse, de crainte de déchirer la nuit par le claquement de mes talons. Les étoiles scintillent de chaleur au fond du cosmos en mouvement. Une odeur, peut-être de neige, d'eau et de leur disparition, flotte dans l'air. Après l'église, le Bois fleuri et le chemin de fer, j'arrive au croisement de la route de Luomahaara. L'école se dresse au loin, à gauche, et la forêt, devant. La route y pénètre en un ruban régulier qu'il est facile de suivre même dans l'obscurité.

Je vais où je veux, gadoue ou pas.

Dans la forêt, la couche de neige cède sous mes pieds, mais elle est si mince que j'avance à bonne allure. J'arrive à la paroi rocheuse et me penche pour examiner les empreintes d'ours dans la nuit qui se dissipe. Elles ont eu le temps de s'estomper en simples traces rondes, inidentifiables. Je les suis d'une tache d'ombre à une autre, les perds et en retrouve, plus fraîches.

Un rouge-gorge lâche son staccato. La piste me mène sur le flanc en pente douce d'une colline. Je me glisse entre de gros blocs de pierre et découvre une croupe rocheuse. Il n'y a plus que quelques plaques de neige. Je m'arrête et attends, bien que les traces ne datent sans doute pas de cette nuit. Nous faisons assaut de silence, moi, les pins du sommet et les sapins des pentes. Si j'étais un arbre, je pourrais observer sereinement ce qui se passe. Mais mon cœur bat, cogne si fort qu'il s'entend sûrement à dix mètres. Les petites veines superficielles de ma peau la réchauffent, et je suis sûre de dégager par énormes bouffées une odeur d'attente fébrile. Je ne la sens pas moi-même, mais les animaux sauvages, si, et ils restent à l'écart.

Je me fatigue et suis obligée de changer de pied. Je ne fais pas un bon arbre, ni physiquement ni mentalement, car mon cerveau exige que je poursuive mon chemin et trouve… quelque chose.

Un cri fend l'air. Il vient de sous la terre et monte haut dans le ciel. Et on y répond.

La forêt ombreuse craque tandis que je patauge dans la neige granuleuse. Devant moi, la nuit s'effiloche au-dessus d'un terrain plat. Un champ ? Non.

La tourbière est vaste, ouverte et dépourvue d'îlots. Elle n'est traversée que par quelques étroits bourrelets plus secs où poussent des pins souffreteux. Les laîches la recouvrent, telles les hautes herbes d'une prairie, entrecoupées de sphaignes et de nappes d'eau. Cet hiver, il y a eu beaucoup de neige et la tourbière brasse ses vestiges en son sein. D'ici, l'eau ne peut pas s'échapper dans les champs. Je contemple le marais d'un œil ensommeillé. C'est une forêt subaquatique, sans presque aucun arbre, et pourtant aussi mystérieuse que toute autre forêt.

Quand suis-je venue pour la dernière fois dans une tourbière ? Papa me portait sur ses épaules. Ça clapotait. On avait trouvé des canneberges de l'automne précédent, c'était à cette même époque du printemps. Cela doit faire dix ans, plus de la moitié de ma vie.

Je m'avance et laisse mes pieds s'enfoncer dans les mousses. Mes bottes me montent presque aux genoux et sont parfaitement étanches. Aune me les a apportées hier soir. Elle a frappé à la porte, est entrée et les a posées à côté de la porte.

«Mme Oksala les a envoyées de Helsinki. Essaie-les.»

J'ai traversé la pièce, bottée. À des kilomètres, la forêt, immense et détrempée, s'est ouverte en grinçant devant moi. Après le départ d'Aune, je me suis aperçue que l'on avait marqué mon nom à l'intérieur de chaque botte, d'une écriture que j'ai apprise à lire avant toute autre.

J'arrache mes bottes à la tourbière. La rive opposée est loin, mais c'est là qu'ils déambulent, à la lisière de la forêt, les grands échassiers gris, puis s'arrêtent et crient, aveuglés, vers le ciel qui pâlit. Ils se tiennent face à face, ensorcelés, ne voient ni n'entendent rien d'autre. Venus d'un pays hors d'atteinte de l'hiver, ils dansent et jettent des glapissements dans l'impassible nuit de printemps.

J'entends derrière moi le doux gazouillis d'un rouge-gorge. Bientôt d'autres chants s'allument. Je les ai tous déjà entendus. Je presse mes mains sur mes yeux et tente de me rappeler le nom de chaque oiseau, mais décide ensuite que cela n'a pour l'instant aucune importance. On se rappelle plus longtemps les sons que les mots. La forêt se rapproche en chantant. Ils sont tous les deux là, papa et Verner Linnas. Papa s'attarde un peu, il compte les couples d'oiseaux. Ça va? me lance-t-il tout bas, et je prétends que oui – j'ai maintenant des bottes avec lesquelles je peux franchir tous les bourbiers, ne t'inquiète pas.

Verner Linnas se tient à côté de moi au bord de la tourbière. Du coin de l'œil, je vois sa silhouette, un peu floue mais présente. Je tends le bras et ferme à demi le poing. L'air qu'il emprisonne me semble presque brûlant. Les grues cendrées dansent au loin, infatigables. Quand la neige fondra, la trace de son coup de pelle sera toujours là où nous avons prélevé des échantillons de terre à l'automne. Je ne le laisse pas encore tout à fait s'en aller.

12

Aune monte les marches du perron à ma rencontre, elle revient de la traite. Des mèches trempées de sueur s'échappent de sous son fichu noir. C'est la semaine de la Saint-Jean et la terre est sèche comme une biscotte. Elle jette un coup d'œil au journal, sous mon bras.

«Hugo a eu le temps de le lire, j'espère?

– Oui, il vient de partir à la pharmacie. Je vais aller lire à l'ombre.

– Tu as l'intention de téléphoner à Siiri?

– Pas aujourd'hui.

– Je lui ai promis hier que tu l'appellerais. Vous pourriez aller vous baigner.»

Derrière la poste et la pharmacie, il y a un ponton d'où l'on peut plonger dans la Marécageuse. La rivière stagne, l'été, et l'eau est si trouble que je préfère ne pas y nager.

«Elle termine à six heures, appelle-la avant.»

Siiri travaille pendant les vacances comme vendeuse au magasin général. Aune l'a vue hier et l'a convaincue de me solliciter. Je ne pense pas qu'elle aurait eu cette idée toute seule, elle a d'autres amies avec qui aller se baigner. Et je n'irai de toute façon pas en groupe. Il n'y a aucun sujet sur lequel j'en sache assez pour tenir une conversation, et je me suis si bien enfermée dans ma solitude estivale, ces dernières semaines, que j'évite encore plus les gens que d'habitude. Ils crient et rient en bande, se bousculent, jouent au ballon et courent d'un côté à l'autre de la grand-rue.

Je m'assieds sur le perron du mazot. Je lis le journal depuis la fin de l'hiver, depuis la publication des bans de Verner Linnas et Mirjami Haapakoski. L'annonce était petite – j'ai eu du mal à la trouver – et d'une sobriété soulignant son impitoyable réalité.

Il continue pourtant de marcher devant moi sur le sentier forestier, si près que je vois les branches de sapin se balancer dans son sillage. Je ne le hèle pas, car je sais qu'il ne viendra pas. Je dois le trouver moi-même. Mes bottes sont déjà ternies par ma quête, et Aune est furieuse que je m'absente autant et reste si seule. Mais bien que Verner Linnas demeure invisible, je cours sur les collines et ris face à la tourbière qui clapote sous mes bottes. Dans la forêt, personne n'est vraiment seul.

Des fourmis traversent le sable de l'airial. Je les regarde passer, jusqu'à ce que je voie du coin de l'œil bouger le rideau de la chambre. Je tourne rapidement la page du journal.

Sa lecture m'a déjà apporté beaucoup. Le premier miracle a été la photo d'Elsi, qui m'a prouvé que le passé était réel. Les nouvelles de la construction d'un nouveau refuge au Velu et de la saleté des plages de la capitale ont été un autre miracle. L'odeur de l'encre d'imprimerie m'emmène sur ses ailes visiter ma vie d'avant et, un jour, à court d'autres nouvelles, le journal parlera d'une sensationnelle découverte scientifique, d'une plante qui ne pousse qu'au bord d'un seul lac.

Aujourd'hui, seul compte le lanceur de javelot qui a battu à Helsinki son huitième record du monde. Après avoir feuilleté les pages, je me réfugie dans le mazot, à l'abri de la chaleur. Dans un vase, il y a un bouquet de cerfeuil sauvage et de géraniums des bois dont les pétales pourpres jonchent la table telles des gouttes de sang. Je m'égare encore et encore à en cueillir alors que je sais qu'ils fanent tout de suite. Quand on a poussé dans des prairies ondoyant au soleil, la vie dans une pièce mal aérée est pire que la mort.

On frappe à la porte, Aune entre.

«Tu fais la sieste en pleine journée?

– Il fait si chaud.

– Tu as une carte d'Anttu.»

Elle la pose sur la table.

«Je laisse la porte ouverte, c'est dommage de rester à l'intérieur par une aussi belle journée.»

Quand je l'entends monter les marches de la maison, je vais fermer la porte au nez de la muraille de chaleur qui encercle le mazot. Je prends la carte et me jette sur le lit. C'est une photo, cette fois d'Anttu lui-même, pour la première fois depuis deux ou trois ans, une réponse à un portrait de moi que je lui ai envoyé. Il pose dans un studio, sur un fond peint d'un paysage maritime. Il porte une chemise blanche, une veste et un pantalon sombres, et une longue chaîne de montre dépasse de son gousset. Il regarde un peu à côté de l'objectif. Il a les cheveux crantés, le menton levé, un petit sourire sur les lèvres.

Salut, petite cousine. Voilà de quoi j'ai l'air au sortir des mines d'argent (aussi bien allégoriquement que concrètement). Ici, c'est le plein hiver. Merci pour ta photo. Je me suis rendu compte que tu me manquais.

Un sourire m'étire les lèvres. Il a regardé ma photo et pensé à moi avec nostalgie, bien qu'il l'exprime à sa manière, désinvolte et si directe que les mots en perdent leur efficacité. Il n'y a pas de fumée sans feu, derrière toute plaisanterie se cache un fond de vérité, après la pluie, le beau temps. Heureusement qu'il n'est pas vraiment mon cousin.

Je punaise la carte au mur, au-dessus des autres, coiffe mon chapeau et sors.

Je me laisse tomber à genoux pour boire de l'eau de pluie oubliée au pied d'un rocher. Les pas des fourmis bruissent, les insectes bourdonnent, les cimes se balancent dans le vent. Je regarde la paroi rocheuse, de l'autre côté de la combe, et m'imagine la montrer à Anttu. C'est Uluru, crois-moi, ici aussi. C'est là que le film s'arrête, car je n'ai pas la moindre idée de ce qu'il répondrait. Je ne suis venue ici qu'avec Verner Linnas et connais par cœur ses réactions, car c'est moi qui en décide.

Mais Verner, même dans mes rêves, n'a jamais dit que je lui manquais.

Je passe au pied de l'à-pic et laisse la pente m'entraîner dans une direction que je n'ai encore jamais explorée. Je tombe sur une petite tourbière sèche où poussent des saules et des lédons. La mer de fleurs blanches écume à hauteur de genou dans l'odeur enivrante des feuilles que mes semelles écrasent. Je m'arrête de l'autre côté de la tourbière.

Les mousses du sol ont été arrachées et dispersées. Il y a partout de vieilles aiguilles de sapin et de l'humus noir, surtout autour d'un petit dôme où s'affairent des fourmis. Leur nid a été éventré, éparpillé aux quatre vents, et une profonde anfractuosité a été creusée à son pied.

Au bord, il y a une empreinte dont la partie la plus large se termine par des traces de griffes.

Dans la forêt, des yeux s'ouvrent et des oreilles se dressent, une fourrure passe, noyée dans l'ombre, un regard qui voit tout s'abrite derrière les troncs.

Je m'assieds par terre et attends qu'il vienne.

L'été, il mange des fourmis et des baies. Il pèse près de deux cents kilos. Il dort l'hiver. Je me répète les phrases de mes livres de zoologie et me rappelle ce que papa et Olga racontaient, mais je n'en sais pas assez.

Pourquoi est-il resté ici ?

Je me sens bizarre, affamée.

Quand je rentre à la maison, la claire nuit d'été est aussi noire qu'elle peut l'être. Je m'assieds sur le banc du vestibule et entreprends de graisser mes bottes. Hugo surgit sur le seuil de la salle.

« Où étais-tu ?

– Dans la forêt.

– À cette heure ?

– Oui.

– Aune a dit que tu étais partie te baigner avec Siiri.

– Non.

– Il y avait des garçons ?

– Dans la forêt ? »

Hugo hausse les épaules et retourne dans la salle, mais revient bientôt.

« Est-ce que ça te dirait d'aller cette année en camp de vacances ? La dernière fois, c'était il y a au moins cinq ans.

– Pas vraiment, non.

– Pourquoi ? C'est une bonne occasion de voir du monde. »

Parce qu'au camp on passe ses journées dans le vacarme, on barbote au milieu d'un troupeau de baigneurs, on joue au baseball finlandais et on s'entraîne à défiler et à brailler des chants de victoire. Et là aussi, au mur de la salle des fêtes, un homme muni d'un gourdin chevauche un ours blessé.

« Je peux aller au village un de ces soirs, promets-je. Siiri me l'a demandé.

– Bien, mais ne t'isole à deux avec personne. »

J'étale soigneusement la graisse dans les fines rides du cuir de mes bottes. Je ne veux même pas y penser, à ces soirs d'été où ça glousse et chuchote dans les buissons des bords de la Marécageuse. Ce qui s'y passe m'horrifie, m'intéresse et m'horrifie.

13

La canicule dure, encore et encore. J'aide Aune à porter de l'eau du puits dans le potager, sarcle les carrés de petits pois, lis le journal, collecte des plantes pour mon herbier et révise mes cours de géographie, de biologie et d'histoire.

« Si tu veux vraiment étudier pendant l'été, tu pourrais choisir autre chose, dit Aune. Tu as eu de bonnes notes dans ces matières, pourquoi insister ? »

Pour cette raison, précisément.

La nuit, je dors mal, je me tourne et me retourne, froisse mes draps et tente de tarir les images qui montent de mon bas-ventre. Quand je m'endors, la forêt envahit mes rêves. Quelqu'un marche toujours devant moi sur le sentier, mais je n'ai pas le temps de le reconnaître. Je me réveille en sursaut et cherche en vain à me rendormir. Au bout d'un moment, je vais boire de l'eau et, quand le soleil se lève, prends sur l'étagère mon manuel de biologie. Je lis et relis le chapitre sur la puberté, bien que le texte, qui tourne autour du pot, n'apporte guère d'éclaircissements. Par moments, je me convaincs malgré tout qu'il n'y a en moi rien d'anormal. Je regarde le rai de lumière de la porte qui avance sur le mur au rythme du soleil et contraint mes mains à l'immobilité. Ce n'est pas dangereux. C'est juste ce que le livre qualifie d'effets des sécrétions hormonales.

La première nuit de juillet, il se met à pleuvoir. La réalité qui tangue sur la crête de la vague de chaleur chavire, et je plonge dans un profond sommeil. Quand je me réveille, le mazot est plongé dans une pénombre matinale et la pluie tambourine sur le toit de bardeaux. Les cartes postales venues d'Australie dessinent des rectangles sombres sur le mur. Je sors un épais gilet de laine du placard d'angle et cours dans l'herbe mouillée jusqu'à la maison.

Je m'essuie les pieds sur le paillasson. J'entends des voix, dans la salle, puis des pas, et une haute silhouette surgit sur le seuil et actionne, à côté de la porte, l'interrupteur du plafonnier.

« Tu cours exactement comme avant », dit Anttu.

«Hugo m'a raconté qu'il avait essayé de te faire rencontrer des gens.
– Ils ont essayé, oui.»

Nous marchons dans la rue principale de Luhtajoki. Anttu a voulu aller voir si le village était égal à lui-même. Je porte une robe d'été descendant aux genoux et des chaussures à talon de quelques centimètres de haut. Maintenant que je suis habituée à mes bottes, elles me paraissent instables et mes chevilles vacillent par moments, mais tant pis. Anttu a l'air de ce qu'il est, un homme qui a vu du pays, avec son pantalon droit, sa chemise aux manches retroussées et sa veste jetée négligemment sur l'épaule. On nous regarde, on me regarde, moi, la renarde timide venue au village avec son puissant protecteur. Ce n'est pas déplaisant. Quand je parle à Anttu, je ne peux pourtant m'empêcher de croiser les bras. Je ne parviens à lui jeter que de brefs coups d'œil, en évitant surtout de le regarder dans les yeux.

Sa ceinture. Ce n'est pas un couteau qu'il y porte, comme tout le monde ici, mais un pistolet. Dans les mines d'argent, il faut, paraît-il, se méfier des voleurs. Les gens lorgnent au passage son étui. Les petits garçons s'arrêtent sur le trottoir et la bande de chemises noires qui sort justement du magasin général sous la conduite de Jaakko Välitalo reste à examiner Anttu de la tête aux pieds. L'excitation monte, et l'on entend presque leurs cerveaux surchauffés par la canicule se demander s'il faut l'inviter à les rejoindre. Le Mouvement a besoin de tireurs, car les territoires à conquérir, à l'est, sont infinis. Mais Anttu est nettement plus âgé qu'eux, au point qu'ils ne se souviennent pas de lui et n'osent pas l'approcher. Qui sait s'il ne se moquerait pas d'eux, après son expérience de l'étranger.

«J'ai essayé toutes sortes de choses, reprends-je. La gymnastique, le baseball finlandais, les assemblées de prière pentecôtistes.
– Ça ne t'a pas plu ?
– Je préfère me promener seule.
– Je te dérange ?»

Ses yeux rieurs pétillent dans son visage hâlé. Il plaisante.

«Toi aussi, tu as voulu partir. Seul.»

Je lui décris les roulements de tambour et les ordres criés au club de gymnastique, les entraînements de baseball où les battes se balancent sous vos yeux et les balles volent vers vous, et les assemblées où les gens se roulent par terre, chauffés à blanc par des agitateurs en transe.

«Tu ferais un mauvais soldat, rétorque Anttu. Un soldat ne craint ni les roulements de tambour ni les objets qui volent vers lui. Et il doit surtout vibrer aux discours exaltés du chef. Tu déserterais tout de suite.

– C'est sûrement héréditaire.»

Anttu se tait. Il ne sait pas s'il est toujours interdit de parler avec moi de mon ancienne vie.

Une auto freine à notre hauteur. Un bras se tend par la vitre baissée et saisit le coude d'Anttu. Exclamations, salutations et jurons enthousiastes rompent le calme de la rue. Je recule de quelques pas. L'auto est pleine d'amis d'Anttu, admis au lycée ou embauchés à la scierie et à la tannerie tandis qu'il embarquait pour les antipodes.

«Viens, on va en ville ! lancent-ils.

– Ma foi, pourquoi pas... dit Anttu en regardant sur le côté, puis derrière lui. Tu viens, Maija ?

– Vas-y, je vais rentrer à pied.

– Hugo va avoir une attaque si je t'abandonne en pleine rue, rigole Anttu. Monte, on va te déposer à la maison.»

La portière de l'auto s'ouvre, les passagers se serrent sur la banquette arrière. Anttu me pousse devant lui, je suis la plus petite, je dois m'asseoir au milieu. Il flotte dans l'air une odeur sucrée, ancienne, la même que dans la chambre de papa, le matin. L'auto démarre. Je me recroqueville, une épaule pressée contre Anttu et l'autre contre celle d'un inconnu. Je tire ma robe sur mes genoux. Je serre les dents.

«Tu n'es jamais montée en auto ? me demande gentiment mon voisin.

– Si, mais il y a longtemps.»

On passe une bouteille à Anttu, il boit, me tapote la tête et la tend par-dessus moi au suivant. Tous parlent fort. Le grondement du moteur couvre malgré tout leurs mots et, à chaque cri, je crois à un avertissement, mais les mines restent souriantes. Dans les virages, l'auto penche tellement que je n'arrive pas à garder le dos droit.

J'ai eu le temps de lire la peur sur le visage de papa avant que tout ne s'obscurcisse. Cela fait des années que je n'ai pas repensé à son image, dans mon dernier regard. Elle s'ancre maintenant dans mon esprit et voile tout ce que je regarde.

L'auto s'arrête. Anttu saute à terre et s'écarte de la portière. Je descends et me retrouve sur la route, face à la maison d'Yli-Haikka, au soir d'été, à des anthrisques fanées et à un vent au goût de foin.

«Tu n'es jamais rentrée aussi vite», dit Anttu.

Je passe devant lui en tentant de sourire.

«Tu te sens mal ?»

Je n'en parlerai pas, même à lui.

«À demain», ajoute-t-il en m'effleurant le bras. La portière de l'auto se referme et ils s'éloignent vers le sud dans un nuage de poussière.

Une fois couchée dans le mazot, les yeux fermés, j'oscille en pensée entre le sommeil et l'éveil, le soir d'automne et le portail d'Yli-Haikka. Le visage déformé de papa. Et s'il avait toujours cet air-là? Et la longue ligne sur mon bras, la trace du doigt d'Anttu dont je sens encore la chaleur. Le geste était fortuit, presque involontaire, il a bourlingué et pris l'habitude de toucher les gens sans y penser. Ça se fait, à l'étranger, a aussi marmonné Aune, aux anges, quand Anttu l'a serrée dans ses bras.

Je sais malgré tout que la trace de la pelle de Verner Linnas a maintenant disparu de la forêt.

Cela fait au moins un mois que je ne suis pas allée dans la tourbière. La forêt est silencieuse, c'est en cette saison que papa devenait triste et nerveux. Tout est à l'arrêt, déprimant, disait-il tandis que nous marchions sur les rochers brûlés par le soleil et dans les bois envahis de nuées de moustiques. Il se désespérait de devoir à nouveau attendre jusqu'au printemps les chants d'oiseaux de l'aube, se perdait dans ses pensées et ne regardait pas attentivement autour de lui. Car au cœur de l'été, rien n'est en réalité à l'arrêt. Tous sont pressés de donner la vie, d'élever leurs petits, de développer des graines et de renforcer leurs racines.

Je pose le pied sur les sphaignes. Elles sont sèches, les dernières pluies datent du début de l'été.

«Fais attention, s'inquiète Anttu. Tu risques de t'enfoncer.

– Je sais.»

Il allume une cigarette et s'appuie à un pin.

«Nous sommes venus ici, un jour, cueillir des canneberges, quand j'étais petit. J'étais gelé. Il fallait creuser dans la neige pour trouver les baies. Et elles n'avaient même pas bon goût.»

Je continue d'avancer. La tourbière me lèche les pieds et émet un bruit mouillé, mais mes bottes sont juste assez hautes pour ne pas prendre l'eau. Papa m'a appris que les tourbières à sphaignes sont souvent entourées d'une douve recueillant aussi bien l'eau de la forêt environnante que du centre du marais. Une fois qu'on l'a franchie, on s'enfonce moins. J'arrache mes bottes à la mousse détrempée et regarde Anttu.

«Tu viens?»

Il rit et secoue la tête.

« Non, vas-y. Je viendrai te secourir, après. »

Je lui tourne le dos. Plus loin, la tourbière est parcourue de longs bourrelets en arc de cercle au sommet desquels poussent des airelliers, et même des lichens. C'est étrange de voir qu'il peut y avoir au milieu d'un marais des endroits aussi secs que des rochers.

Les sphaignes ont emprisonné mes bottes. N'oublie pas qu'en terrain mouvant, mieux vaut ne pas rester immobile, lance papa, trop tard. Je m'arrache à la tourbière, qui cède dans un bruit de succion. J'ôte mes bottes et plonge les orteils dans les mousses froides.

« Qu'est-ce que tu fais ?

– Je ne voudrais pas mouiller l'intérieur de mes bottes. »

La tourbe m'entoure les pieds d'une masse solide. Je marche lentement. J'aperçois, à distance, une tache de couleur qui n'a pas sa place dans le paysage : du rose vif.

« Tu t'es de nouveau embourbée ? demande Anttu.

– Il y a quelque chose, là-bas, dis-je sans tourner la tête. Je vais aller voir. »

Anttu, assis parmi les myrtilliers, me regarde revenir en s'éventant avec son chapeau. J'écrase un taon sur ma nuque et chasse à coups de fichu l'essaim de mouches qui tourne autour de ma tête. J'ai les jambes mouillées jusqu'aux genoux, mais je ne me suis pas plus enfoncée. Je remonte sur la terre ferme devant Anttu, trempée de sueur.

« C'est un nid de cygne. »

Il se lève et scrute la tourbière dans la direction que j'indique.

« Cette tache rouge ?

– Ce sont des épilobes. Pour construire leur nid, les cygnes ont utilisé des plantes et de la boue. De l'humus s'est formé et des graines d'épilobe transportées par le vent y ont germé. Sans les fleurs, je n'aurais rien remarqué.

– Où sont les cygnes ?

– Ils ont dû trouver un étang, quelque part. Une fois que les petits ont grandi, la famille s'installe ailleurs, souvent loin du nid.

– De l'autre côté de la route de Luomahaara, il y a un petit lac, dit Anttu. L'étang aux Perches. Je n'y suis pas allé depuis des années, cette mare boueuse ne donne pas envie de s'y baigner.

– Allons voir. »

Nous traversons la forêt par un chemin que j'ai déjà emprunté. Je ne conduis cependant pas Anttu à la petite tourbière sèche ni ne lui montre le sol piétiné et la fourmilière éventrée. Pas encore. Nous franchissons la route menant à Luomahaara, et je le laisse passer devant. Il marche lentement, scrutant, les sourcils froncés, les arbres et les rochers, à la recherche des repères grâce auxquels il trouvait, enfant, l'étang où il allait pêcher.

« Il n'y va sans doute plus personne, suppute-t-il. Nous n'en avons pas parlé aux plus jeunes.

– Ça pourrait être suffisamment calme pour des cygnes. »

Nous grimpons sur une petite colline rocheuse et découvrons le lac, bassin ovale à nos pieds, derrière les pins. Sur ses rives flottent des radeaux de mousses.

« Attends », dis-je.

Nous nous allongeons sur le ventre dans les myrtilliers. La surface noire de l'eau se ride par moments de vaguelettes. Puis, dans un souffle de vent, les cygnes apparaissent. Ils nagent lentement d'un bout à l'autre de l'étang, deux blancs et un gris, un jeune, nuages tombés du ciel.

« Incroyable », murmure Anttu.

Les myrtilliers se dressent telle une petite forêt devant mon visage, mon menton s'enfonce dans les hypnes dorées. Tais-toi, pour une fois, tais-toi, ai-je envie de crier, mais Anttu continue de parler, il n'a jamais vu de cygnes, ils sont immenses, il pensait qu'ils avaient la taille d'un colvert, son grand-père avait un chalumeau à boire taillé dans un tibia de cygne, mais il était cassé et sa longueur initiale était impossible à évaluer. Qu'il parle donc ! Je respire la forêt et décide de croire que la taïga commence ici, à cet étang. Un fragment du passé est tombé des plis de la carte, une profonde forêt avec ses gardiens blancs. Ils voguent sur l'onde tandis qu'Anttu discourt, les yeux ronds. Se pourrait-il que le temps des contes ne soit pas terminé ?

« En Australie, il y a des cygnes noirs. Seules leurs ailes ont des plumes blanches. Les Aborigènes racontent qu'avant, ils étaient entièrement blancs. »

Un cygne noir serait invisible, au milieu de l'étang.

« Que leur est-il arrivé ?

– Des vautours les ont attaqués et plumés. Des corneilles ont eu pitié d'eux et leur ont donné une partie de leur plumage noir. »

On n'invente pas de telles histoires, ici. Les corneilles, on les tue.

Nous rentrons sans nous presser. Dans la plaine, le soleil, grand comme le ciel, vous chauffe de la tête aux pieds, mais peu importe, aujourd'hui. Anttu parle sans interruption, est-ce que je sais que cette tourbière s'appelle le marais aux Cygnes, c'est un vieux nom, qui aurait cru qu'il corresponde encore à la réalité, c'est fou, cette chaleur, mais en Australie, par un temps pareil, on mettrait trois chandails. Il entrecoupe ses phrases de *well* ou *you know*. Je souris, surtout quand nous traversons le village. Les gens nous regardent, chuchotent en se cachant la bouche de la main. Je n'ai plus peur de rien.

14

Erik est assis sur le bord de la fontaine et puise par moments de l'eau pour s'asperger le front. Le soleil tape presque comme à l'équateur, les ombres sont courtes, même quand les corps qui les projettent traînent avec eux tous les fardeaux possibles et imaginables. Ils ne parlent pas beaucoup entre eux, les déséquilibrés et les coupés de la réalité. Anna Lyöperi, une malheureuse jeune fille arrivée l'hiver dernier, parcourt le jardin, la tête baissée, répète ses phrases protectrices, ordonne un instant le monde et se retrouve presque aussitôt sous une avalanche de pierres. Un résident à perpétuité, Kalle, dont Erik ne se rappelle pas le nom de famille, est appuyé à un érable et se touche les épaules, l'une après l'autre, respire par moments profondément et tente en vain de maîtriser ses mains. Certains sont assis près de la haie de saules, éloignés de plusieurs mètres, l'un peint, un autre est allongé dans l'herbe, un troisième change sans cesse de place.

Le cerveau humain est capable de nourrir une quantité invraisemblable de malheur. Erik n'en peut plus de regarder les autres. Il se lève et rentre, décroche le téléphone et demande à l'opératrice de lui passer le numéro de l'appartement de la rue des Tilleuls.

«J'aimerais tant quitter cet endroit, dit-il. Je vais bientôt me couvrir d'algues et de moisissures.»

Hanna soupire, impuissante. Au fil des ans, ils se sont de temps en temps parlé au téléphone. Elle l'appelle régulièrement, mais Juvonen a dû plusieurs fois lui annoncer que Stenfors n'était hélas pas joignable. Il n'avait parlé à personne depuis deux semaines. Il était en train de couper du bois et ne voulait pas venir. N'essaie pas de m'éviter, lui a-t-elle dit quand elle a réussi à entrer en communication avec lui. Nous nous connaissons depuis trop longtemps.

Aujourd'hui, Erik téléphone pour la première fois de lui-même, mais Hanna ne semble pas trouver cela extraordinaire. On entend, à l'arrière-plan, la voix mielleuse d'un présentateur d'émission de radio pour enfants. Hanna ordonne aux jumelles, Ulrika et Maria, de baisser le son. Elle est toujours là, rue des Tilleuls, dans l'appartement qui appartient maintenant à une autre famille, les Aftonberg. Elle tient la maison et s'occupe des filles.

« Et Malla, tu as eu de ses nouvelles ? demande-t-elle.

– Elle ne m'a écrit que quelques mots, afin de me remercier pour les bottes.

– Je suppose qu'elle est occupée, l'été.

– Peut-être.

– Où irais-tu, si tu pouvais ?

– Peu importe, si seulement on me laissait partir. »

Hanna écarte le combiné, dit quelque chose à quelqu'un, puis toussote.

« Écoute, Erik, madame vient de rentrer et j'ai un rendez-vous. »

Sa voix a changé, elle est pressée, tendue.

« Je cherche mon propre appartement, chuchote-t-elle. On se rappellera plus tard, je te laisse. »

Erik raccroche. Même Hanna n'a pas le temps de l'écouter, maugrée-t-il avant de s'en vouloir de sa puérilité. Il sort dans le jardin et, sans s'arrêter, ouvre la porte de la planète Neptune, comme les résidents de la maison de cure appellent le monde extérieur. Aucun d'eux n'a le droit d'y aller sans autorisation.

Avec cette chaleur, seuls les malades restent entre quatre murs, ironise l'ancien Erik, quelque part dans sa liberté passée. Il ferait mieux de ne pas la ramener, celui-là !

D'un pas agacé, il franchit le portail et file dans la forêt, seul, pour la première fois depuis dix ans.

Les arbres sont percés de trous, comme une flûte. Non ! Ils sont juste percés de trous.

La forêt à côté de la maison de cure est petite, mais il s'y attarde depuis déjà un long moment. Il s'est assis sur des buttes de mousses qui ont un jour été des arbres, a grimpé sur un rocher, s'est couché avec une touffe de lichen rêche sous la nuque et a regardé les nuages. Le chaos règne dans mon esprit, songe-t-il, mais dans la forêt aussi. Un pin est tombé contre un bouleau, une rangée de petits sapins se dresse sur une vieille souche. Les arbres s'élancent vers le ciel, chacun à son tour, tombent et pourrissent, la vie se termine et continue séance tenante, d'un lent et imperceptible mouvement. La forêt, la nation, subsiste.

Erik descend du rocher et se couche par terre sur le dos. Sous lui, le monde bouge. Des milliers de minuscules créatures engloutissent la litière forestière et la transforment en humus, l'eau des feuilles effilées des luzules printanières et des laîches digitées se fraie un chemin vers l'extérieur et les nuages de pluie. Un tambourinement retentit. Un pic noir. Adulte.

L'oiseau martèle la peau rugueuse d'un sapin, à dix mètres de lui. Les fragments d'écorce volent. Les petits ont déjà quitté le nid.

« Comment ça va ? » demande Erik.

Le bois dur du sapin étouffe la réponse distraite du pic. Ses yeux ronds, étonnamment francs, surveillent son trou comme Juvonen les rondins qu'il scie.

« Tu pourrais au moins t'énerver, murmure Erik. Ne sais-tu pas ce qui t'attend ? »

Dans l'ivresse du printemps, on tombe plus profondément amoureux que jamais, chaque fois, d'une nouvelle conquête. L'été, on s'affaire à nourrir et éduquer les petits. Puis viennent les automnes silencieux et les hivers dont l'un sera fatal. C'est ainsi, tout est vain, au bout du compte, et il faut pourtant vivre chaque jour. Malgré tout le mal qu'on se donne pour un petit, un oisillon ou un enfant, il finira par trouver la mort.

Ou par rester allongé dans un sous-bois, désœuvré, parce qu'on ne l'a pas laissé mourir. Parce que celui qui en était responsable n'a pas suivi son propre chemin.

Erik ferme les yeux et pense à Hanna. Hanna en train de lire le journal à la table de la cuisine, c'est la première image qui lui vient. Et soudain il remarque un détail : elle a posé les doigts sur ses tempes et écarte discrètement ses sourcils, tentant de lisser les rides de son front.

Lidia avait l'habitude, quand elle lisait ou écrivait, d'aplatir du doigt le bout de son nez. Il était, paraît-il, trop pointu.

Un geai pousse un cri rauque. Erik sursaute et sourit. Il sursautait toujours quand Elsi éternuait, car la frêle musicienne éternuait aussi fort qu'un ouvrier du bâtiment quand il n'y avait personne d'autre pour l'entendre.

Et Malla. Malla suçait si bien son pouce gauche, en dormant, qu'il était devenu très légèrement plus long et fin que le droit.

Il les a approchées toutes les quatre de si près qu'il sait tout cela. Et elles savaient de lui des choses qu'il n'avait pas lui-même remarquées.

Il se relève et ôte les toiles d'araignée accrochées à son pantalon. Il n'a pas d'épouse morte, d'amante délaissée, de fille disparue. Juste des souvenirs de nez, d'éternuements, de pouces, amassés le long du chemin.

Erik laisse le pic vivre ce jour de sa vie, perché auprès de son trou.

Il retourne d'un pas lent à la porte principale de la maison de cure. Il croise Juvonen, qui le salue et disparaît derrière le coin du bâtiment. Dans le hall, Elias Harmajakari examine le courrier et lui montre une carte postale envoyée d'Aavasaksa par son frère Viktor. Erik jette un coup d'œil à la pendule. Il est resté absent cinq heures, les autres patients se sont déjà retirés dans leur chambre.

« Pourriez-vous demander à votre frère de passer par ici ? » demande Erik.

J'ai besoin d'une compagnie intelligente, manque-t-il ajouter, mais il se tait.

« Je crains qu'il n'ait pas le temps, en plein été. Je vais quand même lui poser la question. »

Erik s'engage dans l'escalier, monte quelques marches, puis fait demi-tour. On ne lui a pas fait remarquer son absence. Ni l'heure. Il sort dans le jardin, s'assied à la place de Kalle et accueille la tiède nuit d'été, pour la première fois depuis dix ans.

*

Je ne repense pas chaque jour à ce que j'ai fait la veille, et m'en souviens à peine. Les lendemains tiennent la vedette. Je ne feuillette plus que paresseusement le journal, il ne parle que d'événements passés et, surtout, s'obstine pendant des jours et des jours à se lamenter du peu de succès du Mouvement aux élections législatives de juillet. Je me risque à dire à Anttu qu'on s'aperçoit peut-être peu à peu que personne ne fait de miracles, en dépit de tous les beaux discours, et il partage mon avis. Il vient souvent à Yli-Haikka. Nous nous asseyons sur le perron du mazot, il ne demande pas à entrer, se contentant de bavarder, et je lui réponds, dans la faible mesure de mes moyens. Je sais en général étonnamment peu de choses. Ses histoires sur le vaste monde me découragent, mes propres activités ne me semblent pas valoir la peine d'être racontées.

« Ça ne fait rien, me console-t-il. Tu n'as jamais bougé d'ici. »

Ça non plus, ce n'est pas juste. Comme si je n'avais jamais vécu.

« Tu devrais discuter plus souvent avec les gens. Qui sait quelles aventures tu pourrais connaître si tu prenais ta vie en main. »

Il ne sait pas jusqu'où mes pensées voyagent. Quand je regarde le bouleau de l'airial par la fenêtre, je peux en même temps parcourir les monts de Laponie, à un millier de kilomètres d'ici, ou m'enfoncer à travers la Terre jusqu'à des continents inconnus. Est-ce si peu ? Tout doit-il s'accomplir dans la réalité ?

Je suis incapable d'y réfléchir tout haut.

« Ne crois pas que je n'ai rien vécu, dis-je, mais si bas et avec tant de retard qu'Anttu est déjà passé à autre chose.

– Tu as déjà eu des amoureux ? »

Il s'aperçoit que je baisse un instant les yeux avant de nier.

« Je crois bien que si. »

Je secoue la tête, mais en même temps j'ai envie d'en parler, de dire tout haut son nom.

« Qui était-ce ?

– Tu ne le connais pas.

– Quelqu'un de l'école ? »

J'entre dans le jeu.

« Oui.

– Jaakko Välitalo ?

– Certainement pas ! Je ne te dirai pas qui.

– Que s'est-il passé ?

– Il en a épousé une autre.

– Pourquoi ?

– Il ne savait même pas que j'étais amoureuse de lui.

– Tu ne le lui as pas dit ?

– Non.

– Il vaut mieux le dire. On ne peut jamais savoir, pour l'autre. Il n'y croyait peut-être pas, mais espérait que tu… »

Je secoue la tête.

« Ce n'était pas possible. »

Anttu insiste, mais je continue de me taire, et finalement il laisse tomber.

« Il faut qu'il t'arrive quelque chose, reprend-il. Quelque chose de si grandiose que tu en auras le souffle coupé. »

Une ombre aux ailes striées, un autour, survole l'airial. Anttu n'a le temps de dire qu'une phrase pendant son passage, mais je ne l'entends pas.

« Hein ? réagis-je après qu'il est resté un moment assis en silence.

– Je disais que tu avais l'air de vivre dans un rêve.

– Tu as sûrement raison. »

Il fait la moue, se penche pour cueillir une saponaire, au pied du perron, et hume ses fleurs en boutons d'un air rêveur. Je souris et lui donne une bourrade. Un rideau bouge dans l'angle de la maison, Aune se recule de la fenêtre. Anttu ne remarque rien, il renifle la saponaire et raccourcit sa tige. Il se penche pour ouvrir le bouton du haut de mon corsage, d'un petit geste adroit de deux doigts qui ne m'effleure même pas la peau. Il me regarde dans les yeux, passe la tige dans la boutonnière et se retourne pour sourire au soleil, paupières closes. Gentil petit au cœur tendre, tout dépenaillé ! Sa chemise pend sur son pantalon, boutons du haut et du bas ouverts, sa chaîne de montre a disparu dans l'éternité de l'été. Les plis du tissu blanc dévoilent un peu de son ventre, lui aussi hâlé. Apparemment, en Australie, on se promène torse nu. La saponaire embaume. J'ai si envie de toucher sa peau caramel que je le déteste.

Le journal oublie la défaite électorale et se remplit de drapeaux à croix gammée et de groupes en costumes folkloriques. Des troupes de jeunes font de la gymnastique et les nations défilent en direction du stade. À la radio, les Allemands chantent et les fanfares jouent.

De tardives fraises des bois ont mûri sur le bas-côté. Je marche sur la route déserte jusqu'au pont de la Marécageuse puis fais demi-tour. Je n'ai pas envie de m'éloigner de la maison. Tous les propriétaires de radio vont avoir de la visite, aujourd'hui, et comme il n'y en a pas à Peltosaari, Anttu et ses amis suivent les retransmissions dans la salle d'Yli-Haikka.

Je vais chercher mes livres de classe à l'étage et me mets à lire, même Aune, cette fois, ne s'en formalisera pas. Nous sommes déjà le 2 août, il reste à peine un mois de vacances. Je m'installe d'abord au pied du bouleau de l'airial, puis dans ma chambre devant la fenêtre ouverte, mais le vacarme du rez-de-chaussée transforme les lignes en un fouillis de branches mortes. Le speaker s'égosille, on court un dix mille mètres. Dans la salle, le silence est par moments entrecoupé de murmures angoissés, mais, au début du dernier tour, des chaises se renversent et quelqu'un tambourine sur la table. J'abandonne mes livres et descends l'escalier. Aune surgit à la porte, les joues rouges.

« Triple victoire de la Finlande dans les dix kilomètres ! »

Elle retourne dans la salle où les hommes se tapent dans le dos. Hugo passe en courant devant moi et ouvre l'armoire de son cabinet de travail. Des bouteilles tintent. Allons bon !

Dix mille mètres.

Je me glisse dehors, fais quelques pas et m'arrête. Non, inutile, aujourd'hui. Il n'y a personne dans la forêt. Je dois attendre. Je ne sais quoi.

Je m'assieds sur le perron. La porte est restée ouverte, le tintamarre dans la salle s'amplifie. Hugo traverse et retraverse en hâte le vestibule, la boisson descend sec. À la tombée du soir, Aune sort en nouant son fichu sur sa tête.

«Je vais faire un tour à Peltosaari, dit-elle. Tu viens avec moi?

– Je crois que vais plutôt aller me coucher.»

Des éclats de rire s'échappent de la salle, aussi puissants qu'un roulement de tonnerre. Aune fronce les sourcils mais se tait. C'est Hugo qui régale les garçons, qu'y peut-elle, admettons pour une fois, en l'honneur des Jeux olympiques.

«Ne reste pas dans leurs pattes», me recommande-t-elle en partant.

Je vais chercher du pain dans la cuisine, remplis une bouteille de sirop et m'installe sur le perron du mazot. J'ai cueilli dans le potager une poignée de cosses de petits pois et les grignote un par un. Dans la salle, le plafonnier s'est allumé. D'autres rectangles de lumière apparaissent derrière les champs, on fait la fête un peu partout. Par moments, un des garçons sort en trébuchant et tourne le coin de la maison pour aller faire de la place à de nouvelles libations. Anttu reste invisible. Qu'aurais-je à faire de lui aujourd'hui? Bientôt les voix butent sur les mots.

Je ferme à clef derrière moi, enfile ma chemise de nuit et me couche sans couverture. La porte du mazot est restée close toute la soirée, il n'y a donc pas de moustiques, mais la chaleur s'est accumulée à l'intérieur.

L'air est dense et sombre, presque comme de l'eau. Sur le perron, Hugo, la bouche pâteuse, souhaite bonne nuit à ses invités. Je me lève et entrouvre la porte du mazot. Les garçons longent la maison en file indienne, s'écartent par moments quand leur pied s'enfonce dans la terre meuble de la plate-bande ou se cognent l'épaule contre le mur. Ils blaguent, se bousculent, s'exclament et discutent, toujours à propos de cette victoire, n'est-ce pas déjà de l'histoire ancienne?

Au bout de l'allée, ils tournent sur la route, le sable crisse sous leurs semelles. Anttu est le plus grand, son chapeau se détache sur le ciel qui s'éclaircit à l'est, telle une haute coupole, un peu de guingois.

«Ils ont des ailes aux talons, les gars, ils savent voler.

– Ils savent tous voler, les Finlandais. Imbattables.

– Pas toi, en tout cas. Tu es revenu en bateau.

– Vous non plus.

– Si! Une fois, jusqu'à Helsinki.

– C'est ça !

– Je t'assure !

– Les gars, je sais comment faire pour voler. Pour se mettre des ailes aux talons.

– Hein ?

– Des ailes aux talons !

– On ne vole pas avec les pieds.

– On va se les attacher dans le dos, alors.

– Quoi ?

– Les ailes ! »

La conversation se tarit, ils sont arrivés à leur auto. Ont-ils réellement l'intention de la prendre ? Je m'approche, pieds nus sur le tapis froid de la pelouse nocturne. Anttu, ce vaurien, fait des gestes en direction de la forêt en débitant des âneries. Je ne discerne qu'un mot, mais c'est un mot de trop. *Cygnes*.

« Tu as ton arme ? s'enthousiasment les garçons.

– Oui. »

Les portières de l'auto s'ouvrent. Je ne sais que faire, il n'y a pas de cygnes noirs, ici, et les blancs se distinguent même dans la pénombre, même avec le regard brouillé, si on se sent invincible. Ils dorment la tête sous l'aile, au lever du jour une balle leur percera le flanc et le sang jaillira sur leurs plumes.

« Anttu ! »

Ma voix résonne en un curieux mélange de cri et de chuchotement. Les garçons se taisent. Le chapeau d'Anttu change de position, remonte sur son front.

« Maija ? »

Je me dirige vers eux, les bras croisés, serrés sur le ventre. Je claque des dents.

« Tu es encore réveillée ? s'étonne Anttu. Vous avez déjà rencontré Maija, les gars ?

– Pas en chemise de nuit », rigole l'un.

Je reste à distance. Je ne distingue que des ombres, qui ne cessent de bouger. Les gravillons roulent, les garçons parlent, je ne comprends rien. Puis je me rends compte qu'ils me voient bien mieux que je ne les vois, le blanc se distingue même dans la pénombre.

« Anttu. »

Il s'avance, un peu en crabe, mais réussit à me rejoindre et ôte son chapeau.

« Que puis-je pour te servir ? »

Je cherche son regard, mais sans succès. Son visage reste désespérément dans le noir.

«Tu veux bien venir?» dis-je tout bas.

Il vacille sur ses jambes, puis s'éclaircit la gorge.

«Je vais rester là, les gars. On ira une autre fois.»

Les autres applaudissent et lancent des cris que je refuse de comprendre.

«Venez me chercher demain matin», dit Anttu.

Les portières claquent, le moteur s'allume et l'auto s'éloigne paresseusement. Les fenêtres de la maison sont éteintes. Je laisse Anttu me précéder dans le mazot.

«Où est-ce qu'on allume la lumière?»

Nous nous enfonçons dans un silence invisible. Je me tiens immobile, espérant qu'il va se lasser, m'oublier et s'endormir. Mais il se met à tâtonner, cherche sur la table et sur l'étagère du placard d'angle, se tourne vers le lit et se cogne à la table de chevet. Il rattrape la lampe à pétrole juste avant qu'elle ne tombe. Allume sa faible mèche.

«Voilà.»

Il s'assied sur le bord du lit et se déchausse. Il a la racine des cheveux humide, la chemise ouverte sur la poitrine. Il repousse ses chaussures sous le lit et me regarde par en dessous. Sa tête se déplace légèrement de droite à gauche tandis que ses yeux cherchent les miens.

«Tu n'avais pas sommeil?»

Il se penche, saisit l'ourlet de ma chemise de nuit et le triture. Son regard s'arrête sur mon cou.

«Et si on éteignait», dis-je.

L'obscurité descend, docile, du plafond au plancher. Anttu m'attire entre ses genoux. Ses mains glissent le long de mon dos, trouvent mes jambes et y vont et viennent, soulevant et abaissant au passage ma chemise de nuit. Je lui caresse les épaules, mes doigts moites touchent son col et lui effleurent par accident la peau. Il me serre contre lui. Mes mains tombent de ses épaules, dévalent son échine, trouvent sa ceinture. Je m'y accroche comme à une bouée de sauvetage.

Ses mains lâchent l'arrière de mes genoux. Je respire d'un souffle lent. Il pose les mains sur mes épaules et me force à m'agenouiller sur le plancher. Il approche le bas-ventre de mon visage et reste là.

La bouée est en cuir. Au bout de mes doigts, des yeux réveillés par l'obscurité déchiffrent ses motifs, ses ornements inconnus ici. La ceinture vient d'Australie, et Anttu raconte des histoires différentes à tous ceux qui lui posent la question : elle est un jour en kangourou, un jour en crocodile, un jour en peau d'Aborigène. En réalité, elle est en cuir de vache, mais personne, sauf moi, ne le sait. J'y promène les doigts, du milieu du dos aux flancs et aux hanches. Anttu presse mes omoplates l'une contre l'autre. Je franchis les derniers passants. La boucle s'ouvre en tintant. Je retire sa ceinture à Anttu et la pose par terre. Il m'écrase presque le visage contre sa braguette. Ses mains courent de mes épaules à ma nuque, tremblent, s'ouvrent et se ferment et me tirent les cheveux. Je commence à manquer d'air.

« Défais les boutons. »

J'ouvre son pantalon. Anttu se laisse tomber en arrière et me lâche.

*

Anttu sent gronder dans sa tête et ses poumons le vent de l'océan, d'une tout autre nature que la brise qui agite les arbres du jardin. Le visage de Maija lui frôle le ventre, ses doigts, sur sa braguette, sont chauds et durs. Les boutons s'ouvrent, six marches vers le ciel. Il plane au-dessus de la mer, puis commence lentement à plonger. La pause dure trop longtemps.

Le grondement du vent se calme. Le sang bat dans ses veines. Il embrasse le vide.

« Maija ? »

Un faible rai d'argent tombé des étoiles passe sous la porte du mazot. Anttu se lève. Il y avait quelque part une lampe à pétrole. Il la trouve sur le tabouret à côté du lit.

La lumière jaune éclaire toute la chambrette. Une douleur sourde palpite sous son crâne. Le matin s'annonce, chaud et sentant le fumier, dans la plaine sans ombre. Si Maija est allée trouver Aune et Hugo, mieux vaut vider les lieux. Il reboutonne son pantalon et cherche sa ceinture. Il regarde sous le lit, trouve ses chaussures. Il lisse les plis de la couverture, jette un coup d'œil sous la table, fouille dans les coins, écarte le tapis en lirette et tâtonne dans l'étroit espace entre le matelas et les bords du lit.

Sa ceinture a disparu.

15

L'air est pur comme de la glace. La bicyclette de Hugo tressaute sur la route cahoteuse, la chaîne grince doucement. Les pédales soutiennent malgré tout mes pieds le plus solidement du monde. Elles tournent sur leur petite orbite mais m'emmènent à chaque instant plus loin.

L'aube peint le ciel d'un flamboiement de couleurs d'automne qui efface les étoiles. Le Bois fleuri a l'air d'un grand animal à fourrure noire, avec, planté telle une lance dans son dos, le fin campanile à toit pentu de l'église. Les planches du pont de la Marécageuse murmurent sous mes roues. L'odeur de l'eau turbide me suit presque jusqu'au village. Au loin, derrière la gare, la silhouette dentelée de la forêt se blottit au pied du ciel. Quand j'arrive à la voie ferrée, les premiers rayons du soleil atteignent les cimes. Un coq chante. Une vache lui répond, quelque part dans les prés, d'une voix semblant sortir des profondeurs de la terre. Je prends la route de Luomahaara. Devant moi, la forêt ouvre sa gueule et, dès que je suis à sa portée, nous avale, la route et moi.

Je cache la bicyclette sous un sapin. Papa a essayé un jour de m'apprendre comment marcher dans l'obscurité. Il suffit d'avancer et d'attendre que vos mains et vos plantes de pied se transforment en yeux. Mais bien sûr. J'avance à tâtons, écartant les lédons qui foisonnent dans le creux près de la route. Ils sont aussi robustes que de petits arbres. Le sol est couvert de pommes de pin aux écailles acérées et de longues aiguilles tombées des arbres. Je marche à pas prudents, mes plantes de pied ont une peau de bébé. Aune ne me laisse pas me promener déchaussée en été.

Quand j'arrive dans la combe, le rouge du ciel a atteint le sous-bois. Le crêt, qui n'est pas très haut, a réellement la forme d'Uluru et reflète l'aube de la même manière. Je m'agenouille au pied de la paroi et palpe la peau froide de la roche. Je trouve l'anfractuosité.

Je défais la ceinture que j'ai passée à ma taille et ôte l'étui de pistolet. Je saisis ce dernier du bout des doigts, m'attendant à chaque instant à ce qu'un coup parte tout seul. J'ai assisté avec Aune et Hugo aux concours de tir du village, mais ne me suis jamais intéressée de près au chargement des armes. Je sais qu'on ouvre le pistolet pour y fourrer des balles. J'essaie avec précaution de faire basculer le canon, mais rien ne se passe. J'ai les jambes gourdes, mes doigts moites glissent sur l'arme. Pour finir, je la remets dans son étui et l'enfonce aussi loin que je peux dans la faille du rocher. Je ramasse de la mousse, des feuilles mortes et des cailloux pour boucher l'ouverture.

Je me blottis contre la tapisserie de mousses de la paroi. Mes mains tremblent. J'ai horriblement froid. Le soleil levant révèle les détails du fond de la combe : de vieilles souches, quelques blocs de pierre et des arbres tombés. J'enroule la ceinture d'Anttu autour de mon poignet et me recroqueville sur moi-même.

Un léger battement d'aile me frôle, quelque part une mésange tintine. J'essaie de dormir, mais le silence se fait pesant. Il me garde éveillée. Il y en a trop.

On n'entend plus rien.

Je change de position et m'effraie du froufrou de ma chemise de nuit sur le tapis de mousse.

Une touffe de lichen tombe d'une branche de pin, ou peut-être est-ce un mulot qui file d'un trou à un autre. J'imagine encore des explications pour quelques autres bruissements, mais ensuite ils se multiplient et balaient tout hasard.

Les flancs noirs des rochers, la souche d'un arbre tombé et les ombres des sapins se fondent ensemble. La forêt se condense en une silhouette qui avance au fond de la combe. Je suis assise, le dos appuyé à la paroi, et la regarde approcher sans éprouver la moindre peur. Elle n'est pas réelle. Elle passe devant moi, à un pas de distance, et je l'observe comme depuis un autre monde. Puis des larmes m'aiguisent la vue et mes oreilles se débouchent.

Je l'entends respirer. Tout est comme il se doit. Il est simplement là, enfin.

Il n'est pas aussi grand que je l'imaginais. Il me voit, bien qu'il ne me fixe pas, secoue la tête au passage et s'ébroue. Par moments, il s'arrête pour déterrer quelque chose. Il poursuit son chemin jusqu'à l'autre bout de la combe et monte la pente, faisant bruire plus fort la végétation.

Je secoue mes jambes engourdies, m'agrippe aux aspérités de la paroi et l'escalade. Elle est humide et glissante, même après la longue sécheresse de l'été, et je perds du temps à déraper. Enfin je me hisse par-dessus le rebord de l'à-pic et roule sur le ventre parmi les myrtilliers. Les baies, grosses et mûres, tachettent de bleu tout le paysage. À dix mètres de moi, l'ours s'en régale. Entre nous se dresse un grand pin.

L'animal lève la tête. Avant que j'aie le temps de voir s'il me regarde, il disparaît derrière l'arbre. Le tronc s'élargit, encore et encore. De quel côté ressortira-t-il? Pourquoi ne se montre-t-il pas? La forêt se pétrifie dans l'attente. Rien ne se passe.

Le vent qui courtise le soleil levant descend du ciel et menace de chasser la nuit devant lui. Je me remets debout, fais un pas vers le pin et regarde derrière.

Je trébuche sur quelque chose de pointu. Mes genoux se dérobent. Le moignon de souche enfoui dans les myrtilliers, bien que vermoulu, me heurte violemment la hanche. La douleur me transperce jusqu'au cœur.

Le vent caresse les myrtilliers, monte le long du pin jusqu'au ciel et disparaît. L'ours sort de derrière l'arbre. Il se dresse sur ses pattes de derrière, grandit et approche. Il faut se protéger la nuque et faire le mort, m'a conseillé Olga. Je ferme les yeux et je me croise les bras sur la tête. L'ours pose la patte sur mon épaule et me secoue. Je me roule en boule et gémis peut-être même, je ne sais pas. Il me prend les poignets et écarte mes mains.

Une lente respiration m'effleure l'épaule, le cou et le visage. J'aperçois entre mes cils le soleil, les myrtilliers et la souche grise sur laquelle je suis tombée. La forêt est douce, sous mon flanc. Je lève la tête et vois des pieds, des chevilles, des jambes aux genoux pliés recouverts d'un tissu de bure usé. Puis, plus haut, des bras posés sur les genoux, un chandail, des cheveux blonds et un visage plongé dans l'ombre d'où émergent à peine des yeux. Ne fixe jamais un ours dans les yeux, dit Olga depuis le passé, et je détourne vite le regard vers les alentours des sourcils.

Puis la douleur qui irradie de ma hanche à ma tête m'éclaircit les idées. J'émerge du puits du rêve et me rappelle que seuls les humains ont des sourcils.

«Vous vous êtes fait mal?»

La voix est grave, un peu rauque. Il s'en aperçoit lui-même et s'éclaircit la gorge.

«Vous pouvez vous relever? reprend-il.

– Oui.»

Il y a une tache rouge sur le côté de ma chemise de nuit. Ma hanche éraflée par la souche saigne un peu. Le jeune homme me demande quelque chose, mais je ne l'écoute pas. J'essaie de regarder derrière lui et ne reviens à la réalité que quand il pose à nouveau la main sur mon épaule et me secoue doucement.

« Hein ?

– Je vous demandais si vous pouviez marcher.

– Oui. »

Il me tend la main, mais je me remets sans aide sur mes pieds. Il se redresse aussi et reste là, trop près. Le soleil brille, familier, la forêt est presque revenue à la normale. Je me repasse le film des événements et me rends compte que nous sommes lundi, un clair matin de fin d'été. Impossible d'expliquer quoi que ce soit, ma chemise de nuit, ma chute, ce que je fais là, le délire né de mon imagination. Je suis infiniment lasse de moi-même. Le jeune homme me regarde du coin de l'œil, me surveille comme… quoi ? Un souvenir de la ville me revient. Assise sur une chaise blanche à la terrasse d'un café, je balance les jambes dans le vide et lèche la crème fouettée d'une part de gâteau, papa regarde par terre et rit : ce moineau espère que tu feras tomber quelque chose.

Je jette un coup d'œil au jeune homme. Non, pas un moineau, quelque chose de plus timide, d'encore plus timide que moi. Il ne dit rien, et c'est pourquoi je le devance, posant à mon tour une question.

« Que faites-vous ici ?

– Je cueillais des myrtilles. »

Il regarde, comme pour vérifier, ses doigts colorés par les baies. Mais il ne s'écarte toujours pas, et je fais un pas de côté pour regarder derrière le pin. Il se tourne dans la même direction. Nous contemplons longuement la végétation striée de rayons de soleil.

« Il est parti ? finis-je par murmurer.

– Qui ? »

Je hausse les épaules.

« L'ours. »

Il secoue lentement la tête et me regarde droit dans les yeux. Ses sourcils se haussent presque imperceptiblement.

« Où en avez-vous vu un ? demande-t-il.

– Ici. Regardez. »

Je lui montre mes mains qui tremblent encore. Je suis sûre qu'il y avait un ours, il ne peut pas être très loin. Ses sourcils tiquent à intervalles suffisamment éloignés pour être irritants, son visage oscille de gauche à droite : pauvre petite, va !

«Je connais cette forêt, dit-il. Il n'y a pas d'ours ici.

– Il est passé devant moi dans la combe.

– Quand?

– Tout à l'heure, quand il faisait encore sombre. Avant que je ne grimpe ici.»

Il jette un coup d'œil en direction de la combe, par-dessus ma tête, puis me regarde, et lève ensuite les yeux vers le ciel. Le soleil encore bas lui illumine le front.

«C'était moi, déclare-t-il.

– Quoi?

– C'est moi que vous avez vu. Dans la pénombre. Tout a l'air différent.»

Comment ose-t-il! J'ouvre la bouche pour exhaler ma fureur, mais elle prend son temps. Les gouttes de rosée reflètent le matin, le vent accorde son instrument – la forêt –, un pic épeiche tambourine. Le jeune homme porte un pantalon de bure et un chandail sombre. Quand j'étais assise au pied de l'à-pic, il faisait presque noir. Il me regarde comme l'ours tout à l'heure, du coin de l'œil, sans ciller. Dans le fond de la combe, il y a des rochers, des buissons et des souches. J'étais fatiguée, tendue. Ai-je nettement distingué l'ours? Papa disait souvent que les yeux, dans la forêt, s'affutent et voient précisément ce dont on a peur ou ce qu'on espère. C'est aussi pour cela que les chasseurs tirent souvent sur leurs camarades: un mouvement indistinct, à la limite de son champ de vision, est à coup sûr une proie.

Il n'en reste pas moins humiliant de revenir sur des propos catégoriques. Heureusement, je me rappelle Olga.

«Peut-être, dis-je avec un petit rire. Vous êtes monté sur le crêt sous forme d'ours, avez fait le tour du pin et êtes devenu humain.»

Il me fixe.

«D'où tenez-vous une histoire pareille? demande-t-il.

– C'est une ancienne croyance.

– Je n'ai jamais entendu personne, ici...

– Je ne suis pas d'ici.

– Moi non plus.»

Ses cheveux sont coupés ras. Une cicatrice court du coin de son œil gauche à sa joue. Ses vêtements, cousus à la main, sont vieux et rapiécés. Sur le devant de son chandail, il y a un petit trou qui dévoile sa peau hâlée. Le soleil chauffe déjà, il retrousse ses manches jusqu'au coude. Ses poignets osseux sont marqués de stries blanches que le soleil n'a pas brunies.

«Je ne vous ai pas déjà rencontré ? L'automne dernier ?

– À la gare, acquiesce-t-il.

– Vous avez changé.

– Je me suis lavé, sourit-il.

– Les cheveux.»

Il se passe la main sur le crâne.

«Plus personne ne risque de me les tirer.

– Vous êtes revenu, d'où vous étiez ?

– Du service civil. Au printemps.

– Tant mieux.»

La lumière joue sur ma peau, mais j'ai de nouveau froid. Et je m'inquiète. Comment vais-je pouvoir traverser le village avec ma chemise de nuit tachée de sang ? Le jeune homme me regarde dans les yeux comme s'il voulait que je comprenne quelque chose. Je ne trouve rien d'autre à faire que lui tendre la main.

«Je m'appelle Malla.

– Joel. Tu peux venir avec moi, si tu veux», déclare-t-il avec un signe de tête en direction de la forêt.

Je ne lui demande pas où. Nous passons devant le grand pin. On distingue à son pied une trace indistincte, des myrtilliers couchés, des empreintes de pas. Je m'arrête pour les examiner. Elles peuvent très bien provenir des bottes de Joel.

Mais la neige. Elle ne ment pas.

«J'ai trouvé des empreintes d'ours, ici, cet hiver !»

Joel s'arrête.

«Je n'ai pas pu me tromper, poursuis-je. J'ai même vu la trace des griffes.»

Il secoue la tête, mais l'intention n'est pas la même que précédemment. Je n'ai pas envie de discuter. Puis il fait un geste qui suspend ma respiration, les battements de mon cœur et le vent.

Il pose le doigt sur ses lèvres, hoche la tête vers les profondeurs de la forêt et se met en marche.

Je le suis comme si j'entrais dans les profondeurs d'un lac.

L'eau siffle sur les pierres du sauna, la vapeur me brûle les oreilles. Mes muscles contractés par le froid se détendent. Un gros bleu est en train de se former sur ma hanche, mais la plaie est bénigne et a presque cessé de saigner.

Le sauna est tout petit et très ancien. Les gens qui se sont installés dans cette forêt y ont sûrement habité, la première année, pendant qu'ils construisaient leur cabane de l'autre côté de l'airial. Ses vieux madriers sont noircis par le temps et l'existence. On y est né, on y a ri et raconté des histoires, vécu une vie comme je n'en ai jamais connu et qui n'est peut-être pas pour moi.

De l'autre côté de la minuscule fenêtre, Joel traverse par moments l'airial, tantôt avec un seau d'eau, tantôt avec une brassée de bûches ou une houe. À l'intérieur, il fait sombre, il ne me verrait pas même s'il regardait par ici, mais il ne regarde pas.

Lui n'est pas né dans ce sauna. La cabane est une ancienne métairie de Välitalo qui est restée vide après la fondation de la tannerie. Joel y est arrivé quand il était petit et il ne sait rien des précédents habitants. Après la mort de sa mère, il est resté seul. Je n'en sais pas plus pour l'instant, et peut-être à jamais. Mais je suis soulagée de savoir qui il est, pour l'avoir rencontré à la gare et m'être rendu compte qu'il était, comme moi, une exception, une épine dans le pied, dirait Aune.

Je lave ma chemise de nuit, l'étale à sécher et me verse de l'eau tiède sur le corps. Dans le vestiaire, je me sèche dans une grande serviette rêche, m'en enveloppe étroitement et m'assieds sur le banc. On frappe à la porte.

« Je te laisse des vêtements sur le perron, dit Joel. Choisis ce que tu veux. Il y a aussi de quoi faire un pansement.

– Merci. »

Il s'éloigne. J'entrouvre la porte et prends le tas d'habits ainsi que le bol contenant des bandes déchirées dans un drap et des feuilles de plantain fraîchement cueillies. J'en place plusieurs couches sur ma plaie et noue le tissu autour, puis fouille dans les vêtements. Ils sont amples et usés, les jupes descendent jusqu'à terre et il manque des boutons aux chemises. Je choisis une robe marron à manches courtes en meilleur état que les autres, trop grande elle aussi, mais mettable. J'enfile par-dessus un gilet de laine bleu un peu troué, peut-être grignoté par des souris.

Joel est assis sur le perron de la cabane, occupé à sculpter un bout de bois. Je n'arrive pas à voir quelle forme il a l'intention de lui donner, mais peut-être aucune. Je connais cela : quand on ne sait pas comment se comporter, faire semblant d'être occupé est une bonne solution. Papa aussi était presque toujours assis avec un carnet sur les genoux et tripotait son crayon s'il avait un problème à résoudre.

Joel lève les yeux.

« Ça te va plutôt bien, dit-il.

– C'était à ta mère ?

– Oui. Elle appelait cette robe sa robe d'église. Même si on n'y allait presque jamais.»

Il pose son couteau et son bout de bois sur le perron et regarde l'heure dans le ciel. Le soleil est au sud-est.

«Tu as faim?»

Nous mangeons sur le banc, à côté de la porte, du pain de seigle sec et de la purée dont je ne parviens pas à déterminer la composition avant d'y trouver une petite girolle entière. Je la pique avec ma fourchette et la lève à la hauteur de mes yeux comme un objet de musée non identifié. J'ai mangé des champignons pour la dernière fois avec papa, lors de notre dernier automne ensemble. Pour Aune et Hugo, ce ne sont pas des aliments comestibles.

«De la nourriture pour vaches», dit Joel en fronçant le nez devant ma girolle.

Il me faut un moment pour remarquer le mouvement qui fait remonter ses pommettes. Il se propage en un tiraillement aux coins de ma bouche, que j'essaie de toute force de maîtriser. Je mâche la girolle. Rien à faire. Mon sourire m'échappe, vif comme l'éclair.

Personne, absolument personne, n'a osé auparavant se moquer devant moi des gens d'ici.

Joel me montre son potager, un rectangle de terre où les feuillages des pommes de terre, des oignons et des carottes se serrent en touffes buissonnantes. Ils se regroupent sans doute pour se protéger des rongeurs qui pourraient découvrir quels délices poussent là. Derrière le potager, de jeunes trembles ont envahi un ancien champ. Les sillons des labours sont déjà en train de se combler. Sans cheval, Joel n'a pas eu la force de cultiver la parcelle. Je regarde le petit potager sans oser demander ce qui se passe quand la clairière subit les attaques du gel, des lièvres ou des campagnols.

«Je travaillais suffisamment pour pouvoir acheter du seigle, répond-il malgré tout.

– Je ne t'ai pas vu à Luhtajoki.

– J'allais dans les fermes de Luomahaara.

– C'est loin d'ici.

– Là-bas, on ne me connaissait pas. Mais depuis l'histoire de l'automne dernier, je n'y vais plus. Quand j'y suis passé, au printemps, beaucoup m'ont regardé de travers.

– Où achètes-tu à manger, alors?

– J'ai ce qu'il faut, répond-il en montrant le potager.

– Ça ne suffit pas. Tu n'as aucune famille nulle part ? »

Il regarde la cime des arbres et tend l'oreille. Qu'écoute-t-il ?

« Toi non plus, tu n'es pas d'ici », note-t-il.

Le vent agite les branches de genévrier à l'orée de la forêt. Je raconte à Joel ma vie interrompue. Il ne me coupe pas ni ne me regarde, les yeux braqués sur les genévriers, et c'est bien pour cela que je suis capable de parler.

« Quel âge as-tu ? demande-t-il.

– J'aurai dix-huit ans en avril prochain.

– Dans quatre ans, tu pourras aller où tu veux. »

C'est loin, surtout aujourd'hui, alors que le soleil s'est arrêté dans le ciel, au sud, et que la journée a déjà duré plus longtemps que jamais.

« Et toi, pourquoi ne pars-tu pas ? Tu ne peux pas te cacher ici éternellement.

– Serait-ce seulement mieux ? Et où ?

– Dans une grande ville, où il y a de la place pour les insoumis. »

Joel hausse les épaules.

« La forêt est encore plus grande. »

Le vent lâche les genévriers. Je m'accroupis à côté d'un rang de pommes de terre, arrache une poignée de stellaires et les écrase dans mon poing.

« Et si nous partions ensemble ? »

Joel ne répond pas. Je jette les fleurs froissées par terre.

« Tu connais la forêt au moins jusqu'à Luomahaara. Et c'est par là qu'il faudrait partir. »

Joel secoue déjà la tête, mais je poursuis malgré tout. Je parle de Hugo, d'Aune, des Peltosaari et de Mme Oksala, qui enverraient des poursuivants à ma recherche sur les routes et dans les trains, mais sans doute pas dans la forêt. Joel pose le dos de sa main sur son front. Je parle, encore et encore, voyant bien, pourtant, qu'il attend que je lui laisse la parole pour refuser. Je choisis mes mots, réfléchis à des promesses et, pour finir, laisse échapper dans un souffle une phrase pour le moins déloyale :

« Moi aussi, je t'ai aidé. »

Joel déroule les manches de son chandail sur ses poignets comme s'il chassait des moustiques.

« Je ne peux pas partir », dit-il.

Un craquement dans la forêt. Joel se retourne brusquement et dit quelque chose.

« Quoi ?

– Rien, répond-il en pivotant vers moi. Pardon. J'aimerais t'aider, mais je ne peux pas, pas comme ça. Si je peux faire autre chose...

– Je ne cherche pas à ce que tu me rendes la pareille. Je pensais seulement que tu voulais toi aussi partir. Tu as peur.

– Peut-être.»

Il se passe la main dans les cheveux, par habitude, car ils sont maintenant si courts que rien ne dépasse. Encore un craquement dans la forêt, un deuxième, un troisième, des pas. Joel me prend le bras.

«Chut!» murmure-t-il.

Il m'entraîne vers le perron de la cabane, me pousse à l'intérieur et ferme la porte derrière moi. Le sas d'entrée n'a pas de fenêtre. Je l'entends s'éloigner dans l'airial, puis parler à voix basse. Je cours dans la salle et écarte le rideau délavé. Joel revient tranquillement. Il s'attarde un long moment dans le sas avant d'entrer.

«Qui était-ce?»

Il s'assied face à moi à la table.

«Est-ce que tu as parlé à qui que ce soit des empreintes de pas?

– Non.

– Pourquoi?

– On sait bien ce qui se passerait.»

Il sourit un peu.

«Je vais te raccompagner à la route.»

Au coin de l'ancien champ, un étroit sentier s'enfonce dans la forêt. Joel passe devant.

«Suis-moi.»

Dans le sous-bois, l'air est immobile, mais la cime des arbres murmure. Je marche les yeux levés jusqu'à ce que le sentier s'évanouisse et que je doive regarder où je mets les pieds. Nous pénétrons dans les broussailles d'un ancien enclos envahi de jeunes feuillus. Ils créent suffisamment d'ombre pour qu'il y pousse déjà aussi de petits sapins. Je garde les yeux rivés sur les talons de Joel. Quand il se penche pour passer sous une branche et disparaît, je continue dans la direction du bruit. Il s'éloigne. Il va trop vite.

La peur m'ankylose les jambes. Je dois retrouver ses talons! J'oublie de faire attention aux branches et l'une d'elles m'enfonce sa pointe dans l'œil. Je le couvre d'une main. Ma vue se brouille et la douleur se déchaîne, mais je dois continuer d'avancer. Je me courbe et marche à l'aveuglette.

«Malla, dit Joel, depuis quelque part. Ne bouge pas.»

Je ne le vois pas. Il y a entre nous des sapins touffus, de maigres bouleaux et des aulnes blancs dont les troncs semblent verts dans la pénombre. De vieilles fourmilières moutonnent entre les arbres.

L'une d'elles bouge. Un grommellement se fait entendre, comme une brève question. Je ne comprends pas d'où il vient, du gosier de Joel ou de celui de la forêt. Les ombres bruissent. Mon cri se coince dans ma gorge.

Quelqu'un parle. Cette fois, c'est sans aucun doute Joel. Je ne distingue pas les mots, peut-être n'y en a-t-il pas, peut-être n'est-ce pas nécessaire. Sauf à mon intention.

« Attends, me dit-il calmement. Nous sommes tombés sur son gîte. »

Des branches bougent, une silhouette sombre entrapparaît. Des brindilles craquent, les cimes des sapins se balancent. Le bruit et le mouvement se dirigent vers Joel. Puis c'est le silence.

Il écarte les branches. J'essuie les larmes de mes joues, essaie de marcher mais n'y arrive pas, enfoncée dans le sol jusqu'aux genoux.

Quand je baisse les yeux, je me rends compte que je suis debout sur un duveteux tapis de mousse. Je soulève un pied, puis l'autre. La forêt me libère.

Joel s'arrête devant moi.

« Pardon, dit-il. Je ne savais pas qu'il serait là. »

Au bord du grand lac, la montagne dresse son poitrail blanc, froide et prévisible. Elle ne lui ressemble en rien, à part la forme du dos, de la nuque et de la tête. L'ours, le vrai, est plus grand qu'aucune montagne, plus grand que lui-même. C'est une forêt, dotée de quatre pattes.

Joel me tend la main et m'oblige à le regarder dans les yeux.

« Reste près de moi, dit-il. Il n'a jamais rencontré personne d'autre. »

Une branche morte est tombée dans les rayons, un fil d'araignée frissonne entre le bouton de sonnette et la selle. Je nettoie les traces des ambassadeurs de la forêt et Joel m'aide à sortir la bicyclette de sous le sapin. Nous n'avons plus rien d'autre à faire. La route descend vers les champs qu'un vent chaud fait ondoyer. À l'arrière-plan, un train passe, un nuage de fumée noire monte de la locomotive, mais les sifflements et le bruit des rails ne portent pas jusqu'ici.

Joel retraverse le fossé. Des taches de soleil jouent dans les myrtilliers tels des faisceaux de projecteur sur une scène. Les longues branches frangées des sapins cardent la brise paresseuse. À la maison m'attendent l'airial écrasé de chaleur, le reflet des fenêtres, le parfum sucré des roses, le flot de paroles du commentateur sportif et l'excitation des auditeurs. J'ôte des aiguilles de sapin du bas de ma robe.

Quatre ans. Jusqu'aux prochains Jeux olympiques. C'est trop.

«J'ai oublié ma chemise de nuit dans le sauna», dis-je à voix basse.

Joel sourit et chasse un moustique de son front.

«Viens la chercher.

– Quand ?

– Après-demain ? »

La forêt se dresse derrière lui tel un décor de studio, pour une photo que l'on ne prendra jamais, mais qui se loge dans la tête. La forêt est la même que tout à l'heure, hier, au printemps et toujours, et en même temps nouvelle, incompréhensible, d'un calme trompeur. En mouvement.

«Viens dès le matin, dit Joel. Je t'attendrai ici.»

Aune sarcle le carré de carottes. J'essaie de rentrer inaperçue dans le mazot, mais une tête coiffée d'un fichu blanc jaillit des rangées de fanes vertes au moment où je mets le pied sur le perron.

« Maija ! »

Aune pose sa binette, enjambe les plantations et s'essuie les mains dans son tablier. Sans attendre ses questions, je lui raconte ma journée au village, avec Siiri, nous sommes même allées nous baigner, j'ai oublié de prévenir, hier soir, et personne n'était réveillé quand je suis partie ce matin. Je mens avec une facilité terrifiante. Tant pis. Après tout, elle censure bien mes lettres.

« Qu'est-ce que c'est que cet accoutrement ? demande-t-elle.

– J'ai mouillé mes vêtements au bord de la rivière. J'ai emprunté ça à Siiri.

– C'est une vieille robe de sa mère ?

– On l'a trouvée au grenier.

– Qu'est-ce que tu as à l'œil ? Ta paupière est enflée.

– Une poussière. Est-ce que je peux aller me reposer ?

– Vas-y, m'autorise Aune en resserrant son fichu et en reprenant le chemin du potager. Anttu te cherchait, un peu après midi.»

Dans le mazot, je me change et me laisse tomber sur le lit. La pièce est fraîche et propre, le couvre-pieds a été lissé. Je n'ose malgré tout pas garder les yeux fermés. Les dizaines de cartes envoyées par Anttu tapissent les murs. Je m'assieds et les décroche une par une, année après année. Je regarde les paysages étrangers, les bâtiments, la mer et le visage juvénile qui s'amincit au fil du temps, perd son air étonné pour devenir roublard, le sourire et le chapeau tous deux un peu de travers, la cigarette qui vient se loger avec désinvolture entre le majeur et l'annulaire. Peut-être ne survit-on pas, dans le vaste monde, si l'on n'apprend pas à ruser. Il faut savoir changer de visage en fonction de son interlocuteur. Avec une fille, il faut observer les cygnes, muet de bonheur, et entre garçons, s'apprêter à tirer sur n'importe lequel, noir ou blanc.

J'empile les cartes par terre et m'assieds à côté. C'est finalement là que je m'endors, le front sur les genoux. Je ne me réveille que quand la porte claque. Si on y a toqué, je n'ai rien entendu. J'ai chaud au visage, mes genoux ont à coup sûr imprimé les motifs du tissu de ma jupe sur ma peau.

« Laisse ouvert », dis-je.

Anttu repousse la porte et s'assied sur le tabouret. Les rides de son front trahissent un mal de tête. Il n'est pas non plus certain de ce qui s'est passé. Quand papa avait ce regard, je savais que je pouvais lui demander n'importe quoi, aller manger des glaces dans un café, se promener au bord de la mer, acheter des chromos, et il acceptait, parce qu'il avait encore plus mauvaise conscience que mal à la tête.

Mais Anttu n'est pas venu s'excuser.

« Qu'est-ce que tu fais ? demande-t-il.

– Je me repose.

– Où est ma ceinture ?

– Là, sur le banc. »

Il la prend et l'examine sous toutes les coutures. Puis il soulève son chandail et l'enfile dans les passants, la boucle et pose les coudes sur la table.

« Où as-tu caché mon arme ? »

Je ne réponds pas.

« Pourquoi l'as-tu cachée ?

– Les ailes aux talons. »

Il me regarde fixement, puis sourit.

« Fanfaronnade d'ivrogne. Nous n'aurions rien fait. En pleine nuit. Nous nous serions arrêtés quelque part sur le bord de la route pour dormir.

– Si ce n'est de nuit, alors de jour.

– Personne ne se serait plus rappelé cette histoire. Moi non plus, si tu ne l'avais pas mentionnée.

– Peut-être.

– Maija, petite Maija, les gens disent n'importe quoi quand ils ont bu.

– Je sais.

– Toi, une fille de bonne famille ?

– Je n'ai pas de famille. »

Anttu tripote le bord de la petite nappe. Elle est blanche avec des raies vertes, je l'ai confectionnée il y a quelques années et Aune l'a achetée à la vente. Les traces de sueur de mes doigts ne sont jamais parties au lavage.

« Tu en veux toujours à tout le monde, soupire-t-il. Au bout de dix ans.

– Et toi, tu es parti. Après avoir passé toute ta vie ici. »

Anttu lisse la nappe.

« La vie est plus facile quand on oublie sa colère. Tu pourrais être normale, insouciante.

– Toi aussi tu aurais pu l'être, mais tu es parti. Et tu es revenu différent.

– Je suis le même. »

Je pose les cartes postales sur la table et m'apprête à partir. Anttu saisit la poignée de la porte et me barre la route.

« Rapporte-moi mon pistolet. Quelqu'un pourrait se blesser.

– Aucun risque.

– Si tu ne me le rends pas, je vais devoir prévenir Hugo.

– Je devrai alors lui dire que tu es venu ici la nuit dernière. Et que tu as exigé… »

Je laisse ma phrase en suspens, passe sous son bras et me glisse dehors.

16

Joel, adossé à un sapin, me regarde grimper la côte sur la bicyclette de Hugo. J'aurais honte de finir à pied. Quand je saute de selle, il porte l'engin derrière le sapin.

« On y va par le chemin le plus court ou on se promène un peu ? demande-t-il.

– Je ne suis pas pressée. »

La forêt souffle et soupire, de véloces nuages courent dans le ciel. Nous nous dirigeons vers le marais aux Cygnes. Le temps s'est vite rafraîchi. Ce sera bientôt l'automne, bien que les journées semblent s'allonger. Elles s'organisent en un défilé que ne rythment pas les nuits, mais des instants de somnolence d'où j'émerge aussi fraîche qu'après dix heures de sommeil. J'attendais ce moment, et Joel aussi. Sinon, il m'aurait rapporté ma chemise de nuit au bord de la route et serait rentré chez lui.

Il cueille sur son épaule une feuille de bouleau jaunie.

« On ne peut plus dire que c'est juste la sécheresse, remarque-t-il.

– L'école reprend dans quatre semaines.

– Tu rentres en septième année ?

– Pas encore. J'ai redoublé une classe. »

Nous traversons la petite tourbière sèche. La fourmilière éventrée se blottit sous les sapins, dans une pénombre où la forêt ouvre les yeux et respire par la bouche. Je me rapproche de Joel.

« Il est là ?

– Je ne pense pas. À la saison des baies, il se déplace beaucoup.

– Jusqu'où va-t-il ?

– Il reste dans cette forêt, en territoire connu. Je crois. »

Les bois sont vastes. Joel m'explique qu'ils s'étendent en éventail des champs de Luhtajoki à Luomahaara et ne sont traversés que par une seule route. Il y a assez de place pour qu'ils y vivent tous les deux sans se faire remarquer. Après le krach boursier, la scierie de Luhtajoki a mis la clef sous la porte et, depuis, la forêt n'a presque pas été touchée.

« Nous sommes en sursis, bien sûr. À un moment ou un autre, quelqu'un le verra.

– Que se passera-t-il ensuite ?»

Joel marche un moment en silence avant de répondre.

«S'ils ne le tuent pas tout de suite, j'essaierai de l'aider à fuir. Je ne sais pas si je pourrai. Après Luomahaara, il y a d'autres villages, des champs et des routes. On ne peut pas passer inaperçu.

– Et si tu le guidais, de nuit, dans les passages dangereux ?

– Je ne peux pas décider pour lui. Il a sa propre volonté, sa vie, même s'il reste en général à proximité. Il n'est pas apprivoisé, il se débrouille sans moi. Déjà que je ne suis pas toujours capable de me débrouiller moi-même. L'hiver, il dort derrière la grange. Mais je n'ai pas le pouvoir de lui donner des ordres, et je ne le veux pas.

– Est-ce qu'il ne t'obéit pas, malgré tout ? Tu lui parles.

– Je ne sais pas s'il comprend quoi que ce soit. Je lui parle pour qu'il se sente en sécurité.»

Nous arrivons à un champ de pierres et consacrons toute notre attention à nous y frayer un chemin. Une fois de l'autre côté, Joel s'arrête et se retourne si brusquement que je manque le percuter.

«Ce dont j'ai peur, c'est qu'il soit devenu trop confiant. C'est pour ça que j'espère que personne ne viendra jamais par ici. Pour qu'il ne s'approche pas par curiosité.

– Je me promène ici depuis le début du printemps. Il m'a sûrement épiée, mais il n'a pas essayé une seule fois de m'approcher.

– Soit il est très intelligent, soit totalement idiot.»

Nous poursuivons notre chemin, mais au lieu de mes pieds, je regarde les courts cheveux blonds au-dessus des oreilles qui ont rougi. J'essuie mes mains moites dans mes vêtements et sursaute en sentant la pente s'accentuer sous mes pas. Le lichen sec craque comme de la glace qui cède.

Le terrain descend vers le marais aux Cygnes. Quand nous nous arrêtons, je frissonne. L'automne un instant oublié m'effleure la nuque, le temps presse. Pour bouger, agir.

«Tu vois quelqu'un sur l'autre rive ? demande Joel.

– Non.

– On y va ?»

La tourbière forme devant nous une grande anse qu'il nous faut traverser. La sécheresse de l'été a fait baisser le niveau de l'eau et le pied ne s'enfonce presque pas dans les sphaignes, même dans les creux les plus marécageux. Le vent emporte nos paroles et nous ne prenons bientôt plus la peine de parler. Les bottes de Joel sont vieilles, poreuses et ridées malgré les graissages. Il s'y accroche des feuilles de canneberge et des soies de linaigrette fanées. De la litière forestière, ici aussi. Ou de la litière palustre ?

« Attention, c'est mouillé, de ce côté. »

À la lisière de la tourbière et de la forêt, il y a de l'eau, profonde, où flottent des guirlandes de mousses d'un vert vaporeux. Joel attrape une branche de bouleau qui pend au-dessus de la gouille et se balance sur la terre ferme. Je saisis à mon tour la branche mais reste suspendue dans les airs. Il me tend la main.

« Je vais y arriver », dis-je rapidement, et je prends de l'élan pour sauter sur la rive. La main de Joel se retire, un sourire persiste sur son visage. Gai ou triste, je ne sais pas, à l'idée que je n'ai pas besoin de son aide.

Après les sphaignes, le sol paraît dur. Dans la mince couche d'humus poussent de vieux pins à l'écorce épaisse dont les racines s'enfoncent dans les profondeurs de la butte de sable, nous sommes sans doute sur une ancienne dune, m'apprend Joel, le regard fixé sur la tourbière qui continue de l'autre côté.

« Il y a quelqu'un ?

– Non », répond-il.

Nous franchissons la dune boisée qui s'avance, telle une presqu'île, dans l'étendue recouverte de sphaignes. Celle-ci est barrée, au milieu, par une longue cicatrice brune. Je ne comprends d'abord pas ce que c'est.

« Ils ont sacrément avancé », constate Joel.

La cicatrice commence au bord de la tourbière et continue jusqu'aux tremblants, au centre. En approchant, je vois qu'il s'agit d'un fossé qui fend le marais entre de hauts remparts de tourbe. De l'eau noire stagne au fond. Nous nous arrêtons à leur pied.

Je regarde derrière moi. Le fossé se termine au niveau de la pointe de la dune et reste de ce fait invisible depuis la rive du côté de Luhtajoki.

« Quand est-ce qu'on a creusé ça ?

– On a commencé l'été dernier, répond Joel. Et on a apparemment continué cette année.

– Pourquoi ?

– Pour assécher le marais et exploiter la tourbe, comme combustible.

– Assécher ? Comment ?

– Même une tourbière mouillée s'assèche, j'imagine, si on la draine assez.

– Qui a besoin d'autant de tourbe ?

– Il faut parfois juste donner du travail aux ouvriers.

– Et quand on aura prélevé toute la tourbe du marais aux Cygnes?

– Eh bien, comme on dit, qui vivra verra.»

Nous longeons le fossé vers la rive. À mi-chemin, Joel s'arrête.

«C'est jusqu'ici qu'on a eu le temps de creuser l'été dernier. Regarde la dune. Les pins les plus au bord.»

Je scrute les troncs, de leur pied à leur cime orangée.

«Qu'est-ce qu'ils ont?

– Regarde mieux.»

Je plisse les yeux, et c'est là que je vois les longues lignes qui strient les plaques d'écorce.

Trois pins portent des traces de griffures. Je me tiens à un bras de distance d'un des troncs.

«J'ai fait mon service civil chez les pompiers de Kauhava, dit Joel derrière moi. Il n'y avait pas toujours assez de tâches utiles à accomplir. L'été dernier, on m'a ordonné de grimper dans un camion où il y avait déjà une vingtaine d'autres hommes. De toutes sortes, sans doute des prisonniers, pour la plupart. Le trajet a duré des heures. Je ne savais pas où nous étions, même quand on nous a conduits à la tourbière et qu'on nous a ordonné de creuser. Le troisième jour, au matin, j'ai vu ces traces sur les pins. Ce n'est qu'alors que j'ai compris que j'étais dans le marais aux Cygnes, presque chez moi.»

Je passe derrière l'arbre et m'agenouille. L'ours était ici.

Je ferme les yeux.

Quand je les rouvre, je ne me suis pas transformée, pas complètement, mais mes yeux sont pendant un instant ceux de l'ours. Je vois à travers eux: des hommes flottant dans leur pantalon de bure qui creusent la tourbe, arrachent au marais des souches millénaires et les jettent en tas au bord du fossé. Une silhouette familière se redresse par moments, s'essuie le front et plante à nouveau sa pelle dans les sphaignes.

J'enfonce les ongles dans l'épaisse écorce. Ils n'y laissent pas la moindre trace.

«J'ai eu peur que quelqu'un remarque les griffures, reprend Joel. Ou qu'il fasse l'erreur de se montrer. Les gardes l'auraient aussitôt tué, ils tiraient pour passer le temps sur tous les animaux qu'ils voyaient.»

Une sensation étrange se répand depuis les stries de l'écorce, par le bout de mes doigts, jusque dans mon bas-ventre et mes genoux, comme un vertige, débilitant, et une injonction de quitter les lieux. Je me relève.

« Qu'est-ce qu'elles marquent ? »

Dans mon dos et ma nuque, l'air se réchauffe. Il est tout près.

« Une limite. »

Nous franchissons côte à côte la tourbière mouillée, vers la forêt de la rive que je considère déjà comme la mienne. Joel me montre le monticule signalant le nid de cygne et je hoche la tête, je le connais. Voilà notre monde, la tourbière et son cœur d'épilobes rose vif.

Nous nous arrêtons sur une butte où poussent des bouleaux nains, de la bruyère et des pins à peine plus hauts que nous. Je sors de mon havresac une bouteille de sirop et un petit balluchon. Quand je l'ouvre, Joel laisse échapper un soupir involontaire qu'il tente de masquer par un toussotement. Je lui tends un roulé à la cannelle, puis tout le balluchon, et il me remercie presque naturellement, mais tient la pâtisserie entre ses mains comme un château de sable. Je me détourne pour ne pas l'embarrasser. Les timides n'aiment pas qu'on les regarde, surtout quand ils mangent. Je pose le menton sur les genoux et me plonge dans la jungle de laîches qui effleure la butte. Des canneberges reposent à leur pied telles des perles vert clair.

« Il faudra venir cueillir des baies, à l'automne.

– Bien sûr, acquiesce Joel. Il y en a toujours eu beaucoup par ici.

– Ça fait longtemps que je n'en ai pas cueilli. Aune et Hugo ont peur des tourbières. J'y allais avec papa.

– Où est ton père, maintenant ? »

La réponse se coince dans ma gorge. Joel me jette un coup d'œil. Au bord d'un lac, d'un lac où pousse une plante rare. Une plante rare dont le nom a disparu, deux mots latins que je me suis répétés des centaines de fois. À leur place, Yrjö renifle, redresse le col de sa blouse de médecin et fait la moue : Je t'avais prévenue.

« Je ne sais pas, dis-je en me remettant debout. Je ne me rappelle pas. »

Joel lève les yeux vers moi. Il a déjà fini de manger.

« Qu'est-ce qui ne va pas ?

– Je n'ai que ce que je mérite. Est-ce qu'il ne serait pas temps d'y aller ?

– Non. »

Il me tend le balluchon soigneusement replié. Je me penche sur mon havresac, le range au fond, farfouille et noue les cordons pour éviter de parler. Je l'entends bouger. La motte de mousses s'enfonce sous moi quand il s'assied à mes côtés.

Je lui raconte le poêle de faïence, les cris dans l'airial glacé, Yrjö et la sentence. Les mots oubliés, les mauvaises réponses à l'école, l'air désolé des professeurs et les lèvres pincées d'Aune laissant filtrer des mots muets : On n'a que ce qu'on mérite.

« Ce n'était pas de ta faute, dit Joel.

– Si.

– Ça m'est aussi arrivé de fermer la tirette trop tôt et de faillir m'évanouir.

– Ce n'était pas un accident. »

Il me regarde si longuement que je me détourne.

« Ils auraient dû te laisser rentrer à la maison. »

Dans le silence de la tourbière lourde d'eau, on se sent seul, même à deux, mais ce n'est pas une mauvaise solitude. Personne, ici, ne peut vous surprendre, et on y est à l'abri du regard des intrus.

« Nous sommes sur une île déserte, dis-je.

– Mieux que ça. Les îles ordinaires sont accessibles en barque. Mais dans les marais, on ne peut y arriver qu'en pataugeant.

– Si seulement j'avais eu l'idée de venir ici il y a déjà des années.

– La place était prise, dit Joel avec un petit rire. Il y avait un garçon apeuré et loqueteux qui venait se parler à lui-même.

– Où est-il maintenant ?

– Ils font rarement de vieux os. »

Joel sourit en direction du ciel. Je l'imite, vers les profondeurs de la tourbière. Nos sourires se rencontreront sans doute quelque part. Puis je reprends mon sérieux.

« Tout à l'heure, par exemple, impossible de me rappeler le nom d'une plante que je n'ai pourtant jamais oublié auparavant.

– Dans quelles circonstances oublies-tu des mots ?

– En général quand je suis nerveuse ou effrayée.

– Qu'étais-tu tout à l'heure ? » demande-t-il à voix basse.

Je sens sa chaleur sur ma peau. Je regarde à l'intérieur de la tourbière, sous les sphaignes, trouve des racines de laîches et en tresse un toit sur ma tête. Le silence cherche à se transformer en autre chose et tremble comme un muscle longtemps contracté. Mes joues me brûlent. Je secoue la tête. Les mousses s'enfoncent un peu, sous nous, quand la tension se relâche.

« Tu n'as pas à t'inquiéter, reprend Joel. Ce n'est pas forcément lié à ce que tu as fait. Toutes sortes de choses entament la mémoire, la joie, le chagrin, la colère.

– Tu as parfois des oublis ?

– Après la mort de ma mère, je n'ai pas beaucoup eu l'occasion de parler. Quand je me suis fait embaucher pour la première fois comme valet de ferme, je suis longtemps resté muet. Les mots me manquaient. Je me contentais d'écouter et de m'entraîner à parler quand j'étais seul.»

L'humidité de la mousse imbibe nos vêtements, il va bientôt falloir y aller. Joel pose déjà les mains sur les genoux, prêt à se lever, mais s'éclaircit la gorge.

« Une fois rentrée chez toi, tu n'oublieras plus rien », promet-il, et je décide de lui accorder le pouvoir de l'assurer.

Une goutte me tombe sur le front, puis quelques autres, mais le voile de nuages n'a pas la force de déverser une vraie pluie. Nous atteignons ma rive. Joel a l'air presque triste. J'essaie de comprendre sa solitude, ou son isolement, je ne sais, mais ils sont trop grands et profondément ancrés. Je le fatigue, en ma compagnie, il doit parler, faire des efforts, les gens sont plus compliqués que la forêt. Sa voix s'enroue vite. Il souhaite déjà que je m'en aille.

Les dernières gouttes de pluie se tarissent. Le soleil projette sur les lichens et les troncs des taches de lumière gouailleuses. Sans rien dire, Joel passe devant moi. Il marche vite mais retient juste assez les branches pour que j'aie le temps de les saisir avant qu'elles ne me frappent le visage. Il a compris comment marcher à deux dans la forêt. Peut-être cela l'irrite-t-il, peut-être voudrait-il se déplacer sans entrave, laisser les branches se balancer librement.

Nous montons la colline vers la cabane. Joel saute par-dessus les pierres. Son dos s'éloigne. Je m'arrête et écoute le bruit décroissant de ses pas. C'est déjà l'après-midi, je dois m'en aller dès que j'aurai récupéré ma chemise de nuit. Au loin, j'entends Joel monter les marches du perron.

Je m'attarde dans la forêt aussi longtemps que je peux, contourne les pierres et les sapins qui frôlent le sol, cueille des myrtilles par poignées et les mange aussitôt, puis me résous enfin à traverser l'airial. Sur le banc, il y a ma chemise de nuit, esseulée, pliée avec soin. Je la prends. La porte de la cabane est restée entrouverte, exprès ou pas. Je respire profondément, mais aucun indice ne flotte dans l'air. Je tourne les talons. La forêt, haute et renfrognée, ne s'ouvre qu'à qui s'en va.

« Malla. »

La porte s'entrebâille un peu plus largement. Joel se glisse dehors et s'assied sur le perron. Il a échangé son chandail contre une chemise à rayures et a les cheveux mouillés. Il se frotte le front.

«Tu ne voudrais pas rester encore un peu?»

Le vent passe du tiède au froid et de nouveau au tiède, comme au cours de mes derniers mois avec papa. Aucun d'eux ne comprend que, du désespoir au soulagement, le voyage est long. Il ne se fait ni ne s'oublie en deux secondes.

«Je ne sais pas.»

Joel hoche la tête.

«J'ai trop parlé.

– Mais non. À la fin tu n'as plus rien dit.

– Je n'ai pas l'habitude, grogne-t-il. Mes forces m'ont lâché.

– Je t'ai fatigué?

– Je me suis fatigué moi-même.»

Il se redresse.

«Il fait froid à l'intérieur. Je vais chercher du bois.»

Il attrape le panier à bûches et me laisse là. Je serre ma chemise de nuit entre mes mains et écoute les coups de hache qui montent du bûcher. Ils rythment lentement les secondes, je dois me décider. J'imagine la chaude flambée dans le fourneau maçonné et mes mains tendues vers elle. Joel est là, me sert une tisane et prononce quelques mots. Le soir d'août s'obscurcit derrière la vitre bombée et, à des kilomètres d'ici, Aune téléphone à Siiri, aux Peltosaari, au magasin général et à la bibliothèque, frappe pour finir à la porte du cabinet de travail de Hugo, et ils partent à ma recherche. Les lanternes découpent l'obscurité en tranches.

Ma chemise de nuit se déplie et flotte sur mes genoux tandis que je me hâte vers le bûcher. La hache est déjà plantée dans le billot et Joel ramasse le bois fendu. Quand je m'arrête dans l'embrasure de la porte, la lumière que j'occulte lui fait lever les yeux, d'un noir de charbon dans la pénombre, avec sous le gauche la ligne claire de sa cicatrice.

«J'ai peur.»

Il pose les bûches par terre et s'approche, si près que je pourrais le toucher. Des racines poussent de mes mains, pénètrent à travers le tissu de sa chemise dans ses muscles et ses os et les entourent, bientôt, peut-être, trop étroitement. Il respire lentement, les muscles de ses épaules frémissent. Le sang bat dans mes doigts. Je recule. Les racines se rompent.

«Je dois y aller.»

Joel ne me suit pas. J'emprunte le sentier qui s'amenuise jusqu'à l'ancien enclos, me fraie un passage à travers ses broussailles, toussant par moments pour que l'ours m'entende, au cas où il serait de nouveau dans son gîte. Plus loin, feuillus et hautes herbes font place à des myrtilliers. Le sentier les parcourt, à peine visible, et mes bottes y impriment leurs adieux. À peine ai-je appris à le suivre que je pars à jamais.

Des flocons de jeune écorce orangée tombent de la cime des pins. Le vent a forci, les arbres grondent telle une lointaine chute d'eau. Je contourne une basse crête rocheuse. De là, la route n'est plus très loin, mais la peur de la forêt envahit peu à peu mon esprit. L'ombre d'une mésange qui s'agite dans les saules me fait sursauter. Mes chevilles se tordent sur les mottes et les creux du terrain. C'est le sentier de Joel, inégal, à peine esquissé. Il évite de marcher toujours au même endroit afin qu'aucune piste trop nette ne conduise à la cabane.

Ma chemise de nuit me chauffe le bras. Je m'arrête, pose mon havresac et m'apprête à l'ouvrir quand je perçois du coin de l'œil un mouvement. C'est une branche, une branche de sapin, sombre et touffue, qui se balance dans le vent. Je peux me risquer à la regarder. Je laisse tomber ma chemise de nuit sur le dessus de mon sac et lève les yeux.

L'ours se tient sur ses pattes de derrière, entre deux pins, droit devant moi. Il tourne la tête de gauche à droite. Que fait-il ? Il essaie de me sentir. Le vent souffle dans ma direction et il ne m'a pas encore localisée avec précision. Il a l'ouïe et l'odorat plus aiguisés que la vue.

Il inspire par les narines. Elles sifflent.

Le griffu siffle dans la forêt, disait un livre que papa m'a lu.

L'ours passe au crible l'odeur du vent et des myrtilles, les huiles des aiguilles de conifères, toute la forêt et moi avec elle. Il retombe à quatre pattes. Ses pas trouvent leur rythme, son garrot se balance telle une crête au-dessus de ses oreilles. Sa nuque est identique à celle que j'ai vue sur la rive du lac depuis le bateau à vapeur, mais celle-là s'était pétrifiée des millions d'années plus tôt. Celle-ci est tout près et se rapproche encore. Les pattes sont fortes et rapides, les yeux restent dans l'ombre du front et du museau, mais ils me voient déjà.

Ne le regarde pas dans les yeux ! me rappelle Olga.

Je fixe les pins à côté de l'ours et dis quelque chose, tentant d'imiter la voix tranquille de Joel. L'ours s'arrête, mais se remet aussitôt en mouvement. Il n'est qu'à quelques mètres quand je jette de toutes mes forces ma chemise de nuit dans sa direction.

Le vêtement tombe par terre. L'ours plonge le nez dans le tissu blanc, le renifle, lève la tête et me jette un coup d'œil. Je recule lentement vers la basse crête rocheuse. L'ours se déplace dans la même direction et se met à manger des myrtilles. Je me glisse vers la route. L'ours relève la tête. Ses narines sifflent.

Je retourne auprès du rocher. L'ours se concentre sur les myrtilles. Je reste immobile, sans doute longtemps, car le ciel serein a le temps de se draper dans un épais rideau d'où des gouttes commencent à tomber. La pénombre brouille les contours de l'animal, mais, même presque immatériel, il continue de manger, de dévorer l'été en prévision de l'hiver, plus sage que les hommes. Je recule le long du rocher et retourne vers la cabane sans regarder derrière moi. En arrivant aux broussailles, je pique un sprint.

*

Joel tisonne le feu dans le foyer du fourneau. Dans la salle, il fait froid et sombre. Des nuages affaissés pendent du ciel en voiles de pluie. Il pense aux carottes qui se sont divisées, à la recherche de poches d'eau dans la terre poreuse du potager, et aux pommes de terre restées petites à cause de la sécheresse. La pluie est la bienvenue, dit-il à mi-voix, comme si c'était important. Le silence qu'a laissé le départ de Malla est trop dense. Il ferme la porte du fourneau et redresse la tapisserie de haute laine usée qui recouvre le fauteuil à bascule. Demain, il pourrait aller pêcher. À l'étang aux Perches, ou plus loin, tente-t-il de se motiver. Sans effet. Tout est égal, Malla n'a pas voulu rester.

De la lumière filtre par les fentes de la porte du fourneau. Le soleil s'y protège de la pluie. Joel se concentre sur les reflets qui inondent le plancher. Il n'existe pas d'obscurité que la lumière ne puisse percer. Mais si celle-ci s'est déjà montrée et ne reviendra plus jamais ?

Il sort, joint les mains et souffle dans la fente entre ses pouces. Un sifflement sourd vole au-dessus de l'airial et plonge dans la forêt, mais Joel se doute que le son se dissipera dans l'air épais derrière les premiers sapins. Les premières gouttes de pluie qui frappent leurs feuilles font tressaillir les saules marsaults entourant l'airial. Il siffle encore plusieurs fois. Rien. Ce soir, il restera totalement seul.

« Sois prudent », murmure-t-il.

De vaines pensées tentent d'émerger de son esprit. Il les repousse dans ses profondeurs, telles les bulles d'air qui bossellent les draps dans l'eau de lessive. Le froid le fait claquer des dents. Il allume la petite lampe à pétrole, s'assied dans le fauteuil à bascule et ouvre un livre. L'histoire progresse ligne après ligne. Il ne comprend pas un mot, revient à la première page et regarde le cachet de la bibliothèque. Il a des mois de retard, mais ne peut pas le rendre. Il ne peut aller nulle part. Il a bien vu dans les regards qu'on ne le laisserait plus s'en tirer avec juste une poutre et un écriteau.

La pluie piaffe sur le toit. L'eau déborde des gouttières sur l'herbe de l'airial. Il n'entend les pas que quand ils sont tout près. À peine a-t-il eu le temps de sursauter et de poser son livre sur le coin de la table que des talons frappent les marches et qu'on toque à la porte. Il saisit la lampe, va dans le sas d'entrée. Son cœur bat à tout rompre.

La natte de Malla est à moitié défaite, ses mains serrent les bretelles de son havresac.

« Je peux revenir ? »

Il s'écarte. Elle se précipite à l'intérieur et s'agenouille devant le fourneau. Il ouvre la porte du foyer, tisonne les braises et ajoute du bois.

Malla est assise dans le fauteuil à bascule et boit une tisane. Ses pieds nus dépassent d'une couverture. Joel la regarde jusqu'à ce que ses joues le brûlent, sans raison, par pure stupidité. Il prend ses chaussettes de laine grises, accrochées au chaud, et les lui enfile. Puis il s'assied par terre entre le fauteuil à bascule et le fourneau et éteint la lampe à pétrole, mieux vaut l'économiser autant que possible.

« Que t'est-il arrivé ? » demande-t-il.

Le rougeoiement des braises atteint tout juste le visage de Malla. Sa tasse monte à ses lèvres.

« Tu t'es perdue ? »

Elle secoue la tête.

« Je n'ai pas pu atteindre la route.

– Tu l'as rencontré ?

– Il mangeait des myrtilles.

– Tu as essayé de passer ?

– Oui, mais il m'en a empêchée.

– Tu as essayé de le contourner de plus loin ?

– Non.

– Ça aurait pu marcher. Je ne pense pas que tu aies à avoir peur de lui. Il t'a vue avec moi. Il sait que tu as le droit d'être ici.

– Il ne me fait pas particulièrement peur.

– Pourquoi ne l'as-tu pas contourné, alors ?

– Je voulais revenir. »

Son cœur percute ses côtes. Malla se laisse glisser du fauteuil à bascule pour s'asseoir à côté de lui. Sa natte tombe de son épaule dans son dos. Ses cheveux mouillés ont laissé une tache humide sur la couverture. Joel l'effleure. Malla replie les genoux, pose le menton dessus et ferme les yeux.

«Je voulais voir si tu étais ici. Ou toujours là-bas à manger des myrtilles.»

Un dernier jaillissement de flammes bleues illumine le foyer.

«Je ne vous ai jamais vus ensemble. Comment puis-je être sûre que vous êtes deux?»

Malla sourit un peu, mais Joel est incapable de répondre. Il n'en est pas non plus très sûr.

Parfois, à la fin de l'été, quand l'ours et lui mangent des myrtilles à quelques mètres l'un de l'autre, il ne sait pas trop quelle différence il peut y avoir entre l'homme et l'animal, ou même s'il y en a une. Et par moments, l'hiver, quand il somnole dans le fauteuil à bascule et que l'ours dort derrière la grange, sous le rebord du toit, enfoui dans le foin et la neige, il ne sait pas qui est qui, et s'il est lui-même dans la cabane ou dehors.

Les pieds chaussés de laine grise se tendent et lui touchent la jambe. Il pose la main sur les chaussettes. Elles sont trop grandes, comme des pattes. Mais, de sous la couverture, ce sont des doigts humains qui émergent pour lui toucher la tempe.

*

La pluie cesse, goutte après goutte. L'obscurité s'étend, d'un objet à l'autre, et finit par tout engloutir. La salle continue cependant d'exister, de grandir ou de rétrécir selon nos mouvements. Le plancher grince quand Joel rapproche le fauteuil à bascule de la chaleur irradiant du fourneau. Des bras m'entourent, mes pieds quittent le sol. Le monde oscille. Cela fait dix ans que je ne me suis pas assise sur les genoux de quelqu'un. Les mots s'espacent, s'éteignent par moments complètement. J'enfouis mon visage au creux de son cou.

«Tu es fatiguée?

– Un peu», dis-je, tout en regardant l'obscurité avec des yeux ronds et en engrangeant de la nuit pour l'hiver.

Une main descend le long de mes côtes vers mes hanches, en un voyage incroyablement long et trop bref. Nos peaux développent des racines.

Le sommeil sonde distraitement le plafond de mon crâne et s'enfuit à nouveau. J'ouvre les yeux. Joel est toujours là, ses doigts caressent les miens, ou par moments mes poignets, je sens son souffle sur mon visage. Je n'arrive plus à dormir. L'obscurité cède le pas à la pénombre, ce qui est le signe de quelque chose, je ne me rappelle pas quoi. Je distingue d'abord ses yeux. Ils sont tout près. Le matin s'y reflète par la fenêtre et prétend que tout est encore là : demain, le village et les gens.

Nous débarquons avec précaution de notre voilier à bascule. Le plancher est raide et dur mais nous accorde un délai de grâce, il penche vers le mur du fond et nous maintient encore un instant dans la cabane. Quand le soleil atteint le faîte de la forêt, nous glissons lentement vers l'extérieur.

Une bourrasque fait tomber des arbres une nouvelle averse. Nous écartons les branches de notre chemin et essuyons les toiles d'araignée de nos visages. Nous nous arrêtons dans la pinière pour manger des myrtilles. J'y trouve aussi ma chemise de nuit, sale et mouillée, que Joel plie sur son bras.

« Je vais la laver.

– Je peux le faire.

– Non, laisse. Tu viendras la chercher.

– Quand ?

– Quand tu pourras. Je t'attendrai tous les matins près du sapin. »

On ne voit personne, mais la porte d'entrée est ouverte. Je pousse la bicyclette sous l'auvent de l'étable. L'auto d'Yrjö surgit et s'arrête au bord de la pelouse. Aune et Hugo sortent sur le perron, manteau sur le dos, chapeau sur la tête.

« Maija ! » s'écrie Aune.

Yrjö descend de voiture et m'adresse un signe de tête. Il est grand, encore plus grand qu'Anttu, et me jauge de la tête aux pieds, avec sur le visage l'expression inverse de celle de son fils, dans le temps. Les coins de sa bouche disparaissent sous sa moustache pendante. Il se tourne et entre dans la maison avec Hugo.

« Nous partions à ta recherche, dit Aune. Où as-tu passé la nuit ?

– Dans la forêt.

– Sous la pluie battante ? »

Elle ferme la porte et descend les marches du perron.

« Chez qui étais-tu ? insiste-t-elle

– Chez personne, juste dans la forêt.

– Tu t'es perdue ? »

Je ne veux ni mentir ni dire toute la vérité. J'en choisis des bribes.

« Je cherchais des myrtilles. Il s'est mis à pleuvoir et j'ai préféré m'abriter.

– Où as-tu dormi ? »

Les vérités se brouillent. Je m'arrête dans la clairière, l'esprit vide. La cabane attend, porte ouverte, de savoir si je vais la trahir. Un grand sapin étend ses branches au-dessus de son toit. Il se dressait déjà là quand elle a été construite, et ses aiguilles ont caressé chacune des nouvelles couches de bardeaux. Il accueille le vent avec franchise, entre dans la danse branche après branche, de tout son être, sans rien cacher, comme les sapins en général. Grâce à eux, mentir est inutile, il suffit de bouger dans le vent, et comprenne qui pourra.

« Sous un sapin. »

17

Du bruit dans l'escalier. Quelqu'un pousse un cri. Je m'assieds en sursaut et me dégage des draps entortillés. Filtrée par les rideaux, une lumière orangée – du soir ou du matin ? – baigne la chambre.

Il est quatre heures de l'après-midi. Des enfants courent et piaillent, la voix étouffée d'Aune, quelque part, explique à quelqu'un que Maija s'est perdue cette nuit dans la forêt et qu'elle dort. Je me laisse retomber sur le matelas. Comment est-il possible que ce soit encore la même journée ? Dans l'escalier, on entend des fesses rebondir et des voix crier « aïe, aïe, aïe » : les enfants font du toboggan sur les marches.

« Ça suffit ! lance Katri dans le vestibule. Venez goûter. »

Je dépose en escargot sur le lit mon drap trempé de sueur et ouvre la fenêtre. En bordure des champs, les plantes dégagent déjà une écœurante odeur de fané, alors que mon été commence à peine.

Je me coiffe et descends au rez-de-chaussée. Dissimulée derrière le montant de la porte de la salle, j'attends pour entrer qu'Aune surgisse de l'office avec un plateau. Gâteaux et biscuits détournent l'attention de mon arrivée. Hugo est assis sur le sofa et sourit à Juhani, à côté de lui, qui balance les jambes et lui décrit en détail les lieux de baignade des rives rocheuses du lac Näsijärvi.

« On peut même facilement y aller en rentrant de l'école. Est-ce que tu sais, grand-père, que je commence l'école dans quelques semaines ? »

Katri, debout devant la table, tresse les courtes nattes de sa fille de quatre ans, Kirsti. Elle me salue joyeusement, les enfants ne me jettent qu'un bref coup d'œil. Je ne les amuse pas beaucoup. Lors de leurs visites, je n'ai pratiquement jamais participé à leurs jeux ni tenté de les intéresser à mes activités.

« Reino a dû rester en ville, dit Katri. Trop de travail à son cabinet. En cette saison, il y a beaucoup d'écorchures, de brûlures et de coups de soleil. On voit aussi de la typhoïde. Nous sommes mieux à la campagne. »

Je hoche la tête et acquiesce. Katri n'en attend d'ailleurs pas plus. Kirsti se lance dans ses propres histoires et Juhani se précipite à table,

Aune distribue des conseils et Hugo répond. Le flot de paroles qui jaillit de leurs cinq bouches enfle en un vacarme qui ne diminue que quand Aune verse du café dans les tasses.

«Tu as trouvé des myrtilles? demande Katri.

– Oui. C'est une bonne année. Il n'y a pas eu de gelées au printemps.

– Pourquoi est-ce que tu n'en as pas rapporté? intervient Aune. J'aurais fait une tarte. Là, il n'y a que des brioches.

– Elles sont délicieuses, assure Katri. J'ai si rarement le temps de faire moi-même de la pâtisserie. Et quand j'en fais, les enfants mangent tellement de pâte qu'il ne reste plus grand-chose à cuire.

– Je n'avais pas pensé à emporter de récipient.

– Que fais-tu dans la forêt, alors?» s'exclame Katri dans un éclat de rire.

J'arrache un morceau à ma brioche et le mâchonne avant de répondre.

«Je me promène, je regarde.

– Il y avait des framboises?

– Pas par là, c'est trop dense. Mais il y aura bientôt des canneberges.

– Tu es allée au marais aux Cygnes? demande Aune.

– J'ai coupé à travers, oui.

– C'est dangereux.

– J'ai regardé où je mettais les pieds.»

Les enfants réclament un supplément de crème fouettée et Aune dispose des pyramides blanches à côté de leurs miettes de brioche. Katri raconte qu'une de ses anciennes condisciples de l'école d'infirmières, qui habite maintenant avec sa famille dans la même rue qu'elle, cueille à l'automne des seaux entiers d'airelles à la lisière de la ville.

«Mais elle peut se le permettre, elle n'a qu'un enfant, qui est déjà au collège. Et une bonne cave froide.

– Vous en avez une, vous aussi, fait remarquer Aune.

– Oui, mais elle ne vaut rien, les confitures moisissent dès le mois de janvier.»

La conversation sautille d'un pas léger. Ils forment une famille, Aune, Hugo, Katri et les enfants et, dans leur ombre heureuse, je me détends moi aussi peu à peu. La fenêtre ouverte laisse passer un filet d'air chaud, des cris d'hirondelle, de lointaines bouffées de fumier de l'étable de Peltosaari. Alors que je me sers des fraises, dans un instant de silence, c'est tout naturellement que je réfléchis tout haut.

«Je pourrais aller sérieusement aux myrtilles, demain.»

Au bout de la table, une cuiller tinte sur une soucoupe.

«Nous avons la visite de Katri et des enfants, déclare Hugo. Tout le monde reste à la maison.»

Les enfants lèvent les yeux, en alerte, bien qu'il n'ait pas parlé, à mon avis, d'un ton plus sec que d'habitude. Katri s'interpose aussitôt, à dessein ou pas.

«J'irais bien, moi aussi, Reino adore les myrtilles. Et Maija connaît les bons coins. On pourrait y aller ensemble.»

Hugo laisse tomber deux sucres dans sa tasse de café.

«D'accord, dis-je en me forçant à sourire.

– Oui, allez-y, approuve Aune. Je garderai les petits.»

«Ça fait du bien de se débarrasser un moment des enfants, soupire Katri. Ils sont plutôt sages, en général, mais tant qu'ils sont réveillés, j'ai à peine le temps de penser à quoi que ce soit de personnel.

– Reino est très occupé?

– Oui. Il donne aussi des cours à l'université.

– Et toi, tu aimerais reprendre un travail?

– Sûrement pas! Prendre soin de la maison me suffit. J'ai travaillé six mois à l'hôpital et en ai retiré tout ce dont j'avais besoin. Reino.»

Elle rit et balance son seau à bout de bras. De la route d'Yli-Haikka, nous tournons vers l'ouest et le bois où les villageois vont cueillir des baies. Il a sûrement déjà été ratissé, mais je ne veux pas aller avec Katri dans la direction de Luomahaara. Même seule, je ne devrais d'ailleurs m'y rendre que de nuit. Dans la plaine, tout mouvement est facile à repérer à des kilomètres. Si on me voit fréquenter la grande forêt, quelqu'un me suivra tôt ou tard.

Qu'a pensé Joel en ne me voyant pas ce matin?

«Qu'est-ce que tu as l'intention de faire? demande Katri. Quand tu seras grande?

– J'ai encore quelques années d'école devant moi.

– Trois ans passent vite. Et ensuite?

– Je ne sais pas encore.

– Tu aimerais devenir infirmière? Tu pourrais venir étudier à Tampere, habiter chez nous. Nous avons l'intention d'acheter une maison plus grande. Et Reino te trouverait du travail.»

Les pompons de fleurs des tanaisies hochent la tête sur le bas-côté, une touffe de filipendules, dans le fossé, dispense son enivrante odeur sucrée. L'avenir m'est soudain présenté comme une boîte à pâtisseries ornée d'un ruban doré.

« Qu'en penses-tu ? s'enthousiasme Katri.

– Je ne crois pas que je ferais une bonne infirmière. Je suis trop solitaire.

– On peut apprendre à se sentir à l'aise avec les gens. Il faut juste rechercher leur compagnie. Tu aurais dû me voir quand j'étais petite. Je ne parlais pratiquement à personne. Ce n'est qu'ici que tout a peu à peu commencé à aller mieux. Je me suis fait des amis au catéchisme et dans les assemblées de prière. Même à l'école, on a vite oublié que je n'étais pas du coin. »

Nous arrivons à la lisière de la forêt. La route monte un peu et, avant de pénétrer à l'horizontale dans une pinière, traverse une tourbière sèche où poussent des airelles bleues. Je suggère que nous en ramassions, plutôt que des myrtilles, mais Katri proteste. Entre les troncs élancés des pins, des sentiers s'écartent de la route. Je prends au hasard à gauche, et demande par-dessus mon épaule :

« Ta maison ne t'a jamais manqué ?

– Si, au début. C'était bizarre, parce que j'étais habituée à vivre avec papa et maman. Mais j'ai vite compris à quel point mon existence avait été misérable. Les dernières années, c'était surtout ma grand-mère qui s'occupait de moi. Elle se fâchait pour un rien. Papa était mort avant même l'insurrection. Un jour qu'il était ivre, il est passé sous un train. Et je n'ai quasiment plus vu maman après qu'elle s'est engagée dans un bataillon féminin de la garde rouge. Je ne me rappelle presque rien d'elle. Elle passait déposer de l'argent ou des provisions, n'ôtait même pas ses bottes, donnait juste à grand-mère ce qu'elle avait apporté et me recommandait d'être sage. Et elle s'en allait, avec son fusil et tout. »

Katri frissonne.

« Et puis je suis arrivée ici, dans une grande maison où ça sentait toujours la nourriture. »

Je m'accroupis à côté d'une vieille souche pourrie pour cueillir des myrtilles. Les plus belles ont déjà été ramassées, mais il faut bien rapporter quelque chose à la maison. Les baies tombent, orphelines, au fond du seau.

« Qu'est-il arrivé à ta mère ? » reprends-je.

Katri regarde autour d'elle et se fraie un chemin jusqu'à une grande fourmilière. Les myrtilliers qui ont escaladé ses flancs portent de gros fruits.

« Elle est morte vers la fin de la guerre.

– Elle a été faite prisonnière ?

– Non. »

Elle cueille, mais bondit soudain en arrière.

« Aïe, elles mordent ! »

Elle chasse les fourmis de ses jambes et revient vers moi. Nous nous concentrons sur les quelques baies entourant la souche.

« Elle est morte au combat, dit Katri. En plein cœur de Tampere, à l'hôtel de ville, leur dernier bastion. »

Les flancs de la souche vermoulue se transforment en murs blancs et lisses. Des fenêtres s'y ouvrent, laissant entrevoir des femmes armées de fusils. De l'autre côté de la place tapissée d'hylocomies vert mordoré, à mes pieds, se pressent une armée grise, des brassards blancs, des mitrailleuses.

« Tu n'as pas trop de mal à t'y promener ? poursuis-je en fixant le centre de Tampere jusqu'à ce qu'il disparaisse dans la végétation.

– Pas du tout. Je ne pense plus à elle comme à ma mère. »

Elle aurait pu connaître la mienne. Et maman aurait pu se trouver là-bas. Mais elle a eu peur et, grâce à cela, j'existe.

Nous nous frayons un passage entre de jeunes sapins et franchissons une petite dépression tourbeuse. Le sentier disparaît et les myrtilles se font plus abondantes, personne n'a pris la peine de venir jusqu'ici. Katri chantonne et se penche sur elles comme si elle leur vouait un culte. Je serre les lèvres et me mets en garde, mais ne peux m'empêcher de penser qu'elle est d'un autre sang qu'Aune et Hugo, d'une autre nature, à l'origine, peut-être plus proche de la mienne que de la leur. Puis elle regarde les cimes et soupire :

« La forêt me manque. »

Je m'agenouille et laisse tomber des myrtilles une à une dans mon seau.

« Ma mère aussi faisait partie des rouges », dis-je soudain. Ce n'est qu'une brève évocation du passé qui me laisse la possibilité de faire marche arrière.

Katri me jette un coup d'œil.

« Aune me l'a dit. C'est pour ça qu'on t'a envoyée ici ?

– Non. Je ne suis arrivée que des années après la guerre. À cause de mon père.

– Qu'a-t-il fait ? »

Je lui raconte, en peu de mots, laissant mes doigts courir sur les tiges, incapable de poursuivre en même temps ma cueillette. Katri, tout en continuant à ramasser des myrtilles, hoche par moments la tête. Quand j'ai fini, elle pioche dans son seau des feuilles égarées parmi les baies et les jette.

«Si ton père est dans une maison de cure depuis dix ans, il a sûrement déjà appris à se passer d'alcool. Il est sans doute aussi plus généralement en meilleure santé. Les gens ne restent pas perturbés toute leur vie, quels que soient les chagrins qui les ont ébranlés.

– Pourquoi y est-il toujours, alors ?

– Peut-être à cause de ta mère, suggère Katri.

– Elle est morte il y a dix ans.

– Son nom figure malgré tout encore dans les dossiers. Peut-être les autorités pensent-elles que ses idées ont contaminé ton père. Peut-être a-t-il été décidé, pour cette raison, de te garder ici. Et lui là-bas.»

La voix de Katri a perdu sa gaieté habituelle. Je me tourne et remarque une grosse myrtille tombée toute seule parmi les hypnes dorées. Je la ramasse, mais un ver l'a creusée par en dessous. Je l'enfonce dans le ventre des mousses.

«Laissons le passé où il est, décide Katri. À Luhtajoki, on est en sécurité. C'est ce qui m'a semblé le plus important, et je le pense toujours.»

Je marche devant. Katri, penchée sur sa cueillette, pousse de petits cris quand des moustiques lui piquent la nuque. Les myrtilliers se réduisent en masses indistinctes entre lesquelles j'avance d'un pas prudent comme dans un champ de pierres. Je continue jusqu'à ce que je ne voie plus Katri, me recroqueville derrière un pin et ferme les yeux.

Papa vient tout de suite. Il marche au bord d'un lac inconnu, regarde le ciel, la terre et l'eau, note les noms des plantes, des oiseaux, des libellules, des papillons et des poissons. Une liste sans fin qui lui fatigue tant la main qu'il n'a pas la force de m'écrire. Pourquoi écrirait-il, d'ailleurs ? Je n'ai pas assez pensé à lui et ai plusieurs fois oublié, le soir, de lui souhaiter bonne nuit.

«Maija ! »

Katri est tout près. Je tends le cou de derrière l'arbre.

«Il y a quelque chose, par là ? demande-t-elle.

– Quelqu'un est déjà passé.

– Tant pis. Allons encore un peu plus loin.»

Nous trouvons un autre sentier. Les myrtilles sont rares, inutile de s'y attarder. Katri parle de Kirsti et de Juhani, de vagues acquiescements suffisent à nouveau comme réponse. Le soleil chauffe les pins, l'odeur est la même qu'à la Haute Crête, et elle me rappelle toujours maman. Maman, qui, même après sa mort, est encore jugée si hérétique que je me retrouve à penser à elle à des centaines de kilomètres de la maison.

Ça ne peut pas être vrai. Que je vive ici à cause de son passé. Non, Katri est bavarde, elle parle sans arrêt, lance des idées et des suppositions. Elle tombe parfois juste, parfois pas.

Nous rentrons à la maison tard dans l'après-midi. Les enfants courent à notre rencontre au portail, Katri me tend son seau et les prend tous les deux dans ses bras. Je porte notre récolte dans le vestibule et m'arrête pour ôter mes bottes. Une odeur de tabac à pipe s'échappe du cabinet de travail de Hugo, et il apparaît bientôt en personne sur le seuil.

«Vous avez trouvé des myrtilles ?» demande-t-il, et il vient voir. Les seaux sont à peine à moitié pleins.

18

Je raccompagne Katri et les enfants à la gare avec Hugo. La voiture à cheval est pleine à craquer de paquets, il n'y a plus de place pour les voix joyeuses, dont les dernières tombent dans l'airial d'Yli-Haikka. Juhani est assis devant, à côté de Hugo, et parle de nouveau du lac Näsijärvi, dont l'eau est claire et profonde et où il est plus agréable de se baigner que dans la Marécageuse.

«Tu dois venir voir, grand-père, je sais déjà plonger des rochers la tête la première.

– Fais attention de ne pas te cogner le crâne. L'endroit n'est pas dangereux, au moins ?

– Bien sûr que non», assure Katri.

Aune crie au revoir, Hugo ordonne au cheval d'avancer. Katri a pris Kirsti sur ses genoux. Les roues crissent sur le gravier, on ne peut pas nous entendre du banc du cocher. Je dois poser la question.

«Est-ce que tu as entendu parler, à Tampere, d'une plante aquatique étrange ?»

Katri secoue la tête et sourit.

«Là où on se baigne, il ne pousse que des renoncules d'eau et quelques nénuphars jaunes.

– J'ai lu quelque part qu'on avait trouvé il y a quelque temps une nouvelle espèce de plante aquatique, jamais vue jusque-là en Finlande. Je ne sais plus si c'était dans le lac Näsijärvi.»

Katri hausse les épaules.

«Je ne sais pas. Je n'ai presque pas le temps de lire les journaux. Il te manque des plantes pour ton herbier ?

– Non, le professeur nous avait demandé d'en collecter cinquante, pendant les vacances, et je les ai.»

Nous sommes arrivés sur la route, le gravier a fait place à de l'argile durcie et Hugo entend ma réponse.

«Maija a passé tout l'été à battre les broussailles, maugrée-t-il.

– Trouve autre chose à faire, dit Katri en riant. Ce ne sont pas les activités qui manquent, ici.

– Je suis allée un certain temps aux réunions des jeunes du Mouvement. Mais plus maintenant», ne puis-je m'empêcher de dire, bien que le cou de Hugo s'enfonce entre ses larges épaules et que son dos se voûte tel un bouclier.

La dissolution de la section de la jeunesse, cet hiver, a été un coup dur pour lui. On avait découvert que les plus virulents avaient été mêlés à la tentative de coup d'État en Estonie. Ç'a été la fin des ateliers de travaux d'aiguilles et des discours postillonnants, en tout cas pour l'instant.

Katri sourit à la montagne recouverte d'un manteau noir, devant nous, et se tourne vers moi.

«Tu devrais te dorloter un peu. Fais-toi friser les cheveux et achète-toi une nouvelle robe. Celle que tu portes était à moi. Tu n'en as pas d'autres que celles que j'ai laissées? Évite en tout cas de te montrer avec à l'école.

– Elle est très bien», dis-je en jetant un coup d'œil à mes genoux.

Sur le tissu à rayures bleues, mes bras ont l'air brun foncé.

«Elle fait l'affaire, il me semble, intervient Hugo.

– Papa, s'il te plaît, une fille de dix-sept ans ne peut pas porter en public les vieux vêtements de sa sœur. Quelqu'un le remarquera forcément. Et cette robe est trop grande pour Maija.»

Hugo mène le cheval avec précaution, comme s'il transportait un chargement d'œufs. Les enfants s'agitent déjà, vifs comme des oisillons, à deux doigts de tomber du nid. Nous n'arrivons à la gare que cinq minutes avant le départ du train. Nous portons les bagages dans le compartiment, Katri surveille les enfants, qui, après de rapides adieux, sont prêts à oublier leur séjour. À peine assis sur la banquette, Juhani, qui a appris à lire pendant l'été, sort un livre de son sac. Kirsti s'installe à côté de lui pour voir les images. Katri parle avec Hugo, mais je n'entends pas ce qu'ils disent. Je regarde les deux silhouettes sur la banquette, la grande et la petite, penchées sur les pages, et, derrière la fenêtre, le mur jaune de la gare et les lettres en fer noires: Luhtajoki. Savais-je les lire, à l'époque? Je n'en suis pas sûre. En arrivant avec Mme Oksala, je n'ai reconnu que le pommier, qui a depuis été coupé.

Hugo tapote Katri sur l'épaule et se dirige vers la plate-forme du wagon. Je me rappelle que je suis supposée le suivre. Les voyageurs s'installent, je m'apprête à remonter le flot, mais Katri me prend la main.

«Viens nous voir quand tu veux», dit-elle à voix basse, sans une once d'insouciance.

Je descends sur le quai auprès de Hugo. Le train tousse et s'ébranle. Katri agite la main à la fenêtre, un large sourire aux lèvres, Kirsti fait de même. Juhani esquisse un vague geste, plongé dans son livre.

Nous nous asseyons sur le banc de cocher. Hugo doit aller à son travail. Devant la pharmacie, je saute à terre et attends qu'il ait conduit le cheval à l'écurie.

«Tu rentres directement à la maison? demande-t-il.

– Je pense, oui.»

Il sort son portefeuille de sa poche intérieure, compte ses billets de banque, en prend deux, puis trois.

«Tiens, marmonne-t-il. Achète-toi quelque chose.»

Je plie les billets dans ma poche sans oser le regarder. Je n'ai encore jamais pu disposer de mon propre argent.

«Et prends de la graisse à chaussures, ajoute-t-il d'un ton ferme. Aune m'a demandé d'en rapporter.

– Merci.»

Il se hâte vers la porte de service de la pharmacie. Je me dirige vers la route, la main sur la poche.

J'ai deux heures de retard sur le lever du soleil. Je laisse ma bicyclette sous le sapin et pénètre dans la forêt. Je crois voir dans les lédons de légères traces de pas et ne peux retenir une joie irraisonnée: Joel est venu ici tous les matins. Il doit faire attention, il se formera bientôt un sentier. Mon havresac pèse lourd, la transpiration me rafraîchit la peau. Dans la pinière, je ralentis et zigzague dans l'épais tapis de myrtilliers afin d'égarer tout intrus. L'anse de mon seau grince. Des feuilles de bouleau jaunies s'accrochent aux brindilles. Les jours raccourcissent, la lumière baisse, les baies commencent à se gâter. Pourquoi n'est-ce pas le printemps?

Je me penche par moments pour cueillir des myrtilles, prétexte de ma venue, mais ne reste pas longtemps au même endroit. Je m'inquiète pour Joel, seul depuis plus d'une semaine. Peu importe les dix années précédentes – je ne dois plus l'abandonner à lui-même, Dieu sait ce qui peut se passer. Et je suis au moins aussi inquiète de ne pas avoir pu me montrer, lui rappeler mon existence.

En courant à travers les broussailles, je toussote et laisse l'anse du seau gémir. Quand la forêt s'éclaircit, je m'arrête pour ôter les brindilles et les aiguilles de sapin tombées dans ma maigre cueillette. Ma main a pris une odeur de métal et je m'accroupis pour l'essuyer dans une touffe de mousse. Un faible grincement me parvient, qui me donne envie de m'attarder, presque faire demi-tour. Je continue néanmoins, et le chant de la scie se renforce, se tait, reprend. Quand j'arrive à la lisière de l'airial, Joel est en train de poser un rondin de bouleau sur le billot. Sa hache le frappe et y reste plantée. Il soulève le tout au-dessus de sa tête et l'abat sur le billot. Le rondin se fend. Il le débite petit à petit en bûchettes. Sous la peau nue de son dos, on voit bouger les muscles de sa cage thoracique. On distingue aussi beaucoup d'os, beaucoup trop.

L'airial n'a pas eu le temps de sécher depuis les dernières pluies. L'argile aspire mes bottes, pénètre à travers la semelle dans mes veines et me ramollit les genoux. Je ne peux ou ne veux pas bouger, comme avec l'ours. Peut-être d'ailleurs est-il là, encore une fois avec un pas d'avance sur moi.

Joel place un nouveau rondin sur le billot, recule d'un pas et lève sa hache, mais regarde derrière lui et la repose, traverse à grandes enjambées le cercle de sciure. J'arrache mes bottes à la boue. Il sourit prudemment, s'approche et s'apprête à ouvrir les bras.

Mais le fauteuil à bascule est loin, dans une autre vie ou dans un rêve. Nous prenons peur et reculons tous les deux. Les bretelles de mon sac me scient les épaules. Je l'ôte et le laisse pendre à bout de bras devant moi. Joel le prend, s'y agrippe à deux mains.

« Qu'est-ce que tu as apporté ?

– Du sucre et de la farine. »

Il cligne des paupières, puis regarde par terre.

« Pour moi ?

– Oui. »

Il jette le sac sur son épaule et va à la cabane. Je m'assieds à côté de lui sur le perron. Nos yeux scrutent la forêt.

« Ne te sens pas gêné, dis-je. Aide-moi à cueillir des myrtilles. J'ai promis d'en rapporter à la maison, mais j'ai à peine rempli le fond du seau.

– D'accord, allons-y. »

Mais au lieu de se lever, il me regarde, les joues creusées d'ombres, les yeux humides. Je lui pose la main sur l'épaule. Elle est chaude et lisse, et se contracte quand il m'attire contre lui. Sa peau sent les aiguilles de pin, l'écorce, la résine et la sueur. Ma chemise de nuit attend, lavée et pliée sur le banc. Je la laisse où elle est, par précaution, pour avoir une raison de revenir.

Nous allons dans la forêt. Je la considère déjà comme la mienne, pour autant qu'une forêt puisse appartenir à qui que ce soit : je sais où veiller à ne pas piétiner une piste de fourmis ou à avertir une mésange charbonnière craintive, et où les arbres morts grincent l'un contre l'autre dans les bourrasques. La forêt m'accueille, me reconnaît comme lui appartenant, bien plus que l'inverse : la mésange fait taire son cri d'alarme, les moustiques semblent moins agressifs qu'au début. Les arbres continuent pourtant de cacher des secrets. La forêt en sait plus sur nous que nous sur elle.

Un vent solitaire ébouriffe les myrtilliers. Nous nous agenouillons pour cueillir leurs baies. Joel s'est muni d'un panier et d'une vieille tasse à café qu'il vide dedans dès qu'elle est pleine. Le travail avance plus vite comme ça, affirme-t-il, plus le récipient est petit, moins il faut de temps pour le remplir. Il est plus habile que moi de ses doigts, bien que ses mains soient plus grandes que les miennes.

«Tu ne me laisses rien», me plains-je alors qu'il vient à nouveau de dépouiller un myrtillier.

Il rit et s'éloigne de quelques mètres.

«Tu l'as vu, en venant ? demande-t-il.

– Non. De quel côté se promène-t-il ?

– Je ne sais pas.»

Je fais tomber les myrtilles directement des tiges dans mon seau. Derrière moi, j'entends Joel déverser à intervalles réguliers le contenu de sa tasse dans son panier. Tout est en ordre. Après les myrtilles viendront les airelles et les canneberges, et il y aura des champignons tout au long de l'automne, y compris sûrement des girolles, ici, et je convaincrai Aune et Hugo d'en manger. À la fin, ils insisteront même pour que j'aille dans la forêt.

«Malla. Il est là, devant toi, sur la gauche.»

Mes mains s'arrêtent sur les touffes de myrtilles. La forêt se perd dans le ciel, mes pensées s'enlisent dans le sol aussi profondément que mes pieds.

«Reste calme, dit Joel. Ne fais pas de gestes brusques.»

Je m'accroupis et tente de respirer régulièrement. Je force les muscles tremblants de mes bras et de mes mollets à se détendre, m'agenouille et pose les mains sur mes cuisses. Les poches de ma robe sont vides. S'il faut lui jeter quelque chose pour détourner son attention, je n'ai que mon seau de myrtilles.

Il vient vers moi, pas très vite mais avec plus de détermination que la dernière fois. Il s'arrête à quelques mètres, à la limite de mon champ de vision. Sa fourrure brune ondule dans le vent tel un champ de seigle, sa respiration siffle. Je jette un coup d'œil du côté de son museau. J'enfonce lentement les mains dans les myrtilliers et reprends ma cueillette. L'ours reste immobile, il fleure les aiguilles de pin, l'écorce et la résine, et autre chose, de puissant.

Puis il repart et disparaît derrière moi.

Joel le salue tout bas, il répond par un grognement. Je n'ose pas regarder, mais distingue deux voix, ils sont donc deux, presque certainement, bien sûr, sans doute. Joel rit, quelqu'un renifle, des rameaux de myrtilliers frôlent le panier.

«Va donc cueillir tes propres baies», murmure-t-il.

Le bruissement s'éloigne. Mes épaules se relâchent.

Le silence ne dure pas longtemps. Les pas semblent être les mêmes que tout à l'heure. Ils s'approchent et s'arrêtent derrière moi. La main qui se pose sur mon bras se termine par des doigts teintés de jus de myrtille. La forêt reprend son apparence normale, familière.

«Tu n'as pas à avoir peur de lui», dit Joel.

Il se tient à côté de moi, mais est en même temps à moitié ailleurs. Je lui presse la main.

«Allons-nous-en. Aussi loin que possible.»

Joel ouvre la bouche mais ne répond pas. Il pose son panier par terre, enjambe les myrtilliers et s'assied au pied d'un pin. Il s'adosse au tronc et attend, car c'est moi qui suis la plus étrangère ici. Je dois décider jusqu'où je veux aller, ou jusqu'où me perdre.

Je parcours un sentier invisible et m'arrête au bout. Ses yeux reflètent les cimes des pins centenaires et, parmi eux, mon image.

J'entrouvre la porte d'entrée aussi largement que possible sans qu'elle grince et me glisse dans le vestibule. Je me faufile sur la pointe des pieds vers la cuisine, mais Aune est dans la salle et me voit. Elle est assise à la table, occupée à coller des photos dans un album.

«Tu rentres bien tard. Il pleut?

– Pas encore.

– Le ciel s'assombrit si vite que ça ne devrait pas tarder. Tu as trouvé quelque chose?»

J'entre dans la salle et pose mon seau par terre.

«Je les ai aussi nettoyées.

– Bien, porte-les dans le cellier. On fera des confitures demain.»

Je me tourne pour sortir, mais Aune m'arrête.

«Qu'est-ce que tu as sur ton gilet?»

Je regarde par-dessus mon épaule.

«De la myrtille!

– Comment as-tu réussi à t'en mettre dans le dos ? soupire Aune. Lave-le tout de suite à l'eau chaude, les taches partiront peut-être encore. Il y en a dans la cuve du sauna, nous en revenons. »

Je dépose les baies dans le cellier et continue mon chemin vers le sauna, au bout de l'étable. Je me déshabille dans le vestiaire en écoutant la pluie qui commence à tambouriner au-dessus du fenil. J'emporte une bougie dans l'étuve, ferme les rideaux de la petite fenêtre et verse de l'eau chaude dans une bassine. Je mets mon gilet à tremper et grimpe sur les gradins. La chaleur trouve le chemin de mes muscles, mais je continue à trembler de froid. Je lève la bougie plus haut. J'ai sur les hanches des piqûres d'aiguilles de pin, comme de l'eczéma, et des taches pourpres de jus de myrtille sur les bras et les jambes. Les rameaux m'ont laissé des griffures rouges sur les cuisses. Je caresse les traces de doigt de la forêt afin de les imprimer dans les profondeurs de ma peau.

Je porte le tapis dehors, le secoue et le pose avec les autres sur la rambarde. Dans la salle, la machine à coudre à pédale d'Aune ronronne. Par moments, le bruit s'interrompt et elle soupire face aux fils emmêlés. Elle se débrouille mal, trop habituée à tout coudre à la main.

Je laisse la porte ouverte aux vents de la plaine, au risque que les bourrasques fassent voler la poussière de l'airial dans le vestibule. J'essore la serpillère et m'agenouille. Le sol n'est pas sale, mais le ménage doit être fait toutes les semaines et je m'en occupe aujourd'hui, vendredi, pour pouvoir aller demain cueillir des airelles. Je vais et viens à quatre pattes sur le plancher, le sourire aux lèvres. Depuis ma dernière visite, il s'est écoulé une semaine de moments paresseux, d'yeux fixés sur la fenêtre, de passage de charrettes, de chevaux et d'autos, d'une visite à Peltosaari sous le regard las d'Anttu, d'écossage d'un cageot de petits pois mis ensuite à sécher. Étonnamment loin de tout ce qui m'entoure et étonnamment près de la forêt, à l'horizon.

Je passe à la salle et lessive le plancher à grands gestes en arcs de cercle. La jupe d'Aune flotte autour de ses chevilles au rythme de ses pieds actionnant la pédale. Elle porte toujours des robes longues, indifférente aux années et aux modes. J'essuie quelques grains de poussière aux alentours de la machine à coudre et vais rincer la serpillère.

« Tu as quelque chose à raccommoder ? demande Aune en examinant le bas des manches de la veste de Hugo.

– Non.

– Tu as un cache-col ? À part celui usé jusqu'à la corde ? Il gèlera bientôt le matin.

– Celui à rayures fera bien encore l'affaire un moment.

– Prends quand même de la laine dans la corbeille et commence à en tricoter un. Ça va te prendre longtemps, de toute façon.

– Je vais d'abord finir le ménage. »

J'entreprends de laver sous le sofa. Ce n'est pas indispensable de le faire toutes les semaines, mais tricoter m'inspire encore moins.

« Tu as le reste de ce qu'il te faut pour l'hiver ? Un bonnet et des moufles ?

– Oui, oui.

– À quelle heure penses-tu y aller, demain ?

– Dès le matin.

– Et dans quel coin ?

– Là où j'étais allée avec Katri. »

Aune hoche la tête.

« Hugo m'a dit qu'il t'avait donné de l'argent pour des vêtements. »

Je rampe à moitié sous le sofa. La serpillère tombe sur d'étonnamment gros moutons.

« Tu as déjà acheté quelque chose ?

– Oui. »

Je vais ranger mes ustensiles de ménage. Quand je reviens dans la salle, la machine à coudre ronronne et Aune est concentrée sur son ouvrage. Je cherche de la laine verte dans la corbeille et commence à monter des mailles sur des aiguilles à tricoter.

Sur la carte, ma main couvre tout le pays, du littoral au Velu, ma vie et mes souvenirs. Le bout de mes doigts touche le Nord, là où nous ne sommes allés qu'en imagination. À l'exception de quelques photos floues dans mes livres de classe, je n'ai jamais vu à quoi cela ressemblait, là-bas, mais j'ai retenu des histoires de papa les sentiers caillouteux, les plaques de neige et les ruisseaux qui s'en échappent, l'été. Et sur les versants à l'ombre, dans les monts, les lacs longtemps gelés dont l'eau verte brille sous son froid couvercle.

Je ferme les yeux et me laisse glisser de mon lit sous la glace. Papa me tient par la main et prononce des formules magiques : *dryade octopétale*, *cassiope hypnoïde*, *phyllodoce bleue*, *diapensie de Laponie*. Nous les trouvons dans des toundras inhabitées. Le désespoir me monte à la gorge et aux yeux, mes jambes perdent leur force. Je sombre dans les profondeurs, jusqu'à ce que je me libère brusquement la main et saute sur le plancher. Je vais et viens sur le tapis en lirette en me répétant les noms des plantes, telles de vaines promesses. Une colère lasse me submerge. Une fois de plus, je ne lui souhaite pas bonne nuit.

Je prends une pelote de laine sur le bureau et la triture pour l'aérer. Quand elle est assez lâche, je m'empare de mes aiguilles et monte des mailles. Il me faut bientôt allumer la lampe, mais je continue à tricoter. Par moments, je me lève et m'étire. Mes membres tremblent, ils perçoivent le lent mouvement de la planète qui tourne le dos au soleil et tend en même temps le visage vers la lumière. On marche au rez-de-chaussée, les talons de Hugo claquent, les pas d'Aune se devinent tout juste, elle porte des chaussons à l'intérieur. Je ne l'entends qu'une fois qu'elle est dans l'escalier. Hugo la suit de près. Dans le couloir, leur porte se ferme.

Je pose mon ouvrage sur le lit et ouvre le placard. Je range dans mon havresac des vêtements de rechange, de la farine, du sel, des fruits secs, du chocolat et du cacao en poudre. Le sac est trop gros pour une simple cueillette dans les bois. Je dois me réveiller avant Aune et Hugo et filer en cachette.

Je me réveille toutes les heures, tends les bras et plisse les yeux. Quand je commence à distinguer mes doigts, je me glisse de sous la couverture et m'habille. Je n'y vois presque rien, mais je connais le nombre et la longueur des pas nécessaires. Dans le couloir, je marche sur la pointe des pieds sur le tapis et, dans l'escalier, sur le côté des marches. Les lourdes bourrasques de la respiration de Hugo s'entendent jusqu'au rez-de-chaussée.

Dans l'airial, je choisis la pelouse plutôt que l'allée de gravier. La porte de la remise grince méchamment, impossible de l'éviter, mais la bicyclette de Hugo est tout de suite à portée de main. Je la pousse dehors et l'enfourche.

Dans les champs, l'aube pointe déjà, mais l'air est plus froid que dans l'airial entouré de bâtiments. Je serre de toutes mes forces les cornes du guidon et presse mes coudes contre mes flancs. Le froid m'enfonce douloureusement ses doigts osseux dans les oreilles. Je m'arrête pour m'enrouler mon cache-col autour de la tête.

Près de l'église, un passant chemine en direction du village. Je le dépasse rapidement, peut-être me reconnaît-il, mais tant pis, qu'il s'étonne si ça lui chante. Avec ma bicyclette et mon lourd havresac sur le dos, tout un chacun, y compris moi, peut s'imaginer que je pars pour de bon. Je franchis la voie de chemin de fer. Le train de nuit venu du nord quitte la gare et pendant un instant nous roulons côté à côte, chacun dans un sens. La fumée noire reste à flotter dans les airs bien que le grondement du convoi se soit éloigné vers le sud. Je sens une épaisse couche de suie se déposer sur ma peau. Je m'arrête au carrefour de Luomahaara pour m'essuyer le visage avec mon mouchoir.

Je m'apprête à remonter en selle quand j'entends une bicyclette derrière moi. Quelqu'un approche, à moins de cent mètres, lève la main et repousse une mèche sur son front. Je me tourne. La route mène à deux endroits, l'école et la forêt, destinations aussi louches l'une que l'autre, aussi tôt le matin, à une semaine de la rentrée des classes.

Anttu s'arrête à côté de moi et pose un pied à terre. Sa roue avant me barre à moitié le chemin. Nous échangeons un bonjour, puis il reste planté là, me dévisage et regarde les champs et le ciel.

« Alors ? finis-je par demander.

– Qu'est-ce que tu fais là ?

– Je vais voir si les airelles sont mûres.

– Tu ne devais pas aller dans la forêt où tu avais emmené Katri ? »

Les euphraises scintillent sur le bas-côté telles de blanches étoiles matinales.

« Aune en a parlé hier soir, poursuit Anttu.

– Elle t'a demandé de me suivre ? »

Il hausse les épaules. J'enfonce mes mains glacées dans les poches de mon manteau, trop léger pour que je reste sans bouger. Anttu voit que je frissonne.

« Tu devrais rentrer, dit-il. Dormir encore une heure ou deux.

– Qu'est-ce que tu veux ? »

Il passe la jambe par-dessus la barre de sa bicyclette, ôte son manteau et le pose sur mes épaules. Il est chaud et dégage une légère odeur de tabac. Je glisse les bras dans les manches et ferme les boutons.

« Hugo n'aime pas te savoir dans le village par les temps qui courent, dit Anttu.

– Par les temps qui courent ?

– Oui. Tu allais à la salle des fêtes ?

– Qu'est-ce que j'irais y faire ?

– Sûrement rien, nigaude, mais Hugo et Aune soupçonnent le pire.

– Et c'est quoi, le pire ?

– La réunion de demain, qui se prépare depuis deux semaines. C'est aussi depuis ce temps que tu disparais mystérieusement, passes la nuit dehors et racontes toutes sortes d'histoires à propos de cueillettes de baies.

– Ce ne sont pas des histoires. Et je ne sais rien de cette réunion.

– Alors que le village grouille de gens qui ne sont pas d'ici ! »

Je n'ai pas le souvenir d'avoir croisé particulièrement beaucoup d'inconnus. Pas plus que d'habitude au mois d'août, des voyageurs prenant le train et quelques estivants. Anttu sourit.

« Tu as la tête dans les nuages.

– Ils t'ont demandé de me surveiller ? »

Il allume une cigarette.

« Oui. »

Le ciel pâle descend, les champs se dressent telle une muraille. Je me sens devenir à la fois minuscule et gigantesque, emplissant un espace vital qui se réduit à vue d'œil, alors qu'il n'y a pourtant au-dessus que du vide. Je me tourne vers les euphraises.

« Où te cachais-tu ?

– Dans le mazot. Je me suis réveillé quand tu as pris la bicyclette. »

Derrière les champs, la forêt scie le ciel. De hautes flammes montent du vaste brasier du soleil.

« Qu'est-ce que je dois leur dire ? demande Anttu.

– Que je suis allée dans la forêt, comme prévu.

– Pourquoi vers Luomahaara ?

– Tout le monde va cueillir des baies de l'autre côté du village. J'en suis arrivée à la conclusion qu'il était inutile d'aller glaner les restes.

– Le chemin des forêts de Luomahaara passe tout près de l'école et de la salle des fêtes, fait remarquer Anttu avec un signe de tête en direction de ma bicyclette. Ta roue avant pointe encore vers la réunion des communistes.

– J'allais tourner à droite.

– Et je devrais te croire ?

– Que tu me croies ou pas, j'y vais. »

J'ôte le manteau d'Anttu et le lui tends. Il ne fait pas un geste pour le prendre.

« Hugo et Aune croiront ce que je leur raconterai, assène-t-il. Je vais peut-être leur dire que tu as filé droit à la lisière de la forêt et disparu dans les broussailles avec ton seau. Ou alors, que tu es allée à l'école et t'es assise dans la balancelle de la cour avec un grand type en chemise rouge. »

Je suis fatiguée, infiniment fatiguée.

« Et alors, qu'est-ce que tu vas leur dire ? »

Anttu esquisse un sourire aussitôt effacé.

«Peu importe. À toi de décider. Si tu me rends mon arme, je dirai que tu es sagement allée dans la forêt.

– Que veux-tu en faire ?

– Rien, mais elle m'appartient. Si tu faisais un effort, tu comprendrais à quel point la façon dont tu t'en es emparée est rageante. Il me suffirait malgré tout que tu me la rendes.

– Tu n'iras pas tirer sur les cygnes ? Tu ne parleras d'eux à personne ?

– Promis.»

Je saisis le guidon de ma bicyclette.

«Je vais aller la chercher.

– Je viens avec toi.

– Tu ne...

– Je viens.»

Nous pédalons côte à côte sur la route de Luomahaara. J'essaie de le convaincre d'attendre le soir. Mais il tient à récupérer tout de suite son bien.

Nous laissons nos bicyclettes dans un fossé à sec et grimpons le talus pour pénétrer dans la forêt. Je conduis Anttu vers la paroi rocheuse en longeant au plus près la lisière des bois. Mais à cet endroit, les broussailles sont denses et parsemées de pierres retirées des champs. Anttu s'écarte de ce terrain malaisé. Je me hâte sur ses talons.

«Laisse-moi passer devant.»

Il ne répond pas, et je ne trouve moi non plus rien à ajouter. J'écoute les craquements de branches et les faibles voix des oiseaux. J'attends avec appréhension le moment où tout se taira et où la forêt se mettra en mouvement.

Nous descendons dans la combe. La lumière atteint déjà le pied des arbres et, soudain, la roche surgit dans la pénombre. Devant, au milieu des framboisiers, on distingue une tache plus claire : les restes d'une vieille souche tout récemment brisée en miettes.

«Quel chantier ! s'exclame Anttu en donnant un coup de pied dans le tas de sciure.

– C'est un pic noir qui a cherché des fourmis.

– Un pic fait autant de dégâts ?»

Je m'agenouille devant la faille de la paroi, tends la main et cherche l'étui du pistolet. Je ne le trouve qu'après avoir enfoncé le bras jusqu'à l'épaule dans l'anfractuosité. Je le sors, le donne à Anttu et essuie la boue de la manche de mon manteau.

«Tu en as choisi, une cachette !» constate-t-il en soufflant sur les débris de mousse et en essuyant l'étui avec son mouchoir.

Il s'assied au pied de la paroi rocheuse, ouvre l'étui et examine le pistolet sous toutes les coutures.

« Allons-y, dis-je.

– Attends. Je vérifie s'il fonctionne. Dans des endroits comme ça, il peut y avoir de l'eau. »

Il manipule l'arme, l'ouvre et fait jouer ses pièces. Pour finir, il la range dans son étui, défait sa ceinture et l'y enfile. Il me regarde de toute sa hauteur et sourit.

« Allons-y. »

J'essaie de l'entraîner dans la direction d'où nous sommes venus, mais il tourne vers l'est, droit vers la route.

« Ce sera plus court par la forêt. »

Peut-être cela vaut-il mieux, nous serons plus vite partis. Je bavarde de sujets anodins, cueillette de myrtilles, mésanges et écureuils, comme la dernière fois où nous étions ici, mais cette fois dans l'affolement, mangeant mes mots, d'une voix forte. Je marche devant Anttu, cours presque. Quand je jette un coup d'œil derrière moi, il s'est arrêté et regarde à droite dans les broussailles.

« Qu'est-ce que c'était ?

– Quoi ?

– Un bruit dans les buissons.

– Tu essaies de me faire peur.

– Non. »

Il me rejoint mais garde l'œil rivé sur le mur de saules. Je me rappelle qu'il y a derrière un creux tourbeux où poussent des plaquebières dépourvues de baies. Tout est silencieux. Je tousse une ou deux fois, réveillez-vous, les oiseaux, le vent, n'importe quoi d'ordinaire ! Mais le silence se fait plus profond, avant d'être rompu par des pas étouffés. À une vingtaine de mètres, les saules s'agitent, les branches caressent un corps massif puis le laissent passer. L'ours apparaît.

Anttu pousse un cri. L'animal se tourne pour nous regarder et s'arrête, secoue la tête et souffle du nez. Un faible sifflement s'en échappe. Anttu fixe l'ours, les poings serrés sur les cuisses, le corps raide comme une poupée. Il n'est pas difficile d'imaginer ce qu'il voit : un animal sauvage, inconnu, doté de dents et de griffes acérées. Rien d'autre.

« N'aie pas peur », dis-je tout bas.

Il ne m'entend pas. Son poing droit s'ouvre, sa main se pose sur son étui de pistolet.

« Anttu. »

Il ne m'entend toujours pas, mais l'ours, si. Il capte la peur et s'inquiète, fait un pas de côté, flaire l'air. Ses narines sifflent. Je m'approche d'Anttu et lui prends le poignet, mais il ouvre à tâtons l'étui et réussit à saisir la crosse du pistolet.

« Anttu, laisse-moi faire. »

Puis je parle. Je me place entre eux et ordonne à Anttu de se diriger lentement vers la route. Il respire à peine et il ne tardera pas à s'évanouir s'il continue comme ça. Il réussit malgré tout à reculer de quelques pas. Comme l'ours ne bouge pas, il se risque à s'éloigner, toujours à reculons. Les myrtilliers balaient le bas de son pantalon. Je le suis lentement sans cesser de parler, il m'est soudain facile de trouver des sujets pour alimenter le flux tranquille de ma voix. J'évoque le froid de la nuit et le matin ensoleillé, les oiseaux, Anttu qui ne veut de mal à personne mais a juste eu peur, et un ours qui ferait bien d'aller se reposer dans les broussailles car la journée va être chaude.

Nous nous sommes repliés d'une dizaine de mètres quand l'ours fait demi-tour et disparaît derrière les saules. Les branches se balancent, s'immobilisent. Un premier oiseau volette d'un arbre à l'autre, le vent se pose sur les cimes. Anttu s'arrête. Des gouttes de sueur perlent à son front.

« Continuons, dis-je à voix basse. La route est tout près. »

Pas après pas, la forêt redevient elle-même. Le soleil s'est levé, les nuages voguent haut dans le ciel. Nous marchons en silence l'un derrière l'autre, tout est calme, presque normal, pendant un instant. Après que nous avons franchi le fossé et retrouvé la route, Anttu se tourne vers moi, dans tous ses états, et laisse échapper un flot de paroles. Un ours, une bête féroce, comment est-ce possible, ici ? Il a surgi sans prévenir devant nous, tu as vu ses crocs, ses griffes, ses pattes, son dos voûté ? Ça va être la ruée, ce n'est pas arrivé depuis Dieu sait combien d'années, on verra qui sera le premier, ce sera un défi, une bataille, un barouf incroyable.

Le vent malmène les branches, j'ai le vertige, Anttu ne tient pas en place. J'essaie de capter son regard et finis par me boucher les oreilles.

« Personne ne doit savoir !

– Quoi ? »

Il me regarde, redevenu l'adulte raisonnable des photos. J'ôte les mains de mes oreilles.

« Tu ne dois parler de l'ours à personne. »

Il s'emballe de nouveau. Tu ne peux pas être aussi stupide, pour les cygnes, passe encore, je comprends, ils sont beaux, mais l'ours, un prédateur, un voleur de bétail, un destructeur de récoltes, un mangeur d'hommes.

« Les ours ne mangent pas les hommes. Et celui-là ne s'attaque même pas au bétail.

– Un carnassier est un carnassier, tu ne le connais pas.

– Si. »

Anttu se tait et me fixe. Je n'ai pas d'autre choix que de lui raconter, le minimum indispensable.

« J'ai déjà entendu parler d'ours apprivoisés, dit Anttu. Mais on ne devrait pas le laisser en liberté.

– Il n'est pas apprivoisé. Il va où il veut.

– C'est irresponsable de lui permettre de se promener si près du village.

– Personne ne vient par ici, sauf quelquefois sur la route, et il évite les inconnus. Il me connaît, c'est pour ça qu'il s'est montré.

– Comment t'arrangeras-tu avec ta conscience s'il blesse quelqu'un ?

– Il ne blessera personne. C'est son frère. »

Anttu lâche un grognement exaspéré. Tout est gâché, en miettes.

« Il ne fera rien à personne, reprends-je. Et si ça arrive, tu pourras me tuer si tu veux.

– Arrête. »

Nous partons vers les champs. Je raconte à Anttu comment j'ai rencontré l'ours. Comment Joel lui parle, partage avec lui les coins à myrtilles. Il ne s'est jamais montré menaçant. Anttu marche le regard rivé au sol, les commissures des lèvres arquées vers le bas.

« C'est ce Joel que tu vas voir ? »

Le coin de l'œil me démange, mais je ne lui rends pas son regard. Il soupire.

« Enfin, c'est toujours mieux qu'un communiste ou une chemise noire. À moins qu'il soit...

– Ni l'un ni l'autre.

– Et toi ?

– Non plus. »

Nous arrivons à nos bicyclettes. Anttu sort la sienne du fossé et s'appuie à la selle.

« C'est difficile, ici, d'être de la mauvaise couleur. Et au moins aussi difficile de n'en choisir aucune.

– Pour toi aussi ?

– Non. Quand on a parcouru le monde, il devient impossible de s'identifier à une couleur.

– Je n'ai pas parcouru le monde, moi, lui fais-je remarquer.

– Peut-être que si. Un peu.»

Il cale une cigarette au coin de ses lèvres et gratte une allumette.

«On y va? demande-t-il entre ses dents.

– Vas-y, toi. Moi j'y retourne.»

L'allumette s'éteint, il la jette dans le fossé.

«C'est de la folie. Rentre à la maison.

– Je rentrerai plus tard.»

Il gratte une nouvelle allumette, la porte à sa cigarette.

«Tu ne diras rien à personne?

– Je dirai tout à quatre heures du matin, demain, si tu n'es pas rentrée. Je raconterai que l'ours t'a attaquée et j'enverrai des chasseurs et des chiens à vos trousses.»

Derrière la fumée, ses lèvres s'étirent un peu vers le haut. Puis il se penche pour sortir ma bicyclette du fossé.

«Ne fais pas de bêtises, conclut-il. Avec qui que ce soit.

– Promis.»

Je m'élance dans la montée et pédale aussi longtemps que je peux. Quand je descends de selle et regarde par-dessus mon épaule, Anttu écrase sa cigarette sous son pied, agite la main et s'en va. Au sommet de la colline, je pousse ma bicyclette à l'écart de la route et la cache derrière un rocher. La forêt bruisse, inhospitalière, et se dissimule derrière un voile de larmes. Je l'ai trahie.

Joel est assis sur le perron, le menton dans les mains. Ses poings lui cachent la bouche, mais je vois à ses yeux qu'il est loin. Il est d'ailleurs assis à distance, il s'est levé du banc, à côté de moi, quand je lui ai expliqué ce qui s'était passé.

«J'ai été obligé de lui dire. Sinon, il serait allé droit chez le commissaire rural.

– Je sais», dit Joel derrière ses mains.

C'est tout. Je n'en peux plus d'attendre. J'entreprends de dresser la liste de mes erreurs: pourquoi ai-je caché le pistolet dans la forêt, pourquoi n'ai-je pas plus fermement interdit à Anttu de venir, pourquoi, au petit matin, n'ai-je pas regardé plus tôt par-dessus mon épaule et vu qu'il pédalait derrière moi? Enfin Joel lève les yeux.

«Ce n'est pas de ta faute. Les sursis ont toujours une fin.

– Ça ne devrait pas se passer comme ça.»

Il se lève, fait quelques pas dans l'airial et regarde la forêt, à moitié de dos.

« Par où est-il parti ?

– Par ici. Je ne l'ai pas revu en venant.

– Bien. »

Il me rejoint, se colle à moi. Sous sa chemise, son dos est dur et chaud, il a de nouveau débité des bûches toute la matinée. Au pied des marches, des pommes de terre boueuses sèchent dans un cageot. Elles sont petites, il n'a pas beaucoup plu et la source où puiser l'eau pour arroser le potager est loin. Joel en porte quand même des seaux, et dépense au passage au moins autant d'énergie que ce que sa récolte lui fournit. Je regarde son visage. Je suis à peu près sûre que les ombres sous ses yeux se sont accentuées et ses joues, creusées. Dans les petits lacs de forêt, il n'y a que peu de poissons, et le gibier a depuis longtemps été décimé dans la région. Joel ne cesse de bouger, de marcher et de trimer, il aurait besoin de céréales, de farine, d'œufs, de beurre et de sucre. Mais j'ai déjà dépensé presque tout l'argent donné par Hugo.

« Et si nous allions nous promener ? » suggère-t-il.

Nous descendons la colline vers le marais aux Cygnes. J'ai toujours mon sac sur le dos et, dedans, des provisions. Sous forme d'en-cas, il n'y a pas de honte à y goûter tranquillement, ensemble. Je m'arrête sur le rocher dénudé d'où la vue s'étend au loin, non pas sur la tourbière mais, au-delà, sur des forêts bleutées. Je m'assieds, le soleil a déjà réchauffé la pierre.

« Et si on mangeait quelque chose ?

– Déjà ? dit Joel en riant.

– J'ai faim. »

Je sors de mon sac du chocolat et des fruits secs. Je tends les sachets en papier à Joel, qui y pioche quelques raisins secs et les mâchonne. Puis je les pose entre nous et lui parle de papa, de maman, de Hanna et d'Aspholm, cet étrange manoir où papa ne se plaisait pas mais qui lui manquait. Je voudrais aussi me confier à propos d'Olga et de la nuit où j'ai cherché l'ours sur les pentes du Velu et rampé dans la tanière abandonnée, mais je n'ose pas, ce n'est pas le moment d'aborder le sujet. Je ne dois pourtant pas cesser de parler, comme avec l'ours. Je bavarde tranquillement, j'essaie de l'amener à se détendre, à tout manger sans s'en apercevoir. Et il grignote tour à tour des fruits secs et des pistoles de chocolat, les yeux mi-clos, et j'en prends aussi de temps en temps, afin qu'il n'ait pas peur de continuer.

Quand les sachets sont vides, je les range dans mon sac. Joel s'allonge. Je me colle à lui. Le soleil étale sur nous une couverture légère, nos bras s'entremêlent.

Au bout d'incalculables instants, Joel me réveille de mon demi-sommeil. Le soleil est passé derrière la cime du pin.

« On y va ? Il commence à faire froid. »

La lumière m'éblouit et j'ai la tête qui tourne. Nous quittons le rocher. Le sol se fait plus meuble et plus humide, les sphaignes vert vif s'enfoncent sous le pied, j'essaie de marcher dans les pas de Joel afin de ne pas laisser deux pistes dans la mousse. Nous pataugeons dans les lédons et cueillons à leur pied des plaquebières tardives.

Joel s'arrête sur la rive du marais aux Cygnes. Je ramasse encore quelques grosses baies dans le creux de ma main et les lui tends, mais, le regard fixé devant lui, il ne les voit pas.

La tourbière a été mise en cage. Dans la vive lumière du jour, des dizaines, des centaines de barreaux blancs se dressent dans la vaste étendue de mousses, la traversant de bout en bout de leurs longues lignes droites. Ce sont des piquets de bois, plantés à intervalles réguliers.

Nous quittons la tourbière sans un mot et regagnons la cabane par le chemin le plus court. Joel s'agenouille pour allumer du feu dans le fourneau. Je sors discrètement les paquets de farine, de sucre et de cacao de mon sac et les range sur l'étagère.

« Que veux-tu comme infusion ? demande-t-il.

– Du bouleau et de l'achillée mille-feuilles, par exemple. »

Joel ouvre deux bocaux en verre et laisse tomber des feuilles séchées dans la théière. La casserole attend sur le fourneau. Il s'affale sur une chaise, puis soupire et se relève.

« Il n'y a plus d'eau.

– Je vais en chercher. »

Le vent fait danser les feuilles mortes de l'airial et, dans le potager, frissonner les fanes de pomme de terre et de carotte. Je vais puiser un seau d'eau à la source et retourne à la cabane. Joel vogue dans le fauteuil à bascule, les yeux fermés. Je remplis la casserole et m'assieds par terre à côté de lui.

« Ces piquets ne veulent pas forcément dire quoi que ce soit dans l'immédiat », dis-je.

Le roulis du fauteuil à bascule se calme.

« Quand on pose les jalons de fossés, ça signifie qu'on veut tout assécher, et vite. Ils vont venir. La tourbière gèlera dans deux mois.

– Même s'ils viennent, ils resteront dans le marais.

– Ils ne sont pas aveugles pour autant.

– Mais il évite les gens.

– Quelqu'un le verra tôt ou tard, dit Joel en rapprochant le fauteuil à bascule du fourneau. Et ils ne resteront pas forcément dans le marais. Si ce sont des prisonniers qui creusent les fossés, peut-être, mais on embauche souvent d'autres ouvriers, qui peuvent aller où bon leur semble pendant les pauses. Ils risquent aussi de dresser un camp au bord de la tourbière, et quelqu'un peut avoir l'idée de couper à travers la forêt pour aller à Luhtajoki.

– Que se passera-t-il s'ils viennent ici ? »

Joel hausse les épaules.

« Ils me reconnaîtront, ou pas, et ça leur sera égal, ou pas. »

Je lui prends la cheville. Il me regarde d'un air las. Ses cheveux courts, sous le soleil d'été, sont devenus presque blancs. Sa cicatrice se détache dans son visage hâlé. Je me lève et la suis de l'index. Un tic agite le dessous de son œil. Il presse mon doigt dessus et ferme les paupières. Les contractions se calment.

Joel verse l'eau bouillante dans la théière et prend deux tasses sur l'étagère. Je m'assieds en face de lui. Ma tasse est vieille, les fleurs de son décor ont pâli, la rose rouge est devenue blanche. Celle de Joel est parcourue d'une fêlure sombre. Il caresse l'anse puis tend le bras par-dessus la table et m'effleure la main.

« Ne t'inquiète pas. »

Je tente de sourire. Il se penche pour prendre la passoire dans le tiroir de la table.

« Tu veux manger quelque chose ? demande-t-il en plaçant la passoire sur ma tasse et en y versant de la tisane.

– Non. Je veux que nous partions, tous les trois. »

Joel repose la théière sur la table.

« Nous pouvons être loin, d'ici l'hiver, poursuis-je. Tant qu'il n'y aura pas de neige, nous pister sera difficile. »

Je prends la passoire et sers à mon tour Joel. Il entoure sa tasse de ses mains.

« Je ne sais pas.

– S'ils commencent à drainer la tourbière dès cet automne, nous ne pourrons peut-être plus partir sans être repérés par les ouvriers.

– Avec l'ours, impossible de traverser les champs et les villages en direction de l'est.

– De nuit, on pourrait y arriver. Et les nuits sont de plus en plus longues.»

Joel remue sa tisane. Son front reste plissé, mais il lâche un mot hésitant qui fait s'agiter les muscles de mes jambes:

«Oui.

– Nous chercherons des chemins de traverse, dis-je pour l'encourager. J'ai des cartes.

– On ne peut pas totalement éviter les villages.

– Mais nous franchirons les pires goulets d'étranglement dans l'obscurité.

– On risque malgré tout de rencontrer des gens.

– Ou pas.»

Il boit une petite gorgée, trempant à peine les lèvres.

«Et que peut-on faire d'autre?» reprends-je.

Il pose sa tasse sur la table et regarde dehors.

«Rien.»

Le monde est soudain plus grand qu'il ne l'a été depuis dix ans. Je vide ma tasse d'un trait, Joel me ressert, la lumière ventée qui entre par la fenêtre danse dans ses yeux, les rides entre ses sourcils se lissent. Le souffle de l'air, dehors, fait vibrer les joints calfeutrés de mousse des madriers et le conduit de cheminée, la vieille cabane se mue en un abri sous les branches basses d'un sapin d'où le voyage peut se poursuivre.

Tout est clair. L'école reprend après-demain, et une fois que j'y serai, impossible de disparaître, la nouvelle parviendrait dans l'heure à Aune et Hugo. Mais samedi prochain, après une courte journée de classe, je pourrai de nouveau aller cueillir des airelles. Pendant la semaine, nous aurons le temps de rassembler nos affaires et de planifier notre itinéraire. Pendant deux mois, peut-être même trois, nous pourrons marcher et dormir à la belle étoile autour d'un feu de camp, pêcher, ramasser des baies et des champignons, voler de la nourriture au besoin. Et quand la neige recouvrira le sol pour de bon, nous chercherons un endroit tranquille où passer l'hiver – une cabane abandonnée et, pour l'ours, une tanière dissimulée sous un sapin.

Nous terminons notre tisane, puis allons fouiller dans les vêtements d'hiver rangés dans le mazot. Aune n'a toujours pas cédé sur le port du pantalon, même par les plus grands froids; je n'en ai qu'un, pour le ski, et il n'est pas assez chaud pour d'autres activités. Mais nous en trouvons un vieux de Joel qui me va, avec même de la place, dessous, pour un caleçon de laine. Nous rassemblons sur le lit gigogne de la salle une pile de vêtements, le grand havresac du père de Joel, des provisions sèches.

«Il faudra les mettre dans des bocaux étanches, dit Joel en prenant les sachets en papier sur l'étagère.

– J'en apporterai samedi.»

Ça pèsera forcément lourd, mais nous devons emporter de la nourriture pour au moins une semaine, et la farine et le sucre doivent être protégés de l'humidité. Si nous pouvons nous éloigner ne serait-ce que de cinquante kilomètres vers l'intérieur des terres, nous atteindrons une région plus boisée et serons plus libres de nos mouvements.

La quantité d'affaires empilée sur le lit gigogne est telle qu'il faudra faire un tri. Nous remettons cependant la tâche à plus tard et allons nous asseoir sur le perron. L'airial est petit et désert. La porte du mazot est restée ouverte. Ici et là, il pousse le long des murs de jeunes trembles que je n'ai pas remarqués plus tôt. L'été prochain, ils envahiront le potager et la pelouse et, dans quelques années, les toits fléchiront et les gonds laisseront bâiller les portes. Les bâtiments ont l'air presque tristes. Rassembler ses bagages manifeste une volonté de départ et, ce faisant, l'on n'est déjà plus présent.

«J'irai récolter les derniers légumes du potager, dit Joel d'un ton rassurant. Inutile de les laisser perdre.

– Je vais essayer de réfléchir à des provisions qui ne pèseraient pas trop lourd. Il me reste encore un peu d'argent, mais il vaut sûrement mieux ne pas le dépenser tout de suite.»

Joel scrute la lisière de la forêt, tourne la tête et flaire le vent.

«Il faut réussir à lui faire comprendre que nous partons, dit-il. Et qu'il doit venir avec nous.»

Il fait déjà sombre, dans la forêt, quand nous prenons le chemin de la route. Nous marchons l'un derrière l'autre dans les broussailles, puis côte à côte dans la pinière, sur deux sentiers invisibles. L'air refroidit rapidement.

Je sors ma bicyclette de derrière le rocher et attache lentement mon havresac sur le porte-bagage. Joel tâte les pneus et constate que la roue avant aurait besoin d'être regonflée. Nous ne trouvons ensuite plus rien à faire. Je ne vois désormais qu'à peine les traits du visage de Joel.

«Tu retrouveras ton chemin, dans le noir? ne puis-je m'empêcher de m'inquiéter.

– Je m'orienterai d'après les étoiles.»

Je me presse si fort contre lui que j'entends battre son cœur. Ses mains se posent dans mon dos. Je lui caresse la nuque, elle est froide. Je m'écarte et ôte mon cache-col.

« Prends ça.

– Tu en as besoin.

– Non, pédaler réchauffe. Et je suis en train d'en tricoter un autre, à la maison. »

Il noue le lainage à son cou. On ne distingue plus la couleur de ses rayures verticales, brunes et vertes. Ce n'est pas moi qui l'ai tricoté, mais Hanna, et je l'ai depuis Helsinki.

Nous nous mettons en route. Je monte sur ma bicyclette et laisse la pente m'entraîner lentement, Joel marche à mes côtés. Sa main s'attarde sur la mienne, mais la vitesse augmente. Il se laisse distancer.

« À samedi ! promets-je.

– Oui. »

L'air de la nuit siffle à mes oreilles. Quand je regarde derrière moi, depuis les champs, Joel a déjà disparu dans la forêt. Tandis que je pédale, le vent glacé s'infiltre dans ma tête et je tiens une main sur chaque oreille à tour de rôle. Le soleil est à la même hauteur que ce matin, mais à l'horizon opposé.

19

Un chant dissonant flotte dans la salle des fêtes tel un nuage floconneux sous lequel les rangées d'élèves tiennent à grand-peine alignées. Par moments, quelqu'un fait tomber son mouchoir ou chancelle sous l'effet d'un coup de coude. Deux rangs devant moi, une fille au visage blême s'évanouit. Comme toujours dans ce cas, on la traîne à l'écart en attendant qu'elle se réveille. L'oxygène manque. Le discours du directeur, les prières et les cantiques ont solidement fermé les portes de l'école. Seul le paysage derrière les fenêtres prouve que c'est encore l'été, pour certains. Des ombres de feuilles de bouleau frissonnent sur le plancher.

Siiri, à ma droite, chante d'une voix frêle, alternativement une octave au-dessus ou au-dessous des autres. Je ne connais pas par chœur les paroles du cantique. Je change de pied d'appui et me concentre sur la tache de lumière la plus proche. Elle éclaire en partie le premier rang d'enfants et fait briller leurs cheveux. Quand le chant se termine, le son de l'harmonium tremblote encore un instant, seul dans le silence. Puis Alma Niemi monte sur l'estrade et clôture la cérémonie. J'ai des fourmis dans les jambes et le cœur arythmique, j'aurais besoin de m'asseoir.

« Je vous souhaite à tous une année scolaire bénie », conclut-elle.

Les rangs s'écoulent vers les salles de classe, dont les portes se referment en claquant. Les fenêtres du couloir, placées en hauteur, l'éclairent à peine. Après l'été passé en plein air, j'ai l'impression de m'enfoncer dans une eau boueuse où les rayons du soleil pénètrent tel un rideau de brume.

« Qu'est-ce que tu as fait pendant les vacances ? » chuchote Siiri.

Elle a une nouvelle coiffure, bouclée, avec la raie sur le côté, et une robe jaune clair à la courte jupe en corolle. En marchant, elle pose délicatement la pointe de sa chaussure en premier sur le sol. Elle cultive cette habitude depuis que nous avons fait notre confirmation. J'ai parfois essayé de l'imiter, mais mes grandes enjambées habituelles ne tardent pas à revenir. Ne frappe pas le plancher du talon, me conseille Siiri. Les femmes chics marchent les doigts de pied en avant. Et il faut garder les poignets un peu pliés, les mains vers l'extérieur.

«Rien de spécial, réponds-je. Tu te souviens d'Anttu? Il est revenu.

– Je m'en souviens, oui. Je vous ai d'ailleurs vus une fois au village, mais tu ne m'as pas remarquée.

– C'est un grand bavard.

– Tu es amoureuse de lui? demande Siiri.

– Comment ça?

– Tu avais l'air réjouie. Et aujourd'hui aussi.

– Anttu est mon cousin, voyons, presque un frère.»

Je me faufile dans la classe entre deux grands gaillards et m'assieds à ma place. J'essuie le couvercle du pupitre et me rappelle un instant l'odeur aigre du bois mouillé de larmes. Mais derrière l'estrade, c'est une illustration de la vie du roi David qui pend à un crochet et, par la fenêtre, on voit la forêt, au moins du coin de l'œil. Si quelqu'un s'y rendait, je le verrais. Je suis incapable de me concentrer sur ce que raconte Alma Niemi. Je dois surveiller la frontière.

En fin d'après-midi, je quitte la salle la première. Siiri me hèle, dans mon dos, mais je me contente de lui faire signe de la main à la porte, tout en enfilant mon gilet de laine. Si j'arrive à la distancer assez vite, elle ne prendra pas la peine de me rattraper.

Anttu est appuyé au pilier du portail, le visage au vent. Un peu de fumée de cigarette flotte jusque dans la cour. Il n'y a pas d'autre issue. Je suis à quelques mètres de lui quand il sursaute au bruit de mes pas.

«Qu'est-ce que tu fais là?»

Je ne l'ai pas revu depuis samedi matin. Il a fait son rapport comme promis, Hugo et Aune n'ont plus l'air de s'inquiéter.

«Je suis juste venu t'attendre. Je n'avais rien d'autre à faire.»

Nous partons ensemble. Par-dessus mon épaule, je vois Siiri, sur le perron, agiter follement la main. Demain, je n'aurai pas un instant de tranquillité.

«Ton père ne t'a pas promis du travail à son cabinet?

– La paperasse, ce n'est pas pour moi. Je ne supporte pas de rester enfermé.

– Travaille pour lui comme valet de ferme, alors. Il y a de quoi faire, dans vos champs.

– Je ne supporte pas de rester enfermé, répète-t-il en balayant d'un geste toute la plaine.

– Comment ça, enfermé?

– J'étouffe, ici, au milieu de ces champs.

– Des horizons plus vastes qu'ici, il n'y en a qu'en mer.

– En mer, au moins, on peut aller où on veut.

– Il y a quand même le train, ici.»

Anttu m'adresse une grimace. Je la lui rends.

«Qu'est-ce qui te met dans cet état? demande-t-il.

– La rentrée des classes.

– Pourquoi donc? Tu as révisé tout l'été.»

Nous nous engageons dans le raccourci. Dans le fossé bordant les champs, l'eau stagnante sent le croupi. De tardives salicaires gouttent d'un sang pourpre. Dans le quartier des ouvriers de la tannerie, les cours sont désertes.

«Je dois passer à la poste, dit Anttu tandis que nous enjambons les rails. Tu viens avec moi?

– Pourquoi pas.»

La rue principale est vide. Assise sur le perron de la poste, une fillette lèche une sucette en se grattant la cheville avec le gros orteil de l'autre pied. Alors que nous passons à sa gauche, elle se fourre la friandise entière dans la bouche, se pend à la rampe et se met à tourner maladroitement autour.

«Attention de ne pas avaler ta langue!» lance Anttu.

La fillette s'écarte d'un bond.

«Les enfants ont peur de moi, remarque-t-il joyeusement en me laissant passer devant lui.

– Pas moi.

– Pas quand tu étais enfant, en effet.»

Anttu demande son courrier. Il y a une lettre, et quand Huhta la lui tend par-dessus le comptoir, j'ai le temps de voir son nom, précédé de «Mr». Il fourre l'enveloppe dans sa poche.

«Ton père t'a écrit? demande-t-il une fois dehors.

– Pas depuis le printemps. Et ce n'était même pas vraiment une lettre. Il m'a juste envoyé des bottes.

– Dommage.

– Il m'écrirait, si je pouvais lui raconter ce que je veux.

– Pourquoi t'écrirait-il?

– Parce que c'est mon père.

– Et s'il a une nouvelle famille et n'a plus envie de t'écrire?

– Non. C'est juste qu'il n'est pas encore guéri.

– Il ne t'a pas déjà menti?»

Le vent me fait voler de la poussière dans les yeux. Je me sens mal.

«Il était malade.

– Ce que je veux dire, c'est que je n'ai jamais entendu parler de personne qui aurait dû passer dix ans en désintoxication.

– Ce n'est pas juste une maison de cure pour alcooliques. On y soigne aussi…

– Les détraqués ? Peu importe. Réfléchis un peu. Dix ans. Ton père est sûrement sorti depuis longtemps. »

Des mèches échappées de ma natte me tombent sur le visage. Je les écarte et frotte la poussière de mes yeux, mais j'ai l'impression d'avoir les mains tout aussi sales. Mon gilet de laine me gratte le cou, les piqûres de moustique me chatouillent les chevilles, ma peau me brûle de partout. Anttu, un pas devant moi, se tourne et me regarde, les coins de la bouche un peu relevés. J'ai envie de jeter un caillou dans une vitre ou de donner des coups de poing. Anttu est à portée de main. Je laisse tomber mon cartable et le frappe à l'épaule.

Il trébuche, se rattrape d'une main sur le sol.

« Allons bon ! »

Je me tiens devant lui. Mes mains retombent, se posent sur mes hanches. Je ramasse mon cartable et l'époussette. La fillette a quitté le perron de la poste pour patrouiller d'un bout à l'autre de la rue. Sa sucette s'est figée sur ses lèvres. Anttu se relève, secoue la poussière de ses vêtements, regarde autour de lui et reprend de l'aplomb en constatant qu'il n'y a pas d'autre témoin qu'elle.

« C'était quoi, ça ? »

Je tourne les talons. Si je marche suffisamment vite, il renoncera à me suivre. Mes oreilles tintent, le vent est de nouveau trop froid et je n'ai plus de cache-col, il est dans la forêt, là où tout est clair et silencieux. Les assertions d'Anttu sont aussi vraisemblables que celles de Katri il y a quelques semaines, pourquoi devrais-je essayer d'imaginer moi-même quoi que ce soit, ils sont plus âgés et mieux informés, ils peuvent très bien avoir raison. Ou papa ment, ou on nous ment à tous les deux, mais quoi qu'il en soit, il a omis de me raconter beaucoup de choses.

« Maija ! » crie Anttu.

Les uns après les autres, ils m'ont abandonnée ici. Papa, Anttu, Verner Linnas.

« Attends ! »

Je ne m'arrête pas, mais je ralentis. Anttu me rattrape en courant.

« S'il te plaît, dit-il. Je raconte n'importe quoi. Je suis tellement en colère.

– Pourquoi ? »

Anttu retire des grains de sable de sa paume. Ses pommettes tressaillent.

«Tu as un mouchoir?» demande-t-il.

Je lui tends mon petit mouchoir blanc bordé de dentelle, au rôle surtout décoratif. Il crache dans sa main et se frotte la peau avec.

«Heureusement qu'il n'y avait pas de tas de crottin, constate-t-il. Je t'aurais flanqué une raclée.»

Il s'enroule le bout de tissu autour de la main. Nous tournons à droite, laissant l'église derrière nous. La route semble s'étendre à l'infini. Les nuits sans sommeil du mois d'août m'alourdissent les pieds. Sur le pont de la Marécageuse, je me tourne vers Anttu:

«De qui est cette lettre?

– D'une amie, en Australie.

– Lis-la, je ne regarderai pas.

– Non, pas maintenant.»

Dans la dernière ligne droite, nous restons silencieux. À la hauteur de Peltosaari, Anttu me lance un bref au revoir et tourne sans s'arrêter dans l'allée. Je continue vers Yli-Haikka et vais droit au sauna pour me laver le visage et les mains. La fenêtre ouverte de la maison laisse s'échapper l'éternel ronronnement de la machine à coudre. Je longe le mur et, arrivée au mazot, laisse mes chaussures et mon cartable à côté de la porte. Le vent gronde derrière les madriers. Je m'endors dans la chambrette comme dans un grand coquillage.

*

Joel plante sa fourche dans l'argile et fait levier. Une motte compacte se soulève. Il détache une à une les carottes, essuie les traces de terre et les pose à sécher dans l'herbe couchée. Elles sont aussi petites et divisées que l'été assoiffé le laissait augurer.

Il ne reste plus qu'un mètre de plate-bande. Joel enfonce de nouveau sa fourche et appuie sur le manche pour l'amener à l'horizontale. Il n'a pas assez de force dans les bras. Au fil de la matinée, la faim s'est étendue de son ventre à ses membres et à son dos. Il n'a mangé aujourd'hui que des carottes, qu'il a rincées dans un seau en fer blanc à mesure qu'il les récoltait. Il s'est efforcé d'en consommer le plus possible, pour ne pas les laisser perdre, mais au lieu d'apaiser sa faim, elles lui ont encore davantage creusé l'estomac.

Il contracte ses muscles, l'argile cède, mais au même moment le manche de la fourche craque. Les fibres épuisées du bois rendent l'âme.

Joel fixe du regard la poignée et le bout de manche qui lui sont restés dans les mains. La fourche est là depuis aussi longtemps qu'il s'en souvienne, son manche avait été ajusté par son père et ils l'avaient emportée en quittant le Velu. Il s'accroupit pour examiner la cassure et pousse un juron, il aurait dû avoir plus de patience et ne pas forcer, la terre doit être ameublie à la pelle, et on ne doit manier la fourche qu'ensuite.

Mais réparer l'outil n'est plus nécessaire.

Il l'arrache de l'argile et le jette en direction du bûcher. L'été prochain, des plantes sauvages fleuriront dans le potager et la cabane se couvrira de polypores, de mousses et de lichens.

Il laisse les carottes dans l'herbe et rentre. Il écrase quelques pommes de terre cuites dans un bol et ouvre son avant-dernier bocal de champignons salés. Ils datent de l'année précédente ; cet automne, même les champignons n'ont pas réussi à extraire du sol assez d'humidité pour pousser. Joel vide le bocal dans une passoire et verse dessus une louchée d'eau. Il n'a ni le temps ni le courage de laisser tremper les champignons, qui en auraient pourtant besoin. Il les mélange à la purée de pommes de terre et mange. Le sel lui emporte la bouche et, à lui seul, lui instille de nouvelles forces.

Le havresac de son père attend près de la porte. Il y a tout emballé. Les vieux vêtements que Malla compte emporter sont pliés sur le lit gigogne. Ils partent après-demain.

Joel sort et siffle. Il essaie d'appeler régulièrement l'ours à quelques heures d'intervalle afin qu'il comprenne que quelque chose se prépare. Et il comprend : depuis plusieurs jours, il fait la sieste dans la grange et se nourrit à portée de voix dans la forêt. Joel lui a proposé des pommes de terre bouillies, mais il préfère se gaver de baies. En cette saison, airelles et myrtilles lui suffisent, à lui.

L'animal ne se montre pas. Joel siffle un moment, puis décide d'aller cueillir des airelles dans la pinière du marais aux Cygnes, où elles sont les premières à mûrir. L'ours s'y trouve peut-être aussi.

Il prend le chemin de la tourbière, passe devant le rocher sur lequel il a dormi avec Malla, sourit et pataugue dans le sous-bois humide. Il tourne à gauche pour longer la grande anse du marais en direction de la dune. L'effet de son repas commence déjà à se dissiper, mais il pense aux airelles et à Malla, tout à tour puis ensemble, confusément, et y puise des forces. Les raies vertes et brunes du cache-col lui réchauffent la poitrine.

Il ne remarque les hommes qu'une fois arrivé à quelques dizaines de mètres d'eux. Ils sont quatre. Ils lui tournent le dos et creusent un fossé à la lisière du marais aux Cygnes. Il se baisse et recule vers la forêt, s'arrête à l'ombre d'un rocher et regarde à nouveau la tourbière.

Il y a des dizaines d'hommes. Le fer de leurs pelles tranche les sphaignes et les racines de laîche, leurs yeux cherchent les jalons pour garder la bonne direction. Il y en a partout, une demi-douzaine sur chaque ligne, jusqu'au loin, les manches retroussées, le chapeau rejeté en arrière. La tourbe s'amoncèle au bord des fossés. Certains se reposent allongés sur la mousse ou se restaurent, d'autres sont appuyés à leur pelle et bavardent, ce ne sont pas des prisonniers. Un contremaître en manteau noir marche entre les rangs en échangeant joyeusement quelques mots avec les ouvriers. Joel en reconnaît plusieurs, qui ont travaillé comme valets dans les mêmes fermes que lui.

Il se secoue soudain et recule derrière le rocher. Il peut aussi y avoir des hommes dans la forêt, certains préfèrent prendre leur pause à l'ombre, surtout s'ils ont dans leur gourde autre chose que du lait caillé. Joel repart vers la cabane, ratissant le sol du regard et évitant les branches mortes et les vieilles pignes de sapin aux écailles écartées.

Il ne va pas loin. Quelques exclamations fusent, suivies d'un brouhaha grossi par l'enthousiasme, la peur ou la haine – quoi qu'il en soit, il part en courant, jetant par moments des coups d'œil par-dessus son épaule. Les hommes qui se reposaient sautent sur leurs pieds, abandonnent leurs pelles et montrent la forêt, le contremaître soulève le bord de son chapeau, toute la tourbière est en alerte. Mais personne ne regarde Joel, ils pointent le doigt plus loin. Le contremaître se penche et ramasse quelque chose par terre. Un fusil se lève.

Joel s'arrête, met les mains en conque devant la bouche et souffle dans la fente entre ses pouces. Le son roule avec le vent sur le marais, les ouvriers les plus proches l'entendent et regardent dans sa direction, mais sans le voir. Une détonation claque. Joel siffle de nouveau, le son est plus faible, il a les lèvres sèches. Quelques hommes courent dans la forêt vers la cible du coup de feu.

Un bruit, derrière les pins. Joel plisse les yeux. Parmi les lédons, un mouvement sombre approche au ras du sol. Il siffle encore une fois et court. L'ours le suit à puissantes foulées, indemne.

Ils montent la colline de la cabane. Les cris faiblissent, mais Joel sait que c'est uniquement dû au vent contraire. Ils sont poursuivis.

Joel halète, plié en deux sur le perron de la cabane, l'ours passe devant, inquiet, secoue la tête, se hâte vers la lisière de l'airial et se dresse sur ses pattes de derrière. Son sifflement couvre le vent.

« Ils sont déjà près ? » demande Joel.

Les trembles bruissent autour de l'airial. Au loin, des branches cassent, les premiers cris ricochent sur les madriers. C'est alors que Joel perçoit un son qui détermine tout. Un aboiement.

Les bruits approchent de la cabane sur toute la largeur de la colline. La route vers l'est est coupée.

Joel saisit près de la porte son havresac et son manteau. L'ours est déjà derrière le potager et le regarde. Il descend en courant les marches du perron.

Ils plongent dans la forêt et se ruent vers la route.

*

« Un vrai été indien », commente Siiri, à la fenêtre.

Debout devant le tableau noir, je jette un coup d'œil dehors. Les bouleaux de la cour sont parsemés de taches jaunes ; branche par branche, les feuilles perdent leurs couleurs. Des tignasses blondes passent devant la fenêtre, les élèves des petites classes jouent à chat. Les plus grands se tiennent plus loin, en petits groupes, garçons et filles séparés. La cloche sonne.

« Laisse ouvert », dis-je à Siiri en entendant du bruit dans le couloir.

Elle efface les quelques restes de lettres calligraphiées que j'ai oubliés en essuyant négligemment le tableau. Je m'arrête près de la fenêtre. Elle ne laisse entrer aucune fraîcheur, mais au moins un léger courant d'air. Il fait de nouveau aussi chaud que pendant les Jeux olympiques.

Le cours d'allemand commence. Je feuillette mon livre, les mains moites, nous lisons aujourd'hui tout haut un nouveau chapitre. Les marmonnages hésitants se suivent pupitre après pupitre, mon tour approche. Je ne suis pas à l'aise avec cet exercice. Tandis que Siiri lit son passage, un souffle d'air venu de la fenêtre me caresse la joue. Elle prononce l'allemand avec douceur, on dirait presque un poème, bien que le texte parle d'une ville industrielle où la vie est rythmée par le mouvement des engrenages des machines et les coups de marteau. L'un d'eux me frappe l'oreille.

Je sursaute, comme réveillée d'une sieste. Personne ne remarque rien. Le silence règne. Le professeur lève les yeux, Siiri jette un coup d'œil par-dessus son épaule. Je baisse les yeux sur mon livre et commence à lire. Les lignes se brouillent mais je persiste, sans savoir si je suis au bon endroit et sans comprendre un mot. Au moment de tourner la page, je m'arrête et attends jusqu'à ce que le professeur me regarde.

« Continue, dit-il.

– Pardon, est-ce que je pourrais... »

Il hausse les sourcils et fait un signe de tête en direction de la porte. Je me lève et quitte la classe sans regarder autour de moi. Je sors, traverse la cour et ouvre la dernière porte de la rangée de latrines. Je m'appuie au mur et respire profondément. Il y a dans les planches des trous laissés par les nœuds du bois, à travers lesquels les garçons regardent à la récréation.

Je dois retourner en classe. Je ne dois pas provoquer d'incident. La forêt n'est qu'à quelques kilomètres, ils s'y promènent ensemble, les branches frôlent les jambes et les pattes. Joel essuie la sueur de son visage et l'ours se penche pour manger des airelles.

Quand je descends les marches des latrines, un chien aboie au loin. J'ai le temps de faire quelques pas vers le bâtiment principal avant de comprendre que le bruit vient de derrière les champs.

Je bifurque vers la clôture et scrute la forêt qui se dresse, immobile, à sa place. On ne voit personne, mais les aboiements continuent. Ils me font le même effet que la vibration des rails qui annonce l'arrivée d'un train bien avant que la locomotive ne surgisse.

Des élèves se massent à la fenêtre de la classe, et même le professeur d'allemand, qui me crie quelque chose. C'est alors que le marteau me frappe encore plus fort l'oreille.

J'escalade la clôture, cours à la lisière des champs et coupe par les labours vers la route de Luomahaara.

*

Les sapins se ruent à la rencontre de Joel. Il évite les branches, se glisse de profil à travers les broussailles et franchit les champs de pierres en se tordant les chevilles. Il ne s'est jamais senti aussi gauche. L'ours court devant lui d'une allure régulière, la forêt lui appartient bien plus qu'à lui, il sait où aller. Il se dirige de biais vers la route de Luomahaara, cherchant à éviter aussi bien le marais aux Cygnes que leurs poursuivants et les champs de Luhtajoki. S'ils arrivent à franchir la route, ils seront saufs. Là-bas, il y a des rochers qui fatigueront les hommes et des ruisseaux qui égareront même le chien. Par moments, Joel l'entend aboyer, mais l'écho déforme les sons et il est incapable de dire s'il se rapproche ou s'éloigne. Un coup de feu claque, mais si loin que le tireur n'a pas pu les voir.

La forêt s'élève en une voûte d'un vert profond. Les mousses s'enfoncent sous le pied, les grands sapins étalent leurs jupes frangées de lichen. Joel saute par-dessus un arbre tombé. On ne voit pas encore la route. L'ours galope déjà loin devant, petite parcelle en mouvement du paysage, de la même teinte que les sapins. Les aboiements se rapprochent. Il jette un coup d'œil par-dessus son épaule. Un spitz surgit au pied de la sapinière centenaire et se rue en avant comme une flèche. Joel tourne les talons, saute une nouvelle fois par-dessus un arbre tombé recouvert de mousses. Son pied heurte le tronc et il manque perdre l'équilibre. Ses poumons refusent de laisser entrer plus d'air. Il se presse la main sur la poitrine comme pour pomper des forces et chasse la sueur d'un battement de cils. Plus rien ne bouge dans le paysage. L'ours s'est arrêté et le regarde, il attend.

«Va !» crie Joel.

Ce seul mot lui coupe le souffle, il se plie en deux et inspire profondément.

«Cours, imbécile !»

L'ours ne bouge pas. Entre deux aboiements, le chien se contente de respirer, et l'on entend déjà son souffle. Joel rejoint l'ours, le regarde dans les yeux et lui donne une tape sur le flanc.

«Allons-y.»

De jeunes trembles et bouleaux s'immiscent entre les sapins géants, le terrain commence à monter. La route ne doit pas être loin. L'ours s'écarte et laisse passer Joel.

Le chien est resté un peu en arrière et aboie sans trêve. Ils arrivent sur une petite colline. Joel regarde autour de lui, mais la forêt est trop dense, la route demeure invisible. Il est en nage, le havresac ballotte dans son dos et les bretelles lui arrachent la peau des épaules. Une épaisse salive s'est accumulée dans sa bouche.

Des voix retentissent soudain sur les pentes. Joel chancelle. Il ne distingue pas les mots, son cœur bat trop fort. L'ours court toujours derrière lui. Les voix se précisent, crient sur sa droite. Comment leurs poursuivants sont-ils arrivés là si vite ? Ils ont dû se diviser au sortir de la tourbière.

Joel accélère, ou du moins l'imagine. Devant lui, le sommet de la colline est brisé net par un ravin. Il regarde derrière lui. Sautons, dit-il, ou du moins le croit-il.

Il arrive au bord de l'à-pic et, sans ralentir, tente de trouver un point où atterrir sans danger. Du coin de l'œil, il a le temps de voir des hommes bouger derrière les arbres.

Une détonation secoue l'air. Tout devient noir.

*

J'arrive à l'intersection de la route et de la forêt juste au moment où un troisième coup de marteau me frappe les oreilles. Le bruit vient de quelque part devant moi, donc pas de la cabane, mais plutôt de l'étang aux Perches. Anttu !

Je tourne à gauche, me hâte vers le plan d'eau et m'arrête sur la colline, à l'endroit d'où j'ai observé les cygnes avec lui. Je n'attends qu'un instant. Les trois cygnes voguent côte à côte à l'ouest de l'étang. Les parents tendent le cou et lancent des regards inquiets autour d'eux. Je leur tourne le dos et me dépêche de revenir sur mes pas. Mon cœur précipite une nouvelle peur dans mes veines.

Je m'arrête au bord de la route. Tout est silencieux. Je franchis le fossé et fonce vers la cabane. Courir dans la forêt est plus facile que sur la route. Chaque pas rapproche du but, caché derrière les arbres, alors qu'en ligne droite, à découvert, on doit marcher des minutes entières avant de s'apercevoir que l'on a un tant soit peu progressé.

Quand j'arrive dans l'airial, la sueur jaillit de mes pores. Je m'essuie le visage dans ma manche et continue jusqu'à la porte. Elle est grande ouverte.

« Joel ? »

Le tapis en lirette du sas d'entrée est froissé. Les vêtements que j'ai essayés samedi sont soigneusement empilés sur le lit gigogne. Je ressors et reste plantée sur le perron.

Une large bande piétinée traverse l'airial.

Je suis les traces jusqu'au potager. Des carottes sont éparpillées à côté de la plate-bande, les fanes de pomme de terre sont couchées. Je les écarte. Il y a des empreintes de botte dans l'argile, et d'autres parmi elles, différentes mais presque de la même taille. Elles s'élargissent vers l'avant et se terminent par des traces de griffes.

Ils sont partis vers le nord.

Je n'ai parcouru que quelques centaines de mètres quand j'entends des voix. Je recule, mais quelqu'un m'a entendue arriver.

« Qui est là ? »

Des branches de sapin s'écartent. Un homme à casquette hoche la tête.

« Que faites-vous là, jeune fille ? »

Un deuxième homme surgit derrière le premier. Ils s'effacent devant moi, me tenant les branches. Dans une petite clairière, deux autres, assis sur des souches, fument des cigarettes. L'un a un chapeau, un impeccable manteau noir et un fusil sur les genoux.

«Vous êtes bien loin du village, dit-il après m'avoir saluée.

– Je cherche de bons coins à airelles.

– Il y en aurait plus près, inutile de venir jusqu'ici.

– Et vous, vous chassez?

– Nous étions en train de creuser dans la tourbière. En plein travail, nous avons dû partir à la chasse à l'ours.

– Il y a des ours, ici?

– Au moins un, apparemment, intervient l'homme à la casquette.

– Il a réussi à s'enfuir?

– Je ne pense pas. Nous avons un chien.

– N'ayez pas peur, on va le trouver, dit l'homme au manteau noir. C'est peut-être même déjà fait, il y a un moment qu'on n'a plus entendu de coups de feu.»

Ma sueur a séché en une froide pellicule sur ma peau. Je croise les bras.

«Bien. Je vais poursuivre mon chemin.

– Vous feriez mieux de rentrer chez vous. C'est dangereux, ici.»

Je prends la direction de Luhtajoki, mais tourne ensuite vers la cabane et descends la colline jusqu'à la source. À l'ombre des sapins, l'eau est presque noire, piquetée de bleu et de blanc là où se reflètent le ciel et les nuages. Ma silhouette y fait une tache sombre. Je plonge la tête dans l'eau et en bois autant que je peux. La source coule lentement en moi, noircit et se tarit, vide et asséchée.

Quand je me redresse, les dents endolories, le niveau de l'eau n'a pas baissé d'un pouce.

Je ne sais pas pendant combien de temps j'ai parcouru la forêt en tous sens, entre la tourbière, les champs et la route de Luomahaara. Je me suis même aventurée deux ou trois fois de l'autre côté de celle-ci. Je n'ai pour l'instant ni vu ni entendu personne.

Je suis accroupie sous un sapin. La route escalade la colline tel un tapis gris plissé d'un coup de pied. Un homme en chemise à carreaux se tient au sommet. Il termine sa cigarette et écrase son mégot sous son pied.

Une auto surgit à ses côtés, s'arrête, recule et fait péniblement demi-tour, le capot vers Luomahaara. Des hommes en descendent, ouvrent le hayon. Le chauffeur, un grand en manteau de cuir, ôte ses gants. Ils sont rejoints par un groupe sortant de la forêt. Je reconnais l'homme au fusil et au chapeau que j'ai rencontré plus tôt. Pendant un moment, ça discute et ça gesticule, puis toute la troupe disparaît entre les arbres.

Sous le sapin, il fait déjà sombre. Le soleil se couchera bientôt. Je dois repartir, quelque part, à la cabane, au marais aux Cygnes, n'importe où, continuer à chercher.

Alors que je vais m'engager sur la route, l'essaim revient. Au centre, certains portent quelque chose. Quatre hommes, deux devant, deux derrière, soutiennent leur fardeau par les membres, tandis que le reste de son corps pend entre eux, inerte. Les autres s'écartent. Ils s'arrêtent devant le hayon. Le soleil couchant éclaire la route. Avant qu'ils ne jettent leur proie dans l'auto, j'ai le temps de voir qu'elle n'est pas sombre et velue, mais claire et glabre.

Ma vue s'obscurcit. Les portières claquent. Le moteur démarre.

*

Anttu pédale sur la route de Luomahaara, de mauvaise humeur. Quelle idée d'aller à Yli-Haikka précisément aujourd'hui ! Il aurait préféré ne rien savoir. Aune et Hugo ne seraient pas venus le chercher jusque chez lui.

Siiri est arrivée juste au moment où ils allaient prendre le café. Hugo avait plié son journal sur le sofa, Aune remplissait les tasses, la jeune fille aux cheveux permanentés s'est arrêtée sur le seuil et a annoncé que Maija s'était enfuie de l'école en plein milieu d'un cours.

« Où est-elle partie ? a demandé Hugo.

– Elle a couru à travers champs.

– Dans quelle direction ?

– Luomahaara. »

Hugo n'a rien dit, et Aune non plus, mais elle a regardé Anttu, à l'ombre grise de ses cheveux, les coins de la bouche marqués de rides de vieillesse. Et il s'est levé, car quand on fait cette tête, on n'est pas prêt à partir à la recherche d'une pouliche rebelle, on a tout juste la force de s'asseoir à côté du téléphone et d'attendre.

Parvenu à l'orée de la forêt, il descend de bicyclette. Il allume sa lampe torche, dirige son faisceau vers la forêt et s'approche d'un pas hésitant du fossé. Il ne décolère pas. Avec l'ours, en plus ! Mais il viendrait aussi bien sur la route, s'il voulait. Anttu tourne sa bicyclette dans le sens du départ. À quelle vitesse court un ours ? On doit sans doute pouvoir le semer en pédalant.

« Maija ! »

Dans le noir, sa voix résonne trop fort. Même la lumière de sa torche paraît anormalement vive, susceptible d'attirer toutes les bêtes féroces. Il l'éteint et reste immobile jusqu'à ce que ses yeux s'habituent à l'obscurité. Un ruban de ciel étoilé court entre les sapins qui se serrent la main au-dessus de la route. En le suivant, il restera au moins dans la bonne direction. Il sort son pistolet de son étui et se met en marche. Par moments, il appelle Maija à voix basse, bien que ce ne soit d'aucune utilité. Son murmure porte peut-être à cinq mètres, et elle peut être n'importe où.

La montée est interminable. Quand la route atteint enfin le sommet de la colline et commence à redescendre, Anttu hésite. Il a perdu le sens des distances, et ne se rappelle pas être venu si loin avec Maija. Devant lui, une ample courbe se dessine. Arrivé là, il fera demi-tour. Maija peut très bien passer une nuit dans la forêt, au moins dans la cabane, si ce n'est ailleurs. Mais pas question d'aller l'y chercher maintenant.

Un bruit d'eau, sur sa droite, le fait sursauter, effrayé. D'un coup de pouce, il allume sa lampe. Le faisceau erratique balaie les sapins et les rochers avant de trouver le fossé.

Maija est si couverte de boue qu'on la distingue à peine. Assise dans la vase, elle se cache les yeux. Des mèches de cheveux emmêlées lui pendent sur les joues, elle a le visage gris.

« Qu'est-ce que tu fais là ? Debout, tout de suite ! »

Maija se lève. Anttu la tire par la main. Sa peau est froide, elle est tout entière si glacée qu'elle ne tremble même plus. Anttu se débarrasse de son manteau, l'en enveloppe et lui prend le bras. Un peu plus loin sur la route, il ôte aussi son pantalon.

« Mets ça. »

Maija prend le vêtement, mais reste les bras ballants. Anttu l'aide à l'enfiler, serre la ceinture, roule le bas des jambes sur ses chevilles.

« Et maintenant, direction la maison. Le sauna t'attend. »

Quand ils arrivent à la bicyclette, il l'assied sur le porte-bagage.

« Tu vas réussir à t'accrocher ?

– Oui.

– Tu peux aussi me tenir la lampe ? On irait plus vite. »

Maija se saisit de la torche et dirige le faisceau vers la route. Anttu démarre. Il pédale, de toutes ses forces, mais les champs obscurs défilent à une lenteur désespérante. Il finit par s'arrêter, prend la lampe et se penche pour examiner les pneus. Ils sont gonflés et il n'y a pas de branches prises dans les rayons. Alors qu'il regarde la roue arrière, son regard tombe sur les chevilles de Maija. Du sang coule sur ses chaussettes et ses chaussures.

« Ce sont tes pieds qui se sont coincés ? Pourquoi est-ce que tu n'as rien dit ? Sur le porte-bagage, il faut faire attention aux rayons ! »

Maija se mord les lèvres. Des larmes creusent des sillons sur ses joues boueuses.

« Il vaudrait mieux que tu marches. »

Elle descend et fait quelques pas en boitant. Anttu soupire.

« Rassieds-toi. Mais fais attention à tes pieds. Il n'y en a plus pour longtemps. Donne-moi la lampe. »

Il grimpe en selle et se remet à pédaler. Les mains de Maija sur ses hanches sont légères, mais elle le tient. Et bien qu'elle prenne maintenant soin de garder les jambes écartées, il continue de surveiller la roue arrière. Ils tournent sur la route qui longe la voie ferrée. On dirait bien qu'ils vont réussir à rentrer. Anttu jette un coup d'œil à Maija. Il doit poser la question.

« Quelqu'un t'a fait du mal ?

– Non.

– Que faisais-tu assise dans le fossé ? »

Elle ne répond pas. Il hausse les épaules et se concentre sur ses pédales. Il franchit la voie ferrée.

« Ils l'ont tué.

– Qui ? demande Anttu.

– Joel.

– Qui l'a tué ?

– Quelqu'un. »

Mieux vaut se taire. Elle est gelée, il faut vite rentrer à Yli-Haikka. Ils laissent derrière eux le pont de la Marécageuse. Anttu tente d'éviter les nids-de-poule et de maintenir la lumière de la lampe sur la route. Dans la dernière ligne droite, il se rend soudain compte qu'il ne sent presque plus les doigts de Maija sur ses hanches. Il s'arrête et descend. Elle vacille sur le porte-bagage, elle a les mains glacées mais les joues et le front brûlants. Il remonte en selle, lui prend les bras et s'en entoure la taille.

« Ne tombe pas », dit-il, et il se remet à pédaler de toutes ses forces.

*

Le sol est froid. Le vent siffle dans les bronches des cheminées, la pluie griffe la fenêtre. Ma chambre, le couloir, l'escalier, tout est plongé dans une pénombre qui, dans le vestibule du rez-de-chaussée, s'épaissit en une obscurité charbonneuse. Je m'appuie à la table du téléphone et bats des cils jusqu'à ce que mon vertige se dissipe. Alors que je traverse le tapis, mes jambes se dérobent et je me raccroche au montant de la porte de la cuisine. Aune est assise à la table à lire le journal. Le lourd nuage de vapeur de sa tasse de café plane dans la fraîcheur de la pièce. Elle me voit.

« Qu'est-ce qu'il y a ? »

Elle me fait asseoir et tire d'on ne sait où un tas de vêtements, un gros gilet de laine, des pantoufles de feutre et un châle. Je me cale le menton dans les mains, mais la table se balance de gauche à droite. Je pose la tempe dessus. L'eau coule sur les vitres, la cuisine est comme une petite cabine de bateau.

« Tu aurais dû m'appeler, dit Aune quelque part au-dessus de moi.

– Est-ce que le commissaire rural a téléphoné ?

– Non.

– Je dois lui parler.

– Tu auras bien le temps plus tard.

– Non. »

Aune oriente la conversation sur Siiri, qui s'est inquiétée de moi, et Anttu, qui est venu me voir tous les jours. Yrjö m'a prescrit des potions dont Hugo est allé chercher les ingrédients jusqu'à Seinäjoki. Tandis qu'elle bavarde, je me glisse à travers la fenêtre trempée de pluie et vole regarder la vie : elle continue, au dehors, pareille à elle-même, peuplée de bruits de pas sur des marches et de grincements de porte, de frais rires automnaux dans la cour de l'école et de craquements du frasil des flaques sous les pieds des élèves des petites classes. Quelque part, derrière tout cela, il y a aussi toujours la forêt. Morte.

« Je vais téléphoner », dis-je en me traînant vers le vestibule sans qu'Aune m'en empêche.

Le commissaire n'est pas là. Je repose le combiné sur sa fourche.

Aune me raccompagne à l'étage. Il me faut insister :

« Qu'a-t-il dit, la dernière fois ?

– Que l'enquête était en cours.

– Pourquoi ne sont-ils pas venus m'interroger ?

– Tu es malade.

– On perd du temps. »

Mon lit est une mer rassurante, omnipotente. Aune s'assied devant le bureau et triture les manches de sa blouse.

« Maija, est-ce que tu es sûre de les avoir vus porter un homme ? Tu avais de la fièvre.

– Pas encore à ce moment-là. »

Je remonte ma couverture molletonnée jusqu'au menton. Mon corps tente de trembler pour réchauffer les draps. Aune m'ajoute une couverture de laine et s'en va.

Le lendemain, je m'habille chaudement, me retranche dans le vestibule et appelle toutes les heures le bureau du commissaire. Aune vient de temps en temps jeter un coup d'œil par la porte de la cuisine ou de la salle mais ne dit rien. La pluie a cessé. De l'autre côté du mur résonne le ronronnant chant d'engoulevent de la machine à coudre. Je m'assoupis sur ma chaise et me réveille la nuque raide. La secrétaire du commissaire m'annonce qu'il n'est toujours pas joignable mais prendra contact avec moi dès que possible.

Je vais m'allonger sur le sofa de la salle et dors jusqu'à ce que Hugo revienne de la pharmacie, accompagné d'une bouffée d'air frais et d'une voix énergique qui demande des nouvelles d'Aune. Celle-ci passe bientôt la tête par la porte.

« Le commissaire est là », chuchote-t-elle.

Je m'assieds, rejette ma natte dans mon dos et serre la ceinture de ma robe de chambre. Je n'ai pas le temps de plier l'épaisse couverture de laine qui me couvre les jambes avant qu'il n'entre dans la salle et me salue. Aune et Hugo se tiennent derrière lui tels des aides de camp. Hugo place une chaise solide à côté du sofa et va lui-même s'asseoir à la table. Aune fait un pas en direction de la cuisine mais change d'avis et reste auprès de lui. Le commissaire s'installe sur la chaise qui, sous lui, n'a plus l'air si solide. Il a les cheveux gris, mais les yeux cachés sous les nuages noirs de ses sourcils. Mes mains transpirent et mon regard s'égare sur les murs. Je me reprends, je dois en passer par là.

« Tu penses donc avoir été témoin d'un crime. »

Il n'a pas forcément lu la lettre que j'ai écrite au matin, à mon retour de la forêt, avant que ma fièvre n'atteigne son paroxysme. Il est peut-être venu muni des seuls renseignements donnés par sa secrétaire, et je lui parle donc à nouveau des hommes partis à la chasse à l'ours et de Joel, qui a déjà été maltraité l'année dernière. Pour finir, je décris le corps porté dans l'auto.

« À quelle distance étais-tu ?

– Une cinquantaine de mètres.

– À quelle heure de la journée ?

– À la tombée du soir.»

Le commissaire relève ses lunettes sur son front et se tapote la lèvre inférieure avec le pouce.

«Aucun ours abattu ne m'a été signalé, constate-t-il. Mais des rumeurs circulent.

– Est-ce qu'on n'en parle pas, d'habitude, jusque dans les journaux? N'est-il pas étrange que personne ne se soit vanté d'avoir tué un ours?»

Hugo toussote. Aune regarde la pendule et le commissaire, qui est là depuis un quart d'heure et n'a pas encore eu de café. Elle se lève sans bruit et gagne la porte de la cuisine, mais s'y attarde encore un instant.

«J'ai posé des questions dans les hameaux alentour, assure le policier. Personne n'a évoqué la possibilité d'un crime.

– Il n'y a personne pour s'inquiéter de Joel. Il a travaillé à l'occasion dans des fermes de Luomahaara, mais plus depuis son service civil. Nul ne s'est aperçu de sa disparition.

– Je pense qu'un des ouvriers qui travaillaient dans la tourbière a tué l'ours. C'est en tout cas ce qui se murmure. Sans doute quelqu'un qui n'est pas d'ici et a aussitôt filé fêter ça chez lui. C'est peut-être pour ça qu'on n'a pas entendu parler de son exploit. Et maintenant que les travaux de drainage sont terminés, les autres aussi se sont dispersés aux quatre coins du pays.

– Mais où est Joel? Et si on a tué un ours, pourquoi a-t-on porté un homme dans l'auto?»

Le commissaire jette un coup d'œil derrière lui et répond par un hochement de tête à la question muette d'Aune, qui disparaît dans la cuisine. La chaîne de montre pendue à son gousset scintille. Je plisse involontairement les yeux.

«Après la mort de sa mère, Joel Peltola a été envoyé dans un orphelinat, déclare-t-il. Des années plus tard, les autorités ont découvert qu'il s'était enfui pour retourner chez lui et y avait vécu seul.»

Il se tourne vers Hugo.

«Un gamin à peine adolescent, livré à lui-même!»

Hugo a l'air de ne pas savoir s'il doit secouer ou hocher la tête, et fait finalement les deux. Le commissaire fixe la fenêtre, ses pouces tournent l'un autour de l'autre.

«Faute d'éducation, Peltola est sûrement d'une nature instable. Il a même refusé de faire son service militaire. Il est peut-être de nouveau parti on ne sait où.

– Est-ce qu'on ne doit pas rechercher tout citoyen disparu ?

– Je peux bien sûr me renseigner.

– Depuis combien de temps doit-il avoir disparu pour que vous le cherchiez sérieusement ?

– Je pense que sa disparition est volontaire. Les vagabonds se manifestent quand bon leur chante. »

Aune pose un plateau sur la table, Hugo examine le tapis. Le commissaire sort son mouchoir de sa poche et se mouche. Puis il plisse le front et ses lunettes retombent en douceur sur son nez. Il se dirige vers la table. Hugo lui avance une chaise, mais il ne s'assied pas tout de suite.

« Dis-moi, Maija, quels sont tes rapports avec Peltola ? »

Le café coule du bec de la bouillante dans une tasse. Hugo pianote sur la table. Je plie soigneusement ma couverture au carré et la pose dans le coin du sofa.

« Il ne serait pas parti sans me prévenir. »

20

Reclus dans ses pensées, Erik se fraie un chemin dans les impénétrables fourrés de l'épaisse forêt à la suite de Viktor Harmajakari. Ce dernier est toujours plein de vigueur, toujours actif, année après année, et garde sa famille unie et en vie, parcourt sans fin la taïga, écrit, parle et convertit de plus en plus de gens à sa cause, plus infatigable qu'aucun prédicateur ou agitateur ouvrier. Erik l'apprécie pourtant toujours autant, car quand il vient en visite à la maison de cure, il lui demande d'abord : «As-tu vu des pics tridactyles?» et non: «Comment vas-tu?»

«J'ai interdit à Elias de couper un seul arbre de cette forêt, explique Viktor en agitant la main d'un geste de chef d'orchestre. Il n'a qu'à acheter son bois de chauffage et ses planches ailleurs, cet endroit est un terrain d'expérimentation parfait.»

Bien que l'automne touche à sa fin, Viktor est comme une bergeronnette venue du sud à la rencontre d'une mésange boréale grelottant dans son long hiver afin de fendiller de lumière son esprit assombri. Ils arrivent aux grilles de fer forgé de la maison de cure et les longent dans la boue jusqu'au portail. Viktor rêve d'une tasse de café en se plaignant de la chaleur, car il a beau faire frisquet à l'ombre, le soleil tape comme en été.

Ils s'asseyent sur le perron, ôtent leurs bottes et en font tomber sur les marches une pluie de feuilles de lédon et de myrtillier, d'aiguilles de pin et de bouts d'écorce. Viktor retire les débris pris dans les mailles de ses chaussettes de laine tout en parlant de son travail. Erik ne prend d'abord pas la peine de l'écouter, il préfère ne pas être ramené à sa propre misère. Pendant qu'il somnolait sous la surveillance d'Elias Harmajakari, Viktor a inlassablement tracé des périmètres sur des cartes, vérifié les droits de propriété de prairies isolées et attendu que la redistribution des terres soit achevée jusque dans les régions les plus reculées.

Il s'occupe de fonder les premiers parcs nationaux du pays.

«La troisième fois sera la bonne! s'écrie-t-il. Le projet de loi a déjà été présenté deux fois au Parlement et rejeté deux fois. Je crois qu'aujourd'hui, même les politiciens les plus frileux n'ont plus peur.

– Mais que craignaient-ils ? marmonne Erik.

– Que la création de réserves naturelles prive la population de ses moyens de subsistance. Une famine dans le Nord. La disparition de l'espèce humaine. La fin du monde.

– Ah oui ? »

Erik redresse la tige de ses bottes et contemple le haut ciel d'automne. Comment se fait-il qu'il semble s'élever en cette saison ? Avant de venir à la maison de cure, il ne s'en était jamais aperçu, il avait trop de choses à regarder au sol ou dans les airs, un vol de grues cendrées ou tout autre repère. Il n'avait pas le temps de scruter les profondeurs de l'azur. Maintenant non plus, d'ailleurs, car le petit bois à côté de la maison de cure lui offre tous les jours des sujets d'observation. Par moments, il se remémore même la forêt d'Aspholm, à cent quarante kilomètres de là, qui vit sa vie sans se soucier de son propriétaire. Tout comme les forêts et les monts délimités par Viktor, qui poursuivent leur existence sans rien soupçonner des récriminations et des propos incendiaires des hommes. Et le principal objectif de Viktor est qu'ils n'aient jamais besoin d'en rien savoir, qu'on les laisse tout simplement en paix.

Erik pose ses bottes sur la pelouse. Viktor s'est levé et marche de long en large en chaussettes sur le perron, s'imite lui-même en train de parler aux politiciens.

« Les parcs nationaux sont un atout irremplaçable pour la recherche scientifique, mais ils ont aussi d'autres avantages. Ils permettraient de protéger les sites naturels les plus remarquables de notre pays. Ils constitueraient aussi, en quelque sorte, des vitrines de nos principaux milieux. Nos concitoyens comprendraient dans quel environnement est né, jadis, notre héritage kalévaléen. Visiter ces sites leur ferait en outre pratiquer un sain exercice physique… »

On aperçoit du mouvement à la fenêtre de la salle. Viktor ne le remarque pas, il raconte avec force gestes qu'il y a déjà longtemps, le grand explorateur du passage du Nord-Est, Nordenskiöld, avait suggéré la création de parcs nationaux en Finlande. Erik voit Anna Lyöperi regarder dehors par l'entrebâillement des rideaux de la salle. Ses doigts fins triturent les franges du tissu, ses yeux surveillent Viktor, sa bouche mollement ouverte se ferme et s'arque en un lent sourire.

Erik tourne la tête et sourit aux branches de sapin dégarnies servant de paillasson. Viktor poursuit sa conférence, il vit dans le vaste monde, observe le comportement des grands ducs et repère la moindre malaxis monophylle, mais ne pense pas à braquer son regard d'aigle sur les fenêtres de la maison de cure.

«La suggestion de l'explorateur date d'il y a cinquante-six ans, déclare Viktor, la main sur le cœur. Les temps sont mûrs.»

Il s'interrompt et s'assied à côté d'Erik.

«À propos de la forêt d'à côté, tu pourrais aussi y installer des nichoirs, si tu veux bien. Il serait intéressant de voir quelle population d'oiseaux viendrait s'y installer.»

Erik hoche la tête. Tout au long de l'automne, il a fabriqué des nichoirs. Dans le temps, les vieillards et les infirmes hachaient des branchages de sapin pour les mélanger au fumier des étables. Lui offre des nids aux oiseaux.

«Tu as des soucis? demande Viktor en remettant ses bottes. Quelque chose de particulier? Tu n'as plus l'air aussi épuisé et absent que la dernière fois, mais...

– J'ai quand même l'air d'aller mal, grogne Erik. Marchons encore un peu.»

Ils descendent les marches du perron et se dirigent vers le lac, de l'autre côté de la maison. L'eau scintille d'un bleu d'acier. Erik se confie sur Malla, les bottes, ses doutes.

«Quelque chose cloche, c'est sûr. Mais je n'ai pas réussi à savoir où elle est. Et par moments j'ai l'impression que je m'accorde plus d'importance que je n'en ai. Elle ne veut peut-être pas que je la cherche.»

Ils s'arrêtent devant le portail donnant accès au ponton. Elias Harmajakari sort de derrière le bâtiment, s'approche des rosiers et vérifie que les buissons les plus fragiles sont bien protégés du gel.

«Si seulement elle avait écrit une phrase de plus, soupire Erik. Elle aurait pu demander de l'aide, si elle avait voulu. Mais elle n'a demandé que des bottes.

– Peut-être qu'elle ne veut pas t'inquiéter ou qu'elle n'ose pas demander de l'aide, réplique Viktor. Ce n'est qu'une enfant. Est-ce que tu n'as pas au moins une idée de la région où elle vit?»

Erik décrit le peu qu'il sait du village de Malla d'après ses lettres: des champs, une rivière, de longues routes, une forêt éloignée.

«Des collines?

– Elle n'en a pas mentionné, sauf celle de l'église, il y a peu. "J'ai appris que c'était un drumlin", a-t-elle écrit.

– On dirait l'Ostrobotnie.

– C'est aussi ce que je pense, mais c'est trop vague pour partir à sa recherche.»

Viktor plisse les yeux et soupire en voyant son frère, à l'autre bout du jardin, faire tomber à coups de gaule un écheveau de feuilles d'érable pris dans la cime d'un genévrier colonnaire.

«Te contentes-tu de peu, pour vivre ? demande Viktor.

– Ces dernières années, un lit et des repas m'ont suffi, pour l'essentiel.

– Je t'embaucherais, si tu pouvais sortir d'ici. Et je t'enverrais en Ostrobotnie, parce qu'on n'a pas encore pu inclure de grandes tourbières dans cette fournée de parcs nationaux. Tu irais y chercher des nids de cygne, des chevaliers combattants, des orchidées et des rhynchospores bruns. Et nous préserverions les plus beaux marais pour les générations futures, bien qu'elles s'en moquent.

– Et en même temps, je regarderais si je vois Malla quelque part, approuve Erik avec un petit rire.

– Exactement, acquiesce Viktor, et il se tourne vers le haut du jardin. Elias ! Tu dois libérer cet homme ! J'ai du travail pour lui ! »

Le médecin baisse le bras, pose sa gaule et s'approche d'un pas tranquille. Il n'est pas du genre à crier d'un bout à l'autre du jardin. Il ôte son chapeau, époussette d'invisibles grains de poussière et écoute ce qu'explique Viktor.

«Je le laisserais bien partir, constate-t-il ensuite. Surtout si un travail l'attend.

– Mais la décision ne t'appartient pas, complète Viktor.

– J'ai malgré tout mon mot à dire, grogne Elias, en cas d'urgence, même le roi écoute son médecin. Mais tu vas devoir attendre le vote du peuple, au Parlement.»

Erik écoute les palabres des deux frères et regarde à nouveau le ciel. Il songe aux vastes tourbières et à la houle des champs de seigle. Une fille en Ostrobotnie, une aiguille dans une botte de foin. Peu importe. Il la trouvera.

*

L'hiver descend du nord-est, accompagné de silencieuses volées d'oiseaux migrateurs et de ciels colorés de flammes froides. Les nuages de neige restent massés à l'horizon pendant des jours et des jours et, sous leur ombre, avec la permission d'Yrjö, je reprends pour la première fois depuis le début de l'automne le chemin de l'école. Il fait encore sombre quand j'enfile mon manteau dans le vestibule. Aune s'étonne, mais je lui explique que je veux pouvoir marcher lentement, à mon rythme. J'arrive à la ligne droite menant à l'école à sept heures et demie. Il n'y a personne d'autre dehors.

Au croisement, je tourne vers Luomahaara.

Au bord d'un champ, je sors mes bottes de mon cartable, change de chaussures et m'enfonce dans la forêt. Elle est silencieuse et douce comme de l'eau. On n'entend le vent que dans les pins et les sapins, les autres arbres n'ont plus assez de feuilles pour le retenir.

Je sillonne la forêt de long en large, aussi loin que j'en ai la force et le temps pendant les quelques heures de jour. Je vais de la tourbière striée de fossés à l'étang aux Perches recouvert de frasil et à la cabane, à la recherche de traces, de signes, d'indices. La porte de la cabane est restée entrouverte, personne n'y est sans doute entré. Je la cale avec une bûche de bouleau. J'essaie d'extraire des pommes de terre du potager, mais le sol est déjà gelé. Je jette un coup d'œil derrière la grange et tente en vain d'imaginer la forme d'une tanière dans le tas de foin abandonné sous le rebord du toit.

Je refais le même circuit tous les jours. La quatrième nuit, les nuages se déploient au-dessus de la plaine et y déversent leur chargement de neige. Je m'y enfonce jusqu'aux chevilles, dans la forêt, mais me sens plus forte qu'avant. Mes veines battent d'espoir : si l'ours est encore dans les parages, je verrai ses empreintes. Je visite une nouvelle fois tous les endroits possibles, sans rien trouver.

Quand je retourne à Luhtajoki, au crépuscule, les coutures des nuages se déchirent. Le soleil couchant jette un coup d'œil sur le paysage décoloré. Je racle le sol des talons à chaque enjambée. Je me tourne une dernière fois pour regarder la forêt qui se dresse derrière les champs, hermétique, croûtée de neige. Peut-être est-ce une bonne chose, cette absence de traces. L'ours au moins aura réussi à s'enfuir. Ou peut-être ne font-ils finalement qu'un.

Il n'y a plus aucune issue, pas même la possibilité, insignifiante en soi, d'une vengeance, de la punition des coupables. L'histoire est finie, close. Le gel se fait plus mordant, je dois me dépêcher de rentrer.

Ou est-elle vraiment close ?

Le froid remonte par mes manches, transperce la laine de mon caleçon et la semelle de mes bottes. Je force mes muscles à ne pas trembler et me laisse glisser à genoux dans la neige. Je suis assez petite pour disparaître. Vu de cinq cents mètres d'altitude, le paysage rougeoyant m'a sûrement déjà avalée.

Un train siffle à la gare. Des gens somnolent dans des wagons chauffés, des enfants fatigués regardent des livres d'images, et des papiers d'emballage de provisions se froissent. Papa a passé l'hiver de l'insurrection dans le Nord. Il me reste assez d'argent, sur la somme que Hugo m'a donnée, pour atteindre le terminus de la voie. Je descendrais du train et chercherais un cocher, sur la place du marché, pour me conduire en traîneau là où nul ne retrouverait ma trace.

La neige fond et mouille les genoux de mon caleçon de laine. Quelqu'un longe le chemin de fer à bicyclette, tourne au croisement vers Luomahaara et approche, dérapant dans la neige. Je soupire, me relève et vais à sa rencontre. Mon sang se bloque dans mes veines rétrécies. J'ai des fourmis dans les jambes.

Anttu s'arrête et m'attend. Quand je le rejoins, il sourit.

«Tu n'es pas dans le fossé, cette fois.»

Je continue mon chemin. Il se hâte de me suivre.

«Aune m'a demandé de te chercher. Elle avait de nouveau la bouche ouverte comme l'horizon. Qu'est-ce qui s'est passé?

– Siiri a sûrement téléphoné et raconté qu'on ne m'a pas vue à l'école.»

Je patauge dans la neige. Anttu peste contre le mauvais temps.

«Tu as trouvé quelque chose?»

Je secoue la tête. La forêt est déjà loin, bien plus loin qu'avant, son sombre mur s'enfonce dans la neige. Les pâles couleurs du ciel se fondent dans le cosmos. Je me tourne vers Anttu:

«Tu as reçu des lettres?»

Il pousse sa bicyclette, donne des coups de pied dans les mottes de neige et finit par hocher la tête. Je n'insiste pas. À notre arrivée dans l'airial d'Yli-Haikka, le rideau de la salle bouge brusquement.

«Tu peux y aller», dis-je à voix basse.

Anttu me surveille malgré tout jusqu'à ce que je monte les marches du perron. La porte s'ouvre, Aune prend une grande inspiration, mais, en voyant Anttu, lui lance un joyeux merci et agite la main. Puis la porte se referme sur nous et une avalanche de questions me submerge. La voix de Hugo s'y joint. Je n'arrive à glisser entre les blocs de pierre qui s'abattent que de courtes réponses: dans la forêt, non, je ne l'ai pas vu, il n'y est pas. L'éboulement marque une pause, en équilibre sur la pente. Puis le plus gros des rochers se détache. Aune me demande si j'ai laissé Joel me toucher.

«Quoi?

– Ça fait longtemps que tu n'as pas fait sécher le linge que tu sais dans le sauna.»

L'histoire n'est pas close. Je n'ai pas le temps de me demander si c'est fabuleux ou terrifiant. L'éboulement dégringole la pente. La terre tremble et la montagne entière menace de s'effondrer. Pour y échapper, je me précipite dans l'escalier et dans ma chambre. Je bloque la poignée avec une chaise et rampe sous mon lit. On secoue la porte, je me bouche les oreilles et recule contre le mur. Il fait un noir d'encre, mais, les yeux fermés, je vois de la neige, une quantité infinie de neige, un champ qui engloutit le mur de la forêt. Il ne reste qu'une plaine blanche qui, peu à peu, disparaît dans le blizzard.

Je perçois une lueur à travers mes paupières. Je suis dans la chambre de maman à la Haute Crête, le soleil, derrière les pins, descend dans le lac et allume sur les murs un incendie chaleureux, immatériel. Je suis pelotonnée sur le sofa. Quand je ne dors pas, je reste allongée les yeux fermés et écoute ce qu'ils disent. Je sais qu'ils me regardent. Ils parlent à voix basse, de moi, m'enveloppant de mots qui sont plus que des caresses. Bientôt papa se lève, me pose la main sur l'épaule et me secoue doucement. Il faut partir, pédaler jusqu'à la maison avant qu'il ne fasse nuit noire.

La porte du poêle de faïence s'ouvre en grinçant, quelqu'un tisonne les braises, le passé se retire dans son puits profond comme le monde. La lampe distribue sa lumière orangée dans un coin de la pièce. À la fenêtre, un soir de fin d'automne bleuit. La porte du poêle claque. La main d'Yrjö est fermement posée sur mon épaule. Aune se tient devant le poêle. Je ferme les yeux et tente de replonger dans le sommeil.

«Reste éveillée, Maija», dit Aune.

Des pieds de chaise raclent le plancher, une ombre bouge derrière mes paupières, Yrjö s'assied. Il me pose des questions que je n'ai pas la force de comprendre.

«Laissez-moi, parviens-je à marmonner.

– J'ai besoin de savoir, insiste Yrjö.

– Quoi?

– Est-ce que tu as des nausées? Des douleurs?

– Je suis fatiguée.

– Est-ce que tu as mal quelque part?

– Au ventre.

– En ce moment?

– Par intermittence.»

Une vague de neige approche, prête à déferler sur moi. J'attends, sans la fuir, mais les ombres se muent en brise-lame. J'ouvre un œil.

«Assieds-toi, m'ordonne Yrjö. Je dois t'examiner.»

Je tourne le dos à la pièce. La neige me submerge aussitôt.

21

Au Bois brogneux, Simo Pahkakorpi chausse ses bottes à bout recourbé. Pour la première fois de l'hiver, il a neigé toute la journée. Bien qu'il ne fasse pas plus froid que la veille, il enfile un épais manteau. Une humidité glacée monte des dix centimètres de poudreuse qui recouvrent le sol.

Dans le sas d'entrée, il allume une lampe à pétrole et passe l'anse à son bras. Il brosse le seuil de pierre et empoigne sa pelle, mais décide finalement de remettre le déblayage de la neige au lendemain. Il en tombera de toute façon de nouveau cette nuit. Simo patauge jusqu'aux latrines et en balaie les marches avant d'entrer. Il éteint la lampe, par souci d'économie. Les planches du siège sont glacées. Le silence pénètre par les fentes du mur et soulève le toit aussi haut que dans une église. L'hiver, tout est plus grand. Le silence, l'obscurité, les sapins entourant la petite clairière, la solitude.

Les yeux de Simo s'habituent peu à peu à la nuit et il ne prend pas la peine de rallumer la lampe pour rentrer. Il revient sur ses traces, monte les marches du perron et s'apprête à secouer ses bottes quand quelque chose, de l'autre côté de l'airial, attire son attention.

Une silhouette sombre se détache devant la grange. Simo plisse les yeux. C'est trop bas sur pattes pour être un élan, et il ne devrait d'ailleurs pas y en avoir dans les environs, le dernier a été vu il y a dix ans et son massacre orne maintenant le mur de la ferme de Nummenpää.

La silhouette se traîne péniblement le long du mur, bien qu'il n'y ait pas encore beaucoup de neige. Simo déglutit et s'appuie à la balustrade. L'animal trouve la porte de la grange. Ce n'est qu'un panneau sans serrure que le moindre coup de museau suffit à pousser. De l'autre côté de l'obscure étendue de neige, Simo le voit s'ouvrir et se refermer lentement. Le silence retombe, aussi profond et innocent qu'un instant plus tôt. S'il n'avait pas vu l'animal entrer dans la grange, il n'aurait rien su de sa présence.

Il court à la porte de l'étable et vérifie que le loquet est bien mis. À l'intérieur, les poules caquettent et la vache laisse échapper un meuglement inquiet. Il tapote le mur. Ne vous en faites pas, rien ne peut traverser ces madriers.

De retour à l'intérieur, Simo verrouille la porte extérieure et bloque avec une chaise solide celle séparant le sas d'entrée de la salle. Il pose la lampe à pétrole sur la table d'angle et s'assied à la fenêtre, à demi caché par le montant. Il surveille la grange jusque tard dans la nuit, mais ne décèle aucun mouvement.

«Est-ce que tu te rappelles quand on a vu des ours ici pour la dernière fois ? demande-t-il. Je ne me rappelle que de vieilles histoires.»

Hilda, dans son cadre, lui lance un regard serein. La photo est posée sur le napperon de dentelle de la table d'angle. Hilda tient sur ses genoux Antero, qui a le visage flou. Un papillon a dû passer juste à ce moment-là et attirer son attention. À peine un an après la photo, le garçon s'est lui-même envolé par la cheminée en direction de la forêt, sous la forme d'une chouette boréale.

Simo va se coucher. Hilda a-t-elle pu se transformer en ours ? Dans ce cas, il n'a rien à craindre. Mais il a toujours pensé qu'elle était devenue un mésangeai. Elle vit dans la forêt, du même côté que la chouette boréale, et vient souvent le saluer dans l'airial.

Peut-être Hilda est-elle capable d'être ce qu'elle veut. Un jour un mésangeai, un jour un ours.

Au matin, Simo démonte sa barricade. La couche de neige a épaissi, mais le soleil brille. Par un temps pareil, il n'a peur de rien. Il dégage énergiquement le chemin entre la maison et les latrines, toussote et gratte le sol nu avec la pointe de sa pelle. Aucun bruit dans la grange. Après avoir creusé des sentiers entre les latrines, l'étable, le cellier et le bûcher, Simo traverse l'airial. Il tient sa pelle dans une main, sa hache dans l'autre. La neige de la nuit a recouvert et brouillé les empreintes devant la porte de la grange. Impossible de savoir si l'animal est encore ou non à l'intérieur. Hilda s'insinue dans son esprit. Doit-il s'approcher de l'ours la hache à la main ? Oui. Qui qu'il soit, il convient de se méfier. C'est ce qu'on fait dans les vieilles histoires. Si un revenant se montre, il lui faut en premier lieu expliciter ses intentions. Hilda ne se vexerait pas s'il l'accueillait d'abord d'un visage sceptique.

La grange a l'air plus grande que d'habitude. Simo s'arrête à chaque pas pour tendre l'oreille. Le tremblement incontrôlé de ses jambes ne l'aide pas non plus à avancer.

Rien ne se passe. Il pose sa pelle contre le mur et glisse les doigts dans la fente entre la porte et le linteau. Il lève sa hache et ouvre.

Seule l'obscurité l'accueille, et il jure tout haut. Attaquer en plein milieu de l'embrasure ! Il va lui falloir longtemps pour voir quoi que ce soit à l'intérieur, alors que l'ours le verra tout de suite. Il s'écarte du plein soleil et, à l'abri du mur, jette un coup d'œil dans la grange.

Le tas de foin est à sa place, au fond. Simo ne distingue d'abord rien de particulier, mais le voit ensuite bouger légèrement. L'animal s'est enfoui dessous pour se réchauffer. Simo retient son souffle et, dans le silence, croit discerner le rythme étouffé d'une respiration.

Il se courbe, entre dans la grange et, rasant le mur, s'approche du tas de foin. Il voit maintenant l'animal. Il est horriblement maigre et tente de mieux se cacher. Simo baisse sa hache, s'arrête et regarde l'ours couché dans le foin sec, le poil crotté, la tête en partie couverte de sang. Il est vaguement déçu. Ce n'est en aucun cas Hilda.

«Tu m'as l'air malade, dit-il. Laisse-moi t'aider.»

À gestes lents, il écarte le foin et parle en même temps à voix basse, évoque le soleil qui brille et les sentiers dans la neige, tout en prenant soin de ne pas croiser le regard des yeux brûlants de fièvre de l'animal blessé.

22

Aune répond depuis la cuisine au salut d'Anttu. Il pose son chapeau et ses gants sur le banc du vestibule et monte à l'étage. Il a chaud, dehors le ciel est haut et, dans la courte journée du début d'hiver, la neige fond comme au printemps. La dernière fois qu'il est venu voir Maija, elle avait de la fièvre. Maintenant aussi, elle est malade, sans doute, à ce que tout le monde dit. Il n'y croit pas. Il frappe à la porte et entre.

La chambre sent le renfermé, l'odeur de la malade alitée se mêle au parfum de brins de muguet fanés. Personne ne leur a donné d'eau. Anttu prend les fleurs, ouvre la fenêtre et les jette dehors. Un léger souffle de vent et une senteur de terre mouillée entrent dans la pièce.

« Cui-cui », murmure Anttu.

Pas un rire, pas même un sourire. Maija ouvre les yeux et les referme. C'est déjà plus que d'habitude, semblerait-il. Son père lui a dit que Maija était de nouveau « dans cet état », le même qu'il y a dix ans, après l'accident dont il n'a jamais très bien compris la nature.

« Comment ça va ? demande-t-il en prenant une chaise.

– Fatiguée », répond Maija, ou quelque chose de ce genre, ses lèvres se desserrent à peine.

« Tu parles comme un bébé, avec de la bonne volonté on peut s'imaginer comprendre, lance Anttu d'une voix joyeuse qui lui fait horreur. Tu ne veux pas venir chez nous ? Maman a fait de la brioche.

– Non.

– Papa n'est pas là. Ça te ferait prendre l'air.

– Pas la force. »

Anttu essaie de distinguer ses formes sous la couverture. Il ne voit rien de particulier au niveau du ventre. On ne peut qu'attendre. D'après son père, Maija refuse de se laisser examiner.

« Ça fait trop longtemps que tu n'es pas sortie.

– C'est bientôt de nouveau l'automne ? » demande-t-elle en lui tournant le dos.

Il contemple l'inflexible muraille de colère, jusqu'à ce que s'élève, derrière, un reniflement étouffé. C'est assez. Anttu pose la main sur l'épaule dure comme de l'os de Maija et la berce.

« Dis-moi. »

Elle secoue la tête.

« Est-ce que je peux t'aider ? » demande-t-il.

Des larmes honteuses s'échappe un sanglot qui se mue en paroles hachées. Maija répète et répète quelque chose, et enfin Anttu distingue un mot, bref, parmi les pleurs. Il fixe son dos tremblant, puis il se lève, lui tapote l'épaule et sort.

Aune n'est ni dans la cuisine ni dans la salle. Anttu court chez lui sur la route boueuse. Deux autos sont garées dans l'airial, dont celle de son père, alors qu'il devrait être à son cabinet jusqu'au soir. Anttu se précipite à la porte et crie le nom d'Aune dès le vestibule.

Yrjö sort de la salle.

« Qu'est-ce que tu as à crier ? grommelle-t-il.

– Aune est là ?

– Elle est partie avec ta mère à l'assemblée de prière.

– Elle a laissé Maija seule à Yli-Haikka ?

– Hugo ne va pas tarder à rentrer.

– Où est le père de Maija ?

– J'ai de la visite, chuchote Yrjö. Un conseiller en drainage, pour les champs, je t'ai dit qu'il viendrait aujourd'hui.

– Où est le père de Maija ?

– À la pharmacie.

– Son vrai père. Erik. Erik Stenfors. »

Anttu n'a pas l'impression de crier, mais ses mots résonnent sur les murs. Tant mieux, cette baraque moisie peut bien s'écrouler, couler sous la mer gelée ! Le dernier coup de balai date d'il y a trop longtemps.

« Il faut le prévenir, assène-t-il.

– On ne va pas parler de ça maintenant.

– Et si Maija meurt ? Comment allez-vous l'expliquer à son père ? »

Yrjö agite la main devant sa bouche : Tais-toi, ce n'est pas le moment.

« Et quand, alors ? En ce qui me concerne, en tout cas, je ne vais pas moisir longtemps ici. »

Il bouscule presque son père et entre dans la salle. Sur le sofa, il y a effectivement un visiteur. L'homme repousse ses cheveux bruns sur son front et lève les yeux de ses papiers, d'un geste qui pourrait presque passer pour élégant, n'étaient ses épaules voûtées. Le rouge, à ses oreilles, montre aussi qu'il a tout entendu. Il salue Anttu d'un signe de tête. Celui-ci traverse la pièce sans s'arrêter et continue vers sa chambre.

Il s'assied sur son lit, la tête entre les mains, puis se gifle les joues et ouvre le tiroir de la table. De pire en pire, la vie n'est rien d'autre qu'une série d'ennuis, en ce moment.

Le tiroir contient cinq lettres. Elles sont arrivées l'une après l'autre, une par mois, depuis qu'il est rentré en Finlande. La sixième lui parviendra bientôt, peut-être. Il l'attend et la redoute, tout autant que la possibilité qu'il n'y en ait pas.

*

Les pas d'Aune ne me font sursauter que quand ils sont tout près et s'arrêtent. La porte s'ouvre. Elle vient régulièrement ajouter du bois dans le poêle de faïence, elle sait à quelle vitesse il brûle et ne se dérange pas en vain. Elle ne dit rien. Cela dure depuis déjà trop longtemps et elle a tout essayé, me caresser la tête, me tirer par le bras pour m'obliger à me lever, me supplier, pleurer et crier. J'éprouve tour à tour pour elle de la pitié et de la haine, et encore plus pour papa, de qui j'ai hérité la capacité de m'apitoyer sur tout ce qui est possible et imaginable. Je veux dormir, ils n'ont que ce qu'ils méritent. Mais cela ne me semble pas juste non plus. Personne ne mérite ça, mais je n'ai pas la force d'y mettre fin.

Aune laisse la porte entrebâillée. Je ne me lève pas pour la fermer, malgré le courant d'air qui pénètre dans la pièce. En fait, j'ai trop chaud. Je remonte les manches de ma chemise de nuit et tends les mains vers le plafond. Mes avant-bras amaigris se terminent par des coudes étonnamment gros. Ma peau semble partout tendue sur mes os, seul mon ventre est un peu enflé. Le docteur Peltosaari a déjà marmonné à Aune que ce gonflement, ainsi que l'absence de règles, peuvent être dus à la faim et à un déséquilibre mental.

J'entends dehors le léger claquement d'une portière d'auto que l'on referme. Yrjö a ramené Hugo pour le déjeuner. La neige étouffe le bruit de ses bottes dans l'airial et sur les marches. La sonnette tinte. Aune va ouvrir d'un pas feutré. Je prends soudain conscience que Hugo ne sonnerait pas.

On parle au rez-de-chaussée, Aune et une voix inconnue, fluide et polie. Je ne distingue pas les mots. La porte d'entrée se referme, la conversation à voix basse se poursuit. Aune a invité le visiteur à entrer.

C'est alors que ce dernier prononce mon nom. J'en suis sûre.

Je repousse ma couverture et pose les pieds par terre. Les murs vacillent, mes genoux plient sous mon poids, mais j'arrive à la porte et au couloir. À mi-chemin, la tête me tourne. Je glisse sur le sol, le dos contre le mur, et pose le front sur les genoux. Ils sont dans le vestibule.

« Ce livre est aujourd'hui d'actualité », dit l'homme.

Je presse mon front sur mes rotules. Un colporteur.

« Je ne sais pas si elle a la force de lire, proteste Aune.

– Je le lui laisserais malgré tout volontiers. J'en ai un autre exemplaire, je n'ai pas besoin de celui-ci. Maija n'a eu que des bonnes notes, ce serait dommage qu'elle perde une année scolaire entière. »

Je n'entends pas ce qu'Aune répond. Je me relève et chancelle jusqu'à l'escalier, mais ils se disent déjà au revoir. La porte d'entrée s'ouvre et se referme. Je retourne en courant sur la pointe des pieds à ma chambre. Ma vue s'obscurcit et je me cogne au montant de la porte, mais entre en trébuchant et me traîne jusqu'à la fenêtre. Quand je me redresse, la blancheur me frappe tel un coup de poing dans les yeux. Dans un brouillard de larmes, l'homme patauge en direction de son auto, de la neige jusqu'aux chevilles, ôte son chapeau, le secoue, le jette sur le siège du passager et s'assied au volant.

Je frappe au carreau. Il jette un coup d'œil aux fenêtres du rez-de-chaussée. Je frappe plus fort. Son regard balaie les murs et s'arrête sur moi, redescend vers les fenêtres du bas et revient. Sa main se lève légèrement. Puis Verner Linnas referme la portière, repousse ses cheveux noirs sur son front et démarre.

Aune sursaute en me voyant assise à la fenêtre. La porte du poêle s'ouvre, le tisonnier remue les braises, des bûches de bouleau se posent sur elles. La porte se referme et Aune s'approche de moi.

« Tu n'as pas froid ?

– Non. »

Elle jette un coup d'œil par-dessus mon épaule.

« J'espère qu'Yrjö raccompagnera Hugo en auto. »

Elle se tait un instant.

« M. Linnas t'a apporté ce livre. »

J'attends trois négligentes secondes avant de jeter un coup d'œil à la couverture. *Les Lacs et rivières de Finlande*. Les battements de mon cœur me chauffent les joues, mais Aune ne remarque rien. Elle ne sait pas que Verner Linnas n'enseigne plus à Luhtajoki.

« Il souhaiterait que tu continues à étudier par toi-même.

– J'essaierai de le regarder.

– Je le laisse sur la table. »

Je hoche la tête et me tourne vers la fenêtre. Aune s'en va. Les traces de pas et de pneus s'effacent sous la neige fraîche, au coin de mon œil persiste le léger mouvement d'une main gantée.

Une onde de chaleur m'atteint au dos. J'ai l'impression que la chambre est en feu, les flammes dansent dans le poêle, sur le bureau et sur le tapis, m'obligeant à regarder derrière moi. Le livre est mince, semblable, par sa taille et son aspect, à un manuel scolaire. Sur la page de garde, il y a son nom, de la même écriture que sur le tableau noir, V. Linnas. Je le feuillette, page après page, à la lumière de la neige. Je lis les titres et les textes en gras, mais rien n'attire particulièrement mon attention. J'examine les cartes, il n'y est rien noté non plus. Les pages défilent sous mon index. La neige tombe de plus en plus dru. La couche blanche sur l'appui de fenêtre s'épaissit, le sommeil rassemble ses forces. Dehors, l'obscurité gagne, et à l'intérieur le froid s'accentue. La table des matières, quelques pages blanches, rien. Je pose le livre sur mes genoux.

Aune revient. Elle tisonne les braises, ferme la porte et la tirette du poêle, dit quelque chose. Le champ de neige rougeoie derrière mes paupières. La chaleur se répand dans la pièce, une main me secoue l'épaule.

«Tu as entendu? demande Aune. Tu vas t'abîmer les yeux, mets-toi sous la lampe pour lire.»

Elle sort. J'émerge de la neige, m'assieds au bureau, allume la lampe et ouvre à nouveau le livre.

Je m'arrête à la page seize. Dans le coin du haut, à gauche, il y a une lettre *M*, solitaire, esquissée au crayon noir.

Je continue. À la page dix-huit, je trouve un *a*. Je rapproche ma chaise du bureau. Des lettres tracées au crayon émergent de leur cachette, ici et là, dans les en-têtes et les pieds de page, accrochées au bout des lignes. Je les note, à la file, formant des mots et des phrases dont le point final se trouve à la dernière page du livre.

Je lis le message, presse mes paumes sur mes yeux.

Je me rappelle ses mains. Elles m'ont protégée, dans la grande salle, au milieu des adultes. Je me rappelle sa légère respiration sur ma tête, son pantalon gris.

Malla. Je n'ai compris que maintenant qui tu étais. Je t'ai tenue sur mes genoux, il y a des années. Je n'ose pas en faire plus, pardon. Vertti.

Une rafale de flocons glacés jetée par le vent contre la vitre me fait sursauter. Je bondis si vite sur mes pieds que ma chaise se renverse.

Je reviens de la salle de réunion des sociétés scientifiques et retrouve la petite chambre du premier étage d'Yli-Haikka.

Je suis maintenant assez grande pour voir seule l'estrade. J'étudie fiévreusement le livre en commençant par la fin. J'examine chaque mot. Dans la table des matières, il y a d'abord les rivières, puis les lacs. Ils sont nombreux, leurs noms se pressent les uns sous les autres, se mêlent sous mes yeux et échangent leurs syllabes. Entre deux lignes, il me semble apercevoir un léger trait.

J'approche le livre de la lumière. Le trait est un peu oblique, fin et tracé à la hâte au crayon, comme par accident. *Kukkia, p. 78*, est-il écrit au-dessus.

L'article est bref. Des renseignements épars me sautent aux yeux : superficie du lac, quarante-trois kilomètres carrés ; profondeur maximale, trente-quatre mètres ; île principale, Evinsalo. J'arrive vite à la dernière ligne. Je la lis et relis, jusqu'à ce que les mots prennent leur envol. Ils tournoient et transpercent les murs et, peu à peu, le livre, la chambre, la maison, tout se désagrège. La neige fouette la fenêtre et les mots s'inscrivent sur la vitre blanche.

*En 1933, on a découvert dans le lac Kukkia une fougère aquatique rare, la pilulaire à globules (*Pilularia globulifera*), dite aussi boulette d'eau.*

1937

23

La croûte de glace de la route a commencé à fondre. Le pied d'Anttu glisse par moments dans les ornières et s'enfonce dans la gadoue. L'allée d'Yli-Haikka est plus praticable, car peu d'autos y passent. Elle est aussi, de même que l'airial, régulièrement nivelée et nettoyée. On entend d'ailleurs quelqu'un pelleter la neige ramollie par le soleil. Anttu s'éclaircit la gorge et se prépare à saluer Hugo, mais, en arrivant au coin du bâtiment, il tombe sur Maija. Elle creuse la neige au pied du bouleau de l'airial.

« Qu'est-ce que tu fais ? » lui lance-t-il.

Elle se tourne et s'essuie le front de sa moufle.

« Un petit sentier. »

Elle a toujours sur le visage des ombres de squelette, mais les creux ne sont plus aussi profonds que la dernière fois. Elle venait alors seulement de s'extraire de son lit et de recommencer à parler comme tout le monde.

« Au milieu des congères ? s'étonne Anttu.

– Je veux jeter un coup d'œil au bouleau. »

Maija continue de pelleter et, une fois qu'elle a dégagé un espace suffisant, se penche pour examiner le tronc. Anttu s'engage dans l'étroit passage et ils font ensemble le tour de l'arbre fourchu. Elle lève le menton, fixe des yeux un point dans les hauteurs. Il regarde la cime mais ne voit rien de particulier, si ce n'est que l'une des fourches est encore plus pourrie qu'avant. Ils scrutent les branches noires et le ciel. La neige, en fondant, dégage une brume froide. Anttu a mal aux yeux. Le firmament printanier, même nuageux, est trop clair.

« Je vais bientôt devoir partir », dit-il.

Maija hoche la tête, n'écoute pas.

« Retourner en Australie », précise-t-il.

Elle se réveille.

« Hein ? Pourquoi ?

– J'ai des affaires à régler.

– Tu reviendras ?

– Je ne sais pas. En tout cas pas avant longtemps. »

Maija donne des coups de pied dans le rempart de neige. C'était aussi ici qu'ils étaient, la dernière fois, dans une cabane de neige sous le bouleau. Elle avait alors un toit. Aujourd'hui, c'est une tranchée ouverte qui disparaîtra bientôt complètement. Anttu sourit à cette idée, malgré la peur qu'il ressent.

« Quand pars-tu ? demande Maija.

– Dans deux ou trois jours.

– En secret ?

– Pas cette fois, assure-t-il avec un petit rire. Je vais l'annoncer aujourd'hui à papa et maman. »

Maija hoche la tête. Une petite motte de neige se détache de la muraille et tombe entre eux. Anttu pose la main sur son épaule couverte d'un épais manteau.

« Tu vas t'en sortir, ici ? demande-t-il.

– Oui.

– Je t'écrirai de nouveau. Dès mon arrivée. »

La porte de la maison s'ouvre. Anttu regarde derrière lui, mais le bouleau les cache.

« Envoie-moi ta nouvelle adresse, chuchote-t-il. Quand tu en auras une. »

Elle esquisse un léger sourire.

« Maija ! » crie Aune.

La jeune fille contourne Anttu.

« Qu'est-ce que tu fais là-bas ? demande Aune.

– Je cause avec Anttu. »

Aune ne répond pas tout de suite. Anttu passe la tête de l'autre côté du bouleau et agite la main. Elle ouvre la bouche mais ne dit rien, se contente de hocher la tête et rentre. Maija s'appuie au bouleau et suit du doigt une longue déchirure de l'écorce blanche.

« Tu vois ces boules noires ? » demande-t-elle.

Anttu jette un coup d'œil aux protubérances rugueuses, sur le tronc.

« Il y a des polypores obliques qui poussent sous l'écorce, dit Maija. C'est un champignon. Une sorte de croûte brune, un peu brillante. Il provoque ce genre de chancres noirs. Lui-même est encore caché, mais quand il aura grandi, l'écorce du bouleau se fendra et ses spores s'envoleront. »

Anttu effleure la déchirure. Son doigt se mouille de sève.

« Jusqu'où les spores volent-elles ? demande-t-il.

– Jusqu'à l'autre bout du monde. »

*

La pluie frappe si fort la vitre que, par moments, je n'entends pas la voix de Katri. Elle ne devait venir que demain, mais elle a modifié ses projets. Je suis assise sur mon lit et tresse mes cheveux. J'ai honte de leur saleté et de mes vêtements d'intérieur informes. Depuis l'automne, je ne prête aucune attention à mon apparence. Personne ne me regarde, de toute façon. Katri, en revanche, a de plus en plus l'air d'une épouse de médecin. Elle est assise devant le bureau, jambes croisées, son pied gainé d'un bas blanc pointe de sous sa jupe, sa chaussure noire à petit talon se balance au bout de ses orteils. Ses mains s'activent, la poupée de Kirsti a besoin d'une barboteuse.

« C'est un gros poupon, presque de la taille d'un vrai bébé, explique Katri en levant son ouvrage décoré de dentelle à la hauteur de mes yeux. Kirsti était si petite, bébé, que ça aurait pu lui aller. »

Katri parle des enfants, des voisins et du travail de Reino, puis remarque mon silence et se méprend. Elle pose la barboteuse sur la table et vient s'asseoir à côté de moi.

« Pardon, Maija, j'oubliais.

– Ce n'est rien, dis-je, et je défais ma tresse emmêlée. Je n'arriverai jamais à natter ça proprement. »

Katri rassemble mes cheveux entre ses mains et entreprend de les tresser.

« Est-ce que tu as vraiment cru...

– Quoi ?

– Que tu attendais un enfant ? »

Ses doigts agiles progressent lentement de l'arrière de mon crâne vers le bas, donnant forme à une tresse en épi de blé. Mes cheveux me tirent la peau du crâne, mais ça me fait du bien. Personne n'y a touché depuis le mois d'août.

« Oui.

– Tu as paniqué ?

– Pas spécialement. »

La pluie, fatiguée, tambourine sur l'appui de fenêtre. L'eau coule dans les gouttières, le jardin clapote. De la vapeur monte des dernières plaques de neige fondante.

« Qui était-ce ? demande Katri.

– Aune ne te l'a pas dit ?

– Elle m'a juste raconté que c'était un garçon qui s'était enfui. Qu'est-ce qui s'est passé ? »

Elle a tressé ma natte jusqu'à la nuque et rattrape avec soin les fins cheveux qui lui ont échappé. Des frissons me parcourent les tempes et le sommet du crâne. Après une nuit de pluie, le matin était frais, la cabane sentait le vieux bois et la mousse humide des joints des madriers, le fourneau ronronnait. Comme ici, où Katri, en arrivant, a ajouté du bois dans le poêle de faïence, et où ça sent presque la pluie. Katri a des doigts solides, habitués à travailler. Pendant un instant, elle laisse sa place à Joel, mais, une fois la tresse terminée, elle serre le nœud du ruban et me tapote l'épaule. Joel me nattait les cheveux en vitesse pour pouvoir continuer, le long de mon dos, dans l'univers de ma peau.

Je raconte tout à Katri, ou essaie, plus exactement, de ne lui parler que de Joel, mais mes souvenirs se cachent dans la forêt et n'existent pas sans elle. Katri n'y est jamais allée seule, mais je tente de lui expliquer ce que c'est. Je lui demande d'imaginer l'atmosphère d'une vieille église en bois, sans personne d'autre à l'intérieur. Les portes sont ouvertes, le vent pénètre par les fentes des murs et fait chanter les voûtes, les piliers et les planches du plafond grincent. Au bout d'un moment, un détail – peut-être un grand arbre, dans la forêt, ou un tableau d'autel, dans l'église – se cheville à vos pensées. Et, peu à peu, on a l'impression que l'on n'est plus seul, que quelqu'un respire et vous observe, derrière les arbres ou les piliers.

Je laisse tomber l'église et décris l'ours qui était tour à tour un animal et Joel. Je tourne le dos à Katri, mais sens qu'elle se raidit quand je lui raconte comment il s'est avancé droit vers moi.

« Tu n'as pas eu peur ? demande-t-elle.

– Comme jamais. Puis je suis retournée à la cabane et ma peur s'est envolée.

– Pourquoi ?

– Parce que Joel y était. »

Le tambourinement sur l'appui de fenêtre se calme. Il ne pleut plus, dis-je même sans doute à voix haute, pour que Katri oublie tout.

« Que penses-tu qu'il soit arrivé à l'ours ? demande-t-elle.

– Il est sans doute parti.

– C'est lui que tu cherchais, à l'automne ? Pourquoi ?

– Je voulais clore l'histoire. »

Et je l'ai fait, mais je secoue tous les jours la clôture et, par moments, j'ai l'impression qu'elle est sur le point de céder. Katri se lève pour se dérouiller les jambes. Le chant d'un pinson, aussi prudent qu'enthousiaste, jaillit du bouleau de l'airial. La chambre est plongée dans la pénombre et le silence, le feu s'est éteint. J'allume la lampe, sur la table. Katri plisse les yeux, bras croisés, tapote ses coudes de l'index.

« Et maintenant ? demande-t-elle. Tu voudrais partir d'ici ? »

J'effleure du doigt une feuille de papier, essuie la poussière sur le coin de la table. En bas, l'horloge de parquet sonne sept heures. Katri sursaute, se rappelle qu'elle doit téléphoner aux enfants. Elle remet ses chaussures à talon. Un regain d'entrain donne du ressort à sa voix.

« Alors ? reprend-elle. Ça te dirait d'aller faire des études quelque part ?

– À Tampere ?

– Ou peut-être plus près. Par exemple dans un établissement d'éducation populaire, en internat, pour une année d'instruction ménagère. Il y en a beaucoup par ici. Ça te changerait les idées, et tu pourrais quand même rentrer à la maison le dimanche. On va y réfléchir ! »

Elle sourit et s'envole dans le couloir.

Un établissement d'éducation populaire, en internat. Internée dans un établissement. Comme papa.

Katri est à Yli-Haikka depuis quatre jours. Nous n'avons plus parlé en tête à tête depuis le soir de son arrivée. Elle n'est pas aussi bavarde que d'habitude. Elle m'observe par moments, je crois – je n'ai pas réussi une seule fois à la prendre sur le fait.

Nous cousons dans la salle, Aune est assise devant sa machine, Katri crochète des vêtements de poupée, je tricote un éternel cache-col vert qui sera prêt trop tard pour cet hiver. Le temps est frais et nuageux, mais des grues cendrées survolent les champs. Ils sont nus et, derrière, la forêt surgit de la neige, plus infinie que jamais. Elle s'étend au-delà de l'horizon et plus loin encore.

« Maija, est-ce que tu ne voudrais pas retourner à l'école jusqu'à la fin de l'année ? demande Aune tout en changeant le fil de canette de la machine à coudre.

– Je ne sais pas.

– Ou continuer à l'automne dans une autre école ?

– On va y réfléchir. »

Aune n'en dit pas plus, mais le mouvement du crochet de Katri s'interrompt. Je continue de tricoter et, au bout d'un moment, elle se concentre à nouveau sur son ouvrage, un petit bonnet de dentelle.

On marche sous la fenêtre. La sonnette tinte. Katri pose le bonnet sur la table et se précipite dans le vestibule, revient en passant les enveloppes en revue.

« Il y a une lettre pour Maija », annonce-t-elle.

Aune tend la main. Elle baisse ses lunettes de son front sur son nez, examine le cachet de la poste et pose la lettre sur le coin de la table.

« C'est d'Anttu. »

Dans l'enveloppe, il n'y a qu'une carte. En dépit du bourdonnement de la machine à coudre, je rends compte tout haut de son contenu, pour ne pas éveiller de soupçons.

« Le voyage s'est bien passé. Anttu s'est installé dans la même ville qu'avant. »

Je suis incapable de continuer. Je regarde la photo au dos de la carte. Aune cesse d'actionner sa pédale.

« Il s'est marié, dis-je.

– Quoi ! » s'exclame Katri.

Aune tend de nouveau la main. Je tourne la photo vers elle. Elle plisse les yeux et se lève d'un bond. Ses jupes volent vers le hall.

« Passez-moi Peltosaari, s'il vous plaît. »

Katri se penche pour regarder la photo : Antti, assis sur un sofa, tient sur ses genoux un bébé âgé de quelques mois. L'enfant aux cheveux frisés regarde, le front plissé, quelque part au-dessus de l'objectif. À leurs côtés, il y a une jeune femme aux yeux marron. Dans le hall, Aune parle à Yrjö, cherchant tour à tour à le calmer ou à jeter de l'huile sur le feu, déjà excitée en secret, ou à son propre insu. Le long des fils du téléphone, ils se renvoient un seul et même mot et tombent à chaque fois de nouveau de leur chaise.

Une *Aborigène*, une *Aborigène*.

Katri lisse le bonnet de poupée sur son genou. Je pose la carte sur le guéridon à plantes vertes. Et enfin, je surprends Katri à me regarder et à sourire, d'un coin des lèvres à la fois.

Le thermomètre, dehors, indique dix degrés. Les feuilles en fer de lance des narcisses percent dans les plates-bandes, un pinson chante à en craqueler les vitres. Aune parle et parle encore, Katri va sur la pointe des pieds faire du café. Je m'adosse aux coussins du sofa et écoute Anttu, dont l'écriture, à la dernière ligne, devient minuscule faute de place.

Heureusement que j'ai eu le courage de revenir.

Les Peltosaari continuent de discuter dans la salle avec Hugo et Aune longtemps après que Katri et moi sommes montées nous coucher. Le flot de paroles qui se déverse heurte par moments un rocher acéré et se brise, selon le cas, en une gerbe de jurons ou de lamentations. L'éperonnement déclenche aussitôt l'unanime bourdonnement consolateur des trois autres. Je profite de leur naufrage pour m'affairer dans mon placard et mes tiroirs. Quand je me mets ensuite au lit, j'essaie de rester éveillée, mais sombre dans un demi-sommeil.

Je me réveille en sursaut quand Aune et Hugo montent l'escalier pour aller dans leur chambre. Je les entends chuchoter un moment, puis la porte se referme. Je vais à tâtons à mon bureau, pose la main sur l'interrupteur de la lampe mais n'ose finalement pas allumer. Je m'assieds sur le bord du lit. J'ai ouvert les rideaux, mais l'airial et l'intérieur de la pièce sont aussi obscurs que si j'avais les yeux fermés, et ma conscience est prête à croire en la nuit. Je dodeline de la tête. Je me pince les bras à en crier de douleur sans parvenir à me rappeler pourquoi je suis assise au lieu d'être couchée.

Puis le ronflement de Hugo perce les murs. Le voile de la nuit se déchire, je me lève d'un bond et m'habille pour sortir. Je manque tomber sur le dos sous le poids de mon havresac, mais me penche en avant et ouvre la porte. Je pose le pied sur le tapis du couloir et marche là où le plancher grince le moins. Les bruits de deux sommeils s'échappent de la chambre d'Aune et Hugo, mais devant la porte de Katri, je ne peux qu'espérer qu'elle dorme.

Dans le vestibule, j'enfile mes chaussettes de laine et mes bottes. La porte d'entrée est verrouillée. La clef actionne les gorges dans un bruit d'explosion de ballon de baudruche, mais les ronflements ne s'interrompent pas.

Le souffle froid de la nuit me surprend. Il fait un peu plus clair dehors que dedans, non grâce aux étoiles, mais aux nuages sur lesquels le soleil qui brille en Australie projette un semblant de jour. Je ferme la porte, qui claque à nouveau. La cime solitaire du bouleau se détache sur le ciel. Son tronc jumeau rongé par les polypores est tombé peu après le départ d'Anttu.

Je saute de la dernière marche sur la pelouse. Le sol mouillé clapote sous mes pas. Je suis en train de me demander si le bruit est trop fort quand un éclair jaillit.

Le plafonnier de ma chambre s'est allumé. Je m'arrête au milieu du carré de lumière. J'essaie d'ôter mon havresac pour le jeter au loin, mais la fenêtre émet un léger grincement et Katri passe la tête dehors.

Je me tiens au-dessous d'elle avec mes bottes, mon manteau et mon havresac.

Les secondes s'écoulent.

L'Australie relâche son emprise sur le soleil. Katri me regarde à travers la nuit qui se dissipe.

Enfin, elle passe la main dans ses cheveux et recule un peu. La fenêtre commence à se refermer. Quand les gonds grincent, le mouvement s'interrompt un instant, puis continue. Jusqu'au bout. Katri tourne le dos et s'éloigne. Le plafonnier s'éteint.

24

Il y a toujours de la neige par endroits. J'évite les amas de gadoue et marche dans les myrtilliers que l'hiver a couchés sur le sol. Il fait encore sombre. Je regarde derrière moi et tente de voir mon parcours à travers les yeux d'un poursuivant. La forêt est pleine de flaques et de creux dans lesquels mes traces se perdent, mais un chien ne se laisserait pas égarer.

Quelques heures de fuite suffisent à doter le corps d'une prudence d'animal sauvage. Arrivée à l'airial, j'hésite longtemps à la lisière de la forêt avant de m'y risquer. À l'abri des dernières branches, je me faufile vers la cabane. À côté du potager, les carottes ont disparu et les feuilles de pomme de terre et d'oignon restées sur le sol ont été mangées. Un grand saule marsault tombé dans l'herbe a été presque entièrement écorcé par les lièvres. Sur le perron, il y a un tas de crottes d'un petit carnassier, presque uniquement constituées de poils gris. La cale de la porte n'a pas bougé.

À l'intérieur, l'air sent le renfermé. Les madriers sont redevenus des troncs d'arbre, les nœuds du bois saillent et les traces de hache ont disparu. Je passe en revue la bibliothèque, la bible de la mère de Joel, des manuels scolaires, quelques livres empruntés à la bibliothèque. Je trouve dans le tiroir de la table son certificat de service civil. Je sors de mon havresac les lettres et le carnet de papa et fourre le tout dans une même enveloppe.

Dans la cabane, les souvenirs sont vite trop nombreux. Mes jambes se dérobent, le fauteuil à bascule me tend les bras. J'effleure la surface fraîche de son accoudoir.

Ce n'est pas le moment de traîner.

Je tourne le fauteuil à bascule vers le mur et me mets au travail. Le sachet de farine et le pain de sucre que j'ai apportés à l'automne sont restés à l'abri dans une grande boîte en métal. Je trouve dans le cellier une tresse de neuf oignons et onze pots de confiture de myrtilles. Je rassemble les provisions sur la table. Les vêtements que nous avions préparés pour notre départ sont toujours sur le lit gigogne. J'ôte ma jupe et enfile sur mon caleçon de laine le vieux pantalon de Joel. Je me noue un chandail supplémentaire autour de la taille. Mon havresac est déjà plein, mais je le vide et le réorganise. Je mets au fond une petite culotte, deux paires de chaussettes, dont une de laine, puis le livre de Verner Linnas. J'hésite et le retire un moment, mais il faut absolument que je l'emporte, je n'ai pas d'autres cartes. Je fourre dans le sac les oignons, le sachet de farine, le pain de sucre, quatre pots de confiture, une cuiller, une assiette et une gourde. Sur le dessus, je case des biscottes de seigle, des biscuits, un sachet de raisins secs et un couteau de chasse que j'ai emportés en quittant Yli-Haikka. Les papiers de papa et de Joel trouvent leur place dans une poche latérale, et je glisse dans celles de mon pantalon ce qui me reste d'argent, deux boîtes d'allumettes et un bout de savon enveloppé dans du papier.

En m'activant ainsi, j'ai vite trop chaud, mais je ne peux pas me passer de plus de vêtements. Nous sommes fin avril, la neige peut encore monter jusqu'à mi-mollet, ou la pluie tomber une semaine d'affilée. Le ciré de Joel pend à un clou. Je le plie, roule la couverture du lit gigogne et attache les deux sur le dessus de mon havresac. Un rayon de joie, ridicule et égoïste, me remonte les pommettes : le départ de Joel n'était pas prémédité, car il n'aurait jamais oublié son ciré ! Il fuyait quelque chose ou quelqu'un, mais ce n'était pas moi.

J'ouvre un pot de confiture et entreprends de me remplir l'estomac. Je termine le pot et passe au deuxième. Au bout de trois, je commence à avoir la nausée, mais tant pis. Je dois me nourrir maintenant, puis tenir le plus longtemps possible sans manger, au moins deux jours, je n'ai de place que pour très peu de provisions. Incapable d'avaler le dernier pot, je le rapporte dans le cellier et ferme la porte. Je remise le surplus de vêtements dans le mazot et range dans le bûcher la hache piquetée de rouille oubliée sur le billot.

Je vais prendre ma jupe dans la cabane, hisse mon havresac sur mon dos et pousse la cale devant la porte. Sans regarder autour de moi, je traverse l'airial et descends vers le marais aux Cygnes. Ma jupe flotte dans ma main tel un drapeau que j'enterre dans une anfractuosité de rocher. Malgré la confiture de myrtilles qui me gonfle l'estomac, je marche d'un pas léger.

La neige et les vents hivernaux ont renversé les jalons des drains du marais aux Cygnes, mais le travail a déjà bien avancé à l'automne. Le tapis multicolore de mousses et de laîches est labouré de profonds sillons se terminant au hasard. Une fois les inondations du printemps passées, les hommes quitteront le coin du feu et les tavernes pour poursuivre leur travail. Les cygnes seront de retour avant eux, pour la dernière fois.

Je contourne l'anse de la tourbière et traverse le pied de la dune. Les pins griffés par l'ours restent derrière moi à garder la frontière.

Luomahaara est loin. Le printemps a rempli la forêt de trous d'eau clapotants, de fourrés au sol instable et de creux débordant de gadoue. Je ne peux pas emprunter la route, c'est là qu'ils me chercheront en premier. Je sors du col de ma chemise le seul objet que j'aie volé, la boussole de Hugo. Le regard fixé sur l'aiguille, je progresse en zigzag vers l'est, vidant et remplissant régulièrement ma gourde. Je ne manquerai en tout cas pas d'eau.

Je cligne des yeux devant l'étendue de champs de plusieurs kilomètres carrés qui descend en pente douce vers la rivière qui la traverse. C'est un bras de la Marécageuse, dont je ne connais pas le nom. Au-delà, on aperçoit les routes et les maisons de Luomahaara, et même quelques passants, au loin. Dangereusement près, les phares d'une auto balaient les arbres.

Un léger vent souffle, il y a des nuages, de l'obscurité et des étoiles, un cosmos dans lequel je me plonge un instant pour oublier la peur, monotone, qu'à tout moment quelqu'un puisse me remarquer. Je poursuis mon chemin au milieu des champs noirs. C'est là l'entonnoir, le goulet d'étranglement que l'ours a peut-être aussi franchi. Lui aussi est passé ici de nuit, a épié les fenêtres éclairées et s'est préparé à se jeter dans un fossé, transformé en touradon, en entendant le bruit d'une auto, d'un cheval ou d'un piéton.

Quelque part, tout près, la porte d'une étable s'ouvre, une vache mugit doucement. Une ombre enjuponnée disparaît à l'intérieur, une lanterne dans une main, un seillon dans l'autre. Il me vient des images de bouillie cuite dans du lait, de fromage de colostrum et de tartines beurrées. Je m'interdis pour l'instant de toucher à mes provisions, et les mousses gorgées d'eau, sans parler de mes interminables détours, ont depuis longtemps épuisé la confiture de myrtilles.

J'aurais aussi dû voler une bicyclette et de l'argent.

La pellicule de glace de la route craque, la nuit est à moitié écoulée. Je ne sais pas ce qui m'attend après le village. Je n'ai qu'une boussole et *Les Lacs et rivières de Finlande*, dont les cartes sont à petite échelle et les descriptions peu précises. La largeur d'un doigt y représente un millier de montées et de descentes, d'impasses et de fourvoiements, de rochers glissants et de retours en arrière.

Le poids de mon havresac m'endolorit tout le torse. Mes vêtements sont trempés de sueur. Sous l'effet de la faim et de la fatigue, mes muscles et mon attention se relâchent. J'aurais dû manger plus, manger tout l'automne, l'hiver et le printemps.

La route est soudain plus ferme. La semelle de mes bottes claque plusieurs fois avant que j'aie la présence d'esprit de m'arrêter. Je regarde devant moi, puis derrière, mais je ne vois que des formes sombres de buissons et de bâtiments. Je tâte légèrement le sol du pied. C'est une sorte de pont, des planches, les unes à côté des autres, et entre elles une barre, plus glissante. Je me penche pour la toucher.

Du métal froid.

Accroupie au passage à niveau, je me rappelle la ligne noire que j'ai suivie pendant des années sur les cartes. La voie ferrée conduit de Luhtajoki à Seinäjoki, d'où elle tourne vers Luomahaara, continue vers l'est et, des dizaines de kilomètres plus loin, s'oriente vers le sud. Elle traverse les marais et les forêts sur un robuste socle de gravier. En l'empruntant, je pourrais sans que personne me remarque parcourir en plein jour les tronçons éloignés des habitations. En marchant sur les traverses, je pourrais arriver jusqu'à Tampere et, de là, le lac Kukkia ne serait plus qu'à une soixantaine de kilomètres.

Je glisse ma boussole dans ma poche et passe de la plate-forme en bois à une traverse de la voie. Les étoiles s'habillent de nuages. L'écart entre les traverses correspond exactement à une enjambée. Je n'ai plus besoin de réfléchir. Je me mets en marche avec l'impression d'être déjà presque arrivée. Je sens dans le vent des odeurs de lédons et de sapins mouillés. C'est là que j'en suis sûre : l'ours aussi est passé par ici. Autrement, où aurait-il pu aller dans cette plaine ouverte où les effluves de la forêt voyagent le long des rails ?

Le soleil me tape sur la tête. J'essuie la sueur de mon front et resserre mes étranges ceintures. J'ai noué sur mes hanches mon chandail, mon caleçon de laine et mon manteau, mais j'ai malgré tout trop chaud. L'air stagne entre les rails. Mes chaussettes de laine sont trouées, mon talon frotte contre l'intérieur de ma botte. Je vais avoir une ampoule. Une aiguille et du fil, j'aurais absolument dû emporter une aiguille et du fil, plutôt que de vieux papiers. J'ai des chaussettes de rechange dans mon sac, mais je ne peux pas jeter celles-ci sous prétexte qu'elles se seraient usées jusqu'à la corde en cinq jours. Je pourrais aussi bien jeter tout de suite d'autres choses, la moitié de mes vêtements, mais les nuits sont froides. J'ai à la fois trop de tout, et pas assez. La faim traverse mes pensées tel le balancier d'une horloge et brouille mes plans. Je sors du fond de ma poche un fragment de pain de sucre et le suce.

Je ne sais pas quelle distance j'ai parcourue, mais c'est sûrement trop peu. J'ai dû attendre dans la forêt que les trains passent, décrire de longs détours pour éviter les alentours des gares, m'écarter plusieurs fois par précaution de la voie avant d'y revenir. Je ne pense pas que quiconque m'ait vue, mais me cacher m'épuise. Quand la forêt s'éclaircit de nouveau et que les champs déploient leurs tentacules jusqu'au bord de la voie, je m'arrête. Je feuillette les cartes du livre de Verner Linnas et trouve le village qui se dresse devant moi. Il est plus grand que les précédents, et entouré d'immenses terres cultivées.

Je sors de ma poche le reste de l'argent que Hugo m'avait donné pour m'acheter une robe. Je pourrais, avec, prendre un billet de train, au moins pour une part du trajet.

Des bâtiments se pressent flanc contre flanc, j'entends le bruit d'une auto. Une route surgit à côté de la voie. Je franchis le talus couvert d'herbes couchées par l'hiver, attentive à la nouvelle musique de mes bottes sur la terre battue. Je rajuste mon havresac et marche d'un pas plus assuré vers le village. Je suis arrivée assez loin, je peux aller à la gare comme n'importe qui. Sans m'arrêter, je tresse mes cheveux, puis fourre mes vêtements superflus dans mon sac, où mes provisions, en diminuant, ont libéré de la place.

Dans la rue principale, je croise surtout des enfants. Des filles munies de cartables me regardent longuement, lorgnant surtout mon pantalon, et chuchotent entre elles. Je tiens les bretelles de mon havresac et compte les poteaux téléphoniques jusqu'à la gare. Parvenue à la grille, je m'abrite sous le pommier de la cour pour reprendre ma respiration. Le bâtiment est large et haut, sa porte semble une gueule. Est-ce là que je dois aller, seule, totalement seule – au cours du dernier quart d'heure, j'ai pris à un moment ou un autre un chemin différent de celui de l'ours. Je m'appuie au pommier et ne m'abstiens de poser le front sur son tronc que parce qu'un cycliste arrive. Je bois une gorgée d'eau de ma gourde et grimpe les marches vers la gueule.

L'odeur de brioche qui s'échappe du buffet de la gare manque me renverser. J'atteins tant bien que mal le guichet. Derrière, un homme en uniforme pose son journal et hoche énergiquement la tête. Sa casquette est un peu de travers, son sourire cordial. Regarder une autre personne dans les yeux pour la première fois depuis des jours est une sensation si bizarre que j'oublie ce que je voulais dire.

« Pardon, réussis-je à marmonner en direction du plancher. Auriez-vous un plan du réseau ferré ?

– Bien sûr.»

Il pointe du doigt la carte pendue au mur, irriguée par d'épaisses lignes noires. Je m'approche. Le Kukkia est plus près de Kangasala que de Tampere. Je retourne au guichet, l'homme replie son journal, sourit et me demande si j'ai trouvé ma destination. Je lui achète un billet pour Kangasala.

Je n'ai pas assez d'argent.

«Jusqu'à Orivesi, alors, s'il vous plaît.»

Il rédige un nouveau billet, je paie et il me rend quelques pièces, aussi légères que l'air. Je me tourne pour partir mais jette au passage un coup d'œil au billet et m'arrête.

«Pardon, mais vous m'avez donné une place assise. Est-ce que ce n'est pas plus cher?

– Faites voir.»

Il vérifie le billet, puis hausse les épaules.

«Effectivement. Mais je ne vous ai fait payer que le prix du trajet. Quel train prenez-vous?

– Le prochain.

– Dans ce cas ça n'a pas d'importance, la réservation est pour celui-là. Ce sera plus agréable pour vous, une place assise. Disons que c'est en prime.»

Il sourit et me rend le billet. Je le remercie, étonnée, et me dirige à pas lents vers la sortie. Tout se passe bien. Je glisse le billet dans ma poche en écoutant le tintement des tasses au buffet. Quelqu'un, à une table, lit un livre, une pâtisserie posée à côté, sur une assiette, comme un simple décor. Un petit garçon aux bottes boueuses lèche une glace sur un banc. Un rayon de soleil tombe sur la masse crémeuse, d'un blanc de nuage. Je fais tourner ma monnaie dans ma paume. J'ai une demi-heure à attendre avant l'arrivée du train. Je traverse le hall et pose mes pièces devant la vendeuse du buffet.

Je n'avais jamais remarqué que la glace avait une odeur, une odeur qui porte à des dizaines de centimètres. Je tiens mon cornet à deux mains et retourne dans le hall, le regard nébuleux. Le guichetier parle au téléphone tout en lisant son journal. Il a le front appuyé sur ses poings, la bouche cachée par le poignet. Je pousse la porte avec mon havresac, m'installe près du mur et me concentre sur ma glace. Elle doit durer jusqu'à l'arrivée du train. C'est un rite de passage, le milieu du voyage, et le dernier vrai repas avant l'arrivée.

Des tussilages fleurissent au pied du soubassement en pierre. Au-dessus, un rideau bouge à une fenêtre. Le guichetier se tient un instant derrière la vitre puis recule et disparaît.

Je vais jusqu'à la rue et regarde de droite à gauche. Je lèche ma glace sans plus sentir aucun goût.

Une voiture de police s'arrête devant la gare. J'ai parcouru quelques centaines de mètres. Je marche à reculons et vois deux hommes en descendre. Ils font un signe de tête au guichetier sorti à leur rencontre.

Ils regardent vers l'ouest dans la rue principale. Le guichetier me montre du doigt.

Je tourne les talons et m'éloigne. Je prends une aussi grande bouchée de glace que je peux et la mâche les larmes aux yeux à cause du froid qui me blesse les dents. Je parviens à l'abri d'une large courbe et pars au trot. Des gouttes poisseuses tombent de ma glace, je me lèche les doigts et tente d'éviter les secousses. Un chien aboie, des portières d'auto claquent. Je jette mon cornet dans le fossé et cours.

La route se creuse de nids-de-poule, dépasse les dernières maisons et leurs lopins de terre. La forêt oscille devant moi et m'avale. Des pneus labourent la route, encore invisibles, mais tout près. Mon havresac tressaute dans mon dos, ma demi-glace me brûle, sous mes côtes.

En sortant de sous les pins, je tombe sur un vieux chemin charretier qui longe un petit champ. L'auto est arrivée sur le tronçon forestier de la route, les cahots l'obligent à ralentir. Je cours sur le sol argileux, saute par-dessus les flaques et me cogne presque à la grange auprès de laquelle le chemin charretier s'arrête. Je me glisse dans l'entrebâillement de la porte, qui pend sur ses gonds, et me colle contre le mur.

L'auto avance lentement sur la route en direction du croisement du chemin. Le moteur gronde sur place, s'éteint. Les portières s'ouvrent. Je me glisse dehors et cours dans la forêt.

Les pins sont vieux et hauts, même les plus basses branches sont inaccessibles. Entre eux, il y a de jeunes sapins où seul un roitelet trouverait peut-être à se cacher. Le chien aboie.

Je m'arrête et scrute la forêt. Les branches, les cimes et les troncs à l'écorce écailleuse se mélangent en une jungle brumeuse. Au milieu se détache un pin dont une basse branche effleure le sommet d'un jeune sapin.

Je me précipite au pied de ce dernier. Ses branches ont à peine l'épaisseur d'un doigt, mais j'y grimpe malgré tout – les branches de sapin ne cassent pas, leurs fibres sont souples et résistantes, disait papa en les escaladant avec insouciance pour baguer des oiseaux.

Les aiguilles me piquent, l'arbre est de plus en plus touffu, à mesure que je monte, et mon havresac ne cesse de se coincer. Le sapin tremble et penche, les branches s'amincissent en simples bouquets de rameaux. Je referme les poings sur eux et ne conserve mon équilibre que grâce au tronc, à peine gros comme ma cheville.

À cet instant, le pin tend un bras vers moi. Je m'y agrippe et m'arrache au sapin. Telle une échelle, les branches à l'écorce lisse me conduisent en quelques secondes au sommet. Je m'assieds à califourchon au milieu d'un nuage d'aiguilles vert foncé.

Le chien surgit au galop, flaire le sol et tournique au pied de l'arbre, lance un aboiement enthousiaste. Des voix d'homme s'élèvent du côté de la grange. Je fouille les poches de mon manteau, de mon pantalon, de mon sac. Parmi les papiers de papa, ma main tombe sur le vieux bout de bois. Je ne lui ai jamais demandé ce que c'était. Ses petits nœuds me regardent droit dans les yeux, la ligne d'un cerne annuel s'arque en une bouche.

Je le jette aussi loin que je peux. Il tournoie dans les airs tel un boomerang mais ne revient pas.

Le chien se précipite à sa poursuite.

Des gonds grincent, on fouille le foin de la grange, les hommes discutent. Le chien s'éloigne du pied de l'arbre, s'arrête un peu plus loin pour humer l'air et retourne auprès des policiers. Ils lui parlent d'un ton bienveillant, le félicitent et lui flattent l'épaule. Les voix se rapprochent du pin, s'arrêtent. J'enlace le robuste tronc et me mue en broussin à l'écorce écaillée.

« Maija ! »

Je serre l'arbre de toutes mes forces.

« Tu es là ? N'aie pas peur. On s'inquiète pour toi, à la maison. »

Ils poursuivent leur chemin.

« Cherche, Laikku, cherche. »

Le chien gambade de-ci de-là et court réclamer des caresses.

« Allons-y, avant que le train ne parte. Elle est peut-être retournée sur la route par la forêt. »

Les halliers bruissent, les hommes discutent, le chien aboie de son côté. Je reste immobile sous la voûte des hautes branches, les yeux fermés. Du temps s'écoule, une éternité. Le pin vieillit et se fatigue, commence à dodeliner sous mon poids. Ou peut-être n'a-t-il jamais cessé de se balancer. La réponse d'un grand arbre au vent est si lente que l'on ne s'en aperçoit qu'après avoir été longtemps bercé.

Des portières claquent. L'auto s'éloigne. Derrière la forêt, la voie ferrée se réveille, un train arrive du nord, passe à deux cents mètres de moi, siffle et s'arrête en soupirant à la gare.

Le vent m'endort. Au loin, les lourdes roues se remettent en marche. Leur bruit s'élève, enfle, disparaît.

Je ne me risque à descendre de l'arbre que tard dans la soirée, alors qu'il fait déjà froid. Mes jambes engourdies touchent le sol, qui ne m'a jamais paru aussi réel. Je bois de l'eau dans une flaque à côté de la grange et essaie de laver la résine de mes mains, mais sans sable, impossible de m'en débarrasser. Je la laisse.

Je m'assieds sur le tas de foin de la grange. J'ôte les aiguilles que le sapin m'a semées dans le cou et partout sur la peau, sous mes vêtements. Puis je gratte une allumette, sors mon billet de train de ma poche et le déplie. «Valable uniquement pour le train indiqué», est-il écrit. L'allumette s'éteint. J'enfouis le billet au fond de mon havresac, il me sera utile pour allumer du feu.

Je mélange dans ma tasse de l'eau, un peu de farine et quelques cuillerées de confiture de myrtilles. Je mange lentement, interrompue par des quintes de toux. Le vieux tas de foin est plein de poussière. Je me masque à moitié le visage avec mon fichu et m'efforce de ne pas penser aux deux cents kilomètres qui m'attendent et à mes provisions qui s'épuisent.

Des cristaux de glace pénètrent mon sommeil. Un rouge-gorge tintine, haut au-dessus de la grange. Je sors remplir ma gourde et bois aussitôt tout son contenu. Pour l'instant, je n'ai pas faim, et ne me force pas à manger. Quand il fera un peu plus clair, je poursuivrai mon chemin droit vers le sud, à travers les forêts et sur les petites routes que je trouverai. D'après les cartes générales des *Lacs et rivières de Finlande,* suivre la voie ferrée ne me servirait plus à rien. Par rapport aux forces qui me restent, elle fait un trop grand détour par l'est.

En plus du foin, il y a dans la grange une vieille herse en branchages, une roue de charrette aux rayons cassés et, contre le mur du fond, un tas de bois mort recouvert d'une vieille couverture usée jusqu'à la corde. Je l'examine dans la lumière qui filtre par les interstices du mur. Elle est plus épaisse que la mienne, mais les souris y ont grignoté de grands trous. Je la laisse retomber sur les branches.

Quelque chose tinte. Pas le rouge-gorge, à l'extérieur, mais ici.

Je retire la couverture, écarte le bois mort et tâte l'objet qui est dessous. Mes doigts tombent sur une sphère métallique de la taille d'un poing d'enfant, d'où dépasse une manette. Je l'actionne.

Un faible grincement se fait entendre, puis le plus beau son du monde résonne timidement dans le matin.

Il y a apparemment eu des fuites dans le toit de la grange. La bicyclette est totalement rouillée, mais je devrais malgré tout pouvoir l'utiliser, si ce n'est que la selle est trop haute. J'essuie la poussière des parties métalliques et tâte les pneus dégonflés. Le cuir racorni des sacoches ressemble à une biscotte ridée, et il me faut un moment pour réussir à ouvrir les fermoirs, dans un nuage de poudre de fer. Les sacoches sont pleines de liasses de papiers. Je les pose sur le sol, tâte le fond des compartiments et ris tout haut en mettant la main sur une pompe et sur un tournevis qui me permettra de baisser la selle.

Je sors la bicyclette et les liasses de la grange. Le papier a pris l'humidité et les feuilles sont collées les unes aux autres, quelques-unes se déchirent quand j'essaie de les séparer. Les premières ont perdu leurs couleurs et leurs textes, mais les suivantes sont intactes, juste un peu usées sur les bords. Je défais avec précaution les liasses. Mes mains tremblent. J'empile une à une les feuilles sur le porte-bagage et, lentement, la région se dessine sous mes yeux.

Ce sont des cartes, des cartes détaillées, à l'échelle au vingt millième. Elles couvrent une vaste zone, à partir d'ici, vers le sud. Dans les marges, il y a des taches noires, peut-être des annotations au stylo dont l'encre a pénétré avec l'humidité dans les pores du papier. Mais les couleurs imprimées n'ont pas été altérées. Le fin réseau des routes et des chemins charretiers ou forestiers s'étend au moins jusqu'à Orivesi.

Un pinson, une mésange huppée, un pouillot véloce et une grive musicienne se sont joints au rouge-gorge. Je range les cartes dans une des sacoches de la bicyclette. Le soleil est en train de se lever, l'itinéraire est clair. Je pousse la bicyclette jusqu'au chemin et pédale vers le village.

À la gare, je tourne vers le sud. Des chapelets de maisons rouges et jaunes encadrent la rue principale. Je roule vite, je dois m'éloigner des habitations avant que les gens ne se réveillent, Dieu sait combien d'entre eux ont vu ma photo dans le journal.

Dans le jardin d'une vieille maison, un épouvantail défraîchi monte la garde parmi des groseilliers dénudés. Je descends de bicyclette, saute par-dessus la haie, marmonne de stupides mots d'excuse et m'empare de sa casquette.

25

Je verse dans mon assiette trois cuillerées de farine et détache un petit morceau de mon pain de sucre. J'ajoute quelques poignées de feuilles d'ægopode déchiquetées. J'arrose le tout d'eau et mélange. La bouillie est si mauvaise que j'en pleure. Par moments, je m'interromps pour respirer. Comment manger peut-il vous couper le souffle ?

Je me sens bizarre, des ombres floues planent au-dessus de mes pensées. Je m'adosse au tronc d'un bouleau. Un lac s'étend devant moi, je ne sais lequel, mais pas le Kukkia, en tout cas. Depuis Orivesi, je me trouve hors de la zone de mes cartes, qui quadrillent la région plus à l'est et où le Kukkia ne figure pas. J'ai continué droit vers le sud, jusqu'à ce que la route se divise en deux branches, l'une vers le sud-est, l'autre vers le sud-ouest. J'ai choisi cette dernière, en direction de Kangasala, et suis arrivée ici hier soir. De Kangasala, le Kukkia est encore à des dizaines de kilomètres, je ne me rappelle plus exactement combien, et n'arrive pas à le calculer d'après les cartes du livre de Verner Linnas. Si j'étais partie deux semaines plus tôt, j'aurais pu couper par le lac gelé. Mais son immense couvercle sombre, presque noir dans la pénombre, est maintenant fait de chandelles de glace à peine jointives que le pied traverserait tout de suite.

C'est le seizième matin. Dans la journée, je n'ai osé jusqu'ici pédaler que sur des chemins forestiers écartés. Avec le dégel, l'argile des routes s'est fendue en plaques, creusée de canyons et réduite en bouillie. Par endroits, il y a en outre encore des accumulations de glace.

Mais je n'ai plus la force de m'inquiéter d'être vue. Les grandes routes épousent certes elles aussi sans pitié le relief des collines et des vallées et progressent en sinuant, mais le gel les a moins ravagées. Je sais que je suis parvenue plus loin que je ne l'aurais jamais pu à pied.

Mon repas terminé, le froid me saisit. Le sang fuit mes membres pour se concentrer dans mon ventre, et mes poils se dressent sous mon manteau et mes trois couches de vêtements à manches longues. Je me traîne jusqu'à ma bicyclette, genoux fléchis. J'ai peur et envie de pleurer. Je n'aurai bientôt plus ni sucre ni farine. Il y a autant de pousses d'ægopode, d'ortie et d'épilobe que je peux en cueillir, mais je dépense à les ramasser toute l'énergie que ces salades m'apportent. J'ai terminé la confiture de myrtilles à Ruovesi. Depuis, je cueille dans les tourbières des canneberges de l'automne dernier.

Je trouve trois raisins secs au fond de ma poche. Leur goût incroyablement sucré me contracte les muscles des joues pendant quelques secondes dont je profite pour prendre la route.

Les gens ont quitté le dedans pour le dehors. Ils labourent les champs et vérifient l'état du seigle semé avant l'hiver. Les vaches des métairies les plus pauvres meuglent déjà dans les prairies, leurs quatre estomacs trouvent tout ce qu'il leur faut dans la végétation printanière. Les enfants qui traînent sur le pas des portes me fixent en faisant des grimaces. Je monte et descends les collines, évitant de heurter les gens qui encombrent les routes. Comment peut-il y avoir autant de monde ? Il faudrait saluer, sourire, dissiper les soupçons éventuels. Tant pis. Personne ne dit rien, mais tous me regardent. Bientôt quelqu'un criera derrière moi, m'ordonnera de m'arrêter, me demandera d'où je sors. Ou pas. Peut-être n'existe-t-il que ce voyage du néant vers l'inconnu. Peut-être ai-je rêvé mes deux vies antérieures.

Les habitations se font de plus en plus nombreuses. Des bandes de filles et de garçons marchent sur la route, je roule à droite et les dépasse. Devant, à flanc de colline, il y a un grand bâtiment d'où s'échappe de la musique. Un groupe de quatre filles se dirige vers lui, barrant toute la largeur de la chaussée. Je descends de ma bicyclette pour la pousser et tente de rester derrière elles, mais elles bavardent et s'arrêtent, finissent par me remarquer et s'écartent paresseusement. J'enfonce ma casquette jusqu'aux sourcils.

« Salut, jeune homme ! »

Je passe à côté d'elles, ma bicyclette à la main.

« Tu es sourd ? »

Elles me regardent, échangent des coups d'œil, sourient.

« Tu viens au bal ?

– Non. Je dois rentrer chez moi avant la nuit.

– Où habites-tu ?

– Au bord du Kukkia.

– Tu n'y seras jamais avant ce soir.

– Je pensais essayer.

– Pälkäne est à plus de vingt kilomètres, et de là... Combien, jusqu'au Kukkia ?

– Je ne sais pas, sans doute encore une vingtaine», estime une autre fille.

Mes genoux se dérobent, mais je reste debout.

«Les nuits sont claires.»

Je les salue d'un signe de tête et poursuis ma route. Un groupe de garçons nettement plus âgés traîne à l'entrée du chemin de la salle des fêtes, cigarette au bec. Ils me regardent passer en silence. Mieux vaut filer, quel que soit supposé être mon sexe.

Devant moi se dresse une montagne, si haute que j'ai du mal à y croire. La route escalade son poitrail forestier et se perd dans les nuages du soir. Je me laisse glisser de ma selle pour pousser ma bicyclette, tremblant de tout mon corps. J'ai de plus en plus peur, alors que je devrais transpirer.

Quand j'arrive au sommet, le soleil s'est couché. Les robustes pins oscillent, comme pris dans une tornade, alors qu'il n'y a aucun vent. La route suit la longue crête de la montagne en un ruban régulier, du sud-est au nord-ouest, ou l'inverse. Des deux côtés, un souvenir de soleil scintille sur les eaux à peine libérées des glaces de grands lacs. Je remonte en selle et pédale. Tournant le dos au coucher de soleil, selon le principe qui m'a guidée tout au long du trajet et reste sans doute valable. Des touffes d'anémones bleues égaient les bas-côtés.

C'est alors que je vois papa. Il pédale devant moi dans la pénombre, vigoureux et en bonne santé, manches retroussées jusqu'au coude. Il roule vite, il est pressé, maman nous attend à l'autre bout de l'esker. Il jette un coup d'œil par-dessus son épaule.

«Allez, viens!» lance-t-il, et il disparaît dans un virage.

«Réveille-toi, petit.»

J'ai des aiguilles de pin sous la joue. Elles ne me piquent pas vraiment, mais je les sens sur ma peau. Les arbres embaument. Je n'ai pas froid. Je presse plus fort la joue contre le sol, mais le sommeil ne revient pas. Un poids pèse lourdement sur mon épaule, des doigts la serrent et me secouent.

«Tu es tombé de bicyclette?»

Deux lumières trop vives, à quelques mètres. Je détourne les yeux. Une ombre s'interpose.

«Tu peux te relever?»

Des étoiles brillent entre les cimes des pins. Je me rappelle l'esker. Sous moi, il y a des milliers de tonnes de sable. Parfait pour creuser des tombes. C'est ainsi qu'il faut mourir, dans un endroit pratique, où l'on peut vous enterrer facilement. Pourquoi papa ne m'a-t-il pas attendue ?

« Tu t'es fait mal ? »

Je secoue la tête.

« Je vais t'aider à te remettre debout. »

Un bras se glisse sous ma nuque et m'assied. Ma peau se réveille, tout mon corps tremble.

« Tu es gelé, dit l'homme en posant le bout du doigt sur mon nez. On dirait un glaçon. Depuis quand es-tu allongé là ?

– Depuis le coucher du soleil. »

Il m'aide à me lever, me conduit à l'auto et ouvre la portière avant. Je me laisse tomber sur le siège. J'ai la tête qui tourne. Mon havresac atterrit à côté de moi.

« J'ai failli t'écraser, dit l'homme, et il se penche pour prendre quelque chose sur le siège arrière. Laisse-moi regarder. Attention, ça peut faire mal aux yeux. »

La lumière m'aveugle.

« Rien de grave », constate l'homme, et il pose la lampe torche sur le capot, sans l'éteindre. Il a les cheveux gris, des rides au coin des yeux, un manteau à haut col.

« Que s'est-il passé ? poursuit-il.

– Je crois que je me suis évanouie, réussis-je à marmonner, la langue comme collée au palais. Je ne me rappelle pas bien. »

Il va prendre ma bicyclette et la pousse jusqu'à l'auto.

« C'est à Pälkäne que tu vas ? Je t'emmène ? On peut mettre ta bicyclette dans le coffre. »

M'a-t-il reconnue ? Je me relève d'un bond.

« Je ne sais pas trop... »

Il s'arrête devant moi.

« Ne repars pas seul en pleine nuit, petit. Je peux te conduire où tu veux. »

Il ouvre le coffre et y met la bicyclette. Je me rassieds dans l'auto et ferme la portière. Le siège est moelleux, suffisamment profond pour m'engloutir tout entière. L'homme prend le volant et démarre. Peu importe qu'il fasse demi-tour, à condition qu'il me laisse dormir pendant tout le trajet jusqu'à Luhtajoki.

D'une main, il attrape une couverture sur le siège arrière.

« Prends ça. Alors, où vas-tu ?

– Au lac Kukkia.

– À Luopioinen? C'est là que je vais, dans le bourg. Tu habites là-bas?

– Non… Je vais voir ma mère. Elle est dans une maison de cure.»

La phrase sonne faux. L'auto roule sur l'esker, les lacs exhalent leurs vapeurs au fond de l'obscurité. Ce n'est pas la Haute Crête. Je n'ose pas corriger ce que j'ai dit.

«Ah oui? Je crois que je connais l'endroit. La clinique psychiatrique du docteur Harmajakari?

– Oui, réponds-je au hasard.

– Je vais t'y conduire.

– Merci, inutile de vous déranger jusque-là. Mais si vous pouviez m'indiquer le chemin.

– Bien sûr.»

La chaleur concentrée sous la couverture commence à se répandre dans mes membres.

«Au fait, je m'appelle Mikko Heikkinen, reprend l'homme. Je suis le chantre de l'église de Luopioinen.

– Moi c'est… Anttu, Anttu Peltosaari.

– Enchanté.

– Moi de même.»

Heikkinen se tait, puis toussote.

«Tu vas bien, Anttu? Comment se fait-il que tu te sois évanoui sur la route?

– Ce n'est rien…

– Tu as l'air épuisé.

– J'ai juste un peu faim. Ça va aller.»

Il tend à nouveau la main vers le siège arrière, du papier se froisse.

«Je suis allé faire une course en ville et j'ai acheté du chocolat pour mon petit-fils. Sa mère, Marjatta, n'en sera pas ravie, il n'a que deux ans. Je lui ai aussi acheté un cheval à bascule, et il vaut peut-être mieux que ce soit toi qui manges le chocolat.»

Un sachet se pose sur mes genoux. Je le soulève. Il pèse lourd.

«Ce ne sont que des pistoles, mais prends-en si tu veux.

– Je peux en manger combien?

– Autant que tu voudras, répond-il à ma question murmurée à voix basse. Je ne comprends pas ce qui m'a pris de les acheter, je sais bien que Marjatta ne le verra pas d'un bon œil.»

Heikkinen se met à me raconter sa vie. Ses joyeuses histoires m'entrent par une oreille et ressortent par l'autre. Je suce, mords, mâche et ronge le chocolat, qui coule tel un liquide chaud dans mon estomac. Autour de mon ventre satisfait, mon corps tremble de froid, mais le puzzle du monde prend peu à peu forme. L'auto et la route obscure, le vacarme du moteur, le contact du sachet de papier sur ma peau, les épilobes sur le bas-côté et les chatons de saule ébouriffés, la réalité.

Je me réveille. Le grondement de la pluie se rapproche, bientôt elle frappera aux carreaux. J'espère que Hugo me déposera à l'école. Je me retourne, mais ne me heurte pas au bord du lit. La pluie non plus ne vient pas.

Cela fait plus de dix ans que ce bruit ne m'a pas réveillée.

Des arbres, des dizaines d'arbres, un jardin plein d'arbres qui bruissent derrière la vitre.

De l'autre côté du mur, un enfant rit. J'entends aussi un étrange raclement, que je parviens au bout d'un moment à identifier : une cuiller finit de vider une assiette. La chambre est petite, il n'y a de place que pour une commode, une table et un large lit. Un coucou tictaque sur le mur, les aiguilles se rapprochent de midi. Je m'assieds brusquement. Le soleil brille, le vent ride la surface du lac.

Je m'approche de biais du miroir accroché à côté de la commode. De grands yeux me fixent, au-dessus de joues creuses. Ma peau hâlée par le soleil du printemps jure avec mon visage squelettique. Mes courts épis de cheveux se dressent en tous sens. Je ne sais absolument pas à quel moment je les ai coupés. C'était sans doute plus facile que de les repousser en permanence sous ma casquette.

J'enfile mon chandail, serre ma ceinture, entrouvre la porte et me glisse dans la salle à manger. Le chantre, sa fille Marjatta et son petit-fils Risto y sont attablés. Je ne me rappelle pas bien notre arrivée, j'étais à moitié inconsciente, à cause de la fatigue et du sucre déversé sans préavis dans mes veines. Quelqu'un a dû me conduire dans la chambrette et m'aider à ôter mon chandail. Dans la salle à manger, il n'y a qu'une autre porte, qui ne donne pas directement dans le vestibule mais dans une grande chambre. L'animal sauvage en moi réagit. Et s'ils ont fouillé dans mes affaires, vu les lettres de papa et ma photo dans le journal, appelé la police ?

« Bonjour Anttu, dit Heikkinen. Risto, nous avons un invité qui a dormi ici. »

L'enfant se tourne dans sa chaise haute et me fixe. Il a du porridge sur la joue. Marjatta l'essuie avec une serviette et montre l'assiette vide qui attend de l'autre côté de la table.

«Viens manger toi aussi.

– Nous sommes déjà allés à l'église, dit le chantre. J'y retourne bientôt, je dois répéter la marche nuptiale de Heino Kaski. Un jeune couple a eu l'idée de la demander pour samedi prochain.»

Je m'assieds et me sers de porridge. Mon ventre et mon cerveau se disputent à propos de la quantité. Quand on a eu faim longtemps, il ne faut pas tout de suite trop manger, disait papa. Après l'insurrection et la grippe espagnole, maman n'a elle aussi eu droit qu'à des bouillies liquides et à de la soupe. J'ajoute dans mon assiette une bonne dose de lait de la carafe, et y plonge ma cuiller. Sur la table, il y a aussi une meule de fromage jaune, du pain frais, du beurre, des œufs, des tranches de brioche. Indifférente à ce que raconte Heikkinen, je souris à la nourriture et à l'épais sirop que Marjatta verse dans mon verre. L'enfant suit d'un œil attentif le mouvement de ma cuiller.

«Risto, n'oublie pas de manger, toi aussi», lui enjoint sa mère.

Il lui jette un coup d'œil ahuri, et sa cuiller rate sa bouche. Le chantre éclate de rire tandis que Marjatta lui essuie la joue en secouant la tête, et je ris moi aussi, je ris de la grande table, du mois de mai et du lac bleu que j'ai trouvé.

26

Heikkinen sort ma bicyclette de son coffre et la pose sur le gravier du jardin, appuyée à l'auto. Il pince les pneus entre le pouce et l'index.

« Ils ont l'air pleins. »

Je coiffe ma casquette et hoche la tête.

« Je les regonfle régulièrement.

– Tu roules beaucoup ?

– Depuis ce printemps, oui. Tous les jours.

– D'où viens-tu ? »

Est-ce maintenant que ça commence, juste quand je dois partir ? Je pose la main sur les sacoches.

« D'Orivesi. »

Le chantre n'insiste pas. Il examine la bicyclette, vérifie la chaîne, tâte les garde-boue et tapote la selle.

« C'est un bel engin, dit-il. J'en ai eu un de ce genre, quand nous habitions encore à la campagne. »

Je jette mon havresac sur mon dos. Il comprend et s'écarte.

« Sois prudent. Ce n'est pas loin. Un kilomètre après l'église, puis à droite. Au croisement suivant encore à droite et tout droit jusqu'au bout de la route, au bord du lac. C'est là que se trouve la maison de cure de Harmajakari, sur un petit promontoire en pente douce.

– Merci.

– Est-ce que ta mère va pouvoir bientôt rentrer ?

– Je ne sais pas. C'est pour en avoir le cœur net que j'y vais. »

Je monte en selle et fais signe de la main à Marjatta et Risto, qui se tiennent à la fenêtre, puis une dernière fois à Heikkinen, du portail. Il répond d'un hochement de tête et me regarde si fixement que je m'inquiète de nouveau. Ses yeux semblent toutefois plus rivés sur la bicyclette que sur moi.

Le bâtiment blanc de deux étages est doté d'une large véranda surmontée d'un balcon. Une allée mène au perron, mais des grilles et un portail en fer forgé barrent le chemin. Les grilles sont hautes et glissantes, infranchissables. Par ce beau dimanche de mai, toutefois, le portail est entrouvert et deux autos sont garées dans le jardin. Un homme en robe de chambre surgit de derrière la maison, suivi d'une femme en jupe et corsage à rayures. Une petite fille rousse fait des culbutes sur la pelouse jaunie.

Je longe les grilles en direction de la forêt et cache ma bicyclette derrière un rosier. Je me glisse dans le jardin par l'entrebâillement du portail, sans le pousser plus. Je n'ose pas regarder la véranda, où il semble y avoir beaucoup de monde. Et si papa y était assis, s'il m'avait vue mais pas reconnue ou, pire, reconnue ? On déplace des fauteuils en osier, une femme en tablier sert le café.

Il n'y a pas encore de vert dans les arbres du jardin, mais je reconnais grâce aux feuilles gisant à terre un érable, un chêne et un tilleul. Puis je vois les nichoirs.

Il y en a au moins un par arbre, attaché avec de la ficelle. D'autres sont cloués aux murs de la maison. Des hirondelles de cheminée se glissent sous le rebord du toit. Sur les marches du perron, deux nichoirs semblent attendre que de futurs occupants leur choisissent un emplacement.

Je me dirige vers le côté du bâtiment. Des muscaris et des anémones jaunes aux boutons encore petits et serrés émergent des plates-bandes. La pelouse descend vers le lac et se perd dans les roseaux, le lac ondoie jusqu'à l'horizon. Le bord de l'eau est aussi protégé par de noires grilles en fer. Le sauna est librement accessible, mais le pavillon de bain se dresse au bout du ponton, derrière un portail clos.

Un homme de haute taille sort d'une dépendance, muni d'un râteau. Je me plonge en hâte dans la contemplation d'une petite fontaine dont des scilles de Sibérie ont commencé à envahir le pourtour. Mais l'homme est entraîné à repérer les égarés.

« Puis-je vous aider ?

– Je cherche M. Stenfors, dis-je, manquant m'embrouiller, tant ma langue a perdu l'habitude de prononcer ce nom. Erik Stenfors. Il réside bien ici ?

– Oui. Je vais le prévenir, attendez un instant. »

Je n'ai pas le temps de protester ou de remercier. Il se dirige vers la véranda et disparaît dans la maison. Je fixe les feuilles d'érable en décomposition et les plaques de mousses de la pelouse.

Des pas décidés reviennent.

« Stenfors ne peut malheureusement pas venir pour l'instant. »

Les vieux arbres s'écroulent, le vent se mue en bise glaciale. Papa m'a vue par la fenêtre, il refuse de venir.

«Il est avec le docteur Harmajakari. Ils n'en ont pas pour très longtemps. Installez-vous sur la véranda pour l'attendre, il y a du café.»

Je bats des cils.

«Est-ce que je peux m'asseoir sur ce banc?

– Je vous en prie. Dès qu'il aura fini, je lui dirai qu'on l'attend.»

Je m'assieds sur le banc, entre le portail et un gros tilleul. Je pose les coudes sur les genoux et tente de maîtriser mon tremblement, qui se voit sûrement jusqu'à la véranda. À l'ombre, j'ai tout de suite froid. L'embrasure de la porte est plongée dans l'obscurité. Pourquoi y a-t-il ici aussi du mobilier en osier? Dans les plis des couvertures, on distingue des visages, les uns rougeauds, les autres pâles. Les visiteurs bavardent et jettent en secret des coups d'œil à leur montre de gousset. Un monsieur à chapeau monte dans son auto et agite la main en direction d'une femme accoudée à la balustrade. Bientôt papa surgira. L'homme au râteau ira lui dire qu'on le demande. Il me regardera. Je me lèverai et l'attendrai.

L'embrasure de la porte s'obscurcit encore et s'agrandit, tout le bâtiment devient noir. Je pose le front sur les genoux. Mon estomac se tord de la nourriture que j'ai avalée, ou de son manque.

L'homme au râteau va ouvrir le portail à l'auto qui démarre. Quand l'un et l'autre se sont éloignés, je me sauve du jardin. Un sachet en papier crisse dans ma poche, j'y pioche les dernières pistoles de chocolat et me glisse dans l'ombre verte de la forêt.

Les sapins sont touffus, vingt fois plus hauts que moi. Les mousses prolifèrent sur les éléphantesques troncs rugueux des trembles géants, percés de grands trous. Une ombre se glisse dans l'un d'eux. Un pic noir rentre chez lui.

Je m'assieds par terre, regarde les arbres et les oiseaux que je suis incapable, en cet instant, d'identifier. Tout m'est pourtant familier: les anémones des bois en bouton, les chants des oiseaux, les vieilles pierres et, plus près de l'eau, les polypores décorant les aulnes noirs. Je me suis promenée ici avec papa, il m'a tout montré. Les plantes, les animaux et les champignons ne changent pas. Ils vivent exactement là où il se doit et on les y trouve chaque fois qu'on en a besoin.

*

Erik sort sur la véranda, attrape dans un plat un roulé à la cannelle. Il est furieux, les inconnus de Helsinki le mettent dans une colère noire, bien qu'ils ne fassent que leur travail, éternellement. Il n'en peut plus non plus de la patience de Harmajakari, bien qu'elle soit entamée, si l'on peut interpréter comme une brèche ses légers haussements de sourcils. S'il pouvait au moins réellement taper du poing sur la table, comme il en a le droit, en tant que médecin, contrairement à ses patients!

Erik prend les nichoirs sous le bras et se dirige vers le portail. Un peu plus loin, Juvonen, appuyé à son râteau, bavarde avec une femme à chignon qui tourne et retourne son chapeau de paille entre ses mains et montre les jacinthes des bois qui percent dans la pelouse. Erik lui fait signe de la main, mais il ne le voit pas. Tant pis.

Au portail, il tourne vers la forêt. Une ombre rapide passe au-dessus de sa tête. Un pic noir. Il observe son vol et garde l'œil sur le ciel au cas où d'autres oiseaux se montreraient. Il s'enfonce dans la forêt parmi les mêmes sapins que le pic. Dans quelques semaines, ses oisillons piailleront de faim toute la journée dans leur loge du tremble et il fera la navette jusqu'à l'épuisement entre le nid et les fourmilières. Erik s'approche à pas de loup du vieil arbre et écoute, mais le pic couve en silence.

Plus près du lac, il choisit un bouleau qui s'y prête et entreprend d'y fixer un nichoir. Il en a accroché partout, dans la forêt, dans le jardin, et jusque sur les murs de la maison, car il n'a pas grand-chose d'autre à faire. Et cette maigre activité prendra bientôt fin. La plupart des oiseaux sont déjà en train de couver ou de nourrir leurs petits, ils n'ont plus besoin pour cette année de nouveaux gîtes, juste de tranquillité pour vivre leur vie. Même les nichoirs qu'il installe aujourd'hui n'intéresseront sans doute personne avant le printemps prochain.

Le second est plus grand, destiné à un harle bièvre. Erik l'attache à un aulne noir, à un mètre cinquante du sol, balaie les restes de sciure du toit et s'assied sur un rocher couvert de lichen de la rive. C'est là qu'il a laissé tomber son manteau de fourrure, dès la débâcle des glaces, la semaine dernière. Il enfonce les mains dans l'eau jusqu'aux poignets. Il aimerait y plonger des avirons et souquer. Cela fait des années qu'il n'a pas ramé. Il le fera pourtant cet été, mais pas sur ce lac. Il disparaîtra, sans autorisation, car rien ne viendra de Helsinki, comme l'année dernière, le mois dernier, et encore aujourd'hui. Il laissera un message à Harmajakari pour lui demander de retarder aussi longtemps que possible l'annonce de sa disparition. Il cherchera Malla. Les choses s'arrangeront, d'une manière ou d'une autre, quand il l'aura retrouvée. Au pire, ils rameront sur les sept mers du monde.

De jeunes prêles dressent leur tête ronde hors de l'eau. Tout près, des brochets sautent dans leur frayère. Du côté de la forêt, les anémones des bois, le dos voûté, s'apprêtent à ouvrir leur corolle rosée. Erik ôte ses chaussures et entre dans l'eau glacée. Il sent sous ses plantes de pied les crêtes de sable acérées façonnées par les vagues. Le soleil chauffe, il jette son chandail sur un rocher et se penche pour examiner la végétation du fond.

De minces tiges munies de feuilles filiformes serpentent sur le sable. Il en cueille une avec précaution. C'est bien une *Pilularia*. Elle lui manquera, le reste, non.

*

Papa patauge dans l'eau puis reste les mains sur les hanches à regarder l'horizon. Son chandail est usé aux coudes. C'est à ça que je le reconnais, à son chandail gris qu'on aurait pu croire déjà tombé en poussière. C'est pourtant le même, et papa non plus n'a guère changé. Ses cheveux ont un peu grisonné, mais pour le reste il est comme avant – mais pas comme dans mes souvenirs, car ils sont trop vagues.

J'ai froid, tandis que papa, lui, ôte son chandail et le jette sur un rocher. Cachée derrière un aulne noir, je le regarde pêcher quelque chose au fond de l'eau et l'observer, sourcils froncés. Il avance de quelques pas et se penche de nouveau. Je me sens si proche de lui que je le hèle presque : Sors de l'eau, ne prends pas froid !

Au lieu de ça, je franchis le rempart de roseaux échoués sur la rive et recule dans la forêt.

*

Un bruissement, derrière lui, fait sursauter Erik. Un rat taupier, un renard ? Il patauge jusqu'à la terre ferme, fouille l'ombre du regard, sous les saules et derrière les aulnes noirs. Rien. Il prend son chandail dans une main, ses chaussures dans l'autre, se glisse sous les branches et entre dans la forêt. Les bruits du grand lac s'estompent aussitôt, comme s'ils appartenaient à un autre monde. La forêt est un château murmurant où le ciel est haut et pourtant, par l'intermédiaire des cimes, à portée de main. Le sol est constellé de minuscules fleurs d'oxalis. Erik traverse la forêt en regardant autour de lui. Par moments, il lui semble à nouveau entendre des bruissements quelque part, peut-être – les pinsons se sont mis à chanter si fort qu'il est difficile d'entendre quoi que ce soit d'autre. Il arrive, déçu, aux grilles du jardin. Il a rarement eu l'occasion d'observer des mammifères dans la forêt.

D'un autre côté, peu importe, maintenant. Il longe les grilles en direction du portail, s'arrête.

Derrière un rosier vieux de cinq ans, il y a une bicyclette. Elle est bleu foncé, un peu abîmée. Deux sacoches racornies sont accrochées au porte-bagage. Un havresac informe gît par terre, avec sur le dessus une couverture roulée et un ciré plié.

Il entrouvre l'une des sacoches. Elle est pleine de papiers. Il en sort quelques-uns, les feuillette. Son chandail et ses chaussures lui tombent des mains.

Il pose les cartes sur les sacoches et fait demi-tour.

Il se glisse dans un interstice de la muraille d'arbres. La forêt s'est transformée en un timide animal sauvage qui, au moindre faux mouvement, filera comme une flèche et disparaîtra. Autour du tremble habité par le pic noir, le sol est recouvert d'un moelleux tapis d'ébouriffes triangulaires vert tendre. Les rayons du soleil scintillent à sa surface telles de lointaines étoiles. Quelqu'un tousse.

Malla est appuyée à un tronc à quelques mètres de lui. Elle est petite, porte un chandail trop grand, un épais pantalon de travail usé, des bottes presque percées. Elle serre entre ses doigts une casquette défraîchie et repousse de son front une mèche de cheveux qui retombe aussitôt.

Erik bascule de l'autre côté du cosmos, s'y réveille et se rend compte qu'il est tombé à genoux dans la mousse. Elle le regarde. Ses contours se brouillent. Il cligne des yeux, la brume roule sur ses joues. Elle est toujours là. Il s'essuie le visage du dos de la main et tente de se lever, mais la mousse est profonde et lourde comme l'eau d'une gouille.

Il n'a toutefois plus besoin de rien faire. Elle franchit les derniers mètres pour lui.

27

Le printemps hésite. Depuis quelques jours, un vent froid souffle du lac. L'herbe n'a pas la force de verdir et les bourgeons à peine débourrés regardent le monde avec méfiance. Devant le bûcher, Erik débite un tronc de bouleau, comme des centaines de fois auparavant, en manches de chemise, cheveux ébouriffés. La scie va et vient en souplesse, et, à intervalles réguliers, il soulève un rondin et le fend en quatre à la hache. Malla ramasse les bûches et les empile le long du mur, s'éloigne de quelques pas, scrute le lac et revient. Elle a heureusement gardé son manteau et son bonnet de laine. Erik lui explique comment utiliser une hache. Elle essaie et réussit à fendre un rondin de bois sec. Il pose aussitôt le suivant sur le billot et elle lève à nouveau sa hache. Sourit-elle un peu ?

« Ménagez donc cette enfant, il y a encore quelques jours elle tenait à peine sur ses pieds, lance Juvonen depuis les marches du bâtiment principal.

– Je vais très bien, dit Malla avant qu'Erik n'ait le temps de répondre.

– Harmajakari souhaite parler à Stenfors, crie Juvonen.

– Le père ou la fille ? demande Erik.

– Il n'a pas précisé.

– Allons-y tous les deux », conclut Erik à l'intention de Malla.

Ils rangent les outils dans le bûcher, ferment la porte à clef et rentrent. Après le grand air et les efforts, la maison a l'air plus petite que d'habitude.

Juvonen ouvre la porte du cabinet de Harmajakari. Erik salue d'un signe de tête et s'assied sans y être invité, Malla le suit en tirant ses manches sur ses poignets. Elle a constamment froid. Le médecin hoche le menton en direction du poêle de faïence. Juvonen réveille les braises à demi éteintes et s'en va.

Harmajakari prend des nouvelles d'Erik mais l'écoute répondre d'un air distrait. Puis il croise les doigts et fait tourner ses pouces, s'en rend compte et s'immobilise. Comment peut-on être assez sourcilleux pour s'apercevoir soi-même de ses agaçantes habitudes ?

«Est-ce que vous lisez des publications communistes?» demande-t-il.

Erik soupire.

«C'est ce qu'ils veulent savoir?

– Peut-être.

– Non.

– Votre femme a participé à des activités révolutionnaires.»

Erik tend les jambes, se penche pour resserrer le nœud de son lacet et marmonne la seule explication dont il soit certain: parce qu'elle avait froid. Quand il regarde Harmajakari, ce dernier a l'air de se demander, perplexe, s'il a bien entendu.

«À cause du passé de votre femme, il se peut qu'on vous soupçonne toujours, poursuit le médecin. Avez-vous pris part à la guerre de Liberté?

– Non. J'ai passé tout l'hiver dans le Nord.

– La police le sait-elle?

– Ils m'ont posé la question, oui. Dans le temps.

– Après l'accident de voiture?»

Erik se frotte la joue. Malla est recroquevillée dans un coin du sofa, un coussin sur les genoux, et regarde par terre quand Harmajakari la fixe un instant dans les yeux.

«Avez-vous été en contact avec votre fiancée pendant l'hiver de la guerre? poursuit Harmajakari. Cela les intéresserait peut-être de voir ce que vous vous êtes écrit.

– Nous ne nous sommes pas écrit pendant l'insurrection.

– Pouvez-vous prouver que vous n'avez pas combattu du côté des vaincus?

– J'ai rencontré mon ami Anders Sahlman à Vaasa en revenant du Nord. Après l'accident, si j'ai bien compris, il a réussi à convaincre les autorités que je n'avais rien de guerrier, ce printemps-là. Ni avant.

– Vous vous êtes pourtant trouvé impliqué dans l'accident d'une auto conduite par l'un des chefs avérés de l'insurrection.

– Et contrebandier, précise Erik. Devons-nous vraiment revenir là-dessus?

– Ces temps-ci, on soupçonne tous ceux dont le passé est un tant soit peu douteux. Y a-t-il quelqu'un qui puisse témoigner que vous avez passé l'hiver de l'insurrection ailleurs?

– J'étais garde forestier au mont Kaltio à Inari. Demandez à l'ingénieur forestier principal Hjalmar Uggelvik, il a les notes que j'ai mises au propre.

– Et plus tard au printemps ? J'ai entendu dire qu'il y avait dans les archives des renseignements compromettants sur vos activités. Vous avez contribué à cacher des rouges.

– Une jeune fille malade, qui est devenue ma femme. Qu'est-ce qui vous prend ?

– Vous devez vous entraîner à répondre à différentes questions. Vous devez les convaincre que vous n'avez jamais été et n'êtes toujours pas en guerre contre l'État. »

Erik regarde dehors par-dessus l'épaule de Harmajakari. Dans le coin du sofa, Malla pose son coussin à côté d'elle et se penche un peu en avant.

« On ne veut donc pas me laisser sortir d'ici, constate Erik.

– Je ne sais pas. Mais je ne vois aucune autre raison qui expliquerait que vous soyez encore là. »

Erik presse ses poings sur ses tempes. Un trou noir grandit à nouveau quelque part, mais il disparaît s'il reste éveillé et écrase sa tête entre ses mains à s'en faire mal. Harmajakari attend, il sait. Malla se lève.

« Excusez-moi, je vais voir… »

Elle sort et court à l'étage. Erik se redresse. Les deux hommes écoutent les pas de Malla au-dessus de leur tête, dans l'escalier et sur le palier. Elle revient et tend un papier à son père. Il commence à le lire, la regarde soudain.

« Je l'ai depuis la rue des Tilleuls, dit-elle à voix basse. Je l'ai pris dans le tiroir des choses importantes. J'ai aussi ton carnet du Kaltio. »

Erik donne le papier à Harmajakari.

« J'ai écrit ça à Lidia avant de partir dans le Nord. »

Harmajakari lit. Erik observe ses yeux, qui suivent le voyage d'Arehkan en Europe, son retour dans le village des colonisateurs, chez lui, jusqu'au bout. *Je ne vous encourage pas à tendre l'autre joue, mais à tourner le dos. Allons-nous-en, tout simplement. Ensemble.*

Harmajakari pose le papier sur son bureau et replie ses lunettes. Son fauteuil pivote vers la fenêtre.

« Vous aviez bien une révolte en tête », dit-il.

Le fauteuil revient à sa position initiale. Sans lunettes, les yeux du médecin ont l'air petits et fatigués, mais aussi plus bienveillants.

« Je ne pense pas, néanmoins, que votre révolution puisse ébranler la machine étatique. Il n'y aurait sans doute même personne pour s'en apercevoir. »

*

Des autos s'arrêtent devant les grilles. Juvonen va ouvrir le portail. Les arrivants sont cinq, quatre hommes et une femme, pareille à une branche de saule rouge dans son manteau de printemps. Ses talons laissent des traces de biche dans le sable. Je me cache derrière le rideau de la salle à manger.

« C'est elle qui est venue me chercher. »

Papa me rejoint. Harmajakari s'avance à la rencontre des visiteurs, leur serre la main, prononce quelques phrases, revient dans la salle à manger.

« Ils veulent d'abord vous parler, dit-il à papa. Allez dans la bibliothèque. »

Dans le hall, Mme Oksala laisse échapper un petit rire quand quelqu'un lui propose de l'aider à ôter son manteau. Ils sont trop près, trop nombreux, les autos sont garées capot vers la sortie. Si la décision est négative, on va me renvoyer à Luhtajoki, et papa Dieu sait où. Il pose la main sur mon épaule. Lui aussi a peur. Pourquoi sommes-nous si lamentables, pourquoi ne nous sommes-nous pas enfuis pendant la nuit ? Papa sort de la pièce. Mme Oksala le salue et demande que quelqu'un reste dans le hall pour surveiller les manteaux. Me surveiller.

« Est-ce que je peux attendre ailleurs ? » parviens-je à murmurer.

Harmajakari jette un coup d'œil à la porte du hall et hoche la tête.

« Venez dans mon cabinet. Juvonen ne laissera pas entrer de visiteurs indésirables. »

Harmajakari s'assied à son bureau, ouvre un dossier et tourne les pages. Je m'assieds dans le fauteuil le plus éloigné de la porte. Au bout d'un moment, je m'approche de la bibliothèque. Je la longe, la tête penchée, m'arrête par moments pour prendre un livre, le feuillette, le remets à sa place.

« Vous cherchez quelque chose en particulier ? demande Harmajakari.

– Je regarde juste les livres sur les animaux.

– La zoologie vous intéresse ?

– Peut-être.

– Quel sujet, plus précisément ? »

Je me frotte la joue avec le pouce.

« Auriez-vous un livre qui parle des ours et des hommes ?

– Des légendes ?

– Je ne sais pas. Pourquoi pas. »

Harmajakari se lève, examine les dos des ouvrages et en sort un.

« Celui-ci traite de folklore. »

Je retourne dans le fauteuil. Harmajakari se met à taper à la machine. Je tourne lentement les pages, lis un passage ici ou là. Puis je m'arrête. Je fixe le texte et serre le livre si fort que j'en ai mal aux doigts.

« Qu'est-ce qu'il y a ? » demande Harmajakari.

Le bruit de la machine à écrire a cessé. Mes épaules sont remontées jusqu'à mes oreilles. Je jette un coup d'œil au médecin qui me regarde, inquiet, de derrière son bureau, mais n'ai pas le temps de répondre. On frappe à la porte, papa entre. Il adresse un signe de tête à Harmajakari et lui annonce qu'on l'attend.

Une fois qu'il est parti, papa s'assied au bureau et tourne le fauteuil vers la fenêtre. Je m'approche et m'efforce de me rappeler d'où il vient et ce que nous attendons. Je n'y arrive pas. Les battements de mon cœur me rendent sourde à toute pensée.

« Que lisais-tu ? » demande-t-il.

Les nuages, dans ma tête, se heurtent et se dispersent. Au rez-de-chaussée, on dresse le couvert. Les uns après les autres, Mme Oksala, les hommes, les autos, le départ me viennent à l'esprit. Je referme le livre et le pose sur le bureau.

« Juste un truc.

– Harmajakari leur offre le café avant son entretien, constate papa. J'aurais dû y penser. »

Une auto est garée sur la route, dans la forêt. Le hayon claque. L'argile du fossé est froide. Des branches d'arbre se balancent derrière la fenêtre, le Kukkia moutonne. Papa me regarde d'un air inquiet, Anttu éclaire mon visage de sa lampe torche. Je ne suis ni ici ni là-bas. Le jardin et la maison oscillent dans le frais vent de mai.

« Dans l'airial d'Yli-Haikka, il ne poussait qu'un seul arbre, dis-je. Un bouleau fourchu.

– Il était grand ?

– Oui. Quand j'étais petite, je m'imaginais que c'était toi. »

Papa m'effleure le dos de la main. Il est resté le même, après toutes ces années. Je ne lui ai pourtant pas parlé de Joel, d'Anttu, de Verner Linnas, de mon intoxication au monoxyde de carbone, je ne lui ai parlé de rien, en fait, malgré ses questions. Il m'a laissée n'en raconter que le peu que je voulais. J'aurais dû lui en dire plus, tout lui dire. Dans une heure, je serai peut-être en route pour ailleurs.

« Ici, il y a beaucoup de grands arbres », reprends-je.

Au milieu de la pelouse encore terne se dressent de vieux érables, des chênes rugueux et des bouleaux à l'écorce craquelée. Dans un coin du jardin, un pommier mort gît au sol.

«Harmajakari pense qu'il est bon pour les patients de voir toutes sortes d'arbres, dit papa. Des jeunes, des vieux, des sains, des malades.»

Je regarde ces arbres semblables aux gens d'ici, le tronc percé de trous et l'écorce déchirée, rongés par les chancres et les polypores. Des êtres muets, repliés sur eux-mêmes, dans le seul lieu où ils aient leur place.

«Quand je me suis promené dans ce jardin pour la première fois, je m'y suis senti en sécurité, poursuit papa. Ces arbres ont vécu bien plus de choses que n'importe quel humain.»

Au rez-de-chaussée, on débarrasse la table, le temps file. Papa ne remarque rien.

«Juvonen a demandé un jour à Harmajakari s'il ne fallait pas abattre les arbres en mauvais état. Il lui a répondu qu'ici on n'exerçait de violence envers aucun être en mauvais état.»

Harmajakari, au sourire si rare, qui cultive des roses et des arbres pourris.

Papa dit quelque chose, mais le tic-tac de plus en plus prégnant de la pendule couvre sa voix et cale le rythme de mon cœur sur le sien.

Puis on toque à la porte. Harmajakari entre et hoche la tête.

«Il n'y a plus qu'à attendre.»

*

Harmajakari montre un massif de fleurs et présente ses plantations. Mme Oksala pose poliment des questions, Erik par moments aussi. Les roses. C'est donc le premier sujet dont il parle en tant que citoyen ordinaire. Il se tient avec les autres dans l'allée du jardin, les mains dans les poches. Les acolytes de Mme Oksala fument une cigarette, un peu à l'écart. Malla descend paresseusement les marches de la véranda. Mme Oksala la salue, l'examine de la tête aux pieds et constate tout haut qu'elle a grandi. Puis elle lève un peu le menton, mais continue de sourire.

«Tes parents adoptifs se sont inquiétés, dit-elle. Tu aurais dû me téléphoner au lieu de fuguer, s'il y avait des problèmes.

– C'est mieux comme ça, répond lentement Malla en écartant ses cheveux de ses yeux. Hugo et Aune souhaitaient déjà que je m'en aille.

– Comment ça ?

– Dans un internat d'éducation populaire.»

Mme Oksala hausse les épaules.

«Ils ne pensaient sûrement qu'à ton bien. Ta famille d'accueil a été choisie avec soin.»

Les sourcils de Malla frémissent. Les autres ne le remarquent pas, mais Erik se souvient d'elle, il la connaît, voit son dos qui se raidit. Elle se tourne un peu de côté, reste silencieuse le temps qu'un goéland cendré passe, pèse la situation et en vient à la conclusion que Mme Oksala sourit d'un sourire trop étudié, porte un manteau trop impeccable et a déjà eu trop de fois raison au cours de son existence. Elle la regarde et se met à parler, si bas que son interlocutrice doit se pencher un peu pour l'entendre. Erik et Harmajakari ne distinguent pas ses mots, mais les devinent quand Mme Oksala se redresse et leur lance un regard noir. Harmajakari sourit vaguement. Erik regarde les nichoirs qu'il a cloués aux murs et tente de maîtriser le tiraillement des commissures de ses lèvres. Des maniques pour des ventes de charité d'un mouvement révolutionnaire fasciste ! Avec lui, Malla n'aurait fait qu'observer les oiseaux.

28

À sa demande, Juvonen a confié à Erik la clef du portail du lac. Des restes de roseaux et de potamots flottent dans l'eau, arrachés par le vent qui a remué le lac de fond en comble. La brise balaie maintenant les rives d'un souffle léger. Léger. Il s'assied sur le ponton et plonge ses pieds nus dans l'eau, dans l'espoir de ralentir sa circulation sanguine, du bas vers le haut. Il bat des pieds, des vagues s'éloignent vers le large.

Il sort de sa poche la lettre de Hanna. Elle est heureuse, veut savoir quand ils rentrent, promet de les héberger si nécessaire. *J'ai maintenant mon propre appartement. Le nom sur la porte est Rask.*

Hanna parle du printemps, qui a changé beaucoup de choses. Et aussi : *Ah, oui, Erik. J'ai eu la visite…*

Il ferme les yeux. Il pense à Elsi, qui marche dans la rue des Tilleuls, passe devant la porte de son ancienne maison et poursuit jusqu'à la suivante. Entre, jette un coup d'œil à la loge dont la vitre a été occultée par un panneau de bois – Andersson est mort depuis déjà des années et le nouveau concierge n'a pas le temps de surveiller les allées et venues. Elsi monte au troisième et voit sur la porte le nom d'Aftonberg. Elle le regarde un moment et fait demi-tour.

Au premier étage, elle croise Eino Rask, le facteur aux cheveux gris qui, avec sa sacoche, a quitté les routes de campagne des alentours pour monter et descendre les escaliers des immeubles de la ville. C'est déjà l'après-midi et il rentre chez lui, mais a décidé de passer voir sa femme à son travail. Elsi l'arrête et lui demande si Erik Stenfors habite encore l'immeuble. Rask la conduit à la porte des Aftonberg et la confie à Hanna.

Elles parlent, de tout et de rien, mais Hanna ne lui dit pas où est Erik, parce qu'elle le lui a promis.

Elle avait l'air d'avoir l'esprit léger. Elle a dit qu'elle avait décidé de revenir d'au-delà des sept mers. Elle va enseigner au conservatoire, car elle n'a pas d'autre choix, à part jeter sa flûte à la mer. Elle m'a demandé de te le dire.

Les questions tournent déjà en rond. Erik fourre la lettre dans sa poche, se lève, referme le portail du lac derrière lui et se dirige vers le bâtiment principal. Les arbres bruissent pour la première fois du printemps. En une seule nuit tiède, les feuilles ont assez poussé pour que le vent les fasse chanter. Erik s'arrête sur la véranda pour écouter. La bicyclette attend, prête au départ, au coin de la remise. Elle brille tant qu'à côté d'elle les questions pâlissent, et il les chasse tel un fin nuage au-dessus de sa tête.

Tu le découvriras toi-même le moment venu, disait autrefois sa mère. C'est peut-être la meilleure des réponses.

Erik monte au premier. Dans sa chambre, Malla range des livres dans une caisse.

«Veux-tu que j'appelle un taxi? demande-t-il. Ou préfères-tu que je te prenne sur le porte-bagage?»

Il voudrait partir à pied mais ne le dit pas, c'est à Malla de décider.

«Le porte-bagage est pour les bagages, dit-elle. On va marcher.»

Erik vide l'armoire et les tiroirs de la table. Des papiers, des livres et des vêtements, il n'y a pas grand-chose d'autre. Hanna garde encore quelques objets à Helsinki, mais presque tout a été vendu pour payer les amendes, son séjour dans la maison de cure et l'entretien de Malla. Il possède pour tout bien sept cent seize hectares de touffes de mousses, de collines rocheuses et d'arbres insolites au bord d'une voie ferrée envahie par la végétation. Ni lui ni personne n'en font rien.

Voilà pourquoi ce sont de magnifiques traces qu'il laissera de sa vie.

Ils se tiennent dans la chambre au milieu des caisses et des ballots. Malla saisit son havresac, le soupèse d'un geste machinal, plongée dans ses pensées, et le jette sur son dos.

«Allons-y», dit-elle.

Harmajakari les attend dans le hall.

«Les papiers sont en règle, déclare-t-il. Envoyez-moi votre adresse quand vous en aurez une, je vous expédierai vos affaires. Vous avez bien prévu d'aller voir Viktor dès que vous serez à Helsinki?

– Quand dois-je me présenter?»

Harmajakari relève ses lunettes sur son front et sourit par inadvertance.

«Quand vous voudrez.»

*

Papa pousse la bicyclette. Il a attaché mon havresac sur les sacoches et me demande à intervalles réguliers si je ne suis pas fatiguée. Un pouillot siffleur trille dans le bois de bouleaux bordant la route, plus loin dans la forêt un geai jacasse. On ne voit pas le lac, derrière les arbres, mais on entend la houle de ses vastes eaux.

« Le muguet pousse déjà », remarque papa avec un signe de tête en direction des pousses vertes qui pointent dans le sous-bois.

Certaines ont percé les feuilles de tremble tombées l'automne dernier. Partout, la nouvelle année efface et décompose l'ancienne. Et si je lui racontais maintenant ? Je réfléchis un instant, puis commence, par le jour de mars où j'ai skié à travers champs jusqu'à la forêt et trouvé des empreintes d'ours.

Quand je me tais, nous sommes déjà presque arrivés au village. Papa s'éclaircit la gorge.

« On ne peut pas en rester là, dit-il. Il s'agit d'un meurtre.

– Oui.

– Je me renseignerai dès que nous serons à Helsinki.

– Ça n'a peut-être plus d'importance.

– Comment ça ?

– Je ne suis plus très sûre de ce que j'ai vu. »

Papa s'arrête.

« Que veux-tu dire ?

– J'ai lu ce livre de Harmajakari. »

Olga racontait la même chose. L'ours est descendu sur terre le long des rayons des étoiles du Grand Chariot. Quand il est mort, son crâne a été déposé dans un grand pin et il est remonté au ciel.

Mais Olga ne savait pas, ou ne m'a en tout cas pas raconté, ce que le livre disait à la fin. Je me suis répété ces phrases des dizaines de fois, et je les prononce maintenant pour la première fois tout haut.

L'ours était aussi respecté parce que l'on pensait que c'était un homme : un homme ayant revêtu une peau d'ours. Cette croyance se fonde sans doute sur le fait qu'un ours dépouillé ressemble beaucoup à un homme.

Papa s'appuie à la bicyclette.

« Tu te demandes si ce n'est pas finalement l'ours qu'on a porté dans l'auto ?

– Je ne sais pas. Et quelle importance ? Quoi qu'il en soit, ça ne me servirait à rien de rechercher Joel. S'il est en vie, ça veut dire qu'il a décidé de partir sans moi.

– Il y a peut-être été contraint. Pour une raison ou une autre. »

Nous poursuivons notre chemin. La route descend vers la rue principale du village.

«S'il est en vie, nous le trouverons», dit papa.

Je souris. Nous tournons à gauche. Les maisons sont de plus en plus près les unes des autres, on entend des bruits de moteur, des cris d'enfants. Tout vient trop vite à notre rencontre, les grilles de la société se referment sur nous.

«Est-ce que nous sommes obligés d'aller tout de suite à Helsinki?»

Papa sourit, s'effleure le crâne de la main comme s'il chassait un nuage de son front.

«En ce qui me concerne, rien ne presse. Où voudrais-tu aller? Au mont Kaltio?

– Pas forcément. Pas tout de suite.

– On regarde la carte?»

J'ouvre une sacoche. Papa choisit des cartes, les examine, calcule des trajets.

«Je connais l'endroit idéal», conclut-il.

*

«Viens par ici, tu vas tomber dans le fossé.»

Mikko Heikkinen prend Risto par la main et le tire sur la route. L'enfant a cueilli quelques pissenlits et enfonce avec précaution l'index dans les fleurs.

«Noirs.»

Le chantre se penche pour regarder. De petits coléoptères sombres courent entre les pétales.

«Mais oui.»

Risto sourit et se remet en marche. Au croisement, il s'apprête à tourner en direction de la maison, mais Heikkinen l'entraîne vers le village.

«On va aller faire des courses. Maman revient aujourd'hui de la ville et mémé m'a demandé d'acheter du café.»

Risto accélère. Il connaît le chemin du magasin et, à l'intérieur, celui des bonbons. Le chantre le suit en souriant. Les branches des bouleaux pleureurs de la rue principale frôlent le sol. Le monde s'enveloppe chaque jour d'un vert plus vif.

Devant le magasin, ils croisent un cheval tirant une charrette pleine d'enfants. Risto s'arrête pour fixer les sucettes et les visages joyeux, puis suit du regard l'attelage qui s'éloigne. Le chantre salue d'un signe de tête Mme Lahtinen, occupée à renouer les lacets de sa fille. Au pied du perron, un homme aux cheveux châtain foncé, hâlé, ôte son manteau. À côté de lui, il y a une bicyclette solide, d'un bleu brillant, avec des sacoches brunes fraîchement graissées. Il grimpe les marches et disparaît dans la boutique.

Risto tire son grand-père vers le perron, mais celui-ci s'arrête devant la bicyclette. Elle a récemment été remise à neuf. L'enfant s'impatiente, pleurniche même déjà un peu. Le chantre le suit dans le magasin, où il file, caché par les étagères, vers les bocaux de bonbons du comptoir. L'homme à la bicyclette y est appuyé et fait son choix parmi les denrées alimentaires en rayon.

«Est-ce que le Bois brogneux est encore habité? demande-t-il à la vendeuse.

– Oui, sans doute. Simo vient rarement au magasin. Il est déjà âgé. Et avec ça?

– Deux glaces.»

Le chantre est sur le point d'intervenir dans la conversation quand une jeune fille aux cheveux courts, en robe verte, rejoint l'homme. Elle prend les deux cornets de glace des mains de la vendeuse. Puis elle le remarque, sourit et lui adresse un léger signe de tête. Il y répond, étonné.

Puis une pluie d'objets et un hoquet de détresse le font sursauter. Des bonbons rouges roulent sur le sol du magasin, Risto court derrière les trésors éparpillés en lançant des regards effrayés à la vendeuse et à son grand-père.

«Tout va bien, on va les ramasser, dit ce dernier en se baissant pour cueillir les bonbons. Oui, Simo est toujours vivant, ajoute-t-il en direction du comptoir. Je l'ai croisé au début d'avril dans la forêt.

– Merci», répond l'homme.

Quand le chantre et son petit-fils sortent du magasin, dix minutes plus tard, avec leurs friandises et leur paquet de café, la bicyclette a disparu. Heikkinen tient le sachet de bonbons à portée de main de l'enfant, qui suçote, heureux, et ne proteste pas quand ils s'arrêtent sur la route.

L'homme et la jeune fille marchent vers l'est, à dix poteaux téléphoniques de distance, déjà. Lui pousse la bicyclette, elle montre le ciel. Heikkinen regarde lui aussi, des oiseaux passent à tire-d'aile au-dessus de la rue principale – des martinets noirs, déjà de retour? La jeune fille dit quelque chose à l'homme, avale sa dernière bouchée de glace et se lèche les doigts. Il rit et lui tapote l'épaule. Le chantre les regarde s'éloigner jusqu'à ce que la bicyclette bleue ait disparu derrière un tournant.

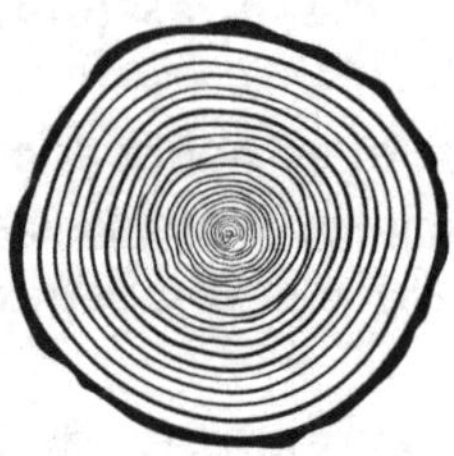

Il se réveille. Une odeur d'aiguilles de sapin débarrassées de leur gangue de neige, de printemps, pénètre à travers les murs. Il respire un moment l'air obscur, puis se lève et se glisse dehors. Le soleil pose ses mains chaudes sur son front, la neige mouillée cède sous ses pas.

Il est temps d'y aller. L'homme aux cheveux blancs comprend, parle et s'affaire, l'aide à partir. À quelque distance, il se retourne pour regarder derrière lui. La tête chenue cligne des paupières en guise d'adieu puis tourne les yeux vers l'orée de la forêt, à la recherche de l'oiseau à queue orange qui se pose presque chaque jour dans l'airial.

Le chemin est si long qu'il n'ose y penser. Il évite les hommes, mais en cette saison c'est difficile, il y en a partout, de l'aube à la fin du jour. Il emprunte à nouveau le plus souvent la route de gravier sur laquelle reposent des bouts de bois et, dessus, deux longs et minces troncs froids. Elle mène dans la bonne direction.

À l'automne, il l'a quittée trop tôt et s'est perdu dans l'obscurité. Les nuits étaient noires, les jours gris foncé. La nuit, les mousses craquetaient sous ses pieds, le jour elles suintaient d'humidité. Il ne pouvait se nourrir que dans la journée, quand ses yeux distinguaient les couleurs fatiguées des baies. Les canneberges à peine mûres, les myrtilles gorgées d'eau et les airelles fermentées l'ont maintenu en vie dans l'alternance de gris et de noir.

Il a cherché à l'aveuglette un itinéraire sûr et s'est tenu dans l'ombre, guidé par de vieux instincts, contournant les villages et longeant des tourbières. La douleur lui noyait la tête. Elle enveloppait son esprit d'une membrane glissante, insaisissable. Des cris résonnaient à ses oreilles. Ils étaient deux, ça, il s'en souvient. Le cri de l'autre a été son dernier.

À la fin, la douleur est devenue si forte que le noir et le gris foncé n'ont plus fait qu'un. Ses vagues allaient et venaient entre ses tempes et du sommet de son crâne à sa nuque. La longue plaie à l'arrière de sa tête saignait par intermittence. Il marchait un moment, se blottissait sous un sapin, repartait. Dans ce déferlement de douleur, une pensée surnageait, fermement ancrée, refusant de disparaître : trouver un abri avant l'hiver.

Les bouleaux faisaient pleuvoir leurs feuilles sur les mousses recouvertes de givre. Puis il s'est mis à neiger. À un moment, il a vu des étoiles, mais il aurait été incapable de dire si c'était au firmament ou à la surface interne infectée de son crâne. Il s'est arrêté, a inspiré à pleins poumons. Ses narines ont sifflé. Il flottait dans l'air une odeur de foin sec.

Il a rampé dans la neige et s'est enterré à l'abri dans le foin. Au matin, l'homme aux cheveux blancs l'a réveillé.

Le paysage reste longtemps jauni et boueux, mais, à mi-chemin, l'éclosion des bourgeons le rattrape. Les prairies verdissent, des oiseaux migrateurs le précèdent et les bas-côtés se mouchettent de fleurs jaunes. Ça sent de plus en plus le printemps. La fraîcheur du soir, la tiédeur du matin et le soleil du jour réveillent toutes les fragrances de la terre, de l'eau et du vent. Et il commence à y percevoir quelque chose de vaguement familier.

Il quitte la route de gravier, de bouts de bois et de troncs froids.

Les sapins scintillent de perles d'eau. Il fait déjà sombre. Un moustique, prudent, zonzonne à son oreille. Il secoue la tête, et l'insecte n'insiste pas. De la forêt s'élèvent de fines murailles de brume, peut-être aussi de la fumée. Qui sait si des hommes ne nichent pas à proximité ?

Du sommet de la colline suivante, il distingue au-delà de la forêt bleutée une montagne blanche. Le soleil s'y reflète aussi clairement que dans l'eau. Il descend dans un nouveau vallon et trouve un sentier. Bien qu'il ne soit sûr de presque rien dans ce monde, il sait que le sentier est sage, conscient de ses limites. Ses méandres ont une raison d'être, il mène à destination, quels que soient ses détours, contourne les bourbiers et emprunte des troncs d'arbre pour enjamber les ruisseaux sortant des mares. Sur son tapis d'aiguilles de sapin, son pas se fait plus léger. Il distance les moustiques, regarde où il met les pieds et laisse le sentier le conduire. Par moments, il se risque même à fermer les yeux, car c'est ce dont ils ont toujours besoin, de sommeil, encore et encore, bien qu'il ait déjà dormi longtemps, si longtemps que la douleur logée sous son crâne a presque entièrement disparu. Mais il n'a pas réussi à se débarrasser de ses pensées confuses. Elles surgissent même en plein sommeil et le réveillent en sursaut. Deux cris, l'un d'un homme, l'autre d'un animal. Un coup à l'arrière de la tête. Puis le noir, le gris foncé et le noir.

La nuit de printemps tombe sans hâte. Par moments, il s'appuie à un sapin et laisse sa force infuser en lui à travers sa peau. Pourquoi la dernière étape est-elle la pire ? Comment se fait-il que cette distance insignifiante au regard de la longueur de son périple paraisse plus difficile à franchir que tout le reste ?

Enfin la pente s'accentue et ne se creuse plus de vallons. Le sentier se faufile entre les troncs et les rochers, franchit une route et plonge à nouveau dans la forêt, s'approche d'un précipice et contemple le soleil couchant. Des bouleaux bruissent dans une jachère. Bientôt les hommes les brûleront, et, à la fin de l'été, de hautes tiges de seigle y ondoieront, se rappelle-t-il sans savoir d'où lui vient ce souvenir. Quelque part au sommet d'un arbre, si haut que lever la tête ne lui suffit pas pour le voir, un oiseau égrène ses notes. Mais il poursuit son chemin, et le sentier le mène bientôt au-dessus de la cime et du chant.

Il contourne de loin les constructions qui parsèment la montagne. Même dans la forêt, il rampe, car les pins ne suffisent pas à le cacher, sur ce versant exposé au vent, et bien trop de sentiers le sillonnent. Il s'arrête par moments et retient sa respiration, mais ne voit personne.

Il parvient au dernier mamelon, celui d'où l'on ne peut plus monter plus haut. Depuis le sommet blanc de la montagne, il regarde la nuit de printemps qui s'étend, par-delà le grand lac, jusqu'aux forêts infinies de l'Est. D'où tient-il qu'elles sont infinies ? Il ne sait, mais il en est certain. Et d'où tient-il que sous un gros bloc erratique ayant terminé sa course sur la pente se trouve une caverne où l'on peut se glisser pour dormir ? Pareil.

Alors que le soleil est revenu de derrière le bord du monde, des voix joyeuses le réveillent. Des hommes approchent du sommet. Il se faufile hors de son abri et fuit, dévalant la pente de mamelon en mamelon.

Les voix s'éteignent quand il atteint les ombres de la forêt. Les sentiers s'amenuisent en étroites cavées et se perdent dans d'épaisses fougeraies. Les battements de son cœur ralentissent. Il s'enfonce dans la forêt au gré des petites collines et des vallons avec l'impression d'être déjà passé par là. Peut-être juste en rêve, mais quand même.

Le terrain l'entraîne vers le bas. Ce doit être par ici. Il longe une basse croupe rocheuse et fouille au pied de jeunes sapins, revient sur ses pas, cherche à nouveau, mais ne trouve pas sa tanière. Peut-être les bons rochers sont-ils plus loin. Il continue, flairant les pistes de fourmis, et réagit trop tard. Devant lui, entre les arbres, se massent des nuages, les pires de tous, l'arrière de bâtiments en bois gris. Il se fige au pied d'un grand pin et s'efforce de respirer lentement, sans siffler. Personne ne le voit, se répète-t-il, lui voit tout, d'ici, mais personne ne le voit.

Quelqu'un descend les marches du perron, pieds nus. Une femme. Elle noue un fichu sur ses cheveux gris, prend un panier et se dirige vers l'enclos où des poules grattent la terre.

Au milieu de l'airial, elle s'arrête. Elle se tourne vers la forêt, regarde droit dans sa direction et pose son panier. Il se tapit derrière le pin et ferme presque les yeux pour qu'elle ne voie pas le mouvement de ses pupilles.

Puis la femme ouvre la bouche, d'une voix douce et tranquille, mais il ne comprend pas un mot de ce qu'elle dit. Sa langue à lui est celle de la forêt : le vent, la caresse des aiguilles de sapin, la chaleur du soleil sur les mousses et l'odeur de résine. Elle n'a rien en commun avec celle des hommes.

Tout en continuant de parler, la femme s'approche d'un pas. Il se jette à plat ventre et pose le front sur une racine du pin. Une branche craque, la femme est entrée dans la forêt. En silence, elle s'accroupit à côté de lui. Il grogne tout bas et recule, mais elle ne manifeste aucune peur et lui touche la patte. Il secoue la tête, la regarde dans les yeux, essaie de la repousser. Elle répète trois mots, encore et encore, lui prend la patte et tente de le faire se lever, mais il résiste.

Puis il l'entend, une seule fois, mais l'entend.

« Fais le tour. »

Il s'appuie d'une épaule contre le pin. La femme le lâche. Il ferme les yeux et commence à ramper autour du tronc. Derrière, la forêt bruisse d'une paix immémoriale. Il reste encore un instant en son sein, puis enjambe les dernières racines et clôt le cercle.

Olga l'attend. Des mèches grises se sont échappées de son fichu. Quand sa mère et lui sont partis, elle avait les cheveux noirs.

« Joel ? »

Il y a de l'inquiétude dans ses yeux, presque de la peur. Il n'a pas la force de répondre. Il a terriblement froid. Il essaie de rajuster son cache-col, mais il a disparu. Il s'adosse au pin, lève les yeux et regarde, encore et encore.

Les branches ont perdu leurs aiguilles. L'écorce gercée s'est effritée. L'arbre mort tend ses bras nus dans le vide de l'azur.

*

De jeunes sapins ombragent la tanière, au flanc d'une basse croupe rocheuse. Le toit de la forteresse garnie d'une douce litière s'est écroulé pendant l'hiver. Des merles viennent y chercher des touffes de mousse jaunies pour leur nid.

Tout au long de l'été, les fourmis parcourront le dôme effondré. Sans se rappeler qu'il leur a un jour appartenu, elles se contenteront d'emporter des aiguilles de sapin ayant échappé à la pourriture. En août, le vent déposera des graines de verge d'or qui enfonceront leurs racines dans les restes en décomposition. À l'automne, les champignons y plongeront leurs filaments.

Avec tendresse, la forêt grignotera les vestiges de la tanière.

FI

FIN

Dans la même collection

- Ernest Callenbach, *Écotopia*
Traduit de l'anglais (États-Unis) par Brice Matthieussent

- Amy Hassinger, *La Crue*
Traduit de l'anglais (États-Unis) par Brice Matthieussent

- Rita Indiana, *Les Tentacules*
Traduit de l'espagnol (République dominicaine)
par François-Michel Durazzo

- Tania James, *D'ivoire et de sang*
Traduit de l'anglais (États-Unis) par Brice Matthieussent

- Zeyn Joukhadar, *Les Trente Noms de la nuit*
Traduit de l'anglais (États-Unis) par Nino S. Dufour

- Alexandra Kleeman, *Du nouveau sous le soleil*
Traduit de l'anglais (États-Unis) par Christian Garcin

- Norman Lock, *Un fugitif à Walden*
Traduit de l'anglais (États-Unis) par Brice Matthieussent

- Lieke Marsman, *Le Contraire d'une personne*
Traduit du néerlandais (Pays-Bas) par Daniel Cunin

- James A. McLaughlin, *Dans la gueule de l'ours*
Traduit de l'anglais (États-Unis) par Brice Matthieussent

- James A. McLaughlin, *Les Aigles de Panther Gap*
Traduit de l'anglais (États-Unis) par Christian Garcin

- Klaus Modick, *Mousse*
Traduit de l'allemand par Marie Hermann

- Julien Villa, *Rodez-Mexico*

- Madeleine Watts, *Triple Zéro*
Traduit de l'anglais (Australie) par Brice Matthieussent

L'éditeur tient à remercier Tuija Vertainen,
qui lui a fait découvrir ce roman.

Édition
Mathieu Rivat & Thomas Bout

Relecture
Gudrun Zett

Le domaine Rue de l'échiquier fiction
est dirigé par **Mathieu Rivat**.

Charte graphique et mise en page (couverture & intérieur)
Séditions Graphiques / Ferdinand Cazalis

Photo de couverture
Val K.

La traduction de ce livre a bénéficié
du soutien du

CNL CENTRE NATIONAL DU LIVRE

et du

F I
L I

Le papier de cet ouvrage est composé
de fibres naturelles, renouvelables, recyclables et fabriquées
à partir de bois provenant de forêts gérées durablement.

IMPRIM'VERT®

PEFC 10-31-1510 / Certifié PEFC

Imprimé en France à Condé-en-Normandie
par Corlet Imprimeur en juillet 2023.